在北大阅读现代

十三堂文学讨论课

吴晓东 等 著

生活·讀書·新知 三联书店

Copyright © 2024 by SDX Joint Publishing Company.
All Rights Reserved.

本作品版权由生活·读书·新知三联书店所有。
未经许可，不得翻印。

图书在版编目（CIP）数据

在北大阅读现代：十三堂文学讨论课/吴晓东等著.—北京：
生活·读书·新知三联书店，2024.8
ISBN 978-7-108-07843-8

Ⅰ.①在⋯　Ⅱ.①吴⋯　Ⅲ.①中国文学－当代文学－
文学研究－文集　Ⅳ.① I206.7-53

中国国家版本馆 CIP 数据核字 (2024) 第 101659 号

责任编辑	李　佳
装帧设计	赵　欣
责任校对	曹秋月
责任印制	卢　岳
出版发行	生活·讀書·新知 三联书店
	（北京市东城区美术馆东街 22 号 100010）
网　　址	www.sdxjpc.com
经　　销	新华书店
印　　刷	河北松源印刷有限公司
版　　次	2024 年 8 月北京第 1 版
	2024 年 8 月北京第 1 次印刷
开　　本	700 毫米 × 1000 毫米 1/16 印张 30
字　　数	414 千字
印　　数	0,001－5,000 册
定　　价	79.00 元

（印装查询：01064002715；邮购查询：01084010542）

序 言

吴晓东

我在北大组织研究生的"读书会",最早可以追溯到2006年5月,当时宇文所安关于"世界诗歌"的两篇文章刚刚被翻译进中国学界,洪子诚老师建议说可以组织在读的研究生讨论一下。我便召集了现代文学专业的七位硕士生,除了我名下的学生朱丹和吴玉萍,还有商金林老师的学生李斌、杨琼,以及陈平原老师的学生张春田、袁一丹和卫纯。我们在中文系所在的五院讨论了一个下午,讨论稿委托张春田整理,后来以《从"世界诗歌"到"诗歌的世界"——关于宇文所安"世界诗歌"问题的讨论》为题发表在北京大学新诗研究所的辑刊《新诗评论》上。我惊叹于研究生们表现出的参与热情、思想活力和学术洞见,就此开始尝试以这种课程之外的阅读、讨论的方式进一步释放学生们的研究潜能,后来发展为每学期大约两到三周举行一次的固定读书会。其间也会不定期地请同学们把发言整理成文字稿,再由我打磨、润色,统稿后投给各家杂志。这本《在北大阅读现代》,就是各个时段已经发表的讨论稿的结集。

当初为了让阅读讨论对象相对稳定,读书会主要选择的是1940年代的中国现代文学作品。同学们试图从文本细读入手,结合原始报刊材料以及文本发表的历史语境,探索和发现40年代新的问题空间,譬如探讨作家们的文体实践,文本与战时语境的关联,文本与文学思潮、社会历史的互动,文本中折射出的战时中国知识分子的精神历程,从中具体辨析和阐发何谓"现代",何谓"现代中国"等议题,进而辐射出对20世纪中国乃至当下现实的一些重大问题的思考,这或许就是本书的命名中"阅读现代"的某种初衷和本意吧。

讨论的对象偶尔也兼及1949年后尤其是当下的文学作品，也涉及了一些影视热点。本书中关于老舍的《正红旗下》、莫言的《蛙》、欧阳江河的《凤凰》，关于电影《山楂树之恋》《黄金时代》《白日焰火》的讨论，都有助于现代文学专业的研究生们把思考的触须延伸到当代领域。

读书会以文本细读为宗旨，通常每次只讨论一篇作品，但在具体讨论过程中，同学们大都在进入文本发生的历史语境的同时，也力图引入相关的理论阐释，逐渐形成了"文本·历史·理论"三位一体的方法论视野。每一届中都有相当一部分同学希望读书会也专门读一点理论文本，因此也会不定期地研读若干西方经典理论著作，包括奥尔巴赫的《摹仿论》、萨义德的《文化与帝国主义》、普实克的《抒情与史诗》、雷蒙·威廉斯的《乡村与城市》、柄谷行人的《日本现代文学的起源》、伊格尔顿的《二十世纪西方文学理论》、本雅明的《发达资本主义时代的抒情诗人》、托多罗夫的《濒危的文学》、达恩顿的《屠猫记》、论文集《战争与社会》等。本书中收入的关于雷蒙·威廉斯《乡村与城市》的讨论，多少可以反映同学们阅读理论的热情。

在讨论稿的整理环节，我强调的一个原则是，尽可能保留原汁原味，保留同学们思考和进入各自话题的过程性，保留一种讨论的现场感和"氛围气"，以期如实反映新一代中文学科的学子们如何细读文本，如何选择各自的切入视角，进而如何在细读文本的基础上思考和生发属于自己的学术问题。

如今在厦门大学台湾研究院任教的刘奎曾经在《读书》杂志上发表文章《阅读的政治：在德黑兰读〈洛丽塔〉》，其中有一段这样回顾他参与过的读书会的现场："近来常看到关于各类读书会的报道，为了吸引读者，主办方或邀社会名流主讲，或邀商界巨子捧场，如果真能让读者静下来阅读，或传播阅读理念，也值得鼓励，但有些可能只是资本运作和媒体炒作。还有一种小型读书会，或隐于闹市，或藏身校园，参与者也只是三五好友，或八九朋辈而已，人多反而不好，像开会。笔者也曾参加过这类读书会，地点在北大五院南面的教研室，那是中文系搬离静园以前，时间一般是周四的下午，师生聚谈，讨论一本书，一篇小说，或某篇论文，直到夕阳西下，一抹斜阳从破旧的窗格透进来，洒在皴裂的桌面，如果坐在逆光位置，可以看到阳光中慢慢腾起的灰尘。"

当年读到刘奎的这段文字，不禁心有所感。一届届同学们在读书会上激辩的姿态，凝思的神情，历历如在目前。而我从中更深切地感受到的，是同学们求知的热情、真诚的困惑以及对真理的渴求，也每每使我从青年一代的朝气和激情中汲取前行的勇气和力量。也借此书的付梓，感谢多年来一起读书讨论的同学们；讨论稿的结集，也是对各位倾情参与的读书会时光的一个纪念，那一个个沐浴在阳光与尘埃中的午后并没有真正逝去，或许已经完好地保存在这部由你们所完成的书稿中。

最后衷心感谢《新诗评论》《文艺争鸣》《现代中文学刊》《长江学术》《文学》《今天》《重庆评论》《看历史》等杂志对讨论稿的不弃。感谢三联书店的大力支持，也特别高兴曾经是读书会一员的李佳女史担任本书责编，感谢她认真细致不厌其烦的工作。

2024 年 4 月 5 日于燕园

目 录

序 言 1

上编
理论·历史·文本 / 1

从"世界诗歌"到"诗歌的世界" 3
　　——关于宇文所安"世界诗歌"问题的讨论

消费主义时代的爱情 29
　　——《山楂树之恋》：从小说到电影

当代神话："为事物的多重性买单" 63
　　——欧阳江河《凤凰》讨论纪要

想象历史的方法 97
　　——关于电影《黄金时代》的讨论

我们需要什么样的艺术？ 148
　　——关于电影《白日焰火》的讨论

绕不开的"历史"...................................... 183
　　——关于雷蒙·威廉斯《乡村与城市》的讨论

文学史范式的开拓...................................... 224
　　——关于钱理群先生 1940 年代中国文学研究的讨论

下编
20 世纪中国小说风景 / 271

"大后方叙事"与"游移的美学".......................... 273
　　——关于骆宾基《北望园的春天》的讨论

"雅""俗"之间的战时文学.............................. 311
　　——关于张恨水小说《八十一梦》的讨论

异乡如梦：张爱玲《异乡记》中的多重"风景".... 337

"未完成"中的丰富可能性.............................. 372
　　——关于老舍《正红旗下》的讨论

时间与记忆的"灰烬".................................. 405
　　——关于张爱玲《小团圆》的讨论

莫言小说的形式与政治.................................. 435
　　——关于《蛙》的讨论

上编

理论·历史·文本

第六编 实用信息

从"世界诗歌"到"诗歌的世界"
——关于宇文所安"世界诗歌"问题的讨论

吴晓东、李斌等

时　间：2006 年 5 月 24 日下午
地　点：北京大学五院中文系现代文学教研室
主持人：吴晓东
参与者：李斌、杨琼、张春田、袁一丹、吴玉萍、朱丹、卫纯（北京大学中文系硕士）

一 "世界诗歌"：问题的提出

吴晓东：宇文所安的文章《什么是世界诗歌？》1990 年发表之后，在海外的汉学界反响较大，不少人写文章进行批评。十二年后，宇文所安重拾这个话题，这就是《进与退："世界诗歌"的问题和可能性》，进一步阐释"世界诗歌"问题。大陆学界对这两篇文章不是特别了解。现在洪越把这两篇文章翻译出来，发表在《新诗评论》第三辑上。两篇文章涉及的问题在今天也许仍有值得讨论的必要。

李斌：宇文所安的《什么是世界诗歌？》是为邦尼·麦克杜格尔（Bonnie McDougall）翻译的北岛诗歌集子 *The August Sleepwalker*（《八月的梦游者》）所作的书评。在文中，宇文所安以北岛的诗为例，提出了他的"世界诗歌"的概念。据宇文所安的意思，世界诗歌是非西方诗人所作的以西方人为拟想读者的诗歌，它是英美或法国的现代主义诗歌的翻版。由于诗人希望自己的作品能在翻译后得到认可，世界诗歌的主要特点体现在它的意象上,既不要过于普通,以符合西方人对异域色彩的期待,也不要地方色彩太浓或具有太多本土文化含义,以免西方人看不懂。诗人之所以具有创作世界诗歌的冲动,是因为国际上的认同会影响国内的评价。

宇文所安对以北岛诗为代表的所谓世界诗歌评价很低,认为这些诗歌跟本国传统诗歌决裂,但作为接受影响的文化,跟影响文化比起来又总处于次等地位。国际读者赞扬北岛的诗,一方面是因为翻译非常成功;另一方面是认为翻译丢失了诗意,对翻译前的诗歌存在幻想。但是对于北岛的诗来说,"译诗就是原诗的一切",本土读者赞扬这些诗是因为它得到国际读者的承认。将中国新诗作为"世界诗歌"的个例,"世界诗歌"这种无根的状态和相对于西方诗歌来说总是次等诗歌的地位,对于探索中国新诗出路的人来说,无疑泼了一盆冷水。

杨琼:宇文所安将中国现代新诗基本上囊括进"世界诗歌"这个概念中。他批评中国新诗因为模仿西方诗歌、缺少民族性而显得"too translatable"(太可译的)。这种模仿的原因被归结为西方文化霸权在全世界范围内的强大影响——在中国这样在文化影响上处于弱势的国家,诗人要获得巨大声望需要依赖世界读者的积极反馈。中文作品走向世界必然需要经过翻译,进入以英语为主要代表的西方语言世界。而翻译只能处理一般性的概念,即没有民族特色的、世界通行(主要是中国与英语世界通行)的概念,很难处理具有民族特色的概念。因此,中国的新诗作者倾向于使用可翻译的语言,放弃那些可能难以被"世界读者"理解的语言,从而使新诗失去民族特色。

"世界诗歌"概念的提出,其实与文学的几个基本理论问题关系重大:什么是文学?怎样看待一个民族的文学史?就是说,是否承认新诗的出现是中国文学史发展中不可否认的一部分,是否承认新诗的某种发展趋势反映着中国文学的当代走向。

宇文所安的批评建立在对古典诗歌的怀念和对新诗的担忧基础上。他的"世界诗歌"与"民族诗歌"的两分法,对应着新诗与古典诗歌的分别。他设想的理想状况,不是充分代表所谓"中国"特色的新诗的繁荣,而是古典诗歌的全面回归。这显然是一种不切实际的想法和不必要的担忧。新诗在中国的产生有其文学内部的发展脉络，并非只是西方影响的结果。而在"接受西方影响"这个问题上，宇文所安似乎夸大了政治因素的作用。他认为，出于对西方文化的向往，模仿英文诗歌或者法文诗歌的中国新诗得以出现；它的继续发展也是建立在同样基础之上的。事实上，在19世纪末20世纪初，无论在与社会现实的关系上还是文学自身上，中国古典诗歌的发展都受到了严峻的挑战。社会现状发生了改变，人们的生活状态有了不同变化，出现了新式的读者和新式的作者。古典诗歌形态的主导地位发生转变几乎是历史的必然。"白话诗歌"的出现，不应过多地归结为西方的政治影响。在新诗的最初实践中，确实生硬的成分多一些，如李金发的诗歌。这是一种新文体产生之初常常具有的问题：遵照刻板的理念进行创作。但此后闻一多及新月派等诗人则开始尝试创造新的形式，以利表达独特的美学和社会思想。中国新诗发展的路并非对西方诗歌亦步亦趋。

张春田：我想把"世界诗歌"这个概念与"世界文学"的想象联系在一起进行讨论。歌德早有过一个"世界文学"的构想。现在来谈论"世界文学"，比较容易将之简单当作超越具体民族国家的经验、语言，建立一个共通、普遍性的、不会"在旅行中变质"的文学写作的可能。具体到诗歌，用《进与退："世界诗歌"的问题和可能性》中的话来说，就是"如何跨越语言界限以及如何可能跨越语言界限来构筑诗的价值"，也就是有没有一个普遍的诗歌书写与阅读的方式，以及评价机制的问题。但是，首先必须要厘清，在西方世界里，已经有很多对于"世界文学"的深刻反省了，包括歌德的"世界文学"是否就指超越具体时空和文化差异的文学，是否就单纯地对立于地区性的文学而存在。类似于这样的检点，也许在讨论这个问题时不能不注意到。

袁一丹：我补充一点，宇文所安的《他山的石头记》中有两篇文章可以与此参照着读，一是他1999年在香港科技大学所做的演讲，题为《把过去国有化：全球主义、国家和传统文化的命运》，从副题可以看出他的一个总的思路，即在全球的视野与民族国家的框架下，传统文化如何存续的问题。二是《过去的终结：民国初年对文学史的重写》，这篇文章处理的传统的国有化，与诗歌的世界化，我想，是一而二、二而一的过程。

二　翻译的政治与文化霸权

吴玉萍：对诗人来说，诗歌要走进世界，语言是其掣肘，诗歌较其他文体更依赖语言这媒介。

杨琼：是的。翻译是否能将一种语言中的内容完整呈现在另一种语言中，这也是一个必须处理的基本问题。宇文所安认为，就中文诗歌的英译来说，只有那些为达到"世界性"做出牺牲的诗歌，其意思才能被完整地传达。与此同时，他也表达了对20世纪上半期中国引进西方诗歌（尤其是浪漫主义诗歌）的翻译质量、理解质量的怀疑。在翻译问题上，米兰·昆德拉也曾经表示过无奈的看法，他很遗憾很多捷克语中的意义不能被全世界的读者所了解。无疑，翻译过程中意义的损失是存在的。这就如同在普通话中，很多方言的意义无法得到合适的表达。然而，以此认为中国新诗作者刻意追求容易翻译的语言，却可能是一个误会。

很容易理解，同样的一句话即使同在中国的语境中，也可能产生很多种不同含义。而即使是最普遍的概念，在一句诗中也可能含有独特的文化含义。黄运特在他的研究中举了很多关于北岛的诗如何被误译的例子，可以参考。假如诗人真的追求作品具有世界通行的公约性，那么他可用的资源将无限地缩小。所谓诗歌的"too translatable"性质，到底成不成立？这是一个问题。

张春田：诗歌的特别，正在于它似乎是最不可译的。诗歌联系着各个民族最内在的历史经验和文化心理；相比其他的文学形式，诗歌与语言又有着最为紧密的贴合关系。《什么是世界诗歌？》从北岛进入，讨论当下的汉语诗歌写作在全球化语境中的遭遇及其意味。宇文所安对北岛的诗歌历程做了一个微妙的分别，就是朦胧诗写作阶段和后来在海外的诗歌写作。他认为在前期，北岛的抒情诗中还有所谓"中国新诗的兴奋"，中国的历史与政治经验在其中有着特别的位置。但是，这样的诗歌往往容易流于"滥情"这一"中国现代诗的痼疾"。而北岛出国后的诗歌写作，更多体现出非政治化和对于"诗歌的广度"的探索，这个"广度"恰恰就是其在西方世界被更大程度地接受的原因，换言之，是成为"世界诗歌"的"可能的前景"。为什么呢？因为这样的诗歌首先诉诸"可替换意象"和"意想中的画面"，"人同此心，心同此意"，与民族经验、语言也许未必有那么直接的关系，在翻译中也并不会变形。

袁一丹：宇文所安对于"世界诗歌"的界定，一言以蔽之，即"可译性"。他建立了这样一个等式：原诗＝译诗，这与对诗歌这一文体的常识性认识恰是相反的。诗歌一般被认为是最不可译的文体。宇文所安正是利用了其理论设定与文体常识之间的张力来展开他的言说逻辑。世界诗歌的生成被置换为一个翻译的问题，而翻译的问题根本上是语言的问题。原诗与译诗，在宇文所安那里，所以能建立起等值的关系，因为他认为中国新诗是对翻译的翻译，世界诗歌则是将译本的译本重新还原为原文而已，也就是说，原诗本是对译作的模仿，译诗才是真正的原本。不容否认，中国新诗在某种程度上确是语际翻译的产物，但宇文所安在《什么是世界诗歌？》中回避了另一种意义的翻译，即从旧体诗到白话诗的演变，我们可以称之为"语内翻译"。

吴玉萍：谈到诗歌的翻译问题，诗歌要介绍给世界的读者群，作品就要被翻译，哪一种语言为广大的读者群所认识，哪一种语言就占主导的地位，换言之，所谓的世界诗歌，也是地方性的。如果说"诗里的每个字应该是不能被别的字替换的"，由原诗翻译过来的作品，已经破坏了诗歌这条规律了。以英语主导的国际文坛，只要不是以英语创作的，就会如宇文所安说"他们是使用了'错误的语言'写作的诗人"。只要想想诺贝尔文学奖，就明白语言背后，还有更关键的问题，就是宇文所安说的，西方霸权与第三世界之关系问题，世界诗歌其实也是"文化霸权的精髓"的反映。

张春田： 宇文所安发现了一个有意思的吊诡。在北岛的《八月的梦游者》里，大部分诗歌是不太依赖于汉语语言特点的，包括文字排列、特殊语汇、音调效果，而意象本身"在任何一种语言里可能都是优美动人的"。但是，最终确立其"世界诗歌"的地位，又恰恰是通过翻译后的英语译诗，而这个译诗的面貌最终必然要落实在英语文字的特点——文字排列、词汇、音调，乃至于英美诗歌互文性的"回响"之上。他把翻译的情况带入，在第三世界语言与第一世界语言的语际翻译中，一个严肃的问题就凸现了出来：某一种语言与民族的诗歌能否进入"世界诗歌"的门槛，这个权力是谁赋予的，通过什么途径赋予的？在诗歌转译、传播的过程中，西方的文化认证权力究竟起到了什么作用？比如作为"制度化的文学标准"的文学评奖，特别是诺贝尔奖的问题。还可以补充的，像出版社、图书馆、传媒、大学制度与文学知识，以及基金会对于诗歌写作与批评的支持、资助，等等。显然，"世界诗歌"不是什么纯洁、均质的空间。"世界诗歌"的理念与实践，携带着西方的文化权力与想象。在第三世界国家，结果往往变成"或者是英美现代主义，或者是法国现代主义的翻版"。

李斌： 宇文所安认为"诗是翻译过程中丧失了的东西"，却并不以这一标准来衡量体制下的新诗，他认为他看到的邦尼·麦克杜格尔翻译的北岛的译诗就是原诗的一切，并且认为假如这是美国人写的诗，根本就不会获得如此有名望的出版社出版。这是由于他对"世界诗歌"这一概念的建构，他认为"世界诗歌"的特色就在于它的可译性，"翻译诗歌的国际读者寻找的根本不是诗，而是通向其他文化想象的窗口"。在这里我们奇异地发现，精通汉语的宇文所安用了两套标准来区别对待新诗和英美诗，这两套标准表现出了价值的高低，对英美诗是用"诗"的标准去衡量，对新诗却只当作了解其他文化现象的窗口，以这样的标准去看新诗，预先规定了新诗的不具备真正"诗"的品格。看来，对于"国际读者"来说，只精通汉语是不够的，只有把中国新诗当"诗"来看，才有可能真正发现新诗的价值。

朱丹： 我觉得关于"世界诗歌"这个概念本身就包含着一个很大的悖

论。这个问题其实刚才其他同学也提到了，首先诗歌是公认的对语言依附性特别强，与语言有着密切联系的一种文学体裁。也就是说，在紧密依附于原来的语言的情况下，它是天然地排斥其他语言的读者的。但一旦把"世界"这个词加在"诗歌"的前面，悖论就不可避免地出现了——"世界"要求更广泛的国际读者，也就需要原诗歌与其他的语言体系之间进行转换，即翻译。当然，要求翻译的前提是，我们无法要求每一个读者都懂得诗歌最初写作时的语言。翻译作为从两种语言体系中寻找可替换的语词的过程，正是以牺牲诗歌原文中语言的传统内涵，以及节奏、音韵，甚至是丰富的意象、典故等为代价的。所以"世界诗歌"整个概念，本身就存在一个难以解决的悖论。

此外，"世界诗歌"这个概念的背后还隐藏着一种权力政治逻辑。我们提到"世界诗歌"，提到诗歌被翻译，但是什么样的诗歌"有资格"被翻译和介绍到国外去，或选择什么样的诗歌把它翻译和介绍到国内？"世界诗歌"的标准是什么？其标准的确立者是谁？前者涉及一个学院机构和文学史的"权力"问题，后者则是一个全球资本主义的话语权力问题。宇文所安提到诺贝尔文学奖。诺贝尔文学奖可以说是西方文学标准普泛化的一种体现。这里，世界被等同于西方。也就是说在诺贝尔文学奖中预设了一个全球共同的价值体系。这种价值体系其实就是一种权力结构。在某种意义上说，"世界诗歌"相当于柄谷行人的《日本现代文学的起源》中提到的"风景"，一个"现代性的装置"。我们在寻找"世界诗歌"，实际上也就是寻找这种"风景"。可以说，"世界诗歌"是现代化构造出来的一种"幻象"。只是在这种权力结构当中，西方的标准被内在化和自然化了。

吴玉萍：既说是国际的奖项，大家当然不满足也不允许只是英欧或者以英语写作的诗人获奖，于是，诺贝尔文学奖就通常落在翻译的作品中。这样的平均分摊，好像就令人较为安心满意了。但文化霸权就因此减弱了吗？随着奖项而来的是文学经典的确立。当"诺贝尔奖的委员会声称他们的评价代表了价值判断，而不是偏好"，他们的鉴定就成为"制度化了的文学标准"。

或者借这国际的文学奖，带来一个更有意思的问题：经典是怎样产生的？趣味与时代、知识有什么关系？为什么诺贝尔评奖委员能代表优劣的价值判断？

伊格尔顿说："莎士比亚的作品并非轻而易举就成了伟大文学，这是文学机构当时的幸福发现：他的作品之所以成为伟大文学是因为文学机构是这样任命它的。这并非意味着他的作品不是'真正的'伟大文学——即所谓伟大文学只不过是人们对它的看法——因为根本无所谓'真正'伟大或'真正'如何的文学独立于它在特定的社会和生活形态中受到的对待方式。"不是文学产生经典，而是制度产生了文学标准，经典才应运而生。"文学批评根据某些制度化了的'文学'标准精选、加工、修正和改写文本，但是这些标准在任何时候都是可争议的，而且始终是历史地变化着的。"是什么让这制度化了的标准生生不息？是西方的声誉、文学奖和出版合同之分配与颁赠的体系。

朱丹：宇文所安进而提到了"国家"的概念。参加诺贝尔文学奖评选的文学作品，包括诗歌，其实并不真正代表那个国家的独特性的东西。反而它是一种——用文章中的话来说——"温和的舒适的差异"，这种"温和和舒适"的表面其实是抹杀了它内部真正的独特的地方性的。

因此，我们可以进一步推出，"世界诗歌"的确是一种权力和制度的产物，可以说，"世界诗歌"只是在世界文化全球资本化、现代性视野观照下，由学院、文学史等权力机构建构出来的一种"幻象"，一种话语权力。如果没有评奖制度、学院学科的建立、研究者对文学史的建构，就不存在"世界诗歌"这个概念。

张春田："世界诗歌"的观念与实践，其实也不意味着民族国家之内的文学制度、文学评价就完全失效了。"有一些国家文化权力结构和国际文化权力结构很相似。""世界诗歌"今天之所以呈现这样的面貌，跟一个国家内部的文学机构、文学制度（包括排斥）是有关系的。比如，宇文所安讲到一国内部的机制是如何潜在地影响到了诺贝尔奖这样的全球性的规则。

卫纯：我想还是应该先进入宇文所安的逻辑，否则仅仅是立场的不一样，可能根本上起不到对话的效果。按照宇文所安的说法，《什么是世界诗歌？》起初并没有题目，此名乃是编辑加上的。这样一个简单而阐释意味十足的标题，除了能够展示宇文所安文中的核心想法外，其过大的开放性、十足的训诫意味，也不能不说制造了一点小小的误会，即"世界诗歌"的概念之产生，其背后的推理过程和逻辑被遮蔽掉了，而且也很容易引起一些不必要的意气之争。在我看来，宇文所安的这篇文章，难能可贵处在于他注意到了所谓"世界诗歌"，是非英语世界诗人想象中的产物，它可能是英美现代主义或法国现代主义的翻版，体现了文化霸权的精髓：一个在本质上是地方性（英-欧）的传统，被理所当然地当成有着普遍性的传统。对于北岛的态度，他显得比较复杂：一方面以北岛为中心，简单追溯了东方"新诗"乃至"世界诗歌"之发生、中国新诗"滥情"的痼疾；另一方面又以北岛诗中精彩之处，提出世界诗歌的一种前景："写一种根本上可译的诗"，"关键不在于文字，而在于只有用文字才能写出来的意想中的画面"。与之配合的是出色的翻译，出色的翻译或许能够"平衡世界诗歌这个新事物令人不安的方面，即国际读者的认可所具有的权力以及这种认可带来的后果"。可以说调和/平衡"世界诗歌"的问题，是宇文所安在20世纪90年代初所尝试的工作。这不能不联系到当时特殊的时代背景，即旧的政治格局被打破和新的历史趋势已经不可避免的形势，而像北岛这样的诗人也开始在西方世界得到关注，这一切都促使西方汉学家做出这样的思考。

但宇文所安注意到了世界的文化霸权，却没有对自己的思考方式做出反思，或者说没有足够的警惕。在此，有必要对"世界诗歌"的外延做进一步的界定：世界诗人是东方的诗人，世界读者是西方的读者，其间处于沟通位置的是翻译。那么在这里，宇文所安的翻译是有各自限度的，即东方诗人的"献"诗，是西方做的翻译，因此所谓根本上可译，还是在西方的翻译标准下的可译；而东方"新诗"之发生，是一套完整的"冲击-回应"模式，即通过西方近现代诗的引入，"来寻找逃离自身失败历史的可能性"，哪怕是通过

"很差的翻译",是东方的翻译。这些多少带有先入之见色彩的"成见",表明宇文所安在这里对文化殖民主义基本是持一个悬置而非批判的立场,这也是他没有对自己的思考方式进行必要反思的原因。反过来说,他所谓的"世界诗歌"乃至"世界诗歌"的平衡方式,都暗示着他并不满足于中国古典诗歌的研究,"蠢蠢欲动"的是对现时诗歌状况的思考。在标准上,他引用的恰恰是黑格尔"诗意的思想"这一西方化的标准,试图维护翻译的有效性也仅仅是维持一个交通式的联系方式。我们无法想象,一个在中国研究古典诗歌或者现当代诗歌的学者,会提出这样一个"世界诗歌"的概念。提出文化霸权下的"世界诗歌",又要维持它的平衡性,也必然是站在文化中心的视角下进行的观察,论述中也自然会存在着某种悖论。就像文中谈到北岛诗时,起先承认中国读者认可北岛早年政治色彩浓厚的抒情诗而非后来的转向,最后却又提出他一再坚持的观点,即东方诗人在西方得到很好的译介,反过来其本国读者才会更加欢迎这位诗人。这两点在逻辑上是冲突和背反的。所以也不能完全责怪编辑所加题目的"致命"性,从这个意义上讲,这个题目倒可能是最合适的。

三 中国新诗的评价与批评模式的反思

张春田:在宇文所安看来,20世纪初期的亚洲诗人创造了一种新的浪漫主义诗歌。但是,新诗的资源是舶来的。本土的诗人阅读经过翻译来的西方诗歌,用习得的技巧和"语法"进行诗歌创作。然后,其中有些作品又被翻译回西方。在这样一个过程中,中国的新歌不过起到了"回响"作用。显然,如此把新诗视作对西方诗歌的一次次"致敬",这可能会有争议。

李斌:宇文所安貌似告诉我们一个关于知识权力的事实,新诗的价值评判者不是国内读者,而是"国际性"读者,"所谓国际性承认其实意味着一些文化权力中心的承认,意味着在英语或者别种国际语言里获得承认",当然,所谓的"别种国际语言"是不包括汉语在内的而是像法语那样的欧洲语言,"这是欧洲的选择,不是中国的选择"。但是我们知道任何权力都是建构出来的,宇文所安的描述,表示他默认了这样一种权力机制。其实从这里我们可以发现"传统-现代"这一美国汉学家曾经普遍采用的研究中国历史的叙事模式在宇文所安思想里的体现,他认定了中国的新诗作者和评价系统都努力地摆脱中国传统的影响,迎合"现代"的,也就是"国际读者"的口味,这样,新诗的资源就只能是英美或法国的现代派诗歌,新诗只好跟在英美诗的尾巴后面亦步亦趋。在这里我们奇怪地发现,不是宇文所安这类汉学家引领"国际读者"去了解中国文学,而是他们通过一种貌似描述事实的方式无意中迎合了"国际读者"对中国文学及中国学术界的偏见。

宇文所安无视大多数中国新诗作者的创作动机,而且从某种角度上剥夺了中国人作为一个读者的权力,忽视了作为产生新诗的中国语境的重要性,体现了抹杀他者历史的殖民主义逻辑。他将体制下的新诗作为"世界诗歌"的个案,做出了整体性的否定,这都是因为他预设了体制下的新诗的创作动机,又在他自己的预设下否定体制下的新诗,归根到底,这是自说自话的闭门造车,也体现了只选取对自己观点有利的部分材料自圆其说的治学方法,得出的结果多半是经不起验证的。

我们不能否认作为汉学家的宇文所安先生出于各种理由怀疑自己从新诗出发对中国文化的否定性的描述,十二年后他撇开体制下的新诗从网络诗歌和旧体诗中寻找支援就是明证。但是他这种捍卫中国文化的策略可能会跟他的初衷相悖。正如宇文所安已经发现的,只有在新诗这个领域,诗人们才把诗作为一件大事业来经营,只有在体制下的新诗创作中,才有职业诗人和职业批评家,他们付出了这么多精力从事新诗的创作和批评,但宇文所安却通过把它纳入"世界诗歌"这一范畴而轻易否定掉了,"国际读者"只会认为既然在中国人如此认真的领域都没做好,其他就一无可取了。

杨琼:新诗的广泛发展、古典诗歌在现代的遭遇,除了可能存在的、对世界认可的追求这样的功利性因素,更多地有着自己的社会文化原因。在教育体制、文化状况以及由此造成的诗人素质等各个方面,新诗的发展具有比古典诗歌更丰饶的土壤。从小说普通话、读白话文、写简化字的诗人，怎样才能成为优秀的所谓"民族"诗人呢？现在还在写古典诗歌的人，多数是对于古典文学有家学渊源、特殊爱好或者从事文学研究行业的人。就是说，更多的人不具有写出优秀古典诗歌的基本素质。但是在任何人身上都有着诗意的因素，那些想把它表达出来的人们多半只能选择新诗。在表达内心世界、个人见解上，新诗与古典诗歌之间的区别可能更多的是形式的不同。

在接受者一方，将新诗和古典诗歌读者截然分开的说法也是我不能接受的。就我自身的感觉，喜欢新诗者大有人在。中国新诗（并非只是西方诗歌的衍生物）能够靠自身的性质吸引到自己的读者，虽然新诗不再具有古代时诗歌那样崇高的地位。读者（包括"民间"读者和"官方"接受者）对古典诗歌、新诗的选择并不是建立在身份不同的基础上，至少阅读上是这样。

具体到宇文所安重点讨论的北岛身上，有一些事实也存在疑义。北岛的诗歌实践早在八十年代以前就已经开始，我相信在当时，对自己心灵的表达冲动是他创作的主要动因。那时候他的许多诗歌确实涉及政治，情绪热烈，但是这些并不是为了获得国际读者的认可。另外，北岛的诗歌早在他出国之前就已经在国内有广泛的影响。他出国后的诗歌反而有些令中国读者失望——他的声望并不是在国外建立起来的。而且，北岛自身对于西方诗歌更为感兴趣，这也许应该归结于诗人的个人爱好。

当然对个例的反驳并不足够有力。只讨论创作动因，不提作品的独立价值也是不合适的。一件作品在作者的意图之外，更有自身的客观价值。正是这样，我们才可以透过即便是产生于某种功利性考虑的作品，而"认识欣赏本土文化的轮廓与质地"（奚密：《"差异"的忧虑——本土性、世界性、国际性的分疏》）。

张春田：我最近看《八十年代访谈录》一书，中间有一篇是查建英对北岛的访谈，查建英问北岛："有批评者认为你后来的创作因为过于转向'内力'和'个人体验和趣味'，失去了原来的冲击力或社会性，不再能引起广泛共鸣。你怎么看这类批评？"北岛回答："诗人与历史、语言与社会、反叛与激情纵横交错，互相辉映，很难把它们分开来谈。真正的诗人是不会随社会的潮起潮落而沉浮的，他往往越向前走越孤独，因为他深入的是黑暗的中心。"他自己显然是不认同那种批评的。相反，他对他自己某些早期诗歌，包括《回答》，觉得要保持警惕。在访谈中，北岛还谈到了中国古典诗歌传统，说"对意象与境界的重视，最终成为我们的财富（有时是通过曲折的方式，比如通过美国意象主义运动）"。他在海外朗诵时，会觉得李白、杜甫、李煜就站在后面。同样讲"意象和境界"，宇文所安认为北岛遵从了"世界诗歌"的规则，而北岛自己却认为继承了中国传统。

袁一丹：宇文所安对纯粹的理论思辨的兴趣，远不及他对于文本的嗜好。宇文所安的文本中的文本，可以视作他行文的线索。他是一个很好的读者，能感觉到文本中一些瞬间的、隐蔽的意象。在《什么是世界诗歌？》最后，宇文所安灵敏地抓住了北岛诗中"深渊"的意象：雪花飘进深渊；打开的书，像折扇的翅膀，在深渊的上空，华丽地展开。这样"一个没有边际、没有前沿的深渊"，在他看来，正是对世界诗歌的一种更为黑暗、更为令人惊惧的想象。这让我想到鲁迅在《摩罗诗力说》的篇首，引用的尼采的一句话："求古源尽者将求方来之泉，将求新源。嗟我昆弟，新生之作，新泉之涌于渊深，其非远矣。"从渊深中涌出的新泉，也就是来自异邦的新声。而新声，亦即"心声"，是在审己知人，"比较既周"后发出的自觉之声。当然，鲁迅预言的不仅是新诗或文学的运命，而是整个中国如何"发声"的问题。宇文所安"原诗＝译诗"的这一等式所提示的问题，我认为已经包含在鲁迅"心声＝新声"的设想里了。

李斌：其实也可以理解宇文所安坚持从意象、诗人姿态出发把新诗当作文化想象的窗口，国内对新诗的主流批评正是这样的。西方哲学家无论对西方社会如何批判，但始终给诗留下一片园地。在《象征交换与死亡》一书中，波德里亚认为今天的时代已经进入了受代码支配的仿真阶段，仿真原则已经替代过去的现实原则支配一切，无论是政治经济学还是精神分析学，在今天都已成为守法的革命，丧失了有效性和激进性，因此我们需要易位书写来终结语言的权力,只有这样才能触及今天的超级现实并给予它致命的打击。而这个易位书写正是索绪尔在农神体诗歌中所揭示出的语言形式,它有两个原则:1)配对法则。如果诗句的音节数为偶数,元音和辅音总会在某个位置上找到同样的音,余数总会为零;奇数音节会有一个余数,但在下一行会再次出现,准确配对。2)主题词法则。"一行诗句(或数行诗句)把同一个词(通常是一个专名,如神或英雄的名字)的字母顺序打乱,重新排列",从而使各组音群之间"相互回应"。这两个原则实际上是对语言学的消解,语言学建立在能指/所指的二元对立基础上,但诗歌通过这两个法则消除能指/所指的分界,自我指涉,蒸发能指,同时"即使诗歌指涉某个东西,它指涉的也永远是'无',是虚无的词项,是零所指",诗歌是价值毁灭的过程,我们从诗歌中获得的快感就在于诗歌打破了"人类词语的基本法则","诗歌是语言反抗自身法则的起义"。波德里亚认为诗歌的价值正体现在这里。

如果以波德里亚的标准来看,早在新文学开端的时候,赵元任就表达出了一种相似的文学观,这集中体现在赵元任1921年为自己翻译的刘易斯·卡罗尔著《阿丽思漫游奇境记》所写的序中。赵元任在序中认为:"《阿丽思漫游奇境记》又是一部笑话书,笑话的种类很多……但是这部书里的笑话另是特别的一门,它的意思在乎没有意思。这句话怎么讲呢?有两层意思:第一,著书人不是用它来做提倡什么主义的寓言的,他纯粹拿它当一种美术品来做。第二,所谓'没有意思'就是英文的 nonsense,中国话就叫'不通',……'不通'的笑话,妙在听听好像成一句话,其实不成话说,看看好像成一件事,其实不成事体,这派的滑稽文学是很少有的,有的大都也是模仿这书的,所以这书可算'不通'笑话的代表。"并认为该书可以和莎士比亚的著作媲美,赵元任的目的其实在于掏空语言的所指,让语言指向自身,他的文学观也体现在这篇序言本身的写作中,该序言每一段的末尾都申明本段"没有存在的必要""应该完全删掉"或者"不必来看"。赵元任虽然不是诗人,这篇序却体现出十足的诗味。只有回到现代中国的语境中,我们才可以理解新诗的价值,正如只有回到西方的语境中,才能理解西方现代诗的价值。如果预先就认定了中国新诗只是西方现代诗的翻版，又只从了解异域文化的窗口这一西方人的出发点来观察中国新诗，当然看不出新诗的价值。

但宇文所安的批评的确提醒我们注意：我们在创作诗歌时是否有过献媚西方读者的倾向？我们在批评实践中是否过于重视意象批评的模式和强调诗人的姿态而不从多方面发掘新诗的价值？显然，宇文所安所谓体制下的新诗指国家文学机构，包括各类评奖机构、官方出版机构、学者、批评家所遴选出来的新诗，宇文所安对体制下的新诗的失望也就是对国家的诗歌评价系统的失望。我们必须对熟悉的批评模式进行反省，多方面去发现新诗的价值。

杨琼：宇文所安在历史的断面上，讨论现在与过去、新变与传统、外界影响与本土性的关系，表达了对现代中国诗歌版图的忧虑。其核心思路与文言、白话之争中的保守派是相类似的。这一派观点同样是具有复杂性的。虽然宇文所安的观点在与怀有历史眼光的学者的论证中露出了许多破绽，但在操作层面上确实提出了一些有意义的问题。比如怎样区别"民族"与"世界"，警惕民族性的消失；一个民族内部的文学分层现象等。这些问题在世界文化版图改变之前将一直持续下去。就像奥斯卡广泛地影响了商业影片的拍摄模式一样，诺贝尔奖、西方读者的承认可能继续影响一些诗人的创作（不但中国如此，其他国家也如此），它们的结果是创造出更复杂、多层的文化图景，而不是覆盖原有的文学结构。

四　网络空间与流亡身份

卫纯：如果说第一篇文章，作者是想寻找一个平衡点的话，那么第二篇文章《进与退："世界诗歌"的问题和可能性》则主要是对这个平衡点进行反思。如果按照宇文所安的说法，这一篇先要对第一篇文章的论点进行所谓拓展，在我看来倒不如说是宇文所安对其第一篇的思考方式也做了某种程度的反省，是对"世界诗歌"权力机制全面的质疑；如果说第一篇对"世界诗歌"的文化权力问题还持一个悬置态度的话，那么这一篇则是把它作为一个对象进行了讨论，即食廊的例子。因为在第一篇中，宇文所安还深信，存在一种"根本上可译"的诗歌，"不依赖于任何一种特定的国家语言"；但在这里，食廊的例子让他意识到，这几乎是不可能完成的事："寻找世界诗歌这个行动本身即是错的。"我看重他对食廊空间性的深刻认识。因为食廊终究是要修建在一个地方的，这和联合国不是建在北极或南极，而是建立在纽约一个道理。"世界诗歌"的空间性根本不能完全开放，它必然存在于一个机制中，因此才促使他提出"抛开导致这些问题产生的、在历史上形成的文学的机制化"，进入到一个新的层面，即网络这一无国界的公共空间。在这十几年中，互联网蔚然成风，文学（包括诗歌）得到了学院化之外的某种繁荣。如果说对"世界诗歌"这一概念的颠覆是"退"的话，那么注意到互联网，则是某种程度的"进"，它使得关注的地方从"世界诗歌"变为了"世界"诗歌。各国的诗歌，在这样一个公共空间里，基本处于一个相对平等的地位，或者说其"平衡性"不言自明，从这个角度讲，达到了宇文所安最初的"世界诗歌"的理想。但网络也不是一个完全开放性的公共空间。它也有自身的权力机制。网站管理员、论坛版主利用其数字化权限，可以对帖子进行任意的整理、隐藏、删改，甚至封禁。所以网络问题，在宇文所安这里更多的是一种过渡，是要过渡到"世界"之下的"国度"中。

吴晓东：卫纯的感觉很不错。第二篇文章其实是一个辩护性的文章。因为在第一篇文章中宇文所安虽然提出的命题很尖锐并且有意思，但是也隐含了不少的问题，所以招来批评也是正常的。关于第二篇文章，春田也谈到过作者态度的犹疑，比如"进与退"。在我看来，宇文所安在第二篇中其实是采取一个"退"的姿态，从最初提出来的"世界诗歌"的概念往后退了一步，简单地说，就是从"世界诗歌"退到了"诗歌世界"。所以第二篇就显得立论更稳妥，没有出现第一篇存在的某种片面性——尽管可能是"深刻的片面"。他的两篇文章都反思了西方中心主义和西方所代表的普遍性的标准，但是第一篇过多地流露了像卫纯说的一种文化傲慢的感觉，这在评价北岛的时候比较明显，第二篇文章在这个意义上可能显得更为政治正确一些。另一方面，十多年过去了，全球化的普遍性的逻辑发展到今天，也可以说给他提供了十年的思考空间，对这些问题他思考得更充分了，但是锋芒反而不如第一篇。问题是宇文所安自己拟设的两种进入的角度和可能性其实还是有待商榷的，都存在一定的问题。

杨琼：奚密最早对"世界诗歌"提出质疑，她认为宇文的中西二分法有过于僵硬的嫌疑，文本本身即是文化形态的反映；中国古典诗歌让位于新诗有其内在的历史发展脉络，不应该只强调古典诗歌的文化内涵，而忽略当代诗歌的历史感[1]。也有学者提出，当代中国新诗的英语译者中存在对属性的选择（只选那些有政治倾向，或者可以当成有政治倾向的诗歌）、对诗歌内容的误读和误译。这些因素导致翻译过的文本看起来主题雷同、词句普普通通，抹杀了原诗中实际存在的民族性、历史性内容。[2]

面对各种质疑，宇文所安在《进与退："世界诗歌"的问题和可能性》中再次强调"世界诗歌"和"诗歌的世界"是截然不同的两个概念，并分析了"世界诗歌"价值体系产生的机制。类似地，他认为在一个国家的文学内部，也有一个文学价值的形成体系。在今天这样一个信息网络迅速扩张的时代，这种体系越来越显示出对文学价值评价的无力，于是产生了与以往任何时候都不同的多层文学空间：供"世界"阅读和消费的文学和供"内部消费"的文学。二者在形态上和特质上都有不同之处。

张春田：卫纯刚才讲到宇文所安用来描述今天全球化语境中文学面貌的比喻——"食廊"，我觉得"食廊"这个比喻还是很有启发性的，不仅指出了"在不同种类之间挑选它的代表者"，而不是在同一个文化传统、文学形式内部的比较这样一个全球文化生产和传播的状况；同时，又把"文学消

---

[1]《"差异"的忧虑——本土性、世界性、国际性的分疏》，收入《现当代诗文录》，台湾：联合文学出版社，1998年。
[2] Huang Yunte: *Transpacific Displacement: Ethnography, Translation, and Intertextual Travel in Twentieth-Century American Literature* (Berkeley: University of California Press, 2002), pp.161–182.

费"的层面和特征揭示了出来。食廊里有各种各样的食物，作为一个消费者来到这里，他可以挑选。而不同民族的文学作品，经过翻译（当然是被译为主流文字），在今天的西方主导的文化格局中，也被置于与市场中消费品相似的位置，等待着"国际读者"的消费。它要获得青睐，不能与西方完全一致，但不能离西方的想象太远。有一个微妙的"差异"尺度，我更愿意用"差异的政治"来表述。一方面，比如说中国的、第三世界的诗歌、文学（或者想想第五代的电影好了），要能被西方接受，其中自然不可缺少所表征的文化共同体的特殊经验、地方性知识，以满足国际读者对"地方色彩""异国情调"的渴求，这时，宗教传统或政治斗争，都可以成为"差异"的"商标"。另一方面，又如宇文所安所言，"必备的精深知识不可能出现在世界诗歌里"。不能跑到准入规则、允许限度之外了，更不能是威胁性的"异端"。如果只是讲到有了"食廊"，就有了不同的风格、有了选择权，所谓丰富多样的多元文化之类，而不去触及"食廊"背后的不平等的"东方主义"文化政治、跨国资本主义的霸权和趣味，以及消费主义对文学的侵蚀与规训这些根本问题，就还会陷入普遍主义与特殊主义对位的迷思。说得更直白一些，从一种类似自我殖民化的角度去批评北岛乃至中国新诗，当然是可以的。但因此只要求或允许北岛写一种完全"中国式"的诗歌（无论是何种意义的"中国式"），又不过陷入了一个循环，即中国又成为一个"他者"，一个被观照的差异性的对象。中国本土经验最终还是被编织进以西方话语为中心的符号和意义的生产网络中。

宇文所安深刻地反省了今天的文学体制中，西方的解释如何内化为了我们自己的文学判断标准。他提出"通过这些国家文学体制（或者通过明确抵制这些国家文学体制，比如流亡诗人或者以于坚为代表的'民间诗派'），的确存在着一种丰富的文学，也就是世界文学"。但也有其他种类的诗歌在视线之外繁衍。

李斌：宇文所安从社会学的角度考察世界诗歌的问题，诗人想获得经典的地位就需要得到文化权力中心的认同，这个权力是欧美的，不是中国的。要得到权力中心的认同,就得写出可译性的诗歌,所以"世界诗歌"的问题没有解决的办法。但是他不再将所有的中国新诗都纳入"世界诗歌"的范畴,而是区分了体制下的诗歌和网络诗歌两类新诗,把前者纳入"世界诗歌"的范畴并对其文学价值进行否定。宇文所安把我们的眼光引向了网络诗歌和旧体诗,认为"'诗歌的世界'即在世界范围正在被创作和阅读的诗歌,和'世界诗歌'一样值得关注","诗生存于所有我们谈到的这些地方"。显然,宇文所安是在对体制下的中国新诗失望的情况下,转向从网络诗歌和中国旧体诗中寻找资源。

吴玉萍:这就是建制之外,另有一个"诗歌的世界",有一群诗歌的爱好者,在快乐地创作,在中国他们是写旧体诗的诗人,是网上诗歌的新力军,他们出于对诗歌的热爱,发表"感于哀乐,缘事而发"的民间诗歌。在这个诗歌的世界,什么各国轮流领奖,什么第三世界国家的民族情意结,什么典范的作品,可以搁置在一旁。那可能是诗人的理想国:在分散世界的各地,从未听过对方的作家们不约而同地面对同样的问题并寻找同样的答案——诗歌的发展是大都会式的。那时候诗人的关注,会否是诗歌的多元化发展更甚于民族主义或其他?借用宇文所安的话:诗的发展是自足和多向的,在新世纪里,诗歌到底会在何处生存?

朱丹:网络诗歌的独特性在于它能够打破空间限制——网络上的诗歌只有语言,没有国籍。包括宇文所安在这里提到的,流亡诗人使用母国语言写作的诗歌和母国的诗人使用同样的语言写作的诗歌,是混杂在一起,无法分辨的。我们在读一首网络诗歌的时候,我们并不知道这个网页地域上的真正来源。这个时候诗歌只剩下共同的语言,而不存在国家的问题——即诺贝尔文学奖中所面临的"哪一种诗歌可以代表这个国家的文学"这样的问题了。网络诗歌的第二个特点就是它打破了现有的权威设定的标准,无视网络之外的权力机构。网络上没有绝对的价值判断,至少没有"外面"的文学体制的价值判断。

袁一丹:宇文所安用了相当的篇幅,对地方出版物及网络上的诗歌生态，做了极为生动的描述。或许受制于资料等因素，支持其论述的主要还是1980、1990年代《当代诗词》等地方刊物，他似乎还未真正深入新世纪的网络诗坛，这个较传统的纸面媒体更为错综芜杂的诗歌世界。我想首先对网络旧体诗坛的"朝代更迭"做一大致的勾勒。

网络上的旧体诗兴起于2000年左右，以天涯诗词"比兴"为中心。据说彼时，高手云集，网络上的切磋琢磨，辅之以北京——确切地说是以后海为据点的交游唱和，现今回想起来，几乎可称得上是一个类似于三皇五帝、夏商周的理想时代。里面的活跃人物，后来有的隐退江湖，有的却成长为各大诗坛的领袖。因此天涯"比兴"，可以说是他们这一代以及后来人共同的资源和记忆。"比兴"之外，"六艺"也是个老牌子，"六艺"分裂后，才逐渐形成了今日网络旧体诗坛多足鼎立的局面，其中人气较旺的有：光明顶、菊斋、流觞亭、诗三百、诗风词韵、中华诗词诸家。当然各家有各家的气象，这往往与主持者的个人风格、理念有关。仅以菊斋和流觞亭为例，对此稍做说明。这又牵涉到网络诗坛内部的批评方式。菊斋诗词版主在其任上有一首戏作：

> 一诏官封道韫家，罗衣初换正乌纱。
> 须怜弱腕悬金印，未画蛾眉赴早衙。
> 高卧元龙楼百尺，颇嫌和氏璧微瑕。
> 惟于徐子留陈榻，不是奇文不肯夸。

末两句陈元龙及徐孺子与陈蕃的用典，显露出一种矜持的态度，而实际上，版主的态度亦受制于诗坛的制度。菊斋每月都会推出该月的精华集，并于版面上置顶，这就需要定期有相应数量的"推精"。（所谓"推精"，就是推荐精华版的意思，此类帖子前面一般会有"精"或"荐"字等标记。）"推精"与否，主要取决于版主的眼光，但推精量的要求，使得版主有时不得不在矮子里面挑将军。这也养成菊斋内部相互吹捧的风气，其灵魂人物孟依依，也就是上面那首诗的作者,即被尊为"孟偶"。

与菊斋的温和形成对照的是流觞亭"独断专行"的做派。相传亭长喵喵2001年有这样一句硬话:"一周无'精'如何,一月无'精'如何,一年无'精',又当如何?!"故流觞亭的主要批评手段,与其说是吝之又吝的"推精",不如说是版主一语中的的"拍砖"。当然"推精"与"拍砖"并不是版主的专利,其他人也可以"鲜花"或"鸡蛋"表示对某人、某作的激赏或鄙夷。顺带提一句,流觞亭的管理模式也很有意思,它模仿的是太平天国的架构:亭长即天父,版主则是各大天王,下面还有军师、丞相等级别。流觞亭最用心经营的,除旧体诗词外,恐怕就属尚未完工的《太平天国史》,这是部用文言写就的纪传体史作。

网络诗坛内部不仅自有一套管理模式、批评体制,网络这一特殊的载体,还或隐或显地影响着诗人们的写作状态。这在那些"随例屏前兴一回"的作品上体现得尤为明显。"临屏",类似于传统的"口占",对诗人的才情有较高的要求。但在争胜之心的驱使下,对速度的盲目追求,也会使才情的抒发变为一种娴熟甚或说烂熟的技艺重复。另一方面,网络旧体诗的异彩多靠其主题的尖新,在技术层面上其实是相对保守的,都自觉不自觉地遵守着一些基本的游戏规则。他们对格律的要求尤为严格,今韵只是偶一为之,平水韵一统天下的局面很难被打破,此外,在入声字上也很较真,出韵之作几乎难逃砖头或鸡蛋的袭击。

在网络旧体诗坛,多多少少也能听到一两声激愤的呐喊,但绝对是少数。网络诗人大多关心的是一己的爱欲情愁,即不愿学作什么匕首投枪,也不屑作那歌颂太平盛世的老干体。他们没有参与宏大叙事的欲望,也没有另辟公共空间的野心,虽然其存在本身确实是个体制外的,并且确实难以被收编的场域(它有可能,也很容易被赋予这样那样"抗争"的意义),但这个空间基本上是自闭的。诗坛上种种真情假意的即兴表白,转瞬即逝,不仅与政治绝缘,甚至与真正的现实也水米无干,更不用说有任何觉世、传世的使命感。辗转于尘世的人,或许自认为由此洞悉网络的虚假、幻灭,但虚假、幻灭，未尝不是源于那些流连于网络中的人对实世间的真切观感。但这样说，并不意味着后者就一定是实世间的失败者，可能恰好相反，他们是有相当的生存能力的，至少大部分是衣食无忧的"有闲阶级"，不然哪有如许闲心、闲情，抛洒在这不能换米盐的文字上。

张春田：宇文所安讲网络诗歌，当然是试图打破在现实中存在的文化权力等级。可是我有些怀疑这种可能性。可是就像一丹刚才描述的，网络不是一个绝对自由的空间，给所有人提供了均等的发声机会。有语言的问题——什么语言在互联网上占据主流，还有各种实际的管理、操作方式，等等。现实权力关系会折射到网络空间中。更重要的，网上书写的机会与对现实的诗歌面貌的影响之间有没有实际的关联，这是可疑的。

吴晓东：大家对宇文所安谈网络诗歌的部分阅读得还不够仔细，他这里的原话是这样的："流亡群体和移民群体经常在文学景观中扮演重要角色。"这个流亡群体和移民群体当然是分布在世界的各个角落的。接着看："在网络上，他们也很活跃，但不同的是，他们在网上的作品很快就和来自他们自己祖国的诗歌混杂在一起，几乎毫无差别。"就是说流亡和移民群体的创作混同了母国的诗歌。再看下一段："在网上，我们清楚地看到脱离了民族国家的国家语言群体的兴起。"宇文所安似乎在说，流亡群体和移民群体的网络诗歌最终还是与母语的形态汇集到了一起。他们在空间和地域的意义上脱离了民族国家，但是在语言上仍是一种"国家语言"，母语成为一种凝聚写作的方式。在这个意义上，他们其实既超越了移民和流亡身份，也超越了民族国家的地缘政治，最终靠的是语言的形态凑到一块儿，最后还是一个母语问题。"脱离了民族国家的国家语言群体的兴起"是否可以超越民族国家的形态本身？母语背后是否仍然存在一个民族国家问题？这是我关心的问题。但在宇文所安的文章中尚没有答案。这也涉及了流亡和移民群体的国族认同和身份认同问题。流亡群体和移民群体背后的民族国家身份怎么确认，宇文所安估计得似乎不够充分。可能这个身份更为复杂，比如像北岛在海外作为流亡作家写作的时候，他自己的身份如何确认？他还有没有民族国家的身份背景？民族国家的背景在他的海外流亡生活中到底起着什么样的作用？母语在其中所起的作用又是什么？这些都是要我们充分进行具体分析的。我们这个讨论如果要具体化的话，北岛其实提供了一个好的个案。可以通过北岛，讨论流亡身份和民族国家认同的问题，也可以讨论在网上出现的这种诗歌形态，与流亡身份、民族国家的关系等等一系列复杂问题。

关于这一部分宇文所安谈得不太充分。他是从北岛的视角进入的，但可能更多的网络诗歌还是存在于民族国家内部的，如民间大量写作的诗，那么，这些诗歌能给"世界诗歌"带来什么可能性？又带来什么样的空间？我们不能想当然地认为网络诗歌提供的就是一个民主的自由空间。这个网络诗歌究竟受制于什么样的权力体制？因为并不存在一种超越权力体制束缚的空间形态，同样，网络空间也毕竟是一个隐含权力的空间。但是网络体制中隐含的权力机制和我们现有的国家的权力机制，包括体制内的诗歌机制之间有什么样的关系？这个问题倒是宇文所安提出来的新问题。

五 旧体诗："诗歌的世界"可能吗？

朱丹：再就要说到"旧体诗"。应该说，如今旧体诗处在一个很尴尬的位置。一方面中国现代诗歌史完全无视旧体诗的存在，但另一方面它却依然在民间蓬勃发展。它是在被整个新诗史，甚至新文学史所排斥、所忽视的背景下自行发展的。

卫纯：我觉得，宇文所安改变了中国新诗发生的观念，从完全"冲击－回应"模式，到开始注意中国自身的"内在理路"。但其实所谓"内在理路"他谈得却非常有限，因为他明确地把中国传统和西方传入作为两大背景，分别对应到旧体诗和新诗上，并与语言相对应，整体思路很难说有多大突破的可能。就中国的新诗而言，它始终面临着传统旧体诗的威胁，新诗诗人要得到国内读者承认的努力要大过被国际认可的努力；就创作的同时性而言，现代新诗和新古典诗貌似互不干涉，但在期刊发行、读者拥有上存在着

| 从"世界诗歌"到"诗歌的世界"

竞争关系。这两点都是权力机制的问题。新诗的规则由西方制定，对中国新诗的评判则很难展开；而新古典诗看似不存在语言的界限，当代却也存在着同样令人困扰的问题："古典诗里面吸引我们的品质——诗歌和日常生活细节富有想象力的关联——恰恰是当代旧体诗困扰我们的地方。"因为新旧体诗和人们日常生活联系得太紧密了。可古代的旧体诗同样是和日常生活联系紧密，这里似乎存在着新的碰撞。旧诗与新诗的权力关系，在这里，背后已经是新旧两种语言的权力关系。它是不是已经渗透到今天我们对于诗歌判断的脑髓之中？这一点宇文所安也没有做出解答。就像前面提到北岛早期诗作政治色彩浓厚，被西方视作"滥情"；但它对于北岛而言，又何尝不是一种日常生活的写作？舒芜这样一个新文学体制的成员，却大力倡导当代旧体诗"纯粹化"的写作，这种"纯粹化"的倡导在宇文所安看来是和中国古代传统并不吻合的。宇文所安试图挖掘的是不被世界读者注意的"国家文学"形象中被压抑的一面。但这里的被压抑者，其面貌似乎也受到了一点冲击。在他所举的当代旧体诗的例子里，其实都不是那么文言的。当代旧体诗，其难堪之处，恰恰是不会用古典诗特有的语言感觉进行写作，或者说是不会"做旧"。因为在语言上，当代人已经浸淫在新语中太久，按照他自己的逻辑，其实西方已经打败了东方传统。这个可怕的论调，并非宇文所安文中标榜的，他似乎也没有找到答案，他还沉浸在国家文学的非引号化来组成世界文学的多元面貌这一可能性所带来的慰藉中。如果宇文所安未来还继续关注这一问题的话，这篇文章终究会成为一篇不起眼的文章，难以比肩其似乎更加偏激的第一篇。因为貌似权力的平均分配，其实背后的冲突与碰撞，恰恰在悬置的"世界"和"国界"的内部，正在继续激烈地进行着。

张春田：谈旧体诗，当然跟他研究背景有关，对古代诗歌有着特别关怀。他针对的是新诗。他提出的是，如何尊重中国自身积淀的程式和修辞传统，进而，"旧诗的样子"可以参与创建今天的"诗歌的世界"。

我觉得宇文所安有点忽视了，旧体诗并不只是形式上文言写作的诗歌，实际上是和整个古代中国的文化精神、时代的精神状况、古人生活世界的表述形式联系在一起的。所谓"兴观群怨",旧体诗是政治、宗教、教育、社交。简单地"怀旧",特别是仅仅寄托在形式上,会有问题。我们现在还有没有一个如中国古代世界一样的完整自足的生活世界?事实上,与旧体诗歌粘连在一起的生活世界、社会制度、文化理念,在那样的文学惯例中孕育的多重想象,在今天已经完全丧失了。当我们的生活形式自身已经包含着西方生活的内容,怎么可能指望想象一种没有西方的诗歌?在这个意义上,困境不仅仅在于"诗歌的世界"的合法性,背后牵扯到更大的文化认同和自觉。

而且,就像有人批评宇文所安说的,他对中国古代诗歌研究,很大程度上还是无法避免内含西方价值的眼光和趣味,譬如对个人主体的形成、欲望的言说等的侧重。如果我们要在自己的位置上重新面对与处理中国旧诗的精神遗产,对宇文所安的思路也许还可以再反省。当然,这又会牵涉到汉学在西方学术中的位置,以及汉学与中国的关系,等等。

吴晓东:由于大家准备得比较充分,我认为问题大体上都梳理了出来。我想提醒的是,有几个问题也许还可以再深入地考察下去。一个是关于诗歌是否可译的本体性问题。所谓"本体性"是说,我们都通常认为诗歌是不可译的,但是所谓不可译这个论题,其实是先验性的。因为如果说所有诗歌都不可译,那就不会存在诗歌的翻译史,不存在诗歌对译的历史了。本雅明在《译者的任务》中有这样一句话:"一切伟大的文章都包括字里行间的潜在译文。"本雅明举的是《圣经》的例子,《圣经》或许是全世界翻译版本最多的书,大家都知道张爱玲在《封锁》中甚至用它做比喻:"生命像圣经,从希伯来文译成希腊文,从希腊文译成拉丁文,从拉丁文译成英文,从英文译成国语。翠远读它的时候,国语又在她脑子里译成了上海话。那未免有点隔膜。"《圣经》翻译来翻译去都会隔膜,诗歌恐怕更成问题了。诗歌固然存在特殊性,但诗歌的不可译确实是一个先验的命题。在某种意义上诗歌的确是被翻译了,我们也只能建立在诗歌的确被翻译的这个翻译史的前提下,来思考这种可译的条件。但是北岛恰恰位置比较特殊,不少研究者认为,北岛的诗歌在翻译过程中损失的确很少。可能他意象性的处理方式,比较符合英语翻译的口味。但是北岛的问题恰恰出在被西方翻译的过程中让人感觉太像西方诗了。尤其是他在海外写作的中文诗歌,如果真有宇文所安所谓"世界诗歌"的话,恰恰很像"世界诗歌"被翻译成中文的感觉。我个人的确有这种感觉。但是就北岛而言,他是碰巧应和了西方诗歌的风格呢,还是他的确就代表了所谓"世界诗歌"的现象呢?换句话说,北岛的诗本身是特殊的,还是代表着一种普遍性,即反映了一种虚拟的"世界诗歌"的可能性?我也同意朱丹所说的"世界诗歌"是一个想象之物,或者说是虚拟出来的某种抽象的标准,当然并不存在真正的"世界诗歌"。但是恰恰在这个概念背后,隐含着可以生发出我们今天讨论的一系列问题。如果大家有兴趣的话,可能还得对北岛进行深入的研究,包括研究宇文所安在介绍和引用北岛具体的诗作过程中他的具体评析。所以我觉得像袁一丹考察"深渊"等意象的做法就更为具体,虽然我觉得她的结论还比较含混,没有完全听出最后指向。

宇文所安所评论的北岛的《八月的梦游者》其实是北岛流亡前的作品,他那时候还没有去西方。所以我更同意杨琼所说,北岛在写这些诗歌的时候可能并没有虚拟一个西方评奖的标准,没有想要投合西方人的喜好,但他的诗歌恰恰被某些西方人认为更符合世界诗歌的标准。类似的情形在20世纪中国诗歌的历史过程中也许已经发生过,比如说当年李金发的诗歌就有一种从西方翻译过来的感觉。由于西方的文化优势和文学影响,也许无形中迫使我们本土的新诗写作的确产生了一种西化的标准。如果把所谓"世界诗歌"问题历史化的话,可能会更为复杂。所以,还有必要利用文学史、诗歌史上的相关视野来加深我们对这些问题的历史感。

消费主义时代的爱情

——《山楂树之恋》：从小说到电影

吴晓东、李松睿 等

时　间：2010年10月28日
地　点：北京大学五院中文系现代文学教研室
主持人：吴晓东
参加者：李国华、李松睿、王东东、燕子、许莎莎、路杨（北京大学中文系博士、硕士）

吴晓东：上次讨论课前，我问松睿有没有看电影《山楂树之恋》，当着其他同学的面，松睿似乎不好意思承认自己已经看过。给人的感觉是：看这部电影似乎变成了一场地下活动，是一件令人羞愧的事情。从某种意义上来说，电影《山楂树之恋》可能的确不值得我们兴师动众。但如果我们把电影《山楂树之恋》的原著——艾米的同名小说纳入的话，可能就拓展了问题空间。这就是电影与小说文本之间形成的讨论空间。这个空间可能是个差异性的空间，也可能是个两者共谋性的空间，可能更值得讨论。我之所以赞同国华提议讨论《山楂树之恋》——从小说到电影，就是看重两个文本之间可能蕴含的多重性问题视野。在某种意义上来说，《山楂树之恋》的小说和电影都可能构成了当代文化的症候性文本。如果我们考虑到小说《山楂树之恋》是一部作者在美国的海外汉语书写，同时又先是在网络上走红，然后才被张艺谋看中，可能就更加富有意味。特别具有隐喻意义的是小说开头的"说明"，和结尾由女主人公静秋本人写的后记，本身对解读这个文本就具有形式上的意义。这一头一尾的"说明"与后记都试图提示我们小说文本中故事的"真实性",同时提示读者小说的故事只有在女主人公静秋已经去了美国之后的今天,才获得了面世的可能性。虽然小说中的"故事"发生在1975年前后,但讲述故事的语境却是今天这一后革命的消费主义时代的语境,或者说一个全球化时代的语境,这就使这个文本进一步具有了可分析性。

一 小说《山楂树之恋》:一个疑似启蒙的故事

李松睿: 我觉得小说《山楂树之恋》是一个关于启蒙的故事。这一点最突出地体现在这个小说文本的叙事动力上。我觉得这部小说的叙事之所以能往前推动,是因为静秋的无知与老三的全知这样一组矛盾。静秋在各个方面都是非常无知的。而老三在生活知识、文学知识以及社会常识各个方面都无所不知。而且静秋的无知是小说不断延宕俩人恋爱过程的重要设置。当我们发现小说是按照无知与全知这样的对立关系来展开的时候,我们就会发现小说内蕴着一个重要的问题——启蒙。小说讲述的就是老三如何去启蒙静秋的故事。谈到启蒙问题,我就想到同样描写1974年到1976年这段时间的一部小说:作为伤痕文学代表作的刘心武的《班主任》。有意思的是在小说《山楂树之恋》的封底我们看到,刘心武自己也认为"把这部作品(《山楂树之恋》)与三十年前的'伤痕文学'联系起来不无道理"。所以引入《班主任》对我们理解《山楂树之恋》中启蒙的内涵是很有帮助的。《班主任》谈的也是启蒙的问题,是张老师对谢惠敏的启蒙。谢惠敏这个人物用张老师的话来说,就是被"四人帮"在教育战线上的政策所毒害的,对文化没有任何感知力,只读《人民日报》上的文章。而与谢惠敏相对的是人物石红,我觉得刘心武对石红的描写特别值得分析。当张老师去石红家里时,石红正在给同学读苏联的童话。然后张老师看到石红家的书架上放着的是《盖达尔选集》《红岩》等苏联文学以及20世纪五六十年代的中国文学。而当张老师在看到谢惠敏说《牛虻》"很黄"时,他马上联想到50年代自己与大学同学一起点燃篝火,围成一圈,边唱苏联歌曲《山楂树》,边朗诵《牛虻》的情形。从这些细节我们会发现,当刘心武在想象如何打破"四人帮"对思想的毒害时，他所借助的资源就是五六十年代出版的中国当代文学、苏联文学以及19世纪欧洲文学。那么当我们回过头来再看老三的话，我们会发现老三和张老师、石红非常像。当静秋第一次见到老三时，后者就正在用手风琴演奏苏联歌曲《山楂树》。而且老三在与静秋认识后，不断借书给静秋。他所借的书是《约翰·克利斯朵夫》等欧洲小说，也是五六十年代的出版物。我们发现张老师用来启谢惠敏之蒙所借助的文化资源，与老三启静秋之蒙所用的文化资源完全相同。

在这里我想引入一下对老三这个人物形象的分析。我认为这一人物在小说中的形象可以帮助我们思考启蒙的内涵以及新时期以来中国社会的文化转型问题。现在网上有一篇谈《山楂树之恋》的名文，就是《〈山楂树之恋〉：隐藏在纯爱背后的生化危机》，那么模仿这个说法，我认为老三是"隐藏在纯爱背后的午夜凶铃"。因为我觉得老三这个人物始终给我一种鬼魂、幽灵的感觉。我们看小说的开头，静秋见到孙建新之后，产生了幻觉，山楂树下像那首歌所唱的那样出现了穿白衣服的少年，而这个少年恰恰长着老三的脸。所以这部小说从一开始就给人一种老三是从地下钻出来的幽灵的印象，因为老三是静秋在幻觉中所看到的。而我个人越读这个小说越觉得老三给人一种很虚幻或者鬼魂的感觉。比如，静秋老害怕老三被人看到，总是问老三有没有被别人看到。老三总是说没有人看到自己。也就是说别人是看不到老三的。而且静秋主动去找老三的时候从来都找不到。

李国华：还是找到过的。比如静秋带着欢欢去找老三回去吃饭，就找到了。

李松睿：但大多数时候是找不到的。而且静秋找不到老三是小说中非常重要的设置。没有这个设置小说就没法讲下去。故事往往是，静秋找不到老三，但老三可以随时出现找到静秋。欢欢是小孩子啊，在民间传说中，小孩子是可以看到鬼的嘛。而且老三随时都知道静秋在干什么，她需要什么，而静秋却不能相应地知道老三在干什么。这是小说非常重要的设置。小说中有些设置很奇怪。比如每次渡口关闭的时候，老三就只能在野外住。这个时候小说故意渲染当时天气很冷，但老三也没什么事，不生病什么的。所以读到这些地方老三给人一种鬼魂的感觉。而且结尾处，老三躺在病床上，他父亲对静秋说，你平时怎么叫老三你就怎么叫他。但静秋却无法叫出老三的名字，她只能跟老三说："我是静秋，我是静秋。"在某种意义上，当静秋无法叫出老三的名字时，可能正表明她其实根本不认识老三。所以静秋究竟认不认识老三在小说中成了一个问题，因为静秋无法喊出老三的名字。这是我的一个大致的观感。老三给我一种很恐怖的感觉。他是从那个浇灌了革命烈士鲜血的山楂树下生成的类似于幽灵式的存在。

李国华：我觉得你这个更适合说成是"静秋的盗梦空间"。他们的爱情不过是静秋的一个梦。

路杨：这里说到老三的形象我想插一句。小说中老三的启蒙者形象在静秋的眼中体现为一种神化和偶像化的存在，因而电影中老三对于静秋的"居高临下"的俯视从小说中静秋的视角来看可能也是静秋自觉地将自己放在那个位置上的。小说中的老三甚至还表现出一种"父亲"和"长者"的形象，因为在小说和电影中，现实中的"父亲"都是不在场的，仅仅出现在静秋的回忆中，而老三的一些举动也常常勾起静秋小时候和父亲在一起的一些回忆，可见老三的形象中可能还带着一些"恋父"的倾向。

李松睿：回到我上面关于启蒙的论述。如果说老三是一个用来启静秋或者说启"文革"之蒙的幽灵的话，那么这个幽灵身上所附带的文化基因，是五六十年代中国知识分子的文化资源，就是苏联文学、19世纪欧洲现实主义文学以及苏联歌曲。所以我觉得老三以幽灵的形态在"文革"期间显身，正反映着五六十年代的中国文学在"文革"期间的特殊境遇。因为这些东西在那个年代是不登大雅之堂的，没有办法通过正常的渠道出现。老三在70年代末开始还魂，其作用是启蒙这一时期已经厌倦"文革"的人，也就是小说中的静秋。他使静秋产生了战胜"文革"的希望，让她向往自由、爱情、美好的生活等。不过下面这段文字使得老三这个五六十年代的幽灵在这部小说中更为复杂。

> 他搂着她："我睡着了，还要你来道歉？你该打我才对。"说完又打起喷嚏来，他连忙把头扭到一边，自嘲说："现在没怎么锻炼，把体质搞差了，简直成了'布得儿'，吹吹就破。"
>
> 静秋知道"布得儿"是一种用薄得像纸一样的玻璃做成的玩具，看上去就像个大荸荠，但中间是空的，用两手或者嘴轻轻向里面灌风，"布得儿"就会发出清脆的响声。因为玻璃很薄很薄，一不小心就会弄破，所以如果说一个人像"布得儿"，就是说这个人体质很弱，动不动就生病。

我觉得用"布得儿"来形容老三特别有意思。这是小说第一次出现"布得儿"这个词。后面我们会发现老三不断在用这个词来形容自己。"布得儿"是个中空的、脆弱的玩具，但它却成了老三的某种隐喻。这是不是意味着，虽然人们在"文革"末期用五六十年代的文化想象来构想一种解放的生活，但当历史的转折真的发生的时候，或者说新时期到来的时候，这种文化想象已经被抽干了，被中空化了。就像小说中的"布得儿"一样。所以当1976年来临的时刻，老三也在病床上去世了。也就是说，老三这个在"文革"末期被召唤出来的、充满了男性魅力的、意味着进步和启蒙的鬼魂根本就没有办法进入新时期。而被老三所启蒙的静秋，其在新时期的命运也特别有趣。或者说作者怎样去描述静秋的命运是非常有意味的。

> 十年后，静秋考上L大英文系的硕士研究生。
> 二十年后，静秋远渡重洋，来到美国攻读博士学位。
> 三十年后，静秋已经任教于美国的一所大学。

静秋在"文革"结束后去大学读英文系。我觉得去读英文系，相对于老三启蒙静秋时唱苏联歌曲、读苏联文学是非常有意味的。然后静秋去了美国。后来她就在美国大学中任教，留在美国生活。如果说在"文革"末期，启静秋之蒙的是19世纪欧洲文学、苏联文学以及五六十年代的中国当代文学的话，那么在"文革"之后这些东西都像老三那样中空化，消失了。而静秋则走向了美国。从这个角度再来回想我们国家新时期以来的文化走向，那么这个过程大致说来是一个全面拥抱美国的过程。因此《山楂树之恋》这部小说给我们的启示似乎就是中国社会在1974年到1976年这个转折点前后的文化转向。

吴晓东：我觉得松睿提到的很多地方都可以讨论，包括前面提到的幽灵问题，包括老三最后变成一个中空化的问题。但这里面会不会有过度阐释的嫌疑？比如小说快结束时，他对老三作为"布得儿"中空化、脆弱的解释。松睿背后的意思我听得出来，就是老三身上所承载的小资情调，苏联文学、歌曲所代表的那种苏联的文化资源背景，无法进入新时期。新时期走向了另外的道路，就是全盘美国化。小说中确实有这种描写。我觉得松睿的解读可以让我们进一步思考。但是他对具体细节的阐释，包括"布得儿"、鬼魂的意象以及中空化的解读，会不会在现实主义小说的意义上，有些过度阐释？因为你是从隐喻的层面进行阐释的。这是很好的切入方式，但文本真实性的细节能否承载你的这种解读？我觉得这是一个可以展开讨论的话题。

王东东：我也谈谈对启蒙这个问题的看法。艾米在讲她的故事的其余部分，也就是爱情之外的部分时采取的是一种"我假装相信"的态度，这就让它的批判力量大大减少了，因此我更愿意对启蒙话语对它的阅读保持距离，实际上这也是艾米自己的态度造成的，或者说，是小说结构致命的缺陷决定了这一点，作者洞察力的偏差和把握得不全面，不能用一句历史或集体无意识搪塞掉。建新是送给了静秋一两本"人道主义书籍"，但只给静秋带去"莫名的紧张"（反驳我的人可以在这上面做文章），她甚至都没有来得及将它们读作"情爱小说"。如果说，这里真有一种启蒙，那么首先也是一种性启蒙，是一种情欲化的启蒙，启蒙被"无情地"情欲化了，而如果这是一本三十多年前写出的小说，都是无伤大雅甚至合乎雅乐的（虽然肯定会被禁），不幸的是我们很多人都搞错了时代。

小说的叙事动力全建立在静秋的性无知上，包括孙建新对她的持续不断的"点化"和最终的"放弃"，可以说性是叙述动机、叙述目的和全部的叙述兴趣所在。这就是为什么静秋自始至终都是一个可怜的木偶，如果作者"后设"出静秋和建新更多知识分子气的交谈——就像建新送给她的西方小说中的男女那样——不过这个要求对艾米显然有点高了，对那个时代做出更多的反应、写出更多人的故事，也许在作者眼里，它就不成其为一个爱情故事了；而其实那是唯一使它显得像一个爱情故事的办法。它可以是一个很好的大故事中的小故事，并且一点不会丧失它的力量，因为作者不懂得放大的办法而失真了，这实在是因为作者的意识不幸都被性占满。

一个本来可以很真实（虽然非典型）的故事——我绝对相信你可以爱一个你从来没有和她睡过觉的女人，但你一直强调这个我就不相信了——受到一个懂得搜刮和榨取剩余价值的时代的欢迎，这并不奇怪，真正令人惊奇的是我们时代的幼稚病，我们的时代喜爱简单得没有道理和极端到幼稚的东西，就像一个儿童热爱卡通大片一样。

许莎莎： 但是我觉得你单纯说小说陷在了对爱情的描绘中也不完全准确。我想小说当中可能存在着两种话语、两条线索，一套是政治话语，一套是情欲话语，这两套话语常常是彼此纠缠、无法剥离的。虽然我部分同意你的观点，但是我还是觉得小说当中所描绘的这段爱情是带有象征意义的，不能过于把它实化。其实我觉得有的时候所谓"启蒙"这种政治理念或者这种政治实践本身就和情欲有很多相似之处。我之所以会有这样的想法是因为我刚刚在听到东东说"情欲化的启蒙"这个概念时想起了李杨老师以前谈《红岩》的一篇文章，在他对《红岩》的分析中，他把革命这种宏大的政治行为和"虐恋"相联系，认为二者之间存在相似之处。其实我们仔细想想，它们之间也许真的存在相通之处，都可以理解成为欲望的表现。因此也就不难理解在很多文学艺术作品当中，对情欲的书写与对政治的书写常常是纠缠不清的。

李国华： 我想提出的一个说法是，当我们把《山楂树之恋》当成一个启蒙的故事时，我更愿意把它看成一个疑似启蒙的文本，而不是一个启蒙的故事。我看完这个之后,马上就去重看了王小波的《黄金时代》,然后觉得这个就是琼瑶嘛。启蒙肯定是个大词。

王东东: 另外,我对松睿有关幽灵的说法很有同感,但是我认为这种幽灵状态是作家、电影导演和观众合谋造成的。首先是因为作家叙述的失真,给了孙建新这个形象漂移的可能;其次是因为我们需要这样一个形象,于是我们为自己制造出了一个形象,不巧把他放入了那个时代。我们知道,即使在一个不真实的人物身上,我们仍然能够得到一种道德教训,而通常的情形就是,道德故事必须以主人公的死亡结尾,从而再次以他的复活开始。孙建新的幽灵形象也充满了道德意义,并且因为其虚幻和华丽而更加攀动我们的内心:原来一个幽灵的形象也可以包含我们的真实。

作为幽灵的孙建新经历了三次死亡:第一次是作为司令员之子、作为革命历史的产儿的死亡,这从静秋在初见建新时觉得在山楂树下恍惚见过他(的亡魂)就可以看出;第二次是充满小资情调的爱情启蒙者和去势者的死亡,因此他作为幽灵必须是冲动的、可以"动刀子"的,这让幽灵显得可信,在这个时候艾米还是表现出了她的才华;第三次是作为"中国情圣"(苏童书籍广告语)、作为当代男性资本家的另一个自我的死亡,我们发现这个幽灵在今天的中国到处都是。

文本中"催人泪下的力量"建立在我们时代的回忆之上——正因为如此,静秋遇到建新时才必须处于懵懂无知的青春期,而他们真正的交往其实是一段空白。这种回忆将一个时代的经验叠加在另一个时代之上,并以一种残酷的绝美的方式投射在孙建新身上,无论在小说里还是电影里,都是一个我们时代的同代人,但他又分明在那个时候就死掉了,通过孙建新的努力,静秋已成为我们历史生活中不死的处女神话,成为一个永恒的欲望客体,让消费主义和纯情主义相拥而泣。而孙建新,他身上负载的意义是如此之多,但他本身却是一个零,一个魅惑,一个看到我们又被我们看到的漂移的形象。

如果艾米写的是另一部小说,首要的是不再执着于性——为什么对性的兴趣有时会变成一种恶趣味呢?而可以让静秋有自己的爱人,比如忠厚老实的长林就很不错……那么她也许就可以表现出一种更为积极的真理，爱是一种不平等中的平等，抑或是一种不可能中的可能。艾米未尝不想表现这个大道理，只是她受制于太过单一的设定，以至于她写出的那一点"纯爱"都显得直露有余、含蓄不足，而这正因为她不愿看到那个时代的残酷性，虽然她文本中无处不在的性恐惧和与此相连的阶级恐惧（右派女儿与高干子弟）一直在暗示着这个。结果是残酷的不能残酷，温柔的不能温柔，残酷的反而成了温柔，而温柔反而成了残酷。如果说艾米想要凭空创造一个天堂的花园，那么她几乎没有在这个花园里看到癞蛤蟆，天堂的花园里不是没有癞蛤蟆，恰恰相反，正因为癞蛤蟆才能够证明这是天堂的花园。即使如此，艾米也还是表现了一个消极的真理。仅仅因为她提供了一个有关性的谜团，在这里，因为面对死亡，孙建新代表人类自动取消了斗争的意志、活动的意志，多么悲哀，又多么崇高！因此孙建新这个幽灵，这个漂移的形象，仍然表现出一种我们无法承受的真实，他最终构成了一个空白，一个我们无法进入的虚空，一个亟须填补的位置；也就是说，他取代了他想要维护的东西，变成了他想要的东西，而静秋自己仿佛离静秋远去了，静秋成了静秋自己的悼念者。这就是文化研究中的真理，但却是一种隐藏在幻象背后的真理。

许莎莎： 我认为《山楂树之恋》是一个成功的通俗文学的典范，它融合了多种文学样态，几乎可以说它是从如下文学和文化资源产生出来的综合体：灰姑娘与白马王子式的言情小说，男女主人公生离死别的韩剧桥段，带有悬疑和紧张气氛的反乌托邦小说，等等。每一样无不牵动大众的心理，难怪会成为畅销书。而网上众"山楂迷"对它的吹捧，尤其是对"老三"这一形象的喜爱也就可以理解了。

但是如果仅仅用这些理由来解释"山楂热"现象我认为是不够的。其实，松睿刚才的主要思路涉及了中国当代思想史上一个"重返19世纪的主题"，那么我想就接着他的思路来谈一谈我的主要看法，我想正是这种牵涉于历史深处的原因，才能真正解释《山楂树之恋》为何火爆。我想用一个标题来概括我对《山楂树之恋》小说和电影，尤其是小说的主要观感，那就是——山楂树之恋：一个启蒙的故事。

从某种层面来说，《山楂树之恋》是一个启蒙的故事。从静秋与老三第一次见面开始，可以说老三就开始对静秋做一种启蒙的工作。小说完整地描绘了这种启蒙，老三用他的爱乃至他最后的死亡（牺牲？）最终完成了这种启蒙。在这里，启蒙的意义不是指五四时期那种对科学和民主追求的知识性初启蒙，而是在一种属于后"文革"时期的再启蒙意义上来界定的，也就是人道主义式的"再启蒙"。当然，老三对静秋的启蒙是一种全方位的启蒙，从思想到生活方式，还包括了性启蒙。

事实上，在静秋和老三初次见面的时候，老三就已经显露出他身上所具有的启蒙和乌托邦意义。当静秋问他山楂树开红花到底是不是由烈士的鲜血染红的时候，老三回答说从科学的意义上来讲他并不相信，但他进而又说人们之所以这么说可以被理解成为一种"诗意"。因此从一开始，老三就已经向静秋传达了这样一种印象，即事实上存在两种世界，而他们平常生活在其中的只是其中一种，还存在另外一种可能性。

老三对静秋的启蒙包括了物质层面，比如送钢笔、买球衣、吃肉，甚至可以穿上游泳衣去河里游泳，老三用这些物质层面的实践来暗示静秋另一种生活方式存在的可能性。启蒙也包括了情感方面的。老三曾经对静秋说："你可能还没有爱过，所以你不相信这世界上有永远的爱情。等你爱上谁了，你就知道世界上有那么一个人，你宁可死，也不会对她出尔反尔的。"可以说，从这一刻起，静秋才开始渐渐领悟到什么是无私的爱。而在社会发展的整体观层次的启蒙中，老三也常常鼓励静秋，暗示她将来的社会一定可以让静秋这样的人发挥出自己的才华。

除此之外，伴随着思想和意识上的启蒙，老三对静秋的启蒙还包括性意识上的，从牵手到亲吻，再到在医院护士宿舍那一晚达到了这种启蒙的高潮。在那一晚，静秋懵懵懂懂对男性和女性的身体有了一个初步的了解，当然，最重要的可能是，静秋了解到性可以是很美好的，驱除了在她以往的认识中对这一行为的误解。

所以我说《山楂树之恋》是一个启蒙的故事，它的这种启蒙是在一种对人性的追求意义上来定义的，是一种后"文革"年代的人道主义式的启蒙。

因此许多网友所质疑的老三的爱是一种变态的爱就是可以理解的了。因为作者就是要把老三这一形象塑造成为一个为启蒙所献身的先觉者。所以在小说中我们会看到老三这个富家子弟会毫无保留、倾尽全力地为静秋做一切事情。这不仅仅是因为他爱她，还因为他的先知先觉和对一切事物发展的了然于心。事实上，作者所描绘的老三正是在不断地与静秋心中已经根深蒂固的意识形态进行斗争。静秋每一次对他的否定与不信任，都像是对他的一次酷刑，小说当中特意强化了这一点。在亭子中两人约会时，静秋在不断地否定与不信任老三，而老三就一直默默忍受着这种折磨，与此同时还在对她进行启蒙，他说："静秋，静秋，你这样折磨我的时候，心里是不是很高兴？如果是，那我就没什么话说了，只要你高兴就好。但是如果你……你自己心里也很难受，那你为什么要这样折磨我呢？"除了精神上的折磨，老三还遭受着肉体上的折磨，他每天翻山越岭地来暗中保护静秋，为了获得休假自动调到二队去做辛苦的工作，为了说服静秋去医院看脚不惜自己伤害自己，而这种身体折磨的极致就是身患白血病。这些行为即使在静秋的妈妈看来都觉得很狂热，这种狂热毋宁说是带有一种信仰的性质。因此，可以说老三的形象是一种变体的仁人志士的形象。这一点很具有讽刺性，尽管作者艾米所反对的正是那种单调的压制性的意识形态，可是这种塑造的本质确是一个裹在糖衣炮弹里的烈士形象。在这种意义上，老三的死就不仅仅是一种煽情的手段，它更是一种象征。它象征着以80年代为代表的一种人道主义启蒙式的话语、思维和价值体系正在离我们远去。

吴晓东： 我觉得莎莎是一个理想的读者，大家从她的叙述和话语方式上都能看出她对"启蒙"这一思路的强调，形成了她的一套分析。我想谈的是刚才她所说的"老三的死象征着以80年代为代表的一种人道主义启蒙式的话语、思维和价值体系正在离我们远去"，这个问题是否可以再考虑一下？就是说，老三在"文革"后期的时代所秉持的一套话语确实与"文革"时期的典型话语不同，刚才大家也都谈到了是一种人道主义式的话语，那么这种话语是不是就完全不能与我们现在这种全球化资本主义时代对接呢？事实上无论是静秋还是我们，某种意义上都生活在老三之后的年代，或者说是老三所预言的那样的时代当中，包括现在的高考形式也可以说是老三的预言之一。可以说正是一种"启蒙后"时代，而静秋后来远赴美国的行为可以说是把这种"启蒙图景"历史化了。那么老三所代表的价值和话语体系可否与我们当今这个时代对接呢？还是这种人道主义式的"启蒙"话语真的已经离我们远去？这是一个值得我们深入探讨的话题。

许莎莎：对吴老师刚才提出的老三的价值与话语体系是否能与我们这个时代进行对接这个问题我来做个回应。其实我觉得在某种意义上，也许这种人道主义式的启蒙话语可以与我们的时代进行对接。近几年的一些受欢迎的电影、电视剧作品显现出了这样一种趋向，比如《集结号》《潜伏》，它们受欢迎的原因都是其中高扬了一种人性的伟大，一种人与人之间的深挚的感情。从这些现象来看，也许这种对接是可以成立的。但是我想同时有另外一点值得我们注意，那就是这种对人性美的张扬都是与我们这个资本主义全球化时代的商业运作分不开的。所有因为感动而流下的泪水在电影制作方看来都只不过是票房更大更多的表征，从这个意义上来讲，这种对接的实现恐怕又是不可能的，两个时代的价值体系存在着巨大的差别。

路杨：我对小说的解读也和两位所说的话语体系有关。从老三对于静秋的启蒙过程中我们会发现，老三所使用的那一套话语体系和静秋所接受的意识形态话语统摄下的话语体系是两个完全不同的系统。在静秋的思维方式中我们都可以看出，这套政治话语体系认识、命名、判断事物的方式都是非常简单化的，几乎是以源自阶级论、成分论、出身、阶级斗争等概念化和符号化的政治"标签"来认识一切的，而这种符号化的概括则将其中内含的那种严苛的等级观念和简单的是非标准扩展到了伦理关系与审美判断的层面中去。而老三则从来不使用政治标签进行思维与表达，当静秋所接受的那个话语系统将那些基本的情感需求、体验及其命名掩藏在一些标签式的概念如

"深厚的无产阶级感情"背后的时候，老三则以"爱情""追求"等个人化的、感性的、最直接的方式进行表达。静秋每一次都是从老三的话语体系对于政治话语体系的反动与冲破之中，建立起一些关于生活的更真实、更直接也更鲜活的认识。这两种话语系统一直都在相互角力，并反映在静秋对待感情的态度和抉择上，使其在这二者之间来回摇摆。

老三在静秋离开西坪村之前给静秋的信可以视为以其为代表的话语系统对静秋施行"教育"的一个重要文本，它容纳了对于静秋的一个全方位的启蒙，诸如对于个体自我价值的高扬、对于正常的人伦亲情的呼唤、历史乐观主义的信念以及对于摆脱那些强加的政治观念束缚的期望等内容。而静秋对于这封信的接受则成为两套话语系统冲突的一个展现。在此之前，静秋对于情书的认识都是如何运用那种标签式的、政治化的符号去隐蔽地承载个人的情感体验，而老三对她而言则是一个全新的话语系统，使她无从进入，而其中承载的也不仅仅是表白或绝交这样简单的信息，而是一种大容量的"教育"，这是静秋开始的时候读不出来的，她一直在试图使用现有的话语系统，并通过两套系统之间的对比来理解这封信；而静秋能够马上判断出来的，却是其中那些带有与现有合法的意识形态相抵触的言论的"反动"性质，这是在"阶级斗争"话语氛围中长期浸泡而必然产生的高度的政治敏感度所带来的。但我们也很快就可以发现，老三的"教育"渐渐显露出成效，静秋开始逐渐读懂了一些问题，她的价值标准开始发生潜移默化的改变，开始相信历史会有一个公正和进步的前景，也就象征着老三的话语系统已经开始对政治话语系统形成某种拆解。

而在这个政治话语系统的运用内部也还是有其复杂性的。这种对于政治话语符号的运用在小说中有时候体现为一种在认识层面上的符号化、概念化、标签式的概括，如静秋用于对比的那些情书表达的都是一些私人性的情感体验，但运用的却都是诸如"深厚的无产阶级友情"这样的现有的政治意识形态话语系统中的符号，静秋第一次见到老三时就马上使用了"小资产阶级"这样的符号去定义他的形象，觉得他一点都不符合"无产阶级的审美理想"，她会将这种外界强加给她但已经渗入其思维方式内部的意识形态话语与私人性的感情体验对接在一起。应当说这种对于话语符号的运用以及这种"对接"的态度还是自觉并且严肃的，但在小说中有的时候却表现出了对于这种政治话语的戏仿和挪用，比如静秋会用上层建筑与经济基础来比喻老三和打零工在自己生活中的地位，等等，又体现为一种近于王朔小说中政治语言狂欢的倾向。也就是说，小说既是对于政治话语的自觉运用，又是在拿政治话语来调侃。这与王朔小说中将过时的政治话语与当下的现实生活的刻意对接还是有区别的，因为在这部小说中这种自觉运用和调侃在叙事上是集中于那个时代人的话语内部而不存在时间上的分裂，因而这种调侃更可能是出于一种来自当今时代的反讽立场。

吴晓东：我很欣赏你关于话语符号的运用的分析，小说中显示出符号化的概括以及一种政治语言的狂欢。我也注意到了这一点，你把它揭示出来了。小说是很自觉地运用这种政治语言但也会去调侃，这种语言有这种政治化的倾向，因为是从那个时代过来的，但也有站在今天这个时代的反讽。还有你对于这种话语系统的置换和两种话语系统的呈现的分析也是你的闪光之处。包括山楂树开什么花的问题，小说中是村长在说，但是到了电影中变成了老师在说，这样就等于把村长的话语置换成了一种政治话语，这种置换是很有问题意识的地方。

我们对于《山楂树之恋》作为一个启蒙故事的阐释可以说是很有洞见力的。但是与此同时我们在对它的启蒙叙事进行分析时，不应该太把文本当回事，所以在这个意义上，我们需要的是超越网络上的"山楂迷"，这样才有可能建构出一种文化政治的症候式的审视。这个问题我们在后面的讨论中可以再继续进行探讨。大家对这个问题有不同意见也可以继续畅所欲言。

二 小说的形式：真实与虚构

李国华：我觉得《山楂树之恋》的作者艾米她不是一个成熟的作家。她的小说，说实话，我觉得挺粗糙的。无论是从纯技术层面进行分析——例如视点上，人物关系的把握上，前后的因果关系上，还是从对"文革"历史的理解上看，都有很多问题。比如在"说明"之后开始的小说叙述，第一段是"1974年的初春，还在上高中的静秋被学校选中，……"，表现出冷静、客观的第三人称限制叙事的特点，但才隔一段就出现这样的叙述："这个在今日看来匪夷所思的举动，在当时算是'创新'了，因为'教育要改革'嘛。……"这个话完全是在当下的语境中，一个作者在邀请读者共同回眸1974年，处在这样的时空，回眸当年的故事。这是一个非常大的视点上的混乱。里面还有一些细节的问题，比如钢笔的问题。孙建新口袋里经常插好几支笔，静秋嘲笑他是大知识分子，他就说挂一支笔的是大学生，挂两支的是教授，挂三支的是修钢笔的。这哪是1974年、1975年时候的故事啊？那个时候如果流行这样的故事，也应该是，一支钢笔是小学生，两支钢笔是大队书记，三支是修钢笔的。从这些方面就能看得到，艾米确实是一个网络写手，暴露出网络写手非常有意思的缺憾，她确实是没有办法掌握故事、小说在艺术上的整体感的。这也就是艾米笔下的静秋为什么会让张艺谋有机可乘，变成一个林黛玉型的女子。最明显的是开头写的那段，说静秋她们下乡调查编教材，最后要走八九里地的山路，背着她们一些简单的行李，居然要在山楂树下休息，而且还巴巴望着早点到山楂树下，好歇息。可是后面我们再看，这个静秋能挑一百多斤东西啊！这绝对不是一个走不了几里山路的人啊，她走三十里都没有问题。一百多斤东西呢，诸位能挑得起吗？不可能吧？

许莎莎：心理动力不一样，那个时候是养家。

李国华：不不不，这个不是心理动力的问题，一百多斤也不是靠心理能挑得起的啊。这说明什么呢？这说明作者艾米在表达女性身份的时候，她的态度是游移的。她在表达静秋的弱时，就想尽办法让她显得很弱，而在表达这个女性的强悍和能耐的时候，她又想尽办法表现她的强。她挑一百多斤东西，她去推沙子，她去搅水泥，这些在乡下都是男人干的活。但是后来她跑到西村坪，住在村长家的时候，老二长林回家挑水，她说要去帮忙，大妈居然说，你挑得动水吗？那一担水最多也就50斤，不可能一担水有100斤的，乡下不可能这样。就是这些东西，让张艺谋有机可乘，你自己写得那么乱嘛，所以把她塑造成一个娇怯怯的、林黛玉型的女子，也是可以理解的。我觉得这确是一个作者本身带来的问题。还有一些细节，比如说静秋乒乓球打得特别好，打排球也是主力二传。

燕子： 她干什么都是主力。

李国华： 那么，她肯定是一位身体条件非常好的女子，但作者有些地方却又强调她特别弱。

而且还有一些问题，就是静秋对于人体的理解。你看她暑假要打工，出入于三教九流聚集的地方，听到像秦疯子的疯话那样非常世俗的语言的一位小姑娘，居然会无知到对男女关系之间所有的事情都不知道。这个也是属于小说写作本身的一个错乱。因为，我们可以凭借我们的经验，我是在乡下长大的，我很知道，在听秦疯子所说的那样的话的时候，其实是明白了男女关系的所有奥秘了。当然，也许有人说我悟性比较好。但其实不是这样的，我们看到很多小说会写的是，即使在大部分情况下没有听到这种以特殊的方式传播的男女关系的知识，关键时刻也是可以无师自通的。这是一个人性的本能啊，艾米没有必要遮遮掩掩的，好像静秋失去了本能。但正因为她这样描写，就又给了张艺谋可乘之机，所以电影里的静秋就变得非常非常无知。所以这个很大的不同，一方面是因为一个女作者一个男导演，另外一方面也是因为艾米的确不是一个成熟的作家，她的写作造成了小说与电影之间很多缝隙产生的可能。

吴晓东： 我很同意你在大的网络写作的时代背景下谈具体的小说技巧和描写上的缺憾。但是关于真实性的话题，我觉得还可以再谈一谈，这个也会涉及如何评价这个小说的真实性和艺术性的关系问题。关于真实性的问题，我为什么要提出来呢？我觉得你说静秋关于性方面的无知是不真实的，但是基于我的经验或者认识，虽然我离那个时代也有点距离，但我还是能感觉到那个时代会有那样的问题，就是静秋那样的表现，还是不少。但我想说的不是历史的真实性问题，历史真实是否有静秋那样的无知的人，而是小说中具体化的个人情境，我觉得真实性还是要放到小说写作意义上的真实性上来理解。在这个意义上，它的真实性才可以被更深入地讨论，否则就会陷入小说中的真实性与生活是不是不同的疑问中去。就是说，生活可能是不真实的，但小说中是真实的，这个也是可以讨论的。但这些都不是我们讨论的出发点，我们讨论的应该是小说中的情境性真实，这就是小说的真实，或者艺术中的真实。这是我关于真实性话题的一点补充。

李国华：我同意您的意见，我想我也正是从艺术真实或拟真这个层面上来分析小说的。我所谓小说叙述上的错乱，其实就是指艾米没有成功地制造出真实的幻觉，让静秋这个人物缺乏真实感。从这样的一个意义上，我想回应一下松睿刚才的分析，它们不是经得起你那么用力分析的文本。我觉得艾米自己的一个说法能够说明问题，她自己说这本书讲的是一个"失足"与"得足"的故事，静秋一直在担心"失足"的问题，孙建新一直在进行"得足"的事情。我觉得艾米自己对这本小说的概括显示出她的小说能够表达出多么深刻东西来，是不太可能的。

许莎莎：但我要提醒你的是，作者已经死了！

李国华：这个作品，当你说作者已死的时候，其实都太后现代了，我不可能不考虑作者本身的水平和能力的，他／她的心灵，他／她的意识形态。

许莎莎：那不能把她的说法当成一个准绳来看。

李国华：我没有把它当成准绳，只是拿来作为一个切口。

许莎莎：关于真实性的问题，我觉得作者艾米作为一个海外华文作家，对"文革"的态度是显而易见的。她在博客上撰写的表示对张艺谋拍摄电影不满的帖子里，充斥着各种表达小说本意是反"文革"的、批判"文革"的说法。虽然我们必须要承认电影确实存在着很大的问题，一些重要地方的改动与删除都值得商榷与批评，但是艾米屡屡强调的应当忠实的"原著"同样值得我们去反思。

我所质疑的问题是：究竟在多大的意义上存在这样一个老三？尽管艾米

在小说前面的"说明"中强调这是根据真人真事改编。但我们通过"说明"以及小说后面附录的静秋本人写的"代后记"很难揣摩她们对于老三的故事究竟是一个什么态度。首先是艾米在"说明"中说她很早就想写写静秋的故事,"于是经常'威胁'静秋,说要把她的故事写出来,但她都没有同意"。这里所说的"威胁"显然是一种开玩笑的说法,可是如果艾米在这件事上抱有一种带有威胁性的开玩笑的态度,那么她对老三的敬意又在什么地方呢?她是否尊重那个她所描绘的看起来早已远去的孤独的却又伟大的灵魂呢?而更令人怀疑的是静秋的"代后记"中丝毫没有表现出对老三的脉脉情谊,她甚至为了夸赞艾米的文笔好,不惜做出如下对比:"当我们情不自禁地把老三拿来跟黄颜("黄颜"是艾米另一部小说当中的男主角的名字)比较的时候,就证明艾米刻画人物非常成功,因为黄颜已经成了某类男性的代名词。称不称得上伟大的情人,先跟黄颜比试比试,比不过的,就一边歇着。老三在跟黄颜的不屈不挠的斗争中赢得了一批粉丝,以他的'酸'战胜了黄颜,但又以他的过早离去输给了黄颜。"从这样的描述中我们根本看不出静秋对老三有多么深厚与值得珍惜的感情,反而可以随意利用他来开各种不合时宜的玩笑。造成这种情况可能有三种原因:第一种是静秋这个人就是一个会淡忘感情的人,老三对她的影响早已淡出她的生活,如果是这样,那这是老三的悲哀;第二种是如果这不是静秋的问题,她确实只是真实地在表达对老三的认识,那么真实的老三可能并不是小说中的那个老三,也就是说艾米在老三这个形象身上添加了太多文学与修饰成分,使他成为一种形象,也因此小说当中才充斥着各种看起来在那个时代不可能发生的"壮举";第三种,也是最恶劣的一种,那就是静秋和老三根本都是不存在的人,艾米只不过为了使故事更具有感人的力量,编造出这两个人物来并且强调这是真人真事。"代后记"也是她自己写的。

  当然,我想那些被小说感动的"山楂迷"们,那些在电影院灯光亮起时掩面而泣的人们大概不会那么在意究竟老三是否真有其人,最重要的是,正像他们所说的,"已经很久没有这么被感动过了。"但是我们不得不问,如果作者编造了一个这样的人物，说他真有其人，来换取全中国人们的眼泪，与此同时还在神气地指责别人没有忠实于她编造出来的这个故事，那么她还值得我们去喜爱吗？

路杨：大家所谈的涉及这部小说所谓"真实的故事"和"虚构"之间的关系。这一点我也有话要说。但我觉得小说中的"说明"和"代后记"显得很可疑。小说开头的"说明"很奇怪，因为它并不是一个以艾米的口吻发言的"序"，而是一个以第三人称交代成书经过的文本，而艾米则和静秋、黄颜一样是作为这个文本中的一个人物存在的。这些人其实在艾米的《致命的温柔》《十年忽悠》等一系列自叙传式的小说里以种种密切的关系构成了一个详尽的、自足的形象符号系统。另外，从那个以"静秋"的名义书写的"代后记"中我们会发现，"静秋"对老三的态度非常不严肃，并不像是在缅怀对自己意义这么重大的一个故人，甚至是在用展览老三的方式吹捧艾米。由此我们或许可以猜测，这个所谓"真实的故事"可能真的是被虚构出来的，"说明"和"代后记"本身也是虚构，只是以这样的方式强化故事的真实性以迎合读者的接受。

燕子：说到真实性问题，我在这里不得不插播一些内容，那就是我父母对《山楂树之恋》的看法，他们是50年代中期生人，都有四年下乡的经历。他们认为，艾米最大的问题，是将个人经历普泛化，而这种个人经历在那个时代是断然不具有普遍性和典型性的。后记中静秋的原型写道："如果我们只关心我们自己鼻尖下的那一点喜怒哀乐，我们的生活是平面的，我们的世界是狭窄的，我们的灵魂是孤独的。"但可惜的是，她和作者却不小心步此后尘，试图将自己鼻尖下的那一点喜怒哀乐放大到一代人的广度。

我父母的看法有三点：一是这个故事过于阴暗。整个电影色调比较压抑，结尾尤其令他们不能接受。他们认为，历史操纵了个人的命运，让他们不得不在最年轻最美好的时候下放田间地头，但是他们那一代人的坚韧顽强，绝对是阳光的。我母亲有一句话："虽然我们当年做了很多现在看起来荒唐的事情，但在那时，我们心中是光明的，是积极的，是有梦想的。"我父母同辈的许多同事、朋友看了这个影片也同样不太喜欢，认为整个基调就不对。二是这个故事不够典型。老三是高干子弟，而静秋是右派子女，这样的组合在当时不是主流，只能是非主流。更多的下乡知青是普通人家的孩子。同时，老三最后患白血病死去，也毕竟是少之又少的事情。三是作为亲历者，我母亲说，那个时候的确艰难，大家都很贫困，但是贫富差距很小，城乡差异不大，当时的农村的确能够做到"夜不闭户"。农民淳朴，对知青也很好。我母亲有一次挑着担子赶路，碰上雷鸣电闪、大雨滂沱，不得不在一个陌生农户家里借宿。那一家人对于这个不速之客，不但给她安排了住宿，还在第二天早餐里给我母亲添了两个圆圆的荷包蛋。当时很多知青都有过类似的经历，而如今回忆文章却往往是由曾经的右派书写的，未能将这段经历积极的一面展现出来。这就能与我的第一点结合起来。我觉得山楂树这个象征历史的图腾，在小说和影片里都吞噬了人物的命运，老三最终成为牺牲和献祭。而在真实的生活中，更多的知青从那段历史中坚持走了出来，一直走到今天，用青春时期积累的坚韧，顽强地生活在这片土地上。

李国华：我想接着说说小说的形式问题，这部小说前面有一个"说明"，后面有一个静秋的"代后记"，这是作者始终想强调她的故事是真的。当然，这里有一个知识逻辑上的问题，就是因为艾米觉得自己的故事是真的，既然作者觉得是真的，那在无意识层面上，松睿的分析就更加成立。但既然是无意识，那就是一种想象，并不是真的。从这里，我想进一步说的问题是，为什么作者要把"真"看得那么要紧？当然，这首先还是我对网络文学的一个判断，还是比较低层面的一个写作生态，对是不是"真的"与艺术上"真"的考究有混淆。她可能觉得"真的"就是生活本身发生的，而不是艺术上的那种真实感，那种拟真，这两个东西没有分开。她因此特别强调这是"真的"，是以静秋的日记为基础，很多对话直接从日记中抄来，有些故事是静秋对"我"讲过的，因为有这个日记，所以才有这个小说，而且还要交代静秋的来龙去脉，还要请主人公的原型来写一个代后记。这是我对网络文学生态的观察当中，看到的他们的一个不成熟的突出表现。

在这里,我也想做一点也许会过度的阐释。刚才松睿讲到孙建新是一个幽灵性的存在,这一点我觉得讲得很好,我也挺同意的,就是这个幽灵的问题,我更注重的细节是静秋和孙建新关于莎士比亚戏剧《罗密欧与朱丽叶》的讨论。罗密欧参加舞会是为了见自己的女朋友的,但却遇见了朱丽叶,于是有了经典的爱情。孙建新借此想强调的是,男人遇见自己真正喜欢的女子以后,是可以放弃之前的对象的。而静秋纠结的是,既然男人可以如此反复,那么对自己来说,是不是也会发生同样的故事?那么,最后的结果是什么呢?《罗密欧与朱丽叶》里面的那两个人死了,所以那一段纯粹的爱情留下来了。而在艾米的小说中,如果孙建新不死,静秋要纠结的是,故事是否可能真的要重演。在这里我想做的一点阐释就是,艾米把真实性转嫁到静秋这个人是否存在的问题上,其实是解脱了她自己想把孙建新这个男性主人公写死的责任。当然这个可能有点过头,我不说了。

李松睿:这部小说的形式确实是很有问题的。比如小说开头本来写得很有形式感。《山楂树》是一首苏联歌曲。静秋在小说一开始就在心里默默地唱《山楂树》,歌的内容是一个女孩子在面对两个男人的追求时,不知道如何选择。看到这里我觉得小说开头不错,以一首歌的内容来隐喻小说内部的结构。看到这里我觉得后面的故事大概会写静秋和两个男孩子的故事。而慢慢地情节发展也确实是这样的。有老二和老三,然后是孙建新和周建新。都是两个男孩子和静秋的故事。但随着情节的发展,我总觉得和老三竞争的那个人与老三相比太差了。也就是说,故事越发展下去,老三以外的其他人物就越模糊,使得这篇小说的结构显得非常不平衡。

燕子:我来说说这部小说的核心意象——山楂树。我认为,开红花的山楂树是这个叙事自始至终的图腾,从故事开篇就矗立在文本中。静秋与老三的相遇、接触、用山楂花传情这一系列情感的步骤都笼罩在山楂树的阴影之下。在"文革"这个充满禁忌与危险的历史语境之下,山楂树(包括山楂花)象征了爱欲对禁忌的突破。它使得静秋不断意识到自己骨子里渗透的对浪漫美好的向往,用静秋自己的话来说,就是小资产阶级意识的残留。静秋和老三也以山楂树作为自己美好情感的象征物，直到最后一次独处，也还在商量是否要去再看一眼山楂树。正如路杨刚刚提到的，这棵山楂树既是"爱情树"又是"英雄树"。但是，山楂树事实上更是历史的象征，个人对历史禁忌的挑战最后并未获得成功，正因此，老三最后被葬在山楂树下，成为了这一图腾的献祭。山楂树作为历史语境的化身，主宰了小说及电影文本内人物的命运。这种历史自始至终的不可抗拒性，使得人物有一种无力感，而故事的基调是灰暗的。

三　从小说到电影

李松睿： 下面我来说说从小说到电影的改动情况。我觉得有以下几点。首先，小说中是村长向来编写教材的同学介绍山楂树是开红花的。为什么开红花呢？是革命烈士的鲜血把山楂树染红了。到了电影里，村长刚要说山楂树的故事时，带队老师就打断村长的话，讲述革命烈士的鲜血染红山楂树的故事。而村长听了这个故事则显得很不屑，说就是这样吧。

众： 他说："大家都这么说的。"

李松睿： 哦，对，是"大家都这么说的"。用这样的说法来表示他其实是不相信这样的说法的。其次，结尾也出现了一处重要的改变，屏幕上出现了几行字幕，里面说电影中的山楂树被三峡大坝蓄水给淹掉了。于是静秋后来再也找不到这棵山楂树，她只能看着水面，来想象那棵山楂树仍然会开花。我觉得这就非常有趣。因为我从小在北方长大，一直吃糖葫芦，所以在我印象里山楂树是北方的树。怎么会被三峡大坝淹了呢？于是我查了一下山楂树的产地，是山东、山西、河南、河北以及辽宁。

李国华： 小说里的 L 省应该是山东省。因为里面写到隔江而望 A 省。A 省可能是安徽省。

吴晓东： A 省就是安徽吗？我在这个小说里一直在找地点。但没有找到啊。

李国华：从里面的人情什么的来看，我觉得地点应该是山东。山东和安徽隔着菏泽那里。

燕子：这点改动可能和拍摄地点选在湖北有关吧。可能导演就没有想到北方植物的问题。

李松睿：这是有可能的。不过我在看电影时感到奇怪的地方是，为什么一种北方植物会被三峡大坝淹掉。第三，另一个变化是在小说里，虽然大家都说那棵山楂树是开红花的，但它基本上不开花，至少在小说里静秋没有亲眼看到它开花。

李国华：其实还是看见了。老三送了一枝花给静秋。在花瓶里看到了。

李松睿：没错。但那是一枝花，这枝花不是长在那棵山楂树上的。所以是不是真的山楂花不知道。而且没有看到山楂花是小说人物的一个重要缺憾。我觉得小说还是在强调没有看到。电影在结尾处，山楂树在镜头里却开花了，但并没有像带队老师说的那样开红花，而是开白花。导演这种安排似乎在讽刺电影开始处的带队老师，因为他讲了个虚假的故事。第四，就是电影砍掉了老三所有的竞争者。因为从苏联歌曲《山楂树》所暗示的故事结构来看，这个故事应该是两个男孩子一起争夺一个女孩子的故事。于是这个故事就真的变成了老三与静秋之间纯爱的故事。我觉得以上是几个在细节上有趣的改动。

不过更为重要的改动我觉得是小说和电影在叙事动力上的不同。如果说小说的叙事动力是无知和全知之间的差异的话，那么在电影中导演更强调的是社会压力、社会对爱情的压迫与老三、静秋两个人之间的纯爱，这二者的冲突是这部影片的叙事动力。这就比较鲜明地体现在这部电影所使用的电影语言。比如静秋和老三较少出现在同一个镜头里，表现两个人时用对切镜头比较多。让两个人各自出现在画面里。另外，在影像设置上，会更多地在两个人之间隔上一些东西。例如，在表现两个人第一次相遇时，画面中间隔了一条河，老三第一次出现时，镜头以静秋的视点拍摄，隔着小河，看到一个男人从工棚里走出来。所以当我看到这个镜头时，我就有种感觉，这两个人的爱情最后大概没有结果，因为他们之间的距离在这个第一次相遇的画面中太遥远了，给人一种不安的预示。另外一个比较重要的镜头是医院里，静秋想在医院里陪老三，但护士把她赶出医院。我们看到电影很仔细地将护士把静秋推出医院，然后把大铁门关上，再在上面加上锁等一系列动作展现给观众，这些动作其实正代表了社会规范、社会秩序对两个人爱情的阻碍。接下来是一连串对切镜头表现两个人互相望着对方。当静秋看着老三时，我们看到老三的形象被医院窗户分割开来，给人一种关在监牢中的感觉。而老三看着静秋时，静秋的形象被医院的大铁门分割开来，也可以表现这种阻断感。似乎暗示着完全不通人情的社会制度把两个人隔开。

吴晓东：张艺谋有这么高明吗？也许是医院外景地恰恰有那个大铁门。

李松睿：我觉得张艺谋这种级别的导演，在镜头语言的运用上是有自觉的。因为他不是刚出道的年轻导演。另外一个细节是，老三和静秋的爱情被静秋的母亲发现后，静秋母亲把老三叫到家里，对老三说你不要纠缠静秋了，二十五岁之前你都不能再找她。这时老三提出了一个要求，要再包扎一下静秋的脚。这段场景中，镜头里往往不是出现两个人，而是三个人。而静秋的母亲在拿个凿子把信封纸砍断。而且导演不断用特写镜头，表现静秋母亲把信封纸砍断的意象。砍断信封纸的意象其实正暗示着静秋的母亲要把静秋与老三之间的爱情砍断。我觉得张艺谋在这些地方的拍摄是有大师范儿的，通过这些场景把故事的内容暗示出来。

吴晓东：在小说里这段内容是，静秋的妈妈躲了出去。

众：对，对。

李松睿：所以导演这一改动正是为了强调母亲对静秋爱情的阻碍。另外一些细节的设置也重点强调社会对两个主人公爱情的限制。在电影中什么地方两个人可以自由相处呢？往往都是没有人的野外空间。另外一个更有意思的细节就是，在中国式的、古典的小亭子里，他们也可以自由地相处。也就是说这部电影似乎告诉我们，老三只有在古代的亭子里、野外才能和静秋约会。

李国华：我对你的这个亭子的解释不太满意，你为什么要把它说成是古代的呢？它其实也不是古代的啊，现在也还有啊。

李松睿：问题的关键不在于亭子现在还有没有，而是导演在选择拍摄地点时，用古代的亭子而不用现代的街道。其中对比的意味是比较明显的。我接着说吧。静秋和老三一旦进入 70 年代的中国社会，他们往往隔得很远。只有一次例外，他们从医院里出来，老三骑自行车带着静秋，但这时静秋却必须蒙上自己的脸。同样强调两个人之间要隔着什么东西。而且很快就蒙不住了，很快静秋的母亲就认出了他们，并逼迫老三不要再纠缠静秋。电影正是用这一系列阻隔的意象，来突出社会对两个人爱情的压力和阻碍。所以我说张艺谋把小说里全知对无知的启蒙，变成了社会对纯爱的压迫。

吴晓东：我比较欣赏你对小说叙事动力与电影叙事动力的比较。而且分析电影的时候进入了对电影语言分析的层面。另外我觉得他对小说和电影反映的中国阶段性历史，做了一个精神现象学式的阐释，或者说对历史无意识的分析。用我的说法就是电影无远景，小说有远景。这个远景是历史远景。小说中的历史远景是什么呢？静秋后来到美国去了。我觉得这点被松睿揭示得非常好。这个解读也让我明白为什么我看了电影之后感觉是无力的、压抑的和失落的。这和一般的爱情故事不同。一般的爱情悲剧，像鲁迅说的，把历史中有价值的东西揭示出来。但张艺谋的电影让我们觉得这个时代是没有前景的。在这个意义上也纳入了我们在整个后社会主义时代瓦解革命叙述和社会主义叙述的背景。当这么一个时代，特别是张艺谋和艾米亲身经历的时代被这样瓦解后，这个历史无意义的混淆，这种无力感，或者说这种没有远景叙事所带来的历史启悟，是让人相当绝望的。而小说有远景，但却是全球化语境下的。这就是小说首尾艾米的说明和静秋写的后记。我觉得松睿的解读解决了我看电影和小说的困惑。就是为什么电影让我感到特别无力。就是它不仅是爱情悲剧，也是历史悲剧，即松睿所说的，新时期到来后，"文革"时代的历史叙述无法进入新时期，或者说这是一个拨乱反正的过程，以对此前中国历史完全否定的方式进行新时期的历史书写。

许莎莎：我对松睿论述当中所说电影的叙事动力是社会压力与纯爱之间的冲突有疑问。据我了解，在艾米的博客中，她恰恰是认为张艺谋的电影将小说当中对社会的批判力削弱了。她在博客中也举了一些例子来说明这一点，比如说在小说当中静秋的顶职是一个偶然获得的机会，并不是一开始就确定的，但在电影中，静秋的顶职几乎从一开始就是确定下来的。再比如在小说当中静秋的母亲也是一个受害者的形象，而在电影当中对静秋和老三的阻碍比较多地显现为静秋的母亲，刚才松睿其实也提到了，艾米就认为这实际上是把对社会压制性的批判转嫁到了静秋母亲这一形象中了，也就削弱了对当时社会的批判力。

李松睿：我觉得艾米的这种说法也不一定对啊。就拿母亲来压迫老三和静秋的爱情来说吧。母亲迫于社会的压力，要阻碍亲生女儿的爱情，这反而更加突出了社会压力的无所不在，连家人之间也不能幸免。

路杨：我觉得，关于"性"的问题也是小说和电影在处理上分歧较大的一个方面。电影对小说中二人之间的亲密行为进行了大幅度的删减，为的是表达一种所谓的"纯美爱情"，但在小说中"性"对于情节其实是有其贯穿始终的推动作用的。这背后涉及一个性教育的缺失与性意识的觉醒之间的纠缠关系。静秋之所以会感到恐惧，她关于"性"的无知正是她所接受的那种不完整的性教育导致的，这种教育一方面过分强调性在伦理意义上的善恶得失，却从没有在另一方面给予静秋任何生物学意义上的指导，这造成了静秋对于两性关系的畸形恐惧。静秋接受的性教育来自家庭教育（母亲，"失足"），社会宣传（"强奸"），私下讨论，还有身边人的经验教训，而正是这些"教育"的讲述在明朗程度上的推进与静秋自身体验的推进之间形成了一种张力关系，因为这些"知识"恰好永远跟不上她自己的体验，也就使得静秋永远处于一种担忧和恐惧之中，性教育与性意识、性体验在静秋感情发展的每个阶段都形成了一种错位的参照，从而引发了种种误会，对情节和悲剧结局的形成都起到了一个推动性的作用。而这种无知、错位与恐惧的真正矛头其实还是指向那个时代的，但是电影中这种指向被淡化了，"性"不再作为推动叙事的一条重要线索。

另外电影和小说对这个故事的一个核心意象——"山楂树"在处理上也有很大分歧。在小说中,那棵山楂树确实是开红花的,而在电影中,"开红花"这件事变得很模糊,开始的时候就语焉不详,而且一直得不到证实,最终影片给我们的信息则是以一个对于白色山楂花的聚焦镜头消解了那个"开红花"的传说。而至于那个"开红花"的传说,小说和电影的呈现也有着一个微妙的差异。在小说中,关于山楂树开红花的讲述者就是张村长,以一种代表绝对真实性的、权威的讲述叙述了一个关于"英雄树"的宏大叙事。而在电影中,张村长则几乎是失语的,关于树的故事的讲述者被置换为带队老师,张村长想插话却插不进去,只能随声附和,而这个附和也是犹豫的、不可信的——"是啊,都这么说呢"。而电影这种对于叙述者的置换也就是以宏大叙事的政治话语置换、遮蔽了以张村长为代表的民间话语,因而电影最后"开白花"的镜头其实恰恰代表了民间话语、个人日常话语对于政治话语的最终消解。应当说,无论是小说还是电影,山楂树的意象都是具有一种双重面向的,它所代表的正是以不同的话语系统展开的想象:一种是关于"英雄树"的宏大叙事的想象,一种则是关于"爱情树"的个体日常情感的想象。只是在小说中,"爱情树"的想象是以《山楂树》这首苏联歌曲构建起来的,并且构成了静秋在来到西坪村以前就有的关于"爱情"的原初想象,但在电影中,这首歌对于静秋几乎是与老三在同一个时刻才第一次呈现在她面前的。因此电影关于"爱情树"的想象是以象征式的、开白花的山楂树来呈现的,也就更为直接地构成了对于开红花的"英雄树"的宏大叙事的拆解。在这个处理上,电影显示出了一种更为直观也更为明确的判断与选择,对于电影中被淡化的历史暴力和意识形态冲突而言,这可能也是一种弥补;或者说如果电影真的是如导演所言是要将重心落在"纯爱"之上,为了不喧宾夺主也只能采取这样一种较为隐蔽的表达方式。

李国华:从小说和电影之间来说,我觉得有一个最大的区别:小说《山楂树之恋》是一个女人的故事,而电影《山楂树之恋》是一个男人的故事。这一点也可能正是让作者艾米非常不满的地方，因为看书的时候，看到的更多的是从静秋的视角去看世界，尤其是去看男人，去发现男人，看老三孙建新，看他的身体怎样，看他的脸色怎样，看他的表情怎样，看他的行动怎样，他的一举一动，他的所有的一切，几乎都是从静秋的眼中看到的。而电影的视角要驳杂一些，有的地方，像松睿刚才举例说的那段，一个男人从工棚出来，那是孙建新，这是从静秋的视角看到的，但更多的时候，我感觉到的是孙建新以一个男性的目光，从高往低看，看到一个瘦瘦弱弱的女子，那样一种凝视的政治。从小说到电影，这两个观看点刚好是调过来的。一旦视角调换过来，很多故事就会重新讲述。所以这是它们之间最大的不同。而在这种最大的不同之间，就会发现，小说《山楂树之恋》中静秋对自我身体的发现和描述，与电影中孙建新对静秋身体的描述，距离非常大。小说当中的静秋，那绝对是一个有着魔鬼身材的女子，是所谓的"三里弯"嘛，是一个完全违背1974年女性身体审美标准的女体嘛，但是我们看电影的时候，那哪是小说当中所描述的女体啊，那怎么是林黛玉啊，拜托！

吴晓东：东东好像特别有共鸣的样子，拍国华的肩膀（众笑）。

李国华：这是一个非常大的变化，那当然作者艾米看了这样一个电影之后会非常不爽。我写的是一个充满旺盛的生命力的女子，到了张艺谋的镜头下，竟然变成那么一个娇娇怯怯的形象，时刻都在寻求着孙建新的保护。这完全是一种男性和女性之间的交战，小说到电影，变成了一种性别的战场了。我觉得这个区别非常大，很多的问题都因为这一个女作者、一个男导演之间的关系而出现。所以我是特别地感慨。

吴晓东：我觉得艾米的这个小说真是一部女性小说，应该要让女性读者来说，可能会更有发言权，因为它的确写女性觉醒的故事，我很同意国华的概括，就是一个女人的故事，包括它性别意识的问题，是这个小说特别核心的一个线索，这点你说的是很准确的。

路杨：嗯。作为女性我要说，如果说《山楂树之恋》有打动我的地方，那可能就在于它们对"女性"的表现，在小说中是一种细腻而真实的少女心理，而在电影中则是由演员的表演呈现出来的一种不可复制的少女情态。因而不管是不是在通俗文学的意义上，《山楂树之恋》在表现"女性"的方面可能确实有它真正把握到了的地方。

四　消费主义时代的艺术与爱情

李松睿：刚才我们谈到了小说与电影的不同。那么我们来谈谈为什么会有这种不同。也就是电影对小说所做的这些改动背后所隐藏的欲望。在我看来，当张艺谋把70年代的中国社会表现为对爱情的压抑力量的时候，他其实延续了第五代导演的突出特征。戴锦华老师曾用"子一代的艺术"来描述第五代导演，她认为第五代导演有一种弑父情结，往往把父亲形象、社会表现成压抑性的力量，以表现他们的先锋性与反叛性。因此当《山楂树之恋》刻意强调社会对爱情的压抑时，它其实也就续接在张艺谋自己的影片序列之中。与《红高粱》《大红灯笼高高挂》以及《菊豆》等可以放置在一起。但我认为虽然《山楂树之恋》表面上可以与上述电影放在一个脉络里，但它和这些电影却有着本质性的差异。在《红高粱》等电影中，张艺谋确实表现了社会的压抑性力量，但他同时也表现了对这种压抑的反叛。而反叛的途径就是性欲。例如《红高粱》，张扬男性的原始性欲；《菊豆》，表现侄子对自己婶婶的爱欲，以乱伦的方式挑战封建礼法。如果我们从这个角度再回过头来看《山楂树之恋》的话，我们会发现里面的爱情是"去势的爱情"，是没有性欲的爱情。

吴晓东：你说的是电影还是小说？

李松睿：电影。这种没有性欲的爱情表明，张艺谋以往那种以性欲来表现对压抑的反叛的模式已经消解了，因此张艺谋电影早期所具有的反叛性力量也就消失了。因此我们会看到，在《山楂树之恋》中，社会对个人的压抑是没有任何反抗余地的。像《大红灯笼高高挂》那样的电影，它表现了多妻制对女人的压迫，但它也通过通奸、偷情来表现对这种权力的反抗。但从

《山楂树之恋》我们看到的只是对社会压力、社会秩序的无奈，没有人可以去反抗社会对爱情的压抑。社会的压抑是如此密不透风，没有给人留下一丝喘息的空间。静秋所有的行为只能按照社会、学校以及母亲的教导去做。静秋自己没有任何自由。她和老三所能做的只是延宕他们的爱情，等社会允许他们去恋爱的时候，他们才能相爱。所以当张艺谋把小说里一点点"色情"的段落完全删除，只剩下静秋和老三在床上隔着床单，手拉手过了一夜时，对社会一丝反抗的可能性都没有了。因此在电影里社会结构、秩序是丝毫无法撼动的。在我看来，这种改动背后是有其深厚的社会历史背景的。如果说八九十年代的中国社会在改革开放的氛围下，这个社会弥漫在某种躁动的情绪中，那么张艺谋电影在当时着力书写反叛的精神，无疑是那个时代的反映。而我们今天的时代是一个犬儒的时代，一个丧失了理想的时代，因而张艺谋的电影也丧失了其反叛性，剩下的只有对社会秩序的认同与屈服。至于关于三峡大坝的内容，我觉得可能是因为由于海外对我国实际情况不太了解，所以他们往往会对三峡大坝持负面意见，而电影《山楂树之恋》为了追求海外发行，所以要加上这样的细节。其实这种细节是可有可无的，对影片叙事没有任何影响。

吴晓东：我觉得你对三峡的阐释有过度阐释之嫌。这是不是小说神话叙事？是张艺谋为了塑造一个爱情神话的创作手法？因为山楂树被淹没了，所以这个爱情故事更像是一个神话式的表述。只是借助现实中的三峡来实施这种神话式的解读。是你的解读还是我的解读是过度阐释，我觉得这里还是有空间继续讨论。

李国华：我想接着关于三峡大坝的问题来讲，我的理解可能和你们俩都有点区别。我觉得松睿从张艺谋导演经验和导演理念的变迁中来理解在《山楂树之恋》中所表达的男女关系的形式，当然是一个很好的线索。可我觉得还是要把它放在大的时代氛围上来讲，就是说，张艺谋在拍摄《红高粱》《菊豆》《大红灯笼高高挂》的时候，表达男女之间的情欲，尤其是那种原始的情欲，它是一个先锋性的事件，但是在当下，他要再拍摄这样的电影，就绝对不是先锋性的。相反，拍一个无欲的，或者说偷偷摸摸的、有欲但却死活遮着捂着不表现出来的电影，倒是一个先锋性的、受欢迎的事件。当然，这个先锋或者受欢迎有一点区别，张艺谋在1980年代更多的是一种引领和叛逆的话，现在所表现出来的先锋还有一个跟大众调情的层面，就是大家喜欢这个，我给你拍这个。我觉得不仅要分析一些所谓社会机制、社会结构对于个人生活的和情欲的规训层面的内容，据我个人的理解，张艺谋也不一定有你说的那么高明。他确实是一个比较高明的导演，但我还是倾向于认同吴老师的观点，就是张艺谋可能没有那么高明，在《山楂树之恋》这部电影当中表达了那么复杂的东西。你可以解读出来，但我觉得那不一定是张艺谋的。从这一个线索上来说，我们至少需要考虑这部电影是在2010年拍的，是我们现在正置身其中的一个大众化、世俗化的语境。在这个语境中，我们无论接触什么，日常都市生活也好，书报杂志也好，影视传媒也好，网络空间也好，滥情的东西太多了，泛滥的性欲的东西太多了，而相形之下，《山楂树之恋》因此就受到了各个群体各个层面的热捧，才会有"所有男人都想娶静秋，所有女人都想嫁老三"这样的广告说辞；所以这是一个很好的大众化、世俗化形势下的反映。而正是在这样的情况下，无论是艾米的小说，还是张艺谋的电影，才有可能成为有症候性的事件，才会有很多群体表示他们的热爱和尊敬。说到这里，其实已经表达出来我个人无论是对于书还是电影，都不怎么喜欢的感情。我想接续刚才说的三峡大坝的问题，就是因为这个时候的三峡大坝，可能意味着洪水泛滥。我们古代很多传统都讲一旦人的欲望被释放出来之后，就会造成洪水泛滥。而刚好电影《山楂树之恋》讲的是禁锢人的欲望，不单是社会的禁锢也好，还是自我的有意识的纯化也好，都是禁锢。所以在这样的情形下，如果也做一点隐喻化的解读，我觉得三峡大坝可能象征着现在欲望像洪水一样泛滥，而山楂树则象征着那种很纯粹的或者很纯洁的爱，那种人与人之间的情欲关系，可能只能变成一种向往、一种回忆或者乌托邦式的东西。我的理解是这样，当然，我觉得这三种理解并不完全相冲突。

吴晓东： 你说松睿是隐喻化的解读，你对三峡大坝的解释也是隐喻化的。

李国华： 嗯，对。

吴晓东： 你说三峡大坝象征着欲望的泛滥等，但是三峡大坝的功能恰恰相反，是堵住洪水的，除非三峡大坝垮掉。

李国华： 我想说的是那个意思，它不是水把山楂树给淹了吗？没有那个坝的话，那里原来是没有水的，一旦有了坝，那个地方就洪水泛滥了。

吴晓东： 那和三峡大坝本身就没有关系了。我觉得你对历史语境把握得很好，你说对这个小说和电影都要在今天这个时代氛围下来看，在当下，无欲才是时尚，而当年的张艺谋，叙述欲望才是先锋。这是基于历史语境的考虑，是非常好的。

燕子： 我刚才强调山楂树具有图腾的色彩，是为了指出，这个小说文本的本质，不客气地说，就是——用纯爱做幌子、以"文革"当卖点。山楂树非但不是爱情的信物，而是"文革"历史的表征。血染的红色，将这种历史语境的异常性与变异性显示出来。石一枫在《当代》上发了一篇文章，题目就是《用'文革'来装点滥情》。在这篇评论里，作者批评了故事本身的滥俗，老三和静秋又一次上演了王子与灰姑娘的爱情，而灰姑娘遗失的那只水晶鞋不是他物，恰恰是"文革"的历史语境。我对他的观点是认同的。如果说八十年代的伤痕文学、反思文学是真诚的怀旧与反思，那么"山楂树"则集中体现了当下文化消费逻辑的强大吞噬性。

消费有一个无比强大的胃，可以吞噬一切消化一切。最先建立生产与消费的辩证关系的是葛兰西。葛兰西霸权理论一直坚持认为生产过程和消费活动之间存在一种辩证关系。这种辩证关系可以做如下简单化描述：消费者所处特定环境影响着其对文化商品的消费，但不同消费者也在消费过程中赋予该商品丰富的意义可能性（而这些意义并不能从文化商品的物质性或文化商品生产的手段或生产关系中解读出来）。文化不是已经制成并等待消费的东西，而是在丰富多样的消费活动中被创造出来的——正是"消费"生产了

"文化"。文化的形成是复杂和矛盾的过程,意义不是一成不变的而是暂时的,总是取决于它们的环境。具体到艾米的这个文本,借助网络文学论坛,以连载的方式引起关注,这样的途径是很具有当代性、当下性的新的途径。长篇小说的网上阅读有着自己的特点和逻辑,大量的阅读和跟帖本身就有可能引导作者的写作。这样的写作是由作者、读者互动着完成的。因此在文本生产的过程中,文本本身的自足性、真实性是难免要打折扣的,这背后会有一套消费的机制在运作。

"文革"成为消费的对象似乎已经不是一天两天了,从T恤上印刷毛主席头像,军绿色帆布包和军用水壶的流行,到笔记本封面的最高指示,新人婚纱照里穿军装举着毛主席语录,这或许不是一种文化怀旧,更多的是一种消费流行。消费的力量甚至开始裹挟历史本身,这才是最可怕的地方。中老年人以这些作为催化剂促使自己怀念青春岁月,青年人则带着猎奇的心情以之为时尚。山楂树一出,影视歌齐全。在网上看到,电影《山楂树之恋》拍摄地湖北远安因此引来了旅游热,当地甚至期望改名为"山楂县"。我觉得这种举动的荒谬之处就是将文化消费的威力现实到了极致。从这个意义上说,从小说《山楂树之恋》发端而带来的一系列影视歌作品,是在消费逻辑之下,被不同受众不断生产出来的。从最初的论坛连载、网民回帖(促生了长篇小说的写作),到影视剧的拍摄与观看,在这样一个文化现象背后持续不断提供动力的,事实上是一套消费的逻辑。通过电影《山楂树之恋》,张艺谋试图生产出知青那整个一代人的记忆,但从我父母那一辈观众的观影感受来看,似乎是个失败的案例。

吴晓东:套用一下马尔克斯的小说的名字,燕子所说的可以叫作"消费主义时代的爱情",消费的是"文革"。还原到网络写作的原貌中围绕消费主义的时代来讨论,这也是最后的归结点,应该是可以这样归结的。另外,你们几位都对山楂树这个意象进行了集中的分析,从松睿到路杨再到燕子,对山楂树的理解不完全一样,但也有相似的地方。包括燕子说这山楂树是一种历史的图腾,寓示着对个人命运的吞噬——这样一种象征有着隐喻意义上的合理性。我觉得山楂树的确是这个小说的核心意象，它是具象的，又是抽象的，还是隐喻的、历史的。比如，这山楂树一方面是现实中的一棵树，同时也是一首歌，静秋在看见山楂树之前就已经听山楂树的歌了。山楂树既是革命记忆的承载（树下死去了那么多革命烈士），又是资产阶级情调的象征（这从静秋听山楂树之歌可以读解出来：静秋先闻其声，后见其人，老三在用手风琴拉这首《山楂树》）。因此，在这里山楂树是一个矛盾的意象的组合体，革命记忆、小资传统都蕴藏其中。路杨也提到这棵树是英雄树也是爱情树，这些都寄托在山楂树这个意象上。对这个意象的读解到了燕子这里，可能把其隐喻性揭示得比较丰富。

当代神话:"为事物的多重性买单"

——欧阳江河《凤凰》讨论纪要

吴晓东、王东东等

时　　间：2010 年 12 月 16 日
地　　点：北京大学五院中文系现代文学教研室
主持人：吴晓东
参与者：李国华、李松睿、王东东、徐钺、燕子、许莎莎、路杨（北京大学中文系在读博士、硕士）

吴晓东：我先说两句开场白。欧阳江河先生的这首长诗《凤凰》，大家首先关注的一定是它与徐冰的大型艺术装置《凤凰》之间的关系。徐冰每次的艺术装置都构成了中国艺术史甚至文化史上的重要现象，从他早期的《析世鉴》（也就是"天书"），到后来用数以亿计的香烟做成的《烟草计划》（大家可能读过刘禾在《读书》上题为《气味、仪式的装置》的文章，对《烟草计划》解读得非常好，是刘禾写得非常出色的文章之一）。我觉得《凤凰》从当代艺术史的角度看也是一个重要的现象，理解欧阳江河的这首诗，徐冰的《凤凰》肯定是一个非常重要的互涉文本，换句话说，离开徐冰的《凤凰》就无法生成欧阳江河的《凤凰》，但是，即使没有徐冰《凤凰》作为欧阳江河这首诗的前理解和美学背景，没有这样一个互文性的存在，其实我们也完全可以独立进入欧阳江河这首诗。虽然徐冰《凤凰》有助于理解欧阳江河的这首诗而非其障碍，但另一方面，一首诗歌的自律性准则是完全可以自我内生出来的，换句话说，《凤凰》作为一首诗有它自生的逻辑，或者说在这首长诗之中完全可以找到它自身的艺术依据，这个艺术依据在这首诗自身已经充分地展开了。我觉得无论是跟徐冰的《凤凰》做互涉的解读，还是把欧阳江河的长诗作为一个有自己艺术自律性的独立创作，都是可以展开的话题。

而讨论欧阳江河的长诗，我觉得既可以把它放在90年代以来总体性的诗歌背景中进行考察，也可以从欧阳江河自己的诗艺历程中着眼，从中考察这首诗有没有双重性的突破，一个是对他自己的突破，另一个是对90年代诗歌的突破。或者反过来着眼，这首长诗可能面对的困境是什么？如果存在困境，那么到底是诗人自己的艺术思维（包括诗歌技巧和诗歌语言）的困境，还是植根于90年代以来的诗学意义上的困境，抑或是我们今天这个时代本身的困境？我觉得这些话题都是可以展开的。

一　文脉与肌理

王东东：我先接着吴老师的话说一下。大家已经看到欧阳江河《凤凰》是一个"先锋性"的实验文本，这就意味着批评者需要付出更大的耐心。我写了一篇文章，但看到这首诗本身未定，有两个11节，就停了，只写了三分之二。但是我感到我的问题和吴老师刚才所说有一致之处，首先要看这首诗的完整性和独立性，就是这首诗的艺术价值如何，然后是看这首诗在欧阳江河个人的创作甚或整个当代诗中有何"突破"或批评的意义。而如果一个作品在美学上成立的话，它就可以放在整个的社会历史语境里来进行观察，来确定它最终可能产生的意义。当然这个过程并不和文本细读相悖，在我们的讨论中二者很有可能是并行的。

《凤凰》的"灵感"得自徐冰同名的公共艺术作品，但是极端地说，这一点并不重要，作为一个有完整性的独立作品，欧阳江河《凤凰》有其自身的词的逻辑，与其说它是在同徐冰的作品交流，不如说它是在对更广大范围内的事物说话，这和徐冰的作品是一样的。

我首先做一个文本分析的引子，以证明这首诗的独立性。我先读一下第

1节。可以看到,它在"鸟儿"与"房子"之间,也就是在凤凰"图腾"与现代都市生存空间之间建立了联系,声称:"鸟儿的工作与人类相同,/都是在荒凉的地方种一些树,/炎热时,走到浓荫树下。"这是一个在"鸟"与"人"之间的类比,全诗的写作可以认为是在"鸟"与"人"之间的类比性中展开。有了这个开头,以下很多诗句都可以迎刃而解,比如"水的灯笼,在夕照中悬挂""钢铁变得袅娜"。"鸟儿以工业的体量感"仍属于顺承前述的类比,因而这一节可以表明,即使读者不知道徐冰《凤凰》——徐冰曾谈到他的《凤凰》追求"工业的体量感"——也不影响阅读这首诗,这首诗在语义上是自足的,"人写下自己:凤为撇,凰为捺"更是通过汉语的字形特征强调了这一点。由此这节诗完全可以摆脱掉徐冰《凤凰》而独立运作,成为全诗"工作的脚手架"。当然这里面还有欧阳江河一贯的语言特征,比如"甜是一个观念化"属于欧阳江河式的诡辩,有对哲学观念的戏仿,我下面还会说到诡辩和诡辩语言是欧阳江河90年代的一个主要特征。

吴晓东:一开始就从文本细读的角度进入《凤凰》,是一个很好的方式。其实欧阳江河全诗的每一部分,都有待于在文脉、文本肌理的意义上进行具体和细致的解读,然后才可能建立对这首诗更为宏观的分析和表述。东东对诗歌开头"脚手架"的敏感,是一个非常有想法的观照。这个"脚手架"既是建筑空间意义上的脚手架,也是艺术操作的一个"平台",而同时又构成了对现代工业生活的隐喻,所以,一个"脚手架"就把几个维度和诗歌的初始空间建构了出来。在某种意义上说,欧阳江河是在徐冰《凤凰》的终点处试图重新建立起自己的一个全新的艺术起点,这就是第1节在整首长诗中所具有的一个原点性的意义。从"可乐"的意象开始,欧阳江河就把物质主义和全球化的消费主义引入诗中,这种时代感也契合他以前的诗歌对时代感的自觉追求。第1节中当然也凸显欧阳江河对徐冰《凤凰》中提供的原材料的运用,比如"钢铁变得袅娜"一句,一方面突出的是徐冰《凤凰》中的钢铁的质料和质感,另一方面凤凰作为鸟的意象又具有"袅娜"的审美特征,由此欧阳江河建立了这种"软"和"硬"两种质感之间的对峙和比照。除了是两种艺术格调之外,在某种意义上来说,"软"和"硬"蕴含的也是现代性和现代生活的两种气质。此外,这一节建立的既是初始的也是核心的意象当然是"鸟",整节的书写脉络是对"鸟"的隐喻的成分利用,先把"鸟"实体化,从中引发多重联想,到了这一节的最后,则由鸟的"跨国越界"引出"立人心为司法"的关键判断,最终落实到的是"人"的形象,在这个意义上,本诗借助"凤凰"思考的可能是"人"的神话,或者是人的后现代神话,这一大写的"人"的形象我们至少可以追溯到现代启蒙时期的郭沫若的《凤凰涅槃》中的启蒙主义的神话,两者之间就隐含了一种历史性的参照。欧阳江河的确充分运用了鸟的隐喻,换句话说就是凤凰的隐喻,而且他在后面的每一段中都没有离开这个隐喻,也就是对"鸟"的不断"实体化"和"隐喻化",从中引发多重联想,构成了诗歌的核心线索、理路和具体脉络。

我个人感到,这首诗表现出一种诗歌的"细部的思考力",可以说,每个句子都很耐读,都体现出意义的繁复性、多义性与含混性,诗的每一部分都须从文脉和肌理的角度去具体深入解读。也正是在这个意义上说,《凤凰》是一首技术性非常强的诗。把这首诗在细读的意义上深入读通,应该是一个最基本的工作。

徐钺:欧阳江河一开始的时候,他处理的其实是人和鸟的相异关系,这在1、2节就非常明确:"人类并非鸟类,但怎能制止/高高飞起的激动?"从这里一直写下去,到第6节的时候开始说人愿意和鸟趋同,仍然从"飞翔"这一点说:"人类从凤凰身上看见的/是人自己的形象。/收藏家买鸟,是因为成不了鸟儿。/艺术家造鸟,就是要成为鸟儿。"这一节开始说人和鸟的趋近关系,但他还是在说个别人,存在对"收藏家"和"艺术家"的差别划分。再接下去他论述了鸟的形象,论述徐冰,论述凤凰,这其实是不断在论述鸟和飞翔的关系。而到最后,他把关系推到了人和飞翔的关系——我以为最关键的一句话是在第14节:"飞,是观念的重影,是一个形象。/不是人与鸟的区别,而是人与人的区别/构成了这形象:于是,凤凰重生。"所以他是不断在把问题往前推,有一个过程,这首诗的基本意义推进结构大致是这样的。

另外想说的一点,就是互涉文本的问题。尽管欧阳江河的这首诗与徐冰的装置艺术存在着很深的"互文性",但有的地方做的似乎过了。譬如第9节"有人在地书中,打开一本天书"。"天书"是徐冰最著名的作品之一,过去数年已经在文化界引起了很多讨论,"地书"则还没有完成呢;徐冰这两部作品的蕴意和《凤凰》并不能说就直接相关,虽然它们在诗歌文本中可以构成"飞翔-天-地"的空间对立意象结构,但将它放在这里仍然有些味道上的突兀。这首诗本身是有自足性的,但是这样去使用的话,在某些具体的修辞上就有可能产生问题。

李松睿:在这首诗里,不管是人,还是凤凰,都被欧阳江河塞入特别丰富的含义。读的时候我觉得欧阳江河是在对人、凤凰这两个词进行最残酷的剥削和压榨,他像一个最严苛的包工头,让这两个词负债累累,苦不堪言,最大限度地榨取其剩余价值。正是欧阳江河这种使用语词的方式,使得这两词本身其实并不重要了,它们的意义被榨取出来,弥漫在整首诗中。所以我们读诗的时候,觉得诗行与诗行之间的意义特别饱满,但这两个关键词却可以被其他词语替代。比如,凤凰、鹤、鸟、神以及神的鸟儿这些是可以相互替代的。还有人、李兆基、林百里、路宽、黄行这些都是人,这些人虽然并不可以相互替代,但在诗歌的不同部分它们都是人的代表。人所负载的含义,在上述这些人的意义之间来回滑动。而人本身则只是成为一个被榨干了的东西,它的意义弥散到了整个诗中。这可能也是这首诗会让人感到比较难读的原因。

路杨:我们可以从文本上看一下"凤凰"这个意象在全诗的脉络里是怎样出现的:诗的前六节虽然都是在谈论"凤凰",但是绝大多数时候则是被抽象和转换成"鸟"的意义上出现的,形成一个"人"与"鸟",飞与不飞的对位思辨的关系,前四节的意象比较密集,5、6节凤凰的"神性"意义开始加进来,诗也不再靠意象的转换来推动,而更多靠这种人与鸟的对位思辨来展开。而从第7节开始,我觉得似乎回到了以前的、90年代的欧阳江河的方式，诗境再次以密集的意象展开，7、8节都没有很直接地谈论"凤凰"，但到第9节则又开始很直接地谈论，还是围绕人与鸟，飞与不飞的主题。从第10节到第15节是一个按时间展开的过程，先从古代的"凤凰"表述再到现代的"凤凰"表述再到徐冰，从徐冰开始每一节都在用"……之后/然后，轮到了……"这样的起句，展开的是从艺术家到投资者到观者再到抽象的人类并回到人与鸟的关系的进程。而在这部分诗人终于开始谈论"凤凰"而不再是前面那个抽象的"鸟"，而且其实也是第一次直接处理"凤凰"而不仅仅是鸟。第10节谈论的是人对于"凤凰"的把握方式，但诗人还是强化了每一种表述方式之中人与鸟的关系，人对于鸟的把握，以及一种人必须通过把握"凤凰"来把握世界和自我，在某种意义上，诗人对于"凤凰"神性的表达更是建立在这个层面上的。到第12节，"凤凰"忽然变成了各种东西，并且是以一种地方性的、初级阶段的现代化经验出现的。在古代和现代的互文本之后，诗人不得不开始直接面对徐冰的《凤凰》，也是以一系列对位和悖论的结构展开，但是这些悖论基本上都是内涵在徐冰的《凤凰》之中。到13、14、15节，处理的则是一些在徐冰《凤凰》的意义之内，但不受徐冰控制的内容。到15节，再度回到人与鸟、飞与不飞的对位，但同时把"凤凰""再生"的意涵引进来。最后两节可以视为一个尾声，第15节强化"凤凰"作为"最初"的意义，第16节几乎是唯一一节对于徐冰的凤凰装置的最正面、最直接的描述，最后落到"凤凰"的形象。

李松睿：这首诗一上来就告诉我们，人试图要成为凤凰，人，试图要与凤凰合一。有时候我觉得诗中的凤凰大概可以理解为某种理想或柏拉图的理念式的东西。但有的时候会发生变化。所谓"鸟儿的工作与人类相同""人写下自己：凤为撇，凰为捺"。从第2节开始，诗人开始描写人要变成凤凰所需要付出的代价。人要改变自己，但却是以让自己闭目塞听的方式来改造。他要让自己符合某种理想，但那个理想不过是一个假象。而他原本想获得的东西，却因为错误地改造自己，这种东西却是失落的。这就是诗中的那句"飞翔本身/成为天空的抵押"。如果说前两节的描写还有些抽象的话，那么下面第3、4两节则变得很具体,诗人把描写的对象,放置在中国这样一个社会分化极为严重的环境中。在上一节中还显得有些抽象的人,演变成两种人,"急迫的年轻人""民工""造房者"以及"居住者""地产商",但这两类人虽然差异很大,但行为逻辑或者都相同,不过是"把穷途像梯子一样竖起"。或许在诗人看来,这样的人,自以为自己在为某种理想而奋斗,但他不过是为"易碎性造了一个工程"。也就是把多选题,变成了单选题;把特殊性,变成了普遍性。世界上有很多条道路,但人却只选择其中的一条,殊不知那一条道路或许并不通向天堂,而是通向地狱。或许诗人对这种状况感到非常不满意,所以在第4节连续使用很多个"得给",当诗人说"得给"的时候,那么他也就是在说目前、现在的社会有很多缺陷。需要用"得给"来弥补。所以他要求人与神之间要建立某种联系,要在有限与无限之间建立联系,要在速朽与不朽之间建立联系。第6节出现了艺术家的形象。这个艺术家要沟通人与鸟的联系。这种沟通将不同于之前的那种方式,他要在善与恶、黑与白等一切价值标准都颠倒的时代,重新沟通人与鸟,或者说成为鸟。从这里开始,这首诗开始转而讲述艺术家的创造。那么艺术家的工作是什么?是要用余烬、用废料,创造出一个辉煌的艺术品。读到这里我就想到了鲁迅。当年鲁迅说所有的真理、美名都被那些正人君子之流们拿走了,留下的只有"而已"而已。一切光鲜和美丽都被资本家拿走了,剩下的是什么?只是废料而已嘛。但又不能不创造,所以要用一点余烬,造出玉生烟,用水泥的海拔,造出一个珠峰。

二 当代诗中的《凤凰》

王东东:最近十年,中国诗歌进入了一个可以作"现象学"考察的绝佳时期,我们因为强烈感受到90年代诗歌的"体制化"——诗人好像都是穿着制服写作,语言的制服,和整个思想意识的制服——而感受到了打破体制化的强烈欲望,现在的诗歌可能会满足这种欲望,它正好是花瓶打碎之后、碎片纷呈的状态。当然"90年代诗人"自己也有在变化中寻求力量的冲动，欧阳江河的《凤凰》也是如此。

我认为，上世纪90年代以来，在当代诗歌和批评上完成了一个"语言学转向"。欧阳江河在他那篇著名的文章《1989年后国内诗歌写作：本土气质、中年特征与知识分子身份》中，就谈到了当代诗的"过渡和转换"，而"过渡和转换必须从语境转换和语言策略上加以考虑"，这已经是一个语言学的"平滑的转换"，有关诗歌的时代整体面貌的"过渡"的"语境转换"被不易察觉地转换了，而代之以对诗歌中"词与物"的语言学的价值承诺和技术分析，但这未尝不是"90年代诗歌"出场和退场的一个没影点。臧棣在《后朦胧诗：作为一种写作的诗歌》，明确提到以罗兰·巴特意义上的"写作"的"可能性"来认识中国当代诗歌，这可以看作是90年代诗歌的"前奏"。而张枣在《朝向语言风景的危险旅行——当代中国诗歌的元诗结构和写者姿态》中，似乎表露出比欧阳江河和臧棣还要大的雄心，他试图用一种语言学观念"一统"起朦胧诗人和后朦胧诗人，声称前者随后者逐渐演变为"对语言本体的沉浸，也就是在诗歌的程序中让语言的物质实体获得具体的空间感并将其本身作为富于诗意的质量来确立"。

但同时这也造成了90年代诗学的紧张，语言学转向是中国诗人的语言焦虑，另一方面中国诗人当然又具有时代焦虑，也就是所谓"中国性""本土性"的焦虑。也正是因为这两个焦虑的"不可调和性"，"及物""不及物"甚或"叙事"才成为90年代诗学技术讨论的热点，它们是对90年代诗学困难的隐喻性表达，这些向文论透支过来的概念术语，它们在运用时的"不专业"和"外行"甚至"削足适履"，恰好显示了90年代诗人在两个焦虑面前的左右不是。结合90年代中国社会领域发生的变化，可以说，90年代诗歌表现出了"语言的物质性"与"社会的物质性"的内在张力。与词语的物质性一道被发现的就是社会的物质性，两个物质性的前后顺序并未颠倒。诗歌界的这个变化，也是与激进主义失败、保守主义盛行的时代气氛相呼应的。

而欧阳江河的独特贡献就是发明了一种诡辩的诗歌语言，这种诡辩的语言正好对证了社会物质领域的诡辩,这正是欧阳江河写于90年代初中期的诗歌力量之所在。具体到《凤凰》仍然可以看到这种诡辩的力量的延续,比如大量的坚硬的名词和外部的物质性的对应,但也应该看到《凤凰》的重心不在于此。《凤凰》想通过对"诡辩"的社会生活和语言生活的"扬弃",而达到某种精神"不朽"的状态,它甚至极力想要引入一个"超越性"的精神来源,正是在这里凝聚着《凤凰》得失的"寸心"。

徐钺:我觉得刚才东东处理了进入这首诗的两个方向中很重要的一个方向:把它放置一个整体诗歌的框架之内,特别是在90年代诗歌以来的诗歌叙述中。这是一个整体的诗歌理论的问题,一个诗学上的问题:他/它究竟是在一个什么位置上?——欧阳江河在一个什么位置上,他写的这首《凤凰》是在一个什么位置上?但是在这里面讨论的时候会有一个问题:这只是一个方向,在这个方向上我们总是容易讨论相异的东西中共同的部分,因为我们要把它当作一个整体,作为一个统一性的话语来讨论。而假如作为一个个体来讨论欧阳江河的话,则是另一个方向。假如把他的写作按时间一直捋下来的话,那么这里面更难的一点是他的作品在相同之中产生的差异性问题。具体到《凤凰》的文本中,我觉得还是应该找到欧阳江河自身的某些转变,至少,也该论述一下他这首诗的趋向性在哪里、有什么意义——对于欧阳江河自身而言,也对于像刚才东东论述的、90年代诗歌以来的既有的一个背景而言。当然,那是一个大背景、一个"前史",我们要讨论在作为一个拟构"整体"的当代汉语诗歌之中,这首诗有什么意义。

假如大家回想一下欧阳江河从80年代到90年代到现在所写的诗,会发现有一个最基本的特征,就是刚才东东说的:物质性特别强。这种物质性实际上不单单是物质的。譬如他80年代的《玻璃工厂》这首诗,那里面有一句话,他说自己看到的玻璃有三种——"物态的,装饰的,象征的。"再比如像《傍晚穿过广场》,那个"广场"对他来说其实有两种,他不断在用命名性的句子来进行判断:什么是广场。虽然他用的语句大多是"什么不是":"一个无人倒下的地方不是广场/一个无人站立的地方也不是",但他正在穿过一个现实的"广场",这是一种"涉物的诗学"。我有一个朋友曾经在谈论《玻璃工厂》的时候,说这是"凝视的诗学",他对玻璃的凝视实际是既看到玻璃本身,又看到自己,同时看到原本作为石头的东西被融化之后的一种"物",也是一种装饰品。这里就有了很多重意义,它既是一种"凝视的诗学",同时它也是一种"涉物的诗学"。假如放在欧阳江河的写作史中,放在他的写作谱系中来看,我们可以说他大部分时间都在处理这种"涉物的诗学"。

那么在《凤凰》这首诗里,从一开始,第一句话开始他所写的就是"给从未起飞的飞翔/搭一片天外天",在这里他处理的是"飞翔"这个东西,接下来处理的就是"鸟"和"人"的关系,"飞翔"在这里成为一个关键词。我觉得这里就有了一种"超越涉物",一种"超越涉物的诗学";这里涉及了"物的物质性"和"物的非物质性",以及他写到的"词",譬如第6节就有一句"变词为物"——这里又有了"词的物质性"和"词的非物质性"。在我看来,欧阳江河的长诗《凤凰》有着对"物的物质性"的超出以往的刻意强调,以及在这强调背后进行超越并达到"物的非物质性"的诉求。同时,因为词与物的某种同构关系,欧阳江河也同时构造了一个关于书写本身的寓言:从词的物质性或物质性的词开始,用一种刻意施压的方式,自反式地使词的非物质性显现出来。虽然我觉得还很难说,他这里的超越物质性是否便是到达物或词的"精神性"或"精神超验性",或者更大而化之,说是对某个庞然大物的超越性……譬如他写作的时候是在异国,这里面有没有某种对本土性写作这样的一种超越?像他说的"跨国越界,立人心为司法",这里有没有一种作为一个中国当代诗人的超越性?这样的大判断可能不太合适,有些危险。但他自己的诗学里面确实存在了一种从原来的、最根本的去指涉物本身到超越物本身的变化。

李国华:我在看欧阳江河这首诗和以前的一些诗时,也感觉到东东说的问题。但我还是和你有点不一样,就是你说《凤凰》使用名词形成物质的坚硬感,对应着当下社会的物质性,我不太同意。作为一个诗人来说,欧阳江河大概一直都是如此，对于词与物有一种眷恋，所以不一定对接的是当下。在80年代，在90年代，他可能一直都是这样写作。我想对于欧阳来说，也对于当下诗歌写作来说，真正可能有的一点不同是，现在的新诗写作似乎少有那种以"大我"或站在某个高处进行叙述或抒情的方式。因此，《凤凰》是少见的，而且它不是很直接地指向个人的隐私、经验、情绪，可能是一个有意思的区别；不好说这就是突破，但很有意思。正是有了一个比较高的鸟瞰的视角，才能够把一些流落在网媒和纸媒上的词语编织进诗歌文本，以形成某种对当下社会的批评。这个批判性很容易激发读者的共通性的情感结构，形成共鸣，觉得这首诗批判性非常强，诗歌本身非常有张力感。但后半段有几句，说鸟把北京飞得比望京更小，一个国家像一片树叶那么小，这让我感觉他是在纽约写这首诗。如果他是在望京写，他对意象的铺排，对各类词语的编织以及对其背后积攒的时代欲望、激情、狂暴的力量，可能会是不一样的。置身异域可能让他容易对国内的某些群众性事件、爆发点等特殊事项表达一种关心；但这种关心，与其说对当下中国表达一种批判，不如说是一种乡愁。所以，我的感觉是，一方面《凤凰》确实有所不同，有一个"大我"的形象在出现，各种各样的现状和诗歌的问题因此得以编织进文本当中，形成强有力的批判，虽然未必经得起细节的推敲，但还是能感受到；另一方面，我总觉得脱离开作者谈这首诗，它不是直接针对中国当下问题的，而考虑到作者欧阳江河一直以来的作风，更觉得《凤凰》中的词与物不能与当下物质社会的致密结构对接。

吴晓东：我先简单回应一下国华谈纽约和东东谈中国性的问题。国华注意到这首诗的落款是"2010.10.30，于纽约"，这一写作的地点可能是有标志性的。在纽约写，除了有乡愁感受外，会不会也在凸显一种地缘视野，即域外视野中的中国性呢？我从诗歌本身没有体验到多少乡愁意识，诗人倒是有可能借助异域的眼光，透过"凤凰"思考中国的具体问题。徐冰在自述中也说，像《凤凰》这样的作品，只能生成在他回到中国之后，"凤凰"的特征只能在中国的语境下生成。

这是一点,第二点是国华也提到了这首诗整合了一些网媒和纸媒的词语。换一种眼光来说,这种整合网媒和纸媒词语的写法,会不会也凸显了一种整合当下中国各类纷繁复杂的社会现状的努力?关键问题是,在这种整合过程中,是不是生成一种批评的力量?或者的确更有整体感或者超越性?同时,这种整体感或超越性是不是落实到诗歌写作的诗学意义上的整体感和有效性?我觉得国华刚才提到的问题,可以朝这两个方向引申;在此意义上,我对这首诗的评价,相对来说,是更正面的,跟国华还是有点差异。

李国华:我也接着说吧。在看到这首诗的标题时,就在想,它会不会回应郭沫若的《凤凰涅槃》?看完之后,没有,甚至连背后都看不到。这首诗整合了两个层面的内容,一个是已经沉淀下来的中国古典传统,一个是正在发生和流传的当下信息,而中国的现代性经验,在这里出现某种缺席的状态。我这么说也许有我自身现代文学专业背景的原因。不过,它这么宏伟的一个观察,借用东东的说法,考察中国性问题时,不去处理对中国影响那么大的一个文本,缺乏直接或潜在的应对,它批判的有效性就不够。我同意它有很强的批判性,肯定它的发言,不管在多远的距离,是在故国,还是在异域,这种热情都是可以肯定的。但是,对中国现代性经验思考的缺席,我觉得是个遗憾。而且,我注意到一个细节,就是写"穿裤子的云"。《穿裤子的云》是马雅可夫斯基一首献给情人的长诗,但表达的是无产阶级诗人的无产阶级意识和立场。《凤凰》里写:"但一辆自行车能让时间骑多远,/ 能把凤凰骑到天上去吗?"从这里微讽的意味来说,它的确有吴老师所说的域外眼光的问题。在纽约看到的中国,和在国内看到的中国,的确是会出现很有意思的交叉的。第二个就是,从郭沫若的诗歌当中可能发展出来的无产阶级的文学或和社会主义有关的文学,它是持一种反讽态度的。我觉得这样思考中国和观察中国性的角度,是一个非常有意思的漂浮。无论我们现在怎样判定当下中国的社会性质,诗歌中的词与物以这样的方式结构意象,铺垫寓言,我质疑它的批判性。

吴晓东:这首诗的第1节结尾两句:"人写下自己:凤为撇,凰为捺",

可能还是试图呈现所谓人的主题，无论是大写的人，还是历史中、现实中具体的人。人的主题可能是诗歌的核心脉络。关于"人"的话题是可以上升到启蒙主义时代的，是和郭沫若《凤凰涅槃》中人的启蒙问题有内在的关联性的。这首长诗在表象上没有触及郭沫若诗歌中的现代精神或现代传统，是不是就缺失了对人的思考的历史理性？其实我想说的是，欧阳江河也许是想故意避开大家耳熟能详的《凤凰涅槃》，也许可以理解为某种"影响的焦虑"？所以这种"避开"不意味《凤凰涅槃》没有内涵在《凤凰》的视域中。我觉得这个话题不是很核心的。

三 《凤凰》中的诗学

徐钺：不过我们仍然在《凤凰》这首诗里发现了大量的"物象"存在。对这首诗来说，"凤凰"在这里作为一个隐喻，我倒不觉得它一定要和郭沫若的《凤凰涅槃》发生关联。假如让我自己来写作这样一类的当代诗，我很可能会趋避郭沫若的《凤凰涅槃》。实际上，欧阳江河对现代的时代性的关注是非常强的，他的诗歌里经常会见到一些很现实的东西，会有很现实的指向，直接触及现实——譬如这首诗里就出现了CBD大楼。所以，我觉得他是直接有意地回避掉了，或者是无意地回避掉了既有的经典文本，这没什么大不了。

但是我认为还有更关键的一层在里面：他用"凤凰"这个名字这个神话，实际上是对物本身的超越。这首诗里他直接指涉了很多东西，那么我觉得这里其实存在着一种"语言加速度"，存在着用物象带动语言的一种加速度。他不断书写了很多的东西，那些东西他所给的关怀……刚才国华说这里可能没有那么深刻，没有那么深的关怀，但我觉得欧阳江河是有自己的理由的。他要不断把这些东西往前推，他要不断把各种混杂的东西捏在一起，他要把现时存在的一些东西、具象的存在——譬如从水泥、砖瓦、民工、CBD到天书、字的建筑，甚至徐冰本人，扩展到大量通过带有选择性的联想而显现的、不那么具象的、不那么现时的存在——譬如从凤凰台、庄子的鹏鸟，到刚才国华提到的"凤凰牌"的历史化书写等，再到人与鸟、飞与不飞的对偶关系，而这个对偶关系其实是"不涉物"的。这里面有一种通过不断累加而实现的语言加速效果，通过具体的物象累积而达到了超越物象的效果，一个新的意义就产生了。所谓"凤凰涅槃"，在这里就具有了一种新意义诞生的隐喻。我觉得这种意义超越可以借用语言学、借用波德里亚的符号理论进行解释：符码通过不断的书写和仿造而构成了对既有意义系统的超越，但并不是直接破坏系统——破坏系统通常由波德里亚所谓的"死"或者"湮灭"完成，超越是在系统之外生成了新的意指结构，也就是"涅槃重生"的自我超越。这种意指结构随着文本或者符码的累积推进，上升为超越的、命名式的判断。在不断累积之后，欧阳在第13节中出现了这样的表达："人，飞或不飞都不是凤凰，／而凤凰，飞在它自己的不飞中。"第14节接续了这种"命名"，并且更进一步："飞，是观念的重影，是一个形象。／不是人与鸟的区别，而是人与人的区别／构成了这形象：于是，凤凰重生。"他再次提到凤凰，在这里它的意义，我觉得其实已经构成了从原本具有词的物质性的"凤凰"到具有词的非物质性的"凤凰"的一种超越。不过凭借这些是不是就可以说欧阳江河就用这种方式超越了欧阳江河？或者说按照他这种涉物性的书写，从涉物的诗学到超越涉物的诗学，能不能说，90年代诗歌的逻辑就凭借自身超越了90年代诗歌？我觉得下这种判断是要小心的。像刚才东东做的工作，是把欧阳江河、把这首诗先放在90年代诗学中去、放到一个大的历史背景中去讨论，我觉得是非常重要的。我们需要把它放在一个大背景中，才能讨论说这里有没有新的变化，出现了哪些相异性的东西，哪里和原来不一样了？我觉得最关键的差异性就是：他到达了某种"超越涉物的诗学"。

　　之前的分析中提到了欧阳江河所使用的大量具象存在符码和非具象存在符码，这大约是很多人都会注意到的；但我觉得会被较少注意到的是，这首诗里完全没有出现主体"我"。《凤凰》之中出现了"大我""我们"这样的词，但是没有作为个体的、作为作者欧阳江河的"我"。这是最明显不过的态度:文本中所指称的一切都是表象上客观的指称,是消除了"格""性""态"的、没有个人意志的符号代码,其属性是公共的。但同时,对这些符号代码的选择搭配及判断则是源自个体意志的,具有强烈的作者主体判断性质。尽管这里的"个人意志/主体判断"并不绝对个人,还带有原文本作者徐冰,以及原文本读者,也就是和欧阳江河类似的"他者"的影子,但仅就长诗《凤凰》而言,这个文本中的主体既不是一个个别的,也不是一个普泛的他者,或许在拉康的概念上才能较好地将其进行解读,也就是一个"大他者",或者换个方向,一个"大主体"。但这种手法表现得有多好,我觉得就是另一个问题了,需要商榷,需要在细节上再讨论。如果我们暂且不管书写主体的内在指认,而更关注其外在指认,就会发现:欧阳江河的《凤凰》在所谓对具象的、现时的存在的书写之中没有确指任何个别客体。民工没有名字,砖瓦没有名字,CBD中的楼房作为个体没有名字,它们只有作为整体才具有言说的力量;如果说到关怀的话,其实需要把每一个民工的名字都写出来,把北京CBD的每一栋大楼的名字都写出来,但他的关怀不在这儿,他跳过去了。对于最终所谓"超越的"、被提升出的非具象、现时的存在,人、鸟、凤凰、飞翔或不飞翔……这些都只具有公共的名字,它们在文本中不能构成非整体的形象。也就是说,在应该通过一一指涉名字来指涉群体的地方,他跳过去了;对于许多具体的东西,他都打碎跳过去了。

王东东:很可能,徐钺对这首诗的评价比他自己以为的要高,甚至比我对这首诗的评价还要高,这不是没有可能,只要听听他动人的分析就可以了,与其说他在挑刺,不如说是为这首诗做阐释的工作。我自己也爱好文学理论,知道"符码的再生产",但我的态度没有那么乐观,波德里亚无非在说语言是一个赠予意义又回收意义的系统。而在我看来,关键是能够找到每一次的意义指向。停留于波德里亚容易抹杀一个文本和另一个文本的区别,一首诗和另一首诗的区别。如果看到这首诗的用心和它鲜明的意义指向,而仍然犹豫不决,我认为这是由于不愿意摆脱语言学的素养,对语言学的反驳也必须在语言学内部进行,这就说明我们这里真的发生了一个"语言学转向"。

因此可以说，我们面对的不仅是中国当代诗中词与物关系的难题，也同时是整个现代诗写作和批评的困境。欧阳江河对这个是有自省的。——你有时会奇怪，中国当代产生了这么多爱好文论的诗人，他们不仅要写诗，还要写作"学报体"，"诗人批评"在中国也就是这个东西。毫无疑问，中国诗人需要拓展批评的文体，写点有见识的散文什么的。——回到欧阳江河，他个人的写作兴趣一直就不是单一的，虽然在有的时候他会将自己"缩减"为一个"90年代诗人"，一个"90年代诗歌"的理论家，他的写作意识是绝对开放的，就像多多说过的那样，欧阳江河能从任何东西写到任何东西。《凤凰》也可以说是欧阳江河的集中爆发，我将之看成对诡辩自我的超越，它寻求和梦想绝对之物，因而和徐冰的《凤凰》一样险象环生：它和徐冰的《凤凰》一样从垃圾中诞生，想要美，想要存在得持久，一种悬于半空的和谐与稳定，"将落未落时，突然被什么给镇住了，/在天空中/凝结成一个全体"。但是，我们的语言真的能够摆脱社会物质领域的诡辩而独自超升吗？也许，很难。但正因为此，《凤凰》就从某一个侧面反映了当代汉语的基本状况。比如，将《凤凰》与欧阳江河1984年的作品对照起来看颇有意思：

> 那么你，幸存者，面对高悬于自身陨落的唯一瞬间，有什么值得庆幸？被无手之紧握、无目之逼视所包围，除了你自己，除了一代又一代的盲目，又能收获些什么、炫耀些什么？
> ——《悬棺》之《第一章 无字天书》

《悬棺》表达了否定的思想，或者说，以否定的方式表达了形而上学的超级稳固，以及这种稳定性和此在的绝缘；而《凤凰》则要表达肯定的思想，当然这种肯定的超越不可能一蹴而就，它必须经过此在的痛觉的美学：正如徐钺所说，那些民工、警察都是没有名字的："警察：一个形容词。/民工：一个无人称。"但与其说这是欧阳江河的失误，不如说他在呼唤启示和救赎之光（这是中国诗人的精神难题），这两句诗是欧阳江河对名词的坚硬性的还原，其含义是爆破性的，直指时代整体由于精神缺失而导致的个体消亡。

许莎莎：我不太同意刚才徐钺提出的欧阳江河对涉物的超越，主要是刚才他举的一个例子和我的感觉不太一样。他刚提到欧阳江河以前写的《傍晚穿过广场》，认为"广场"是一个涉物的，是存在性的、物质性的，但是我认为广场在欧阳江河的诗中实际是有两个意义层面的：一个是，他穿过的广场是确实存在的，他会写在他穿过时广场是怎样的；但从另外一个层面上说，也存在着一个具有抽象意义的"广场"。所以他其实是同时在处理一个具有物质性和抽象性两个层面的东西。（对徐钺）看《凤凰》的时候，你觉得这首诗一直在处理"飞翔"这一概念，并认为它不再是涉物的而是比较抽象的。但我觉得在这首诗里也是包含两个层面的：一个是你说的抽象层面的，但同时，因为这首诗是回应徐冰的大型装置，所以在这个装置被展出时"飞翔"也是具有物质性和实存性的。所以你刚才举的那个例子我认为不很恰当。但我很感兴趣的是你后面所说的，也是刚才几位都提到的，就是"加速度"的问题。具体反映到文本当中，它的一个核心意象"凤凰"——也就是"鸟"这个意象——在诗中的寓意，给我的感觉是在不断转换的，或者说是在不断剥离的。有点像你刚才所说，每进行到一个程度，它的意义就被发生了一点转换，或是脱离了原有意义而生成了一种新的意义。只是我觉得你刚才说的有些泛，所以希望一会儿能听到你根据文本的更具体的分析，包括它是如何一步步推进的，如何运用所谓"语言的加速度"来完成意象的转换的。这是我很感兴趣的地方。

另外，我觉得之前我们的讨论基本上是在两个层面上展开的。一个如东东师兄的意见，是从诗学内部为我们进行了背景和批评系统的铺垫，谈到了90年代诗歌及诗歌批评的主要问题和话题。我对此比较感兴趣的，是他刚才强调的90年代诗歌建构中的两个方面——一方面强调诗歌语言的普遍性，另一方面强调中国的历史和现实——在我看来，这两个方面是有一点矛盾的。此外，我认为《凤凰》这首诗某种程度上是具有即时性的，它是在对一个具有社会影响的艺术事件进行回应——我觉得这可以被视为诗歌对现实的一种发言。由于诗歌与现实的关系——包括诗歌与个人经验、诗歌与其他经验的关系——也成为诗歌界广泛关注的一个话题，所以我最关注的问题是，不论是欧阳江河以前的诗还是这首《凤凰》，他发言的姿态和其他诗人相比，比如说张枣、臧棣，有没有什么区别或是不同路向？90年代诗歌确实存在某种语言学的转向，但这种语言学转向的内部是否有不同的分级和路向，在这些分级和路向中欧阳江河处于何种位置？这是我最为关注的。

再有，各位之前提到的"小我的缺失"以及"以集体的姿态进行叙述"其实也涉及刚才我说的问题：诗歌是如何回应现实的？它是以何种角度来连接语言和现实的？是具体的、个人的经验，还是像这种集体性的、更高角度的经验？对于当下的诗歌现实而言，哪一种方式的回应是更加有效的？我觉得这个是需要大家来讨论的。

徐钺：我是在想一个问题，刚才国华兄说到的，这里面是不是一个"大我"的问题？作为个体的"小我"确实是缺席了，但这里是不是一个"大我"？我首先认为这是一个诗歌技法的问题。当"小我"缺失的时候，他能貌似非常客观地去书写"物"，他这里所有词的物属性都变得失去了"格"、失去了"性"、失去了"态"，变得非常公平。在这种情况下，他在进行那种命名性的叙述——就是那种判断句的时候，那些话就好像变得是没有人在说的，那些话就好像变成是不言自明的，他就能写出大量判断性的东西。这种情况一般只有两种"大诗"才会有，一是史诗，二是神话诗；它们都会出现叙述者"我"的消失，但那首先是一种技法。我想到史诗中的一种技法，有一种比喻叫荷马式比喻，最简单的例子就是说"阿喀琉斯像狮子一样"，然后不写阿喀琉斯了，开始写狮子，描述那只狮子。那么在这里就非常有意思了，欧阳江河他先说地产商看星星，然后开始写烟头、开始写吸星大法、写地火点燃的烟花盛世、写吸进肺腑，这里面一直存在着星星和烟头的交互书写。按我一开始举例的理论，符码的不断积累会造成新的意义诞生，这里的技法对欧阳江河就至关重要了。他通过隐喻性的书写造成新的词的诞生，从星星到烟头，再把烟头掐灭，吸进肺腑，再吐出印花税……这种跳跃性的联想就造成了符码的再生产，符码被不断地生产出来，这样才构成了一首长诗。符码越来越多，累积到最后，新的意义就诞生出来了，是有这样一个关系。还有另外一点，好像是阿多尼斯说的，写一首长诗基本上并不是一开始我就要解决什么问题，而是说，先提出一个问题，写完一段之后不是说我立刻为它找一个答案，而是我要为这个问题找到下一个更进一步的问题，这样来推动一首长诗的行进。刚才许莎莎问我能不能解释一下这首诗里的意义推进是怎么进行的，这其实是一个线索。

吴晓东：我觉得莎莎提了几个比较关键的问题。比如在对现实发言、回应当下生活的时候，欧阳江河和别的诗人的差异性到底在哪儿，就是一个值得深入展开的话题。还有莎莎认为《凤凰》一诗包含有物象的和抽象的两个意义层面。在我看来，这和欧阳江河的诗歌语言的构成语法是有一定相关性的。他在诗歌中一直在处理具体和抽象两类意象以及两者之间的转换空间。所谓的"转换"表现在，一旦欧阳江河处理的是具体意象，他随即就会对这一具体意象进行升华，赋予意象以抽象性；而当他在处理抽象的理念的时候，又会试图用具象的隐喻把它具体化。在《凤凰》中，这种转换方式的频频出现也许可以归结到他所处理的物象本身的丰富性。"凤凰"既是一个物象，但同时又是象征或隐喻。这可能就和徐冰的艺术装置所提供的"凤凰"的原初形象，或者说欧阳江河这首诗的原型本身所具有的丰富性有关。而关涉到欧阳江河这首诗的具体诗艺技巧层面，我个人认为，隐喻联想是诗人的核心话语方式。看第 4 节：

> 地产商站在星空深处，把星星
> 像烟头一样掐灭。他们用吸星大法
> 把地火点燃的烟花盛世
> 吸进肺腑，然后，优雅地吐出印花税。

> 金融的面孔像雪一样落下，
> 雪踩上去就像人脸在阳光中
> 渐渐融化，渐渐形成鸟迹。
> 建筑师以鸟爪蹑足而行，
> 因为偷楼的小偷
> 留下基建，却偷走了它的设计。
> 资本的天体，器皿般易碎，
> 有人却为易碎性造了一个工程，
> 给它砌青砖，浇铸混凝土，
> 夯实内部的层叠，嵌入钢筋，
> 支起一个雪崩般的镂空。

我觉得诗人接连处理了三个隐喻段：第一个是"地产商站在星空深处，把星星像烟头一样掐灭"，这个隐喻联想是从"星空"来的。一旦诗人想象出一个初始情境，如这里的"站在星空深处"，就会自然地生成"把星星像烟头一样掐灭"的联想，继而延宕出"吸星"这一隐喻，也就顺理成章地生发出"把地火点燃的烟花盛世吸进肺腑，然后，优雅地吐出印花税"一句。诗人的具体思路正是凭借这种隐喻联想开展的，当他为"星星"赋予一个隐喻，那么隐喻联想就从"星星"这个物象上生成出来并推衍下去。第二个隐喻段是由"雪"衍生的。"金融的面孔"是抽象的，但是诗人一旦给"金融的面孔"赋予一个比喻"像雪一样落下"，抽象就转化为了具象。"金融"这个难解的范畴，涉及当代最复杂的全球性的资本和货币操作机制，在此就变得好像具体可感，这就是隐喻的具体性的诗学作用。接下来从"雪踩上去就像人脸在阳光中"，到"雪"融化成为"鸟迹"，"鸟迹"又催生"建筑师以鸟爪蹑足而行"，都是从"雪"这个隐喻意象生成的联想。这是第二个隐喻段落，具体的思维也是隐喻式的延宕。第三个隐喻段则以"资本的天体"为主轴展开。有如上文中的"金融"，"资本"也是一个隐形却无所不在的存在与力量。即使用马克思的理论来分析,资本的抽象性也构成了当代金融社会以及金融生活最复杂和最难索解之处。但当诗人赋予了它"器皿般易碎"的具象性特征之后,接下来的这个隐喻段就沿着"易碎性"展开,一直到"雪崩般的镂空"都是从"资本的天体,器皿般易碎"这个核心隐喻生成出来的。

所以我觉得这首诗的具体行文脉络是隐喻联想,诗人正是凭着隐喻建构了具象与抽象这两种现实之间的转换。诗人最终在诗歌中也建构了一种隐喻的现实,这种隐喻现实不仅仅表现为隐喻性的修辞,而是可以与本雅明所构造的那种寓言化的现实进行类比。而欧阳江河的世界只有从寓言的或隐喻的意义上才是可以写作、可以描述、可以理解的,而我们所身处的真正的现实所展示的种种物象反而是我们难以捕捉和穿透的。我是从这个意义上理解这首诗的隐喻思维或者说隐喻联想的。

李国华:前面徐钺用"跨国越界"来反驳我对《凤凰》不触及郭沫若的批评。其实,我并非说写"凤凰"就一定要写郭沫若,而是说以欧阳江河这样的方式来写"凤凰",不提郭沫若是个很有意思的缺席。这是个问题,而且很重要。他所追述的传统历史文本,如贾生垂泪什么的,都是很个人的,近似于某种个人主义或自由主义话语中的古典意象,但整首诗表达则是"大我"关怀。尽管这个"大我"关怀是"立人心为司法",是在超越性的视野下观察中国,但这个"人心"恐怕很难是个人主义或自由主义式的,否则就不会以那样的方式讨论民工、拆迁等问题。因为民工、拆迁这些是"大我"的问题,不是个人主义或自由主义所推崇的"慈善"所能解决的。所以,他不回应,或者说不正面回应郭沫若表达过的启蒙诉求和现代性问题,是个大问题,是个遗憾。

燕子:我还想谈谈我对诗中"大我"和"小我"的理解。诗歌的第5节写道:"得给'我是谁'/搭建一个问询处,/因为大我/已经被小我丢失了。"我认为全诗所做的工作正是一个以大量的破碎的"小我"重建一个新的"大我"的过程,这样的重建在诗歌戛然而止时实现——"在天空中/凝结成一个全体"。这一个全体,由历史的碎片、现实的垃圾以及多重资源所整合，其生产或许是诗人的最终诉求。这让我想起张枣的一句诗"花朵抬头注目空难"。欧阳江河曾以这一句诗为例，分析个人化的反词所带来的诗意。在我看来，《凤凰》这个艺术装置恰如一场逆向的空难的发生，空难演示着整体瞬间破碎、绽放的过程，而《凤凰》这一装置生成的时刻则是将所有的破碎、所有的历史残余物，瞬时凝结成全体。与这样一个新的"大我"的诞生相为互文的，是由无数破碎和异质性因素并置融合形成的这个"当下"。

吴晓东：燕子对欧阳江河以大量破碎的"小我"重建一个新的"大我"的追求的揭示，诗人看了或许会心有戚戚焉。我夸张点说，燕子可能是这首诗的理想读者。

四　两个《凤凰》

李松睿：诗人在《凤凰》这首诗中回顾了一下徐冰之前的一些作品。似乎是认为徐冰是这样一个要沟通人神的艺术家的代表。显然诗人非常看重徐冰的作品，他认为"不闻凤凰鸣，谁说人有耳朵／不与凤凰交谈，安知生之荣辱？／但何人，堪与凤凰谈今论古"。我觉得在诗人心目中，至少徐冰是没有闭目塞听的人，是知荣辱的人，是真正可以沟通人与鸟的人。第11节我非常喜欢："十年前，凤凰不过是一台电视。／四十年前，它只是两个轮子。"显然诗人认为凤凰始终与时代联系在一起，所以后面诗人才会说凤凰并不只有一只，几千年前有，百代之后也有。每个时代有每个时代的凤凰。但从诗人给我们描绘出的变化可以看出，物质的欲望在不断膨胀，今天凤凰已经变成了"恐龙"。一个怪物。所以在这样的时代，凤凰可能真的就要只是恐龙了，人们大概也愿意接受这一事实，并把我们这个社会的种种当作常态。但艺术家不，他要让凤凰成为凤凰。然而资本的力量却无处不在，艺术家在今日也只能靠资本家才能完成他的作品。这就是第12节所写的。在资本面前一切都可以化作交易，多重性被简约为单一性，但这就是我们这个时代给艺术家的条件，艺术家只能在这样的条件中进行他的创作。他要与金钱、与时代进行搏斗,完成他的创作。这个东西,就是这样一个硬邦邦的凤凰,集丑陋与华美于一身,肩负起时代的所有矛盾。或许这个时候,作品已经完成了,所以诗人的描绘从艺术家那里转移到观众,转移到凤凰本身。我觉得诗人似乎认为,《凤凰》这个作品一经完成,他就脱离了人的掌控,以它的体积、它的质感、它身上所负载的意义,成了独立的凤凰。在某种意义上,这个硬邦邦、傻乎乎、丑陋的东西,就是我们身处的这个时代本身。

徐钺:首先,这首诗我们要承认它是有自足性的,不把它当作一个互涉文本它也是自足的。但我们首先还是必须要理解徐冰的那个作品,因为徐冰作品有他自己的超越性,他的作品首先就是自足的。徐冰的超越性在哪里,在什么层面上呢?徐冰在制作《凤凰》之前,曾进入北京的建筑工地——就是那种被各种网布罩起来的、还没建成的大楼,我们看见建大楼都是这样包起来的——他到那里面去进行参观。他进去之后感到很惊讶,后来这样说过:"我没想到以这么低的科技的条件,盖出那么现代化的大楼。"由这句话,我们可以引申到他创作那两只"凤凰"的初始隐喻意:从垃圾到艺术,或者说,从现代城市之中的工业废料到现代城市之中的大型装置物,从废弃的东西到有用的东西,这就是一个现代神话,可以理解为"凤凰涅槃"的表层含义。第二层隐喻是,从物本身,从有使用价值的物,到艺术品,一种有象征价值的存在。第三层隐喻则像刚才吴老师所说的,可能是有一种启蒙神话在里面。

路杨:我比较关注欧阳江河的诗与徐冰的《凤凰》之间的关系,我想谈的主要是徐冰的《凤凰》作为一个前文本在欧阳江河的诗中是怎样被谈论的。我觉得一方面徐冰的《凤凰》当然构成诗人创作的契机和兴趣点,这可能跟欧阳江河一直以来都保有对于现实的热情和那种诗歌应该承担对现实发言并进行检讨与质询的观念有关;另一方面,我觉得徐冰的《凤凰》还构成了诗人创作的某种压力,这在文本层面就体现在诗人是怎样谈论"凤凰"这个意象和徐冰的凤凰装置的。欧阳江河一直很关注的词与物的关系在这首长诗中也多次出现,我觉得徐冰的《凤凰》在"词与物"的关系层面的表达方式似乎也给予欧阳江河很大的冲击,这种冲击既表现为一种兴趣,也表现为一种压力。

我觉得欧阳江河在诗中其实一直都有两方面的努力,即对于"凤凰"本身和对于徐冰的《凤凰》发言的努力,表面上看似乎前一种努力是渗透到后一种努力之中的,形成一种纠缠的关系;但从某种意义上讲,后一种努力则甚至可能是为前一种努力做的准备,也就是说诗人其实最终还是要形成一个对"凤凰"的自我表述。这使得徐冰的《凤凰》有时候仅仅构成诗人谈论"凤凰"的契机,但很多时候诗人又没有办法完全抛开徐冰的表达,因而这首诗就一直在两种表达、两种"凤凰"之间徘徊着。

燕子:我接着松睿师兄的话来说。刚刚松睿兄说,他很欣赏本诗中的两句:"十年前,凤凰不过是一台电视。/四十年前,它只是两个轮子。"松睿兄指出,这几句诗将"凤凰"与现实生活中的器物衔接起来,使诗歌与现实发生了联系。而我想谈的则是从这一句诗中,我所看出的诗人的写作态度,即以写论文的方式写诗。如果我们读了记者胡赳赳与艺术家徐冰的对谈,就会知道,徐冰在应对胡赳赳关于"第一次跟凤凰发生关系是什么时候"这一疑问时,将答案指向了"凤凰女车"。这或许是诗人由此展开文字肌理中的现实感的一个契机所在。与此同时,这样以词语与现实生活的联系而生产诗意的操作,让我联想起半年前风靡网络的一首小诗《中华》:

> 小时候,
> "中华"是一管白白的牙膏
> 我在这头　笑容在那头,
> 上学了
> "中华"是一支细细的铅笔
> 我在这头　考卷在那头,
> 工作了
> "中华"是一条红红的香烟

我在这头　领导在那头，

结婚了

"中华"是贷款买的轿车

我在这头　而奋斗的路，还在那头，

将来啊

"中华"是道细细的国境线

父辈在里头　孩子们在外头！

同样也是以词语为线索，串接起个人生活史和物质史的一些断片。谈起这个我是想回应国华师兄的看法，即诗人的资源不是直接来自中国经验，而略略带有隔膜感，可能来自纸媒和网媒。我觉得这样的感觉与其说是一种隔膜感，不如说与诗人的写作态度休戚相关，也就是我所说的以写论文的方式写诗。无论从诗人四易其稿，还是从该诗宏阔的话题领域和丰沛的内容含量来看，都能看出诗人的用力。欧阳江河在写诗过程中，必定怀着极为严谨而认真的态度，仔细研读了关于徐冰《凤凰》的各种背景材料（这从鸟胎、陆宽、黄行几个语词的引入清晰可知），并且在这首诗中对文学史、物质史中"凤凰"这一语词和意象的沿革进行了统摄性地把握，显示出史诗性的追求。

李松睿：我一直有个偏见，就是文学不能沉浸在个人情绪、小圈子里面，它不能当小摆设，它要去把握我们身处的那个时代。就像鲁迅说的，你不能梦想自己回到远古，也不能梦想自己飞到未来。你只能扎根在现在，才能写出好的文学。我非常欣赏的作家张承志有句话，他说一个有出息的穆斯林，不能只想着穆斯林的事，他要思考中国的问题。我估计张承志自己就是这样的人。那么借用他的这句话，可能好的文学家、诗人，他不能只想着文学的事，他要思考中国的问题。我觉得这首诗是相当成功的，其原因也正在于此。

读这首诗，我一直觉得欧阳江河的写作一定非常费力，我能从中揣摩到他遣词造句所花费的精力和心血。到目前为止，诗人已经四次修改了，甚至还要继续修改。我前面已经说了，欧阳江河是个特别凶恶的包工头，穷凶极恶地压榨语言。这让他的诗达到了相当高的水平。但在水平提高的同时，他的诗也让人感到一种阅读的难度。如果不是今天的讨论，我大概不会认真去读他的诗。那么我们这个时代是否还需要诗歌？我想比较一下欧阳江河的《凤凰》和徐冰的《凤凰》。我当然不是说徐冰创作他的作品很容易。这件作品肯定是非常难操作的。那么大，那么重，要反复试验。但当作品完成的时候，以一种非常直接的方式让人目击到我们的时代，没有废话，直接抵达。莱辛在《拉奥孔》中有一个经典的说法，就是雕塑是空间的艺术，而诗歌是时间的艺术。而詹明信在《晚期资本主义的文化逻辑》里讲了个很有名的观点，就是今日的世界，也就是跨国资本主义的世界，空间成了最重要的艺术形式。比如建筑等，一个建筑，一个雕像，让人一下目击这个时代。而诗歌就相对来说低效率得多，它只能让人在潜心揣摩中有所领悟。不过同一句话可以有正反两种说法，正是这种揣摩，这种距离，这种难度，逼迫人去真正思考。而一个雕塑，可能很多人看到了，但很多人看到也就跟没看到一样。有思想准备的人才能从中看到时代的真谛？从这个角度讲又可以把问题掉过来。我自己没有想清楚，或者说自己在胡思乱想。请大家给我指教。

五　个人语境与公共语境

路杨：我之前说，诗人其实一直在寻求一种他对于"凤凰"的表达，这种表达由徐冰作为引子，但不是徐冰的。从诗的技巧形式上看，诗人保持着他对技巧一贯的复杂调度，密集的意象纷至沓来，意象之间的联想、推进和跳跃、分延，使用繁复的对位结构制造诡辩性的张力，等等，甚至形成了很多更为精巧、复杂的结构（如第 8 节中升降机那段）。但我觉得重点不在于此，而在于诗人一直都试图去寻找一种表达的个人语境，并且试图把词与物的关系在体制内形成的公共理解对个人语境造成的压力剔除出去，时刻保持一种对于"不纯"的个人语境的警惕和质疑，这其实是他在 1995 年所写的一篇诗学论文中明确表述出来的一种诉求，多年之后有没有改变也是我所关注的。我想他还是希望能够揭示那种"词与物的异质性"（姜涛语），把词与物的关系还原到一个最初的、没有公众理解和历史记忆的状态中去，我想这可能就是他不断从人与鸟、飞与不飞的维度去表述"凤凰"的原因。因此"凤凰"本身带有的强烈的符号性和一种类型化的语境就成了诗人特别拒斥的东西。

但是欧阳江河的难处又在于个人语境怎样在公共语境中发言，所以我觉得欧阳江河在这首诗中很大一部分努力都在于他希望能够不断剔除掉或者转化那些公众理解，包括那些古代文本谈论"凤凰"的方式，现代化初期在"凤凰"身上集结的词与物的关系，同时也包括徐冰对于"凤凰"的把握方式，以及"凤凰"的仪式性、符号性和徐冰的《凤凰》甚至是诗人在整首诗中都一直在试图躲避的。欧阳江河还曾经说诗人在处理这种困境时可能有两种失败的做法：一种是无视公众理解及当代批评，但这样就会失去处理日常素材的能力；另一种是使个人语境获得公共性质，但这样词的精神品质就难免被一种功利性、表演性危及。而他理想的做法是为词的意义公设找到一个不可通约、不可公度的反词，即找到一种个人化的反词立场，以在隐匿于人群的同时又能从中抽身而出。所以我猜想，欧阳江河在这首诗中对于公共理解和历史记忆的处理大概也是以谈论它们的方式剔除它们，同时又通过不断制造反词来营造自我的个人语境。

燕子：与此同时，对艺术装置"凤凰"和历史意象"凤凰"的丰富阐释，也正是由于引入了生活史、物质史的维度，从而获得了某种新的自足性。在论文《当代诗的升华及其限度》中，欧阳江河指出了"从反词去理解词"的诗意策略。他详细指出："我在这里所说的反词，不应该被狭义地界定为词与词之间自行产生的语义对立，而应该从广义上被理解为文本内部的对立语境。我的意思是，反词是体现特定文本作者用意的一个过程，这个过程将词的意义公设与词的不可识读性之间的紧张关系精心设计为一连串的语码替换、语义校正以及话语场所的转折，由此唤起词的字面意思、衍生歧义、修辞用法等对比性因素的相互交涉，由于它们都只是作为对应语境的一部分起临时的、不带权威性的作用，所以彼此之间仅仅是保持接触（这种接触有时达到迷宫般错综复杂的程度）而既不强求一致，也不对差异性要素中的任何一方给予特殊强调或加以掩饰。"（欧阳江河：《谁去谁留》，第283—284页）我想我们读这首诗的时候，都会注意到俯拾即是的或可称为"反词结构"的一对相关语词的并置——飞与不飞，人与鸟，天与地，大我与小我，部分与整体。如果说上世纪90年代欧阳江河在使用"反词结构"时有着吴老师指出的"使意义封闭"的可能，使得本来丰富的意蕴被对称出现的词语所平面化，那么本诗之不同正在于，这种对称不再是一个层面上的对称，社会历史文化语境的引入，生活史、物质史的掺和使得反词本身获得了开放性。这是很高明的，而诗歌直面当下的现实感与瞻前顾后的历史感因此得以圆融。我今天读到清华大学一位博士生的论文，题目是《先锋诗歌"词语的诗学"研究——以欧阳江河为个案》[毛靖宇，蓝棣之：《先锋诗歌"词语的诗学"研究——以欧阳江河为个案》，《清华大学学报（哲学社会科学版）》2010年第4期]，论文指出欧阳江河甚至当代诗歌的语言探索的不足之处有二，一是这种诗学探索具有过于浓重的哲学色彩，二是诗歌写作脱离现实和历史。我觉得这篇论文的作者如果能有机会读到《凤凰》这首诗作，那么他必定会做出新的判断。而《凤凰》最为难能可贵之处，正是在于从一个现实题材出发，走进艺术，又走出艺术，在这样的回环往复中，引入社会历史文化语境。整首诗中，对于这一点操作得最为出色，也是我本人最喜欢的即是诗歌的第4节。可以说，诗人在全诗写作历程中很有目的性地加入了社会历史文化语境，将凤凰植入后工业时代扶摇直上的钢铁丛林中，这是诗人的野心所在，这样的制作至少在诗学的意义上实现了一种突破。

李松睿：徐冰谈到他的这个作品一定要在中国展出。我觉得他的判断非常对，也只有在中国这个作品才能出现，才有价值，才能和环境相配相合。为什么这么说呢，我觉得就在于徐冰这部作品有一种强烈的未完成性。凤凰把自己所有的骨骼暴露在外面，不避讳自己的丑陋。而这种丑陋本身就是它的力量所在。徐冰访谈中有个比较有意思的细节。出资人，也就是资本家不喜欢这个作品，觉得应该在外面包上一层水晶什么的。这个细节其实也从另一个方面说明《凤凰》这个作品的未完成性。未完成性其实对应另外一个概念就是生产性。生产就是把原料进行加工，然后成为成品。生产是过程，因此它是未完成性。而资产阶级其实是害怕这种未完成性的东西。资产阶级虽然建立在现代大工业之上，但它却不喜欢工业。我们看电影，很少看到工业，除了卓别林、弗兰茨·郎什么的。大部分我们看到反映资产阶级生活的电影很少有工业。都是咖啡馆、酒会。生产是必须被遮掩的。这是我说徐冰作品的未完成性的一个层面。还有另一个层面，就是这部作品对应着中国的现实。什么作品是好作品，我的观点很保守，就是它必须是一个时代的反映。它要包含这个时代本身的特点。包容力越强，作品的强度越大，也越伟大。鲁迅在谈到小品文问题时说，风沙扑面、虎狼成群的时代，要那些小摆设有什么用。同样的道理，今日的中国就是个大工地。改革开放以来急剧的社会变革，不仅改变了我们社会的组织形态、生活方式，也改变了中国的地貌、中国人的心灵。我今天如果走到海淀第三极后面，那片玻璃幕墙建筑群，我会完全找不到方向，那毕竟是我生活过十多年的地方啊。只有几棵树还依稀是原来的树，但脱离了周围的环境，那些树也让人感到陌生。正是今日中国在变动中，在未完成中，所以今日之中国也就有多种可能性可供选择。发达国家是已经完成了的，它就那个样子了。美国没有任何可能性，它已经成形了。指望美国人做出什么改变那是不可能的。但中国有这种可能。所以说今天人们愿意去讨论中国模式问题是非常有道理的。在这个意义上，徐冰作品的未完成性恰恰也正是中国的代表。因此我觉得欧阳江河在理解徐冰作品时，理解得非常到位，在诗中那个凤凰，既是美丽的，也是丑陋的；既是黄金，也是废弃物；既是废料，也是建设；既是凤凰，也是恐龙。一切矛盾性都聚集在这里，无法剥离出来。尤其是那句诗我觉得特别好，"每分钟的凤凰，都有两分钟是恐龙"。既是吉祥的象征，又是怪物，恐怖的意象，里面蕴含的力量特别充沛。这是徐冰作品所捕捉到的东西。所以我不喜欢徐冰作品出现在夜幕中，夜幕中的凤凰身上所有质感都消失了，它被披上了外衣，变成了纯粹意义上的装饰品。

吴晓东：我曾经评论过欧阳江河的90年代的诗艺，他非常善于处理异质性的事物，但在处理异质性的同时有把对象同质化的迹象，由此带来的一个问题可能是诗歌的文本世界的同质性与平面化。这可能与他对修辞的过度关注有关，过度修辞的后果之一是将世界修辞化和文本化。在他90年代的诗中，处理对位、悖反性的事物的技巧用得太繁复，其诗歌世界反而给人以自我指涉的封闭之感。这种处理异质性事物的能力在《凤凰》这首诗中依然得以延续，但却充分保留了异质性本身固有的繁复特征，即把异质性与同质性互为观照，还原的恰恰是世界的复杂性本身。因为我们所身处的当代世界既是异质性的，同时又是同质性的，单从异质性的层面理解或者仅从同质性的角度把握，都无法洞穿当代生活。如刚才松睿欣赏的"每分钟的凤凰，都有两分钟是恐龙"一句，就是把异质性与同质性互为观照的范例，"恐龙"既是"凤凰"的异质性的因素，但又不是凤凰的反面，在某种意义上恐龙恰恰是凤凰内生性的维度。而在我看来，《凤凰》最出色的地方是把一个同质化的当代世界处理成一个异质性的多重空间，而且处理得"活色生香""斗转星移"。诗中的悖论性空间也超越了自我指涉的封闭性，向现实政治、当代生活以及历史纵深开放，最终指向的是"事物的多重性"，建构的是一个具有极大的包容性的繁复而多义的空间。在这个意义上，我借用诗中的一句，把欧阳江河称为一个"为事物的多重性买单的人"。

路杨：对于徐冰的凤凰表达，欧阳江河在直接把握它的时候似乎就会显示出一种无力感，但在一些角落，比如在那些徐冰无法掌控的地方，如《凤凰》被社会化的过程等方面，欧阳江河的表达就显示出其个人语境的力度。比如诗的第3节，将《凤凰》背后的资本依赖及艰难的形成过程作为一个时间过程描述出来，同时又与一个个人被询唤为主体的过程相并置，二者不仅在时间形式上被赋予同构，还是一种共谋关系上的同构。诗在这里将《凤凰》作为一个资本积累过程中伤痕累累的昭示者同时又由资本作为支撑的共谋秘密讲述了出来。我想这是诗歌作为诗歌的方式很精彩的地方。包括诗中对于凤凰创作过程中与现实之间的复杂关系的表达也是如此,如第12节;以及诗人反复指涉徐冰此前的一些代表作并将其拉入自己的对位结构之中的表达也很有效。

但他的无力则可能来源于这种对于个人语境的执拗。徐冰对于词与物的关系的处理方式与欧阳江河则不同。徐冰的个人语境(如果我们也借用这个概念来谈论徐冰)的生成是通过对公共语境的调用和转换来实现的,即公共语境以一种被利用的方式显现出来。即徐冰自己在访谈中所说的,他也不喜欢用符号化的东西,但他注重的是如何使符号的强大力量变得为我所用。比如建筑废料－垃圾、凤凰－吉祥／财富／百鸟之王／中华民族这样的属于公共理解的词－物关系没有被剔除,而是被安置在了这个语境的结构形式的不同位置之上;在这个位置上,那种公共理解中的词－物关系越被强调,徐冰的个人语境就越强化、越突出,效果越强烈,这种体制内的公共理解的力量其实是被徐冰的个人语境调用了甚至是玩弄了。这反而是一种要更热烈、更亲密地去拥抱这种"不纯"的个人语境,"我"的个人语境就是要用这种"不纯"来讲故事,当然其中徐冰对于那些公共理解也做了很多非常审慎的挑选。如果我们也将其视为一种反词结构,那么徐冰不是寻找一个不可通约的反词,而是以两个都可通约的词与物的关系形成反词,并以这种反词结构作为个人语境。

欧阳江河的选择也非常有趣,他不仅仅是在做一种剔除,同时还要把剔除的过程写出来,而不是放在写作的后台,我想这可能就是他所谓藏在人群中又抽身而出的立场。但是具体到个人语境的创造时,他那些繁复的对位结构有时候反而会显得有些无力,也有一些似乎更像是从徐冰的结构中延伸出来的(如第12节),而只有在徐冰无法控制的地方他才能逃出来,这或许是因为要谈论徐冰就不得不去直接面对他引以为质料的那些公共理解。但是在整体上,正是因为诗人呈现了这样一种剔除的过程,这中间种种意义的角力才得以显示出其意味所在。

| 当代神话:"为事物的多重性买单"

这使人觉得，其实这两者的创作都最终显示出一种对于词的兴趣：徐冰在他的访谈中不断提及他愿意从日常生活中、从身边寻找材料，放在合适的位置，变日常性和符号性的东西内在的强大力量为自我的力量；欧阳江河对词的兴趣则在于一种对词－物关系的还原，但他也意识到词一旦进入了文本/语境（无论个人或公共）就必然会产生意义的滑动与生成而不可能仅仅停留在原本的词与物的关系上，所以他才希望能够找到一种个人化的反词立场来对词形成规约。

但我想这种立场的寻找在遭遇到徐冰这种以公共理解为质料构成个人语境的反词结构时就可能显示出其困境。这种寻求大概也只能在一定限度上有效，就像欧阳江河在他的旧作《雪》中所说："词所缺少的只是词，这正是哀愁所在。"

吴晓东：路杨选择的是徐冰和欧阳江河的互文性和对位性的角度，我觉得这个空间依然很重要，予以充分阐释肯定有助于我们同时理解徐冰和欧阳江河的《凤凰》。另外一个问题是假如我们没有徐冰的《凤凰》，只看欧阳江河的《凤凰》，那么这首诗的价值何在？其自足性会不会像东东所说同样能够建立起来？或者说欧阳江河是不是在借用了徐冰的装置艺术的同时有意规避徐冰的《凤凰》所提供的语义空间？两者之间的辩证关系到底如何理解？换句话说，假如有一个诗歌读者只看到欧阳江河的《凤凰》，那他对诗歌的理解是不是就完全无法抵达它的核心？或者说诗歌自身自足的核心到底存不存在？我很孤陋寡闻，拿到欧阳江河的诗歌的时候对于徐冰的这个大型装置艺术其实并不是十分了解，我是先读的这首诗再去追踪徐冰的《凤凰》。但我在对徐冰的《凤凰》一无所知的时候依然感到了这首诗的自足性。当然把它放在和徐冰的装置艺术的互文性上进行阐释也会阐释出别样的空间。

许莎莎：我还想补充一点。刚才路杨比较了一下"凤凰"在徐冰和欧阳江河那里的意义，我觉得这点很有意思。我感觉从某种意义上来讲，欧阳江河的野心看上去比徐冰的更大。因为徐冰的事件在欧阳江河的这首诗里面有一个以时间顺序排列的段落，只构成了其中的一部分镶嵌在内。而且这首诗的开头也是从一个非常抽象的意义上来建构的,所以我感觉他谈论的是一个更重要或者说更宏大的话题,是能指与所指之间的对立性的关系。这个在东东师兄的稿子里也有提示,他说欧阳江河在很早就接触到了一些文论,所以"如果欧阳江河想利用理论的虚构和本源的空无自娱自乐并非难事"。因此我觉得欧阳江河的这首诗还是延续了他以往的这个特点,只是这个特点在这首诗里讲得不是很清楚。比如说诗中他对徐冰的评价是一个非常正面的评价,但在其他的一些段落里面我又感觉他的那些带有诡辩性和批判性的语言是和对徐冰作品的肯定有矛盾的。我觉得他在写作时可能并未有意识地意识到这首诗中所包含的这种悖论性和丰富性。

吴晓东:正像莎莎所说的,欧阳江河肯定在这首长诗中追求一些特别有野心的、宏大的主题。而且我倾向于认为,诗人这次的出手非常谨慎。他肯定追求的是不仅要超越自我,可能在某种意义上也要寻求对于时代的超越,至少是追求对时代的某种全景式的观照和把握,包括试图以长诗的形式,甚至可以说是当代神话的形式,为当代的生活提供一种全景扫描或美学抽象。他所追求的可能是以"诗"为"物"——比如说当下的建筑、垃圾、消费、资本、时间等等一些现实生活的物景——提供美学和观念的双重形式。我感觉这是他的宏大追求所在。比如诗的最后一句"在天空中／凝结成一个全体"就有一种把时间性和历史性凝定为一种空间性、雕塑性的"全体"之感。所以在某种意义上说,这是一首处理"空间性"的长诗,而在当代生活中,空间性比时间性更为繁复与复杂,包容了太多诗人所谓的"事物的多重性"。正是这种空间性也决定了诗歌技巧的并置性和拼贴性,这与徐冰的《凤凰》的"组装"方式是同构的。而诗歌的复杂繁复多重的语义空间也正与这种空间性诗艺技巧互为表里,我前面虽然说这首诗的核心技巧是隐喻联想,因为"凤凰"本身就是一个隐喻;但是徐冰的凤凰原型因其材料和质感也决定了欧阳江河的《凤凰》必然要处理大量的转喻,因为在转喻中更能承载"事物的多重性"。而这一切最终都决定于我们这个时代,按福柯的话说,我们所处的是一个"共时性的时代",是一个空间性超越了时间性的时代。而反思时间性和历史性在我们后现代生活中的作用，也是史诗所涵容的一个因素，所以《凤凰》中对历史的追溯也是诗歌的应有之意。

但另一方面，欧阳江河诗中的自觉性还表现在，他同时也在思索在我们这样一个非史诗以及非神话的时代，史诗与神话的可能性到底何在。在诗的第 11 节中有这样两句："掏出一个小本，把史诗的大部头/写成笔记体：词的仓库，被掏空了。"我一直在想，当徐冰的《凤凰》呈现的是一种"掏空"的艺术的时候，当以垃圾、施工的废弃物组装成的是一个"虚无"的存在物的时候，"史诗的大部头"是否也只能在一个"小本"上"写成笔记体"？在一个一切都被掏空的匮乏的时代，如果说徐冰和欧阳江河都在"写"各自的神话与史诗，本身是否是一个悖论的判断？因此，我们需要进一步思考的是，史诗和长诗写作在 21 世纪的今天，是否应该呈现某种新的形态和样式？欧阳江河的《凤凰》做出了一个非常值得我们予以重视的回答。至少我觉得欧阳江河在追求某种"大诗"，至于这一追求是否已实现，我觉得诸位今天的发言都有助于为欧阳江河自己理解这首诗提供一个有意义的借鉴。而且我觉得大家并非众口一词，这样才提供着多重的参考的方向。我觉得这也是欧阳江河先生所希望听到的。

（附记：本文《当代神话："为事物的多重性买单"——欧阳江河〈凤凰〉讨论纪要》依据的是《凤凰》第四次修改稿的文本，与欧阳江河发表在《今天》杂志 2012 年春季号的定稿有一些出入。为了保持当初讨论的现场性，本文未根据《凤凰》的定稿进行修改，特此说明。）

想象历史的方法

——关于电影《黄金时代》的讨论

吴晓东、路杨等

时　　间：2014 年 10 月 17 日
地　　点：北京大学人文学苑 6 号楼
主 持 人：吴晓东
参 与 者：刘奎、黄锐杰、路杨、张玉瑶、孙尧天、赵雅娇、秦雅萌、李琬、李想、程远图、顾甦泳、李超宇、刘东、许莎莎（北京大学中文系博士、硕士、本科生），李雅娟（华中科技大学）、李松睿（《艺术评论》杂志社）、邱雪松（西南大学）、戴安德（Anatoly Detwyler，哥伦比亚大学）

一　从片名说起：何谓"黄金时代"？

吴晓东：许鞍华导演的电影《黄金时代》对我们这些学习中国现代文学的观众来说似乎有更多值得关注的话题。这不仅仅因为它在银幕上再现了我们熟悉的作家萧红，以及围绕着萧红展演了以鲁迅为核心的现代作家群像，还因为它在电影语言上有自觉而特异的追求，同时也因为《黄金时代》关涉到一部关于现代作家的传记片如何讲述传主的故事，进而如何传达民国想象乃至如何叙述历史等一系列话题。我们先请路杨做这次讨论的引言人，然后大家畅所欲言。

路杨：应当说，许鞍华导演的这部电影《黄金时代》的定位是非常奇特的。所谓"文艺大片"的悖谬组合，既选择了相对小众的"文艺片"设定，又选择了商业"大片"式的明星阵容与市场定位。然而与同时收获柏林双熊、海外口碑与过亿票房的《白日焰火》不同,《黄金时代》尽管在宣传造势上不遗余力,还在第71届威尼斯电影节上入选为闭幕影片,但却遭遇了票房上的滑铁卢。截至目前《心花路放》已破十亿,而《黄金时代》还不足五千万。而与此形成对比的是,《黄金时代》引发的批评声音却很热闹。喜欢的人,认可的是它在制作过程中的诚意与拍摄品质的精良,认为这是"最近几年用烂片做底子的中国电影银幕上透出来的一束亮光";而反感的人,则质疑它在创新与"实验"背后的"矫情"和"空洞",甚至将其比作一篇"被史料压垮的论文"。论战双方可说是势均力敌,值得注意的是,无论是"挺黄"还是"倒黄",所争论的焦点非常一致,又各有道理。而从电影宣传到影片公映,首先引发的就是关于片名"黄金时代"的争议:"倒黄派"质疑的是编创者的"断章取义",并未理解萧红使用这一词语时的具体语境,而影片所展现的也并不是一个想象中的"黄金时代"。"挺黄派"则认为这一充满歧义的命名恰好内涵了萧红书信中的反讽意味,并对那段历史具有一种"复杂多义"的概括力。

吴晓东:不管"挺黄"还是"倒黄",只要不是"扫黄"就好(众笑)。我们还是来一起看一看萧红当年提到"黄金时代"这一判断时的原始语境,也就是萧红在日本时写给萧军的书信:"均:你是还没过过这样的生活。和蛹一样,自己被卷在茧里去了。希望顾(固)然有,目的也顾(固)然有,但是都那么远和那么大。人尽靠着远的和大的来生活是不行的,虽然生活是为着将来而不是为着现在。"这段话说得非常好,让我想到了卡夫卡曾说过,他相信的是"最远的"和"最近的",但卡夫卡是把"最远的"和"最近的"并列在一起,两者缺一不可。而萧红的反思是:"人尽靠着远的和大的来生活是不行的,虽然生活是为着将来而不是为着现在。"萧红的文字虽然朴实,意蕴还是非常深远的。接下来就进入"黄金时代"的语境了:"窗上洒满着白月的当儿,我愿意关了灯,坐下来沉默一些时候,就在这沉默中,忽然像有警钟似的来到我的心上:'这不就是我的黄金时代吗?此刻。'于是我摸着桌布,回身摸着藤椅的边沿,而后把手举到面前,模模糊糊的,但确认定这是自己的手,而后再看到那单细的窗棂上去。是的,自己就在日本。自由和舒适,平静和安闲,经济一点也不压迫,这真是黄金时代,但又是多么寂寞的黄金时代呀!别人的黄金时代是舒展着翅膀过的,而我的黄金时代,是在笼子过的。从此我又想到了别的,什么事来到我这里就不对了,也不是时候了。对于自己的平安,显然是有些不惯,所以又爱这平安,又怕这平安。"这段话其实相当复杂,于是她又担心简单的萧军误解,于是接着说:"均,上面又写了一些怕又引你误解的一些话,因为你一向看得我很弱。"看来萧军还真是不了解萧红。换作是我看到萧红写下这样富有韵味和深意的文字会五体投地的,但萧军也并没有因此回心转意(众笑)。

所以说看过萧红所有的创作而不只是看电影的读者,是一定会爱上萧红的,但是只看了电影的观众却未必有这么幸运。我刚才读的就是"黄金时代"一词的原始出处和具体语境。路杨刚才指出了"倒黄派"和"挺黄派"的两种看法,但这两派关于"黄金时代"的语义的理解,好像并没有什么内在分歧,理解的都是准确的,只是出发点和判断的姿态有差异而已。大家对此有什么自己的判断吗?

李想: 我觉得萧红这句话本身可能就有一种反讽的意味。影片的制作者可能把"黄金时代"理解得简单了一些,他们也许很愿意给萧红一段舒适安静的生活,但视野比较局限,这里并不是说舒适、安闲就是她的黄金时代。我想,这可能与许鞍华导演自己所一直关注的市井生活,那种"大时代"中的小人物的生活有关系。

吴晓东: 我当时观影的感受和李想有点像,那种内在于萧红的复杂性和反讽性没有得到很好的表现。萧红那里的关于"黄金时代"的反讽性,是否落实在整部电影的结构上?大家觉得许鞍华和编剧李樯意识到这种反讽意味了吗?

张玉瑶: 李樯自己对于"黄金时代"有一个解释:"'黄金时代'这个词有波涛般的诗意,有点像桃花源,里面有种反讽。可她就是生在那个时代,使她成就为萧红的也的确是她人生的黄金时代。"所以我觉得主创人员还是意识到了其中有反讽性,但主观上又想让萧红表现出某种意气风发的状态。创作上应该有一种矛盾态度。

吴晓东:也就是说创作者对此是有自觉的,只是一个传达得到不到位的问题。

邱雪松:我的初步感受是影片中的萧红没有一个真正严格意义上的"敌人",没有一个她"恨"的人,即使是仅有的几个情敌,她都不"恨"。但实际上无论是作为个人的萧红,还是她的作品,爱与恨的对峙都是非常鲜明的。相对而言,鲁迅和萧军应该算影片中爱恨表现得比较鲜明的人物。我想导演没有把这种反讽性和人物的复杂性表现出来。包括萧红写《呼兰河传》的时候,她刚刚完成了《马伯乐》,而电影对《马伯乐》仅有一句提到。

吴晓东:作为作家和历史人物的萧红,她的爱恨情仇的确是非常鲜明的。所以大家熟知的《生死场》写到最后,金枝说"从前恨男人,现在恨小日本子",随后一转:"我恨中国人呢!除外我什么也不恨"。简直有点冒天下之大不韪,但恰恰是在这种表述中,萧红自己心灵深处的某种情感的强度得到了震撼式的宣泄。我同意雪松的观点,电影中萧红情感的强度和指向表现得不够鲜明。其实萧红这样的情感型作家,其情感的强度和高度在现代作家中差不多是首屈一指的,但电影没有把萧红的情感传达得很到位。在萧红自己的写作脉络中,她要是把"黄金时代"看成反讽表述的话,那么这种反讽美学在她写于抗战时期的《马伯乐》中就是一种自然延伸。或者说她对世界的直觉感受可能是有反讽倾向的。《马伯乐》的世界在电影中被忽略了。即使是研究界目前也没有谁能把《马伯乐》和萧红创作的整体性关联起来。

赵雅娇:在广电总局今年3月发布的电影剧本立项公示上,该片当时的名字还叫《穿过爱情的漫长旅程》,这一更名的过程透露了编导的某种野心。整部作品有一种反高潮化的倾向,却在题目中用了"黄金时代"这样充满了力与美的字眼。萧红的一生被各种声音叙述,她的个体性并不是很强,而这或许更接近萧红生命的姿态本身。她的身上交织着许多矛盾的因子。在她那里,坚强与脆弱、独立与依赖,如此密不可分地厮缠在一起。无论是战火纷飞中的颠沛流离还是婚恋生活的一波三折,在某种程度上都参与构建了萧红破碎的一生。借助戴望舒在萧红墓前写下的一首诗加以理解:"走六小时寂寞的长途/到你头边放一束红山茶/我等待着长夜漫漫/你却卧听着海涛闲话。"这也有点像这部电影带来的感受。对于萧红的故事,观众可能期待一个高潮迭起的故事,最终收获的却是一种充满了空白、沉默和不确定的破碎讲述。因此,当我们拉开距离以一种整体性的感知进入《黄金时代》的时候,这种破碎感被凸显得非常深刻。在这种意义上的呈现使得《黄金时代》的叙述从总体上恰合了萧红和其所处时代的某种内在性的图景,或者说形式本身就是内容,许鞍华和李樯构建了一种与影片所记录的萧红人生和表现的时代形态互文的原始而本真的文本形态。对影片的感受,在相当的意义上可以置换为对萧红及其时代的感受。

吴晓东:雅娇提供了一种新的见解,她认为编导恰恰以这样的一种方式(包括标题的改动,包括各种各样声音来叙述的方式)呈现了萧红某种形象的整体性,涵容了她破碎的一生,也涵容了她跟各种人纠缠的一生。电影表现出来的这种形式,包括反高潮,包括破碎性以及靠人物关联建构的传记图景——形式就是内容本身,这里有一种互文性。这个判断还会延续到我们下面的讨论,因为这涉及如何呈现一个作家的传记形象的问题,是一个很好的问题。

李超宇:我想再谈谈"黄金时代"在萧红信中的原始语境问题。萧军在给这封信做注时说,他并"不欣赏"萧红信中的这种"思想,感觉,情绪",但这种情感可能是多病者与敏感者才有的。电影中鲁迅就曾对萧红说:"我们都是爱生病的人。"或许这也是萧红与鲁迅更为相通的原因之一。在这封信的开头萧红就写到了自己的病状,而整封信的风格也与鲁迅记自己病中情形的《"这也是生活"》相似,特别是鲁迅希望许广平打开电灯:"因为我要过活。你懂得么?这也是生活呀。我要看来看去的看一下。"但许广平没有开灯,此刻鲁迅的感觉与萧红很像:"街灯的光穿窗而入,屋子里显出微明,我大略一看，熟识的墙壁，壁端的棱线，熟识的书堆，堆边的未订的画集，外面的进行着的夜，无穷的远方，无数的人们，都和我有关。我存在着，我在生活，我将生活下去，我开始觉得自己更切实了，我有动作的欲望——但不久我又坠入了睡眠。"这其中，有着病人特有的、对生命的眷恋和对自我存在的不厌其烦的确证。

但萧红与鲁迅不同，萧红年轻且在日本，因此，"黄金时代"的感觉是只属于萧红的，但萧红在信中马上加了一个"此刻"。我认为，"病中"与"此刻"是解读萧红"黄金时代"的关键前提。身居异国，不必为生计问题谋划，使她感觉到了自由，而疾病的束缚却使她清醒地意识到了"笼子"。由这个逼仄的空间，进而就想到了逼仄的时间，原来这一切不过是短暂的、虚幻的，迟早会回国，迟早又是原来苦苦奔波的生活。

导演许鞍华提到"黄金时代"有反讽之意，也说到如果萧红长寿将经历"文革"，相比之下此时也确为"黄金时代"。这样的理解还没有达到本质。萧红是被启蒙过的人，所以她会像鲁迅那样考虑"之后怎样"的问题，故而会永远痛苦，因为这种思考问题的方式本身就难以得出"积极乐观"的答案，很简单，最为终极的"之后"便是死亡。也正因为这样想问题，所以萧红像鲁迅一样，格外珍视当下，尤其是在病中，对生命的眷恋会具体化为对此刻的眷恋，这便是她提出"黄金时代"的原因。

这个片名之所以惹争议，首先就是因为萧红所写"时代"的词义很容易扩大而不容易缩小，所以与其说"时代"，不如称其为"时刻"。至于"黄金"二字，同样容易被庸俗化处理，包括影片的宣传片称"每个人都有属于自己的黄金时代"，"一切都是自由的"，同样没有显示萧红的本意。电影的一套"自由体"海报早已为网友所诟病，我只谈谈编导和演员对"黄金时代"的引申处理所流露出的不少对时代本身的向往，已经远远偏离萧红的原意。毕竟这是一个战火不断、民不聊生的时代，不浪漫，更没有诗意，"想去哪儿就去哪儿"也并非他们真的想去，而是因为逃难和流亡。而历史本身或多或少地击碎了编导与演员的向往，在影片中保留了一定的真实面目。预告片以萧红的口吻说出这样一段话:"我不能选择怎么生,怎么死,但我能决定怎么爱,怎么活,这是我要的自由,我的黄金时代。"而事实上,萧红也并没能真正决定"怎么爱,怎么活",即使在特定的时空(即"笼子")中实现了,也不过只是一个瞬间,这个瞬间也就是她的"自由时刻"与"黄金时代"。她要的"自由"是趋近于"虚无"的。

吴晓东:超宇最后对"自由"的总结,包括萧红对于"短暂"那种难能可贵的瞬间的领悟、把握,像她写过饥饿的人"饿"的那种状态,特别是咀嚼食物时样子的把握,的确可以反映出萧红当时真实的处境、心理和期待的。我倒是觉得超宇有一点把握得特别好,就是《黄金时代》这个命名其实是编导对于萧红和萧红所处的这个时代的一种命名,即使他们意识到了萧红"黄金时代"所蕴含的反讽性,但是编导自己的判断本身还是带有某种现实深意的。换句话来说这可以纳入到我们最近这些年来的所谓"民国想象"。

孙尧天:听了我们刚才对片名的讨论,基本是从"是"和"不是"的二元论基础上出发的,也就是说,我们似乎总想为这个电影寻找到一个确定的基调。但这里我想引入的是李樯在接受采访时所提到的这部电影使用的"解构手法"。李樯最终致力的是抹除真实和虚拟的界限。以此反观电影命名的话,我觉得"黄金时代"很可能是在很偶然的情况下,从萧红文章中挑出来的词,因而这也就取消了我们刚才所讨论的"是"或者"不是"的那些意义,编导似乎也没准备说那个时代是"黄金的""自由的",抑或不是,可能只是一个对各种矛盾的概括,但也只是暂时性的,背后并没有什么确定性的、鲜明的指涉。

许莎莎:"黄金时代"的片名本身就是一个很取巧的选择,引发误读也是自然的。

刘奎:我觉得"黄金时代"还是渊源有自的,并不是找不到名字的权宜之计,莎莎说它"讨巧",它讨什么巧也可继续分析。"黄金时代"的来源,跟前些年学术界所说的1930年代是国民经济发展的"黄金十年"有关,与文化研究、上海研究的兴起,以及民国热等文化现象都不无关联,这是这

| 想象历史的方法

个命名来源的宏观文化语境，而这些文化现象所塑造的民国形象，具有浪漫、小资、自由、文艺、摩登等诸多特征，虽然是民国形象，也很"后社会主义"，非常贴合当下消费时代的文化特征。因此，我觉得这个命名也不算偶然。

吴晓东：有两种命名的历史性，一种是我们这个时代的历史，也就是刚才刘奎指出来的，背后是一种对民国的想象，对民国形象的判断，肯定基于当下的历史意识；另一种历史性，是萧红自己命名的历史性，这个历史性是她个人的生存处境，及萧红与其所处时代的相关性。从萧红自身意义上说，她所联想到的这个概念与当时"黄金世界"的范畴有着复杂的关联，如鲁迅《影的告别》里就说："有我所不乐意的在天堂里，我不愿去；有我所不乐意的在地狱里，我不愿去；有我所不乐意的在你们将来的黄金世界里，我不愿去。""黄金世界"是当时文学界一种较为普遍的历史认知与想象。

刘奎：这确实是具有对话性的，1930年代也称"红色30年代"，左派带来了对未来的乌托邦想象。但萧红的命名一开始就有点不同，她在"黄金时代"前面加了限定词"我的"，而且"笼子里"的说法，也是一种个人化的封闭空间，与时代语境中那个具有历史远景的说法不同。

吴晓东：萧红所命名的黄金时代，个体性的特征是更为主导的。

路杨：我觉得这个命名的讨巧之处不在于主创者感觉不到其中的悖反、张力或是反讽，如尧天所说，这个片名的选择或许是个偶然，但他们很快就会从各种阐释和批评中发现，这个偶然的选择却刚好给了他们一个可进可退的余地，来解释其中的争议性。而争议本身也是制造话题性的手段之一，促使观众买票进场一探究竟。

刘奎：但这个命名也可能是两不讨巧的，学术界也不认可，消费者的观影体验也会与前期造成的期待形成很大的落差，票房就好不了。

黄锐杰：这个片名还是特别讨巧的。我相信选用这名字的时候剧组将之前我们讨论的各个方面的因素都考虑进去了。片名的选择更多是一种宣传策略，跟票房紧密挂钩。选择这一具有多重意涵的片名，潜在地争取到了持不同立场的各种观众,等于取了一个最大公约数。

吴晓东:电影命名最终是和销路相关的,就像很多人的书经出版社编辑处理之后都会改头换面。总的来说,从各种角度考虑,这部影片的命名应该说是成功的。

路杨:刘奎刚刚提到的"民国想象"问题,在《黄金时代》的前期宣传和实际影片之间,其实也发生了某种错位。在电影漫长和浩大的宣传过程中,"民国"无疑成为吸引话题、制造话题的主要焦点,而片名"黄金时代"也一度变成了对这一历史时代的一种标签式的想象。《黄金时代》借鉴了《白日焰火》大规模、全方位的立体化营销模式,通过各类新媒体对"民国"话题的策划,引导人们对一个所谓"真实的民国"发生兴趣。诸如"民国文艺圈什么样"、"民国文人的衣食住行"、如何打造"民国文艺范儿"之类的话题,与对萧红故事的讲述,经营着"民国"在日常性与传奇性之间的张力,在娱乐与消费中将人们对于"民国"的想象转化为一种猎奇的欲望与碎片化的认识。而这些汹涌而至的营销文案,也在有意无意之中构成了影片的前文本。除了掀起一阵"民国热"为《黄金时代》造势之外,也为观众提供了对于影片的前理解和某种观影期待。然而"千呼万唤始出来"的电影本身,却与这种观影期待中的"民国想象"发生了一定的错位与悖反。

应当说,前文本提供的"民国想象",并不出这些年来"民国热"中呈现的一般形态。不过与对以张爱玲为代表的老上海的怀旧情调不同,这次"民国热"的焦点集中在一种浪漫主义的、理想化的时代想象。而在追慕某种"一切都是自由的"民国范儿的同时,对民国人物的八卦索隐背后的犬儒主义姿态也同样严重。在一定程度上,《黄金时代》或许担负着疗救这种"民国病",打破这种在"重写历史"的书写实践过程中建构起来的民国想象与常识的期待。而《黄金时代》的实际影片,又确实与其宣传策略中的"民国想象"形成了一定的张力。人们在影片中看到的反而是"找不到的自由",那个呐喊着"想怎么活,就怎么活"的萧红,恰恰是活在一个"想怎么活,就不能怎么活"的旋涡里。这也正是片名"黄金时代"的歧义性所在。毛尖的专栏文章其实质疑的并不是电影的命名,而是借这个由头,对在接受过程中被文艺化、理想化的民国时代进行质疑。她对"谁的黄金时代"的叩问,恰恰是对前接受过程中的启蒙想象与理想主义的批评。但问题是宣传策略中的判断同时也是为编创者所内在默许的,"一切都是自由的"这样的口号,在他们的访谈中屡屡可以见到具体的回声。但正如超宇所说,影片呈现的恰恰是一个苦难的、庸常的、动荡而无诗意的时代。这就带来了其自我阐释与实际影像之间的落差与错位。在对于"民国"的历史认识上,编剧李樯对自身的"无力感"其实也有所自觉:"我们有限的认知,面对在民国这样一个波澜起伏的时代,你一旦去评论它,就像一滴水融入大海,你永远是被它裹挟而下的,你很难跳出来对它有一个冷静的、旁观的、宏观的认知,你面对它是很乏力的。你怎么说它你都身在其中,沦陷其中的感觉。"而在电影叙事的层面,这种"无力感"则体现为历史想象力的匮乏。

吴晓东:路杨这里触及的是两种"事实",借用戴锦华老师援用的术语,一个是"影片的事实",就是电影文本,电影自身呈现出来的内部图景以及阐释;而另一个则是"电影的事实",即影片的资金来源、制作和发行过程、获奖情况等等,包括了宣传策略、广告、放映等一系列围绕电影生成的总体过程,是电影与我们身处的社会现实之间的关联。在《黄金时代》的创作与发行过程中,的确存在着"影片的事实"与"电影的事实"的冲突。比如电影海报中鲁迅的那句"想骂谁,就骂谁",就显得非常拙劣。此外我的感觉是,《黄金时代》提供的这种"民国想象"有点空洞,它的指向性不是特别明显。反而是影片中的色调、色彩感,制造了一种稍有质感的历史氛围,反而是一些细节更有震撼力,也更令人触动。或许正是这些细节建立了和历史之间的物质性关联。至于电影传达了怎样的"民国想象",我认为即使有也是"去意识形态化"的。换句话说,萧红所纠葛的所有作家说到底都是左翼作家,从东北流亡作家群,到以鲁迅为中心的作家群,更不用说胡风周围的作家群,但是电影中的萧红最后选择的道路却是和这些人背道而驰的,这多多少少也隐含着编导的情感判断和价值判断。在电影中,我们对左翼作家其左翼身份的感受并不是十分鲜明，除了电影中提到金剑啸的牺牲外，观众不见得能辨识出他们身份上的左翼倾向。这也和某种意识形态的遮蔽或选择是有关联的。这种关联性和这种"民国想象"所试图淡化的政治性、革命性、左翼性，其实也都是今天的"民国想象""民国范儿"或者对民国的美化所带来的内在问题。这些问题其实也都渗透在《黄金时代》整个的意识形态立场和历史感的追求上，也就是这部电影中所谓"讲述历史的时代"（即我们今天所身处的时代）所灌注进去的，也在历史呈现的层面反映了出来，而这也是我们接下来要重点讨论的。

二 叙事风格：纪录片还是故事片？

路杨：回到《黄金时代》引发的"两极化评价"，除了片名的问题，焦点主要在于对电影叙事手法的褒贬不一："倒黄派"认为这是一次失败的形式实验，既造成了接受上的困难，也没有提供创造性的表意。"挺黄派"则认为这样的形式实验体现了许鞍华艺术创造的"野心"，电影强烈的风格化是对于时代审美的挑战。而争议的发生正是电影在形式上打开的接受分化与话题空间。

作为一部以萧红为主角，并以其命运为叙事线索的电影，《黄金时代》具有浓厚的"传记片"色彩。也正是由于有2013年霍建起执导的电影《萧红》在先，许鞍华等人才不得不另觅片名。从"萧红"到"穿过爱情的漫长旅程"，再到"黄金时代"，片名的转换，带来的同时是影片定位的转换："黄金时代"的命名，显现出编创者在一定程度上洗白其"传记片"元素与"爱情故事片"类型的努力，但大多数接受者还是会首先将其作为一部萧红的传记片来看待，而由此呼唤而出的批评倾向在于：对影片"图解"其传主方式的评价，多于对影片本身的阐释。可能是出于对这一问题的自觉，《黄金时代》以一种非常学究气的、"文献片"的方式，规避了电影《萧红》在史实层面上遭到的诟病，但其对史料的过度依赖，也造成了影片叙事的巨大负担。

《黄金时代》中所使用的"间离"手法，是令其中的角色纷纷看向镜头，进行"预言式讲述"，以不同人物的视点结构萧红的故事，催生了一种纪录片式的观影体验。关锦鹏在电影《阮玲玉》中也曾温和地使用过这一手法，但发生在演员张曼玉与角色阮玲玉之间的"间离"，只是营造了双重幻觉，而非直接打破幻觉。而《黄金时代》的确要大胆得多，直接在历史时空中跳进跳出，作为讲述者的角色从影片开头那张遗像一样的萧红开始，就已经具有了某种"超现实"的色彩。

"故事片"的内在规定性，在于隐藏起摄影机，以剪辑的方式达成一种"故事自己呈现"的拟真效果。一旦演员望向了观众，这种现实主义幻觉就会被打破，观众也就会意识到叙事行为的存在。《黄金时代》打破了这种规定性，将叙事变成了某种虚构的"口述史"。故事中的人物纷纷出场充当叙事者，以期构建出一种视点的多样性。例如在编剧李樯的构想中，梅志承担的是非常私人化的视角，而白朗则代表着一个小群体的视点。

但这种多视点结构，对于叙事者身份的选择和视点位置的赋予，是有所倾斜和分化的。值得注意的是，除了萧红本人，所有能够对镜讲述的叙事人，都是处在萧红情感故事边缘的人物。而位于故事核心的人物，只能在不同程度上作为"被讲述的人"。或许实在是出于对鲁迅的敬畏之心与想象乏力，编创者没有让鲁迅对镜讲述。此外，在所有关于萧红的讲述中，只有萧军在影像的层面保持了叙事者与人物的区隔，设置了一个"老年萧军"的回忆者形象与"青年萧军"的现在时形象。而骆宾基也从未转向过镜头，其讲述都是画外音的形式。换言之，在所有"超现实性"的对镜讲述者之外，萧军和骆宾基保持了他们"现实性"的叙事人形象，而在这种"超现实"与"现实"的分野之中，已经暗含了一种"看与被看"的关系。而比他们待遇更低的则是端木蕻良，作为一个彻彻底底的"被讲述者"，整部影片从来没有出现过端木的声音。即使是在那场"二萧分手"的"罗生门"中三位当事人的不同说法，也是通过一个带着"说书人"腔调的聂绀弩的转述呈现的，而并非由三位当事人自己讲述出来。

在这样的视点分配格局之下,影片也就无法生成编创者所许诺的某种"多声部"或"复调性",正是由于这些处于事件核心的人物被以各种不同的方式放置在了"被讲述者"的位置上,被或多或少剥夺了发声的权限。而作为旁观者的讲述者再多,也只是在相互补充的意义上拼凑出萧红的故事,而不是在相互参照、对话甚至争议的意义上打开历史想象的多义性空间。因而多视点并没有构建出萧红形象的复杂与厚度,为众人所注目的也只是一个特立独行、命运乖蹇的女人(及其情史)而已。讲述人自身的功能性又总是压过其作为人物的形象性,除了罗烽、白朗对"被捕"一段的讲述,大多数讲述人因无法用镜头语言带出自身的历史,而只能作为萧红"个人社交史"中的单元或节点。这样的"纪录片"也就只能停留在"个人史"的意义上,而洗脱了群体性时代的底色。

吴晓东:在所有的讲述者中,我觉得蒋锡金的形象是比较可爱的。但是为什么没有安排鲁迅对镜讲述呢?做到这一点也并不难。因为鲁迅为《生死场》写过序,可以考虑让他直接对着镜头把序言念出来。但是编导不让鲁迅对镜讲述,会不会是因为影片将鲁迅也作为一个核心的"被讲述者"来处理?通过"谁在讲述"和"谁被讲述",的确将人物区分为两种阵营,"被讲述的"可能就是历史中有故事的、处于中心的重要人物。倒不是说东北作家群中的其他作家不重要,而是说就萧红的传记生涯而言,这些"被讲述者"才是最重要的,包括鲁迅也被纳入其中。可以做这样的"过度阐释"吗?

赵雅娇:或者说把鲁迅作为一个重点,一方面是因为鲁迅对于萧红有着不同一般的意义,另一方面会不会是想要把鲁迅作为黄金时代的一个代表性因素,事实上鲁迅是非常能够代表这个时代的特征的。包括一些海报的排列顺序,一般都是萧红第一,萧军第二,接着就是鲁迅。许鞍华是不是就这样把鲁迅置于一种类似于全程独白的话语体系当中,承担一种对时代发声的角色任务?

吴晓东： 鲁迅的位置肯定是这样，因为电影中的鲁迅是呈现真正意义上的对话性的。按理说对镜说话本身就都是自反式的视角，但事实上影片中只有没有对镜说话的鲁迅真正承担了对萧红所处的时代的某种反思式的角色。

刘奎： 吴老师的话打破了我的一个疑问，影片中很多人物的讲述其实都是"去历史化"的，是把我们从历史时间中带出来，但鲁迅则始终是身处历史深处的一个反思者形象。但不知为什么，鲁迅这个形象似乎处理得不是特别成功，感觉是影片少有的几个笑点之一（众笑），鲁迅的腔调，文艺腔或者说杂文腔特别明显，他的对白是直接引用他的杂文。而他讲话时往往对着远方，似乎缺少一个对话者。

吴晓东： 一部传记故事片，看到鲁迅的出现观众总是要笑的，这部影片鲁迅的形象已经处理得不错了，我注意到笑的人并不是很多，已经算是相当成功了。

李想： 我觉得编导在有意识无意识中对鲁迅还是有一种敬畏，或者说他们打不破那种神化的鲁迅的形象。一个细节是鲁迅的出场：一个长镜头从鲁迅的楼下往上面推，一直推到鲁迅的窗子，窗子里的鲁迅在写作。另一方面，电影也是很注意这个人物的。电影中本来讲到鲁迅已经去世了，萧红在痛哭，后来又"莫名其妙"地活过来出现在电影中了。当然，这种回忆叙事方式为穿插带来了方便。但也可以看出，编导可能很有意识地以鲁迅为一个线索，和萧红形成对话关系。

程远图： 我也认为电影通过呈现出如此的鲁迅形象，似乎是在告诉观众，影片中其他的人物可以被自由地想象，但是鲁迅不行。其他人物可以通过日常化的处理方式呈现在荧幕上，但鲁迅的形象却不能被随意塑造。因此片中鲁迅的语言几乎都摘自他的作品，没有进行口语化处理，拗口晦涩，演员的表演也给人有些"装"和"端着"的感觉，显得僵硬、呆板、不够自然——这是影片中鲁迅形象给人的直感印象，于是我试图去思考电影塑造这种鲁迅形象的动机问题。这就涉及了当代人的鲁迅想象（据我所知，目前为止研究者还没有发现任何鲁迅的影像资料，这或许也正是最令影片制作为难的地方）：一方面，鲁迅是20世纪中国最深刻的思想者，影片有种向他致敬的意味，预告片中的第一幕呈现出的不是萧红而是鲁迅，甚至预告片中的画外音也不是《呼兰河传》或《生死场》，而是《野草》中的段落；正片中鲁迅出场的镜头尤其让人印象深刻，镜头从鲁迅上海住所的门牌上升至红色的砖墙再到窗口再到伏案写作的鲁迅，并伴以充满神圣感和温暖感的音乐，改变了电影的格调。我认为，电影通过这种比较保守的呈现方式，使作品文本直接进入到影像表达中，这也是呈现鲁迅经典形象的最佳方式。

顾甦泳：在画面之外，鲁迅与萧红也出现过对话的关系。在《黄金时代》电影分镜头剧本的第120场中，萧红（画外音）："……鲁迅先生家的花瓶里种的是几棵万年青，我第一次看到这花的时候，我就问过这叫什么名字，屋里不生火炉，也不冻死。"鲁迅（画外音）："这花，叫'万年青'，永远这样！"应该是比较有意识地在构成两个人的对话。

吴晓东：当时的画面中出现的也是万年青，对吧？后来在鲁迅去世的时候，万年青又出现了一次，只有一个空镜。

刘奎：二萧与鲁迅的来往书信中提供了很多资料，其实萧红向鲁迅提过很多类似这样幼稚的问题，两人的关系是非常生活化的，而不是影片中这种"端着"的感觉。

吴晓东：大家觉得扮演鲁迅的王志文的表演是不是"端着"的呢？

赵雅娇：我的感觉是初看觉得怪异，全程不讲生活语言。但是同时，就是这个文绉绉的鲁迅却让我觉得越看越可爱。这个形象打破了我们一般对于鲁迅的一种刻板印象，手里夹着一支烟，很严肃。影片中的鲁迅非常立体，既可爱生动，又沉着有力，反而显得亲切，也让电影院发出了三个小时中仅有的几次笑声。

吴晓东：是善意的笑还是调侃的笑？

赵雅娇：应该是觉得有点怪异。

吴晓东：还是善意的笑吧。我是因为热爱鲁迅，所以观影期间几次感动最强烈的地方都是鲁迅出场的时候，对我个人而言是如此。

路杨：我想李樯在意识上是很想把鲁迅日常化的，但是在潜意识上或许根本做不到这一点。影片中鲁迅"理发"的场景其实是编剧自己设计的，希望在这样一个日常场景中还原出一个凡俗的鲁迅。但是"被理发"的鲁迅却坐在那儿说"我时时感到独战的悲哀"（众笑），与日常场景本身是相悖的。人物形象的日常化可以通过生活的细节来充实，尤其是萧红的回忆文字也提供了大量丰富的细节可资利用，可是没有办法做到的是思想形象的日常化。

而与我刚才所说的多视点对叙事的切割相伴随的，恰恰是细节的过剩。丰富的细节，诚然是喜欢捕捉人间烟火的许鞍华的拿手好戏，也吻合萧红本人的创作对细微体验的敏感，其中的很多细节也不乏动人之处（如搬家时那个掉落的脸盆，战乱中嬉戏的孩子等）。然而这些细节，亦步亦趋地跟在作家作品和回忆录的后面，无法填充的是叙事性的空白。仅靠细节能否撑得起历史，表达对于时代的感受，是可疑的。那个跌落的搪瓷盆及其之前的讯问、被捕与逃亡，或许是电影中最富于时代感的段落之一。但这些动作性的事件总是被讲述、对话或仓促的掠影所取代，作为个人感受的细节则被放大，在某种程度上，显示出导演无法用镜头语言完成叙事的无力感。对于细节的迷恋，只能更加凸显出叙事镜头的失败。

叙事结构的碎片化与叙事镜头的缺乏，所指向的叙事性的匮乏，带来的则是内含于其中的某种"整体性"的缺失。从片名的选择，到形式的实验性，本都显现出编创者把握历史时代的野心。正如编剧李樯所说，"说它是写萧红，但它又不是，它写了一个时代和一群人。萧红只是一个穿针引线的人"。历史人物的还原、多视点的设置、生活细节的钩沉，也可视为影片为营造某种"时代感"或者"历史感"所做的努力。但在史料的铺排之外，真正需要建构与提供的是对于历史的理解。"史识"的匮乏，使得史料堆砌，带来的并非开放性的意义空间，而是对意义的放逐。而这种历史感的缺失，在很大程度上来源于叙事性的缺失。

叙事行为的自我暴露，同时也就意味着一个凌驾于各位讲述者之上的叙事者的存在，但问题正在于，影片中的人物望向了谁的摄影机呢？《黄金时代》有纪录片的结构,却缺乏一个控制大局的叙事者——人物望向的是一个"无主"的镜头。需要指出的是,真正的纪录片所追求的"真实"不仅是风格意义上的,它所遵循的前提,是一种"我们能够通过摄影机记录真实"的历史观。但《黄金时代》借用了纪录片的外壳,却反过来拆解了这一前提,因而它营造的只是一种"伪纪录片"风格。

但实际上,这样的结构本来可以负担起更复杂的表意。多视点的讲述,也更易于表现萧红作为"这一个"在她所处群体之中的特殊性与边缘感。可惜的是,电影只停留在史料的表层,去复原一个复杂的社交网络,而没有下功夫去探究促使这群人"聚合"与"分化"背后更大的动因。因而群像的失焦,不只是令作为主人公的萧红失焦,而是整体性的失焦——登场的人物再多,也无法提供一种整体性的历史图景。

黄锐杰: 关于萧军、端木蕻良、骆宾基为什么没有对镜讲述,我有一个解释。其实在刚才路杨讲的对镜讲述形式之下,还有一层更基本的嵌套叙事结构。可以注意到,整部影片的核心叙事人其实是萧红。由一开始的死者视角开始,我们就已经进入了萧红的叙事世界。在这个大框架下,又嵌入了三重叙事。三重叙事如中国套盒般层层嵌套。具体而言,第一重叙事是东兴顺旅馆萧红与萧军相遇时,萧红对萧军讲述自己的童年生活。这重叙事被嵌入第二重叙事中,即萧红在西安碑林向端木蕻良讲述自己和萧军相爱的故事。这第二重叙事又被嵌入最后的第三重叙事中,即在香港,萧红向骆宾基讲述自己和萧军分手以及和端木蕻良结婚的故事。影片并未直接点明这三重叙事,但是有过好几次暗示。这些暗示往往是通过镜头的叠加完成的,暗示着时空的重合。结合这种嵌套叙事结构,或许可以解释为什么萧军、端木蕻良、骆宾基三人没有对镜讲述,这是因为他们各自在三重叙事中都是听故事的人,起着一种结构性的作用。或者说,他们的故事紧紧围绕着萧红展开,他们的意义由萧红赋予。其中萧军曾经以老年萧军的身份短暂出现,不过这个萧军并不是萧红讲述中的青年萧军。非常有意思的是,在这种嵌套叙事中不断出现对镜讲述和旁白,这些讲述和旁白与萧红的嵌套叙事间构成了一种补足和对话的关系。

吴晓东： 确实在对镜访谈式叙事之外还有一些别的叙事形式。关于这些叙事形式之间的关系，我们可以继续讨论。

顾甦泳： 我认为"画外音"这种贯穿性的叙事手法就很值得注意。画外音在影片中共出现九十多次，其中，萧红的画外音最多，萧军、端木蕻良、骆宾基的画外音也较多，但这几个人则大多没有看过镜头。我将画外音大致分为两大类。较少的一类是结构型的，主要起到转场、引出、提示等作用。如第201场中，聂绀弩（画外音）："老年端木的说法是……"引出了老年端木对当时情景的回忆和叙述。较多一类的画外音是内容型的，即人物通过画外音讲出自己作品或书信等的内容（如萧红读出《呼兰河传》或《回忆鲁迅先生》中的文字），或表达自己的心情、态度、回忆往事或者是交代细节进而推动情节的发展。但在这一类中，似乎出现了很多可替代的或者不必要的画外音，比如第21场中，萧红（画外音）："咖啡店的窗子在帘幕下挂着苍白的霜层，我把领口脱着毛的外衣搭在衣架上。"完全可以通过非画外音的表演来替代。

黄锐杰： 我觉得这里凸显的是萧红在回忆和讲述，而她的讲述是最底层的叙事，之上再插入那些旁白、访谈。

吴晓东： 那么萧红的第一段对镜讲述就是那一段黑白的、报出生卒年的段落。

李想： 萧红跟丁玲聊天的时候也望向了镜头，没有说话，表情很游离。丁玲也在对话中转向了镜头。我一直有一个问题是：她们在看着谁呢？谁在镜头背后？特别是丁玲看镜头的时候，我有一种意识：难道她是在对萧红说话吗？难道故事的倾听者就是传主本人？影片的开头那个特别的"遗像"式的"萧红自述"是自说自话还是面对大众？我也想不太清楚。但是，我能隐约感觉到这种一层一层的叙事设置是有意味在里面的。

黄锐杰： 这些应当是嵌套在萧红"自报家门"的开头和结尾的大结构内部的。

李琬：编剧李樯在自述其意图时谈到历史"这个时空是超越我们的"，在我看来，电影在某种程度上对这种"超越性"时空的实现，就在于人物叙述的两种"非自然"时态中。一种是演员类似于预叙的"将来完成时"讲述，一种就是死者的叙述，即影片开头萧红"本人"对自己出生和死亡的讲述。这种形式，让我想到本雅明在《讲故事的人》中的观点："在死亡的那一刻，不仅一个人的知识和智慧，而且连他全部的真实生活——而这正是构成故事的材料——才首次呈现出可传达的形式。"而正是死亡，赋予了死者以讲故事的权威。这两种特殊的叙述时态，暗示着被讲述的人是处于作为存在的完成状态，它使得全片笼罩着一种"宿命"般的必然性。这种宿命感也基本吻合于在萧红自身的文学创作特别是《生死场》所展现的：预叙手法、循环的时间观、空间强于时间，以及萧红的自我预言——"我将孤苦悒郁以终生"。

黄锐杰：我觉得这种死亡的权威性最终被许鞍华和李樯"解构"的一面给部分消解了。在死者讲述中不断插入来自对镜讲述和旁白的声音不免给人轻佻和混乱的感觉。就对镜讲述而言，角色似乎总要跳出萧红的讲述来独立发言。而且其发言非常诡异，一方面他／她停留在角色当时的心理状态中，另一方面，他／她又跳出了角色设定而以"后设视角"预告故事进程，这潜在地构成了对讲述中的故事和对讲述中的角色身份的颠覆。

吴晓东：这意味着整部电影背后还是有一个更为超越的叙事人在掌控叙事。就像李想说的，具体到电影镜头，谁在镜头后面？我们看到的是角色在对我们说话，但是难道这些人就是对着观众在说话吗？他们应该对谁说话呢？这涉及意义如何生成，历史如何被讲述的话题。路杨的判断是整部影片缺少一个宏观掌控叙事的叙事者，最后难以真正呈现历史，这里面就会有张力。这个问题相当重要，涉及这部影片背后有没有一个真正的历史叙述者的问题。换个角度，整部电影也可以理解为萧红个人在叙事、在隐喻的意义上，她把其他人的叙事吸纳到了自己的讲述中。

刘东：我的感觉有些不同。我好奇的是这部"未隐藏起摄影机"的故事片,和纪录片的不同在哪里?电影为了"间离效果"而刻意为之的纪录样式让整个片子的故事讲述碎片化,简单的时间线性逻辑也与一般意义上的纪录片处理相同。但手法和剪辑上与纪录片的共同之处最终仍旧没有给我一种纪录片的感受,摄像机不断自我暴露的故事片,为什么也还是成为了故事片?这部片子的叙事动力一半是旁白,一半是自我暴露的镜头人物,还有一小部分是混剪的自述。电影表意不发生于镜头与镜头之间,而产生在自述和旁白中,这似乎是与故事片最大的不同,而与纪录片最大的靠近所在。但与纪录片不同的是,旁白是由多个故事中的次要人物担当的,突破了纪录片中出场或不出场的主讲人一以贯之的声音。但电影中直面镜头的讲述人在自我暴露之后仍旧留存着戏中人物的情感与表现方式,这些情感的细节(如舒群的叹气、蒋锡金的哭泣、张梅林和张秀珂的胆怯等)实际上都隐含了讲述人并不客观这一暗示,而纪录片所假定的前提则是主持人或旁白声音的权威性。这两者之间的张力或许可以解释为什么会有一种非纪录片亦非故事片的纠结感受。叙事距离的存在无法引起我们对故事的认同,而拼接化的讲故事的方式又使叙事失去了它的权威性。

三 抒情与回忆:个人或群像的失焦?

李想: 我想为刘东"仍然是故事片"的感受提供一个"抒情性"的视角,最初源于我对《商市街》和《黄金时代》的对比。《商市街》是萧红带有自传性质的散文,其中很多片段都被直接或者略有改动地镶嵌入了影片中。比如,电影中萧军的那句经典台词"你是在烤火腿啊";又比如,二萧住进了宾馆之后找可以喝热水的器皿,《商市街》里的描述是在找到脸盆之后又找到了更为体面的刷牙杯,而电影里面就没有让二萧发现这个杯子,这样才形成了两个人用洗脸盆喝水的温馨又略带感伤的画面。这些片段的选择和改编大多数是出于观感的愉悦性。然而即使是这种出于视觉美学的动机,也可能塑造出与萧红文字中不同的人物形象和境况。在《商市街》里萧红对于那个充满了车夫伙计的小饭馆是有卫生和环境上的思虑,感到一丝委屈的。而电影中这一桥段却充满了贫穷的欢愉和诗意,带来一种动荡时代里的现世安稳。许鞍华善于处理的市井生活画面似乎在这个30年代的动荡缝隙中得以复苏。这个"大时代"中的"小时代"也许才是导演想表达的一个值得回忆缅怀的"黄金时代"吧。

由此,《黄金时代》的细节里充斥了抒情的调子,然而电影所选择的却是一种看似客观的叙述形式——即把众人的回忆和叙述作为电影的架构。表面上看来,这种形式是一种对于萧红文体的刻意模仿。通过众人的回忆我们似乎看到了萧红文字里对时空的自由调度,从而革命性地把"萧红文体"应用于电影叙事。萧红的作品,在散文、诗歌和小说之间不断跨界,正如萧红自己说的,他们说我的作品不好,是因为我不是按照他们的要求写的。这一话语也被安置在了电影中,颇有夫子自道的意味。

然而即使是时空错置的文学或影视作品,也一定有一个内在架构隐藏其后。萧红的小说之所以能够在各文类中自由穿梭,很重要的一个原因就是"回忆"视角的介入,正是"回忆"作为结构才可能勾连往事,形成一种抒情的格调。同样,电影也正是凭借众人的回忆来结构影片,并起到抒情的效果。然而所不同的是,萧红的抒情基于文字的形式,更像是一种在自己的"后花园"里的自说自话,这里面包含了一种独语体的美学形态。而电影《黄金时代》在"众目睽睽"之下的抒情最终只能沦为对萧红的缅怀。影片将近结尾处,主人公萧红在临时医院死去,所有的目击者依次站出来面向镜头说话,每个人的话语里面充满了爱戴和怜悯,一时间让人觉得似乎这些说话的人不是罗峰、白朗、胡风,倒像是许鞍华、李樯以及一切还活着的人对于已逝作家的缅怀,甚至是对于萧红所生活过的时代的缅怀。

最后说一点抒"情"的局限。《黄金时代》作为一部带有实验性质的作家传记电影,可能正是由于这种想要"表达萧红"的愿望,陷入了抒情的困境,它只看到了萧红,而没有看到萧红所看到的。影片中,当萧军第一次和萧红在关押萧红的房间里讨论问题的时候,谈到了两个问题——"什么是爱"

和"为什么活"。显然，整部电影也很关心这两个问题。在爱情层面，《黄金时代》关注了女作家情感波折所带来的刻骨撕裂，一个明显的桥段是烙印在手臂上的烟，但这并不能揭示出萧红自觉地放弃母性(《弃儿》)和妻性(《商市街》)的行动背后的意义。在关于"活着"的问题上，《黄金时代》所理解的生死也不是《生死场》中力透纸背的生死。可以说《黄金时代》虽然很用心地找到了萧红所属于的群体——左翼作家群，但是却没有能够充分利用这一个有效的资源去启动萧红。所以，抒情越是用力，就越让人感到一种局限。当然，这么要求对于一个生存于"娱乐至死"时代的大众媒介来说，似乎是有些苛刻了。但是，如果电影作为一种大众媒介依然能够保持一种艺术上的追求，我期待它可以超越于人们对于民国旧事的考古渴望，超越对于女作家的身世挖掘，并且超越简单的文艺抒情。

吴晓东： 李想说得非常精彩，很多地方很有见地，包括电影中比较诗意的部分。这个话题的确特别值得讨论。这里实际上触及导演许鞍华擅长什么的问题。而应用镜头语言进行细节描写，则是许鞍华最擅长的一种抒情的方式。比如，我也关注到萧红和弟弟喝咖啡的那一场，他们喝完咖啡后镜头推成一个窗玻璃上霜花的特写镜头，这就不是纪录片所习惯处理的，而是电影镜头的抒情呈现。比如萧红大雪天爬上阁楼，中景镜头处理她探出头。这个时候大家都想知道她看到了什么，然而我却不希望镜头反打萧红的所见，因为我知道她将看到的不过是哈尔滨普通的街道。但即使她看到的只是普通的街景，这种"凝望"的动作和抒情方式本身也会给镜头带来一种诗意。

李想提到的最后的问题是，抒情过于用力可能带来某种局限性。但是我个人认为这种局限并不是诗意镜头或者说电影的抒情性带来的，而可能是没有处理好抒情和叙事的关系。如果叙事和抒情处理得非常完美的话，电影将可能呈现为一个非常有机的整体。换句话说，抒情和叙事之间的裂隙并不是抒情性本身的局限，而是导演缺乏一种对二者更有效的驾驭。这可能涉及编剧和导演对于电影的不同理解和互相妥协。如果应用既成的概念术语，这部电影可以看成一部"作者电影"。但它的复杂性在于其"作者"不仅包括导演,还包括了编剧。据我有限的了解,对镜讲述的设计包括"间离"结构可能更多来源于李樯这个男编剧。这就可能在文学语言和电影语言之间造成某种裂隙,所以就不像电影《阮玲玉》处理得那么圆熟。我个人觉得关锦鹏在处理作为演员的张曼玉和作为人物的阮玲玉之间的转换是非常自如的,让观众甚至感觉不到切换的痕迹,当我还在认定电影中出现的是张曼玉以演员的身份评论自己演的角色的时候,影片不知不觉已经进入民国情境,张曼玉已经变成她饰演的阮玲玉了。这可能是《黄金时代》没有做到的。在同为"作者电影"的《阮玲玉》中,电影导演的风格可能贯穿得更为有始有终。而在《黄金时代》中导演和编剧或者说电影和文学之间还有一种没有完全妥帖与未圆满的融合之处。而李想刚才提到的抒情性视角可能是更让人感动的。特别是处理哈尔滨生活的部分,抒情性镜头运用特别多。我自己更喜欢这个部分,包括人物塑造、心理呈现,对于饥饿、贫穷、落败的哈尔滨的呈现还是比较有真实感的,这里的历史感和细节呈现还是很成熟的。而到了影片的后半阶段,由于要通过人物叙事体现萧红和其他人物的纠葛,那种令人感动的抒情性镜头就相对少了。

另外,李想提到影片"只看到了萧红,而没有看到萧红所看到的",这一点也很有见地。其实萧红对于人生、时事、人物、历史是有自己独特的理解。但是,导演可能没有花更多的精力来表现萧红的独特观照,只呈现了一些大家都知道的片段,而恰恰是萧红的独特观照可能更感动我们。这个话题我们之后还会谈到,也就是记录作家的电影应该如何来呈现作家的创作世界和精神世界。

张玉瑶: 与"抒情性"相关,我想谈谈影片中的"回忆"。看《黄金时代》就像在看一场盛大的、多层嵌套起来的回忆。影片一开始就强调说,人物死了,而且是传主死了。接下来的叙述便自动成为一种倒叙,其目的非常坦率,即重新"建构"萧红而非"复活"萧红。

因此,影片的叙事存在先天的悖论性,萧红作为主人公,却几乎被完全置于客体的位置上,而真正有话语权的则是那些和她有过交集的人们。萧红被朗读、被回忆,整部影片中都充满了此刻与彼刻、活着的人与已逝者之间的延滞性和距离感。比如,在二萧的故事结尾,出现了坐在墙头上现出一副聆听者姿态的端木;而在萧红和端木的故事当中,就插入了守在床边,同样是一副聆听者姿态的骆宾基。故事表面上呈现为萧红的回忆行为,但在事实上,构成的却是端木、骆宾基等人的回忆,并协助形成了他们后来的回忆录文本,也就是影片不遗余力所采集的资源。萧红一开始就不是被放在自己的文字中复活,而是放在别人的文字中被呼唤,且未能被成功唤醒。最明显的例子就是二萧分手的真相,三个回忆者给出三种相互矛盾的说法,而电影未加过滤和筛选,就将它们全部呈现于银幕之上,甚至还有画外音"而某某的说法是……"此时,影片的焦点是回忆者自身在这段旅程中的辩白与位置,而那个正在"穿越爱情的漫长旅程"的萧红是失焦的,她的求爱、求自由、求解放都成为有些大而无当的能指,也给某些网络评论中所谓萧红很"作"甚至"脑子不好"的判断留下了缝隙。

从"回忆"的角度来看,老年萧军、老年端木以及丁玲在影片中的回忆录写作行为,还有许广平、罗烽、白朗、聂绀弩、舒群、蒋锡金等人对着镜头说话的所谓"间离"手法,其实都是把回忆落在了可见的形式层面。可惜这类硬性插入的"回忆"与回忆行为本身缺乏良好的衔接性,人物与他们的话语、身份间是一种被外在绑定的关系,在试图走近萧红时却瞬间推远了她。那么,无论用不用"间离",其本质和传统的人物传记片都是一致的,而"间离"本身也成为一种写实性的表述而丧失其实验性。相较之下,末尾骆宾基一段的处理反而较为圆融。画面上,骆宾基一边吃糖一边流泪,仿佛看见萧红倚在窗台上抽烟、在路上回头相望,这些细节都平行地影像化了骆宾基事后写《萧红小传》的回忆行为,和萧红有着一种近乎共时性的关系,缩短了建构性回忆带来的距离感。

影片最令人产生共鸣的,并不是多方回忆所交织成的萧红,而是萧红自己的回忆,虽然这在整部影片中表现较少,也没能成功地作为灵魂性的统摄。其中一处是萧红对于鲁迅的回忆,《黄金时代》中的鲁迅显然参考了多种鲁迅形象，也产生了不同程度的误解，但那个从萧红《回忆鲁迅先生》等文字中形成的鲁迅侧面无疑才是最为真挚可感的。另一处是结尾。结尾仿佛是倒叙完成后的补叙，影片并未随着萧红之死而圆满关闭回忆，而是在回忆链条上打开了新的缺口：呼兰县城张家花园里的幼时情景浮现，《呼兰河传》中的文字融在了这幅画面中，而萧红写完《呼兰河传》的最后一句"我所写的并不是什么优美的故事，只因他们充满了我幼年的记忆，忘却不了，难以忘却，就记在这里了"，尔后起身离开，电影结束。"就记在这里了"，是萧红作品与人生经历的双关语，回忆和写作结合了起来，显得欲尽未尽。相比之下，编剧李樯为萧红所加的那句带有强烈后设性的自我评述"若干年后我不知道我的那些作品还有没有人翻开，但我知道我的绯闻将永远流传"就显出了一种斩钉截铁的苍白与单调。对于一部作家传记片而言，最终依然是靠作家自己的回忆与文字来打动人，而影片中萧红的回忆则未能从其他话语迷障中穿越出来，这是它的巨大缺憾。

李超宇：电影用"访谈"来处理"回忆"，其实暴露了主观性的"回忆"与客观的"史实"之间的裂隙。在处理"二萧分手"的情节时，电影看似是在以"争议"的方式还原历史真实，可问题在于，哪怕聂绀弩没有介入萧红的感情纠葛，他就应该被视为"客观"，进而就可以把他的回忆当作"史实"吗？只要稍作一点考证，我们就可以发现聂绀弩在情感上是偏向萧军的，在他的《萧红一忆》和《怀曹白》中，都表现出对萧红的不满。因而看似旁观者的回忆也容易掺杂情感判断，而不尽如想象中那么客观。但影片对众多回忆者性格经历表现得单薄，恰恰剥夺了观众自主判断的可能。以聂绀弩为例，导演并没有把他拍成一个"萧军党"，观众也就无法判断其言说的可信度，也就失去了影片使用"访谈式"想要达到的历史真实。

赵雅娇：与以上问题相关，我想谈谈电影中"个与群"的关系问题。在电影中，我们可以清楚地看到导演和编剧把萧红塑造为一个有创造力、有个性、自律的主体的意图；同时，更内涵一种更大的史诗性的追求，打造一批曾经出现在萧红周围的向不同方向延展的作家群像，以此使当时的时代以负载着正面的历史能量的文化形象而呈现。因此,电影非常重视萧红的位置问题,她的存在不仅仅是作为一个独立的个体而存在的,通过她所勾连出的三个群体都具有同样的重要性。从电影的更名来看,电影试图在个人史的叙事结构之上构建一个更加宏阔的群体史的话语空间。

第一个群体自然是东北作家群,第二个群体是以鲁迅为中心的文人集团,第三个是以胡风为核心的七月派同人。电影对这三个群体的展现虽然不断地穿插闪回,但都大体勾勒出了其基本面貌,也在电影表意的功能上基本完成了其对时代风潮中的文人群体的整体性形象的塑造。以此来讲一个"黄金时代"是可能的,也的确在观众的观影感受中营造出了这样的一种氛围。但是,就我的感受而言,这种群体性的塑造也只是对氛围的点到为止,而没能在细部和深处达成一种有效的塑造,这就使得群体的整体性意义显得有些单薄和平面。20世纪上半叶中国文学社团流派是随着中国现代文化及其主体的现代知识分子诞生的国民的"群"的观念,形成的一种特殊的精神载体。对其群体生存的"公共性"空间的建构和营造应该可以为影片带入历史纵深感和时代特异性,其间滋生的冲突与稳定、抵牾与平衡的诸多生态现象同样是时代精神的写照。同时,民族革命和解放的这一根本目的是诸多群体集合的最初动因也是最高追求,左翼文艺青年的辗转流离不仅仅内涵身世之感,更重要的是其间蕴藏着反抗和斗争。而这些面向在影片中是阙如的,也就削弱了影片对整个时代宏观整体性特质的把握和彰显。

同时,群体中每一个个体的主观精神和个性特征的丰富性也没能得到有效地展开。他们的风格只能展示有限的侧面,或者可以说,他们的出现某种程度上是服务于萧红这个主人公的,只有当与萧红发生关联时,他们的故事才能被带入整部电影的话语空间之中。例如片中对蒋锡金与萧红的交往实在交代太少,以至于当他讲到萧红去世后在银幕上的情感喷发就让人觉得莫名其妙。当每个人的形象都服务于总体的构建时,其作为个体的独特性被遮蔽了,最终构成了对个人的消解。但颇有意味的是,这种叙事对于萧红作为一个个体与这三个群体的关联的展示又恰到好处。在文学社群聚合中发挥最重要作用的应该是意识的趋同。翻检萧红的文字并配合各类萧红的传记，我们可以发现虽然萧红与这三个群体都交往密切，留下许多真实的事实记录，但是在真正的精神思想层面和感情心理层面，萧红始终在这些群体中处于漂浮游离的状态。

在哈尔滨，1932年二萧参与到金剑啸、舒群、罗烽、白朗、方未艾等人一起在"牵牛房"进行的左翼文化活动中，也是左翼文化圈正式向她开放。但是这个以文艺沙龙的形式进行地下党接头的事实，对萧红一直是瞒着的。而萧红在相当长的一段时间中都是忍着饥饿来参加聚会的，她在聚会场所做的最多的事情就是吃，这一点在电影中得到了非常传神的细节呈现。萧红在散文《"牵牛房"》中说："使我不耐烦的倒不十分是剧团的事情，因为是饿了！（叹号）我一定知道家里一点什么吃的东西也没有。"季红真在《萧红全传》中说："饥饿和对于吃的打算，使她和朋友们在心理上疏远。"

1937年在上海，胡风约请黄源、曹白、邱东平还有二萧准备筹办一个刊物，《七月》由此诞生，名字正是萧红起的。除了七月同人，这一时期她来往的主要都是流亡的东北人，大家谈论的都是如何投身抗战之中，而萧红对此似乎总抱有一种淡淡的态度。在1938年4月《七月》杂志第三次座谈会上，萧红说："作家不是属于某个阶级的，作家是属于人类的。现在或者过去，作家的写作的出发点是向着人类的愚昧！"这就是萧红最为个人性的一面，萧红始终都把写作看作自己最重要的追求。她在电影中说："我就是想找个地方安安静静地写作。"而她的写作理念又很特立独行，因此她的个人选择和文学追求都与她所在的群体有着一定的距离，这就造成了她对于群体的游离。在影片中，萧红始终是作为一个独立的个体被呈现的，她被从所有的群体中抽拔出来，显示出一种边缘性，在所有群体画面中，萧红大多都不处于中心位置。在整个影片中真正让她动容的人只有两个，一个是萧军，一个是鲁迅。对于群体，她的心理依赖和精神共鸣都显得非常浅淡。当她回到属于自己的世界，一个人出现在画面中时，个人性特征则被大大凸显，而最重要的一种表现就是"寂寞"。有一个画面在电影中至少出现了两

| 想象历史的方法

次：萧红一个人坐在鲁迅家的院子里，抽着烟，手里拿着海婴的玩具小汽车敲着自己坐着的椅子腿。这种寂寞本身就凸显了她与群体的精神上心理上的疏离。

因此是否可以说，影片试图把萧红放置在一个群体和时代的背景中叙述，让她的个人性呈现通过群体的背景而突出？但问题就在于萧红本身是一个个人性的自我而非一个社会性的存在。所以，当影片试图以群体性的回忆去呈现萧红而非让萧红自我呈现时，这种方式本身就已必然遮蔽了萧红本身的独特性内涵，从而也就削弱了萧红作为银幕形象和历史人物的艺术表现力与感染力。而当萧红形象在这部电影中没能展示出其内在的丰富性和与时代与群体的强力勾连时，整部影片的内核也就显得力量匮乏，其震撼力被大大削弱，对意义的呈现也就显得飘忽暧昧了。

吴晓东：雅娇是从个人与群体的关系讨论《黄金时代》的，这也是编导的意图。雅娇更强调的是萧红的个人性特征。但是你说"萧红是一个个人性的自我而非一个社会性的存在"，这个结论多少有些绝对，在萧红31岁的生涯中尤其是离开家之后，她一直同几个男人以及他们所属的群体有着密切的关联。就文学和个性而言，萧红的个人性非常强，但是问题就在于萧红的这种个人的独立性没有使她强大到得以摆脱各种各样的关系的程度，包括人际关系、婚姻关系，她并没有获得经济上的完全独立也妨碍了她的人格独立。但更重要的是萧红的情感依赖，她的情感需求量特别大，依赖性就比较强，也塑造了她的情感方式。这也就意味着即使她获得了经济独立，获得了个性独立，但是情感上她做不到独立。你认为这部电影中时代性叙述遮蔽了萧红的个人性内涵，我非常同意，但是另一方面，只强调她的个人性边缘性的特征也有缺失。

刘奎：雅娇刚才所说的"群"还是主要侧重于文学和政治的群，其实我觉得对于萧红来说，东北作家群这个"群"也是比较特殊的，有地缘乡谊因素融入进来。萧红交往的很多人，罗烽、萧军、端木，都是东北作家。另外就是"群"的叙述和个人传记之间的关系，如何以一个个人的传记去包含一个群的书写，这本身就是有点矛盾性的。"群"在很大程度上是一个历史的横切面，是个广延的东西。个人的叙述必然是编年史的向前不断推进。所以当电影以个人为中心的时候，"群"的呈现只能是你方唱罢我登场。所以说"群"的社会性就无法真正表现出来。这个电影虽然有三个小时，但是我们感觉节奏还是比较快的，这就跟它的传记性有关系。人物带入很多，但是每个人都无法展开。

张玉瑶：在三个小时之内把每个人的个性展示出来是不是有些苛求？不是说电影中每个人没能得到有效的呈现，而是说缺乏一个有效的焦点。有部电影叫《午夜巴黎》，也是呈现群像，但是电影把那群人都集中在一个写作的行为上，这就有一个聚焦的焦点。《黄金时代》中的各种人物则是一个散点的关系，是失焦的。

四 "间离效果"：历史化还是"去历史化"？

顾甦泳：在《黄金时代》中，"看镜头"作为制造某种"间离效果"的工具，贯穿于整部影片当中。我根据李樯刚出版的分镜头剧本，对电影中的"看镜头"进行了一个统计和分类，从第一幕萧红凝望镜头开始，到最后一幕萧红转身望向镜头结束，前后出现了 45 次左右，可以分成三类。第一类是人物不脱离叙事过程的短时间看镜头，共出现约 12 次。比如第 10 场，和萧红一起走过的陆哲舜朝镜头一笑，一闪而过；第 262 场，萧红慢慢睁开了一下眼睛，看到镜头，眼泪流出来。这些看镜头包含在故事的脉络之内，人物都是无声的。这种看镜头可以在瞬间打破叙事的封闭性，在传递情绪的同时把对故事和人物的评判权交给观众。第二类是人物不完全脱离叙事过程的长时间看镜头，共出现约 9 次。如第 131 场，许广平从院外进来，关上铁门后看到镜头走过来，在镜头前站住，忧伤地对着镜头，然后开始讲述；再如第 183 场和第 207 场聂绀弩的讲述。这些对镜讲述与前后情节之间没有明显的断裂，人物处在融入情节和跳出情节之间。第三类是人物完全脱离叙事过程、更长时间地看镜头和讲述,共出现约24次。又可大致分为两小类,占大多数的一类是无电影情节作为背景的纯访谈式看镜头讲述,比如第30场,白朗、罗烽夫妇的交替讲述;第116场,胡风、梅志夫妇的讲述,讲述者作为"局外人"的属性基本压倒了作为"角色"的成分。另一小类是有情节做背景但讲述人和人物完全剥离的看镜头讲述,比如第107场和第115场,聂绀弩都是一个人坐在一旁,背对现场的其他人进行讲述,而其他角色则各行其是,构成了某种表演与旁观的多层对话情景。总体来说,这些叙事手法都具有"元电影"的色彩,类似于在影片中反射电影自身制作过程的自反式元电影,典型的有维尔托夫的《电影眼睛》、基顿的《摄影师》、伍迪·艾伦的《星尘往事》等,但这些电影中运用自反手段的目的就是表现电影制作过程从而实现对电影规则的反叛,它们要表现的就是形式本身,从这个意义上来说,《黄金时代》中的暴露摄像机又明显不同于上述电影,它更像是导演给一个在历史上真实发生过的、大家或多或少会有些了解的故事加上一点调味品,是对史料的烦琐所做的形式上的平衡。影片满足于叙述"已被叙述过"的真实,而这种自认为的真实很可能是"非真实"甚至最大的虚妄。可以说,《黄金时代》有在电影语言和叙事方法上的追求,作为一件艺术品是自足的,但作为一部旨在探索萧红一生、展现所谓的"黄金时代"的社会性的电影,则是远远不够的。

吴晓东:甄泳首先提出的问题是,对镜讲述的形式背后的意味是什么?很多演员身在历史处境中,又超越了历史,站在所有的故事都发生之后的"后设视角"来讲述。只有部分讲述者,如白朗、罗烽和梅志的几段讲述,看不出他们到底是处在什么情境之中,但大部分讲述者还是在具体情境中对镜头说话的。而甄泳更关注的问题是,这种以"纪录片"式的真实讲述方式讲出来的"真相"难道就是不容置疑的"真实"吗?这一追问有更本体的意义。

李琬:关于《黄金时代》,我有影视编导专业的朋友认为,"间离"使用得太过分,与电影《阮玲玉》较为温和的方式形成对比,从接受者的角度来说,影片是不太成功的。但我却认为影片中的间离使用得不够,或者说没有达到预期效果。影片中大部分间离的镜头是由人物完成"讲述"历史的功能,但"讲述"和"展示"之间并没有形成足够的张力。讲述只是在补充影像的展示,帮助导演完成叙事。编剧李樯自述其意图时说,希望观众对故事"保持距离";历史真实不可完全接近,"历史是一个乌托邦"。他认为:"我们经常从历史中发现新的东西,这是现在时空有的。其实历史已经消失了,但我们从历史的遗迹、文献当中,发现了崭新的东西,这个东西是未来式的。虽然它已经消亡了,但它在未来才被我们发现。所以,这个时空是超越我们的。"但《黄金时代》虽然实现了一定的"超时空"性,却仍然没有"发现崭新的东西",因为创作在根本思路上存在难以调和的矛盾:对历史的复原和拆解——也即文本的历史化和历史的文本化——形成两种互相牵制的力量。其实从文字到影像,有点像是另一种维度的"翻译":按照本雅明的说法,在原作中,语言和内容像果皮和果肉紧紧结合在一起,但翻译后的语言和内容之间充满皱褶。而导演的做法是取消了这种本来可以生成的皱褶,僵硬地复制了电影的"原作"——文献,这也就大大削弱了创作者本来想要营造的张力关系。

刘奎: 我想集中分析一下"间离效果"问题。影片的开头是一个较为特殊的镜头,让我印象最为深刻,萧红直接对着镜头叙述她的生、她的死:"我叫萧红,原名张迺莹,1911年6月1日农历端午节出生于黑龙江省呼兰县的一个地主家庭,1942年1月22日病逝于香港红字会圣士提反女校的临时医院,享年31岁。"看似第一人称的叙述语言,但实际上也是叙事元语言,它至少表明了传记作者的存在,或者导演的存在。这种镜头语言不仅在故事片中少见,在人物传记片中也不多。很多批评家提到这部影片的间离效果,但往往是一带而过,对于导演如何运用间离效果、效果如何、在这个消费时代为何要用间离手法,以及为何消费者不买账这些问题很少深入探讨;另外,不管编导事后如何否认,这最起码也是一种有效的参照。还是回到第一个镜头,其间离手法在于,萧红的自我介绍,表明了她既是萧红,同时又不是萧红，这些话不是传记人物的，也不完全是传记作者或者演员的，而是某种综合。正如布莱希特针对《伽利略传》所说："演员作为双重形象站在舞台上，既是劳顿，又是伽利略。表演者劳顿不能消逝在被表演者伽利略里，这种表演方法也被称为'史诗的'表演方法，这种方法到头来只是意味着对真实的、平凡的事件不再加以掩饰。"间离效果所起的作用，是为了"不再企图使观众如醉如痴，让他陷入幻觉中，忘掉现实世界，屈服于命运"。如果这是导演有意为之，那么，她的目的显然达到了，因为自始至终我都没有"如痴如醉"的感觉（众笑）。

第一个镜头的间离效果，消除了我的一些怀疑，因为在宣传策略中过分渲染"黄金时代"，让我觉得这个片名有些俗滥，很担心萧红的故事又被讲述为一个庸俗的浪漫故事。但这部电影一开头，无论是萧红的视角，还是死亡的阴影，叙事者都似乎是有意要打破这重民国氛围，因而消除了我的疑虑，使我得以安心地看待萧红的际遇，而不是故事，看她可能遭遇什么，如何应对。接下来的影片也确实如此，充满了饥饿、逃难、战争、疾病等，整体显得压抑、阴暗，这与片名"黄金时代"形成了一种有效的反讽的张力。

这种张力结构的构成，不仅是通过萧红的传记叙述达到的，也是导演一再运用元语言所带来的，在影片中元叙事语言一直凌驾于情节之上，角色经常跳出情节，对着镜头微笑、讲话，不断提醒观众镜头的存在，让观众时刻保持着清醒，与萧红一道经历着她的苦难历程，而不是在电影院看一出苦情戏，或消费一个悲情故事。通过这种方式，导演抗拒了讲述一个完整故事的诱惑，保持了某种痛苦的清醒，就这一点来说，我对影片是持肯定态度的。因为，如果从电影实验的角度来看，编导就不是要讲一个故事。倘若从故事片的角度要求它，确实可能错位。

这部电影的镜头元语言用得如此之多，以至于每个主要角色（鲁迅、骆宾基除外，原因大家也讨论过了）都曾跳出情节，也跨越时空对着镜头讲述萧红的故事，甚至讲述自己的未来。但一个有趣的现象是，演员汤唯只出现在第一个镜头，后面便都是角色萧红，是一个被讲述者，这是我前面说第一个镜头比较特殊的原因，也就是说，影片的间离效果是有限度的，有选择性的。导演挑选的是文艺范儿的汤唯，看到的是二人之间的一致性，在宣传中也一再强调汤唯如何入戏，强调的是二人之间的重合度，而非间离性。因此，影片一开始就是分裂的，影片所用的间离手法，其实都发生于叙事进程之外，如果我们将其他人物的饶舌通通剪掉，萧红的故事并不受多大影响。从这个角度来看，所谓的间离效果，只是增加了讲述方式的复杂性和新鲜感，而不是萧红这个人物的复杂性，它对于我们理解萧红所起的作用有限。因此我和李琬的感觉相近，这部影片的弊病不在于间离效果用得过度，而是用得不到位，它的效果应该是让观众走出电影院后，反思萧红及其时代，而不是为其讲故事的手法所困。

影片的间离手法，主要用于讲述者，这形成了一种奇观，不同时间出现的讲述者，在同一个叙事层面对我们讲萧红的故事，这首先带来的是叙事的碎片化，其次则是"非历史化"，众多的元语言其实将我们带出了历史。无论是碎片化还是非历史化，这都不是间离效果的本意，在布莱希特看来，"陌生化就是历史化，亦即说，把这些事件和人物作为历史的，暂时的，去表现"。同时，间离效果的陌生化，与俄国形式主义的陌生化又不同，虽然前者也是从美学角度出发的，但并未停留于审美领域，而是带着强烈的价值诉求："真正的、深刻的、干预性的间离方法的应用，它的先决条件是，社会要把它的境况作为历史的可以改进的去看待。"本雅明在《什么是史诗剧》一文中，对布莱希特的实验给予了高度评价，不仅认为"经过这样一番努力，是可以实现一种政治意图的"，同时，也强调了布莱希特真正的创新性，"艺术的利益与政治的利益是多么协调一致"。但从影片中，我们看到的只是萧红的挣扎，是带有犬儒色彩的"只想找一个安静的地方写作"，看不到萧红作品中那种悲悯意识，看不到她的社会情怀。

当然，我们并不是要从布莱希特的角度来要求《黄金时代》，而是以此作为参照点，探讨《黄金时代》在价值关怀层面的缺失，这首先表现在视点的游移，如萧红与萧军分手的那场戏，影片的重点在于当事人的不同说法,路杨也提到,这借鉴的是黑泽明《罗生门》的手法,不同的人来讲述同一个故事,叙事者也不知道何者为真,最终形态只能是导演将不同叙述剪贴到一起,但这也至少表明,导演并不是以萧红为中心,而是以如何讲述为重心。虽然可以说这是编导的有意追求,是想将真相留给历史,但这还是意味着价值判断和人文关怀的缺失。从萧红的角度来看,与萧军分手无疑是她传记生涯的一个节点,但导演并未展现出她此时的复杂性,未展现出她情感的矛盾。

从这个角度来看,《黄金时代》的问题是,在消除了民国热的谜魅之后,为何以及如何讲述一个萧红的故事。从影片来看,这似乎还是一个不甚明了的问题,如此,影片才充斥了如此多的元叙事话语,这显示的是它的未完成性。镜头的元语言,固然让观众无缘"黄金时代",同时也让观众无缘萧红在历史深处的感性挣扎,她的痛苦是被讲述的痛苦,而不是她的个体生命与时代问题之间相互纠缠的痛苦。

吴晓东: 刘奎认为间离手法的运用指向的是讲述层面,而不是历史呈现与价值判断,换句话说,本来是作为手段的叙事方法,反而成了目的。所有的讲述方式,都应该指向人物,这些人物包括萧红,即历史人物本身,同时也应该指向观众本身。正像刘奎所说,间离所产生的,应是让观众再度和深度思考的效果,而且布莱希特的间离效果,在历史层面是隐含着价值判断的。我们更熟悉的是曹禺话剧《雷雨》的序幕和尾声,是有宗教场景和氛围的,但所有实际演出环节都给删掉了,但曹禺当年在写自述的时候,说他是希望观众看完这个话剧之后,带着一种悲悯和思考离开剧院。这就是所谓的间离效果,这也是布莱希特间离手法背后的形式与价值一体性的判断,他让观众关心的是历史、人物、真实这一类问题,而不是他的手段。换句话说,不能让观众最终困惑于讲述手段本身,这也多少解答了甡泳的困惑。《黄金时代》的讲述方式、镜头语言、画面呈现这些形式的背后,它的某些价值取向和历史取向多多少少有些悬置和阙如,我觉得这是编剧的主观意图,李樯就说他想让历史呈现它的多重性,被讲述的多重性,或历史真相的不可探知性,这是内在于创作者的意图之中的。

刘奎的发言,把间离效果的原始出处给我们带了进来;而除了间离效果之外,布莱希特的表现主义间离理论中,还有重要的一点是强调虚拟性,这个话题我自己趁机也想发挥一下(众笑)。路杨刚才说真正意义上的故事片拟设的就是摄像机的不存在,但《黄金时代》正相反,所以刘东刚才说这是一部"'未隐藏起摄影机'的故事片",刘东的问题是"这与纪录片的不同在哪里"?为什么"摄像机不断自我暴露的故事片也还是成了故事片"?所以路杨称之为"伪纪录片"形式。为什么这样一个在形式上追求纪录片手法的电影,给我们的感觉最终仍然是故事片呢?除了涉及布莱希特的间离效果以外,也与虚拟性有关:影片中人物对着镜头的叙事,表面上看似乎是纪录片式讲述,但本质上是一种虚拟性的讲述,这种虚拟性使得它仍然被当作一个故事片,而不是纪录片被接受。因为在真正的纪录片中,所有讲述人的讲述,都是在事后面对镜头讲述真实的历史,但《黄金时代》中大部分人物的讲述,都是处在历史情境中的,所以刚才甦泳关于人物对着镜头讲述的分析是有意义的,他归纳出了几种类型,其中运用最多的类型,是人物未脱离历史情境,或者说是处于历史情境中的讲述,这构成了这部电影与纪录片本质上的区别,是一种虚拟。

我认为大家如果只关注影片的间离效果,那么对人物的讲述所应有的形式意义和内容意义,就会有所忽略。我的感觉是《黄金时代》中人物的讲述生成了某种叙述的力量,萧红及萧红和其他人结缘的故事,很大程度上是被讲述出来的,因此,故事甚至历史可能只存在于讲述中;尤其是一个已逝的作家的故事,如果不被讲述,也许就会阙如,所以,电影中人物的讲述体现的是叙述本身所具有的功能和力量。同时,这也关系到路杨所涉及的群像问题,或他人对萧红的影响问题,因此,电影也在展示萧红与她同时代人的关系,电影中的其他人物并不是被动的讲述者,同时也是历史和故事的制造者和参与者,只是在萧红的故事中他们更多充当着见证者,有的位置比较居中,有的则比较边缘而已。影片编导的意图可能正是在这种讲述与被讲述的人物关系中来呈现历史。

孙尧天： 我想谈谈电影的结构方式与其背后的历史观之间的关系。我认为《黄金时代》是一部有着浓烈的解构主义趣味的电影。一般观者期冀寻求的真实感在电影中被悬置起来。对于演员刚刚还沉浸在故事之中扮演属于他的角色，但随后就面对镜头评说故事发展的这种结构设计，编剧李樯在面对《大众电影》的采访时称其为"预言性讲述"。许鞍华也屡屡在访谈中表示，她觉得"叙事特别重要"，而且电影的叙事风格又让她感到"特别过瘾"。电影票房遇冷，我认为最根本的原因在于《黄金时代》的解构主义历史观对电影的本质以及观众的观影期待所带来的冲击。

许鞍华和李樯在最近两次访谈中表示，他们对于简单地以"间离效果"定义电影的叙事手法并不认可。许鞍华深知"间离效果"对于电影观感的颠覆性后果，并对电影与舞台进行了区分，即电影更强调"真实"，而舞台则必须"抽离"，如此，《黄金时代》就有把电影进行舞台化的实验性倾向。她似乎在电影叙事原理上感到了犹豫和矛盾，事实上关于电影的叙述手法，许鞍华基本听从了李樯的意见，但许鞍华也提示到，李樯努力在"抽离"与"不抽离"之间寻找平衡。而李樯则直接撇开了电影叙事手法与"间离"说的关系，在他看来，演员在面向镜头讲述的时候"并没有脱离自身的角色"，"它不应该是戏剧中布莱希特所谓的间离，那个间离以后你必须不是那个人，或者你即使面对观众的时候，你也无非在那个人物里面，直接跟观众诉说你内心的东西。但是这个电影经常会破坏掉我是这个人物，并且又特别是这个人物"。李樯的回应其实很有意思，区别于舞台上的"间离效果"，电影中的人物几乎处于无法被定位的状态，当演员面对镜头的时候，他仍然是他正在扮演的角色，而扮演的角色又像先知一样向观众布告了故事的发展，李樯将其称作"预言性叙述"，除了表述某种叙事上的风格外，"预言性叙述"设置了一个全知或者后知的叙述视角，正像《百年孤独》的开篇那样，叙事者从历史的此刻出发，再从未来反观过去，因此这些人物自身的时空关系是混乱的，也就是他们只是作为时间交错的影像而出现，并不能在确定的意义上对其时空属性做出判断，许鞍华也说"时间彻底都乱了"，过去、现在、未来的线性叙事模式因而也就被打破了，这种超时间性与超空间性的叙事让人想起意识流手法，但《黄金时代》又明显不是一部意识流电影，它在总体上又遵守了纪录片从生到死的时间进程，因而很难用某种既定术语为电影的表现手法做概括。

人物角色在特定时空中"行动"和超越时空关系"评说"被并置在一起，这种"蔚为奇观"的情形表达了什么意图呢？电影的叙事设计同时展露出的是相应的时间观或者历史观图景，或是一种"历史想象"。杨早挖苦这部影片是"一篇被史料压垮的论文"，转引鲁迅批评郑振铎的文学史"不是史，只是史料长编"，但李樯却表示，他本人不相信史料可以还原历史，所以联系电影创作者自身的意图，杨早的批评就显得不太能中肯綮，但并非无效，因为这种叙事方式总在无意识地加强资料堆积的印象。我想指出的是，李樯并没有企图以详细的史料编排复原历史，而是恰恰针锋相对地指出"真相不可能被知道"，这是一种激进的历史不可知论。因而《黄金时代》绝非是要对历史的真实性进行评说——"历史想象"是重在"想象"的。那么史料的丰富和扎实呈现，所致力唤起的也就仅是在"私人的视角"下被"感受出来"的东西，而李樯又告诉我们，连这个感觉最终也是不可信的，一切都是被"虚拟"出来的。

由此重新审视人物的对镜讲述部分，这一风格的选择，其意图就是在强调演员们在演的过程中行动，而不是在所谓的历史中行动，从而挑战了人们"求真"这种传统的观影期待，所谓的"真"已经在这部电影诞生之前就被否定了。人物的时空关系的混乱也是必然的，因为你无法从一个确定的维度说明他身在何时、何地，如笛卡儿《第一哲学沉思录》中所说，你是你自己，但你同时可能是另外一个人。编剧没有给出判断，因为一切布置都是"虚拟"的，历史真实乃是"虚无"的，因而我们才会惊讶于"二萧分手"有三个版本。李樯在反驳"间离效果"时称，角色并没有从角色中跳脱出来，他的理想是把人物塑造在"既是"又"不是"的边界上，对此，李樯坦言自己也不知道应该如何用理论总结这种手法，他的"结构正是对那个时代的一种解构"，而他的最大的创意也正是在这里。其实，李樯的表述也可以替换为"演员"并没有从"演员"中跳脱出来，"演员"自始至终都是"演员"，以此才能让观众知道，电影只是在"扮演历史"而不是在还原历史。如果观众在传统的审美趣味和期待视野中去观看这部电影，必然会陷入否定的循环所造成的历史判断缺失而不知所云。看完电影后，我深深感到了编创者对叙述手段的迷恋与对历史判断的迷失，抑或判断的无能，这也是影片"去意识形态化"的表现吧，对电影修辞方式的强调使得电影内容显得暗淡无光，李樯在访谈中曾说，"看完影片之后，你会觉得挺震撼的"，这种"震撼"恐怕也是在不可知论对电影本质颠覆之后的一种观影效果吧。

吴晓东：尧天的讨论引入了编剧的历史观对电影有多大程度影响的问题。我们可以从两方面思考这个问题。一方面，李樯在采访中表现出的对历史的理解，或者说这种"解构主义的历史观"，在这部电影中多大程度上落实了？另一方面，尽管按照李樯的说法，电影表现的是历史的不可知论，但影片大部分叙述表达的又是一种呈现"信史"的意识，这与解构的历史观之间多少还是有些矛盾的。

邱雪松：我有一个比较低级的问题，我们能在多大程度上对主创李樯想要追求和达到的"间离效果"予以承认？布莱希特基于严肃的先锋戏剧表演提出了"间离理论"，而我认为电影是"消费品"。我的疑问就是"间离"和电影能否简单通约？在这儿我想到了作家阿城的话，他很赞赏戏剧《暗恋桃花源》，但认为电影版"糟蹋了"，原因就是该剧"间离"的先锋性效果被电影"包起来打不破"。换句话说，戏剧表演可以通过换幕、换景、演员表演的现场感等带来或加强"间离性"，而电影的观看必须是"一次性"不间断连续完成的。因此对《黄金时代》的"间离"，熟知现代文学的我们看这部电影没有任何困难，它对我们是无效的，达不到目的；对于普通观众而言，这个过于频繁的"间离"切断了观影体验的完整性，导致很多观众完全不知道电影在演什么，票房就是最好的说明。而李樯却在访谈中予以这个手法很高的评价，甚至是在历史叙述层面的意义和价值，我个人觉得这种后设性的拔高阐述很可疑。

孙尧天：他觉得自己是个哲学家（众笑）。

吴晓东：雪松，你说你的观点比较低级，其实是"最高级"的，低级就是高级（众笑）。因为我们真是不能过于相信编剧和导演的自述。李樯对电影形式设计的自述中，必然有一些理论化的提升。但问题是这些理论化的东西在影片中落实了吗？落实的效果如何，是正面还是负面？的确，观影感受是观众说了算，不是编剧的自述所能决定的。可能是影片这种脱离了故事的情节进程，直接让讲述者面对观众自说自话的方式，在客观上多多少少带来了疑似的"间离效果"。所以大家把它和"间离效果"类比，我个人觉得也只是类比而已。能不能真正用"间离效果"说明这种叙事形式带来的美学效应，可能也还是值得进一步讨论的。刚才刘奎指涉的布莱希特的那些观点，从审美形式引渡到历史判断和价值判断，而不是把价值立场和道德指向从审美中抽离，还是令我比较信服的。

秦雅萌：编剧李樯曾坦言自己看到的萧红本就是碎片化的，"越走近越看不清"，我想这大概也是影片叙事碎片化的一个原因。但关键要看每一个"碎片"是如何被选取的，以及"碎片"之间表现出何种关联？我认为电影所选择的"讲述历史"的方式并未"解构历史"，反而不可避免地带来了"诠释历史"的效果，因此也就限定了接受者多样的想象空间。从电影及其宣传中，还是可以看出"黄金时代"的精髓在"自由"二字，但萧红的故事并没有在"自由"与"困境"的悖反中被讲述。影片的"间离"效果使得观众一次次意识到自己的时代与萧红的时代的距离，而问题在于，距离产生了之后怎样呢？我们这个时代与萧红的"黄金时代"的对话性又在哪里呢？进一步的问题是作为"民国想象"的二三十年代的历史，应该如何被讲述呢？

黄锐杰：确实不管是嵌套叙事还是对镜讲述形式都旨在打破影片的现实主义限制，不过就效果而言，我觉得这种叙事技巧的运用并未走向真正的解构。这里呈现出的对抗意图多于解构意图，即试图通过"超现实主义"叙事

| 想象历史的方法

技巧抹去历史的熟悉感，对抗主流历史叙事。具体而言，对镜讲述带来的间离效果作用是"切断"，将主流历史叙事"间离"出去，而嵌套叙事和对镜讲述、旁白等多视点叙事则试图呈现历史的多义性。这种多义性不意味着意义不存在，而更像是为建构一套不同于主流历史叙事而做的准备工作。换言之，这种旨在呈现多义性的形式其实并未填充进多义性的内容，甚至形式的多义性和内容的单一性之间构成了一定张力。就像大家提到的，多视点叙事带来的对话性其实并不强。这部片子背后确实有一个超越的叙事人，但我比较赞同路杨说的，这个叙事人无法真正掌控叙事，叙事形式的多样恰恰凸显的是内容的单薄，形式多样带来的是混乱，而没有塑造出一个历史中的立体的萧红。其实在访谈中李樯已经明确承认自己要塑造的是一个"人道主义"的萧红，其潜在对话者其实就是主流历史叙事中的"红色"萧红。

此外我想由两极分化的评价出发谈谈这部电影背后的意识形态图景问题。这部电影两极分化的评价背后其实存在着双重分裂。一是以影评人为代表的知识人的分裂。这其实是一场意识形态争论，呈现为两个萧红之争。这部片子出来后，基本上我的"左"一点的朋友都不大满意，而我"右"一点的朋友都有较高评价。在媒体的笔战中，双方的争论以传记片如何处理历史为出发点，其争论的焦点集中于翔实的史料能不能还原历史这一问题上。喜欢这部影片的人盛赞许鞍华用烦琐的史料复原了历史现场，反对者则认为这种用史料堆积出来的历史过于零碎而且是有选择性的——比如将回忆录里扶起摔倒的萧红的老人替换为国民党老兵。季剑青写了一篇不算影评的评论，我觉得很有典型性。他区分了历史与历史感，认为《黄金时代》用史料堆积起来的个人史的叙事根本不可能完成书写时代的任务，而没有大革命时代这一背景，我们根本不可能理解萧红做出的选择。这背后的真正争论其实是萧红究竟是一个追求自由、追求个性解放的新女性（李樯说的个人主义者、人道主义者），还是投身于大时代，同情底层，有革命倾向的左翼进步作家。显然，影片的呈现在向前一个萧红倾斜。不过公允地说，这种倾斜并非绝对。事实上影片自身的暧昧也为这种争论提供了空间——起码与宣传片中的

"民国范儿"完全不同。

这种知识人的分裂几乎出现在中国各大舆论事件中。我个人赞同季剑青的观点,不过我认为我们不该简单在意识形态争论的层面上理解这一观点,更重要的可能在于,为什么《黄金时代》不能吸引普通大众?我们这个时代究竟需要什么样的历史叙事?这就涉及电影两极分化的评价背后的第二重分裂,即精英与大众的分裂。这部电影票房不好,关键是大众不买账。这里说点题外话,也就这几天,似乎为了对抗票房,豆瓣上的文艺青年默默将《黄金时代》的分数从6.5分刷到了7.1分,这可以说是第二重分裂的一个表征。这重分裂与意识形态带来的立场分歧无关。大众不买账,直接原因是电影太闷,整整三个小时而没有一个波澜起伏的故事,一般观众受不了。受叙事的先锋性拖累,甚至大众喜闻乐见的多角恋桥段也没能挽回票房。不过我个人认为这还不是《黄金时代》遭遇滑铁卢的根本原因。《黄金时代》的不卖座,可能与当代大众的保守化倾向有关。在吐槽《黄金时代》的大潮中,许多人众口一词批评萧红"作",认为这么一个神经质、道德败坏(主要因为爱情上的放任和弃婴问题)的女人自作自受。我们当然可以批评大众"愚昧"。但问题也就来了,如何讲述萧红的故事才能让这些不了解萧红的人理解萧红?如何让这些潜在地既反对放任自由也反对抗争政治的大众理解中国步入现代过程中的激进选择?这其实并不是当下的中国才要面对的问题。在美国,精英们同样必须面对民间保守主义思潮复兴问题(集中体现为民粹主义与反智主义倾向)。革命的世纪已经远去,当务之急在于如何处理革命的遗产,这事关我们今日的道路选择。如果一个国家的人民不能理解一个国家的过去,这个国家就没有根基。在这个意义上,这部致力于刻画"民国"——这一中华人民共和国前史的电影还是格局太小。没有大时代,我们根本不可能理解萧红。

吴晓东:因为我们都是现代文学的专业研究者,对我们而言,萧红就像亲人一样。但对于大众来说,他们确实不熟悉电影要讲述的萧红这一人物。观众问题是电影很重要的一个层面。我们在这里的自说自话因此有必要和大众的视野有机地联系起来。不过,电影格局再大一点大众就更能接受吗?这可能也是一个问题。

五　性别与历史："写作者"萧红何在？

戴安德：对于《黄金时代》而言，性别关系也是非常关键的。从内容上看，萧红更接近哪些人物？很明显是许广平和丁玲，例如《商市街》出版之后，谁是她的读者？电影用镜头带出的是许广平的肯定性评价。我想细读其中一个镜头。就是萧红和聂绀弩在西安一起吃饭，萧红还处于一个彷徨的状态中，聂绀弩对她说你应当记得你在文坛的地位，你是《生死场》的作者云云。当时镜头停留在萧红的立场上，有十几秒之久，而聂绀弩则试图唤醒这个镜头，不断挥手提请萧红和观众的注意。无论是一般观众，还是专业的接受者，大概都能辨认出这个镜头的三个层面：第一是萧红的角度，第二就是导演，第三就是观众——观众可能无法不认同萧红的立场。这个镜头让我想到萧红和导演的关系，因为导演本身也是女性，我们是否也应当注意到这个问题。许鞍华怎样表现萧红这个对象？其中有一种很亲密的感觉。说到电影语言的话，这部电影还是比较强调家庭空间和女性空间的。锐杰谈到电影没有涉及大的问题，而这也是内在于性别视角中的。因为这部电影还是比较强调细节和微小的空间，这些空间正是女性的空间。在前半部分，摄影也比较强调"垂直"的方式，其实拍得很好。带来的效果是让我们感觉人物完全没有选择，没有自由，只有到电影的结尾，很暗淡的镜头中突然出现了一个比较亮的、从树上俯视的镜头，可能使用了小型无人机航拍所得。这些地方也都是很有垂直性的，很给观众自由把握的空间。我想导演对于萧红还是很同情的。

吴晓东：安德的镜头分析非常别致。电影对哈尔滨的生活的表现，与萧红之间还是存在一体性的，换句话说，哈尔滨的生活再困窘，萧红还是可以掌控的，女性空间和女性叙事和萧红自身是一体性的。反而之后走向上海，走向社会，走向左翼青年，走向革命，走向延安等一系列生涯，都不是萧红所能够掌控的。所以早期萧红的空间大都是女性空间,这与导演自身的性别意识有关,而这种同情是电影中不言自明的层面。

李琬：波伏娃在《第二性》里写道:"大多数女英雄是由于她们命运的特殊性,而不是因为她们行动的重要性才显得与众不同的。"我觉得整部电影再次印证了这句话。《黄金时代》,至少从它呈现的样貌来看,仍然是高度性别化的书写。创作者和观影者仍然无法跳出对萧红"绯闻"的想象和消费,对于萧红最重视的行动——写作——却没有给予足够的关注。

而萧红写下"黄金时代"的时候,正是在东京,萧红暂时脱离了萧军,也脱离了男性秩序,获得了相对安定的生活。但萧红自己也非常清楚,这时代并不真正安乐,也非常短暂。萧红曾不断地挣脱妻性和母性。她与父亲关系不合,逃出家庭,拒绝了女儿的身份;她将自己的孩子送人,放弃了母亲的身份;她转徙于不同的男性,并因为她缺乏传统意义上的"妻性"而始终没有获得稳定的妻子身份……但在这种试图挑战社会陈规、反抗男性主导的社会秩序的挣脱过程中,萧红失去了女性得以在社会秩序中维系自身的身份认同。借用了《浮出历史地表》里的说法,"黄金时代"或"女性乌托邦"终将由于女性对男性的依赖而崩溃。对于萧红来说,这不仅是由于她情感和生理上对男性的依赖,更是由于她不能完全实现经济独立这一困境。

此外,电影中屡屡出现的食物,也能够形成一条相应的解读线索。祖父的橘子,代表着萧红内心最初的与最深层的爱和温暖。在咖啡馆,特写镜头展示了俄国女人桌上的奶油蛋糕,通过剪辑,这个镜头直接对比了萧红和弟弟的餐桌,赤裸裸地揭示了萧红贫困的生存处境。欧罗巴旅馆的黑列巴和白盐,以及小饭馆里吃饭的场景,表现了二萧之间最为欢乐的时光。接下来是鲁迅家宴,这些家宴都是许广平亲自制馔,与此形成对比的是萧红不善于做饭,在镜头语言上的直观表现就是与剥豆荚的许广平形成对比的是萧红独自吸烟的落寞背影,这似乎再次暗示萧红身上"妻性"的缺失,以及她试图通过写作、通过对新女性身份的获得而同时进入和摆脱男性主导秩序的渴望与苦闷。然后是在日本和许粤华吃饭的镜头,画框为我们呈现了一个由两位女性

| 想象历史的方法

共享的温馨的女性世界,这与其后暗藏的两个人惨烈的情敌关系形成了反讽。在武汉饮冰,表现了萧红在绝望中的挥霍。而在香港,最后的流食,片中萧红说的那句"好像完全好了似的,吃了这么多",颇有反讽的意味,这里的食物已经预示着生命的衰败和尊严的最后剥夺。

食物对于萧红,是很有意味的话题。首先,萧红长期挣扎在基本生存层面,这构成了她对生存的某种本质性的体察,而她在《商市街》中大量书写自己面临的饥饿,直接表现了她作为弱者的社会处境,加深着她对自身弱者地位的认知,并影响了她的写作。同时食物也成为欲望的转喻和隐喻,对食物的等待与渴望和她与萧军的恋爱关系交缠在一起。按照列维纳斯在《从存在到存在者》里的说法,"爱的特征是一种无法熄灭的、本质的饥饿","欲望其实是一种没有目标的饥饿"。因为贫困和饥饿,她才和萧军紧密地互相依赖(在《"牵牛房"》里萧红写过,她和萧军都像吃饭一样吃松子:"起先我很奇怪,两人的感觉怎么这样相同呢?其实一点也不奇怪,因为饿才把两个人的感觉弄得一致的。")萧红一方面从这种生存层面建立的亲密关系中感到快乐,另一方面又流露出警惕和悲观。

吴晓东:女性视野的确是这个电影中的一个必然的视野。电影中萧红不断与不同的人物对话,但真正形成对话的还是丁玲,和其他人其实谈不上真正意义上的对话。但与丁玲形成的是人生道路选择上的对话。电影中的丁玲形象非常好,充满了生机,在选择了奔赴延安的革命道路之后如此意气风发,生命有了如此坚定的目标。虽然后来她在延安也发生了意识上的波动,但至少在与萧红相遇的当时,人生道路和政治选择的结合赋予了她某种坚定性,而这种坚定性一直是萧红找不到的。也不是萧红自己不想找到,但的确是纠葛于男人的关系、政治的关系和个人创作的天赋,而不得不如此。

路杨:我想谈谈在性别视角之下,萧红形象的分裂与失衡的问题。影片在叙事性的匮乏之外,还表现出一种"行动"的匮乏。既缺乏叙事上的推动力与戏剧性,也放弃了用镜头记录行动,从而使人物表现出强烈的被动性。这里涉及的则是影片如何处理萧红与其时代之间的关系问题。时代之于萧红，在影片中更多只是作为一个纷乱的布景，而没有形成内在的推动力，个人与历史表现为某种两相分离的状态。例如在萧红与家庭的关系、与文坛的关系、与文人群体的关系这些和时代摩擦力最大的地方，电影基本上是将其处理成了一系列个人选择或者个性问题。影片并没有呈现出这些根植于历史情境中的悖谬性，而是用一种个人命运悲剧的方式将其合理化了。而"生活者"萧红的形象，正是被一种类于"宿命"式的东西笼罩着，而遮没了其个人选择中的那些必然性和历史性的因素。

与"生活者"萧红相对的，是"写作者"萧红的缺失。而如何用影像表现"写作"，也是《黄金时代》面临的另一个大问题。影片在人物语言和讲述性的语言上，过度依赖作家的文字，例如让讲述人搬演出他们回忆录中的场景，用汤唯的画外音复述萧红作品中的段落，或是让躺椅上的鲁迅背出他杂文中那些佶屈聱牙的句子。而随之产生的问题是书面语与口语的不调和，以及文学语言与镜头语言的错位。这当然表现出创作者历史想象力的匮乏与笨拙，更重要的是，萧红的作品本身不能代替对"写作"的表现。

电影所表现的"写作者"萧红，是仅限于性别结构之中的。电影中的确反复出现过萧红写作的镜头，但在这些镜头中除了萧红，总是有一个让人不省心的男人（众笑）。要么是以写作中的萧军占据画框的中心位置，萧红只能缩在他背后的床上，因为恐惧萧军对她的轻视才拿起纸笔，写下《弃儿》。而在文坛上声名鹊起之后，写作中的萧红终于占据了画框的中心位置时，却被突然闯入画框、翻找东西要去约会情人的萧军打断了写作。即使是独居日本时期的萧红所写的，也是给萧军的书信。与萧军分开之后，写作《回忆鲁迅先生》的萧红再一次处在画框的中心时，背景则是跷着二郎腿优哉游哉的大少爷端木。

这些表现写作的镜头，诚然体现了萧红如何用"写作"与"第一性"对抗、争取女性位置的努力，在女性生活的意义上，"写作"也是作为其排遣情绪、保存自我意识的方式。但伴随画外音对萧红文学世界的选择性切割，这种置于性别结构中的"写作"镜头，失去的是对萧红作品中更广阔的历史

| 想象历史的方法　　　　　　　　　　　　　　　141

对象的呈现。《生死场》中的乡村和农民动物性的生存与死亡，生命的愚昧与坚韧，正是萧红对时代和历史的独特体认与关怀，这既是萧红见容于左翼文艺阵营之处，又包含了她区别于其他左翼作家在写作与道路选择上的特殊性。值得注意的是，萧红的写作对细节的捕捉只是一个切口，提供的是某种时代观感而非小情小绪。对于40年代迁徙途中的萧红而言，《马伯乐》的写作更是显现出一个自觉的写作者不断拓展其写作疆域的抱负。然而越到影片后部，萧红这种在写作意识上的"打开"，却被对悲剧命运的呈现不断拖拽到一个封闭的空间之中，只余下一个自我回看的怨艾姿态。在这个问题上，影片反映出来的正是一贯的，对于一个"写作者"萧红的无法驾驭。又或者说，只有当萧红的人生与写作不存在界限时，她的写作才能够被表现，正如编剧李樯所理解的那样，"她的作品跟她真实的经历是重合的"。而在这种"自叙传"式的前提下，作为"写作者"的萧红也就被抽空了与她所关切的历史图景之间的关联。

　　由此，"生活者"萧红所追寻的自由，就变成了一个远离时代命题和历史远景、纯粹个人主义或自由主义意义上的"自由"，而不是"写作者"萧红所感知、所把握到的那种为乡村、为东北、为整个民族所渴求的"自由"。失掉了一个为此而抗争的"写作者"萧红，"生活者"萧红也就只能处于一个不断被拖进命运悲剧的被动状态。在影片中，作为"生活者"的萧红，除了不断伸手去抓住一根又一根的"救命稻草"之外，行动力是非常匮乏的，也正是因此，作为"写作者"的萧红才尤为重要。"写作"才是萧红的行动，是她触摸历史、介入历史的主动方式，而不是仅在命运的意义上一味被动的承受者。有了"写作者"萧红，编剧李樯在民国作家身上隐约感受到的那种"在压力下极大反弹""被动地追求自由"所可能产生的张力感才可能实现。而缺乏对"写作者"萧红的表现，"生活者"萧红就变成了一个浮泛的表象，缺乏精神性的坚实的内里，其命运的乖蹇，也就丧失了普遍性与历史性。又或者说，影片缺乏的是一个能让"生活者"萧红在命运的泥潭和历史的洪流中"立住"的支撑，这个支撑既能在萧红的个人命运内部解释，是什么支持着她在如此踉跄的人生中仍能写出优秀的作品，也能够回答银幕外的观众，这个"脑子不太好"又"有些神经质"的女人，为什么值得被书写，被表现。但电影并没有为我们提供这种情理上的依据与价值上的支撑。

吴晓东：无论我们对这个电影评价有多高，但是假如网络舆论中的大众只是将萧红视为一个"脑子不太好"又"有些神经质"的女人，都意味着这部电影是失败的。这里最重要的话题是，电影为什么对于萧红的人生经历表现得如此翔实，但一个作为"文学者"的萧红还是没有真正呈现出来，而只是呈现为一个"作女"的形象，而不是一个"伟大的作家"——一个真正有创造力的作家的形象。比如林贤治就认为，就创造力而言，萧红是高于张爱玲的。这一点当然还可以讨论，谁高谁低只是次要问题，但问题是一个"伟大的作家"形象并没有被真正体现出来。所以大众如果看到最后得到的观感只是如此，那么作为作家的萧红是缺失的，这决定了这部电影只能沦为一部失败之作。萧红的精神世界、心灵世界、她所看到的东西、她的判断、她个人在文学中和这个时代真正的关联性，都没有真正呈现出来。虽然电影中也表现了萧红的若干文本，但并不足以抵消整体上作为作家的萧红的缺失。而电影中直接指涉萧红创作的文字，如开头和结尾中引述的描写后花园的文字，带来的是电影中最令人感动的部分。也就是说萧红的写作中呈现出来的图景，才真正打动我们。但电影在这一点上的表现是不够的。

许莎莎：我想导演和编剧所面临的难题或许是：在这样一个年代，如何去叙述一个像萧红这样的女性？讲她在自己的写作王国中所进行的思考吗？讲她与那个年代政治的关系吗？这样的电影会有人去看吗？因而编剧最终选取的情节线索只能是对商业电影的一种妥协，讲一个著名女作家与四个男人的感情戏，劲爆又有料。但编剧和导演似乎又不敢或不能明目张胆地讲述"女人萧红"而不讲述"作家萧红"。所以在那些为爱痴狂、为爱颓废的间隙，我们能看到一点点关于"作家萧红"的事，让我们对萧红的文学自觉有一点模糊的印象，但这点印象太少了。而且如路杨所说，影片中大量对于萧红作家一面的表现还都是和她的情感线索绑在一起的，比如对二萧作品的评价高低是与二萧感情出现罅隙相关的；又比如她与端木谈文学是伴随着对端木的初步好感，似乎文学只是萧红感情生活的一个调剂和副产品。但萧红的文学版图显然不止这些，她对文学的信仰和思考也不是纯靠悟性与感性。这也就解释了为什么电影无法包含像《马伯乐》这样的作品，因为那里所表现出的丰富性和复杂性与"女人萧红"根本无法兼容。而即使是对"女人萧红"，编剧和导演的呈现也未必到位。所以说《黄金时代》最大的问题就在于类型定位模糊不清：它有着文艺片的实验形式，讲述的却是一个商业电影的故事；也没法完整地讲述一个女人的故事，因为问题恰恰就在于对象的选择。萧红本就不是一个商业时代所能理解的女性，又何必让她作为我们对那个"黄金时代"怀旧的一个象征符号呢？

李雅娟：我同意莎莎所说，即使是对"女人萧红"，电影的呈现也有问题。随着看不见摸不着的萧红与其"时代"之间的关系被看得见摸得着的萧红与诸人之间的个人关系所取代，萧红的感情生活因此成为影片主线，时代已经被碎片化、"背景"化了，只是隐约闪现于罗烽、白朗的被捕，武汉被炸后的废墟，丁玲的灰色军服，香港的隆隆炮声，如果将这些视为30年代国家政治的隐喻，而且因为萧军选择投身实际的革命斗争而导致与萧红的分手，那么，"时代"一方面是萧红感情生活发展的背景，同时也成为她感情生活进而是其文学作品的异己物，萧红说"我只想有一个安静的地方写作"。或许萧红独居日本时作为点题的一段独白更加意味深长："自由和舒适，平静和安闲，经济一点也不压迫，这真是黄金时代……是在笼子过的。"延伸出来的问题是：笼子外面有没有黄金时代？

时代与写作、政治与文学的分歧被对立化之后，萧红与萧军、端木蕻良之间的感情纠葛就被处理成肥皂剧的三角恋爱桥段。骆宾基问萧红为什么能跟端木这样的人一起生活三四年？与萧军的豪爽、奔放、富于男子气概、强烈的政治抱负相比，端木被塑造为懦弱、文雅、精明的布尔乔亚式白面书生。萧红回答："筋骨痛过之后，皮肉的痛就算不得什么了。"而这也就是萧红向骆宾基发问的"私生活的浪漫"。身为女性的萧红，寻求的是怎样一种依赖？

是两害相权取其轻,还是执着于爱的自由?私人感情之事外人很难也无权置喙,但这种处理方式,我感到无法呈现萧红的女性意识与男性权力之间的复杂关系,也许只能让观众尤其是女性观众重新回味一句老话:男怕入错行,女怕嫁错郎。萧红病重时对骆宾基说"也许我的作品不会再有人读,但我的绯闻会永远流传",恰恰像是这部影片的一个注脚。

女性意识与男性权力的复杂关系,可以隐喻性地类比于萧红的文学与政治、写作与时代的关系,这些导演都选择回避,因此也许难以深入探讨萧红如同与什么搏斗似的所追求的爱与自由到底是什么。萧红临终时的几个段落,我觉得是影片最好的部分,或许只有在弥留之际,当生命渐渐脱离身体之时,人才可以真正摆脱一切外在关系的束缚,所谓"长恨此身非我有,何时忘却营营",有身(生)即有束缚。此时仅仅注视自身纯粹的生命,也安然享受别人的爱,但这是自由或者自由的爱吗?

李松睿:许鞍华在谈到为何想拍以萧红为主人公的电影时,曾坦言自己最初并没有想拍萧红。她只是看了一部法国电影,讲两个女孩,一个来自乡村,一个来自城市,两个人相遇后各自讲自己的经历。许鞍华很想拍一部类似的影片,后来在构思过程中决定拍成两个女作家相遇的故事,此时便想到了丁玲和萧红,两人在抗战期间相遇,并也曾长谈过。只是因为政治方面的原因无法表现丁玲,才最终选择了以萧红作为女主人公。

由此可见,虽然《黄金时代》拍得很用心,但选择萧红,并不是由于许鞍华对这位女作家很认同,很有感觉,而只是出于一种偶然。丁玲曾说自己是女作家,但不卖那个"女"字。但很遗憾,许鞍华选择萧红并不是因为她是作家,而只是因为她是女人。最初让许鞍华触动的并不是萧红本人,而只是一个关于两个女人的故事。而且这个女人并不是一个生活在大时代而是一个生活在"小时代"中的女性。在我看来,正是由于导演其实只想拍女人,因此在影片中,我们看到的不过是萧红的情感经历、萧红的软弱、萧红对于政治的拒绝、萧红的任性、男性对于萧红的压迫与背叛、萧红在怀孕期间所遭遇的种种不便——这些与女性问题相关的东西才成了影片重点表现的对象。以这种方式塑造的萧红,渴望着男性的爱,执意要做一个纯粹的作家,要超越她的时代。应该说,这样去表现萧红当然没有什么错处,但如果只有这些东西,那么作家本身的丰满也就消失不见了。影片中有一个场景特别有意味。许广平和梅志在厨房剥毛豆,萧红坐在庭院里的小板凳上,在寂寞中抽着烟。镜头模拟许广平的视线,从厨房向外拍摄,前景是黑乎乎的厨房,而厨房的门外,则是沐浴在阳光中的萧红背影。我相信许鞍华导演一定非常喜欢这个场景。这个镜头在电影中出现了三次。同期套拍的纪录片《她认出了风暴》,海报也选用了这个画面。在我看来,这个在厨房外面的寂寞身影,大概可以代表许鞍华对萧红本人的理解:孤独、寂寞、不谙世事、不幸生逢乱世,又遇人不淑,因此只能在饱经苦难后孤苦死去。但问题在于,萧红的这个形象,是从厨房的视角看到的。如果我们稍微引申一点的话,厨房这个意象代表着某种身体性的东西,在某种意义上它的确是超越时代的,因为任何时代的人都要吃饭。但问题在于,厨房的视角永远属于"小时代",它无法看到大时代的丰满与雄浑。于是作为作家的萧红也就消失不见了,她文字的雄奇瑰丽壮阔,无法在电影中得到展现,呈现在观众面前的,只是一个笼中的世界。萧红深陷其中,万分绝望,但却无可奈何,只能枯萎凋零。从这个角度看,来自香港的女导演许鞍华虽然努力去捕捉萧红,以精益求精的态度对待电影,但来自小时代的她似乎无法捕捉那个在大时代的激荡中走过来的萧红,因而只能用厨房的视角、小时代的视角去看待萧红。而萧红也只能留给她一个背影。从许鞍华以往的作品来看,细腻有余而大气不足,她不过是一个身处小时代的女性导演。她可以被萧红的身世命运感动,但无法理解作家精神世界的伟大,也不能把握波澜壮阔的中国民族民主革命的历史。因此她的影片才会被萧军、舒群、端木、骆宾基、胡风、聂绀弩等人的视角打乱。其中最关键的原因,是导演自己无法形成一套完整的叙事、一个流畅讲述历史的史观。最终,《黄金时代》也就只能不断在东北、上海、武汉、重庆以及香港等地交叉反复,混乱不堪。

在我看来,《黄金时代》拍成这样,本身就是我们生活在"小时代"的症候。今天，几乎一切宏大叙事，如共产主义与资本主义、劳动者与压迫者、善与恶、罪与罚等，都已经失效了，如何讲述故事就成了一个问题。因为故事如果要好看，必然要具有某种叙事的推动力，而宏大叙事恰恰提供了这个东西。由于宏大叙事的失效，如何讲故事已经成了一个世界性的难题。因此好莱坞电影这两年才会出现频繁拍摄续集。新的故事几乎无法讲述了。比如谍战影片007系列，老版很好看，而近两年的新版007只能变成无限的怀旧。许鞍华其实也面临同样的问题，她只能在萧红身上发现一个"女"字，却无法辨识出一个大时代的女作家。说到底，还是许鞍华对民国没有一个整体的理解和体会，也就没法讲出民国的整体精神。无论道具做得多精美、场景的还原度有多高，那个时代的精气神是捕捉不到的。

当然我们必须承认，作家的生命经历本身就不太容易呈现在影像上。因为作家毕竟只是一直在写作，没有什么动作。尤其是动荡年代的女作家，她不仅要经历政治变动、社会变动，还要经历性别秩序的变动。所有这一切，都必然在她生命中留下无数裂痕。萧红的写作与人生的矛盾，她的选择让人无法理解的地方，都与此有关。所以较好的拍法，或许可以借鉴英国女作家多丽丝·莱辛在《金色笔记》中尝试的写法，把作家的写作、作家的精神、作家的生活以及她与时代变化的互动（如苏共二十大事件对世界共产主义运动的影响）等，这些相互矛盾、相互分裂的东西共同呈现出来。我想许鞍华可能也有这样的想法，但她让萧红分裂在别人的讲述中，令影片显得非常散漫，也让观众在观影过程中昏昏欲睡。但如果能着力呈现萧红本人的种种矛盾与分裂，或许更能抓住作家在精神上经历的痛苦、作家在大时代中所受到挤压，影片也会更吸引人一些。

吴晓东：松睿的发言具有总结的意味。我尤其欣赏他所谓《黄金时代》"本身就是我们生活在'小时代'的症候"的说法。在这样一个"小时代"如何讲述波澜壮阔的大时代的故事，既关涉着我们如何建构过去，其实也关系到我们如何认知现实，以及如何想象未来。

我们需要什么样的艺术？
——关于电影《白日焰火》的讨论

吴晓东、黄锐杰等

时　　间：2014 年 4 月 7 日
地　　点：北京大学人文学苑 6 号楼
主 持 人：吴晓东
参 与 者：王东东、黄锐杰、路杨、赵楠、张玉瑶、孙尧天、桂春雷、秦雅萌（北京大学中文系在读博士、硕士），刘东（北京大学中文系一年级本科生），赵婕（《看历史》杂志主编），温凤霞（山东财经大学），徐淑贤（烟台职业学院）

吴晓东：《白日焰火》在柏林电影节上获得大奖以及随后在国内公映所引起的反响，构成了一个具有"现象级"意义的事件。主流传媒、学界和艺术界以及普通观影人都参与了对这部电影众说纷纭的评说，也形成了一些具有主导性的"声音"。如何评价这部电影以及如何判断这些"声音"，进而如何从中透视中国电影的现状和问题，是我们这次讨论《白日焰火》的初衷。我们先请锐杰做一个主题发言，然后大家畅所欲言。

一　抹不去的"外部"："内在化解读"及其限度

黄锐杰：《白日焰火》是今年柏林国际电影节杀出的一匹黑马。相信在此之前，包括我在内，听说过刁亦男的人不多。这可以说是做独立电影出身的导演面临的困境之一。他们只能借助洋东风重新回到中国。对我们而言，这或许是件好事，起码可以让我们尽量不带前见地进入这一电影。就我个人而言，这部电影并没有达到我的期待，但必须说，这确实是一部特别有意思的电影，其涉及的问题和开启的路线值得我们进一步探讨。

我一直在想该由什么角度进入这部电影。在理想观众的意义上，我们看到的当然是一部不那么"典型"的类型片。一般观众更为关心的显然还是侦探故事这一基本的情节套路。"谁是凶手"这一疑问是整部影片最能抓住一般观众的"梗"。这是我们进入这部电影的第一个角度。但相当一部分影评人显然都不仅仅满足于这一角度，包括我们在内，会更乐意探讨这部电影的文艺内涵。这就是我们进入影片的第二个角度，一种影评人意义上的更为深入的解读。不过，我现在看到的大多数评论基本都有一种我称之为"内在化解读"的倾向。大家倾向于剥离类型片的故事外壳，将整部影片抽象化一个弗洛伊德式的情欲故事或者卡夫卡式的人类困境的隐喻，甚至可以说导演自己就在鼓励我们进行这种解读。按现在流行的说法，就是类型片的壳下藏着一颗文艺片的心。我自己对这种解读并不完全满意，或者说我觉得这种解读还不够。借用施米特对《哈姆雷特》的解读，我认为类型片这一"外部"必须被纳入进来，这一"外部"涉及的现实的"硬核"才是构造影片"神话"的真正动力。许多时候，这一"外部"甚至游离于整部电影之外，跟电影的呈现之间构成了一种难以抹消的冲突。探讨电影与这一"外部"之间的关系，理解二者间的一致和冲突，追寻这一冲突的来源，可能才是我们理解电影"真实"的更为恰当的解读角度。

不过在此之前，我们不妨先由"内在化解读"这一路径出发，考察一下整部影片的文艺内核。按导演刁亦男自己的说法，这部影片"关于一个男人，也就是张自力的孤独，他在城里面游走，和生活空间相互背弃，活在自己的世界里"（《寻找艺术和商业的平衡——专访刁亦男、文晏》）。纵观全片，张自力确实是将整个故事串成一串的主要线索。用刁亦男的话说，这是一个张自力"自我救赎"的故事。影片一开始就是张自力与妻子在旅馆中的一段戏，炎热的夏天，白床单，一男一女，压扁的瓢虫，整个设计就非常王家卫，但是更节制，更干脆，更有冲击力。到站台送别，张自力将即将离婚的妻子扑倒在沙堆上，我们看到的是一个有着过剩情欲但得不到宣泄的中年警察形象。接下来，张自力破案受挫，沦为保安，生活潦倒，可以说是内在情欲受挫的外显。接下来是一个典型的自我救赎故事。张自力通过破案走向自我确证，同时俘获了吴志贞的心。最后的舞蹈预示着外在自我救赎的完成，内在不得满足的情欲被释放出来，外在化了。在这里，破案的激情跟情欲同构，但同时正义与爱情构成了冲突。最后的一场白日焰火戏则似乎预示着张自力在正义与爱情间达成了和解，预示着自我救赎的完成——我个人认为这场戏有些画蛇添足，免不去取悦观众的嫌疑。

  张自力其实也可以被看成一个闯入者，他闯进了一个围绕着"蛇蝎美人"吴志贞和三个男人展开的秘密中。这个秘密在影片中由隧道长镜头的切换予以表征。这是整部影片非常经典的一个镜头。隧道预示着1999年到2004年这一大跨度时间，在这段时间中，影片由夏天进入冬天，秘密就此藏身于黑暗中。在以吴志贞为中心形成的秘密结构中，纠缠着吴志贞的三个男人是庇护者荣荣、活死人梁志军和死者李连庆。有意思的是，这三个男人可以说都是有缺陷的不完整的男性。荣荣是一个性无能，他爱吴志贞，但只能远远地看着她。梁志军是一个不再有名字的人，一个幽灵，他无条件地为吴志贞献身，为吴志贞杀人，但却连牵一下吴志贞的手都不敢。李连庆是整个秘密的源头，是吴志贞的原罪，他从未出现在影片中，但又无处不在。在这个结构里，吴志贞似乎化身为了一种绝对的否定性力量。就像齐泽克对大卫·林奇的解读：忧郁作为女人的一种原始事实存在，为了使她摆脱忧郁，男人用"冲击"来使女人震惊，使其回到正常的因果性秩序中。在《白日焰火》中，三个男人是窥视者，而非行动者，真正的行动者是张自力。在男警察／女犯人这种典型的类型片设定中，张自力鲁莽而又精明地闯入吴志贞的生活，解开深藏在过去的黑暗秘密。他爱上吴志贞，又为了他的"正义"背叛吴志贞。在他与吴志贞摩天轮之夜的第二天，吴志贞涂上了口红，暗示着吴志贞走向完满。而在影片最后白日焰火情节中，吴志贞看着焰火露出莫名的微笑,也似乎在预示两个人已经达成了一种和解。

这种"内在化解读"我认为是有效的,影片的各种线索都指向这一解读。我想进一步探讨的是,如果我们说艺术能够讲述更高的"真实",这种"真实"可不可能只是一种心理意义上的真实,隐喻意义上的真实,当我们谈论这么一种真实的时候,我们是不是过于轻易地将现实的"硬核"由艺术中剥离了出去。艺术之为艺术,我认为其中"现实"这一永恒的"外部"不能轻易抹去,真正的艺术必然是政治共同体的"神话"。

接下来我想考察一下"现实"问题。这首先就会涉及侦探故事这一类型片设定,我将其定位为后工业时代的侦探故事。刁亦男在访谈中也谈及类型片问题:"实际上中国社会现在的环境很像二战前后的西方社会,有诞生黑色电影的土壤。人们彼此之间产生了不信任,生活在怀疑之中,在这种社会气氛下,艺术创作会诞生一些黑色性的东西,包括小说、戏剧和电影等。"事实上,侦探故事这一类型就是现代世界的特有产物。这必须回到电影出现前的侦探小说中。大概在18世纪末至19世纪初,欧洲正在向马克思意义上的工业社会转型,人们对犯罪的理解也发生了巨大转变。按福柯的说法:"关于罪犯生活与罪行的记述、关于罪犯承认罪行及处决的酷刑的细致描述已经时过境迁,离我们太远了。我们的兴趣已经从展示事实和公开忏悔转移到逐步破案的过程,从处决转移到侦察,从体力较量转移到罪犯与侦察员之间的斗智。"(《规训与惩罚》)换言之,在一个"去魅"的现代世界里,犯罪实际上已经取消了"罪"的古典指向,变成了一个可以通过社会制度控制的问题,比如犯罪率问题。而在文学主题上,则不再对人性与救赎感兴趣,探案的过程更像是一场智力游戏。由此反观刁亦男,特别有意思的是,《白日焰火》的侦探故事始终还只是一个外壳,刁亦男关心的更多还是潜藏在侦探故事背后的可以称为"人性"的存在,以及这一"人性"与整个社会制度之间的冲突问题。

在这里我想进一步引入中国东北工业区这一大的背景。这部影片拍摄于哈尔滨,刁亦男刻意抹去了这个城市的特征,只给我们留下了东北老城的模糊影像。不过，我们还是不难看出刁亦男心目中的东北老城形象：一个走向没落的老工业区，电影突出的是卡车—火车—流水线工厂这些影像呈现出来的煤矿业。整部影片笼罩在一种阴郁、压抑的氛围中，各种场景故意做旧做脏，同时有意用长镜头和音响效果塑造出一种寂寥的空间感。联想到梁志军奇特的犯罪手法，我们可以说这是一个结构在后工业时代背景下的犯罪故事。"后工业时代"的这个"后"字特别值得关注，换句话说，这跟新中国的整个工业化进程联系在了一起。虽然刁亦男刻意抹去了东北老工业基地这一历史远景，将这一历史远景虚化、抽象化，但这可能正是后工业时代的基本特点，即不再能将现实以及历史整体性地纳入影像中。正是在这个意义上，《白日焰火》必然滑向"内在化解读"。而对我们而言，则必须要借助这一后工业时代的大背景才能理解这个犯罪故事发生的深沉动机。理解这一动机，我们可能要回到由《千万不要忘记》到《钢的琴》所构成的工业题材这一影像系列中。《白日焰火》中的犯罪其实是与自我建构又自我消解的"国家"由工业化中撤离，与以工人阶级为代表的阶级话语的消失，以及资本的跟进联系在一起的。

这事关刁亦男的最初创作动机。按刁亦男的自述，他最初想写的其实是梁志军的故事。故事的灵感源自霍桑的小说《威克菲尔德》以及发生在湖北省的佘祥林案。霍桑的《威克菲尔德》讲的是一个人如果离开体制就可能变成弃儿，变成了梁志军这样的活死人。霍桑在小说的最后写道："在我们这个神秘世界看似费解之中，每个人都乖乖地听命于一个体制，以及相互关联和作为整体的种种体制，若是向一旁跨上一步，哪怕只是刹那之间，一个人就有永远失去他的位置的可怕风险。以威克菲尔德为例，事实表明，他就可能变成宇宙的弃儿。"而佘祥林案逼迫我们追问的是：为什么会有冤案？程序的完善是否就能带来正义？为什么国家机器总会不可避免地制造出蒙冤者？

梁志军是如何"死去"的？影片中这一过程看似荒谬，实际上反映了现代民族国家机器运作的基本机制。在民族国家体系内，人权实际上高度服从于公民权。换言之，体制内的权利意味着一切。一旦由这一体制内撤离，一个人马上会失去"人"的资格。阿伦特和阿甘本通过对犹太民族和难民的研究已经雄辩地论证了这一点。不幸的是，在现代民族国家内部，这种判定人之为人的标准实际上掌握在资本手中。而且，这种资本是高度匿名的。其迫害永远深藏于法律的正义之下，是法律不能触及的领域。这种匿名的权力在影片中是由李连庆这一形象呈现出来的。整部影片的悲剧源自李连庆的皮氅，这可以说是资本非常醒目的象征物。更可以注意的是，和梁志军一样，李连庆在某种意义上说也是匿名的存在，他对吴志贞的迫害只出现在讲述中，在迫害吴志贞的过程中，他用的是假名。甚至，我们从来不知道李连庆长什么样。

这可以进一步跟刚才讲的东北工业区的问题联系在一起。有意思的地方在于，新中国并不是一个典型的民族国家，在法理上是一个"人民民主专政"的国家。而在人民主权这一典型的民族国家政治组织形式基础上，新中国还引入了阶级斗争的元素，正是人民内部的阶级斗争保证了新中国对国家机器意义上的"国家"的内在克服。在工业问题上则体现为，新中国既需要依靠资本，又需要抗拒资本。正像电影《千万不要忘记》所呈现的，一方面，影片会刻意强调工人在经济建设中的主体性，用阶级话语克服"私"对"公"的侵蚀（为什么在新中国，还会有阶级斗争就是一个非常耐人寻味的问题）；另一方面，整个机器化大生产又不可避免地构成了对工人阶级的压迫。这种意义上的"国家"在改革开放之后迅速"资本化"，"工人阶级"迅速变为"工人"，阶级斗争话语向工会和维权话语转化，这就是电影《钢的琴》面临的基本困境。而在《白日焰火》中，资本对人的迫害已经高度匿名化，在法律的正义下，人可以迅速被转化为"非人"，这是在电影内部的逻辑上呈现的资本形象。而正像我刚才提到的，我认为更有意思的是理解电影呈现这一"现实"的方式。我认为《白日焰火》已经无法再像《千万不要忘记》和《钢的琴》一样把握国家、资本及其背后的历史这一"外部"了，"外部"变成了一个镜头永远不能正面呈现的幽灵，一个不再能说出来的秘密，只有在刁亦男钟爱的长镜头偶然不稳定的晃动中，只有在那些突兀地出现在镜头内的动物影像中，只有在镜头内人物长时间的沉默里，我们才可能接触到这一"外部"留下的"碎片"。我认为这是我们对这部电影的阐释只能滑向"内在化解读"的重要原因，而更重要的在我看来是由内部突围，进入真正的"真实"。

吴晓东：锐杰的发言涉及了比较丰富的话题空间。首先是他概括了一个可以纳入某种精神分析模式的"内在化解读"的视野，进而试图超越这种比较流行的解读框架，将"现实"因素引入对文本的阐释中。锐杰更有创意地追问了艺术如何讲述更高的真实的问题：《白日焰火》跟我们这个时代的现实之间到底在什么意义上相互关联；一个激情故事、情欲故事或者说心理故事能否构成我们这个时代的某种特征的一种症候式隐喻。可以说，这种时代和现实因素无论在电影中，还是在锐杰的解读中的确都是以症候的方式呈现出来的。换句话说，电影中的这种更高的真实可能恰恰是以逃逸现实的方式传达的，所以这里面有许多可以进一步展开的很纠结甚至很悖论的话题。因为其中还可能涉及哪些"话语"是导演有意识地通过其电影语言呈现的，哪些是导演无意识中想压抑的，哪些是我们可以通过症候式阅读方式揭示出来的。我认为锐杰呈现出来的"内在化解读"以及"进入真正的'真实'"这两条解释路径之间存在着连通处，即电影导演主观追求的叙事模式和电影客观呈现的，或者说无意识传达出来的、隐喻意义上的、症候式的真实之间存在着某种对话关系。我们要分析的更有深度的地方可能恰恰在这里。在某种意义上，我们需要揭示的是导演自己都没有意识到的东西。导演想逃逸的东西，或者说他主观逃避的东西以及客观上压抑的东西，可能是我们讨论中可以进一步深入的地方。

首先，我们可以先围绕着锐杰的一些具体的话题展开，其中"内在化解读"就有不少可以讨论的地方，我们不妨先将话题集中在这一部分。比如按刁亦男的说法，这部电影讲的是张自力的"孤独"，这就是一种内在化的心理分析模式。锐杰还运用了齐泽克的判断，从女主角身上解读出的是"女性的忧郁"。影片中男性的孤独和女性的忧郁其实是用对位的方式呈现的。在这个意义上，这部电影讲述的确乎是一个关于内心奥秘的故事，或者用锐杰的说法，是一个关于不能说的秘密的故事，这个秘密不单是一个杀人的故事，还与一个男人的内心隐秘世界以及一个女人的忧郁的灵魂的呈现有关。《白日焰火》魅惑了一部分观众的地方也许恰恰是这两个人物身上隐藏的这么一种潜在的或者说内在的心理活动。所谓"男人的孤独"是以男主角张自力的落魄以及救赎这样一种主流媒体更喜欢的解读模式体现出来的，而"女性的忧郁"在这部电影中可能更具症候性。

王东东： 弗雷德里克·詹姆逊在对待一个文本的时候，通常都是先运用后现代理论进行解说，最后再放到所谓资本主义的生产逻辑里做总结。锐杰可以说注意到了这两方面。我觉得"类型片"本身可能是连接这两种解读方式的中介。《白日焰火》容易让人想起韩国电影《白夜行》以及东野圭吾的《嫌疑犯X的献身》，这可能让《白日焰火》的原创性打了折扣。当然，这种三角叙述模式——其中有一个角的位置空缺且不断被填充进去——可能来自一个共同的故事原型，这样说来，《白日焰火》还是有自己的特点。《白日焰火》同样也偏离了"黑寡妇"的叙述模式。

吴晓东： "内在化解读"其实是和电影内在的叙事视野相关的，"内在叙事"至少是导演的主观追求以及影像的自觉呈现。但是这么一种内在叙事的视野是怎样与类型片纠结在一起的？《白日焰火》首先可以看成一个侦探故事，或者说是侦探故事外壳下的黑色电影，但导演又不满足于单纯类型片的框架和模式。可以说这部电影既想遵循类型片的叙事，同时又想超越类型片。这种超越的方式可能恰恰就在于以内在心理结构赋予类型片以深度，这一深度可能是某种心理乃至人性深度。

黄锐杰： 前几天正好看到毛尖老师的一篇题为《〈白日焰火〉里的包子和围巾》的影评，讲到《白日焰火》的类型片和文艺片问题。她提到影片最后张自力的独舞这一细节，认为正是在这里，《白日焰火》跳出了类型片的限制："与其说这部电影是文艺和商业的平衡，不如说这是一次类型间的平衡实践，既黑色又小清新，既侦探又反侦探，廖凡最后的舞蹈之所以带来震撼，因为这个'黑色侦探'在那一刻既完成了类型片任务，又摆脱了类型片制约，但是，王学兵和桂纶镁限制在各自的说不清的框架中，两个角色没有爆破。"

吴晓东：毛尖老师的观点我很赞同。类型片到文艺片之间的转化，结尾是点睛之笔。不过二者的纠缠其实贯穿于电影始终。电影中充斥着视觉影像的"碎片"，按李国华给我邮件中的说法，"电影中那些散落在情节主线之外的破碎的细节，似乎是现代中国变成了卢卡奇所谓资本主义散文或本雅明所谓闪射着灵韵的碎片的一些表征"。换句话说，在这部影片中，文艺片的气质其实在某种意义上是风格化的主层面。就一个悬念特别紧张、叙事性线索特别集中的类型片而言，这些碎片无法纳入其中。一旦一部电影充斥着这些破碎的细节，用本雅明的话说，闪耀着"灵韵"的碎片，那么这部电影的主导风格大概不能用类型片予以概括。

二 未完成的"自我救赎"

刘东：《白日焰火》是很黑色的一部电影。从一个悬疑破案推理片的角度来说，它真的没有勾起我的兴趣点，就像《重案六组》与《神探夏洛克》的区别。全片以破败的老工业基地为幕景，展开了一个并不十分吸引人的侦探故事。故事从悬疑的角度来看并不令人惊奇，从叙事的角度看，一个并不复杂的故事叙述进程却十分缓慢，两相结合使得整部片子变得异常沉闷，全片看下来直到最后的白日焰火才形成了一种释放，而这种释放也易被人看成是故意为之的拙劣点题。

如果说一个笨拙的警察、一个孱弱的凶手、动作镜头的缺失、拖沓无矛盾的叙事这些都是警匪片大忌的话，作者仍然如此便可看成有意为之。换句话说，作者无意打造一部悬疑片。导演无意借助案件侦破表现警察团队的英勇与聪慧。这里面的警察团队更像是"事后诸葛亮"，案件进程的推进不依赖于他们，倒是警察聚餐和最后指认现场的情节对他们形成了一种黑色幽默与反讽。案件进程全依赖张自力。影片开头故意塑造他的笨拙，而这个"笨拙"的警察做得更多的不是破案而是发现，他得到的所有线索都摆在面前，而他的破案往往是另一方的心甘情愿的轻易坦白。这不是一场势均力敌的对抗。这部片子不过借助了一个悬疑与警匪破案的外壳，实际上讲述的是张自力和吴志贞两个人自我救赎的故事。两人的救赎过程也是一个抽丝剥茧的渐进过程，与推理模式倒有相似性。

张玉瑶：我对"救赎"的说法比较存疑，"救赎"是导演刁亦男自己的一个说法，但这个判断未免太男性化了。他是从男性的视角将其解释为男性的自我救赎的，但他的所谓"救赎"事实上是以牺牲女性的方式来达成的。张自力是个欲望很强的男人，不管是对他的前妻，还是对工厂的女工，还是对吴志贞，都试图以征服来显示自己的男性气概。所以我作为一个女性观众，对"救赎"或者"升华"的说法感到有些不适。

我感觉这个电影没有我想象中那么惊艳。故事里的确呈现了很多谜团，我第一次看时，把注意力放在了解开或者侦破这些谜团上，但在发现这个侦探故事有些印合了自己曾经的阅读经验之后，原先想象的某种异常玄妙机巧的东西就有一点被消解掉了，这导致我看完后有些怅然若失。我第二次看的是传说中的柏林电影节送审版，这次很明显地感受到了电影中存在着的某些裂隙，就像大家刚才所说的，是"类型片"外壳和"作者电影"内核的裂隙，以及黑色电影的"既视感"和诗意余韵的裂隙。所以我想从这个角度讨论一下《白日焰火》作为电影的审美呈现——刁亦男是怎样把握和操作这样一个并不太审美化的题材的？

刚才锐杰师兄讲到刁亦男的灵感来自霍桑的小说《威克菲尔德》，小说讲一个男子忽然离开家，却在离家很近的地方住下，在暗中偷偷窥视妻子的生活，这样过了二十年后，有一天又忽然若无其事地回去了。故事情节很简单，但非常有韵味，着重描写了男主人微妙的心理活动，而在这微妙中寄寓了背叛、折磨和痛苦，寄寓了一种人间的失序状态以及对失序主题本身的思索，有点像卡尔维诺的小说《树上的男爵》，似乎别有一种行为艺术式的诗意在其中。当刁亦男最初想把这个故事中"出走－偷窥"的情节模式用在《白日焰火》上时，主角选择的就是离家偷窥妻子的梁志军，不过刁亦男为梁志军的离家逃匿加上了犯罪前史，偷窥就伴随着更为血腥和赤裸裸的杀戮，这在一定程度上就打破了原小说中二元对立的人物之间的那种微妙感。但刁亦男在完善这个故事框架的过程中，又选择插入了一个外在于夫妻二元关系的张自力。男一号也从梁志军过渡到张自力，这使得文本在新生成的这套更为复杂的人物关系中，尤其是张自力和吴志贞的关系中获得了新的微妙感与张力。张自力是个从警察退下来的保安，但对吴志贞来说，他和丈夫一样，也是作为一个偷窥者兼保护者存在的，二对一的偷窥和保护就使得这套关系比起原来小说中的人物关系显得更加不稳定，吴志贞也被放置在了一个更加危险的位置上。影片英文名直译过来是"黑煤薄冰"，电影中的每个人物也的确以一种如履薄冰的姿态在临界点上挣扎。

因此，在这样一个犯罪故事的外壳之下，最吸引我的还是导演对于人物关系的调度与平衡。刁亦男似乎小心翼翼把握着一个度，这个度就是暧昧，而且是刻意的暧昧，徘徊于人性的好与坏、善与恶之间的灰色地带。电影里有两个问题我始终没想清楚，第一个是吴志贞到底爱不爱她的丈夫？两个人的正面相处是在一个小旅馆里以及一起去买烟的路上，这一幕中他们的肢体接触非常尴尬，始终是丈夫试图接近而妻子在闪躲。第二个问题是，张自力到底爱不爱吴志贞，吴志贞到底爱不爱张自力，以及两个人之间到底是一方主动还是两相情愿？摩天轮之夜看起来像是张自力对吴志贞的强迫，但两人却在这种关系中获得了各自的满足。然而满足之后，张自力却又"背叛"了吴志贞，但又在吴志贞被抓走时为她放白日焰火，其间那种失衡、平衡、再失衡、再平衡的转换相当有诱惑力。

另外就是李国华师兄提到的电影中那些散落在情节主线之外的破碎细节。比如那两只动物，一只是被单上的瓢虫尸体，一只是没有主人的马，很难说它们到底象征了什么，而且按刁亦男自己的说法，他也绝不希望观众赋予某种牵强过度的解释。这些动物的出现仿佛十分"出戏",但仔细想想,却又的确被容纳于影片所营造的那种不安而荒诞的整体氛围中,构成国华师兄所说的现代中国的"灵韵"的碎片。因而在我看来,这些无关紧要、可有可无的情节所渲染出的"灵韵"已经大大超越了它们的情节功能性,给电影增加了一些同样暧昧的、不透明的因子。因此对于这些难以指涉象征物的象征,我宁愿理解成象征本身的诗意。

至于张自力破案后的那场乱舞,跳得并不怎么好看,但却是我在电影中最喜欢的一个情节。这场舞也可以有很多种解释,比如救赎的升华,情欲的释放,或者还有一点自我忏悔和自我纾解,但这个表演本身很有舞台戏剧的效果,让人想到了一些经典戏剧的桥段。其实整个故事情节也是戏剧化的,而且人物的行为也有做戏的成分,只是到了最后才将一切散乱的电影语言融化在戏剧的舞台表演效果中,让表演者沉浸于自我表演的形式,给难以解释的多种内心纠葛赋予一个形象化的表现。包括皮氅主人李连庆的老婆三姐,她的台词和倒在浴缸里的行为也都是多余的但令人难忘的自我表演。锐杰师兄觉得最后放白日焰火的场景有些画蛇添足,但我觉得大概也是种戏剧式的表达,它同时兼具了诗意化和反诗意化的性征。这个行为同样是一个让人找不到所指的象征,却能让人感觉到那种男女主角之间相爱相残又徒劳无功的微妙情感,给这个暗黑的故事多少赋予了一点点美化的处理。

吴晓东:"白日焰火"在电影里有两个具体所指,一个是夜总会的名字,一个是最后放的焰火,那时天上还很光亮,可以称作"白日焰火"。

黄锐杰:作为夜总会的"白日焰火"将诗意消解了大半。

吴晓东:不过结尾的确像是玉瑶说的,那场焰火是"诗意和反诗意"的混合,你不能确切地说它完全是诗意的,但也不能确凿地说它是没有诗意的,这其中也是玉瑶说的那种"暧昧的平衡"。"白日焰火"的释放给我的感觉是极度绚烂背后的极度荒芜、荒凉,这当然是一种个人性的观影感受,或者是对它内涵的某种诗意和美感的判断吧。如玉瑶所说,它显然是诗意背后有象征。玉瑶通过片名"黑煤薄冰"引出导演的叙述"如履薄冰",这个

"如履薄冰"就包含着对影片中各种各样因素的平衡，包括商业性、艺术性、类型性之间的平衡，也包括美感的平衡和人物关系的平衡。比起霍桑的小说，电影中的人物之间是一种更不稳定的关系。这种平衡性大约正是刁亦男所追求的某种走钢丝的效果。

孙尧天：我想就张自力这个人物形象，对救赎与情欲的关系谈谈想法。张自力在第二次，也就是2004年冬天介入碎尸案的时候，其身份已经发生了变化。他不再是当年着手这个案件时的警察，也就是说，他第二次的介入方式其实是自发的、个人化的，并不直接代表国家机器，用张自力的话来说，仅仅是因为他觉得自己在工厂保卫科的工作没意思，"想找点事儿干"。已经成为侦查队长的原来的同事，劝告他"不要搅局"，而张自力则回答说"谁让咱们是哥们儿呢"，因此，促使张自力介入的，是战友、兄弟情谊，或者说是一种精神性的道义感。而一旦张自力介入案件，他也就成为国家机器的盟友，并且是相当牢靠的盟友，他自然难以忘记1999年因碎尸案牺牲的两个同事。他的介入方式因此从一开始就把他的位置确定在了个人与国家机器之间，使他成为一个游走在这两者之间的"灰色地带"的人物。也因此，张自力身上牵缠了正义和情感、法律和道德、国家和个人之间的诸多矛盾因素，这些矛盾因素在他身上既对立又统一。在他完成自我救赎的时候，可能陷入了另外一重困境，最终未能达到真正的解脱。

因此，再来审视张自力和吴志贞之间的交往，就会发现其中的暧昧性质。他们之间有没有发生可以被称作爱情的东西呢？一方面可以说有，因为张自力曾经约吴志贞滑冰、看电影、并给她药水；另一方面也可以将他可能地靠近吴志贞解释为办案需要。事实上，这两方面参差交错，很难区分彼此，亦即"破案的激情与情欲同构"。这个故事最后牵涉的是"爱与背叛"的主题，网上不少影评者都关心张自力是何时爱上吴志贞的，大致的看法是在故事结尾，即最后的"白日焰火"表明了张自力已经爱上了吴志贞，这个说法无法解释张自力此前和吴志贞的亲密关系。在张自力看到吴志贞被警察带走之后，他其实感到了空前的痛苦，这之后就有了舞场中乱舞的一幕。因此，在我看来，乱舞并不是张自力完成了自我救赎的表现，反而是他陷入了另外一重困境的表现——或许这一重困境对他的打击更大。他的自我救赎仅仅是如他所谓"谁让你是我哥们儿呢"这样的朋友兄弟情义的完成以及对于牺牲了的三位战友的告慰。然而，"破案的激情"在吴志贞被警察带走的时候已经告终，而情欲的力量却并没有退却，而是上升到顶峰，摩天轮中的场景表达的就是两个人饱受压抑的情欲释放。因此，结尾的乱舞就不再是情欲的发泄，毋宁是对失去的痛苦的追怀。乱舞成了爱情被所谓正义和法律割断后的痛苦表达，这也是他完成与国家机器的合作之后，最为彻底、最为剧烈的自我情绪的发泄，他完全成了或者恢复了他作为个人的自我。

吴晓东：我比较赞同张自力是一个暧昧的、游走在"中间地带"的灰色人物的判断。我个人虽不大欣赏影片结尾的乱舞场景，但其中可分析的东西确实很多。尧天从中分析出的是，张自力借此重新回到了孤独的自我，某种程度上预示着救赎的不可完成。

桂春雷：吴志贞的选择也并不能视作自我救赎。她是在以出卖自己的丈夫梁志军来试图掩盖之前的犯罪，所以她注定失败。但她的选择，却对张自力产生了深远的影响。此前的吴志贞对张自力的影响可谓微乎其微。张自力始终保持着相对的理智，他在吴志贞面前看似深情，在警察面前却一副老练的嘴脸，这让人无法相信他对吴志贞有情。他接近吴志贞可以说就是出于本能，这种本能并不被他视为爱，而是"好胜心"或是"求知欲"，甚至可能是性本身，最终关乎他自己的权力，关乎他重新获得社会认同的机会，因而只能说是吴志贞作为罪犯的选择客观上为张自力提供了这次机会。从这个意义上说，我觉得柏林版是真的在讨论一些深刻的话题，国内公映版则显得媚俗。柏林版揭示了救赎的未完成性，而"未完成性"在我看来才是这部电影的灵魂。

我觉得柏林版与公映版甚至可以看成两部电影，其中关键的差异在我看来有四处，一处是摩天轮的激情戏，复现了影片开头张自力与前妻的关系，是一种无爱的、出于本能的征服，注脚是火车站张自力与前妻分别时的身体冲突，被老婆直斥"你有病吧"，有人说这个细节显得矫情，两人发生关系显得莫名其妙，这或许是因为观者太注重情节逻辑而较少关注人物所致。刚才谈到类型片这个话题时，我想到的是《唐人街》和《黑色大丽花》。我觉得这两部电影在《白日焰火》的类型片道路上可以说是样板式的作品，而《白日焰火》是如何将类型片和艺术片结合起来的，这是我感兴趣的话题。戴锦华老师论及电影《二次曝光》时提到的"自恋"这个概念。有些导演往往会在电影中过分强调创伤感，从这个意义上说，《二次曝光》的表达方式令人疲劳，故事的线索单一，前面的幻觉却构建得反复而拖沓，难免头重脚轻。相比之下《白日焰火》则显得更注重权衡，它简化了类型片的外部情节而转入对感觉的表达，却没有流于"自恋"。在我看到的版本中，电影屏幕的左下角和右下角都会出现标记时间的数字，这种纪实感不由得让人想到《浮城谜事》中摇晃的电影镜头，那是典型的纪实镜头。吊诡的是《浮城谜事》的片尾正是用这种手法将死去的女孩的鬼魂纳入了镜头之中，用纪实表达了幻觉。而《白日焰火》感觉的表达则更像是一种自然的流露。这就让刁亦男对类型片和艺术片的距离之处理显得相对明晰：他更看重的是故事带来的感觉与氛围，而不是故事本身。这或许也是决定《白日焰火》与众不同之气质的关键吧。

　　两个版本差异的第二处是三姐跌入浴缸，乍一看我觉得这个女人很丑，这一细节也矫情到令人错愕，但后来看完整部电影，我才明白这个跌入水里的女人，和多年没有体会到幸福的吴志贞，几乎就是同一个人，她们的困境在一定程度上是相通的，你如果不理解这个女人的困境，就无法理解吴志贞为何出卖了梁志军，为何和张自力发生关系，为何最终释然，"可是多美多烂的记忆，都不会改变的"，这是一个很棒的注脚。

　　吴晓东：这句台词出自三姐的口中，在影片中似乎并没有做到水乳交融，而显得有些矫情，有些"出戏"。公映版虽然去掉了跌入浴缸的情节，却保留了这句台词。

　　路杨：如果加上浴缸的情节再配上这句台词，其实还好。

吴晓东：在这个意义上，春雷的判断有道理。或许保留了这个浴缸的情节，这个台词才能更好地得到表达。

桂春雷：第三处是吴志贞指认现场，柏林版中有卧室中的指认，只有在卧室场景中，那对租住其中的小夫妻的郁闷才会真正投射出吴志贞和梁志军当年的困境，因为卧室作为亲密爱侣的绝对的私人空间，被突如其来的侵犯和占据，对这对夫妇来说，是国家机器的强力介入，是关于"死"的本不应和自己相关的讨论，但对吴志贞和梁志军来说，则是一个入侵者的死，是这个入侵者背后他们必须抗拒的金钱暴力和抗拒不了的现代秩序（法律），这种寓意必须寄予到吴志贞的家庭和这个家庭中直接与身体相关的部分，才能真正让我们有机会进入到吴志贞的内心，包括理解她为何对身体有强烈的诉求，其中不仅包含了自己对情欲的渴望，还包括了一种对认同的诉求，这种诉求如此强烈是因为长久以来因杀人罪行而被压抑，因此这种诉求也是她解脱的一部分。

吴晓东：卧室指认的细节虽然两个版本有所不同，但带来的冲击感是同样强烈的。

路杨：柏林版的卧室指认在公映版中已经被改成客厅了。吴志贞说"这个位置原来是一张床"，然后那对夫妻在反打的镜头中坐在自己的卧室里。

桂春雷：我觉得这里重要的一个原因，可能还是因为卧室这个空间直接关涉到吴志贞和梁志军的关系。因为在小旅馆的那段情节中，两人最终没能发生关系，我觉得这当中是有内在的关联的。

张玉瑶：我看到王学兵在采访中说过，其实小旅馆中发生关系的情节是拍好了的，但是最后没有用到，我们只看到了卫生间里的冰刀。

路杨：这里应该是一处暗示。

桂春雷：第四处，在影片最后，柏林版中镜头逐渐上升，但最后放焰火的场景里，张自力没有现身。

我觉得这第四处十分重要，这直接关涉到张自力的救赎为何"未完成"。在我看来张自力有必要保持一种暧昧的姿态与不确定的结局，因为唯其如此，才称得上白日焰火，我觉得这与题旨直接相关：不管多美多烂的记忆，都不会改变的。张自力无论怎样努力，离婚是事实，战友惨死是事实，他无法做回真正的警察是事实，他和吴志贞发生关系却毕竟无法产生爱的结果也是事实。如果说吴志贞的失败在于她以一种罪来掩盖另一种罪，是选择上的错误，那么张自力的悲剧就在于，即便他的选择没错，即便这种选择到最后让他成功了，也没任何意义，因为真正对他有意义的事情已经发生过了，不可避免地错过了，并且无可弥补永不回头了。因而《白日焰火》必须在价值上存疑，然后它所代表的那些过往一切的"不会改变"才有了更多生发的空间。我觉得，这是这部影片之所以有必要拒绝升华的根本原因："升华"意味着脱离，"生发"则意味着降临。《白日焰火》的故事和故事的意义都必须十分具体，必须未完成，这是这部电影之所以如此独特的原因：它所探讨的问题，只能在它内部，在它自身，而且对它的延续，也要在这未完成道路上继续。

吴晓东：我个人最欣赏的是春雷对最后结尾处张自力出现与否的分析，我个人也倾向于张自力的救赎应该被处理成"未完成"，而不是一种焕然一新的完成救赎。从张自力的个人逻辑来看，或者从人物形象的塑造上看，我觉得"未完成"和"拒绝升华"是更有深度的。匿名的放焰火的人，也能构成对影片整体的反讽。现在的公映版实现了所谓"升华"，却削弱了整部影片的开放性。因而柏林版的开放式结局或许是一个更好的选择。但是关于两个版本其他几处差异的分析，尤其是关于卧室指认的理解，有点过度阐释。浴缸的情节分析，还算恰如其分。

桂春雷：刚才尧天提到了张自力自身的"爱"与"正义"的冲突，锐杰师兄也谈到过张自力查案的激情与其情欲是同构的关系，由此谈到张自力最后将吴志贞交给警察的情节。但是这可以称为背叛吗？我以为不然。所谓背叛是以之前的信任为基础，在吴志贞和张自力的关系中就应具体化为有"爱"这个前提。可是张自力爱吴志贞吗？在车站上张自力和自己的战友曾经说过，"我就想找点儿事儿干，不然也活得太失败了"。这里就能看出张自力查案和接近吴志贞本来就是一回事,他和吴志贞发生关系,这当中有多少真情是很难判断的。张自力这个人物很不透明。我记得一个细节,张自力被梁志军跟踪时在饭店吃包子的坐姿,看起来很有东北男人的霸气,可他和吴志贞经过激情的一夜之后去吃早饭时,那个坐姿就显得格外颓废。我觉得这或许反映了张自力这个人物,在经历了摩天轮中的激情之后已经有了选择,这种选择带给他的不是负疚,不是失落,不是自责,也不是挣扎,而是一种空虚。因为在摩天轮里,他知道了真相,也获得了吴志贞的身体,查案的激情和自身的欲望都获得了宣泄:事情似乎没有冲突就这样结束了。所以"白日焰火"或许在这个意义上,象征的就是一种宣泄过后无意义的空虚之感。

三 漫长的博弈:一部黑色类型片的诞生

吴晓东:与柏林版相比,公映版比较重要的场景的删除,是摩天轮的那段戏,这一删除破坏了情节逻辑,让吃早饭的情节失去了因果性。

路杨:是的,这让那个情节变得隐晦。有一篇影评中提到,表现男女激情一夜的最好方式就是让他们吃早饭。导演也表达过这种处理是担心国内观众的接受程度,他也尝试着用吴志贞穿更为鲜艳的衣服来表达她和张自力的一夜关系。

赵楠:他通过桂纶镁换了一件新鲜颜色的围巾,以及涂口红的方式来表现男女主人公之间的关系。她之前穿的都是灰色、黑色的毛衣,后来穿了新鲜颜色的衣服。

吴晓东:我尤其关注涂口红的细节。

路杨:毛尖老师认为涂口红表达了吴志贞不再是个蛇蝎美人了,就是个小女生。

吴晓东:我个人认为,涂口红的细节恰恰是整部电影的亮点所在,口红是桂纶镁带来的一个暖色的高潮,或者说极致。口红的细节,做一个不伦不类的类比,有点类似《辛德勒的名单》中那个小女孩的红裙子,是黑白片中唯一的彩色。

赵楠:还有电影快结尾的时候,洗衣店老板荣荣敲车窗给她送的那条红色的围巾。而她此前的围巾都是黑色。

黄锐杰:这一处是国内版加的。

吴晓东:这个细节处理得很好。看似无关紧要的细节,但通过口红、红围巾,通过色彩,导演进行了情调式的暗示,甚至是某种隐喻和象征,对影片有一种提升。

黄锐杰:被删掉的还有舞厅的一段。现在我们看到的结尾跳舞的情节有些突兀,其实在柏林版中做过铺垫。在反跟踪梁志军的时候,张自力跑进了一个舞厅,在舞厅中认识了影片结尾处的女人,之后才会在破案后跑到舞厅找这个女人跳舞。我个人比较喜欢跳舞这个情节,跳舞并没有真正完成救赎,反而在这里面保留了一种残忍。正是在舞厅,张自力完成了破案过程的逆转,对他而言,这是他在外部世界走向救赎之路的转捩点。因此,他才会在破案之后来到舞厅跳一场独舞。但是他的这种救赎是以背叛吴志贞的方式完成的,这构成了救赎之路上非常深沉的反讽。可以说,正是在这里昭示了救赎的不可能。我个人特别不喜欢结尾张自力放焰火这一情节,这一情节拔得太高,有些画蛇添足。

赵楠:我也对廖凡跳舞那段戏印象极其深刻。我认为这从侧面反映出张自力仍然是一个不得志的男人,因为他的业余生活就是在这种舞厅中度过,即便他有释放,但也只能到这种地方来,这和影片之前表现的他对所在工厂女工的挑逗有着某种一致性,都在揭示张自力的处境和命运。即便他破了案,和刘队喝了庆功酒,在某种程度上获得了认可、找回了自我,最终还是要回到平庸甚至贫困的生活,揭示了张自力虽然做过警察,曾经是"有身份"的人,但还是处在相对的所谓下层的环境当中。

吴晓东:刁亦男在访谈中也谈到,他自己很喜欢拍舞厅。张自力去的那种脏兮兮的舞厅,对于塑造像张自力这样的形象,是特别重要的空间。

赵楠： 我看到一个报道说张自力跳舞的这段情节，对于导演好像有点无关紧要，它是作为"花絮"放到国内版当中，主要为了答谢广大（女）粉丝（对廖凡）的热爱，是作为一个给影迷的"福利"放在电影里，虽然这段舞蹈跳得并不好看，但很迎合大家对廖凡那种"文艺痞"的喜爱。我看到这个报道很感惊讶，因为在两遍观影体验中，我都对这段舞蹈"硬"想出很多解释。这段舞蹈让我产生了对这部电影一直以来的困惑。国华师兄提到的这部电影的"破碎性"，在我看来更多可能是导演在长期改写剧本的过程中，和自己、和投资方、和受众等方方面面妥协的一个结果。

按照电影策划人文宴的叙述，刁亦男是从2005年就在策划这部剧本，原名《搜魂记》，她觉得不错（文宴从《夜车》等电影就开始关注刁亦男）。从《搜魂记》到《白日焰火》，剧本经历了不断删改的漫长过程。据文宴回忆，在2007年的釜山电影节上，一位法国发行公司的负责人告诉她："在欧美有发行潜质和市场的中国电影都是紧密关注中国现实的，如果导演能在现实题材的基础上加上一个案件的外壳，应该会非常有吸引力。"（索马里：《〈白日焰火〉：一部"商业作者"电影的诞生》）也许开始意识到娄烨、王小帅那样的路线已经不吃香了，所以刁亦男一直在往"加上一个案件的外壳"，更为迎合投资方、西方人的口味的路上在改、在走。关于剧本创作，刁亦男的叙述也在不停地变化：他一开始只是听到"白日焰火"这四个字，觉得很有电影画面感，于是想根据四个字来想象一个故事。尽管他可能借鉴了《白夜行》，但无论是逻辑性还是心理深度，整体上比《白夜行》要逊色很多。我们究竟要在多深刻的层面上对这部电影进行探讨？这是我一直怀疑的。刁亦男可能更多意义上是在想办法架构一个"故事"。《白日焰火》在柏林电影节上获奖的过程也很有意思。按照梁朝伟的说法，评委会几乎是一看到这部电影，就决定给它大奖。《白日焰火》的投资方一共有三个，一个是国内的"幸福蓝海"，一个是中影集团，另外一个就是博雅德中国娱乐公司（Boneyard Entertainment China），三家"拉通分账"。博雅德中国娱乐公司是美国纽约博雅德公司的一个分舵，球星卡梅隆·安东尼就是它的投资人;同时,这家公司也是柏林电影节的重要的赞助商,它是给柏林电影节拿钱的——这部电影的投资方和电影节的关系非常微妙,在获奖之后,刁亦男和他的创作团队也不止一次地感谢过这家公司。我认为《白日焰火》能获奖,和投资方关系很大。据说这部电影制作完成后,没有按照富有经验的宣传公司的建议去赶万圣节的档期,而是"满怀信心"地去柏林评奖。有意思的是,在柏林电影节上,它的最大竞争对手也是一部来自中国的电影,由娄烨根据毕飞宇同名小说改编的《推拿》,两部电影的主创团队甚至在柏林相互不说话。我不知道这有没有一种症候性:此前特别受西方欢迎和推重的是娄烨式的讲"中国现实"的电影,自此而后,像《白日焰火》这样有"案件"的电影,可能更能迎合西方人的口味,或者说对中国的想象。我看了两遍,坚持认为这部电影没有达到我的预期,或者说我对柏林电影节金熊奖的预期。

吴晓东:赵楠的这番话,其实牵扯到这部电影创作、得奖的一些非常复杂的因素,最终形成了《白日焰火》这样一种杂糅性的面貌。但恰恰是这种杂糅性,可能迎合了各个方面的口味和需求,最终甚至也迎合了柏林电影节的评委。因为可能西方人对中国电影的口味也有所变化。前些年欧洲电影节欣赏的是中国的"地下电影",就是那种无法在中国本土公映的电影。不管电影本身好坏,只要是不能在中国大陆公映,就会让西方人另眼相看。但是"地下电影"模式这些年来走到尽头,以"得奖专业户"贾樟柯的公映电影《世界》为标志,生成了一种新的模式。贾樟柯早先的电影,像《小武》《站台》,虽然也在西方获得了声誉,但基本还属于地下电影。但到了《世界》,贾樟柯的电影走到"地上"了,同时,《世界》也明显增加了它的可看性、情节性、戏剧性、商业性,得到各方面的好评,"得奖"的模式也就此转换。换言之,西方人是不是对中国地下电影的这种反映中国现实、揭露社会的"黑暗模式"(我个人认为是一种"黑暗模式")有所厌倦,因为太熟悉了?所以他们现在会更喜欢《白日焰火》这种更具杂糅性的电影,它有西方人熟悉的类型化、"黑色"调子,但它又是中国电影,或者说,它呈现了中国影像。但这是不是中国的真正现实,西方人也并不明了——也是在这个意义上,这部电影值得讨论。我们觉得这部电影和以前"不一样",它综合了比较多的因素,不能以类型片、文艺片或者商业片来简单进行概括,它把多重因素,甚至资本意志、大众口味,都包容在电影当中。就这个意义而言,《白日焰火》是成功的。但是,它是不是也因此丧失了某些深度?或者如锐杰所说的,丧失了某种揭示更高的真实意义的现实空间?

路杨:我想进一步谈谈赵楠刚才触及的一些话题。在这部电影中,我们很容易发现性、暴力、侦探故事的扭结,而这也是一般黑色电影类型片的主要特征。而且在近两年来的一些电影中,这些元素也频频复现,仅在2012年中,就有娄烨的《浮城谜事》、王小帅的《我11》、李玉的《二次曝光》。这些创作未必像刁亦男一样有那么鲜明的"类型片"尝试的意图,但上述元素却都受到了在艺术和商业之间平衡、博弈的独立电影导演不约而同地普遍青睐。有意思的是,这些电影所聚焦的空间也显现出某种共性:《浮城谜事》展现出一个灰败、黏腻、混乱而肮脏的中南部城市(武汉)、《我11》的故事发生在西南小镇的一个国营工厂(西南)、《二次曝光》后半部分的剧情深入到了粗粝荒凉的大西北采石场(西北)、《白日焰火》则用脏雪脏冰铺陈出一个晦暗不明的哈尔滨(东北),大都是二线或三线的工业城市或小城镇。

对于黑色电影类型片而言,这些都是必备的元素。而值得注意的是,在商业电影乐于呈现的"都市中国"背后,工业后景如何开始被或多或少地牵扯进来。即使是在《二次曝光》这种商业片色彩较为浓厚的影片中,也在精致浮华的都市男女爱恨情仇背后,牵扯进了一个作为前史的小镇情欲故事,女主角最后不远万里只身前往大西北坚硬荒凉的工业区(在新疆的戈壁滩与胡杨林取景拍摄)所要寻找的生身父亲,也同样是牺牲在一起情欲仇杀之中的"活死人"。不同于《浮城谜事》那种直面现实的方式,也不同于《二次曝光》将这一问题处理成一个精神创伤的前史,更不同于《我11》将其处理成童年视角,《白日焰火》讲述故事的位置很暧昧:被放置在1999—2004年,既不是当下的现实,又不是遥远的过去,而与现实隔着10年到15年这样一个不远不近的距离。这意味着我们既无法以"记忆"之名埋葬它,又无法用现实的纷乱去冲淡它。而这个不远不近的距离,正是影片最使我感到不安的地方。我不知道该以怎样的态度去命名这一段历史,影片中的黑暗、暴力和压抑,是并没有真正过去的、潜在而蠢动的威胁。又或者说,这样一段不远不近的历史,对于今天的现实必然是有所参与和塑形的,你没有办法用任何方式将其轻易抹除。而这种无法诉诸心理机制或艺术形式而求得拯救的不可抹除性,正是这部影片带给我的最大的触动与不安。

还有一个不能忽视的问题是,这个剧本是从2005年改到2010年的,也就是说随着这个时间距离的拉大,剧作者是在一个变动的历史情境中不断回看、修改、诠释这个故事。我不知道刁亦男对于东北这样的重工业区(更重要的是老工业区)的历史了解多少,并且想要呈现多少,至少,这与《钢的琴》不同,并不是要直接书写一段东北工业生活的历史,东北乃至哈尔滨在《白日焰火》中可能只是作为一个"北方工业城市"的象征。毛尖在其评论中不满于吴志贞的形象,认为她作为一个黑色电影的女主角,却连"微黑都算不上","自始至终不清不楚,像背景的哈尔滨,不像大城市,也不像小城镇"。也就是说,女主角的暧昧性正是城市的暧昧性。但刁亦男也谈到自己既不来自农村,也不来自小城镇,只是一直待在北京写作。因此刁亦男选择东北到底是出于什么样的考量,可能也如赵楠所说,是在修改中考虑到多种因素之后综合的结果。

四 "后工业时代"的影像空间

路杨: 20世纪90年代以前,东北地区是我国经济发达的地区同时也是我国最重要的工业基地,然而随着改革开放的深入,东北地区的经济发展速度逐渐落后于东部沿海地区。1990年以来,由于体制性和结构性矛盾日趋显现,东北老工业基地企业设备和技术老化,竞争力下降,就业矛盾突出,资源性城市主导产业衰退,经济发展步伐相对仍较缓慢,与沿海发达地区的差距不断扩大。这是电影《钢的琴》为我们呈现的状态,也是以东北工业基地为代表的北方工业城市存在的普遍问题。因此我不知道这一谋杀、分尸和抛尸的设计是不是有某种隐喻性,或许这带有过度阐释的嫌疑,但我强烈感受到的是,在一条从省城通往全省,又或许是从全省通往全国的工业生产线上,和煤炭所将要供应的能量一起输送出去的,还有白骨、生命与人。

从 2003 年 8 月开始,中共十六大首次提出东北老工业区基地的振兴方略,自此拉开了至少长达五年的工业改革。这个时间点很有意思,我们甚至可以想象一下,在 2003 年的"振兴东北"提出以前的东北是什么样的,提出以后又是什么样的,东北人的生活会因此发生什么样的变化。在影片中,未必是作为"振兴东北"的变化,但一定是作为时代的变化,反复在细节和氛围上有所呈现:1999 年命案刚刚发生时,混乱的社会秩序(洗头房里藏匿着歹徒)、压抑的社会生活、无序的社会体制(以张自力为代表的无序、无力的警力);而到了五年之后,从王队到刘队,还是显现出某种秩序化的力度(虽然破案还是建立在一个情欲引诱的基础上的),做外贸服装的开始经营网吧,酒吧变成了夜总会,其老板们都产生了一种对于时间和时代变迁的强烈感受。

但是在这个"变化"之中,不变的东西正如夜总会的老板娘所说:"如今沧海桑田,鸟枪换炮了。可是多美多烂的记忆,都不会改变的。"没有变的还有过磅员杀人的方式,五年之中,尸块仍然伴随着火车被运往全省的各个市镇。吴志贞压抑的生活和情欲也没有变——经济的发展和现代体制的完善,并不能解决这些"人"的问题,生活的问题只是潜在历史结构的内部,体制的完善和资本的膨胀,却只能更深地把这些"人"的或者说"人性"的问题压碎到这个结构的深处去。

在故事发生的时代讲述故事的情形,我们看到的是 1997 年的《爱情麻辣烫》(北京、普通人、爱情故事),1999 年的《洗澡》(北京、老澡堂、拆迁),刁亦男在这两部电影中都是编剧,而且是众多编剧之一。从 2003 年开始,刁亦男开始自编自导《制服》(北方的中小城市、郊区工业区、裁缝铺），2007年拍摄《夜车》（西部小城镇），刁亦男也承认做导演是一般编剧的宿命：编着编着就忍不住要自己去"导"。这之间的转折是不可忽视的。而这一分野同时还发生在一批独立电影制作者在同一时期与商业相妥协后拍摄的一系列影片之中。其他导演选择的表达路径与刁亦男不同，也许他们的视野并没有经过这样长时间的调整和磨合，而使得他们最终选择了更为干脆的方式。但刁亦男的表达却是一个没有完全过去的"过去时"，又或者说，是一个已经渗透到现在的过去时。这一时间上的滞后与错位，反映出的既是创作的尴尬处境和困境，又未尝不是创作本身想要传达的东西，它最终想要说出的，仍旧是对于当下与现实的意见。

吴晓东：路杨和锐杰都关注到了从大工业时代到后工业时代的问题。路杨使用的概念是繁华都市背后的"工业后景"。二人的异曲同工之处在于将现代工业生产的背景问题带入到讨论中来。但两人的重点不太一样，锐杰认为侦探故事在其兴起的源头就与大工业时代和现代世界关联在一起。从爱伦·坡、柯南·道尔到钱德勒，再到更晚近的东野圭吾，都是在侦探类型的小说结构模式中总体上带入现实的工业化与后工业化空间。路杨则是将工业后景作为一种现实因素引入到话题中来。但就《白日焰火》而言，我觉得刁亦男似乎有意淡化具体的地域空间，换句话说，我们在这里看不出来是哈尔滨。

赵楠：刁亦男在电影中，像锐杰师兄所说的，一直在找一个破损的东北老工业基地式的远景，以至于我作为一个黑龙江人，都没认出那是哈尔滨——再不错的城市也经不住导演专挑破败的地方拍，包括那辆我从来没见过的城铁，是刁亦男在辽宁抚顺找到的，也已经废弃多年。

张玉瑶：有一处车牌上显示"黑A"，但刁亦男在访谈中也谈到，他就是想淡化哈尔滨，而呈现一个北方城市的面貌与北方感。

吴晓东：而且刁亦男故意回避掉哈尔滨更典型的都市地标与更繁华的都市景象，给人感觉是找了一个城乡接合部的地方来展现空间场景。我的话题也由他二人的话题中来，就是在淡化地域特征的同时，是不是就与其现实感建立了关联？在这一点上，我特别赞同路杨对于时间问题的分析，我也察觉到了影片开头的"1999"，几分钟后就变成了"2004"，但时间却仿佛是停滞的，物理意义上的时间在变动，但无论是整个的电影影像还是背后的时代感，这五年前后都好像没有什么差异和变化。电影呈现给我们的是一种无时间性的印象，背后可能恰恰是一种缺乏历史感的影像模式。路杨所谓"渗透到现在的过去时"和"没有过去的过去时"的说法，也印证了我的感受，电影虽然讲的是十年十五年之前的故事，但这样黑暗的现实却可能正发生在当下，是今天的情景。虽然影片在荧幕上打出了时间点，但其时间标志的内里可能恰恰是无时间性。影片放逐了时间感与历史性，可能正是刁亦男在把握现实与"更高的真实"的时候出了问题，他的人物也无法真正进入历史。

关于桂纶镁这个角色，我也很同意"暧昧"这一说法：桂纶镁的暧昧，正是哈尔滨的暧昧。电影中唯一一个异质性的因素就是桂纶镁这个角色。这也是刁亦男的追求，特意要找这么一个漂亮的台湾女演员来充当女主角。

黄锐杰：选择桂纶镁是制片方的要求，制片方的考虑是要照顾到南方的市场，不过之后刁亦男自己主动接受了这一选角，觉得桂纶镁与电影的主题是吻合的。

吴晓东：但南方美人也有很多，电影却恰恰用了一个台湾的女子来充当唯一一个异质性的存在，这种异质性既是一种性别因素，也是情调和美学因素。我刚才强调她涂口红的镜头是影片中的亮色，也是为了表达桂纶镁所内含的一种异质的色调和美感。桂纶镁带来的可能还有某种文化和地域因素，不过这只能做某种症候式的分析。如果将其换成《钢的琴》中的秦海璐，就完全和东北融为一体，那可分析性就大大减少了。

赵楠：是不是要跟金马奖做对话？当时吉林通化籍的女演员郝蕾，在台湾导演戴立忍的电影《第四张画》里演的就是一个到台湾去挣钱打工的东北女人，为了供养她的孩子而去做妓女。郝蕾因为这个角色获得了当年金马奖最佳女配角。

黄锐杰：秦海璐还拍了一部类似的电影叫《榴莲飘飘》，讲的是一个东北女人到香港去做妓女，有很强的南方想象。

赵楠：但是1999年就把一个南方女人放到东北，好像有点早（笑）。

吴晓东：另外我特别欣赏的是路杨提供的某种"不安"的感受。导演讲述故事的暧昧性位置，与时间的选择有关，也就与历史感和现实的介入产生关联。这个时间段是一个不远不近的时间，既不是一个遥远的过去，只停留在回忆中的故事里，但又稍微有了一点点距离，而这种距离又不足以把我们从这种晦暗的现实生存中剔除，类似于张爱玲所谓的"惘惘的威胁"，一直笼罩着我们的生存。这种不安的感受正源于电影中现实性与历史性的问题，或者说是与锐杰所谓的"更高的真实"有关的问题。

孙尧天：我想问一下锐杰师兄，你在用"后工业时代"的时候指的是丹尼尔·贝尔的"后工业时代"吗？

黄锐杰：倒没有这个理论指向，我更关注的是中国独特的工业化进程。就像我之前说的，我更想把《白日焰火》放进由《千万不能忘记》到《钢的琴》的序列里。我有个朋友也将《白日焰火》和《钢的琴》放在一起看，他觉得《白日焰火》确实故意将历史感抹去了，但正因为如此，他认为《白日焰火》比《钢的琴》更真实，认为《白日焰火》对"后工业时代"的这个"后"字的把握更为真实，这部电影呈现了在一个各种坚固的东西烟消云散的时代人们的生活。生活看似有条不紊，实际上已经是一地碎片，人们已经不可能形成对处身其间的这个时代的整体性把握。

如果讲工业时代，我觉得我们中国和西方特别不一样的地方在于，我们的工业一开始就是由国家主导的，并且有意识地在工业中引进了阶级斗争话语。这跟西方许多社会学家谈工业化只强调工业化大生产对工人的迫害非常不一样。我们进入"后工业时代"，是工人主体性消失的这么一个过程。这一层必须要拿进来。

吴晓东：换句话说，至少在东北讨论"工业时代"和"后工业时代"这对范畴跟西方语境是有差异的。其实像东北这种大工业区，我们说是"工业时代"好像不大合适，说"后工业时代"也同样勉强。这可能跟中国特有的工业体制，跟国家主义和社会主义之间的纠葛有关。长达九个小时的纪录片《铁西区》和故事片《钢的琴》都涉及了这一问题。不过在《白日焰火》中，工人和工厂的景象似乎呈现得不多，我记得只有煤场过磅的场景和张自力被发配到工厂当保安这两个情节。

赵楠：我觉得《白日焰火》跟《钢的琴》是不一样的。《钢的琴》非常具体、真实，但影片最后对工人阶级寻找新的生存空间的可能，包括男主角为女儿造钢琴的过程，都有一种超现实性，工人阶级面临的所有困难都被想象性地解决掉了。

黄锐杰：《钢的琴》的方向还是向着工人的主体性这个方向去的，但《白日焰火》创作意图上没有这层。《白日焰火》完全将工业化变成了悬挂在黑色电影背后的大背景，用工厂的场景，只是出于黑色电影的氛围考虑。

王东东：所谓"后工业"在中国的语境下，更应该是针对"社会主义"或"国家资本主义"的工业实践来说，这种工业实践本身包含着农村的牺牲。如果做一个简单的概念尝试，"后工业"在"改革开放"引进市场经济也就是自由主义经济之后就开始了，伴随着下岗、国有资产转移等一系列问题。到了"后工业"时代，原来的社会主义价值体系似乎隐而不显了，这也是为何"后现代"理论被迅速引进并火爆起来的原因，出现了一个价值虚空或曰"社会主义的幽灵"，相比来说，市场经济本身反而成了一种尸骸般的存在，至少也是可以随时被灵魂"附体"的对象，因为自由主义还同时要求法律意义上的政治自由以及新闻、学术和文化领域的言论自由，单有自由主义经济或者说市场经济是不够的。这样来看，将《白日焰火》与《钢的琴》联系起来解读也颇有趣，《钢的琴》包含着社会主义对人性的理解，也就是马克思对人的自由的设想，一个人可以早上钓鱼下午作曲晚上写作，因而不仅可以有钢铁还可以有钢琴，社会主义的工业同时意味着社会主义的美学，但在《白日焰火》（以及近年出现的一系列带有"悬疑"色彩的电影，更不要说《盲井》一类）里可以看到这种理想失败了，那种"后现代"的"幽灵学"式的解读反而特别适合《白日焰火》，但另一方面，我也怀疑这种解读本身的可靠性。原因可能还在于这是一种过分普遍化的解读方式,虽然如我刚才所说,中国特殊的"后工业"也给"后现代"制造了空间。

黄锐杰:这就是工人阶级开始卷入全球性的资本主义市场的进程。这跟我提到的高度匿名的资本是联系在一起的。在这里,李连庆代表着原罪。在这个时代,只能用碎片的方式寻求救赎。

赵楠:作为一个东北人,我不觉得2003年"振兴东北老工业基地"口号提出以前的东北,有像电影表现出的那么混乱:张自力在大白天想对前妻施暴、嫌犯被捕还能开枪杀掉警察、梁志军还能用冰刀把王队砍死……这部电影在柏林上映的时候,包括我同学在内的不少中国人感到很愤慨,他们觉得导演怎么把中国拍成这个样子,这么多年过去了,老外还就喜欢看"这个样子"的中国。

吴晓东:这可能涉及观影心理的机制,意味着我们不能笼统把观众看成某种观影的"共同体"。比如我们在北大一起看《白日焰火》,就和华人华侨在柏林看《白日焰火》的观影体验肯定有些不同。赵楠提供的观影感受,其实触及这部电影在表现城市时所呈现的压抑的、黑暗的,甚至是无望的影像空间背后的真实性问题。《白日焰火》表达的这个现实,我们很难用是不是真实来鉴别。尽管我和赵楠一样也来自东北,但是我不敢说这部电影所呈现的东北"跟我感受到的不一样"。只能说这部电影呈现出了、杂糅进了它想强加给都市空间的一种黑暗色调。或者说,这是一部黑色电影,导演赋予其黑暗色调有必然性,其背后也必然是一种黑暗的美学格调,反衬的也是黑暗的心理、黑暗的人性。但我想强调的是,不是因为它是一部黑色电影的类型片,所反映的现实就必须是黑暗的,而是这背后折射出从制片人到导演到编剧对现实的某种"黑暗"的想象。而真正重要的也许是——我个人认为——怎样把锐杰的两种解读路径整合为一体:《白日焰火》以一种心理分析的模式,无意识中逃逸了对现实本真的揭示和整体性的把握。

五 "剩余"与"不足":我们需要什么样的艺术?

桂春雷:面对这样一部作品,除了考虑文本内在的自足的因素之外,还应该考虑到导演对他的受众的想象。我觉得这是我们现在的电影创作生态中,观众参与电影创作的一种奇妙的方式。我去年参与过兼职的编剧工作,所以对这一点颇有感触。审查也好,公映也好,都会对影片形成制约。刚才说到公映版中没有删掉廖凡的舞蹈,按宣传方的说法是给粉丝的一个福利,这让我第一时间产生了一种警惕,觉得这是宣传方在其宣传策略中对大众的一种迎合的姿态。他们把这样一段富于深层意义的镜头,解释出了一种远离其本来面目的内涵,这里面难免无奈。网上还有《白日焰火》上映之前的预告片,其中有一个版本叫"燃爱版",将影片从吴志贞的视角以"凡客体"来了个解读,看得我十分诧异。从这里去细想,就能想到柏林版和公映版之所以不同,背后是怎样的一个机制,也让人难免去怀疑,各种访谈中刁亦男的话是不是可信的。因为他会想到他面对的是什么,他要采取怎样的话语策略,他会猜测分析者们的思路。所以我们在观影时有必要去反省,到底影片中的哪些意义是内在生成的,哪些是导演刻意表达的,哪些是导演在影片制作的过程中不断妥协而让度出来的,又有哪些是导演不可控的在其原本的创作意图和不断的妥协策略间之裂隙上呈现出来的。所以我觉得这部影片兼具了文艺片和类型片的气质,既成为获奖电影,又迅速以公映版投放市场,这当中的复杂性和影片自身的兼容度,都使版本问题值得我们注意,触及其中的差异性以及版本演变过程,或许才能达到应该有的分析深度。可惜的是现在的电影创作本身,要求的就是克服版本差异而只呈现导演着意表达的最后版本,从而将创作过程不透明化。我觉得这个现象本身就是一个有意思的话题。

吴晓东:春雷将影片的一些外部机制引入了讨论,有点感同身受的亲历经验在里面。包括审查因素,虽然刁亦男没太谈及,但的确应该考虑到,包括可控的和不可控的因素。所以我们的分析，如果过于直截了当或太强调确凿性，可能就和电影的实际制作之间有距离，难免隔靴搔痒。因而我们还是应该考虑到受众，考虑到电影是一个博弈的过程，各种各样的因素，都会参与其中。我们的判断采取一种非确定性的姿态可能更好。比如刚才玉瑶关于理想观众的追问，可能也得不到确定的答案。导演的意图或许本来就是暧昧的，甚至演员自己也在触及一些暧昧的话题，比如桂纶镁会说到自己和廖凡在电影中是不是真的有感情，但这些都是很难得到确证的。非确定的判断也许才能更接近电影的原貌，尤其是讨论到一些象征和隐喻，以及电影中诗意的碎片等话题时。当电影的深层内涵超越了故事表层的影像时，可能就更加拒斥确定性的判断。

赵楠：电影的宣传方叫"光合映画"，曾经宣传过管虎的《厨子戏子痞子》等多部电影。在柏林电影节大获成功的同时，已经拿到了十几个国家的购买合同，并且在国内也是各方看好：还未归国，就已在网上炒得沸沸扬扬；国家广电总局电影局、各大院线也纷纷支持，刚一获奖就回国放映，斩获票房。"光合映画"的负责人陈炯说《白日焰火》是"我们的经验覆盖不了的片子"，也许它更大的意义，在于它的宣传，它的调和，它的这种营销方式。

吴晓东：而且可能是以往的某些评价方式所解决不了的。

黄锐杰：我们的电影市场必然会不断做大，现在最大的问题是我们的导演连好的类型片都拍不出来。

吴晓东：没错，中国真是需要好的类型片。刁亦男试图在类型片的基础上有更高的艺术追求确实难能可贵，但是退而求其次，我们连好的类型片都拍不出来。

王东东：其实现代人的心理问题本身就是绝佳的类型片素材，弗洛伊德本人就充当了一个高级"文艺范"的侦探。他负责侦破心理，尼采负责侦破语言也就是哲学，马克思则负责侦破"劳动"。理论操作同时也是技术操作，如果一部作品能被理论在技术层面操作得很完善，那这部作品的艺术性也是有限的。因此,应该区分"理论启发的文艺"和"启发理论的文艺"两个范畴。理论阐释可以为一些作品赋予意义,这些作品可能需要这些阐释,但是也有作品让理论很难消化,甚至拒绝理论的消化。《白日焰火》被消化得很好,因此对它不宜评价过高。

《白日焰火》总体上可以用"剩余的类型,不足的现实"来概括,它作为电影类型是"文艺的"、过剩的,甚至冗余的,但作为电影现实却又是不足的甚至匮乏的。电影现实应该是由电影的想象也就是影像自身的逻辑所构筑的现实。这部电影在西方得奖,让人期待它呈现了现实,但现实对于它不过是一个"引子",一件恶心的皮髦,也就是发生在两个阶层、两个性别之间的剥削与被剥削的关系——这种关系主导着《白日焰火》独特的三角叙事模式的形成,其中作为权力主宰者的一角的位置空缺,以"幽灵"的方式等待着资本引诱者的不断填充,要发现另一个被吞噬的资本引诱者(被分尸的犯人)只有靠这个权力主宰者(警察),但警察和被分尸的犯人谁都不是无辜者——这既是电影的谜底也是电影的起因。这一点却又被电影层层包裹起来,也就是说,人物的心理之谜被资本的逻辑生产了出来。当代中国的资本生产逻辑最终以一种心理无意识的方式表现出来,并呈现为一种悬疑类型的影像的幽灵学。但是对于导演刁亦男来说,从个人孤诣的《夜车》——几乎是一部完美的电影——再到集体算计的《白日焰火》,这种出卖自我获得的名声可能是危险的,虽然构成了他本人和地下电影浮出地表的机会。

吴晓东:东东所谓的"危险"性,在我看来一是牺牲了电影真正思考问题、表现问题的艺术先锋性,在这种博弈的过程中磨成了现在这样大家都能接受的样子;二是牺牲掉了真正的锋芒,牺牲了突入现实的能力。这部电影中的确有许多"剩余物"足够我们解读。但另一方面,这部电影也如东东所说,是"不足的",在如何处理现实影像的历史感,如何讲述更高的真实,在现实如何突入电影空间这些问题上,这部电影都暴露出不足。这里不妨再引入国华在给我的信件中的评论:"综合刁亦男编导的《夜车》《制服》和《白日焰火》来看,他的电影似乎是关于人在现代性体制(建制)之下残留着某种自然人性的故事，法警、交警和刑警的身份象征着现代性建制合法的暴力，而爱欲、虚荣意味着某种自然人性。但他的镜头语言阴暗、暧昧，没有明显的批判性，似乎拒绝升华为某种能够被现代性涵括的主题，也似乎不是什么后现代性的语法。"

桂春雷：刚才东东师兄的发言让我想到，或许今天的电影创作过程中，导演已经开始预设他的受众的判断，甚至利用和迎合受众来为自己设置方向，这就让整个生产过程构成了一个封闭的循环。我觉得兼容性本身也需要怀疑：如果文艺片同时能成为商业片，那么在二者得兼的同时也会有风险，那就是作为文艺片它拿不出应有的思考，作为类型片又放不下身段，拿钱显得没底气。这就有点像姜文在《让子弹飞》里说的"站着把钱赚了"，但《白日焰火》的内涵有点不同，是"我要钱，我还要让你看着我似乎是在站着"。这里面我会有一种担忧，因为我之前写作剧本的时候也有一种感受，就是每当我下笔时，我都会分析我这里用到了什么，隐喻可能作何解释，这就让我难免进入了一种观众的心态而不是一种创作的心态，而这恐怕是危险的。如果写作不是出于表达的冲动而只是一种匠气的设计的话，那这就是一件挺悲哀的事情，我会觉得这种创作就不成其为创作了。如果非说它成功，那我只能认为它成功地迎合了观众。如果电影都以此为成功，并引以为傲，将之视为追求目标的话，那整个电影创作的生态就需要反思了：这是不是意味着我们的外部空间已经达到极限，因而我们只好退缩到某种逻辑的内部委曲求全？这个问题我还处理不了。但有一个事实是，以前的独立电影生存很艰难，这是一个很大的问题，因为这关系到独立电影还有没有自身的存在和发展空间；而今天，做独立电影的人生存环境得到了很大的改善，然而这竟然也成为一个问题，关涉的是生存下来的还能不能算独立电影。独立电影人拿到了投资确实能在某些方面做得更有品质，但是"独立电影"似乎因此而丧失了本质。"独立"和"投资"有的时候就是没法兼容，这种现实的悖论让人无言以对。在这个意义上，如果《白日焰火》真的成为电影创作的一种路向，那么像我这样的观众可能会觉得挺没盼头的。因为每次看完我都会很兴奋地分析出一堆东西,但是紧接着我就会想到:这些东西就是导演一开始创作时就期待着我去分析出来的。我会觉得特别失败。

黄锐杰:我始终还是将电影看作一种大众文艺,对于独立电影和电影中的先锋艺术尝试,我个人持保留态度。但是我想换个正面一点的说法,我觉得真正好的艺术就是应该像施米特讨论的《哈姆雷特》一样。《哈姆雷特》为什么大家都喜欢?因为这部剧写出了那个时代的真正问题,将一个大动荡的时代用哈姆雷特这一个忧郁、优柔的王子形象呈现了出来。我觉得大众文艺里的这个"大众"完全可以有正面的含义,就像我们以前的"人民"一样。导演为什么不能"站着把钱赚了"?我觉得这样做完全没有问题。仅仅退缩进独立电影的"艺术"中,我认为不利于电影在中国的发展。在这个意义上,我个人认为刁亦男走的路还是值得借鉴的。我们正处于一个转型中的时代,电影能不能将这个时代在影像中呈现出来,如何拍出这个时代的真正问题,我觉得这是我们的电影人要关注的。

不过电影因其涉及了大规模的商业运作,真正能控制电影拍摄的恐怕还不是导演自身。在这么一个匿名资本主导的时代,如果不说回到"人民"意义上的大众文艺,退而求其次,我们可能连一个政治成熟的、能够吸纳资本同时又有文化承担的精英阶层也还没有完全形成。资本取代了阶级,却吊诡地有着民粹基础。特别是最近,以《富春山居图》《小时代》为代表,似乎开启了一个讨好大众、娱乐大众的土豪小时代。这是政治非常不成熟的表现。好的做法我觉得该向文化研究起源时期的英国学习,通过教育、审美重新将底层纳入社会阶层的流转中,塑造认同,达成两极间的妥协。

吴晓东:我们确实处于一个非常复杂的、不透明的时代,这样一个时代存在一些大家看不清的、更超前的东西需要一些具有先锋精神的艺术家来透视,需要有一些更超越的艺术去揭示。不过我们现在更缺的可能确实是那种能够突入现实的、更大众的,也真正把握了这个时代的总体性的艺术。今天的时代,一个相当关键的问题就是现实变得越来越多维,不光是多元,它可能也是多维的,今天的现实中有的维度和另外一些维度之间是永远碰不了面的，或者说对有些人来说现实是隐形的。而且现实越来越多地成为隐形的存在，不同阶层、不同境遇、不同历史阶段的人，他面对的现实可能都是不一样的。所以我觉得今天的文学艺术最大的困境可能就是欠缺穿透力，那种能够在不同的现实维度中自由穿行的能力，一种总括力，揭示某种总体现实的能力。就是说现实的各个维度他都能把握，我觉得这样的艺术家可能越来越难出现。每个艺术家包括电影导演可能面临的都是不同的现实，但是这个现实和另外一个现实之间是没有通约性的。所以你也觉得你在解决一个现实，但这个现实是限于你自己的局限性而把握到的现实。这是今天关于现实这个问题的难度所在。

  我认为一个电影人在今天最需要的品质，或者最需要的能力，是把表象背后的历史逻辑和现实逻辑揭示出来，进而抵达现实背后的深层逻辑。他不光呈示表象，表象虽然也是现实，但是在更多时候大家都能看到表象，但你不知道表象背后有什么样的逻辑，比如资本逻辑、金融逻辑、经济逻辑，还有心理逻辑等诸种逻辑。这些逻辑你能不能把它揭示出来？一个普通人可能看到表象就可以了，但是一个大导演却需要看透表象，看到内里，只有这样，一个中国的电影人才能呈现我们中国人今天所面临的诸种现实境遇的真正复杂性。

绕不开的"历史"
——关于雷蒙·威廉斯《乡村与城市》的讨论

吴晓东、黄锐杰等

时　　间：2013年10月26日
地　　点：北京大学人文学苑6号楼
主 持 人：吴晓东
参 与 者：王东东、刘奎、黄锐杰、路杨、吴宝林、赵楠、王飞、张玉瑶、孙尧天、赵雅娇、桂春雷、秦雅萌（北京大学中文系在读硕士、博士）、李松睿（《艺术评论》杂志社）、温凤霞（山东财经大学）、徐淑贤（烟台职业学院）、孙梦雨（哥伦比亚大学博士候选人）

吴晓东：今天我们讨论的是雷蒙·威廉斯由商务印书馆今年翻译过来的重要著作《乡村与城市》。威廉斯是20世纪中叶英语世界最重要的马克思主义文化批评家，文化研究的重要奠基人之一，被誉为"战后英国最重要的社会主义思想家、知识分子和文化行动主义者"，这些都是西方人给他的经典定评。而他最重要的著作基本上都翻译成了中文，比如《文化与社会：1780—1950》，我还记得大约七八年前，在华东师范大学有一个研讨班，甘阳先生带着所有的学员阅读这本书，我当时也在场。威廉斯的《漫长的革命》也有很好的中译本，译者是复旦大学的倪伟，这本书中对威廉斯自己的卓越贡献——关键词"情感结构"或者另外一个翻译"感觉结构"——定义得非常完整。三联书店前些年出版的威廉斯的《关键词》也对中国学界关键词研究的热潮推波助澜。另外他的相当重要的《马克思主义与文学》也有中译本。

威廉斯著作中的《政治与文学》则有些特殊，这么厚的中译本全部都是对他的访谈。访谈者是英国非常著名的《新左派评论》的主编佩里·安德森，他带了两名编辑对威廉斯做了长达半年的访谈，讨论威廉斯每一本书的思路和问题。佩里·安德森本人也是英国非常重要的马克思主义理论家和批评家，我国至少翻译出版过他的两本书：《交锋地带》和《后现代性的起源》。他的弟弟也许在中国更有名，是《想象的共同体——民族主义的起源与散布》的作者本尼迪克特·安德森。《政治与文学》中专门有一章讨论《乡村与城市》，其中有访谈者的两句评价："《乡村与城市》是一部具有深刻原创性的重要政治作品，它在某种现实的意义上代表了一种进步，超越了存在显著问题的经典马克思主义。……这部作品突破进入了本质上完全崭新的讨论领域：实际上，对于这部作品所致力的问题，尽管在经典作品里存在着某些说法和暗示，但是在马克思主义内部从来没有被深入彻底地思考过。"

我们需要讨论的问题是，这本《乡村与城市》的"深刻原创性"体现在哪里？它涉及大量的文学作品，那么它对于文学研究有哪些启示？提供了哪些方法论的视野？这些方法论的视野我们应该如何描述？在关于人类文明史的大叙事中，可能没有比"乡村与城市"的叙事更为宏大和更具概括力了，人类的历史，在某种意义上说，正是乡村与城市的发展史，所以这本书的问题视野，对于检讨中国的乡村与城市的历史叙述，也会有借鉴意义。另外，这本书有没有它的问题？有没有某些理论的和方法论的盲点？我在大家的反馈中看出也有同学认为这本书存在不足或是有问题的地方。一本书真正的价值不在于它的完满性，而恰恰在于它能够给我们开启新的问题空间，启发我们去思考，有时候它自身的不完满恰恰可能是启发我们思考的前提。

首先请主题报告人黄锐杰同学做一个总体的导读性的报告。

一　理解威廉斯：问题、方法与线索

黄锐杰：先给大家讲讲我对这本书的整体印象吧。我个人认为这是一部非常出色的作品，许多地方都值得进一步细读。虽然整体上立场过于"鲜明"，但是大多时候都能给出强有力的论证。其次，这部书有相对较为清晰的线索，译者序中有过清晰的梳理，但具体到各章节中，又非常复杂，其中大量涉及英国社会史和文学史，而其最精彩的地方往往也在具体的论证中，任何整体上把握的意图都会有挂一漏万之嫌。

接下来我分四部分给大家做一个简单的介绍。首先我想讨论一下威廉斯的问题意识：他为什么要研究"文化"——在这本书里，"文化"基本等同于文学。现在我们一般将威廉斯视作英国文化研究的三巨头之一，一般的研究者都会把文化研究上溯至威廉斯处。文化研究的兴起与英国20世纪30—40年代的劳工教育——一种以文学教育为主的教育方式有关。为什么威廉斯他们要去做劳工教育？这就必须联系当时英国的阶级矛盾恶化问题。这一矛盾在工业革命之后日趋恶化，如我们经常提到的大宪章运动——著名的工人暴动运动。威廉斯在书中就提到阶级矛盾导致伦敦分化为了东伦敦和西伦敦，这种阶级矛盾的恶化促使统治阶级开始考虑阶级调和问题，他们开始寻求伦理化方案，意图从教育方面把劳工纳入进来。这可以说是英国中上阶级和劳工阶级的一种妥协。英国能够这么做，与其漫长的保守主义传统有关。在吴老师刚才提到的数年前讨论《文化与社会》的讲座中，甘阳老师一再提醒我们注意这一点。英国政治是非常保守的，其在政治上长期实践的是一种古老的宪政传统。直到现在，英国还保留着女皇制度。按白哲特的说法，英国政治最重要的是女皇代表的"尊荣"部分，而非两院的"效率"部分。之前的英国史学者喜欢谈光荣革命的革命性，20世纪60年代以来，英国史学者则开始着力于阐释1688年的光荣革命的保守性。在他们看来，英国并没有试图寻找一种全新的宪政体制，而只是捍卫了人民的古老权利，尊重了国家古老的宪政传统。

回到威廉斯，他这么做，主要受阿诺德和利维斯影响。其中，利维斯是威廉斯的老师。可以说，阿诺德和利维斯主张的都是一种文化精英主义。阿诺德在《文化与无政府主义》中认为文化必须由国家出面来支持以消除无政府主义，而利维斯在《伟大的传统》中则特别强调要建构一种高级文化，寻找消失的文化传统。在利维斯这里，"文化"转义为"文学"，这跟英文系的建立有关。威廉斯和他们的区别在于，他接过了阿诺德和利维斯的文化精英主义——当然，在批判庸俗的大众文化的同时，他也有改造大众文化的意图——但却拒斥了政治精英主义。他希望以劳工阶级为主体，凭借劳工阶级的整全的生活方式吸收高级文化，改造高级文化。这就和接下来20世纪60—70年代学生运动之后的文化研究拉开了距离。这一时期文化研究开始引入阿尔都塞、葛兰西，要求批判文化霸权，认为文化完全是一种统治阶级的意识形态。研究者开始转向性别、种族、阶级这"三驾马车"。80年代之后，文化研究则进一步转向大众文化研究。在佩里·安德森和萨义德这些后起的左翼学者看来，威廉斯还是太保守了。他没意识到工人传统的保守性，工人运动的不彻底性，在他的视野里没有帝国视角，他更像是一个英国民族主义者。

从1958年的《文化与社会》到1973年的《乡村与城市》，可能因为受新一代左翼学者的批评，威廉斯开始强调揭露高级文化的"伪善"，强调自我教育，强调劳工文化，并且开始注意到了帝国视角，比如第24章他特别强调帝国殖民史，第25章强调比较研究。不过，我们不能就此说威廉斯放弃了对高级文化的吸纳，这本书里面还是一再论及"经典作品"，而且并非完全否定。

第二部分我想谈一谈威廉斯写作的"动机"。威廉斯在第3页指出"阐述背后始终蕴藏着我个人感受到的压力和使命感"。在阅读过程中，我们会发现威廉斯在论述中大量加入了自己的亲身经历，包括自身写作的处境，记忆中的乡村等。如第1章讨论写作缘起，102页在解读中加入他的阅读史，121页讨论定居的不可能，146页讨论圈地运动前的微弱的额外权利，等等。正是这些构成了威廉斯写作这本书的动机，甚至构成了本书的方法论。本书特别强调自身的经历，很大一部分原因就在于威廉斯非常敏感地意识到自身的"感觉结构"不能为现有的"文化"接纳。"感觉结构"始终有一个由自身往外开出去的"社会"面相。而威廉斯通过自身"感受"触及的那部分"社会经验"在现有的"文化"传统中是缺席的。威廉斯特别强调"感觉"而非"理性",也是因为只有最真切的个人身体的感觉才能打破"理性"——这种"理性"建构出了"文化"——的统御。这就跟前面论述的威廉斯改造文化的意图连在了一起。正是在威廉斯的这些经历中,蕴含着一种重建以劳工为主体的乡土共同体的可能性。最近读威利斯的《学做工》,威利斯很强调民族志的做法,在他看来,"文化的特性在于社会能动者'意义创造'的积极过程,尤其是在理解自身生存处境,包括经济地位、社会关系以及为维护尊严、寻求发展和成为真正的人而构建的认同和策略的过程中"。(序言)这就跟威廉斯开启的这个传统联系在了一起。我觉得威廉斯已经开启了一种潜在的民族志的写法。

  第三部分我想谈一谈文学与历史问题。在《政治与文学》这部访谈录中,威廉斯坦承他的出发点在于如何阅读田园诗。在他看来,文学不能摆脱其社会政治前提。他非常不满意某种文学正统,在他看来,这种文学正统通过一种"自动扶梯"式不断怀旧的方式塑造出了一种乡村的"田园牧歌"形象,似乎田园诗是对被资本主义摧毁的有机乡村社会的真实记录。事实上,许多时候,田园诗只是在"虚构"历史,其视角一开始就受到种种限制。在威廉斯看来,文学本身的形式,其表现手法深深植根于背后的社会政治,并由此进一步形成了制约性的文学传统。文学研究要做的就是要探究文学形式和历史的关联,理解文学表现与实际情形之间的张力。利益、特权、阶级立场等总是先在地决定了这种表现方式。文学是一种生产方式,通过追溯塑造文学正统背后的历史进程,我们才能理解真实存在的社会情形。我们在这里不难看出一种马克思主义的社会史观。不过威廉斯更强调经济基础在文化中的呈现,这就跟他文化唯物主义的主张联系在一起。这么说虽然可能有些老生常谈,但我想强调的是,在威廉斯这里,文学的形式分析是和社会分析紧密联系在一起的。这些分析才是威廉斯这本书最精彩的地方。举个例子,在236页,对于乔治·艾略特为何没发展出描写下层人物的新的小说形式这一问题,威廉斯认为,在根本上,这是因为整个社会根本没有发展出这么一种语言。虽然乔治·艾略特非常愿意去创造这么一种小说,但是"社会对行为的道德强调必然带来对统一的叙述和分析语气的技术策略的强调",可以说,威廉斯敏感地注意到了艾略特小说世界内部的裂缝。

关于威廉斯的文学观,还有一点需要补充的是"感觉结构"问题,本书译作"情感结构"。这一术语每一章都会出现好几次,是威廉斯用于分析文学作品的一个关键词。即使在威廉斯处,这也是一个颇为含混的术语。长期以来,他一直未就这个术语做出清晰的界定。比较明晰的定义出现在《马克思主义与文学》中:

> 这是一种现时在场的、处于活跃着的、正相互关联着的连续性之中的实践意识。于是,我们正在把这些因素界定为一种"结构",界定为一套有着种种特定的内部关系,既相互联结又彼此紧张的关系的"结构"。不过,我们正在界定的也是一种社会经验,它依然处在过程当中。

威廉斯强调三点。第一,"感觉结构"与理性相对,具有实践性的一面,可以说是一种被感觉到的思想。第二,这种"感觉结构"是有结构的,实践意识彼此联系,构成了连贯的整体。第三,"感觉结构"与过程中的社会经验相勾连。这三点联系我之前论述的威廉斯写作《乡村与城市》的"动机"便不难理解。

最后我想谈一谈这本书的几条线索。这本书有两条明线,第一条线索是农业资本主义秩序的建立。这本书虽然题为"乡村与城市",实际上讨论乡村的篇幅要远多于讨论城市的篇幅。在威廉斯看来,乡村面临的主要问题是农业资本主义的建立问题。由一开始讨论赫西俄德、忒奥克利托斯诗歌中的"劳作"开始,威廉斯便将目光投向了文学背后的社会史。在赫西俄德、忒奥克利托斯的诗歌中,"劳作"是和人们的日常生活有机地结合在一起的,是一种共享经验的方式。但是不久,这么一种共享经验的乡土共同体就变成了消费共同体。"不慈善"开始出现在乡村生活的自然秩序背后。接下来的种种诗歌中的怀旧无非自欺欺人。封建时期没有"自然的"和"道德的"经济,只有剥削经济,资本主义经济建立在此之上。接下来,威廉斯开始提到地主阶级的转变。商人、律师开始进入乡村,与土地主合谋。农业资本主义出现了,带来了社会关系的转变。这种转变在18世纪出现的小说中尤其明显。到圈地运动,这一进程臻于顶峰。不过威廉斯提醒我们,失去土地这一过程是一个持续性的过程,这一过程早在圈地运动之前就已开始。这里会涉及在英国非常重要的财产权,尤其是地产问题。威廉斯多次论述过英国文学中的宅邸、庄园问题,不过他并未过多论及财产权背后的"法理"。英国的财产权如此发达,跟诺曼征服前就存在的强大的中央集权架构有关。这保证了诺曼征服之后普通法改革和其后财产权的形成。诺曼征服之后封建秩序得以建立,地方—领主—国王开始争夺司法管辖权。正是在这一基础上,普通法系统得以成型。到进入"绝对主义国家",洛克直接将财产权理解为建构政治社会的根基,并直接运用到了光荣革命中。在洛克处,"劳动"第一次具有了正面价值。这之后才有马克思对"劳动"和"私有财产"问题的深刻洞见。

第二条线索是对城市工业资本主义的批判。威廉斯强调,城市工业资本主义源自农业资本主义。18世纪末,城市是农业和商业资本主义在贵族政治体制内的惊人创造。他通过哈代的"边境区"以说明城乡间的这种流通。同时,他论述了城乡不平等的深入发展,这一发展进一步带来了乡村社会结构的变化。在城市方面,他通过狄更斯以论述城市中社会关系的转变,重点讨论了城市的黑暗面,城市内部的阶级分化,社会在聚集过程中开始分崩离析。通过乔伊斯、艾略特,他为我们刻画了典型的现代人形象:迷失在城市这一荒原中,孤独而无助。同时他也讨论了城市的光明面及其可能具有的进步意义。

在这两条主要线索外,还有两条隐藏的线索。其中一条与"自然"有关。在第1章中，威廉斯坦承，他童年时期的乡村经验与意识到"自然与人为"有关。接下来他为我们刻画了人对自然认识的种种变化。这一变化与乡村和城市中资本主义的出现和壮大密切相关。在前封建时代，自然与社会生活相统一。到了封建时代，自然变身为神秘的自然。而在16—17世纪，自然为社会秩序吸纳。在18世纪早期，人们开始将自然视作一种替代性的秩序。在18世纪后半叶至19世纪，浪漫主义思潮出现，自然有了实用的自然与美学的自然二分。19世纪晚期到20世纪，由劳伦斯为代表，人们再次回到了原始的自然生命中。

第二条隐藏的线索与威廉斯致力于建构的"新文化"有关。他一方面强调正统文学传统的短视，另一方面也开始注意到文学传统中视角的转变。在他看来，早在克雷布那里，劳动者就已经开始在文学中出现。不过这时候的视角转变带来的只是一种人道主义观察，道德义愤没有转向社会关系分析，而是朝向抽象的普遍道德。到了科贝特——《文化与社会》中专门论及——才出现了阶级视角。新的文学方法出现了，一种有组织的反抗进入了文学。这之后才有以克莱尔为代表的浪漫主义的反动。在克莱尔处，诗歌与旧乡村相同一，诗人退缩进自然，这最终导致了田园诗的终结。接下来从乔治·艾略特到哈代，再到劳伦斯也延续了这条线索。不过，恰恰是本身的这条线索，我觉得最不成功。其实威廉斯自己也意识到了，如在17章，他认为，虽然文学上出现了一些视角转换，但是在文学中从来没有出现过真正的乡土共同体。他在做的，只是在呼唤一种新文学的出现，而这种新文学和旧文学之间的张力，可能才是威廉斯自己最矛盾的地方。

吴晓东：谢谢锐杰。大家知道锐杰硕士论文做的是20世纪30年代的中国农村经济研究会，他对农村问题有着专门的研究，而且他主要是从经济、制度、社会、政治的角度来处理他的研究对象的。我当初选择锐杰来导读这本书，这是其中一个重要的原因。我们可以看出，锐杰很重视马克思的社会史观、经济史观在这本书中的重要性，强调文化唯物主义的视野，强调财产权的脉络。这些问题可能的确是解读乡村与城市的重要视角。这些视角完全靠我们的正统文学训练未必能够这么刻意或者说执着地捕捉到。我觉得这是锐杰知识优势的一种体现。这种知识优势对解读这本书可能非常重要。换句话说，假如完全从文学批评、文学研究的脉络来看这本书，我们可能会漏掉这本书中非常核心的一些问题视野和结构框架。

回到他的提纲，我个人觉得他的描述是具有整体性的。他第一个问题"为什么要研究文化或者文学"为我们提供了威廉斯写作这本书的重要背景。从中我们可以看出威廉斯思考这一问题的发展过程。威廉斯其实也在吸纳此前对他研究视野的批判，并在此基础上发展出了他《乡村与城市》的框架。锐杰的第二个问题，我觉得他界定得有些过重。潜在的民族志的写法可能并未充分地落实在书中的行文中。而强调作者个体经验和生命史的渗透可能对这本书来说更切实。在这个意义上，威廉斯个人的经验和生命史也化为了整体情感结构的一部分。从情感结构的脉络来讨论威廉斯个人经验和主体形象在这本书中的渗透可能是一个比较好的角度。这一点恰恰也是这本书让人着迷的地方，我们从中会发现一个研究者是如何以他活生生的经验史与情感史和他自己的学术发生关联的。而我们的不少学者的研究和写作，当然也可能包括我本人，往往看不出来他的性别，看不出来他的年龄，看似学术性很强，但是个体经验阙如，千篇一律，没有个性。当然，威廉斯的这种写法也使得这本书个性过于张扬。我们会听到有同学对这一写法的批评。

锐杰的其余要点，我觉得也概括得比较准确，包括他在讨论文学与历史关系的时候谈到的威廉斯的研究方法。威廉斯在分析小说、诗歌的时候总是与政治分析相结合，这也是对我们文学研究最有启发性的问题。第四部分的几条线索概括得也比较到位，只是对城市工业资本主义的批判这条线索稍有些简单化。事实上，这本书讨论城市的部分可能是对我们研究最有启发性的部分。除了黑暗面，威廉斯还探讨了城市的可能性，城市的进步意义，城市的混杂性。如在215页，他强调城市带来的团结性和解放性，在216页结尾他强调城市对于新的人类维度的拓展，强调城市变得在文化上更为重要。这都多少颠覆了许多都市研究的既有图景。这些研究会本能地认为城市是黑暗的、腐败的，是滋生丑恶和犯罪的温床，像我们现有文学史叙述中对上海的判断就大多有一种大而化之的本质性倾向。因此，这本书中对中国文学研究而言更有启发性的地方可能在于对城市意义图景的勾勒和判断上。这部分还有待于我们进一步讨论。

二 重建共同体：由"风景"的再发现开始

刘奎：如果套用威廉斯在《文化与社会》中的一句话来说，《乡村与城市》的主题可以概括为："事实上没有所谓的乡村：有的只是把空间视为乡村的观察方式。"这就是作者在第2章中分析的"视角问题"，是从认识论的角度对人们习而不察的文化模式进行反思。威廉斯的出发点比较具体，他通过对田园诗的祛魅，考察乡村表述背后的意识形态要素，如资本和社会结构等基础性因素的主导性作用，这也是刚才锐杰和吴老师都强调的一点。从方法论的角度来看，这本书也显示了威廉斯自身的一些变化。在他早期著作《文化与社会》中，他重点强调的是文化对基础的反作用，更多的是批判地继承了利维斯和阿诺德的方法，勾勒了一个批判的传统，目的在于从文化的角度探讨重建共同体的可能性；而到了《乡村与城市》，无论是对文化的批判还是对共同体的关注，他更加强调的是社会经济关系等基础因素的作用。可以说，他更加马克思主义化了，这也决定了他自身的问题意识、视角和解决问题的方式。刚才锐杰提出了四条线索，我再补充一个共同体的问题，因为这也是西方马克思主义者一直关注的问题，而我的具体问题则是乡村与城市的视野为重建共同体带来了哪些新的视野，这些视野的限度，以及威廉斯的方法转向对这一问题的意义。

在威廉斯的梳理中，面对昔日乡村共同体的破坏、社群的解体，敏感的浪漫主义者最早对此进行了补救，他们确立了现代人的内面，并发现了风景，柄谷行人对此也有深入的研究。

吴晓东：我插一句，我们接下来要讨论的柄谷行人《日本现代文学的起源》中"风景之发现"一章,完全可以跟威廉斯关于风景的论述对读,看看这两个人在讨论风景问题时,有哪些共同点或共同的知识背景,因为威廉斯谈的也是英国的风景的发现问题,我觉得挺有意思。

刘奎:我接着说。现代人发现了风景,而风景也可能成为社群和阶级认同的方式,这个问题有个叫温迪·达比的人类学家曾讨论过,而她在《风景与认同》一书中也部分继承了威廉斯的谈论方式。不过威廉斯倾向于认为对风景的观看是消费性的,他更关注浪漫主义者"绿色的语言",及这种语言的创造性。浪漫主义者从大自然中获得了对抗社会分裂的资源,自然首先意味着一种调节原则,它预示着人类能够对其进行重新设计和控制,其次,自然是一种创造原则,从它的创造能力中人们能获得关于同情心的本性,而同情心正是维系共同体的纽带。这种对自然语言的认同,又发展为对流浪者和漫游者的强调,通过对孤独者的观察,社会性视角和诗人视角得到了融合,如华兹华斯笔下《坎伯兰的老乞丐》,就显示了这种可能。我引用一段威廉斯的原话:"他现在不再是缺少社群的证据——村庄作为痛苦生活的证据。相反,他被更为真实地从村庄的生活分离出来。在他的身上,在他实际的流浪生活上,集中着社群联系和善良仁慈,那正是自然的推动力。正是通过向他施舍,那种同情感得以继续存在。"(第182页)被社会矛盾弃掷的孤绝个人反而成为自然与社群的载体,并对社会的残酷性构成了挑战。这也成了诗人的一种身份认同,诗人也因此通过写作,利用个人的感觉和想象,通过绿色语言的创造性去寻找和重新创造人类,创造新的社群所需要的同情心和感染力:"它的力量在于它在发生真正剥夺、驱逐和社会分裂的时代里,提供了一种传递人类温暖和社群联系的情感联系。"(第197页)然而,威廉斯对此也有所批判,他认为绿色的语言是一种内面的创造性,走向自然和内心的同时,也事实上远离了社会现实性,因而具有逃避的嫌疑。

与诗人对相对抽象的创造性的强调不同,小说家描绘了一个更为具体的共同体模式,这是在简·奥斯丁笔下就存在的"可知的社群"。可知的社群以乡村共同体为原型,人们对乡村共同体的想象一般为:人们面对面接触,其社会关系的实质也很容易判断,因而是一个完整而又显得真实的社群。可知社群的意象在乔治·艾略特那里得到了充分的发扬,她既没有回避社会经济层面的问题,同时也让乡村真正的居民开口说话;艾略特进一步质疑了社会经济契约与人类品质之间的关系,因此在保留以财产继承为情节中心的基础上,她对小说模式进行了修改,主人公或带着反抗妥协,或选择出走,乡村的安稳因而具有转变为激进的可能。对可知社群的回归,确实解决了小说层面的问题,但威廉斯的问题则是,孤独的个人如何形成自己的道德历史,这延续了他对绿色语言的质疑。

小说家虽然忠实地记录着可知社群人物的表情和语言,人物看起来也是在场的,但这并不是一个真实的社群,是经过作者精心挑选的,其视角并不是社会性,而是一种道德姿态,这个姿态源自作者所接受的高等教育,教育是培养虚假意识形态的方式,这一点阿尔都塞有过深入的阐释,通过教育作家习得的是占统治地位的道德观和审美观,这也导致其笔下的人物是风格化的,如"善良的老人",他们受到叙事者的普遍赞美,但这些人并不是真实的,而是风景化的。而威廉斯否定这种解决方式的根源在于,可知社群中人物的自我意识是由外在的道德和观点规范的,他们缺乏真实的社会意识。

无论是绿色的语言还是可知的社群,其重构共同体的背景资源其实都是乡村,但到了20世纪出现了新的可能性,这就是由乔伊斯的《尤利西斯》所开创的话语的共同体,威廉斯对话语共同体的强调可能来自巴赫金的影响,即将《尤利西斯》放在西方传统独白体小说谱系中,考察其内部交替出现的多重声音,既有个人的也有公众的,也有城市的声音,这意味着都市经验转化为了一种独特的集体意识,而意识流的语言形式正是集体无意识的社会症状,由此,一种新的共同体也呼之欲出:"在那些强烈的主体之间,并且通过它们,一个形而上的或心理的'共同体'被假定了出来,而且就其特性来说这个'共同体'是普适的——哪怕仅仅是在抽象的结构上。"(第338页)将都市经验上升为一种新的集体意识,威廉斯为都市形象注入了新的因素,也开创了新的共同体构想。

但这种结构的抽象性其实也限制了它与社会的互动性，威廉斯还是倾向于从社会基础寻找方式，想从真实的历史进程中寻求问题解决的途径，从对绿色语言的否定开始，他所批判的都是一种由道德意识主导的对社会矛盾的虚假呈现和解决，他试图将这些矛盾还原到社会层面，并据此找到构建新社群的现实资源，如劳动者的处境、劳动者的主体性、斗争、工会组织等，以及他从城市看到的集体意识转化为积极行动的可能，他觉得这些是建立共同体的新的方式。从绿色的语言、可知社群等文化层面，转向从社会关系、经济关系和新的历史主体等层面重建社群，我觉得这是城乡视野带给共同体的新的可能性，也是威廉斯转向马克思主义之后所提供的新的解决方式。

吴晓东：刘奎将共同体作为解读这本书的线索，还是很有发现和洞见的。因为在像威廉斯这样的马克思主义者那里，整个人类社会，尤其是英国资本主义社会发展过程中，共同体的话题实际涉及的是一个族群认同和归属的问题，人类在发明城市到怀念乡村的过程中，寄托的其实是一种共同体的情怀，共同体的情感结构，背后是一个共同体的认同模式。共同体在不同阶段发展出不同的层次，不同的取向，包括20世纪乔伊斯的话语共同体，他的《尤利西斯》正是试图在一天之内（严格说来是19个小时左右）建构一个统一体，这个统一体正是靠一种话语的方式建构的。所以我觉得刘奎的这个视野也抓住了威廉斯一个核心的关切。

我还注意到刘奎讨论威廉斯的体裁分析时，强调了诗人和小说家呈现共同体模式的不同方式，这进一步涉及一个体裁差异性的问题。先说诗歌体裁，在本书开头几章的论述中，田园诗的体裁恰恰是遮蔽历史真相的方式，是历史神秘化的方式，或说是使历史自然化的方式。历史本身不是那个样子，但在威廉斯的讨论中，田园诗呈现出来的，是一个历史自然化的过程，好像历史天生就是那个样子的，从而使历史过程"自然化"，"自然化"就是一种人为的建构。从这可以看出，威廉斯在对田园诗的分析中倾注了更多的批判意识，我觉得这是他一个非常深刻的洞见；但是小说又有所不同，威廉斯在本书中对小说体裁的可能性予以了非常多的关注，这就是不同体裁的意义：小说建构出来的英国历史的空间和经验的丰富性都可以说是前所未有的。不同体裁所传达的审美判断和历史判断也有差异，比如我们回顾中国现代文学，散文中对无论乡村题材还是城市题材的书写，就更多美好的回忆，更具有审美性，而一旦作家们写成小说，就充满了批判意识。典型的例子是老舍，小说《骆驼祥子》把北京写成了一个所谓的地狱，祥子是在地狱中堕落的个体主义者，但是老舍在散文《想北平》中则把北京写成了一个像家和母亲一样的温暖怀抱，这就是体裁的差异。对于体裁的差异性的分析，少有人像威廉斯这么透彻。刘奎的论述值得赞赏的还有，他把体裁的空间，或者说文体的空间，与共同体的问题结合在一起，体裁中由此也蕴含了政治分析的可能性。

赵雅娇：我也比较关注威廉斯书中对风景问题的论述。18 世纪末、19 世纪初欧洲出现了重返自然的思潮，"风景"问题在此时再度成为文学关注的焦点，并由此走向了浪漫主义文学的高峰。在《乡村与城市》中，第 12 章和第 13 章涉及的是前浪漫主义时代，以乡村风景为核心的英国的文学景象。威廉斯的特别之处在于他透过文学的材料去把握圈地运动之后农业资产阶级兴起之初的乡村特征，文学成为历史的前景。插一句，"文学成为历史的前景"这是我之前的一个看法，但是在今天听了大家对于威廉斯书中所处理的文学和历史的关系的论述之后，我也在重新思考。我现在的想法比较倾向于威廉斯似乎是把文学作为一个走廊，不是路也不是桥，而是穿过文学这个走廊试图进入历史之中。但是这种方法本身是否存在问题还有待商榷。

回归风景问题。吴老师曾在课上谈及张箭飞《感知、视角和权力——论沈从文的湘西风景》一文："实际上，中西风景审美史里，唱主角的基本都是具有文化资源的人。惟有他们，依仗良好的艺术修养，才会选择恰当的视角，把不同的、分散的景物组织成一幅'图画'……基于这个普遍的事实，马克思主义学派的风景史学家安·伯明翰（Ann Bermingham）宣称风景是'一种意识形态的阶级的观看'。显然，'看'作为把握景物的方式已被权力化了。"这里集中论述的是在风景观看和书写的过程中，对风景的命名与评价是一种"文化权力的实践"，其权力的主体是享有文化资源的人。在对风景观赏这一过程的考察中，威廉斯看到的内容更加全面，他所考察的不仅仅是审美姿态，他是将这一过程中涉及的几个因素做了全面的考察。在他的逻辑中，观赏对象的选择、观察方式的建构都蕴含着权力因素，更为重要的是作为最基本的被观察物的创造本身就是权力的结果。针对特定的历史时期，他把对这一权力的指涉瞄准了作为乡村经济主导的新兴的农业资产阶级，其本质是乡村地主。风景问题就变得更为复杂化。

其中非常重要的一点，"风景的创造"成为这一时期的新兴而显著的现实。威廉斯提到，18世纪的地主去欧洲进行大旅行，"学习新的观赏风景的方法"，然后回乡建造自己的宅邸。这些宅邸成为新的风景而进入了文学书写的视域。与此同时，地主们通过模仿艺术作品来创造生活景致。这表明，风景创造成为可能，一来是因为地主脱离劳动而有可能四处周游；其次资产阶级改良运动和自然科学探索使得风景创造有了必要的物质和技术基础；最后，地主有足够的财力支持这种行为。这三者，全部建立在农业资产阶级成为历史化趋势的基础上，这一阶级在当时正是权力的所有者。

我更感兴趣的是，艺术与风景之间的关系在这里成为一个有意思的现象。在传统的意义上，作为"拟像"而存在的艺术中的风景本该是第二位的，是对自然的模仿。但是农业资产阶级将这二者倒置而形成了新的风景，艺术成为对风景进行干预的塑造力量。威廉斯将其视为这一阶级文化平庸性的证明，我认为这其中蕴含了新兴阶级一种潜在的野心：对自然的控制和改变。通过这样的方式，权力占有者按照自己的方式塑造风景，他们有意识地驱逐了生产场景，以一种居高临下的姿态观赏按照自己的意愿建立起来的风景，在陶醉于曼妙风景的同时更陶醉于自身的强大能力。

在第12章的开篇，威廉斯说："劳动的乡村几乎从来都不是一种风景。"这是他在整本书中不断重申和论证的主题之一。在这条逻辑上可以看到风景作为一种标示而出现的文学与思想领域的变化。18世纪初期和此前一段时间文学书写的风景正是乡村资产阶级的制造，因而，所谓的对自然的书写就被人为地灌注了两种原则，在自然的秩序原则之下，人对自然进行了对抗性的操控；在自然的创造原则中，人顺其自然为我所用。在这二者的作用之下，自然事实上已经不再具有其原生态的特征。于是，带有反叛性的内核，另一种自然原则被强调：对自然自身运作的信心。于是，对荒野的情感被称为"如画的"，诗人再度试图突围，真正属于自然的风景逐渐走入了文学的中心，不再以人的意志改造自然，而是以自然感觉去寻找和重新创造人类的新诗歌的"绿色语言"导源于此。

吴晓东：在柄谷行人那里，风景是一种现代性装置的体现，但是你可以看出威廉斯对于风景的发现和建构过程的勾勒与分析更为复杂，它涉及资产阶级对自然的控制和改变，涉及资本运作的过程。这是一个远为复杂的过程，威廉斯显然是更历史化的。

三 "情感结构"：理论的缓冲带

李松睿：我觉得在阅读这本书的时候，可能大多数中国读者都会有一个"调试"的过程。因为已经很久没有看过一本如此立场鲜明的文学研究著作了。威廉斯在论述过程中不断使用诸如阶级、经济基础、上层建筑这类概念，因此不断会让我们想起中学时代的政治课本。在讨论开始前的邮件往来中，有同学表示对这本书不太喜欢，我想可能与这一点相关。今天如果我们自己写文章再用这样的语言的话，很可能无法通过杂志编辑的审核。因此我们可能要首先把自己对马克思主义文学理论的那种难以明言的"反感"抛在一边，然后我们才能把握住这本书最核心、最有价值的地方。

而《乡村与城市》给我启发最大的地方，是威廉斯用"情感结构"这个概念来处理英国文学史上的经典作品。虽然这是一本马克思主义文学批评著作，但它并没有把讨论局限在诸如"典型""时代精神"这类概念之上，而是提出了新的分析范畴，打开了新的研究视域。对于马克思主义文学批评来说，一个基本思路是寻找社会历史因素如何影响和决定了作家的创作，因此多少显得有些生硬。而我觉得威廉斯的贡献就是在社会历史与文学文本之间，塑造了情感结构这样一个中介。于是威廉斯最基本的分析模式是，他首先从文学文本出发，分析某一时期文学创作中出现的特点，然后讨论作家是如何感知社会上发生的种种变化，再进而分析经过作家的情感结构"过滤"之后的社会历史状况对文学作品的影响。比如他在解释为什么当英国农村因圈地运动而发生重大变化的时候，在英国诗歌中却几乎找不到圈地运动的影子，就强调虽然社会生活已经发生了变化，但英国诗人在创作诗歌时，他们对诗歌的感知更多地依靠诗歌传统，而与现实生活并没有什么联系。因此在威廉斯的论述中，情感结构这个概念和本雅明所说的心理防御装置很相像。本雅明认为资本主义社会瞬息万变，对人的精神刺激特别大。为了适应这一状况，人在心理结构中发展出一种防御装置，把过于强烈的刺激挡在外面，以便能够更好地生活下去。在某种意义上，威廉斯所说的情感结构在某些作家那里也发挥着心理防御装置的作用，把不能承受的社会生活变化挡在外面，闭目塞听地进行写作。不过情感结构这个概念本身要比心理防御装置更灵活，它不仅仅起到挡板的作用，在某些作家那里它也可以成为直面现实的工具。

所以我觉得《乡村与城市》探讨了几百年来英国文学的发展史，其最基本的思路是探讨作家以怎样的方式去感知社会生活，而这些对生活的感知又是以怎样不同的方式进入到文学作品中。所以有时候我们很难去判断这本书的性质，它到底是一本文学批评著作呢？还是一本社会历史著作？在威廉斯的论述中，他是把文学作品作为某种探测器，通过对它的讨论分析人们如何理解他们所处的生活环境，怎样看待社会生活因资本主义的发展而产生的变化。

另外还有一些值得讨论的地方。比如说在60年代的时候，威廉斯一直有一个无法绕开的心结，就是他没有办法讨论乔治·奥威尔的《1984》。赵柔柔最近一直在处理《1984》这一类反乌托邦小说。《1984》在冷战时期一直被资本主义阵营视为对社会主义阵营最有力的批判。而这本小说的文学价值又很难否认。这就使得威廉斯这样的马克思主义文学批评家觉得非常棘手。所以他在60年代经常讨论到奥威尔的著作,但似乎没有办法安置奥威尔的位置,而只能简单地对其立场进行批判。比如说奥威尔是"一路尖叫着投奔了资本主义阵营"之类。不过在1973年的《乡村与城市》中,威廉斯的心结似乎已经被打开了。因为作者通过"乡村"与"城市"这两个意象,把思想家对于资本主义发展过程中出现的种种问题的思考串联了起来,把奥威尔也就安置在其论述的脉络之中。当然威廉斯的结论"人类必须抵制资本主义"是否正确我们还可以继续讨论。

此外我还非常佩服威廉斯在研究过程中总是能够把个人的情感经历与学术工作融合在一起。他在书中不断提到自己是农民的儿子,是"二战"后的英国教育体制改革才让他有机会到过去只有贵族才能去的大学读书。这一点是我特别佩服的。如果我们做研究能够融入自己的经历,可能研究可以做得更大、更好。否则总是学会了一套研究方法,这个题目能做,那个题目也能做,但都做不到特别好。

吴晓东:这对研究者的要求就更高,要求你自己的情感结构足够强大(自己笑)。要不然如果提供一个比较小的情感结构,恐怕难以注入真正的对象研究中去。

赵楠:我想问,"情感结构"的有效性的边界在哪里?它是万能的吗?我一直就有这个怀疑。以前上李杨老师课的时候,他就特别推重这个,经常引用情感结构,尤其是每次遇到一些传统意义上的文学理论无法解释的东西,他就把这个"情感结构"搬出来,然后连连赞叹"这个好!""这个简直太好了!"(众笑)再然后他就不会再往下说了,一个问题就这样"过去了",很多同学写论文的时候也是这样。

吴晓东:这个问题不是李杨老师的,而是威廉斯的,哈哈。

赵楠:对李杨老师的这种处理方式和威廉斯的情感结构,我一直有怀疑。

李松睿：但情感结构可以弥补理论工具的生硬性。有的时候理论工具很难完全对应于对象，可能就只是一种模糊的概念——这么说吧，有的人看见穷人就流泪，有的人看见穷人就觉得这是咎由自取，是你自己不好好受教育，很多事情就是这样，你没有办法用理论进行说明。你可以用他受的教育、他的成长环境之类的去分析，但其实就是"情感结构"的问题。

刘奎：我也觉得情感结构是有创造性的。为什么我们说威廉斯发展了经典的马克思主义，情感结构是一个比较关键的因素。一般的攻击者都说马克思主义比较机械化，尤其是上层建筑与经济基础的对应性。其实马克思主义理论中是很难纳入个人的经历、感觉和情感的，而威廉斯在其中加入了情感结构这个概念，就提供了一个中介，给了这个看起来机械化的结构一个缓冲地带，并且把它落实到了一些较为具体的东西上，如教育和个人的经历，同时文化这种较为软性的东西也可纳入进来。锐杰提供的这个情感结构的定义，我们可以看到是综合性的一种定义，既是一种实践意识，又是一个结构，同时还是过程中的经验，非常复杂。这就在经济基础和上层建筑之间形成了一个缓冲地带，我觉得这就是威廉斯的创造性。

吴晓东：没错。松睿和刘奎都强调情感结构的中介性，或者说缓冲性。它在所谓的经济基础和上层建筑，或者说意识形态这样冰冷的概念基础上提供了一个软性的范畴，把人类的经验结构和实践结构都加入其中，所以有人说威廉斯的野心够大，大在哪儿呢？他试图用一个情感结构来概括人类整体性经验的情感图景；但情感结构在他这里的微妙性又在哪儿呢？换句话说，情感结构从哪里体现出来？威廉斯其实还是认为文学作品是可以体现情感结构的，但他又不甘心把情感结构完全落实到文学这个领域。在《漫长的革命》中，他也集中触及这个话题："我们所描述的感觉结构最迷人的地方在于：它存在于几乎所有的我们现在当作文学作品来读的小说中，也存在于如今已被忽略的通俗小说中。各种各样的反映都是真实的，也的确有着魔法般的力量。"（第77页）这个魔法力量就是文学作品中的情感结构，这也就涉及文学对情感结构的贡献，或者文学对情感结构的意义所在。我们也可看出,威廉斯运用了大量的文学经验和文学对象作为他分析的结构性因素,比如在《漫长的革命》第80页,他还谈到文学特殊性所在:"人的全部行动构成了整个现实,艺术和我们通常所谓的社会都包含于其中。我们现在不把艺术拿来跟社会作比较,而是把艺术和社会都拿来跟人类行为和感觉的整个综合体作比较。我们发现有些艺术所表达的感觉是社会无法在其一般性格中表达出来的。可能有一些创造性的回应可以照亮新的感觉。"尤其是这句"有些艺术所表达的感觉是社会无法在其一般性格中表达出来的",社会提供的可能是经验的一般性普遍性,但是只有文学才能够提供特殊性,文学永远可以提供这种特殊经验,特殊经验是一般经验和感觉所无法涵盖的、无法穷尽的、无法抽象的。所以,虽然"情感结构"的概念在威廉斯这里有点玄虚,我个人觉得他就是不肯把情感结构落实到我们人类的审美经验中,或者落实到文学经验和艺术经验之中,但实际上文学经验和艺术经验是支撑他的感觉结构的一个重要的领域,所以才被李杨老师拿来大规模地作为解决问题的出发点和归宿点,引起了赵楠同学的不满(众笑)。

赵楠: 是疑惑。

吴晓东: 同时也感谢松睿把他夫人的思考带入进来,他提到的赵柔柔就是他的夫人,是戴锦华老师的在读博士,赵柔柔的观点我们一向都很重视(众笑)。回去向柔柔表达我们的心意。

秦雅萌: 我想从怀旧的角度谈谈情感结构的问题。威廉斯在这本书中着力探讨了城乡中人的情感结构的问题。其中"怀旧"又是一个一以贯之的重要问题。不仅在英国的城市化进程中,在此之前的战争与扩张的英国历史上同样存在着这样一种怀旧情绪。从我自己的阅读感受来讲,我觉得书中的很多问题都可以统一在"怀旧"这样一个主题之下。

怀旧,首先是一种思念过去时复杂的情绪状态,它首先带有一种挽歌情怀,同时,回溯性的视角又使得怀旧者获得了感情或理性上的满足,这在威廉斯看来是一种旧有的思考方式,它的问题在于会遮蔽真实的历史进程,"在旧有的社会关系观念与意识形态背景下,关于城市与乡村的观点持续扮者偏袒的阐释者的角色"。因此，威廉斯提出要"关注持续性与变化性的共存"。不能仅将乡村形象作为一种有关过去的形象，将城市形象作为有关未来的形象，作者提醒人们关注二者之间的那个"未被定义的现在"。

怀旧同时作为一种习惯，或者说是传统，在社会生活中具有一种普遍而持久的力量。作为传统的怀旧，与乡村理想、自然秩序、乡村风景、乡村人情（包括爱情）有关。与怀旧相伴随而生的是它所承担的对过去的乡村的美化、神秘化、理想化的功能。怀旧立足于抽象的秩序，试图寻回"失落的纯真"，而事实上，这只是对稳定秩序的深切渴望之上的理想化产物，被用来掩盖和逃避当下现实的痛苦矛盾。这种掩盖与逃避往往产生于一种对历史简单化的处理，如从潘舍斯特到整个乡村文明做简单的扩展，认为潘舍斯特的美好也是整个乡村文明的美好。作者又从自己的人生经历与情感体验出发，认为怀旧往往伴随着对童年的感觉的追忆，这是一种理想化的共有的回忆。进而将村庄想象为一个田园式的和诗意化的模式——古老的村庄代表快乐和富足，而新的历史形势则是既不快乐也不富足的，这种看法实际上遮蔽了真实的社会进程。通过对怀旧问题的分析，作者提醒人们反思"黄金时代"的虚幻性。

怀旧作为一种视角，有着无法避免的危机。人们往往在乡村与城市对立的逻辑中，做一种无法停止的回溯行为，并且在怀旧过程中无可避免地形成"排斥性"（"选择性"），如乡土小说的写作。作者指出，探讨城镇与乡村的真实关系，必须改变社会关系与核心价值观念，破除城镇与乡村对立的表面谎言，寻找二者真正的对立。把真实历史进程中的城乡与对于乡村的文化想象和特定追忆区隔开来，关注土地财产问题以及由此而来的社会和工作关系。

通过对怀旧这一主题的分析，作者实际上为我们讲述的是社会体制变迁（背后是所谓的"资本主义生产模式"）、文化变迁的问题。同时，在怀旧问题视野下的空间理论、风景理论、自然理论等问题也有了新的探讨空间。这是这本书很有意思的地方。

四 被遮蔽的历史：资本主义社会的危机

孙尧天：我想就着锐杰师兄提出的关于这本书的两条明线——农业资本主义和城市工业资本主义的发展开始讲起。锐杰将本书写作的出发点归纳为"如何阅读田园诗"，这是威廉斯在第2章说明了的，我在阅读第2章的时候，被这样一个问题所吸引，即在威廉斯看来的那个"难以回答但又是根本性的问题"。在读完这本书之后，我们不难发现，这个根本性的问题就是资本主义发展模式带来的社会危机。资本主义社会危机是这本书的着眼点，对乡村与城市关系的历史性阐释最终都是为了服务于对当前危机的具体把握，洞察危机的性质并寻求解决危机的方法，才是威廉斯本书的终极目的所在。

首先需要说明的是关于情感结构的问题。对于情感结构的界定离不开对复杂历史关系的考察。威廉斯在开篇时就强调"真实的历史历来都是多种多样"，因为真实的乡村和城市均由各个不同的阶层构成，所以，真实的乡村和城市生活方式也"历来都是多种多样的"，于是必然有了关于"乡村与城市"叙述过程中的视角问题。视角问题关乎观察者对复杂历史状况的选择性叙述，而选择性叙述受限于特定的社会历史条件，诞生于特定历史条件的选择性叙述便是所谓的情感结构。也就是说，情感结构的形成包括两个因素，一个是复杂的历史关系，一个是选择性观察视角。

不管是对乡村抑或是城市，威廉斯都十分关注具体的社会关系，他不断剖析"情感结构"赖以生发的社会性因素，用他自己的话来说，便是从文学性的描写中发现"与劳作和乡村生活真正的社会条件之间的联系"，威廉斯所要做的就是打破选择性叙述，将"情感结构"还原到包容复杂关系的历史现场。就文学与历史的关系来看，在威廉斯的个人构想中，呈现出这样的图景：一方面，历史被用以参证文学的真实性，文学在威廉斯的论述中并不具有第一性——它只能作为特定的视角，反映历史复杂性的某一方面；另一方面，文学的有效性就在于，从特定视角进行叙述的观察者本身受制于具体历史条件，虚构的文学自然地也附带了真实的历史性，威廉斯对此包容性地认为，它们也"是对连贯历史的一种回应方式，它们的存在本身就是非常重要的"（第363页）。

其次，我们不难读出，威廉斯从头到尾一直努力将城市和乡村进行融合的取向，这其中应该有他的良苦用心。以资本主义的发展作为历史基底，乡村和城市密切联结在一起。不仅在乡村与城市统治阶级的内在构成上，几乎未曾发生变化——乡村的"封建地主"转化为城市的"新型资本家"，而且乡村与城市以利润和剥削进出的双向过程紧密联合在一起。从整体看，乡村新秩序的建立并不"是一个封建秩序衰落的故事，而是有关残酷地蓬勃发展的故事"（第56页）。将乡村与城市二元视为二元对立，毋宁是掩盖了真正的对立，即农民/劳工阶级与统治阶级的对立。在本书结尾，威廉斯还不忘苦口婆心提醒读者，"不能将自己局限于城市与乡村形象之间的对比，而是要进一步看到它们之间的相互联系"，而洞察城乡相互关系又是为了"通过这些相互关系看到潜在危机的真实形态"（第401页）。威廉斯随后在时间性的维度上说明，乡村的一般意象是一个有关过去的形象，而城市的一般意象有关未来的形象，现在居于两者之间，被"体验为一种张力"，在此情境之下，乡村与城市的对比被解释为一种"分裂和冲突"的关系。根本而言，这种"张力"，就是发生于现在的社会危机，具体来说，就是资本主义社会危机。这样来看，乡村与城市的发展史无非都是表征，威廉斯真正要描述的在于掌控这一切的"幽灵"——资本主义的发展及其危机。

社会危机包括人口、资源、食物、环境等多方面危机，它们无不现实存在，然而过去和未来"分裂与冲突"的时间性结论终究令人难以把捉。事实上，威廉斯在另一个层面上给出了解答。他将时间性的"分裂与冲突"在语义层面替换为阶级性的对立斗争，这也正是他所孜孜探求的乡村与城市之间的"真正的对立"，即统治性与被统治性两种力量之间的较量，"现在"正是这两种力量针锋相对的场域。在此意义上，"现在"统合了乡村和城市一切可能的社会关系。由此，我们方可体察到威廉斯致力于强调乡村与城市之关

| 绕不开的"历史" 205

系,并不懈地以整体性社会作为观察视角的苦心。对威廉斯来说,强调乡村与城市是一对"相互纠缠的综合体",真正目的乃在于强调二者"是同一个危机的组成部分",并且对于危机,他坚持认为"不得不被追溯到整个社会制度上去",即抵抗资本主义。威廉斯从一开始便将"改变社会关系和核心价值"认作社会危机的"补救方法",后来更是具体地提出要通过工会组织进行反抗资本主义统治的斗争,这是"新文明的希望",他的着眼点无疑都是整个资本主义社会体系,即一个"更大的系统"。

我们可以看到,面对资本主义/机械文明带来的挫败感,事实上出现了两种截然相反的对待方式:一是田园诗人们的选择性逃避,逃避到一个理想化的乡村秩序中去,依靠纯真的怀旧缓解现代社会的冲击,对乡村的美化不仅掩盖了真正的问题,而且从严格意义上来说,威廉斯认为,这些被挑选、被抽象化的乡村观点具有历史的"反动性";一是威廉斯主张的迎面对抗,同少数人操控的资本主义决裂,彻底推翻酿造社会危机的资本主义生产模式,试图以此从根本上解决环境、人口和事物问题,他给出的初步方法是消除劳动分工问题,采用社会合作方式,发展并扩展劳作农业。

最后,回到威廉斯最初设置的问题,既然他的分析过程和目标如此清晰,为什么非要说是"难以回答"呢?首先,威廉斯向往有着新形式合作组织的社会主义,他试图据此反抗被视为分裂人、异化人的资本主义,但现实的社会主义实践却让他担忧,因为"就乡村和城市的问题而言",社会主义继承了资本主义在细节、原则上的处理方法,固守着一套城市进步主义的理念,对乡村的汲取有过之而无不及;而乡村,在威廉斯的设想中地位无比重要,乡村不仅成为抵抗资本主义危机的一道防线,而且在未来"只会变得更加重要、更加中心化",保护乡村看来势在必行。这里明显打出了一个思想死结,仔细来看,缠绕出思想死结的两端其实就是重"城市"还是重"乡村"这两个方面。而威廉斯巧妙地跳开了这个"难以回答"的问题,他提出"城市无法拯救乡村,乡村也拯救不了城市"(第407页)的观点,也就是说,在资本主义的社会危机中,乡村和城市都深陷其中无法自拔,二者早已是一个难解难分的互动综合体,企图依靠任何一方进行拯救的希望都是无济于事的。在此情形下,威廉斯重新回到了"危机"现场,他认为最亟待解决和克服是劳动分工问题,正是分工导致了人与社会的分裂。要对资本主义进行抵抗,消灭劳动分工是第一步骤,威廉斯在此只是给出了方向上的指引。他既未详细说明可以取代劳动分工的新形式合作组织的具体样态,也未涉及新形式合作组织取代劳动分工的可能性与可操作性,但考虑到本书论述重点在于从乡村与城市的发展史中透视资本主义模式的危机,至于如何解决这些问题,就可在他处另作别论了。

从根本上讲,乡村与城市的关系主体历史被投放在文艺复兴之后,以迄于威廉斯著述的当时,他的中心主题——资本主义发展的"危机"不断暴露出来。从时空性上讲,危机无疑出自现代社会发展带来的焦虑,是正在继往开来的现代性遭遇了"难以回答的最根本问题",简言之,威廉斯其实以乡村和城市的关系分析为依托,浓烈地抒发了自我对现代性危机的感受。当然,威廉斯注重以历史的分析作为基础,从来不迷信田园诗人对有关乡村童年往昔的动人回忆,他正是试图以此将五花八门的情感结构具体呈现出来。但不可否认,这些田园诗的出现,本身也包括了当时诗人对现代性的焦虑、痛苦感受——其程度或许并不比威廉斯感受到的少很多,在这一点上,田园诗人成为威廉斯的同路者。这部分情感本来就属于现代性的一部分,也就是说,现代性应当同时包括资本主义进步理念与反资本主义进步理念,是扭结并行的两条线索;而威廉斯超出田园诗人的地方就在于,他对现代性的焦虑,很大一部分来自对这两条综合线索的焦虑,他有着一种立足整体的改变渴求,他本人不站在乡村或城市的哪一方。

威廉斯最终提出以消灭劳动分工作为拯救社会危机的方案,某种意义上,存在着将资本主义社会的罪恶归结到劳动分工的倾向。不错,劳动分工确实带来了资本主义的危机,辐射到乡村与城市有关的整个社会整体,但这也许只是劳动分工的"失范"形态,即劳动分工尚未得到更健全的发展,是分工不成熟的一种表现形态——因为从其他的思想家那里——比如,法国社会学家涂尔干，我们听到了分工其实更加有利于社会团结与人的实现的声音。

吴晓东：尧天的发言我觉得比较精彩，他抓住这本书的根本问题，或者在他看来是一个根本问题，就是"危机叙述"或者"危机感受"的问题。而资本主义的危机问题当然是这本书贯穿性的问题，虽然他讨论的是城市和乡村，但就像威廉斯在407页开头说明的，"我一直在论证，资本主义作为一种生产模式是乡村和城市的大部分历史的一个基本过程"，只有资本主义发展模式才能把乡村和城市纳入他的总体思想体系中来。所以我觉得尧天的总结和概述是非常到位的，也还是有一定的深度的。另外他也进入了像劳动分工、合作组织这样一种经济社会的方案和把握之中。可以看出尧天和锐杰有相似的知识背景和储备，也会把这样的储备带入文学叙述和文学解读中。而且我也注意到，尧天说在这样一个资本主义总体性危机的框架中，文学肯定是从属于历史的，或者按尧天的说法，"文学是不具备第一性的"。这就涉及整个这本书中文学的位置何在这样一个问题。威廉斯实际上把文学、思想和经验这样一些感性的东西纳入经济权力和社会历史的一个更大的系统中，文学其实是从属于这样一个更大的系统的。这样，文学的意义才能在威廉斯的体系中得到理解和说明。因此，文学的自足性本身是受威廉斯怀疑的，它只有置于一个更大的历史语境，或者说是马克思主义具体的政治经济学视野中，才能凸显出所谓的文学的关键意义所在。比如在谈论田园诗的时候，威廉斯认为如果要揭开历史的面纱，那就应该破除文学的魔咒，至少田园诗是促成历史神秘化的一个工具。这是威廉斯在最初写这本书的一个基本思路。在反思田园诗的过程中，文学的意义是相当负面的，或者说文学与历史之间的裂缝是需要像威廉斯这样的理论家去洞见和揭示的。大家再看第94页，一开头他讨论的情感结构的话题，还有整个这一章所触及的田园诗的书写问题，也可以启发我们思考什么是文学，思考文学和政治、历史关系的这样的一种范式。文学和政治、历史关系的理解，在威廉斯那里，早已复杂化，他对文学的定义，早已离开了一种本质化的方式，所以整个这本书都有利于启发我们把文学放到更大的政治、历史社会视野中去辨认和研究，这肯定是文学在威廉斯思想体系中的位置。这本书绝对有利于我们把文学进行所谓的"祛魅化"，然后置于一个新型结构中来研究。

五 文学与历史：何谓"真实"？

张玉瑶：我想说的和刚才各位提到的有一些重合性。就我个人的观感来说，威廉斯的这本书乍看之下十分破碎和庞杂，他除了对英国社会历史和文学史进行追溯打捞，还掺杂进自己的生活情感经历，因而它虽然是一本坚硬的政治性著作，却也保留了一些柔软的地方。比如本书的最后一句，他说自己对乡村和城市的这种探究最重要的是为了能够凸显我们生活着的许多乡村和城市——凸显对一种经历的感觉以及对改变该经历的各种方式的感觉。

在这里我有一个小小的疑问。这本书中 feeling 这个词大多时候被翻译成"情感"，但在这里却被翻译为"感觉"。不知道这个词组在国内有没有统一的译法，但我看到有些论辩说 structures of feeling 更应该被译为"感觉结构"而非"情感结构"。就我个人感觉，这个贯穿全书的关键词的两个译法在汉语中会有两种不同的意义指向：情感结构仿佛是一个在历史中客观积淀生成的人群共有的心理结构，但感觉结构却更为个体化、主观化和具有变动性，甚至被允许成为一种被主体以各自不同方式构建的谬见和幻象，正如威廉斯所说，是对真实的"乡村与城市"经历的"感觉"。

我比较在意的是所谓"情感结构"是如何生成，以及它又是怎样在不同历史时期中发生变动的。威廉斯的叙述方式是将情感结构与英国真实的社会结构在时间的脉络里予以平行对照，以后者来给予前者出现与存在的合理性，或者反驳前者"感觉"的荒谬性。我进行了一个小小的梳理，在英国文学传统里，对于乡村的情感结构经历了一个田园诗时代的美化、变化时代中的失落和怀旧、浪漫主义时代对自然风景的再发现和孤独漫游姿态、城市工业主义繁荣之下对乡村的再次复归这样一条路子；而对于城市，则是在其兴起伊始普遍对其抱有一种陌生敌对化情绪,而当城市经历普及后,又将其作为一种现实生活方式接受下来,到现代主义时期城市又成为人类生活状况的象征和现代意识的物质体现。沿着这样的线索,可以看到威廉斯在其论述中一直在反驳和取消"城乡对比"这样的观点和方法论,认为"表面的对比遮蔽了实际的对立",并用农业资本主义如何发生发展这条线索及其他事实来说明乡村和城市处于广泛的联系之中,二者共同被容纳进资本主义的英国社会结构乃至世界殖民结构中。同时,他还分别挖掘了城市与乡村各自深刻的复杂性,没有给予其类似"乡村纯真"与"城市邪恶"这样单向度的简单界定,乡村也有触目惊心的悲惨事实,城市也有对于人类的积极意义,一城之内有着光明与黑暗的两面,正如断裂的伦敦东西区。

  从方法论上来看,威廉斯其实一直是在试图还原真实的历史,来进行对文学论述的补充和反拨。因此他会诟病诗人、作家们的"选择、挑拣"行为,就像刚才尧天说的,认为他们是一种选择性论述,只去选择乡村和城市中适于表达一己情绪的资源,遮蔽或有意掩藏了对其真实面的呈现。这里不知是不是出版社弄错了,这本书中文译名是《乡村与城市》,但它封面上的英文名是 The Country and The City in the Modern Novel,如果这是威廉斯的原意,他是想把自己有关乡村与城市的论述集中在一个文学的场域内,但从全书来看,在他对社会历史真实性的还原中,是否没有考虑到文学的特殊性,或者说压缩了文学可以发挥的自由空间?这在一定程度上似乎也影响了他的美学判断,比如他会对呈现的真实历史细枝末节的作品给予较高评价,对那些在一定程度上建构、美化了真实乡村的作品持有批判态度。这当然和其马克思主义文化唯物主义的立场相关,但他是否忽略了文学的功用和目的不全部是客观地呈现真实社会历史,也可能是传达某些共同的情感需求,而这些需求又往往在真实历史中"碰壁",只能去求助虚构的文学,比如那些被他所批判的伪造"乡村"行为或乡村怀旧情绪中所传达出的对精神归宿或对乌托邦世界的寻求,就不是能嵌进客观历史中去的了。情感结构和社会结构本不是个共时平行发展的形态,前者有其独立性,可以滞后或提前于真实时代，要考虑的是人们在某个特定时代中为什么会生成一个不和时代完全重合的情感结构。

此外，如果按照此书英文名，我纳闷的一点还有书名中既然是说"novel"，但几乎有半本书都在举诗歌为例。不过，威廉斯在书中也有几次顺便提到了文体变换的问题，和伊恩·P. 瓦特的《小说的兴起》一样，同样将小说的兴起追溯到了社会历史因素上。威廉斯认为，这归根结底和资本主义的兴起有关，当描写田园风景、抒发个体情绪的诗歌不足以表现复杂的阶级和人际关系时，这个任务便转移至小说。但是让人有一些质疑的是，书中前半部分试图论述乡村怀旧情感之不真实时，援引的文本对象都是诗歌，而诗歌文体本身又是非常特殊的，不太被从真实性上来做要求，很大程度上允许自由抒情和挣脱现实束缚，因而这样援例是否恰当？而对于小说，相比起利维斯在其《伟大的传统》中试图把许多作家排除在外，找到一条正本清源的英国文学正统之路，威廉斯的一个贡献在于发现和挖掘了更多"非正统"的作家，并试图从更全面的维度去重新塑造英国文学传统，这大约是他的一个构想，或者野心。他不仅指出被利维斯推崇备至的简·奥斯丁的局限性，为屡屡受到精英们贬抑的哈代鸣不平，还重视了许多劳工诗人、平民作家的作品。威廉斯似乎总是特别强调每个作家的出身背景、家庭成长环境和求学历程，以此来印证他在书中反复强调的"观察者"的问题，强调"看"的主体有着怎样的特殊性，不同的观察者是怎样一步步从他所观察的人群中脱离出来并和被观察物保持距离，最终形成对乡村和城市不同的观察方式。威廉斯尤其强调那些平民作家诗人眼中的乡村风景和都市景观是怎样与那些被"伪造"的文学书写不同，并以此来证明真正的英国社会结构该是怎样。问题在于，威廉斯这本书在批判其他作家"选择性论述"时自身是否也陷入这个思路：用真实历史去证明一些文本的不真实的同时，又用另一些文本来补充说明真实的历史，这个方法论本身会不会有其偏颇性？

吴晓东：玉瑶的发言让人刮目相看，很有见地，包括对本书题目的见解。如果原书的名字是 *The Country and The City in the Modern Novel*，翻译者省略成《乡村与城市》，问题可能会很大，因为我们在某种意义上的确可以把这本书看成是英国小说史的一个再书写的过程，完全可以从英国小说的起源和发展的历史描述的意义上来读。

黄锐杰： 我查过，《乡村与城市》对应"Country and city in the modern novel"这一英文题名的仅有美国 University College of Swansea 出版社 1987 年出版的小书，作者同为 Raymond Williams，仅 16 页，是一次讲座整理稿（W.D. Thomas memorial lecture）。别的书都题为"Country and city"。中译版权页给出这一题名，个人猜测有两种可能，一是搞错了，二是故意打版权擦边球（仅 16 页的小书版权由兰登书屋管理）。

吴晓东： 谢谢锐杰的认真。不过这本书中对英国小说作品的分析，的确占据了很大的比重。我们外国读者可能一开始对书中论述的田园诗不熟，但慢慢往下读，读到简·奥斯丁、狄更斯、哈代、乔治·艾略特等人时，就发现开始慢慢熟悉起来了，这本书因此也有助于我们重新在英国文学史和小说史的背景中来观照这些作家。这些小说家被一个马克思主义者理论家在都市和乡村的背景中，获得了一个全新的有解释力的阐释。当然也是一种选择性的阐释，即玉瑶强调的"批判性选择"或"选择性叙述"，刚才尧天也提到了"选择性叙述"。在这本书中威廉斯自己也提到了一个概念："选择性的传统"，传统也是被选择的。这证明这本书所结构的历史图景、文学图景，实际上是威廉斯再选择的结果。书中一个方法论上的悖论被玉瑶捕捉到了，也就是"用真实历史去证明一些文本的不真实的同时，又用另一些文本来补充说明真实的历史"。这些想法都是相当出彩的。

吴宝林： 刚才松睿师兄说读威廉斯这本《乡村与城市》需要做一点调适，因为里面涉及很多马克思主义的话语，有很多直接的判断。我自己在读的时候倒觉得没有需要太多调适的地方。有那种调适的感觉我猜可能与我们接受的大学教育有关，导致我们把马克思作品想象成一种很机械的东西，其实我们读西方马克思主义理论家的东西，会觉得他们的语言很好，看不出什么机械之处。

刚才大家提到"农业资本主义",比较抽象,我刚好正在看威廉斯的访谈录《政治与文学》,里面有一段话可能会将"农业资本主义"这个概念更具象化地体现出来,书里提道:因为"乡村是你周末度假的地方"……而"绵羊是一种不经济的牲畜",威尔士的牧羊人放弃放牧或者实现垄断得越早,情况就越好;离开那些山陵,把它们作为空闲消遣的地区,用于对大自然的发现。这最后一句话很重要,所谓风景的发现,其前提在此彰显了出来。我由此想到柄谷行人,还有威廉斯的"情感结构"或者说"感觉结构",我觉得这批人都比较厉害的地方是,他们不是看一种本体论或一种本质性的结论、观点或现象等目的化的东西,包括日本的丸山真男也是,他们是看到一种心理模式,去探察人们观察方式的机制,我觉得他们是要把这个东西给挖出来。这也不是形式分析的模式,刚才锐杰提到一点,即文本的形式分析与社会政治结构之间的关节点在哪里,威廉斯、柄谷行人等思想家是能比较厉害地勾连起其中的脉络,能把问题处理得不是那么机械。

关于文学的功能,这本书里也提到,其实还是有一种区分。我们以前总反对文学的反映论,但文学的一种功能即是记录人类的经验世界,而另一种视野是将文学看成一种生产的过程。一旦用到"生产"这个词,就会和社会的政治的一套机制结合起来,因此文学成为一种生产过程,我们阅读和处理文学作品就必须采取相应的应对策略。

吴晓东: 宝林强调这些人比较厉害的地方在于一种"生产性",这其实也是一种过程性和实践性。这一切恰恰蕴含在感觉结构本身中。这不是一种机械的、固定的模式,而是一种活生生的模式。这就是这批"大佬"们的写作中最值得我们借鉴的地方。我觉得我读这本书最受启发的还不是他的理论框架,不是他结尾说的必须抵抗资本主义的这么一种目的论的模式、目的论的结论,而恰恰是书中字里行间的那些非常精彩的具体分析,尤其是小说细节的分析。可以看到,威廉斯对每个小说家的认知模式、情节模式、语言模式都有完整的把握,像小说结构的分析在他这里就占据了非常重要的位置。但是这些结构分析都不是形式主义的,都上升到了某种社会历史的,包

| 绕不开的"历史"

括道德的层次。这就是宝林提到的生成的过程，而威廉斯的论述本身也是这么一种活生生的实践的过程。我觉得这是我最难企及的地方。威廉斯的启迪就在这些非常精彩的细部的论述和分析，虽然有些支离破碎，甚至常常运用孤证，一个例子就阐释出很确凿的结论。严格来说，我们做论文是不允许这样的，论文的结论必须建立在大量的细节分析和材料搜集的基础上。但是威廉斯因为是大人物，他就敢根据一个例子、一处细节就把结论确凿地引导出来，而他厉害的地方还真都在这里面。

桂春雷：我突然有一个问题，这个问题把我弄得很难受。刚刚听大家的讨论，我突然有了这个疑惑。阅读这本书，对我来说还是有很大的障碍的。因为它有比较强的策略性，包括它的文本组织和它的视角选择。我感觉在威廉斯写作方式的影响下，我们的阅读是不是也会受它的策略影响而产生某种很强的目的性。举个例子，刚刚尧天说到"视角是情感结构的前提"。听到这句话的时候我就觉得比较怪，之后我又重新考虑了一下，我觉得在作家们不是在情感结构生成之前有意识地选择某种视角，或者说，他们并不是有意识地选择了某种视角之后产生了情感结构，然后产生了对乡村与城市的错误的认识，而是相反的，是乡村与城市生产的现实状况局限了他们的视角。威廉斯虽然是在刻意地组织文本并在文本中分析出文本背后的选择性视角，但这个视角对创作者来说可能一开始不是有意识的。让我难受的原因是，这和我之前的阅读感觉是反过来的。因为之前我认为是不同的情感结构选择的视角导致了在不同的文学陈述中出现了对乡村与城市的遮蔽的认知，但现在我觉得其实是乡村与城市的客观情况造成了这种认知的局限，而威廉斯把它们指认为一种遮蔽。之前松睿师兄提到威廉斯无法定义奥威尔的《1984》，但在这本书中威廉斯又将之归结到了乡村与城市这样的陈述结构中去，松睿当时对这样的陈述方式给出了一个评价，认为它是比较"高妙"的。但现在回过头去看，我会质疑威廉斯是不是真的解开了这个结，或者说，会不会在他试图用这种方式解开这个结的时候，其实却遇到了一个更根本性的问题，就是在他所揭示的乡村与城市的关系中，本质上的资本主义内部的基本矛盾在其生成的过程中,其实是和社会主义实践在处理乡村与城市问题时所采取的策略,有着一种结构性的一致?如果是这样,那么他即便是以乡村和城市作为一个壳子,套在了《1984》上面,但他仍然,或者说更本质上的,他是把在《1984》中发现的危机,直接放置在了现实中他对社会主义实践的失望中去。所以我会觉得在这里威廉斯是把社会主义实践中的城市问题放大了,或者说,是将其本质呈现出来了。当然,书中他并没有特别细致地去分析这个问题,但是正因为他的陈述的缺席,我会因此而觉得他有很强的策略性。所以我虽然突然想到这个问题,目前还想不到一种比较好的解释,但我实在憋得难受(众笑)。

吴晓东:你让我们也很难受(众笑),因为你还是颠覆了我们的某种感觉,比如我们一直觉得威廉斯的判断是对的,田园诗的写作的确是有神秘化的、幻想的和遮蔽现实的问题,但是你恰恰觉得田园诗之所以会那么写,也是从他们的社会现实中出来的,或者说是他们的生产状况本身也决定了田园诗是以这种面目出现的。威廉斯认为是一种遮蔽,你认为这种遮蔽是不成立的,在某种意义上我觉得你这是对威廉斯的基本判断和立意的某种颠覆性的批评。你能意识到这点,还是让我很佩服的。

桂春雷:嗯,在这里我也不太敢否定"遮蔽"的判断,我只是对"遮蔽"是否是有意识的,产生了一个疑问。

黄锐杰:我稍微辨析一下刚才的这个问题。在威廉斯这里,是视角决定了感觉结构,可是他会进一步认为视角里面是有区分的。在威廉斯看来,写田园诗的诗人,决定他们视角的社会现实不是一种真实的社会现实。他觉得决定他们视角的是他们背后的利益、特权和阶级立场。他认为他们看到的带着某种立场的现实是一种被遮蔽的社会现实,而威廉斯认为存在一种"真相",一种更整全的社会现实。这是他做这么一种判断的一个前提。诗人们视角的选择可能是无意识的,但是这没有改变他们被遮蔽了这一现实。当然威廉斯自己发现的"真实"有多"真实",我们可以进一步讨论。

吴晓东:嗯,在威廉斯这里还有一个"真"的社会现实和一个所谓"虚假"的社会现实的范畴,就是说他认为还有一个更真实的历史面目和社会现实图景。这些真实没有被田园诗人们发现,也就没有写出更真实的历史图景。锐杰的这个说法能不能解决你这个"难受"的问题?

桂春雷:我更难受了(众笑)。

刘奎:我觉得这个问题跟阿尔都塞在《意识形态和意识形态国家机器》里面说到的教育确立起来一些虚假意识是相关的,但是他更发挥了这种观点。

吴晓东:对。所以伊格尔顿直接就把"感觉结构"称为"意识形态",确实有这个问题。因此在某种意义上,我觉得可能是威廉斯在叙述上的某种含混性,让大家都很难受(众笑)。我们发现我们不能说威廉斯的写作方式就全然没有问题,我要替春雷读读他发来的邮件。他说作为历史研究的《乡村与社会》,其写作方式的不严谨是"令人发指"的(众笑)。

桂春雷:加引号的(自己笑)。

吴晓东:对,加引号的"发指"。后面他还说:"既不考虑完整的理论架构,也不考虑国外读者的感受。"这个我要替威廉斯表示歉意啊(众笑)。因为他是在英国文学史的脉络中讨论这个问题的,他的理想读者本来就是熟悉英国文学史的专业读者,实际上当他写到简·奥斯丁的时候我就觉得越来越熟悉,我为这次讨论还带来一本《为什么要读简·奥斯丁》,中译本序中就说在简·奥斯丁的写作中看不到18世纪的工业革命,或拿破仑扰攘全欧洲,跟社会历史大事件没有关系,但是即使这样一个全身心书写"婚姻题材"的作家的小说,仍然被威廉斯解读为一种政治写作。春雷的邮件中还说:"但也正是这种文人气质让读者着迷。心里想着作者指点江山的精气神就难免要忍住一口气再读下去,这恐怕也是《乡村与城市》作为文学作品的魅力之所在了吧。"所以在春雷这里还是比较辩证的。在某种意义上,一本书的缺陷可能也是它的魅力所在,或者说一本书的魅力本身也就隐含着它的缺陷。但我觉得恰恰是这样的书,或许对我们更有启示性,也启发我们如何去读书。比如像读这本《乡村与城市》,至少可以带动一个谱系,进而去阅读《漫长的革命》《政治与文学》这样一批书。但更重要的是它会带动一个视野,这就是马克思主义的批评,或者说是意识形态批评和政治批评的视野。

六 中国问题、殖民体系与现代化困境

路杨:我想先回应一下玉瑶关于威廉斯方法论上的悖论问题,即"用历史真实去纠正虚构作品"的问题。玉瑶刚刚提到,在这部书中很多美学问题无法得到解决,但我认为在这里,威廉斯本来也不是以审美评价或解决美学问题为目的的。我们很容易发现,在材料的使用上,威廉斯几乎是在小说、诗歌、回忆录乃至博物学著作等不同类别的文本之间进行自由的穿梭、对比、运用,而他用以弥合"历史真实"与"虚构作品"之间的距离,使其能对这两类材料进行无障碍的比照和平等级别的运用的理论工具,正是我们一直在讨论的情感结构。一方面如吴老师所言,情感结构因其可容纳复杂的经验与隐秘的裂隙,从而能够将文学虚构的部分纳入;另一方面,威廉斯的情感结构其实也是意识形态理论的脉络之中不可或缺的一环。在讨论田园诗的部分,威廉斯就指出"怀旧的田园主义"作为一种意识形态神话,文学实则也参与到了其建构中去。因而在文学作品的编织与虚构之中,最终形成的实则是某种观念产物,并反过来持续不断地影响着人们对于"历史真实"的认识。所以从这个维度上来讲,文学作为某种"情感结构"的载体,其"历史真实性"也恰恰蕴含在其中,文学作品的"虚构性"反而是最需要被加以质询的:它与"历史真实"之间的关系,它对于某种"历史真实"的想象与构建,它和记录着某种别样的"历史真实"的文本之间的对比,就变成了可行的甚至是必需的。

吴晓东:说得很好,也把刚才从春雷的"难受"中引发的问题进一步引向深入,譬如引向对文学与历史真实之关系的本体论式的思考。

路杨:接下来我想要谈谈《乡村与城市》可能为中国现代文学研究带来的一些启发。从中国的问题出发带着借鉴的眼光阅读,我所获得的启发一是

反思性的，一是差异性的。

该书虽说题为"乡村与城市"，但威廉斯的重点还是在于乡村，并首先在于破除关于乡村的种种虚假观念。一个最直接的问题是，乡村在任何国别的文学中都很容易被抽象化，而成为某种普遍的人性、道德、生活态度、历史态度或民族寓言等。这种抽象化首先是真切地发生在作家那里：通过童年记忆、回溯视角、田园牧歌或文化挽歌之类的叙事装置，或是通过"在而不属于""出走与返乡""原乡神话"这些在事实层面和叙事层面上的社会流动过程，"乡村"被抽象化了。例如沈从文1934年在回湘西老家的途中从"故乡的河"的意象中顿悟般地获得了某种带着"原人意味"的"生活形式生活态度"，"智慧与品德"，乃至"历史是一条河"这样的历史观，又如20世纪80、90年代盛行的"民间风土小说"所树立起的某种"乡土中国"的形象。而这种抽象化又往往走向了某种"两极化"的面貌，但问题却在于这种抽象化与两极化以外的文本世界与现实世界。同样的抽象化还发生在批评家和研究者那里，即对于文学文本的二次抽象。例如刘洪涛在勾勒"中国形象"时，鲁迅和沈从文的乡土叙事便被视为代表了两种不同的乡土面向，一方面是黑暗的、愚昧的国民性，而一方面则是浪漫的田园牧歌，以及一般的文学史研究对于乡土文学的平滑叙述与简单切割。为什么中国文学的乡土叙事在文学史或文学研究的视野中总是由"封建愚昧"和"田园牧歌"的两极化叙事构成？我们如何理解赵树理笔下的农村、张爱玲的《秧歌》或是余华的《活着》里面的乡村？它们所构成的恰恰是两极化之外的乡土中国。而这正是文学研究对于作家个人经验的混杂、创作面貌的丰富性、观察者的位置、对象和语气背后的情感结构所做的二次抽象。在这个将乡村"抽象化"的问题上，《乡村与城市》给我的启示是反思性的。

但威廉斯给我更大的启示在于他讨论的是乡村与城市之间的关系而非某种对立性的比较。乡村与城市并不是两个区隔性的存在。而在这一互动性的大框架之下，威廉斯探究了一系列的概念及其文学表现，由此来观察乡村和城市之间的运动，边界区和边界的危机。而在我看来，他所考察的这些概念对于20世纪中国文学中的乡村与城市同样具有重要的意义。有些概念和范畴的意义不仅在于其补充性,即弥补我们曾经观察视野中的漏洞,也在于其差异性。也就是说,在这些概念形成的问题视野里,中国的问题恰恰得到了凸显,而不是遮蔽和置换。考察这些概念在中国现代文学的乡村书写与城市书写时,并不是一个英国问题或西方问题的移植,反而恰恰可以透视出中国现代文学自己的某些特征。这样的概念比如有劳动,有社会流动性,这同时也是我最为关注的两个概念。

如果说威廉斯在英国乡村与城市历史看似断裂的叙述中间,找到的重要的接续点与连接物是农业资本主义的话,由此发现了很多断裂背后的延续性,那么中国从封建制的、自然经济的乡村到民国时期大规模的农村破产,再到社会主义体制下的农村建设,这样的断裂背后的延续性又在哪里呢?中国现代社会组织的变动与流动性的形成,恰恰不是威廉斯在第25章中说的,从英国经验扩张到西方世界的普遍性的经验,而是经过了一些不同的现代性环节完成的。作为某种被动的现代化进程,来自资本主义国家的侵略战争不仅是一个现代性的事件,甚至同时就是现代化的过程本身,也正是这个特殊的环节推动了大规模的社会流动:战时工业向大后方的迁徙,打破了之前相对稳定的社会结构,西南地区涌入大批的"新工人",主要来自当地的破产农民和城市小生产者,还有从沦陷区逃亡出来的难民,以及因躲避兵役而涌进城市的乡村人口。战争带来的流徙,以一种暴力的方式将农民强行地卷入了这样一个现代进程中去。流亡难民和失地农民的工人化带来的是中国式的"农工"经验,而对于这种中国式的社会流动性的观察在中国现代文学的写作中是先天缺席的,还是被后天遮蔽了?对于这些"农工"经验的书写,我们无法将其划归为乡村文学还是都市文学,它更像是一片广阔的灰色地带。

另一个概念是"劳动"。在威廉斯那里,"真实的劳作乡村社会"是其考察作品时的一个重要的参数。然而我一直关心的问题是,"劳动"在中国20世纪文学的乡村书写与城市书写中的同时"缺席"。但在这种缺席中,又有一些"在场"的例外:例如茅盾在《春蚕》中对于养蚕劳作的具体描写,又例如路翎对于如何表现"劳动"、如何展现一个"劳动世界"、如何写"工人",尤其是现代产业工人的劳动形象和劳动场面,包括对于我刚才提到的作为社会结构变动的微观层面的"农工"经验,都有其重要的甚至是独一无二的贡献。在茅盾和路翎笔下,这些"劳动"同时也是放在某种社会流动性的视野下来书写的:《春蚕》提供的几乎是一幅被世界经济市场摧毁的中国传统纺织农业的微缩图,而路翎的一批小说处理的则是中国在资本主义列强的侵略战争中发生的工业化进程、产业结构的转型、社会性质的转型中的微观经验;而新阶级的出现、作为个体的工人的身份认同和对于阶级的归属感、工人运动的自觉或苗头都是在一个劳动世界的内部展开的,工人(群体)自身的自我觉醒和自发反抗作为机制和过程及其反抗能量的来源,又都蕴藏在"劳动"的本质当中。在以往的乡土文学研究或都市文学研究中,得到更多关注的对象反而大多没有书写"劳动"。然而相比之下,赵树理却很少直接状写田间陌上劳动繁忙的场景,以蒋光慈为代表的一批左翼小说往往着重落墨于工人运动,而对于工人的劳动却很少表现。这种"劳动"的缺席在中国的乡村与城市书写中又意味着什么,都是值得思考的问题。

我以为这些范畴都是威廉斯对于我们思考中国现代文学的问题所提供的非常重要的视野。

刘奎:威廉斯的方法对于我们认识现代中国问题的有效性,我也觉得这是一个值得进一步讨论的话题,我觉得威廉斯对视角和情感结构的关注,有助于我们反思现代性这个认知装置的历史性和局限性,我想借一个具体的案例探讨一下"现代"意识这个感觉结构如何影响现代作家观看城乡的方式,这算是对威廉斯的呼应,而另一个潜在的问题则是,威廉斯的分析方法对于现代中国的有效性和局限性。

我想讨论的是《阿毛姑娘》,这是丁玲写于1928年的小说,讲述了一个很简单的故事,生于某"荒凉山谷"的女孩阿毛远嫁到了西湖边的葛岭,在这个离杭州城不远的地方,经由周围人的谈论、城里来的游人以及她自己进城的见闻,她逐渐从一个单纯的乡下女孩变为一个向往都市生活的女人,因为在丈夫身上看不到希望,去当美专模特的希望又遭到家人反对,她最终选择了自杀。这种叙事模式在五四以来的启蒙叙事中很常见,而城乡的空间差别往往被转化为时间问题,乡村的落后性也就在这种追求现代的知识结构中建构出来。

然而,这个小说的复杂性在于它还有另一重叙述的声音,当阿毛想象自己成为一个城市女人时,叙事者对其进行了反驳,叙事者以一个都市新女性的境遇否定了阿毛的设想,这种否定其实是对启蒙理性的反思,从而否定了城市作为乡村远景的可能。当然,这种叙述很容易让人联想到所谓的"反现代的现代性",威廉斯的批判也是对现代性的反抗。但这里的问题在于,丁玲没有确立一个鲁迅式的反抗的主体性,而是陷入了一个矛盾状态:乡土在她笔下是贫穷和落后的,其实想回去也回不去了,而城市又无法提供一个历史的远景,那就只能陷入绝望,而阿毛姑娘的自杀很大程度上正是由叙事者的这重意识所决定的。我觉得这个作品中的两难状态可能更符合杰姆逊所说的第三世界的国族寓言。因为一战爆发之后,中国知识分子对西方现代模式也极为失望,如梁启超在《欧游心影录》中所表露出来的悲观,以及他所提到的斯宾格勒的《西方的没落》等,对当时知识界有很大的影响,但回归传统的观点也同样遭到了知识界的反对,这种两难状态其实是欠发达国家真实的历史处境,这对威廉斯的后殖民视角构成了挑战。威廉斯看到了晚发达国家处于由英国所主导的世界体系之中,其根源是由资本主导的;同时,他又认为殖民地的自我殖民过程是一个讽刺的过程,而他指出的理想解决方式是独立运动和民主斗争。但他恰恰忽略的是殖民地的历史性,如民族国家、民主斗争和独立运动等概念的知识来源,以及晚发达国家在确立主权/主体性过程中的复杂性,如丁玲式的困境,而这个困境在更广的层面则表现为整个国家的现代化政策,如威廉斯在书中视为理想模式的中国乡村包围城市的革命,但他没看到的是中共在取得革命成功之后,紧接着便是大力发展工业,原始积累则由农业的合作化完成。从这个角度来看,后殖民理论这个西方知识体系自我生产的产物,在反思宗主国–殖民地的权力关系时具有较强的批判性，但在面对晚发达国家的具体历史境遇时其有效性还是有一定的限度。

孙梦雨：在《乡村与城市》的开头和结尾中，威廉斯都提起"country"这个英文词有两个意思，一是"乡村"，二是"国家"。他特别在附录中回顾"country"的拉丁语词源contra，指出该词原本含有"相对""对立"的意义层面，而"城市"则源于civitas／群体、civis／公民，两者是在16世纪后期（田园诗也在同时出现）才开始成为对比鲜明的概念组合。威廉斯还提供了好几个后来从这两个词语演变出的相关词群中的例子。由此看来，威廉斯对语言的历史性，以及语言在塑造文化、政治意识过程中起到的作用是高度敏感的。我们也可以注意到，16世纪末期不仅决定了关于乡村与城市的意义结构、感觉结构，这一时期也是殖民制度在17世纪大规模传播的前期。对威廉斯而言，这一点绝对不是巧合，而是值得继续研究和思考的历史性问题。虽然他没有在此书中将乡村／城市与殖民问题明确地连上关系，但我们完全可以察觉到作者已经部分判断出了乡村与城市的非相等结构很可能是殖民主义的理论和历史前提。特别是威廉斯提起"风景的发现"这一现象，在90年代至今相当权威的殖民后批评作品中可以找到发展得更完整的"后身"，例如，19世纪末20世纪初，欧洲国家是如何通过新科技（类摄影技术）、世界博览会等现代实践在埃及发现了被殖民他者（colonial other）。过分简单地说，这个设想就是将殖民者归于"城市的位置"，被殖民者归于"乡村的位置"。当然，我并不是想要用这样的平行模式来简化乡村与城市间的关系，或是殖民者与被殖民者间的关系，而是想强调这个基础性的非平衡权力关系，因为我觉得这是威廉斯在此书尾声隐约暗示的一点，值得实验性地扩大一下。

吴晓东：这种殖民视野我觉得是威廉斯内在蕴含的视野。他之后处理了帝国主义问题，虽然谈得不是特别充分，但是暗含着对资本主义殖民过程的关注。这个过程是内在于整个资本主义发展的过程中的。我记得在书中某处，威廉斯提到，殖民者到了一个地方，就宣称"发现"了这个地方，明明是侵占了美洲,却宣称"发现"了新大陆。诸如此类都是威廉斯殖民视野的某种表现。因此殖民视野一定是内在于威廉斯对资本主义的论述中的。而恰恰是这个视野,更有助于把威廉斯在《乡村与城市》中思考的问题引向大不列颠之外,甚至获得某种世界性。

好了,时间也晚了,我们今天就讨论到这儿吧,谢谢各位的热情参与。

文学史范式的开拓

——关于钱理群先生1940年代中国文学研究的讨论

吴晓东、孙慈姗等

时　　间：2020年12月20日

地　　点：北京大学静园二院201会议室

主持人：吴晓东

参与者：李国华（北京大学中文系副教授）、秦雅萌（北京大学中文系博雅博士后）、刘祎家（同济大学人文学院中文系助理教授）、李超宇（中共山西省委党校文史教研部讲师）、崔源俊、刘东、顾甦泳、孙慈姗、肖钰可（北京大学中文系在读博士、硕士）

吴晓东：今天我们讨论的是钱理群老师的1940年代文学研究。钱理群老师在对身份的自我定位中，非常看重"文学史家"的角色。而钱老师也的确属于传统意义上的文学史家。这种史家身份在钱老师这里又表现为几个突出特征：一是奠定文学史研究范式，开拓文学史观念。比如他与陈平原、黄子平一起提出"20世纪中国文学"的研究范式；身体力行大文学史观，尤其体现在以广告为中心的文学编年史写作中；而大文学史观还带来了一系列研究领域的推广，比如主编政治文化与现代文学、出版与现代文学、大学与现代文学、现代诗化小说研究书系等。二是对中国现代文学史的方方面面都有广泛的涉猎，即使是文本的阅读量，也非一般研究者能比，你随便提到一个作家，哪怕是学界很生疏的不入流的小作家的名字，钱老师也都知晓。三是在广泛涉猎的同时钱老师也有自己专精的文学史研究领域，如周氏兄弟研究、曹禺研究、知识分子研究，都具有不可替代性。在 1940 年代文学研究领域中，钱老师也是最突出的人物。他刚刚编辑好自己的 1940 年代文学研究，共有 5 辑，总字数接近 400 万字。我们今天就集中讨论钱老师的 1940 年代文学研究，希望在总结和讨论钱老师的 1940 年代研究成果的同时，为我们自己的研究提供一些问题意识和方法论视野。希望大家的讨论，不必面面俱到，而是聚焦自己的具体问题，进而有所拓进。下面就进入慈姗的主讲环节。

一 "个体"与时代：如何充分打开历史的丰富面向

孙慈姗： 非常荣幸今天能和大家一起讨论钱老师 1940 年代的文学研究，我在准备的时候发现，钱老师的阅读面真的非常广，并且钱老师对于自己的研究也有很多反思和论述，所以我今天在很大程度上做的也许是一个复述性的工作。我选择了一个作家论的视角来统摄今天的报告内容。首先我想从钱老师的著作《1948：天地玄黄》的楔子部分说起，作为报告的引言。我对这部分文字进行了一个概括式重述：

> 1948 年元旦。诗人冯至从梦中醒来，从邻人的咳嗽声里感悟到每一个生存者在贫寒的冬夜里孤寂的挣扎；叶圣陶在青年会参加了晚辈的订婚仪式，与多年未见的老同事会晤，生出沧桑之感；胡风接待了来自南京的好友路翎、化铁和阿垅，他们一同校改路翎即将出版的长篇小说《财主底儿女们》；在北平，清华园的师生举行了新年同乐会，中文系主任朱自清与同学们一起扭秧歌；女作家丁玲是在河北宋庄迎来了新年，她在这里负责五个村的土改工作，很快，她就要写出反映农村阶级斗争的长篇小说《太阳照在桑干河上》；与丁玲同是延安文艺界名人的萧军则在东北解放区担任《文化报》主编，这一天他向读者送上了《新年献词》，以一个老秀才的口吻表达了旧式知识分子与

百姓对新政权的真诚拥护;同在北方的还有赵树理,他正为《新大众报》的元旦创刊做准备;而在南方,香港文协也举行了新年团聚大会,郭沫若、柳亚子、翦伯赞、茅盾等文人学者都发表了讲话,气氛甚是热闹。

这是《1948:天地玄黄》楔子所勾勒的情境。同一时刻不同空间中文人们的各种活动既呈现了战火下日常生活与工作状态的绵延持续,又预示着一个大转折时代的来临。那么,当隔着一定的时间距离,掌握了各种形态的资料,后来者或许应该重新思考:这样一群人究竟在何种程度、以怎样的方式参与了历史进程?"他们"和"我们"的关系是什么?我们又该对他们投以怎样的观照?

研读钱理群老师的1940年代文学研究,会发现对个体生命活动的关注是其显著特征。正如钱老师在《四十年代文学史(多卷本)总体设计》中对包括自身在内的研究者的反复提醒——"要记住:历史是通过个人活动进行和完成的"。而钱理群所归纳的20世纪三大事件:战争与文学与人、共产主义运动与文学与人、民族解放运动与文学与人,也无不以"人"为落脚点。

对"文学与人"关系的重视进而决定了钱老师对"文学性"的定位:"我们理解的文学性,是指文学观察、把握、书写世界的独特方式,它关注的始终是大时代里人的存在,而且是个体的存在,具体的存在,感性的存在,心灵、精神的存在,日常生活里的普通人的存在。"在这个意义上,文学史也就被理解为"文学运动与创造中的'个体史'",它聚焦于不同作家个体如何在大时代中发出自己的声音,并相互对话,最后以合力影响历史的发展。而"文学与人"这一组关键词的复现还喻示着文学研究者对个体生命经验的观照将具体化为对"文学的个体",也即以作家为主要对象的一类人所从事的"文学的活动"的探究,如钱老师所言,这一系列研究工作的核心旨归是对中国民族知识分子中最敏锐、最富感性的一部分作家的精神历程与由此形成的精神特征的探索。在与学生及后辈研究者的交流中,钱老师也屡屡强调文学研究者所应当具备的"发现""理解"作家的能力。对"知识分子精神史"的勾勒，由是在文学研究中化为对作家生活经历、文学实践、感受结构与言说方式的全面关注，这在五卷本《1940年代中国文学史研究论集》的总目录中已然得到体现。而以作家个体为核心线索展开的研究，或许会在某种程度上导向"作家论"的研究范式，这不免引发后学者的兴趣和疑虑：一方面，这类研究模式在今天似乎有些过时，无法再容纳更具创新价值与学术抱负的研究，而另一方面正如研究者所指出，就中国1940年代丰富的文学图景而言，有些文学创作者即便在作家论的意义上也还未曾得到全面充分有深度的研究，与之相关的一系列文学现象也就更有待于继续开掘。事实上，钱老师的《1940年代中国文学史研究论集》虽并不以作家论为整体框架结构，却的确包含着作家论式文学研究的一些经典方法与问题意识。我们或许可以进一步追问："作家论"式的研究方法的有效性在哪里？它能够提供哪些观照一时代文学现象的视角？它们各自有怎样的潜能与局限？在丰厚的前人研究基础上，以"作家"为核心线索与主要关注对象的研究和讨论还可以打开哪些新的空间？这也是我本次报告想要思考的话题。

吴晓东：慈姗试图首先聚焦钱老师作家论的研究面向，这的确是钱老师文学史研究的重要构成部分，也关系到1940年代文学研究的一些宏观性的问题，而慈姗进一步追问了这样一些问题，比如作家论的研究方法的有效性，它的潜能和局限等，这些话题接下来在她的报告中或许还会具体讨论，大家想不想先聊一聊？

刘祎家：我认为钱老师的作家论，其实带有很强的对知识分子主体问题的关切，也体现的是钱老师自己敏锐和鲜活的当代历史感觉。钱老师也是从他自己关心的面向切入40年代文学研究的，因此，知识分子问题才成为他整个1940年代文学研究的一条主轴，或者说研究者自身撬动历史的一个主体学动机。而钱老师关心的又不是那些特别大的知识分子，更多是小知识分子，这其实也是特别有意思的。

在钱老师的研究方法里，作家论的确构成为一个重要的范式，他研究国统区的文学现象时，很多是以作家为中心辐射到文化的和政治的局面，并在这个局面中探讨知识分子的进退出处。正因为钱老师是从自己所处历史时期的时代感受中切入、生发出相关问题意识，这些研究也就带有紧张感，带有一个研究主体试图去对话和构建对象的学术欲望，才可能重新发掘"作家论"这一相对封闭和有所局限的研究范式的活力与潜能，而不只是没有问题意识的泛泛而论。我们知道，这些年现代文学研究界有一个小小的郭沫若研究热潮，比如刘奎对1940年代郭沫若的研究《诗人革命家：抗战时期的郭沫若》。这样一个作家论式的研究，其实也是通过郭沫若这一个案，充分开掘了郭沫若的文学实践中携带的那些巨大的、足以与当下所理解的"文学"和"文学性"形成对话，又能充分打开这些概念的辩证维度的理论动能，以此来扩充我们对战时国统区整个文化和政治生态的理解，这就使得所谓"大文学史"的视野不仅可以用于探照历史的过去，也同样被拉入当代的问题感觉之中。我觉得新的作家论研究，如果要走出它可能的局限和封闭，要重启它的活力的话，那么来自研究者自身的、当代的问题意识，可能要扮演很重要的角色。

我的另一个粗浅的感觉是，"作家论"的范式始终强调以一个中心作家为主的研究思路，这就需要你研究的作家自身也相应地要有很强的主体感，这一点放在国统区的视野内其实还是适用的。沦陷区的情况我不大了解，但如果研究同时期解放区文艺的话，单做一个作家论，是不是就不大适宜了呢？我有点说不好。因为研究延安的文艺生态，需要考量非常多正在形成中的文学生产机制和文学范式的转型等因素，作家的写作与这些外部条件之间有着非常紧密的关系，可能需要把所有这些建制性的因素全部纳入讨论，才能把历史中的文学"实相"给勾勒出来。这倒不是说国统区的作家论研究不需要考虑这些，国统区也存在各种各样的文化制度，作家的写作也同样需要因应它们，但那些模式对作家写作的直接影响好像没有延安那样大，所以我有一个不大成熟的粗略的观感，即围绕一个中心作家展开的研究模式，可能不是特别适用于解放区语境。

吴晓东：祎家这个问题其实触及1940年代国统区大后方与延安及解放区文艺生产模式和机制之间的差异性问题。路杨在讨论钱老师的研究时，也借助对延安文艺生产机制的勾勒，试图为钱老师整体的1940年代文学史视野进行对话，进而做出补充，与祎家的思路有相通之处。也就是说，在国统区的文学研究中，我们可以寻求一个以重要作家为中心，沿着作家论的视野加以开拓的研究路径，同样能够挖掘这些作家创作潜能背后的文化情境，包括政治情怀。但从解放区文学所呈现出来的历史特征来看，这种以核心作家为中心的作家论范式，可能就面临挑战，这就启示我们要运用一些新的方法。比如丁玲40年代的文学创作，就必须放到延安的总体性的文艺生产机制中进行综合考虑。从这个角度出发，可以更清晰地观照钱理群老师文学观念的某种特质。刚才慈姗强调了钱老师对"文学与人"的关系的重视，钱老师对"文学性"的定位之中永远有人的主体性因素，在钱老师看来关注文学性也就意味着把握"人"，而这个"人"是活生生的、个体的生命，这些活生生的个体是生成于知识分子中最敏锐、最富感性的作家的精神结构之中的。可以说，在钱老师关于"人"的定位中，生命的个体性是具有本位意义的。但另一方面，这个"人"有没有可能是超越了个体生命意义上的人，而也可能是群体意义上的存在呢？我想，这可能就是延安模式为我们贡献出来的一个新的文学史图景。其实在1930年代，书写群体的人，书写人民、群众、群像，就已经是左翼文学的一个重要追求。丁玲左转后的创作，比如《水》这样的小说，其中就已经出现了群体的历史主体形象。所以"人"的范畴在钱老师这里被限定为"个体的生命"，这样一种对于人的理解和对于文学性的理解具有什么样的历史性，可能是一个可以进一步生长的话题，也就是说，在钱老师所执着的"个体的人"之外，还有没有所谓的"群体的人"？尤其是后来到了"人民"概念生成的时候，"人民文艺"所书写的就是一个大写的群体形象，可能会和钱老师所理解的人的观念形成对话关系。这类形象，至少在路杨的博士论文《"劳动"的诗学：解放区的文艺生产与形式实践》中就获得的是总体性的观照。

李国华：其实我本科读钱老师著作的时候，还不能很好地体会，也不太认同他书中的一些判断，后来真的做研究了，觉得受钱老师的影响很大，发现自己是走在钱老师开拓出的一些路径上。但为什么当年读书时不是特别认同？我举个例子，《1948：天地玄黄》开篇曾提到"今天人们所关注的也正是那时不同集团与个人的选择与后果"，读到"与后果"这个表述的时候我就觉得不舒服，这个地方显然有非常强的研究者后设的价值观投射。可能是因为研究者分别来自不同的社会结构当中，自己的主体经验不一样。而如何压制自我经验，去做尽可能客观的描述，是我本人在进入这个领域的时候比较想看到的东西。

钱老师是这样一个巨大的存在，他的思想的确是特别有热量，但我当初反而会产生一种不信任感，觉得钱老师更关心顶层，关心这些顶层的人遇到社会、政治、历史挤压时的痛苦。吴老师刚才提到在大的历史事件背后的"人民"，这个"人民"既可能是想象的，也可能是现实的，也可能是实践的，这在钱老师的整个文学史研究当中似乎不是被放在特别突出的位置，比如他研究赵树理，不是关心赵树理所关心的东西，而是关心赵树理身上所投射出来的知识分子的问题。这让我在读钱老师的研究时，感情非常复杂，一方面肯定是从他那里学到很多东西，另一方面也会不时冒出抵抗的念头。

也是本科时读到钱老师他们的《二十世纪中国文学三人谈》，对三人谈里面的内容一方面特别感兴趣，对其中推崇的自由或者人的个性等内容尤其有兴趣，这也的确符合当时整个大学的偏自由主义的主流氛围。但另一方面也会疑惑，为什么他们就像王瑶先生当时所质疑的那样，不去讲亚洲的觉醒？这些内容为什么会在一个20世纪中国文学的认知框架里一度缺失？回到钱老师的《1948：天地玄黄》这本具有代表性的1940年代研究著作，会发现这本著作也是从"后果"的意义上展开的，钱老师他们那一代人必须应对的是1966年到1976年，甚至是1949年到1976年这段历史。在这个意义上，在1980年代重提1940年代，认为研究1940年代能够"挑起两头"，我以为所谓两头其实就是1920年代的中国和1980年代的中国，以此对其他时段进行历史去魅。这样一来,我会很能理解为什么钱老师选的是这些作家,关注的是这些事件,描述的是这样一种历史图景。钱老师特别强调自己在研究中总能和研究对象发生共情,但假设我来自一个不同的社会结构,拥有的社会阅历和经验、知识都不一样,就会产生一个警惕:为什么是这些人?为什么是这些话题?为什么是这些现象?

我从20岁出头到现在阅读钱老师的研究,包括为了这次讨论会重新读钱老师的一些论著,也还是非常纠结,我说不清楚我到底应该以怎样的一个方式来面对这样一个现代文学研究界非常巨大的存在。但始终还是会觉得,可能我们应该各自有各自时代的关心。

也是读本科时,读到钱老师的《对话与漫游》,当时我是一个受现代主义影响比较深的学生,读那本书就非常激动,也受到了刺激,觉得有很多文本以前的确好像是没有关心过,对于文本分析的一些方法,包括该书所展现出来的课堂氛围,都特别喜欢和向往。但是我仍然会怀疑,这些作家、这些作品的重要性的建构基础在哪里?我觉得这本书对我构成的真正影响是导致我在做博士论文时选择细读赵树理。在阅读前人的研究时,我觉得前人对赵树理的文本是没有进行过系统的细读的。听了刚才的讨论,我产生了新的想法,就是非国统区的作家同样可以以核心作家的方式对他们的创作进行细读,并不是不可以的。

吴晓东: 国华触动我进一步思考的问题至少有两点,一是如何看待一个研究者作为一个代际的代表所体现的历史性。所谓代际历史性就是钱老师的研究,尤其是钱老师在1980年代我们所谓的新启蒙主义的历史背景下生成的一些研究,所带有的那一代人特有的主体性。钱老师是在所谓的"文革十年浩劫"的历史背景下挣脱和生长出来的一代研究者,他们如何反思历史的正遗产和负遗产,背后有一种历史觉醒者的信念问题。所以国华体悟到的应该说是一代研究者生存境遇的历史性,也许把钱老师放在1980年代一代人的历史选择中,能更好地理解为什么会生成类似"20世纪中国文学"这样的研究方式,钱理群、陈平原、黄子平老师他们所共识的这样一种历史结构和文学史范式,为什么在1980年代中期产生了阶段性的巨大影响。因为它嵌入了1980年代的历史氛围。我们站在今天这样一个更为后设的历史语境和研究者的立场来看,可能就需要把类似于钱老师这样的历史研究也历史化,也要放到1980年代的氛围中才能得到更深切的同情的理解。

而钱老师更关注的是个体,这也是1980年代启蒙语境下的产物。但一些"中间范畴",比如所谓的群体、人民甚至是民族,也许就在这种思路中或有忽略。我记得钱老师不止一次跟我讨论五四,说五四有个体的范畴,有人类和世界的范畴,反而是民族这类中间性范畴,五四一代人当时思考得不多,甚至被超越掉了;但像晚清,就有所谓的民族国家意识的真正觉醒。

第二点是研究者也有个性,也分不同的类型,比如像钱老师在研究对象中投入了巨大的主体观照,他对选择的研究对象真的是有情感投入,也共享一种相似的心理结构的。但也许还有另外一类研究者,比如陈平原老师可能就与钱老师在学术个性上略有不同,和研究对象之间的距离可能拉得就会更远一些。陈平原老师的一个观点大家都知道,就是三流对象可以产生一流学问。这就意味着,陈老师选择某个对象,可能不是根据这个对象本身到底是不是跟他有共情。两位老师也许能够形成一个参照,当然不是对立的两极,但至少昭示出两种研究状态。这里不涉及孰是孰非,但是背后可能真的会涉及研究者的主体精神及其和研究对象的关系问题。研究者生存的历史语境,在某种意义上真的对他的研究有决定性影响。但另外一方面,我们是不是也应该建构一种所谓的超越性?钱理群老师是不是也意识到了他自己的研究本身的历史性,然后也建构着某种自反性和超越性的视野呢?

秦雅萌:在如何书写普通人群的生命史的话题上,我比较同意国华老师的观点。钱老师曾讨论过沦陷区普通人的生存状态,以及沦陷区作家追求反浪漫主义、反英雄主义的平凡化书写,但对沦陷区文学进行作家论式的解读可能最终仍然呈现的只是作家文学世界中所呈现的凡俗人生的普通样貌,而较难抵达普通人的真正的历史,这或许也是钱老师此后转向"民间资源"的理由之一。

吴晓东：或许我们从单纯的作家个体层面的文学书写中，是不可能获得对于普通人生存状态的一个整体把握的。但另一方面，40年代的战争书写经验中，个体经验仍然是弥足珍贵的，所以我们要建构的就是类似于从个体中升华出的总体视野。其实钱老师也意识到自己的个体生命史的研究本身也有它的局限性，个体经验真的很难升华为战争年代带有普遍性的群体经验，但当个体经验汇集到所谓的群体之中，汇集到全民抗战图景中的时候，个体会不会也获得某种群体意义上的民族主义力量的升华？

刘东：我还是就国华老师和雅萌师姐提出的普通人状态如何抵达的问题发表一点想法，更主要的是困惑和疑问。那就是说，如果我们认为钱老师这种处理文学的方式无法抵达普通人的话，那其实以延安解放区经验为核心生发出的文学范式也同样无法回避作家作品中介性这一问题。毕竟，我们主要也还是借助赵树理、柳青、丁玲的作品，尝试触碰知识分子以外的更广泛的人群。借助解放区文艺作品，我们就能够抵达普通人的生活世界了吗？这其实包含了我个人对于文学这种"中介性"特征的困惑，就是文学是否能够帮助我们抵达、如何抵达，以及在何种意义上抵达"广大""真实"和"普通人"的问题。

这让我联想起前几天重读卞之琳《山山水水》中写延安的片段《海与泡沫》时的一点感受。这篇文本核心在讲开荒，讲劳动，卞之琳特别有意思的是他始终把劳动与书写这个行为参照起来，他认为两者正好像海与泡沫的关系。我觉得这里面隐含了一种相当辩证的关系，就是说，这一方面传达了卞之琳对于书写行为的深刻困惑，我们能在字里行间捕捉到那种主体状态的单薄性。但另一方面，他对书写本身又有某种自信感。试想，如果没有话语，没有隐喻，没有这些泡沫性的文学辞藻的话，作为"海"的劳动又是怎么被表现出来的呢？没有声音，劳动就只是劳动而已。我觉得这背后包含的是为劳动赋形的问题。当然不能说卞之琳的理解就是绝对正确的，这是卞之琳在自身困惑状态当中所提出的一种解释方式，但至少他提供了一种描述作家与文学在战时位置的可能性吧。

1940年代重要的历史议题是战争问题。我其实想到的最经典的例子是萧红的《马伯乐》这部小说。前几天阅读萧军日记时读到一条材料，萧军写抗战全面爆发后的北四川路，"北四川路已经成了一条死的街，没有灯火，没有人"。非常简短，无言胜有言。二萧一起经历了上海的战火，但在《马伯乐》里，战争就完全变形成了另一种样子。《马伯乐》的写法之独特在于萧红制造了"马伯乐"这一相当有趣的叙事装置，使战争以一种诙谐、反讽的方式被再现出来。这本身是一种相当独特也相当有力量的叙事方式，背后凝结了萧红看待战争的态度，可能萧红只有用这种方式才能把她的战争经验表达出来。我们如何看待这种文学的再现呢？如何评价这种变形的经验呢？我觉得这里面不能完全借助创伤理论（Trauma）来描述，这背后有非常丰富的东西。

肖钰可：我想接着刘东师兄刚刚提的问题做一点即兴的发挥。《马伯乐》这部小说其实可以算得上是萧红直接处理战争经验的作品，里面写到了很多像空袭、挤车站、逃难等战时场景，萧红其实是把自己的战时经验投注到了马伯乐这个人物身上，但这并不是说萧红就是马伯乐。我记得以前姜涛老师在课上也曾提示我们，马伯乐其实是一个动态化、漫画式的人物，很难把马伯乐作为一个稳定、固定的人物形象去分析。萧红为什么这么写？我个人是觉得萧红并没有预设一个本质化的历史的存在，她认为个体生命体验到的就是真实的战争的历史，所谓"这也就是战时生活"。正因如此，人物身上没有稳定、本质的战争观作为支柱，才会呈现这样一种动态的图景。回应刘东师兄的问题，我会觉得在萧红这里，普通人所感知的就是"大历史"，她没有我们今天所疑惑的如何"抵达"的问题。

吴晓东：马伯乐身上的症候性真的特别强，萧红的《马伯乐》之所以写不完，可能就是因为背后没有大历史或者说历史远景的投射，所以马伯乐身上才会呈现一种动态的战时体验。这就意味着战争年代也许真的有像萧红——也许还包括沦陷区张爱玲这样的作家，关注普通人以及普通人所代表的战争的恒常状态，看到了战争的某种日常性。张爱玲有升华，有一种试图上升到人性层面的追求,但是她关注的仍然是琐碎历史,通过琐碎历史进入"大历史",至少战争年代是有这样的一批作家。我觉得在这个问题上,萧红会引导我们通向钱老师对40年代知识分子的精神状态和对战争的书写方式的分析。另外钰可提到萧红眼里没有本质化的大历史观或历史意识,那么40年代是否在有的作家身上则具备这种大历史观,或者说试图概括和升华宏大的或者总体性的历史图景呢?不管这种追求在我们今天看来是否算得上是本质化、抽象性的。祎家你的博士论文做的是路翎,你觉得路翎算这样的作家吗?我觉得胡风肯定算,虽然他不是靠文学作品体现的。

刘祎家: 就我目前非常粗浅的理解,像胡风和他的朋友们,他们是有一个对于历史朝向哪里去的很清晰的构想的,但他们始终认为他们通向这个历史方向的道路和过程是开放的。胡风其实在用他自己的方式理解《在延安文艺座谈会上的讲话》,包括路翎文学创作的整个叙事历程也都是朝向那个方向的。胡风和路翎所反复申说的"人民",和1940年代后期开始逐渐被整合成一种"一体化"话语的"人民"之间,有许多理解上的错位,他们同样使用一些当时无论延安还是国统区大后方都会使用的范畴和词语,但是路径很不一样。

吴晓东: 对,这样的一些范畴也许指向某种宏大的历史的升华和概括,但是在胡风、路翎等所谓"七月派"所感受和理解的"文学性",可能与延安之间还是有很大的差异。在解放区作家比如丁玲这里,至少在《太阳照在桑干河上》这类作品中就存在某种历史的远景,这与政党政治和共产主义信仰、阶级论视野,包括文学上的社会主义现实主义方法这样的一些纲领性观念的存在可能都有关。所以我们可以看出1940年代不同的作家形态,不同的地域形态,真的也在塑造着不同的文学形态。1940年代的复杂性就在这里,我们需要把这种复杂性整体描述出来。而想用任何一种单一的理解方式统摄整体的1940年代文学图景,可能都会捉襟见肘。

刘东: 我有点不太同意钰可对萧红的看法,可能把萧红张爱玲化了。至少对于萧红来说,抗日战争的胜利一定是必要的,因为如果不胜利的话,她连老家都回不了。对于这群东北作家来说,这场战争一定有一个最大的意义,这也是他们坚持左翼立场的一个最起码的东西。所以不能简单理解成萧红作品里没有大历史观,只有日常生活的问题。但是至于她的日常感性要放到一个什么样的位置上,以及为什么要用马伯乐这样的叙事装置,那是另一层面的问题了。

李国华: 刘东的发言所涉及的可能的层面可以被更充分地打开,不仅是卞之琳的写作问题,还涉及萧红会怎么写,胡风会怎么写,路翎会怎么写,张爱玲会怎么写等。我自己在思考这些问题的时候,会考虑的是历史的细部。我们所看到的历史通常首先是由历史的细部构成的,然后经由某种历史知识的系统与我们大的历史理解之间形成某种互动,互动的强度高一些,也许对历史的把握会准确一些,互动的强度低一些,可能某种抽象的结论就比较容易得出来。在这个意义上,我觉得卞之琳在写作《海与泡沫》这样的作品时,恰恰是和延安的历史、现实互动的耐心不太够,很快他就跑了。互动比较足够的人的表现当然有多种,比如说沙汀的表现,他随军时间比较长,看他的日志,能发现他整个心理的变化、经验的变化、理解的变化还是非常丰富的,但是他也还是离开了延安。他后来写的是《淘金记》那样的作品,毕竟还是和延安文艺很不一样的。另外也会有何其芳这样的方式,按说在去延安之前,何其芳和卞之琳的感觉结构或者心理结构是比较相似的,但是他显然用了更大的精力和耐心去进入延安具体的时空里面,这和卞之琳很不一样。当然我不是说卞之琳的自信是没有道理的,我完全不是从这个意义上做价值评判,而是说这样的一些历史细部,当我们关注的时候,它和某种可能的大的历史之间的关系是什么?把握这样的问题也许需要我们做更多的互动。不能说大的历史能为每一个历史局部当中的个体时刻感受到,而我们后来的研究撑开的每个局部,也许也是迷失的、弥散的。这其实会牵扯到我们自己怎么看那个时代的历史,而不仅仅是当时的人怎么看。比如说到延安这样一个空间场域,我们现在可能会比较习惯把革命政治或者是一个集体化的政治投射到里面去。但其实当时像斯诺、斯特朗还有其他的一些外国记者跑到那里去，包括一些中国知识分子想象那个地方的时候，他们想象的问题是和我们对当时共产党政治的理解关系比较远的。问题的关键就在于我们站在怎样的历史脉络上，想把哪个历史细部放大撑开。在这个过程中，是过于把自己所处位置上感受到的经验当成当时的经验，还是在某种程度上抽空自己。我觉得可能钱老师一方面是一个非常自觉的、对自己也非常有把控力的学者，另一方面他自身的抽空可能是有所倾斜的。

吴晓东：对自我的抽空度不够或者立场有所倾斜可能是1980年代以来的集体性现象。国华提到卞之琳，认为卞之琳与解放区现实的互动还不够，对延安的观感还是有点隔，表现出的是一个外来者看风景的态度，这方面的研究已经比较充分了，最后可能真的涉及所谓的立场和意识形态。问题可能还在于作家借助哪个视野、哪种工具来观照，是放大镜还是哈哈镜，是显微镜还是望远镜。借助不同的透视装置看到的图景可能真的都不一样。就像国华说的，也许卞之琳、沙汀等人的写作触及了延安的不同面向。这也就意味着我们在研究任何一个你所选择的对象的时候，也要意识到这只是历史中的一角，也许还有其他的角落也有待于用其他的方式来撑开。

二 "典型"：从"个"到"类"的方法

孙慈姗：刚才大家的讨论特别充分，有很多问题对我也很有启发性，比如说个体性和群体性的问题，类型化的概括与历史实然的关系问题，还有怎么样以文学的方式去撑开历史的不同角度，以及研究者的主体投入，等等，这可能也是我接下来要思考的一些问题。

我接下来讲的这一部分的标题叫作"作家的文学化身与时代的典型意象"。我首先从钱老师编辑的 40 年代文学研究的第五辑——"作家作品研究"目录的一组标题说起，它们分别是：《艾青：根植在土地上的民族诗人》《芦焚：知识者的漂泊之旅》《路翎：走向地狱之门》《无名氏：生命的追寻与幻灭》《废名：现代堂吉诃德的归来》《曹禺：重新审视传统》《"独怜风雪夜归人"——重读吴祖光20世纪40年代的剧作》《战争废墟上的"哈姆雷特":戴望舒》《一个苍凉的手势:张爱玲,以及钱锺书》……

从这些题目形式可以看出研究者企图对这些作家的精神气质做出精粹的提炼概括,从而将一个个鲜明的形象烙印在读者心中。而在这里,作家的形象往往与他们笔下文学意象(土地、小城……)的突出特征及文学形象的经验形态、感觉结构、性格气质、精神倾向高度叠合。在具体论述中,研究者也不断加强着作品世界与作家世界的融合之感:芦焚的《果园城记》是"仅仅属于他的人生世界",因为"人物是他习知的人物,事件是他习知的事件,其中更浸透着他的理想追求,他的哲学感悟,他的审美情感和他的性格力量",作家创造"果园城",就是为了向世人传递他的哲学情思。无名氏的恋爱故事或许有着通俗的外壳,却又有着严肃的文学追求,这是因为"作家将自己心爱的生命意识吹进爱情故事的躯壳里,他要通过男女的情感世界探讨'人'的'个体生命'的秘密",以及"现代中国人的生命形态的流动"。由此,无名氏《北极风情画》等小说的主旨被理解为"男女主人公(以及作者自己)对于爱情内涵的生命体验热烈而执着的寻求",个中体现着"作家终生一以贯之的浪漫主义气质"。《莫须有先生坐飞机以后》中的莫须有先生最接近废名的自画像,在战争时期,"莫须有先生(以及作者)'下乡'本身",即是对"作者所代表的那一部分中国知识分子从'五四'所接受的'理想'"的"不合时宜"之处的反思,反思的结果是从缥缈的天上落到大地,回到乡下,发现"乡下人"(农民)及传统伦理结构、文化资源(儒家、道家、佛教)的生命力。对农民与传统文化的认同"在莫须有先生(以及作者)几乎是同一问题的两面"。而在戏剧家吴祖光这里,"每一部文艺作品所表现的都是作者自己",他企图以文学的方式思考"我"与"时代"的关系。在这个意义上,钱理群认为从《风雪夜归人》开始,"中国知识分子精神史上的'吴祖光'才以鲜明的'这一个'的姿态出现",而"风雪夜归人"庶几可以作为作家形象的象征。同时代的文学家未必都发表过如此明确的创作宣言,但当作家们在写作过程中"把越来越强烈的主观思绪与心理注入人物",或是倾向于通过议论、抒情塑造文学意象，这些人物和意象也便有可能成为作家在文学世界中的化身。通过文学作品追求"这一个"作家的独特姿态、思想情感与精神气质，对于1940年代文学研究而言是一条可行路径，因为自五四新文化运动延续而来的"新文学"与"个性解放"之关系，到了1940年代已然衍生出更为丰富的议题。如赵园所言，"'五四'是个鼓励个性发展的时期，但那个时期的文学风格，似乎并不如人们所期望的那样丰富……而小说家普遍的'个性化'却是新文学第二个十年引人注目的现象"。而在1940年代，作家们的"个性"不断发展成熟，用文学作品表现个性的方式也变得更加多样。

然而，通过作品研读寻找到一个个作家的文学化身并非研究的最终目的。更进一步，钱理群老师从这些形象中提炼出属于这一时代的经典文学意象与母题，以此作为战时知识分子乃至"战争中的人"生存状态的象征。这些中国的"堂吉诃德"与"哈姆雷特"在战争环境下又有了更为多样的身份——他们是"流亡者""漂泊者"，进而又是"追寻者"，最终发展为"皈依者"。钱老师对时代知识分子生存境遇、身份形象的定位与描述也是颇富文学性的。从《硕鼠篇》《风尘》等作品中，他捕捉到"旷野上的流亡者"形象，在那些充满着激越情感的文字里，这类形象首先面临着挣扎在饥饿与死亡线上的真实恐惧，这一流亡意象继而又在《财主底儿女们》这样凸显人物内部世界受难与斗争意识的作品中化为一种"既没有过去，也没有未来"的漂泊者"孤独、绝望、虚无"的精神体验。从人的本能心理出发，这样的"漂泊"必将导向对"归宿"的追寻。钱老师发现路翎、无名氏、李广田等人的作品都存在着这样一种"追寻"的主题模式。不同作家对"归宿"的理解具有不同意涵，却在表现类似主题与倾向时不约而同地使用了相似的意象，比如土地、农民、母亲、家庭。在这些意象面前，作家们流露出强烈的皈依愿望，而对于一部分作家，这一切"归宿"的象征物最后都外化为一个实体——延安，下一个时期的文学样貌与作家生命状态，也正悄悄孕育在这样的皈依中。这是研究者以大量作品为依托，为1940年代作家形象与文学脉络梳理出的一条核心线索。在这里，许多"瞬间印象"被凝定化、经典化，一些作家的生活与创作状态也由此具备了普遍性意味，这些状态不仅为同时代许多作家、知识者所共享，更接通着"新文学"传统，并培植着下一时期"共和国文学"的根苗。"文学史"的脉络就这样蕴含在具体的文学研究中。

这样由"个"到"类"的升华是文学研究不可缺少的环节，它体现着对"异中之同"的探索，以及研究者归纳、建构的意识和能力。既强调"个别性与独特性"，又企图通过"个性"去把握其"典型性"，是钱理群老师文学研究的一贯追求。然而在"个性"与"典型性"之间，矛盾始终存在。值得探讨之处或许不在于怎样最大限度地减少这其中的矛盾冲突，而在于以怎样的研究视野、具体关怀去把握这对矛盾——视角与关注点的不同或许会导致处理这一问题的不同路径。

吴晓东：慈姗觉得钱老师希望通过个性把握典型性，但是在个性和典型性之间，矛盾还是始终存在的。我们知道钱老师首先当然强调个别性和独立性、独特性，但同时又追求通过个性去把握典型性。钱老师对典型意象的概括，就是从个别中把握典型性的一种方式，当然任何概括永远可能会有捉襟见肘的地方。

秦雅萌：我记得在讲到典型意象问题的时候钱老师举过一个例子，是说一个外国医生在战时重庆记录了一个执犁耕田的农人形象，他在空袭前后保持了同样的在土地上的劳作姿态，钱老师说这正是他想要寻找的那种可以照亮一个时代的历史形象，并且他觉得在这里发现了一种类似于瞬间永恒的意义所在。这实际上反映了钱老师文学史写作中真正具有文学性思维的一面，而不是那种单纯追求客观实证的思维。或者说，钱老师把历史研究带向了一个需要生命感知的领域，在个性化和普泛意义的辩证关系中，在捕捉了多义性和象征性的文学形象的基础上，生成了真正属于文学史的典型样貌。这种文学意义上的普遍性或许是无法用科学的方法来证明的，但却是可以让大多数人心悦诚服的。

吴晓东： 我曾喜欢过"本质直观"这一范畴，可能就是雅萌说的这种历史研究和感知体验的结合。文学视野的独特性，当然就是要把感知和体验带到历史的过程中去，这也许就是钱老师处理问题的方式。雅萌提到贝西尔（贝熙业）医生的著作其实是偏重纪实性的，但这样的著作恰恰也对一些文学性的细节给予了特别的关注，这是很有意思的。

顾甦泳： 我对这部分问题也比较感兴趣。我这次主要读了钱老师《1940年代文学史研究论集》辑三"作家生活和精神发展史"这部分，我觉得其中的核心文本可能是《精神的炼狱·代序》，里面对《丰富的痛苦》和《"流亡者文学"的心理指归》进行了定位，也和《1948：天地玄黄》在诉求和方法上构成了呼应。这篇代序鲜明的问题意识来自对延安时期、直到此后50—70年代文学的反思，这种反思同时也是对于"我及我的同代人""为自己编造浪漫主义的乌托邦神话和童话"的反思，由此，钱老师给出了他对于"现代文学"之为"现代"的理解，就是粉碎精神幻象和现代神话、打破"瞒"和"骗"，即"现代文学是在毫无伪饰地揭示人的生存困境，无情打破精神幻觉这一基本点上，找到存在理由和位置的"，因此"文学史"关注的应该是特定时代的"人"的生存境遇、体验、困惑向美学现象的转化，更重要的是，要"通过历史和社会学文化学的把握上升（深入）到人类学的审视与开掘（发现）"，由此使文学史具备某种哲学品格。而在具体操作的层面，钱老师从王瑶先生的"典型现象"理论获得启示，强调关注"典型现象"和"历史细节"，进一步关注"单位观念"和"单位意象"，这一方面意味着一种历史观和文学史观的变化，通过关注"人"的具体存在，恢复那些能够显示文学发展的偶然性、个别性、特殊性的文学现象，由此达到"补正史之遗"的效果；另一方面，钱老师希望通过对"典型"和"细节"的关注，通向对20世纪中国乃至世界知识分子精神气质的探讨，以达到某种形而上的哲学意味。在这个意义上，《丰富的痛苦》是借助堂吉诃德和哈姆雷特这两个文学形象的流动展开对某种共通的"人类精神命题"的思考，而《"流亡者文学"的心理指归》是将这样一种抱负落实到40年代文学研究的写作实践。

那么我觉得在钱老师对知识分子精神史的研究中，始终存在某种文学和哲学的张力，这种张力既是写作层面、操作层面的，也是文学认知和历史认知层面的。同样在这篇《代序》的最后一部分，钱老师又说道，"'文学史'研究就其根本性质是更接近'文学'而非'哲学'的"，是一连串典型现象和历史细节的连缀。但之所以能生成"典型现象"，首先就意味着背后存在着研究者的某种立场和选择，也就是钱老师自己也指出的，它们既是"研究的结果，同时又是描述的起点"，而同样是"典型"，钱老师选取的"典型"显然不是社会主义现实主义视野下的"典型"，这可能就是立场、历史观和文学观上的根本差异。在钱老师那里，可能是人性生产着历史，而从左翼到延安一直到50—70年代的文学观念中，则是历史可以生产和改造人性。那么这其间就可能生成某种难以调和的矛盾，因此我在读这些文章的时候也在想，有没有可能找到某种中介性的因素，可以对钱老师的研究进行某种观照。所以我就关注到这篇《精神的炼狱·代序》的"附记"：

> 本文写完以后，曾征求我的学生与一些朋友的意见。一位学生特地给我写了一封信，提出"一种大有可为的思路是如何把人类生存境遇的历史关怀与文学作品的审美机制联系起来"，而这正是本文"所匮乏的内容"。这位学生进一步指出，"老师当然也重视文本生成层面，但这种生成虽然与作家的心理结构、文本内容相统一，却无法说明作品为什么在美学意义上是好的作品，否则就会导致文学作品只是说明人类境遇与历史细节的材料这一局面。"我觉得这就需要引入另外一种机制，一种文学机制和文学史写作机制，或者说是美学机制。因为从根本上说，美学是联结哲学和文学之间的桥梁。

我觉得这可能是钱老师研究的启示和值得继续推进的地方，钱老师虽然说"文学史"关注的应该是特定时代的"人"的生存境遇、体验、困惑向美学现象的转化，但在具体的作家作品研究中，他更关注的可能恰恰不是"向美学现象的转化"这一部分,而是通过美学现象,试图把握"人"的生存境遇、体验和困惑,所以钱老师在论述中虽然也进行具体的文本分析,但是那种对形而上层面的诉求和指向是更鲜明的。可以构成参照的是,同样是从单位意象和单位观念切入,吴老师的《临水的纳蕤思》可能在美学层面上推进了钱老师的设想,也就是通过母题性的意象挑起作家的感觉结构和时代氛围这两头,同时也没有回避他们在特定时代氛围下感觉结构的限度以及他们对这种限度进行超越的尝试,这可能提供了一种兼顾了历史具体性和形而上层面概括的研究范式。

刘东:我也接着典型话题补充一点想法。也是偶然的一次机会跟钱老师聊天,谈到李泽厚先生对钱老师一代人的覆盖性影响。我因此也在想钱老师的这种研究思路其实与李泽厚先生的方式有很多可以呼应的地方。我举李泽厚的《二十世纪中国文艺一瞥》这篇名文做例子。也是相同的二十世纪视野,相同的知识分子主题。在这篇文章中,李泽厚先生由思想史而入文艺,因文艺能传达心态,故落脚在"心态"。所以文章的核心意思是希望借助文艺创作者的心态的变化,来观察近现代中国所经历的思想变迁的逻辑,即由"心灵"历程所折射出的"时代"历程。这样一种由文学或者说心态史的视角出发的思路也就自然生发出了"代"的范畴,即著名的"六代知识分子"的提法,而每代知识分子都有自己独特的"思想情感方式"。借助这个词的发明,李泽厚着意揭示知识分子"思想情感方式"的解脱、呼唤、创立、扩展、规范/接受的过程。但与其说是真能"归纳"出这样一种共性,不如说是李泽厚"演绎"出了这种共性。所谓"代",无非是所谓"解脱、呼唤……接受"这一思想情感方式在各阶段的形象学外观。在某种意义上,钱理群对于40年代文学中心意象("荒野")与中心人物("流亡者")的提炼,也可以认为是某种"思想情感方式"的形象学外观,并不能视作40年代的实然状态。

吴晓东:刚刚雅萌关注到钱老师提炼出了一个1940年代知识分子心态典型形象,就是"流亡者"的形象,这是钱老师自己关于整个1940年代知

| 文学史范式的开拓

识分子的精神立场的一个最核心的概括,《"流亡者文学"的心理指归》这篇文章也是钱老师非常看重的文章。这篇文章既概括了1940年代知识分子的某种心路历程,又体现了钱老师自己抓典型现象的方法,又是钱老师在知识分子研究上的一个重要的结论。事实上,大家也很在乎这篇文章,从这篇文章中,我们能够归纳出钱老师自身的知识分子研究者主体的心灵特征。

而钱老师关于荒野和流亡者的概括,可能雅萌、甦泳、刘东的思考是有道理的。甦泳认为这是通过美学现象把握人的生存境遇,借用刘东的说法则是某种思想情感方式的"形象学外观"。但它到底能不能视为1940年代的实然状态呢?刘东觉得不是实然状态。但另外一方面,它是不是能够概括某一些知识分子的某一部分精神状态呢?这种概括方式本身用我的说法就是一种精神现象学式的概括,它概括的是某些知识分子作家的心路历程,尤其是大后方作家的个体心路历程。所以钱老师的典型意象,既然是一种文学意象,又是一种精神现象、历史现象,这就是典型性的丰富所在。但它或许也只能概括某一方面的特征,这个特征也许既能反映出1940年代的知识分子,尤其是小知识分子的主体状态,同时也是钱老师主体状态的呈现。因为在钱老师整个1940年代文学研究中,他关注的就是知识分子那种漂泊感,是归宿难寻,而不是像走向延安的知识分子,在政党、群体中找到归宿。在钱老师那里,这种漂泊感和归宿难寻的状态,可能真的是他个人的一种主体状态。而40年代知识分子的具体选择要复杂得多。这背后就可能包含了典型形象概括这种方法的有效和局限。

李国华: 钱老师"典型"论的学术脉络是经由王瑶先生,从鲁迅先生那里过来的,是一个非马克思主义的典型论。在马克思主义的脉络里面,关于典型,它不是说通过直观来把握,而是通过对社会现象广泛的研究,达成了一种科学认知。钱老师诉诸某种洞察直观,是一个文学的方式,不太是一个历史的方式或者社会科学的方式,所以在这个意义上来说,钱老师是一个文学史家,重音要放在"文学"上,而不是放在"史"上。在历史的叙述当中,人的因素会变得不那么重要,或者不被凸显,势大于人是很多历史学者都会重复的话,具体历史当中的每一个个体,他们都在做各种各样的努力,但是那些努力都不是说他自己能够意识到通往某个历史方向的。

但是,如果我们有某种超越文学的,或者和文学建立关联的对于历史的理解的话,也许还是能够把捉到某种复杂多歧的路向当中的某一种主航道或者主河道。比如说长江,的确有很多分支,但是慢慢地叫作长江的江还是可以被我们勾勒出来。在这个意义上说,我觉得即使不是站在1949年后的某个历史时间点上去回看历史,也还是有可能建构一种关于历史的大的描述的。而且通过建构和后设的历史时间之间的相互关联,我们可以让二者形成对话,从而也对象化我们自己所站的后设的时间点,那么这个被对象化的我们所站的后设的时间点,可能会更有效地把住历史的方向。

我这样说的时候,其实仍然涉及我们整个学科的动力来源问题,现当代文学学科的动力来源肯定不是某种纯知识化的想象,而是跟我们对自己所身处的此刻的理解有关联。而对于这个动力的理解是非常重要的,我们对此刻的理解有多深刻,我们从历史上寻找的"这一刻""这一个"的代表性就会多有效,多真实,多有强度。

另外,虽然说我们的工作可能有某种本能、直觉、直观或者比较情感化的层面,但是,我们仍然是在一个知识的领域进行工作,所以要尽可能地去把历史的动态进展过程当中的多歧、混乱、混沌进行勾勒、打开,然后重新去辨识一种大的状态,就有可能的确会涉及我们对过去的文学关系图谱、精神图谱或者知识分子图谱的不断调整。在这个意义上说,现在去研究路翎或者东北作家群,我们不会觉得已经被研究滥了,因为这些对象可能根据一种新的对于此刻的理解,对于历史的重新梳理,而重新成为一种需要拓荒的所在。而前辈做的贡献,恰恰是放在一个背景的意义上,它才有价值,而不是放在我们工作的前景里去获得价值。

吴晓东:国华这一番话涉及我们现当代学科研究的特殊性,我个人觉得非常精彩。在其他院校没有现代和当代的学科壁垒,早就被打破了,但我们好像还执着于这种区隔。我觉得整个现当代,从研究视野意义上可以一体化,一体化就意味着我们都是从属于某种现代性的学科建设内部。这些年来我们之所以重新探讨过去研究过的对象,是因为我们又重新发现了它们鲜活的现实感和内在的生命力,而且发现原来很多问题都有待引入更加宏大的研究视野。这就是我们学科的当下性或现实性之所在。

另外,后设视野和所谓的当时历史描述之间的对话性和张力的问题,也能说明钱老师研究的某种内在的特征。比如钱老师在《1948:天地玄黄》中也许真的把那种历史巨变时期的当下特征,或者是未来的指向性,给我们呈现了出来。

孙慈姗: 我接下来打算将钱老师的研究与赵园老师的《论小说十家》进行对读,这其实是很有局限性的一个对照,因为这两位老师所处的社会文化语境,包括他们接受的文学教育、文学资源还是挺相似的,可以说他们的整体思维结构是很相通的,只是他们处理从个性到典型性的具体方式可能有所不同。

以对路翎的研究为例,钱老师着重分析了《财主底儿女们》这一长篇,着眼点在于不同类型知识分子的经历与命运。知识分子与传统家族、知识分子与时代人民间的复杂关系,在这里内化为知识分子的精神受难与内心斗争。钱理群通过对这样一部内涵丰厚的"心理历史小说"的解读透视出作家路翎的文学观念,以及一时代知识分子的命运和选择。赵园则写有《蒋纯祖论》探讨这部作品。而在以路翎为主要对象的研究中,赵园更为关注路翎不同风格、不同题材的作品,如收入《在铁链中》的描写船夫、矿工的短篇小说。在赵园看来,这些不同身份人物的生活经验与行为方式,"是无法一股脑儿装进'原始强力'这一现成概念里面去的",亦无法全然等同于蒋纯祖等知识青年的内心斗争。一个作家的笔墨很可能是多样的,赵园认为,多数人印象最为深刻的那个属于《财主底儿女们》的、沉郁滞重的路翎其实并非作家的完整形象。如《求爱》集收录的一些短篇小说就不乏轻松风趣、幽默嘲讽的笔致,"读这些作品,你的确不再强烈地感受到那属于作者个人的'深刻的苦闷'"。在这样的研究中,赵园一方面关注同一作家文学风格的差异变化，另一方面又对这些差异之处做出了自己的艺术判断。她认为，小说家路翎还是更适合"生动地活在他的冲动和'混乱的激情'中"，而非对生活片断印象偶发的感兴里，因此《财主底儿女们》这样的长篇小说更能显示路翎"不可能与其他任何作家混同"的特质。同是对作家1940年代文学创作的研究，赵老师侧重于考察小说家对不同文学风格与手法的多番尝试，并在审美与文化价值层面做出自己的判断，钱老师则关注作家代表性创作中蕴含的1940年代文学、知识分子精神的总体特征，并从历史发展的角度进行阐释。侧重点不同，具体的研究方式便有所差异，而两种研究路径所共同具备的还是对"个性-共性"之间辩证关系的审慎把握与深入思考。

钱老师在归纳时代典型文学意象时并未忽略对作家独特个性的把握，但此种研究方式还面临另外的问题或难题，即能否将作品中的意象、形象直接对应为作家思想情感的载体或精神世界的呈现？这类解读背后或许是郁达夫所言"自叙传"式的关联作家与作品的方法，但即便有明确自觉意识的"自叙传"作品，作家与其所创造的文学世界也不可能是合二为一的关系。"我就是包法利夫人"这一经典议题需要更为曲折复杂的解读。更何况在1940年代，作家对他们笔下的人物、事件并非总是如此"习知"——伴随战争与流亡过程的往往是高度不稳定的周边环境，以及无数生新经验的突兀来临。"追寻"的方向、"皈依"的目的地或许并不明晰。而对于那些并不倾向于以自我经验、主观情感、思想意识——或可笼统称之为"个性"——为文学创作最主要素材与核心表达诉求的作家，这类研究方式或许就更面临局限。如路翎就曾批判性地指出沙汀在《淘金记》等作品中不曾表达作家自身对生活的热情，而只是在"淡漠"地观察他的人物，但沙汀的方式的确在某种程度上代表着另外一种影响深远的创作路数。而即或在《莫须有先生坐飞机以后》这类"只喜欢事实，不喜欢想象"的文学作品中，也还存在着"非自传"的成分，在小说叙述的框架下，"人物"与"作者"的差异还是有所显现。凡此，都为"作品意象/形象-作家特质——知识分子精神"式的解读路径带来了挑战。

那么，是否还存在联结作家精神心态与作品审美特征、归纳"异中之同"的其他方式呢？这里，关键之处或许在于仔细辨析"文学"这一重要中介在不同时期、不同个体认知中的具体意涵。从作家文学性的表达方式入手，或可提供"从个性到共性"的又一路径。在这个意义上，吴晓东老师对骆宾基小说《北望园的春天》的研究或可提供某种启示。在《战时文化语境与20世纪40年代小说的反讽模式——以骆宾基的〈北望园的春天〉为中心》一文中，吴老师指出，普泛引入战时文化语境解读40年代的文学作品会给人以笼统的感觉，只有找到文本通向战时文化语境的具体中介才能生发更为有效的问题视野。吴老师认为，作为修辞、认知和表现模式的反讽体现了战争年代作家对自身处境、人性现状以及历史语境的认知方式的复杂化，以及作家对生存境遇的讽喻性呈现，因此可以作为这样一个具体的中介。通过层层细致的文本分析与理论辨识，吴老师揭示了存在于《北望园的春天》等小说中的反讽调子与战时知识分子心灵世界之间的关系，同时也呈现出作家骆宾基自身的文学或是精神特征，即"反讽"所携带的作家对笔下人物道德图景、生活意义判断的犹疑性，以及他与书写对象保持的距离感——与之对照的是路翎这类作家对书写世界"深不可拔"的参与。吴老师对这类犹疑性与距离感的捕捉，或许也与钱理群老师从时代典型文学意象中提炼出的"皈依"冲动及"投入"热情形成了相互对话与补充。更为重要的是这类研究启示我们从小说叙事等文学性层面入手，探寻作家个性、作品风格与时代/群体精神间的内在联系。当然我还是想强调"文学性"这一概念宜采取流动性、非本质性的认知方式。在具体研究中，它既包含当下时刻、研究者个体对文学的理解把握，又应该贴近历史语境中研究对象对文学特质的认识，以及对文学与个体经验、时代图景、实践活动之关系的看法。

吴晓东：慈姗提到了文学性的话题。我觉得钱老师对文学性是有自己的界定的，而且是特别明晰的界定。这就是你在一开始引用过的钱老师的说法，文学性就是文学观察把握书写世界的独特方式，它关注的始终是大时里人的存在,而且是个体的存在,当然刚才我们也讨论了为什么不是群体而是个体,为什么是感性的存在、心灵精神的存在、日常生活里普通人的存在。这是钱老师对文学性的比较明确定义。而你提出了一个"文学性的层面"与钱老师的对话,那么你对文学性的理解与钱老师有什么不同?

孙慈姗:我大概还是想突出文学表达手法以及形式本身的意义。

李国华:钱老师对于文学的理解是把文学本身当成人的生存方式,或者人的表达自我的方式来理解的,所以它是一个对于文学性的宏观的理解。如果落脚到吴老师分析《北望园的春天》这个层面的话,可能吴老师会用"以形式为中介"这样的话来描述,这样文学性就会落实到文学作品中的形式层面。吴老师和钱老师应该没有特别大的差异。

吴晓东:对。应该略有不同,但是本质上还是一样的。刚才国华概括得挺好,他说钱老师的文学性就是人的生存方式以及作家把握人的存在的方式,总之落脚点在"人"上面。我当初跟薛毅关于文学性进行对话的时候,谈到了境遇的问题,而境遇是谁的境遇呢?所谓人的境遇也有很多不同的存在和呈现方式,归根结底人的境遇可能还是人在历史中的问题。不过钱老师也强调的是在历史中的人,本质上我们的差别不算是特别大。

三 "带动两头":历史现场与后设视角的张力

孙慈姗:接下来我想主要讨论钱老师对1940年代作家生活经历与思想变迁的历史性观照。在1940年代中国文学的版图上,"流亡者"并非仅是存在于作品中的文学意象或作家精神状态的象征,而首先是全面战争环境下作家、知识分子及每个人最为切实的生活境遇。钱老师担任总主编的《中国现代文学编年史——以文学广告为中心》1937—1949年这一卷中的第一个条目,即是由钱理群撰写的《战争爆发时中国作家的反应》,文章聚焦于七七事变、八一三事变拉开全面战争序幕时作家们的处境与抉择:郭沫若"别妇抛雏"从日本踏上回国旅途;沈从文、老舍等人留下妻儿只身南下;叶圣陶、丰子恺在战火逼近时带领一家老小踏上艰难的流亡之路;"雨巷诗人"戴望舒辗转来到香港;已然流亡多年的东北作家萧红、萧军又将再次去向远方……文章末尾引用作家贾植芳的回忆文字:"大约自1937年抗战开始,中国的知识分子也就进入了另一个时代,再也没有窗明几净的书斋,再也不能从容缜密的研究,甚至失去了万人崇拜的风光。'五四'时期知识分子以文化革命改造世界的豪气和理想早已破碎,哪怕只留下一丝游魂,也如同不祥之物,伴随的总是摆脱不尽的灾难和恐怖。抗战以后成长起来的知识分子只能在污泥里滚爬,在水里挣扎,在硝烟与子弹下体味生命的意义。"通过对节点性历史时刻作家个体与群体行为轨迹、精神状态的描述加之对回忆录等材料的引用,研究者企图对1940年代作家生活经历与身份意识、思想情感结构的变迁做出带有长远历史目光的观照。

正如我们开头所引《1948:天地玄黄》楔子所体现的那样,在以作家为重要对象的1940年代文学研究中,钱老师一方面对作家战时丰富细腻的生活、心理经验做出体贴的考察,一方面又试图对作家思想与文学实践的变迁轨迹做出整体性梳理,在"小"(个体衣食住行、情感思绪)与"大"(群体聚散离合、历史发展方向)、"过去"-"现在"-"未来"间建立紧密的关联。李广田曾在《两种小说》中提出一种理想的小说形态,即以"作者个人的传记"为"经"(支流),以民族国家乃至世界形势变化为"纬"(主流),各线索渊源有自又交汇相通,"以造成那主流的强大与有力,造成一种波澜壮阔之势"。或许,这样一种经纬编织、主流与支流相互贯通的状态,亦是钱理群老师所追求的文学研究与文学史叙述的理想样貌。

在细节层面,钱老师从衣食日用出发,考察具体环境、物质条件、作家生活经验与其文学实践的种种关联,这里包含许多有趣且值得关注的问题。比如战争期间的住宅(窑洞、茅屋等)、文人的戎装、大后方知识分子的衣着及作家们对此的体认书写,"躲警报""泡茶馆""开小组会"等新的生活方式对作家的影响,抗战"流行歌曲"的产生与文人的关系,战争对婚姻及家庭生活的影响,文人与政治家的各种关系,等等。有了丰富的细节做支撑,历史现场与历史中的"人"方才真正鲜活可感。而在长时段视野下我们或许可以看到,这些人都在一定程度上参与塑造着历史的发展样貌,也同样承受着历史后果。这也就触及了穿梭在小与大、不同时间维度中的文学研究与文学史书写所面临的核心矛盾,即"历史现场"与"后设视角",以及"体验性叙事"与"回溯性叙事"的冲突张力——这种张力最为典型地体现在《1948:天地玄黄》各章节的论述中。一方面,这本著作企图呈现1940年代的尽头这一"玄黄时刻"的多种生存状态与可能性,另一方面,时常出现的后来者声音的不断"剧透"又似乎表明,"历史"这个巨人,或者更为具体地说,是新的政治规划将会对这些可能性进行筛选与重塑。从"南方大出击"开始,历史的发展方向、主导力量、文学图景的变化或许已然浮现。

钱老师对研究中的后设视角有着自觉的意识与反思。一方面,他坚持写作的"双向运动","既要由此及彼,努力进入历史情境,设身处地地去体察、理解彼时彼地的人(个体与群体)怎样、何以作出这样或那样的选择","又要由彼及此,毫不回避地正视与揭示在选择(命题)展开和实现的过程中出现的一切严峻而复杂的事实、后果"。而另一方面,他又警惕着"为已经实现的选择作出它'必然实现'(这一结论也同样是在研究之前就'先验'地存在的)的'科学论证'"这一文学研究或历史叙述的陷阱。或许只有保持这样的审慎态度,才有可能对研究者所言"各势力的关系变动及其背后的历史必然性与偶然性"做出更为深细的探讨。

其实,对文学、文化、历史现象之因果链条、演变历程的关注无疑是关键的。就文学研究本身而言,这是建构文学图景、文学脉络整体性和纵深感的关键。对于1940年代文学研究,这样的深广度就尤为重要。钱老师十分重视1940年代文学"拎起中间,带动两头"的作用,尤其是40年代文学之于当代文学的"发生学"意义。他注重考察"当代"在"现代"脉络中的孕育生长,尤其注意在文学内部寻求"转折"的倾向与契机。在钱老师看来,这样的转折并非由一条脉络发展壮大而成,而是在如上所言各种"支流"有意无意地交错汇聚下形成生长。比如,沈从文在1940年代提出过许多新的文学设想,也进行了文体试验,这其中包含着他对"超验的、抽象的生命命题的关注",而这也是40年代相当一部分作家的普遍追求。在"用抽象的原则学说影响(升华)人(民族)精神这一点上",钱老师发现了沈从文与同时期左翼作家甚至延安作家的相通性,并捕捉到1949年以后文学的主导潮流。又如废名在文体上对"实录"的强调、在思想倾向上对农民与传统文化的认同,在钱老师看来都传出了未来历史的某些信息,预告着文学巨变的到来。甚至张爱玲在写作中表现出的"才华泛滥"倾向,也可以从时代文学现象的角度考察,体现出时代作家对"意义""形而上"因素的急切追求,并从文学发展的内在逻辑上指向了"五六七十年代中国文学的概念化"问题。由此,1940年代各区域、各作家表面上大相径庭的文学实践似乎就有了殊途同归的倾向。在这个意义上,"当代文学"的生成就不仅仅是现代文学中左翼脉络的延续,而是1940年代持各种文学资源、文学经验与观念的作家逐渐形成共通倾向的结果。这种研究思路或许为文学"转折"的整体性与必然性提供了更为充分的论据。但需要关注的仍是"同"中之"异",毕竟即使一棵树上也难以寻找两颗完全相同的果子,更何况每个个体以及不同群体之间的生活、思想与文化背景都具备差异性。比如同是对"农民"的再发现与崇拜,革命政权组织下的思想转变及文学实践就与废名在湖北老家的传统乡土结构中的所见所感大不相同。又如对张爱玲这样的作家,"修辞"与"意义"诉求之间的关系还值得更为深入的界定。

刘东:我想从刚才提到的中介问题谈起,然后谈到40年代文学与当代文学"发生学"的关系。我觉得似乎可以借用路杨师姐博士论文《"劳动"的诗学:解放区的文艺生产与形式实践》里的一段话来谈,因为其实如何理解美学中介、形式中介,也有很多丰富的角度。路杨师姐这段话是把几种可能的理解方式都反思到了。我觉得她对文学中介的理解相当辩证,她认为这并不是一个透明的关系,比如我们把小说直接看成作家政治思考的传声筒,或是日常生活史经验材料、社会学分析的对象、延安经验的载体。相反,"劳动"应该作为一个"中介性的空间和视野",借此来考察解放区文艺的生产机制和形式内景。

这段话给我非常大的启发,我之前理解文学与现实的关系时就倾向于理解成有一个外部社会,相对应的有一个文学,然后我要把尽可能多的外部读到文学作品里面去,这其实比较近似于某种社会学式的理解方式。后来为了诠释小说的独特性,我变得更为看重文学保存感性经验的部分,尤其是那些无意识进入文本甚至进入形式的部分。但路杨师姐提到的这个"中介性的空间和视野"是超越、打破了文学的自足性的,所以她所说的"症候"也就不完全是我之前理解的文本症候。"劳动"之所以能被描述成为一个诗学概念,是因为文学和政策、意识形态是同步进入乡村现实,文艺创作当然参与了政治动员和意识形态的构建,但显然不只是"构建",也不只是"缝合"的关系,对于不同的创作者和创作方式,"农村现实的具体面向与政策路线、意识形态之间的扞格会在不同的程度上,以问题或症候的方式遗留在形式的内部"。我觉得这么来理解的话,文学的问题,政治的问题,确实都被容纳进了一个"中介性的空间和视野",我们就能够把那些一致之处和"扞格"所在,把那些"细部"勾勒得更明确一点。

路杨认为既往有关解放区文学中"劳动"问题的讨论常常是向一个"前社会主义时代"的追溯或追认。所以一种"进化论"式的言说姿态,或一种朝向未来的合法性言说的正义感或危机感,也就难以避免。我就想到因为钱老师在定位 40 年代文学研究时经常用"带动两头"的表述。但对于我这样一个刚刚进入 40 年代文学研究的博士生而言,反而总能感觉到一个庞大的当代文学所带来的压迫感。反而是当代文学的立场更为清晰、明确,现代文学倒有种"被带动"的感觉。近年来对延安文艺的重视,不就是源于当代文学学科对于发生问题的兴趣吗?

其实是洪子诚老师最早谈论当代文学的发生问题,同李杨、贺桂梅老师探讨这一问题的方式和立足点还不太一样。所以其实"向前社会主义时代的追溯和追认"也是有多种姿态的。但为什么立足于 40 年代文学本身的我们的不确定性要明显大于那种确认的姿态呢?

吴晓东：讨论1940年代一个很大的话题就是1949年的转折问题，尤其是钱老师认为1940年代文学能够"带动两头"，这两头到底是哪两头？五四是一头，另一头是50—70年代，还是80年代，也就是向五四回归的新启蒙时代？其实1949年真正通向的是50—70年代。所以为什么刘东感受到在当代文学的历史叙述中，存在某种确定性意识和稳定感，那种后设视角的历史建构力真的很强。钱老师真的是带着刘东所谓的那种"历史症候性"进入了我们的研究视野。也就是说1949年之后的历史，某种意义上是更确定的，是进入了某种固定的历史航道。但1949年前延安时期的那种文艺实践包括政治实践，是已然和未然的某种综合体。之所以说它是已然的，是说1949年是内含在1940年代延安的政治实践当中了。延安实践或者说中国社会主义革命道路指向的不就是1949年的社会主义新中国吗？当然，当时的目标也还没有这么明确。在延安时期还不能说每个共产党人都预见到了1949年新中国的成立。所以在某种意义上，40年代文学甚至包括延安文学，就是多种历史方向并置在一起的一种混杂态。而研究者要直面的就是混杂性，梳理和洞见这里面的丰富状态。即使是洪子诚老师的当代文学研究，建构的也是一个后设的历史图景，因为他是立足于当代文学，而当代文学面对的都是已然确定的部分，而我们则试图为40年代保留历史图景以及远景的更多的可能性。在钱老师那里，还是在观察不同的历史河道，或是说种种暗流。也许即使到了今天，历史的暗流仍然在不知道什么地方潜伏于地下。而钱老师的研究则代表了这样一种历史症候。而这或许也是路杨在延安研究中捕捉到某种中介性的基础。路杨的研究关注情感机制、情感结构问题，而不完全让政治结构消除掉一切可能的文学结构和情感结构。为什么如此？我觉得是因为情感研究中保留的是某种未能确定化、未被历史实然捆绑和规定了的历史面向。这也许是现代文学研究者才力图赋予历史和现实的原初复杂性。

孙慈姗：其实也可以将"情感"视为一个中介，或者是包容多种因素的空间场域。这样或许能更深入理解现在比较流行的诸如情感政治研究的内在思路。

吴晓东：是的。另外关于历史关键节点的问题，这其实也真正涉及了研究的难点。比如我们有可能不管1949年这一历史节点，不顾任何后设历史眼光直接考察40年代文学的丰富性吗？有这个可能吗？没有。原因有两个方面。一是我们已经生存在1949年的后果中了，我们如何能够拽着自己头发离开地球？你的整个生存形态、你的理解方式全都存在于此。这是最重要的一点。但还有更重要的一点就是我刚才提到的，1949年前的历史河道已经有历史实然性在那里了。已经有历史实然性和必然性在制约着1949年前的文学创作。1940年代的历史既是在它发生的当下进行的，也是蕴涵了未来方向感的。

孙慈姗：我觉得刘东师兄和吴老师的对话很有启发性。包括我们站在现代文学的角度如何看待1949这个时间节点的问题，不同的看法可能会造就不同的研究脉络和研究心态。我认为在钱老师这里，如何看待现代和当代的关系很大程度上是由研究者自己的生命经验决定的。也就是说对于研究主体而言，对不断丰厚的历史经验与个体生命经历的回顾和反思也是主体成长所不可或缺的环节。钱老师的研究一贯携带着历史"幸存者"反思自身与时代的严肃目的，并且不断指向着对每个"当下"社会文化图景、人类生存境遇的思考与质询。如对抗战时期堂吉诃德精神的反省，就指向当时中国与世界所面临的困境，指向对"怀疑主义精神失落"的警醒。也因为对历史过程的深切体验与自身情感思想的投入，钱老师对一些作家作品有着自己的独特感受。如对于卞之琳的残篇《山山水水》，有研究者倾向于读出智性、反讽或知识分子处境的尴尬矛盾，而钱老师则从小说对政治语汇的"游戏式"运用中感受到"恐惧"的意味，这恐怕是与历史对象保持了一定经验与情感距离的研究者们很难分享的感受。另外，社会文化症候的变化、每一个"当下"所面临的独特问题也影响着钱老师1940年代文学研究反思视角的调整。例如在1995年开设的1940年代小说研究课程上，钱老师选入了端木蕻良的短篇小说《初吻》，并特别强调这位作家在《科尔沁旗草原》《大地的海》等作品之外的"另一副笔墨"，相比于后两者以"政治经济学、历史学"的眼光把握土地,《初吻》对童年经验与情感世界的细腻呈现似乎在艺术价值上更胜一筹。而在 2002 年为《端木蕻良小说评论集》所作的序言中,钱老师又对当年的理解做出了反思,特意强调"作为左翼作家的端木蕻良"这一面,并提醒研究者重视《科尔沁旗草原》等作品中"感性描绘"与"知性分析"(即运用政治、经济学所进行的社会分析)的关系,这样的研究思路转化与研究者所希望因应的时代问题密切相关。

吴晓东:慈姗提到钱老师从卞之琳的《山山水水》中读出了恐惧感,这是比较独特也是有症候性的文本感受。我个人认为钱老师那种恐惧感是真实的,是真实地从文本中感受到的,也许它是和所谓的知识分子改造的历史进程密切关联在一起的。钱老师觉得卞之琳从延安当时的政治实践中已经体会到这样的进程的后果,他的小说也传达着这样一种新型的体验。但是这种恐惧感或许不是文本固有的,而是钱老师从自身的生命经验中生发的。

孙慈姗:我的感受也是这样。或许对后来历史趋势尤为强烈的体认总会在某种程度上导致对原初历史现场的"误解"。而要实现研究者对"进一步撑开这个历史时刻所蕴含的政治想象力与文学创造力"的构想和期许,则还需重新思考当代文学之"一体化"进程的复杂性、阶段性,考察连通"现代"与"当代"的多种路径,形成推动历史发展之"合力"的种种"分力"各自发生发展的长远经过。

肖钰可:我想再围绕《1948:天地玄黄》这本书谈一些想法。我这次重读这本书时尤其关注的问题是:为什么是 1948?为什么选择从这一年看一整个时代?带着这个问题仔细读这本书,我会觉得"为何是 1948"这一问题无论对于 1940 年代大文学史研究这一整体脉络还是对于史家本人而言,其实都不成其为问题。从客体对象而言,1948 年是现代中国历史上"承前启后"的关键一年,"抓住这一年,不仅可以展示中国文学从 1940 年代以来,特别是 1945 年以来发展的趋向,而且决定'以后(1949 年以及 1949 年以后)'中国文学发展的方向的一些基本因素已经孕育于这一年的文学的发展中"。正是在这一年,国共内战进入白热化阶段,校园风暴此消彼长，以胡风批判、萧军批判等为代表的文坛纷争也从侧面预示了新的历史浪潮即将涌入时的巨大能量。比从后设视角进行时代定位更具说服力的是，这一年，"历史中人"也萌发出了身处岔路的自觉意识，以"今日文学的方向"为主题的大型研讨会以及会上有关"红绿灯问题"的种种争论也表明：一种变动的历史能量正在积蓄，身处其中的人们对此已有显著的切身感受，他们并非不愿变革，只是困惑于变革后的历史方向及个人选择。钱老师单辟一章谈"北方教授的抉择"，正是在"战争中的人"这一基本问题结构中把握小个人与大历史之间长久存在的张力关系，尤其是在一段变动的"大历史"中，这种张力关系通常会变得异常紧张而迫切。而从主客体关联而言，选择1948年作为对象也颇有点"命中注定"的意味。钱老师本人就是那个时代年幼的历史亲历者，那些刻骨的变动或分离就不偏不倚地发生在1948这一年，与其说这是史家对历史的钦定，毋宁说这是时代留在个人生命体验中的印迹。也正是在这两重层面的意义上，1948的年份选择具有了极高的文学史叙述的有效性和说服力，这也是值得我们年轻学人所反思的，我们要反思自己在进入历史时产生区隔感与无力感的原因。如路杨所说："今天的我们或是丧失了在个人与历史之间建立关联的能力，或是更善于发现个人经验的局限性与相对性对于历史的遮蔽作用，以致陷入解构的虚无感与庸俗的微观政治学。"这种困境同样可以从上述的两方面原因得到解释：从客体对象看，因语境的久远和区隔而越发感到"重回现场"的困难，更遑论与历史共情；从主客体关联的角度看，因意识不到"现代中国人的集体无意识"而无法确认自身与研究对象在历史长河中的位置，也召唤不出认知现实的能动力量，从而产生知识和经验上的双重匮乏。因而，"问题"背后的"问题"也是需要反思的。当研究者出于立论的需要而提出诸如像"为何是1948"这样的问题时，其实是把自己和这段历史区隔得有些分明的，问题本身和它的提问方式都来自历史之外。

这自然不是钱老师一本书所能解决的问题，但是我们可以据此在方法论意义上从钱老师的文学史研究中获得某种启示。钱老师强调史家"设身处地"与"毫不回避"的双重意识,既要考察历史中人当时当地的现实处境,同时又能站在历史的后视视野上尽可能予以全面的审视。可以说,"设身处地"是史家的劣势,肉身"重回"是不可能的,即便可以,所返归的也必不是那个原始的现场,所谓"重回"只能是无限程度地趋近。而"毫不回避"又是史家的优势,因为天然地处于历史的延长线上而能知历史中人所不能知之事。面对这种优势与劣势并置的状态,钱老师采用了"两个视点"的应对策略,他的文学史叙述学正建立在这种文学史伦理学的基础之上:在"设身处地"的诉求下,尽可能调度包括日记、书信、报刊、年表等多种一手史料,在繁杂而零碎的史料废墟中试图重建历史的大厦。《1948:天地玄黄》的一大叙述特征就是以叶圣陶1948年的日记作为大部分章节开始叙述的一个"引子",利用日记这一文体所具有的现场感与生活化特质以点带面地由个人辐射一个年代。从对象选取上看,叶圣陶这样一个"关心国事,也并不回避政治,该说的话总要说,该做的事一定做,但却与潮流中心保持适当的距离"的人是颇为合适的人选。可以说,叶圣陶日记也是钱老师选择的一个"典型现象",是一个能把史家和读者同时"带回现场"的中介。但随之带来的问题是:叶圣陶日记作为线索"穿针引线"的有效性何在?是否有一种将叶圣陶日记中的历史作为"本真历史"的倾向?作为历史中的人,他只能在他一人及他的交际圈有限的生活视界中感知历史,并不一定能出入于本书所论及的每一个重要的"历史当下",除了他的日记外,如果能选择更多其他同时代历史当事人的日记,是否能更有效地将"两个视点"衔接融合起来?像《批判萧军》这一章所引述的叶圣陶日记中提到了朱自清逝世、币制改革、《旧戏新谈》等事件,但这些内容和本章论述的核心事件"萧军批判"似乎并没有直接的关联,日记后的正文也是直接从萧军批判事件开始说起,从阅读的感受上看,这"两个视点"可能融合得没有那么自然。

吴晓东:钱老师选择叶圣陶日记作为贯穿线索确实稍微简单了一点。如果有的章节用其他作家的日记,比如《萧军批判》那章,用萧军日记可能就会更好。有的章节用胡适日记,有的章节用吴宓日记,等等,涵盖面会更全,这些日记应该不是找不到。选择1948这个年份我不知道是当初这套"百年中国文学总系"丛书的主编谢冕老师先定下来的,还是钱老师自己选的,可能是他们一开始设计了若干年份,但是最后确定写哪些年份还是一起商量的结果。这套书中的有些年份也许有偶然性,但是选择了1948年是有必然性的。为什么没有选1949年?正是因为1948年的中国历史尚存歧路的可能性,而1949年则大局已定。

四 "大文学史":生命的互动与学科反思视野的生成

孙慈姗:下面我想谈一下大文学史与生命史观的问题。"大文学史"是钱老师在1940年代文学研究中始终坚持的思路与视野,近些年来,它或许已有成为文学研究基本范式的趋势。就作家的维度而言,"大文学史"强调不仅关注作家的文学创作,同时关注其学术研究、人际交游、社会参与,以及作家所创作作品的生产流通过程,这背后涉及着一时一地的文学机制与文化生态。钱理群老师指出,"大文学史"是"文化、思想、学术史背景下的文学史",而在"人"的层面,这样的研究思路既关注组成历史的"个人活动",又重视"人与人之间的接触、关系",而人与人、文本与文本的接触,在钱老师看来不仅构成了理解某一文学现象的基本文化语境,更体现出"生命"的互动性,"大文学史"由此成为"大生命史"的一部分。

所谓文学史书写与文学研究的"生命性",在钱老师这里集中体现为对"带有个人生命体温的故事"的探寻,这意味着去关注"文学场域里人的思想情感、生命感受与体验",呈现"个体生命的特殊性、偶然性甚至神秘性"。对"个体生命"的反复强调或许亦是"作家论"这一研究范式的深层内核与价值、情感关怀。而讲述"活生生的文学故事"更是钱老师所心仪的研究方法——在某种程度上,文学研究者也可以成为"讲故事的人"。

具体到1940年代文学研究,钱老师对处于上海沦陷区作家师陀文学活动的研究就较为鲜明地体现出这种"讲故事"的思路及大文学史、生命史学的眼界。

在题为《〈万象〉杂志中的师陀长篇小说〈荒野〉》的文章中，钱老师讲述了围绕作家师陀与小说《荒野》的六个故事，分别聚焦于师陀与柯灵等沦陷区编辑、文学家的关系，《万象》杂志编辑群体及办刊方针的变化，"师陀"这一笔名与沦陷区文学市场、文化语境及《荒野》之间的关系，《荒野》在《万象》杂志结构中的位置，《荒野》与杂志中其他作家文本的对话，以及这部长篇小说在师陀本人创作序列中的位置等问题。文章开篇即提出"到杂志版面空间、出版时间中寻找文本的生命故事"的思路。从"大文学史"的视野看，这种研究方式旨在"把现代文学的文本还原到历史中，还原到书写、发表、结集、出版、典藏、整理的不断变动的过程中，去把握文学生产与流通的历史性及其与时代政治、思想、文化的复杂关系"，而在"生命史学"的意义上，"史料本身是一个个活的生命存在在历史上留下的印迹。因此，所谓'辑佚'，就是对遗失的生命（文学的生命与文学生命的创造者——人的生命）的一种寻找与激活，使其和今人相遇与对话"，通过对历史资料的发掘与历史现场的重建探寻"历史上的人的一种书写活动与生命存在方式，以及一个时代的文化（文学）生产和流通的体制与运作方式"。只有对这方方面面的"故事"做出充分了解，方有可能确立个案研究的丰厚意义与学术价值。就师陀而言，围绕着他创作发表《荒野》的六个故事就展现了沦陷区文学类报刊基本样貌、文学市场运营状况与文坛生态、"新文学"阵营在特殊时空中的存续方式、作家们的言说策略与心理实感等诸多议题。而将作家放入其所处人际关系和社会文化语境、将文本置于与之相关联的文本链中的研究方法，也体现了对"文本间性"与"相互主体性"的自觉意识，这在一定程度上有助于弥补较为封闭的"作品意象特征－作家精神个性"式思路的缺憾之处。

"大文学史"的思路对于1940年代的文学现象及具体作家具备有效性甚至必须性，固然由于一切文学活动与个体都非孤立存在，在更深的层面上却源于这一时期作家社会位置、主体状态的变动性、不稳定性。上面讨论中所引贾植芳回忆录的叙述便突出了这一时期在泥水中摸爬滚打的知识分子与五四的"书斋"式知识分子处境的不同。这样具备高度流动性的主体在从事文学创作时势必要对变动不居的各种现实问题有所因应,方能在乱离巨变中以文学的方式安放自身。在这个意义上,1940年代作家们所展露出的"野心",即利用各种文学文体去探讨经济、政治、哲学等多重议题,在追求"修辞"的同时追寻"意义"的尝试,或许对于他们而言正是安身立命的"必需"。而他们所塑造的某些具备召唤性、创新性、敞开性的文学形式,也体现着作家们与不同类型的"人"、与时代历史互动对话的急切渴望。

秦雅萌:作家们的这种渴望或许也是研究者的心愿。我注意到钱老师的作家论着重探讨作家个人的心灵史、精神史与生命史等,最终构成了一个系列概念。钱老师笔下的作家个案,有很强的选择性,特别是在选择40年代的研究对象时,往往在"战争与人"的关系中,对那些承受苦难的作家主体给予高度关注,他们在大历史中被伤害、抛弃、禁锢或遗忘,多少带有一些弱者的影子。而战争在这里常作为外在于个体并造成个体生存困境的背景或场域,如矛盾、苦难、毁灭、分裂等代表个人生命困境的词语,在钱老师的40年代研究中复现率很高。或许在钱老师看来,这些在大时代中无法做出自由选择,也不能掌握自己命运的生命主体,最能够和钱老师所关注的作家精神世界相契合。钱老师通过观照他们是如何反抗个人的生存困境的过程,来书写这段战时历史。这一点从刚刚慈姗所引用的例子中就可以看出。而钱老师对这类作家主体形象的经典概括,如流亡者、漂泊者、挣扎者等,成为考察这段历史并沟通文学文本的中介,这似乎也延续着钱老师对鲁迅反抗绝望的精神体察。钱老师在对待个案的特殊性与代表性的问题上,也有着周全的考虑。一方面,钱老师认为,战争年代的大历史,以及政治转折的大时代,必须要落实在具体的个人经验之上,才能被真正理解;另一方面,钱老师更追求一种超越性的价值,也就是通过刚刚讨论过的源自王瑶先生的"典型研究"的方式,通过具体的作家研究来解读出一些超越时代的具有永恒价值的面向。这样才能体现生命史观的完整性。

孙慈姗：谢谢师姐的补充。我认为在"大文学史"与"生命史"的观照视野下，钱老师对于作家的讨论、对于个体经验的关注最终牵连出了一系列重要丰富的议题。但接下来的问题在于，要呈现文学家这一时期主体状态的复杂性，以及个体间、"生命"间的种种互动，"作家"这一身份设定是否还有一定局限性？毕竟，文学有其限度，"生命"本身包含的多重维度不尽能为文学书写所囊括。许多具备"作家"身份的个体，也不只通过写作与所处社会语境发生关系。在这个意义上，所谓"大文学史"或许还不仅仅要包含"文化、思想、学术"等背景，而应当如研究者所言，将一些重要问题结构"纳入一个更广阔的政治史、社会史与文化史的综合考察之中"，重思文学的位置。而在作家研究层面，则有必要突破某种由新文学观念及生产机制所塑造的"作家"身份想象，考察个体及群体的多种社会参与方式及文化活动间的关联性，从而还原那些在战争语境下、在历史变动中具备高度不稳定性、流动性、多元性与延展性的主体状态及其互动的可能。

近年来，相当一部分学者秉持大文学史的思路，在对"文学"及"作家"不断丰富的认知图景下，针对某些文学现象进行了深入细致的研究。如姜涛老师对沙汀式"旧现实主义"以及"何其芳现象"的探究。对于前者，姜老师注意到沙汀对于四川场镇生态、基层治理情况的书写与同时期社会学家们的"社区研究"在问题意识和方法论等层面的同构性，从而将文学与"社会学、人类学、边政学、民族学以及新闻报道等不同知识方式"彼此之间的联动作为考察战时文学的一个特殊面向，揭示了在1940年代战争语境中，不仅存在空间与精神意义上的迁徙和流亡，更有"战争对原有的社会组织、文化生态乃至个体感知的强力搅动与重组"。而对于何其芳，钱老师在研究中表达了对激进转型背后作家个体精神失落的隐忧和警醒，姜老师则看到在创作《夜歌和白天的歌》时期，何其芳作为"事务工作者"对"风景"及"心境"的重新发现、与他人交流的渴望，以及颇具惠特曼风格的舒展自由的新诗体的生成。

"大文学史"的视野在不断扩展，所开拓的问题领域也将不断丰富。而无论对于创作者还是文学研究者,所必须回答的仍是以"文学性"的方式深入这些问题的独特性,以及"文学"与"生命"的深层关系。既贴近历史中整全"人"的整全"生活"、保持"文学"的独特感觉,又熔铸自身当下的生命经验、历史透视与文化反思,或许也是文学研究值得追求的理想境界。

李超宇:我想从刚才讨论的钱老师对卞之琳小说的感受说起。钱老师之所以会对《海与泡沫》感到恐惧,是因为泡沫在海里会消失,就像何其芳的"小齿轮"消失在大机械中一样,他特别关心的是个体精神自由与独立思考能力的丧失。但同时我们也有一个非常熟悉的比喻——"一滴水只有放进大海里才不会干涸",理想的集体应该是让个人更好地生活,而非消灭个人的所在。何其芳融入了集体,他这个人还是在的,他在为大多数人的幸福贡献着自己的力量,而他个人同时也是快乐的,这应该是一种最理想的状态了。需要讨论的是为什么有人不能像何其芳一样在为集体的奉献中感到快乐,那些人坚持的"个性"之类是否真的那么可贵,问题到底出在哪里?

钱老师对集体的这种理解其实来自他对1950—1970年代的感受,他觉得作家个性的丧失是导致那个年代文艺"公式化概念化"的重要原因。其实50—70年代的作家对这个问题一直有讨论,他们同样不喜欢"公式化概念化"的作品,当时的文艺政策也从来没有过要消灭作家的个性。相反,那个年代真正的优秀作品如《三里湾》《创业史》《山乡巨变》等都携带着作家鲜明的个人风格,这种个人风格是得到文艺界普遍认可的。文艺界并不像很多研究者想象的那样"统一"。所以我也不太同意1950年代以后是一个"确定性"的时代,可能一些原则,比如社会主义、为工农兵服务是确定的,但具体怎样建设社会主义,如何为工农兵服务,都是不确定的,都处于探索阶段。我们在打开1940年代的丰富性的同时不能把1950年代本质化,而是应当让两个时代都丰富起来,并且彼此敞开。

另外关于典型性话题,其实在1950年代有对"典型"问题的讨论,刚才国华老师提到过的基于大量调查的社会科学意义上的"典型",其实要经历从个别到一般,再从一般到个别的过程。但是在1950年代对文艺典型的论争中，有不少人觉得这个过程太烦琐了，而且觉得这个过程是造成公式化概念化的重要原因。所以有人就提出文艺创作不同于社会科学，因此不必从很多人身上提炼共性之后再去塑造典型，而是从一开始就找准"这一个"鲜活的人物，然后不断地去丰富和完善"这一个"，这样塑造出来的就是典型。所以我也感觉钱老师研究中的"典型"应该更接近后一种文艺上的"典型"，但同时因为是做研究，所以又试图部分靠近社会科学意义上的偏重于"共性"的"典型"。因此钱老师在对时代进行整体把握的时候，我们既能感受到文学形象的鲜活性，又总会觉得不够完整和严密。

吴晓东：超宇现在对1950年代比较有发言权，因为他的博士论文主要讨论的是1950年代合作化时期的文学生产。社会主义在1940年代还是远景，到1950年代就变成了现实，在这种情境里回头再看1940年代的一些所谓的历史预言或预测，也许有一种历史在向我们走来的感觉。所以超宇的感觉很好，也意味着他其实发现了1940年代和1950年代真正的差异性和丰富性，在这个意义上可能会纠正我们只站在1940年代的历史时段，抽象地讨论1950年代作为某种节点或者是某种终结的问题。对于整个20世纪的文学研究而言，需要我们真正进入每一个时段，然后彼此打通，彼此参照，才可以让研究更富有历史感和生产性。

崔源俊：钱理群先生以"旷野"与旷野中的"流亡者"为线索把握整个40年代中国文学的趋势，认为在战争带来的社会动乱中，流亡作家不仅感受到民族与国家的危机，同时"面临着真实的、具体的死亡与饥饿的威胁"。在这种具体的现实危机中，生活在不同环境的作家们不约而同地寻找"归宿"，而"归宿"的对象首先是"土地"。"在面临'国土沦丧'的威胁的抗战时期，'土地'对于人们，既是'现实'的，同时又是'象征'的。"当他们憧憬"土地"的永恒性时，他们也重新发现了其中的"农民"。对于在战争中失去一切而被抛出世界的作家们来说，"农民崇拜"既是新的"归宿"又是新的"信仰"。这种对"土地"与"农民"的崇拜同时唤醒了"女性崇拜"与"母性崇拜"，1940年代对"母性"的发掘反映了一种对传统的"归依",在这种脉络上"归宿"可以延续到对"家庭"的重新审视。钱理群先生认为文学家对"土地"与"农民"的崇拜,以及寻求"母性"、重新审视"家庭"等文学现象背后充满了非理性的浪漫主义的诗意与激情,这进一步被概括为40年代"流亡者文学"的"战争浪漫主义"特征。而延安等解放区与中国共产党所创造的新政权及人民军队则是40年代"流亡者文学"的"最后归宿",延安是一切"光明"与"希望"的前景的实体空间;但钱老师同时还指出了"最后归宿"的限度,他说:"当年人们在'旷野'里所感到的孤独、绝望,所产生的梦幻中的依恋,这一切'旷野情怀'生命体验,现在竟被视为'小资产阶级情调'而抛弃。历史再一次错过了机会,1940年代'流亡者'文学经过'战争浪漫主义'转向了'改造'文学与'颂歌'文学——下一时期(五六十年代)的文学正悄悄孕育在这'转向'之中。"

钱老师的研究虽然提出了"土地"与"农民"等范畴,但没能处理到普通人民的实际声音,这可能是一个限度。但是我们得考虑钱老师针对的不是历史本身而是文学作品与作家,尽管他关注的文本只反映了1940年代复杂的文学现象中的某一部分,但至少他的视野成功地综合了国统区、解放区与沦陷区的某种共同面貌,给我们提供了整体性的视野。钱老师的论述涉及了很多文本,却能像流水一样顺畅,有些部分可以看到直观的评价,可以感受到钱老师的政治立场等个人价值观,而这些个人的价值判断可能会因此引起争论,但他的文章好像不太回避这种争论,感觉有点儿像鲁迅的态度,可能是钱老师不仅研究鲁迅,而且从鲁迅身上学习了他的生活态度。

此外简单介绍一下在韩国钱老师著作的翻译情况以及韩国的中国现代文学研究界对钱老师的研究情况。钱老师的书在韩国翻译了三本,《毛泽东时代和后毛泽东时代(1949—2009)》(上、中、下,2012)、《拒绝遗忘——"1957年学"研究笔记》(2012)、《我的精神自传》(2012)。还有一本对话录《与钱理群的对话》(2014),此外《与社会人文学的对话》(2013)中也选取了钱老师与赵京兰的对话——《将"中国"怀疑者启蒙》。在研究方面，林春城在著作《钱理群》中以十个核心词来专门介绍钱老师的思想，他的《后社会主义中国的文化认同与文化政治》则探讨了"钱理群的毛泽东研究"，《中国现当代文学史谈论与他者化》这一著作有题为《黄子平、陈平原与钱理群——通俗文学与两翼文学》的专章，李旭渊的《后社会主义时代中国知性》中有《批判的知识分子社会的分化——以钱理群与汪晖为中心》，华师大的许纪霖教授《20世纪中国知识分子史论》的译本中则收录了钱老师的《北京大学教授的不同选择——以鲁迅与胡适为中心》与《鲁迅与创造社、太阳社的论战》两篇文章。论文方面，有关钱老师的研究论文约有十余篇，大部分集中于钱老师的鲁迅研究、知识分子论及与现代中国思想有关的话题，也有一篇有关抗战时期沦陷区研究的论文。

吴晓东： 源俊的说法中有些与大家的讨论形成了对话，比如他说钱老师关注的还是作家作品，是从作家作品的角度来探讨所谓的知识分子的精神历程。有同学也提到钱老师可能对底层或者民间、人民这些范畴关注不够。另一方面，如果真正研究所谓民间与底层，也许就需要借助于大量的社会学材料或者是历史材料。但钱老师这些年恰恰借助他对民间志愿者的关心，借助《安顺城记》的编著，弥补了1980年代研究中他自己认为有欠缺的某些部分。

刘祎家： 我关注到张旭东老师在《读书》上发的一篇文章《批判的文学史》，还有王德威老师有关他主编的《哈佛新编中国现代文学史》的一个访谈，其实构成与北大中文系现代文学专业训练的文学史研究方法之间的一个富于张力的对话性关系。张旭东老师的文章构想了一个近乎完美的文学史造型，是把文学史描述、文学批评、文学理论乃至背后的各种观念性因素诸种视域融合起来的东西，而且特别强调贯通其中的研究者主体的批判性审视的自觉目光，也就是那个 Critical 的理论动能。这个动能要求研究者主体对他所接触的一切材料和认识前提都加以反思，我就在想，这样的一种文学史构想，几乎悬置了我们可以去信赖的一切有关历史的认识论前提，那么写出来会呈现为什么样的文学史呢？而王德威老师在访谈里，也谈到他编写《哈佛新编中国现代文学史》的缘起和方法,他借助的是与钱理群老师的《中国现代文学编年史》相似的体例,以篇幅适宜的单篇专题研究的形式作为基本构架。但无论是张旭东还是王德威,他们运用文学史的方法所构想、书写和编纂的文学史,其实最后是要破掉那个"文学史",也就是说,他们提出文学史是为了反对或者说对抗和抵消"文学史",恰恰是要在文学史的方法中突出非文学史的部分,使用"文学史"是最终为了消除它。我的意思是,两位研究者并不是要拒绝那些详细的史料爬梳或者历史研究的方法,而是他们要通过围绕着文学史的工作,破掉"文学史"的观念,也就是附着在"文学史"等级和秩序背后的那些评价文学的主流与非主流、中心与边缘、正统与非正统的二元对立模式,通过文学史的工作恰恰是要把"文学史"的那个观念的"史"字去掉,用王德威先生自己的话说,"我所做的一切工作,其实都是在为'文学'辩护"。我觉得这些学术努力构成了我们北大中文系的文学史传统和研究视野必须与之正面对话的一些竞争性要素。虽然张旭东和王德威老师在观点和立场上并不一致,但他们试图在文学史研究内部破除"文学史"神话的用心是可以捕捉到的。我觉得这些来自不同学术场里的不同的声音,对我们自己构成了一种压力,我们必须抬头加以面对,不然我们的研究和讨论会封闭在一些既有的思路、问题、脉络和视野里。

吴晓东: 祎家提到的可以对话的文学史研究视野,来自张旭东先生的"批判的文学史"的方法和思路,还有王德威先生观照文学史的路径。张旭东和王德威还不一样。王德威先生的史观可能跟陈平原、钱理群老师更接近一些,而张旭东先生强调的可能是一种文学批评意识,也就是"文学批评"要大于"文学史",这也许与祎家所提到的对既有文学史研究脉络固化的危机意识的感知有关。其实反思文学史的思路,在陈平原老师这里就早已经有了。陈老师有本书就叫《假如没有"文学史"……》,也是在自觉反思大学中文系的教学模式中这种以"文学史"为轴心的课程设置可能存在的问题。所以从普泛的文学史意识来说,"批判的文学史"本应构成研究者和教学者的理论自觉。我们只是在"史"的范畴下界定我们的工作,而不是要固化某种对文学史的理解。我们是应该吸收"批判的文学史"这样一种反思性视野的,这也就意味着我们自己的文学史研究的确也需要建构自反式的研究思路。由于我们毕竟研究的是历史中的文学,所以我们需要采用一个文学史的概念来界定。有学者认为古代文学、现代文学需要文学史的思路,而当代文学不需要,但事实上中国当代文学现在也走过六七十年了,当代文学的某些部分也已经被纳入了史学的范畴,已经不是用单纯的文学批评的视野和思路就能完全解决的了。或许只有当下时刻的文学,我们可以不纳入史的范畴,而用所谓的文学批评的眼光来搞定,因为当下新生成的文学作品诞生于历史的此时此刻,我们当然只能用文学批评的方法来处理。

当然,这样的文学批评意识也许应该贯穿到整个文学研究,而不光是文学史研究。对于广义的文学研究而言,比较理想的状态或许是既要有史的范畴,也不妨借用文学批评的思路和眼光进行具体的文本解读,把文本细读的方法,以及一些理论视野,都融合进来。祎家提供的张旭东老师的"批判的文学史"视野督促我们不断进行自省,这个警醒其实是很必要的。

其实,张旭东老师所建构的"批判的文学史"是有具体的针对性的,针对的是文学史教科书的编写和教学,还不全然等同于文学史研究。所以张旭东的文章,反思的是大学里的文学史建构机制,这个机制或许正在僵化,而我们的文学史研究如果陷入这个僵化的机制当中,那么我们就真的没有出路了。在这个意义上张旭东老师的批评是有效的。

刘东: 我能感觉到祎家师兄的关注点似乎是文学史研究中的主流问题。祎家师兄是觉得对于张旭东老师和王德威老师来说,可能不存在一个所谓"主流",还是他们所认同的主流是不能被用这样的方式写出来的?

刘祎家: 我想谈的其实是文学研究的功用问题。就是在张旭东老师和王德威老师那里,他们对于文学研究应该做什么,做到什么程度,文学研究的诉求又是什么这些问题的理解和我们是不一样的。王德威老师的文学观念背后有一个不太变动的东西,这构成他的立场和文学态度,在对这种不太变的东西的持守基础上,他会在研究中做一些取舍,同时创构一些新的东西。张旭东老师则是始终关心如何重建一种鲜活和带有当代意识的文学活力，在这种文学活力如何绽开、如何被激活的意识下去探讨和实践文学研究的功用。这和我们的关注点有交叉的地方，但也有侧重点上的不同。我想提出的问题其实是这个。

刘东：我觉得祎家师兄涉及的文学史还是很必要的。毕竟钱老师五卷组合起来还是希望形成一个"40年代文学史"的样态。但如果看钱老师的分卷策略的话，其实还是相当传统的——时间、空间、知识分子研究、作家作品。空间虽然囊括了新的城市中心，但其实没有摆脱国统区、解放区、沦陷区的三分格局。那这样写出来的"文学史"，就仍然可能还没有摆脱传统文学史的窠臼。但另一方面，广告文学史这部书的编纂不就是钱老师对文学史的反思吗？我其实认为这本书是很有新意的一种编法，具有巴赫金意义上的"复调"性。一般而言，被大家接受的"复调性"的东西应该是王德威老师那种编纂结构，多人主持，多个词条，充分的去中心化，钱老师广告文学史在形式上也要追求这个特点。但我其实觉得这只是构造"众声喧哗"的一种方式，甚至可能是一种"众声喧哗"的"表象"。真正的复调性可能还需要在具体的论述方式中寻找。在我看来，其实钱老师在反复书写文学史的过程中，已经形成了一整套相对稳固的理解方式，但作为一位有着强大消化能力和研究主体性的研究者，当他在有意识引述前沿研究成果进行论述时，有的时候却会把两种不同的声音都保留下来。也就是说，这些成果有自己的逻辑，与钱老师的论述并不完全在一个方向，但又都是对一个历史时刻的描述，它们被保留在钱老师编写的文学史中。广告文学史这套书真正的复调性可能体现在这个方面，在这个意义上，如果全书都能保持这种"复调"式的对话力度的话，那么即使全书都是钱老师自己来写，也仍然是众声喧哗的。我觉得这会是一种新写法，但需要天时地利人和，需要钱老师那样一位有强大消化能力、有吸收新研究的强烈意愿，而且是有自己鲜明研究特色的研究者。这是可遇不可求的。

吴晓东：祎家为我们今天的讨论引入的对话性视野是非常重要的。不仅对于探讨钱老师的文学史研究,而且对于观照我们北大中文系现代文学专业的文学史研究传统,反思我们学科自身的知识、体系、价值和预设,这样的自觉意识都是非常必要的。这会让我们自己的文学史研究突破所谓的内循环和近亲繁殖,生成新的研究活力,也提示我们只有在一个开放的视野中才能理解开放的历史。我们今天的讨论从慈姗一开始的发言就提出了一个1940年代的开放性问题,这个开放既是文学形式的,也是历史过程自身的。没有任何一段历史是固化的,因而,祎家今天为我们带来的批判的参照系有助于我们打破固化的文学史图景,哪怕是对钱理群老师文学史研究的讨论,其背后也应该指向一个开放的、尚在进行中的历史过程。以这样的方式总结今天的研讨会,应该说是恰到好处的。

下编

20 世纪中国小说风景

"大后方叙事"与"游移的美学"

——关于骆宾基《北望园的春天》的讨论

吴晓东、路杨等

时　　间：2013年10月12日
地　　点：北京大学人文学苑6号楼
主持人：吴晓东
参与者：王东东、刘奎、黄锐杰、路杨、仲跻强、王飞、赵楠、张玉瑶、孙尧天、赵雅娇、桂春雷、秦雅萌（北京大学中文系在读硕士、博士），李松睿（《艺术评论》杂志社），温凤霞（山东财经大学），徐淑贤（烟台职业学院），阮芸妍（清华大学中文系博士），姜亚筑（清华大学中文系博士）

一　"寂寞"与"生活的意义"

路杨：骆宾基的短篇小说《北望园的春天》写于1943年。1947年8月，上海星群出版社出版了同名短篇小说集《北望园的春天》，收入了作家在1939年至1946年间创作的十篇短篇小说。我想首先从"大后方叙事"的角度切入作家骆宾基及这篇小说的创作。总体上来讲，我将《北望园的春天》作为大后方知识分子日常生活的素描与精神分析的样本，或者说，它既是作家骆宾基及其所在的知识者群体在桂林生活与后方经验的真实写照，又是骆宾基对知识者精神状态的把捉和生活态度的质询。因而这篇小说既有其写实性，又有其象征性。骆宾基个人的大后方经验和抽象思考在小说中深度纠缠在一起，又继而折射出40年代中后期的国统区写作与大后方叙事的一些问题。

首先,我们可以将骆宾基这一时期的小说创作视为一系列"大后方的生活素描"。比起萧红、萧军,骆宾基走上文坛的起点与抗日战争的全面爆发几乎是重合的,他的文学经验和写作历程伴随着战争全面开始并走向成熟,在战乱中长时间的"迁徙"与"流浪"的经验也决定了其小说中叙事者的姿态和声音,而这一过程中长期的"后方"经验又为其创作带来一些特殊性。骆宾基的个人命运始终与历史机遇相错位,无法真正介入抗战的前沿阵地与切实体验中去,似乎也只能始终活动在历史与时代的后台。因而他的后方经验不仅是抗战地域上的大后方,同时也是抽象意义上、经验上的"后方"而非"前台"。这不仅使其在创作上与真正的前线叙事或"抗战文艺"产生隔阂,更会使其在心理上产生一种寂寞、阻障之感。其写作中的"大后方"也就不只是空间上的,更是战争经验、时代气氛以及知识分子心灵史意义上的"大后方"。或许正是这种个人经历的特殊性,使得骆宾基更能贴近也更易于把握"大后方"生活的核心特征,即一种沉滞、压抑、孤绝乃至无时间性的精神氛围。而在骆宾基整体的创作历程中,从报告文学到小说创作,也经历过一个从"前线"的血与火,到"后方"普通人的日常生活与精神世界的变化过程。在香港经历了太平洋战争的爆发与萧红之死之后,骆宾基于1942年3月二度来到桂林,直到1944年文化界"桂林大撤退"时离开。小说集《北望园的春天》中的大部分作品,就是骆宾基在桂林时期创作的。

第二,在情调上,《北望园的春天》显现出一种封闭空间里的"寂寞"之感。从小说一开篇交代叙事者"我"住进北望园的缘由开始,小说就已经开始笼罩上一种"寂寞"的基调和色彩:"你想,一个人白天夜晚老是守着二十八个空房间,那是多么可怕的寂寞呀!没有人谈天,没有笑声,没有叹息,没有走动的影子,没有光辉的面色,一个无声无色的小世界呀!你想,若是这个大世界有那么一天也没有声音,没有闪动的色彩了,那么你也没有喜悦,没有痛苦,没有可悲哀的,也没有可憎恶的,那你一个人孤孤单单地享受这寂寞,还有生活下去的意义吗?"此后,这种"寂寞"的氛围便不断在小说叙事中循环往复地出现。而且这种"寂寞"的心理感觉又总是与对空间意象的感受相联系，营造出一种"空间的寂寞"。比如："晚上北望园里的气息是沉寂的。""这所北望园也就顿时寂寞了。""街头上很寂静。"而那些弥漫着寂寞气息的具体意象，也往往与空间有关：茅草屋子像瞎子眼睛和醉汉眼睛一样的窗户，落雨天在红瓦洋房和茅草房子之间蜿蜒的水流，格外幽暗的屋子，寂静的街道，夜半空街上传来的铃铛声，寂静的屋子里的叹息声，以及赵人杰构思的那幅画里老妇人面前摆着二十几块糖果的木盘。而这些空间从无声无色的"大世界"到"小世界"，无一不是封闭和凝滞的。而这类封闭的空间意象和"寂寞"的氛围（如《寂寞》中的医院，《贺大杰的家宅》中的家宅等等）不仅贯穿在骆宾基的一系列短篇创作之中，在40年代的很多其他作家那里也有着似曾相识的面影。萧红笔下"我的家是寂寞的"，"我家的花园是荒凉"贯穿了整个《呼兰河传》，巴金《寒夜》里的小家庭中几近窒息的氛围，《憩园》里冷清的花厅，汪曾祺的《邂逅》里船客们"各自为政，没有章法"的船舱，张爱玲笔下被困在封锁中的电车，等等。这些封闭空间的内部，没有行动，没有变化，没有时间的流动，在骆宾基的《北望园的春天》《寂寞》《生活的意义》之中，甚至连意义和价值都有不同程度的缺席。这些作品形成了40年代写作中一种独特的"沉滞的美学"。无论是书写小人物、日常生活、平凡人生、无事的悲剧之类的知识分子题材的作品，还是知识分子自身沉浸在这种生活之中回溯故园与幼年的乡土之作（如《呼兰河传》《果园城记》等），都表现出这种"沉滞"的时空特点和美学风格。而在《北望园的春天》中，这种封闭空间内部的"寂寞"从人物到叙事者，同时引出既是"小世界"也是"大世界"的寂寞体验。骆宾基写于1941年的另一个短篇直接以"寂寞"为题，在小说接近尾声的时候，借其中的人物之口道出了这种"寂寞"的内涵："我是说整个的寂寞。中国像是没有战争的状态一样！"而大后方悖谬的战争体验正在于这种"像是没有战争的状态"。

吴晓东：空间问题在《北望园的春天》中的确很重要。小说本身就以

"北望园"这样一个空间命名。从隐喻的角度来解读是必要的途径，但另外一方面，空间在这部小说中也是叙事——这部小说基本的叙事场景都是在北望园中展开的，中间也曾逃逸出过北望园，如写小说人物到城里吃饭的情节，但基本上还是一个北望园内部的空间叙事。因此空间不仅是一个隐喻，也蕴含着叙事。我想介绍一下李国华的观点，国华在给大家群发的邮件中说《北望园的春天》中有一种"生活的空白"，我读读他的邮件："《北望园的春天》很多年前读过一回，觉得'生活的空白'问题很重要，既是小说叙事上的留白，也是知识者理解生活的盲点。现在重读，感兴趣的地方是：一、重庆是否构成国统区文学叙述的远景？二、《北望园的春天》与张爱玲《封锁》（及相关文本）是否构成互文性，并指向40年代知识者及其文本与意识形态的反讽关系？三、'我'、赵人杰等钱（以及物价飞涨）是否与《寒夜》（汪文宣无法养家糊口）、《围城》（方鸿渐失业、苏文纨走单帮、李梅亭卖药）等小说中的金钱问题，共同指向抗战惨胜的经济危机和民心向背？"我觉得这些问题都能引发进一步的思考与对话。而国华的关于"生活的空白"的说法首先指涉的是"小说叙事上的留白"，按我的理解，骆宾基将小说叙事空间集中在北望园上，每个人物的生命史就无法带进来了。如果说骆宾基的生命和写作历程构成了理解他的这篇小说的"前史"，那么，他的小说中的人物也都是有其前史的，但《北望园的春天》的叙事一旦被作者聚焦在北望园的空间范围内，那么小说中人物的前史就基本上被隔离在小说叙事之外了。不过，尽管在时间维度人物与其"前史"隔离，在空间上也把人物的活动基本局限在"北望园"一隅，小说中每个人物的精神状态、生命形态也都与整个战争空间和"大后方经验"相互关联，无法彻底绝缘于世。因此空间问题的确可以从叙事的角度进一步展开。

张玉瑶：我觉得作者填充这种空间或"空白"的方式也很有趣。这可能与骆宾基对这种"寂寞"的呈现方式有关，即如何将语义上的"寂寞"用一种空间场景的方式表现出来。小说没有中心情节，给人感觉非常散漫，知识分子在这一空间内部原地打转，构成了一种平凡的缺乏高潮的群体生活。因而作者填充这个空间的方式就是使用一些细节,把一些看似无聊的细节放大,如林美娜挖蚯蚓与"我"对其挖蚯蚓的观察,把本来可能没有必要如此放大的细节挖掘出来,再精微化,就构成了北望园中全部的生活方式。作者用这样的方式把空间填充起来,使之看起来是有内容的,但实际上又是空虚的,在这种看似庸俗的生活中又有一种内里的焦躁。也就是说,在这种寂寞的状态下,任何琐碎的事情都可能成为焦点。

路杨:北望园无论是在空间上还是叙事上,都构成了对人物的精神状态和叙事方式的整体封闭,即无论逃到哪里,实则都是逃不出去的。关于"空白"的问题,我好奇的是为什么骆宾基写的都是玉瑶所说的这些琐碎的细节而不选择去写一些其他的事情。比如关于"我"的生活,文中也交代过一句说"我是有事每天都需要进城的",但进城到底做什么却从来都不写。梅西也是因为要筹备自己的画展总是不在北望园,几乎就没有回来过。事实上,当时的桂林云集了大批的文化人,一度成为国统区木刻文艺运动的中心。也就是说,从客观上来讲,大后方未必就那么寂寞,那么无所事事,但是作者写的却都是一些琐碎的日常生活,放大庸俗无聊的细节,好像这就是他们的全部生活一样。因而这种"空白"实际上是作者在叙事上的一种选择,即看似是在写日常生活,但实际上是在写精神生活,每一个人从事的工作与艺术活动虽然存在,却无法抵挡精神世界中的空虚。

我开始时提到,《北望园的春天》既有其写实性,又有其象征性。在写实性的层面,它当然首先是桂林知识分子群体生活和作家个人的后方经验的一个记录。1942年至1943年,骆宾基在桂林频繁地更换住地,边教书边写作,往返于桂林城乡之间。有时住在乡间埋头写作,时间久了想念朋友就回到桂林市区住一段时间。常常是借住在朋友家里,当时姜庆湘王镕镕夫妇、罗迦以及董秋水夫妇都曾收留过他。作家张洁80年代回忆骆宾基当时借住在他们家的情景时说:"长大以后,我才知道,《北望园的春天》那本集子里的好几篇小说,就是他穿着脏衬衣,在冒着团团烟雾的那屋子里写成的。要是我想念儿时在桂林的生活,我会从那本集子里,找到昔日的房间、竹围墙、冬青树、草地、鸡群、邻居家的保姆、太太，以及我父亲、我母亲和我自己的影子。"在此期间，骆宾基曾住在七星岩附近的一个院落：院落中央的洋房里住着文艺理论工作者周钢鸣和他当教师的妻子，门侧的一栋低矮阴湿的茅屋里住着从澳门来桂林不久的木刻家黄新波和妻子。再就是原"旅港剧人协会"成员舒强，太平洋战争爆发后回到桂林，正在广西艺术馆排演于伶的剧作《长夜行》。与舒强为邻的是骆宾基与过长授。过长授是江西人，当时在桂林美专教书，业余从事木刻创作。这个小小的院落以及居住其中的知识分子正是短篇小说《北望园的春天》的原型。

这段时期，充斥骆宾基写作的关键词就是"寂寞"。在其同时期的散文《乡居小记》和《三月书简》中，我们可以看到一个不断往返于桂林城乡之间，在闭门写作和朋友交际之间徘徊不定、无法落脚的"流浪者"的形象，无论是乡间生活还是城市中的知识共同体，都不能为其提供一个安宁的精神归宿。《北望园的春天》对于叙事者秦先生也就是"我"住在北望园时的见闻、心理感受的刻画，当然承载了骆宾基大部分的"借住"经验。但更为重要的是，这是一个随时准备出发，要离开北望园，离开桂林的叙事者：北望园对于"我"而言只是一个临时的住所，桂林对于"我"也只是一个临时的所在。"我"从搬入北望园开始就强调这一点："屋子潮湿有什么关系呢？阴暗又有什么关系呢？我是借住的。然而这又有什么关系呢？住一个礼拜我就离开这里了。"并在此后不断想要离开，想到昆明，想到重庆，想要出走。骆宾基在写给朋友的书信中评论某个演剧队的"天真热情"时说："我感觉和他们有着某种距离，正仿佛一个流浪的人站在墙外看运动场上那些打球的学生一样。"而《北望园的春天》中叙事者"我"也恰恰呈现这样一个"流浪者"与"旁观者"的姿态。那种"在路上"随时准备出发的姿态，既是旁观者身份的保证，又是"我"寻找自身"生活的意义"的寄托。

这就涉及第三个问题，即"生活的意义"的主题。早在骆宾基写于1941年的《寂寞》中，就已经提出了这一问题，甚至专门有一篇小说以《生活的意义》为题，但最终还是只写出了一群从前线退下来的士兵的百无聊赖。而关于"生活的意义"的追寻，则在主题上贯穿了骆宾基1941年至1944年的创作。赵园评论骆宾基的小说时特别强调一个"无主题"的特征，这里的"无主题"既指向小说的"无情节""无事件"的"氛围气"，也关涉小说无关宏大主题——如战争主题的意涵。但从文本出发，寻找"生活的意义"确实是骆宾基这一时期写作的重要主题，但这一主题也确实与当时的意识形态要求之间存在距离。针对骆宾基的一系列小说创作，批评者萧白和胡绳当时分别有两篇评论。萧白在其批评中说骆宾基的小说是"上升"的、逐渐接近意识形态正确性的一个选择，从没有意义的生活，到积极寻找生活的寄托，到英雄主义、浪漫主义式的对意义的寻找，最终到《五月丁香》中与现实、反抗、战斗和集体的拥抱。但胡绳马上在批评中反驳了萧白的意见：一是虽然骆宾基一直在书写对"意义"的找寻，但他最终还是归结在一点上，即生活是没有意义的，在这一点上，胡绳其实比萧白更理解骆宾基；二是认为骆宾基根本就不应写作这些消极的面向，所谓"上升"也就更无从谈起。而关于生活态度问题的关注和讨论，实际上也是抗战以来作家们谈论的焦点之一。1938年1月初，在《七月》杂志举办的文学座谈会上就围绕"生活的问题"展开了讨论。当丘东平在会上提出"不跟着军队跑，就没有饭吃，如果跟着军队跑，就不能写东西"的困境时，聂绀弩立刻反驳："我觉得，如果能够参加到实际生活里面，宁可不写文章。"聂绀弩进而强调："我提的是一个生活问题，一个中国人的问题，并不是作家的问题。"这场讨论最后被艾青以"打进紧张的生活里是必要的，如果不能，也应该随时随地抓住自己所能抓住的生活现象"的发言勉强结束。

可以说，"生活问题"或"生活态度"问题，贯穿了40年代知识分子对于如何在战争中重新安排自身位置和生活秩序的思考。如沈从文就观察到战时大后方弥漫的一种庸俗的人生观。抗战初期他的一系列杂文写作的主题，都可以用其中一篇的题目来概括，即"怎样从抗战中训练自己"，批判战时知识分子"糊糊涂涂拖拖混混""对生存竟像是毫无目的可言"的精神状态。在"试从二十五岁到五十岁左右某一部分留在后方的知识分子来观察"的基础上,沈从文发现,这些知识分子大多表现出或庸俗,或猥琐,或享乐主义式的没有意义的生活态度,无异于骆宾基笔下安然于家庭生活、依靠小小的寄托生活下去的人们。沈从文强调"我们都知道关心前线的阵地转移,可疏忽了后方的萎靡堕落";"前方和后方对战争意义虽不同,态度却需相同"。而关于战时大后方青年的生活状况和思想动向,在当时的《青年知识周刊》《战时青年》《中学生》等刊物中都得到了相当的关注。在这一问题上,《北望园的春天》堪称一个样本,其中人物在寻找生活寄托时的不同选择恰恰代表了不同的生活态度,因而小说一方面呈现的是知识分子的生活态度,一方面本身也是在借此寻找"生活的意义"。骆宾基这一阶段整体的写作也体现为几个不同的面向,一是对生活态度的质询与选择(《寂寞》《乡亲——康天刚》《北望园的春天》),二是对艺术、美、抽象与玄想的追寻(《一个唯美派画家的日记——当那幅油画诞生之前》),三则诉诸追忆与回溯(《北望园的春天》《贺大杰的家宅》)。

吴晓东:"追忆"与"回溯"是两个很有意思的范畴。《北望园的春天》中叙事者和赵人杰在谈话中就有对故乡的追忆内容。小说结尾尤其值得分析:"今天是七月一日了。北望园的夏天该是怎样的呢?……"作者为什么要写这一段回溯性文字?我刚才提到《北望园的春天》的空间叙事,这一段结尾其实游离出了北望园的空间,单从小说叙事空间的完整性和自足性的意义上考量,其实是可以删掉的。结尾一段的意义恰恰在于把前面的整个写作也都变成了追溯,这一追溯带来了尾声中复杂而繁复的、在某种意义上甚至有些悖谬的两种心态,"回忆"与"追溯"的问题因此可以进一步落实到小说的结构和具体写法上,进而分析出更丰富、更有意思的美学问题。

路杨:我也注意到了这个问题。在小说前面的主体叙事中,叙事者表现出强烈的逃离心态,然后在尾声中却表现出一种留恋与追怀。但这种心态上的悖谬恰恰与骆宾基往返于桂林城乡之间的状态是一致的。

吴晓东:你所说的这种矛盾心态确实存在,但结尾的回溯叙事带来的是与之前在北望园内部空间不同的感觉,可以说是生成了一种回溯之中的审美感受。例如在这段尾声中,在杨村农和林美娜身上,叙事者"我"体验到的是北望园的空虚,这与你的论述是吻合的,但接下来的"实在说北望园的男女住客在无忧无虑的时候也不会寂寞,还会坐在走廊下打盹呀"却否定了前面写的"寂寞"的感觉。之后对于美人蕉、秋海棠的描述多少带有一点反讽的味道了,但最后叙事者称"我怀念北望园,怀念北望园的深夜……赵人杰一定还是冥坐在他那阴暗的屋子里遐想……现在北望园的深夜应该有一片蛙鸣了……",这时的感觉却变了:"蛙鸣"照应了前文中写下雨的一个细节,是小说中非常诗意的段落。叙事者不经意中在小说中嵌进这样的表述,实际上就给小说赋予了某种诗意的氛围与效果。构思精妙之外,更重要的是如你所说,他一离开北望园就带来了这种追忆的、回溯的,或者说悖谬的审美感受,这就将北望园的空间叙事变成了回忆中的叙事,也就将一个现在时的故事讲成了一个过去时的故事。这种时态的变更将两种悖谬的感受并置在一起,当时的"空虚"体验在有了审美距离之后则变成"怀念"。结尾的意义可能就在这里。

路杨:的确如此,对于叙事者或作者而言,"意义"仿佛只能在作为某种"空间的遗产"出现时才能产生,然而一旦身处其中的时候,就找不到"生活的意义"了。范智红在其《世变缘常》中谈道,"生活的意义"就在于"寂寞"的底色本身,而这或许也正是这个悖谬的结尾所要揭示的。但我以为这或许也只是某种解释上的权宜之计。

吴晓东:"意义"本身可能正是时空转换带来的,而不意味着这段生活本身真的有意义。这只是一种美学上的意义。

路杨:是的,因此不管骆宾基在"南中国"如何不断辗转,始终还是一个逃不出去的"大后方",是一个"大世界"的"无声无色"的寂寞。这让我联想到汪曾祺的小说《邂逅》,战时的叙事者在一条船上"观察,感觉,思索着这些,……各种生活式样摆设在船舱座椅上,展放出来;若真实,又若空幻,各自为政,没有章法,然而为一种什么东西范围概括起来,赋之以相同的一点颜色。——那也许是'生活'本身。在现在,即是'过江',大家同在一条'船'上。"这段话对于《北望园的春天》乃至整个大后方的精神氛围和知识分子心态，都是一个极具象征性的概括。

吴晓东：汪曾祺这段话相当美妙。汪曾祺在40年代提供的一些生活和生存状态跟《北望园的春天》有点相似，汪曾祺在西南联大接触了很多西方的、存在主义的东西，包括新的小说叙事形式，因此他的思考有强烈的存在主义色彩，这段话中就有存在主义的意味，因而其哲学式的提升更有深度，但骆宾基的小说在美学上提供的细节则更为可贵。

张玉瑶：我想接着"寂寞"和"生活的意义"两个话题继续谈谈。这其实也是骆宾基两篇小说的题目，统观《北望园的春天》中的作品，这两个看似矛盾、背反的词总是多次相伴相生出现，可见的确是骆宾基一直自觉思考的问题。每当人物在特定的时空场域内感受到"寂寞"，同时就会产生追寻"生活的意义"的愿望和欲求。骆宾基小说中有一种"无事的氛围气"，他想呈现的寂寞看起来似乎也是一种"无事的寂寞"，如《生活的意义》《北望园的春天》《贺大杰的家宅》等诸篇。战争使人边缘化了，疏散到大后方的人特别是知识分子在背井离乡中失去了原有的位置，在新的空间中又找不到归属，屡屡流露出"没有事做"的感慨。但骆宾基让我们看到的，是人在一座沙漠般的陌生城市中怎样逐渐生成一种本质性、常态化的荒原体验与寂寞无聊的精神状态。我想这大概和国华师兄所说的"生活的空白"有一些关联。我们可以看到骆宾基是怎样用场景描写的方式将他想表达的"寂寞"情绪呈现出来的。这篇小说我读的时候觉得非常散漫，一群知识分子在北望园空间内原地打转，没有实质性的情节，但又在总体上构成了平凡并且缺乏高潮的群体生活。在我看来这是小说的一个高妙之处，一方面整体看似乎是空洞失焦，人也空虚乏味，但另一方面骆宾基又用许多琐碎的细节将其填充得满满当当，"空"和"满"的对立统一体现出一种特殊的叙述风格与美感。

小说在琐屑和无聊背后呈现的是人在某种寂寞环境下无从选择的生活方式，也在看似雍容的庸俗中传递出内里的焦躁：在寂寞之下，任何琐碎之事都能成为焦点。但每个人又呈现出矛盾性，即在"寂寞"中又有着对"生活的意义"的探寻,这构成了每个人内在的张力。虽然各自的追求不一定都是高尚的,也可能极为平庸,但从另一方面来看,每个人都有其意义,或者说都没有意义,"意义"成为一种象征,构成一种尘世生活中的支撑力,一种不至于在现实寂寞中彻底无望的倚仗。因此每个人都有个"支点"。林美娜的支点是家庭,丈夫在时是丈夫,丈夫走后是孩子,孩子睡后是小鸡;最显得超拔的,或者张力最突出的赵人杰,在极端困窘萎缩寂寥的现实生活中、在别人面前似乎是个没有主体性的人,但在他冥想的艺术世界里又是独一无二的,他的生活的意义是能将其构思中的画呈现出来;甚至他构思中的画的对象——那个老婆子也是孤寂的,她改变糖块的排列方式也成为其生活的意义。因此寂寞和生活的意义之间的相互关系事实上构成了这篇看似散漫的小说的内在逻辑,串联起其中每一个人,每个人都是在这种关系中过活,承担着生活赋予的重量,也在缝隙中保留一些念想。

孙尧天:这篇小说最能抓住我的也是文本中的"我"在开篇第一段所说的"一个人孤零零地享受这寂寞,那么生活下去还有什么意义呢",也就是说,"我"从建干路搬到北望园其实是为了摆脱寂寞、追寻生活的意义,但无疑北望园也有北望园里的寂寞。在我看来,这篇小说很可能就是骆宾基在寂寞中为了对生活意义的追寻而写的,骆宾基可能用文本中的三种不同的生活方式——赵人杰式的、杨村农式的、林美娜式的——回答自己的设问,寂寞和意义的关系也得到了具体展现。对于赵人杰,寂寞和意义是相并而生的,寂寞不断地产生意义,他意想中的那副画稿,便是集中的体现,那个老妇的寂寞和那个老妇的生活意义,在赵人杰看来,都是趋于极致的,这当然也是赵人杰自我生活观的表达。相对于赵人杰,杨村农更生活在形而下的世界中,他的生活显然是寂寞的,然而他的寂寞的生活却不产生意义。而林美娜尽管也生活在寂寞中,但她的寂寞却可以产生意义,这种意义与赵人杰哲学家悬想式的不同,更加具有人间性。但她的人间性又和杨村农不同,表现为一种温馨的亲情之乐、天伦之乐,所以是有意义的。所以小说中的"我"对林美娜有过很多赞美,甚至直截了当地说到她的生活是多么有意义。我觉得骆宾基正是在大后方的背景下,思考人的现实处境,给出了以上三种关于寂寞与意义关系的可能性。

吴晓东:从"寂寞"和"意义"这个角度来处理这个小说总体上可行。因为小说一开头就有相关主题词的提示,即对"生活下去的意义"的追问,而"寂寞"的主题词也的确是从头到尾一直贯穿的,包括结尾部分也处理了这一话题。所以从一个最高的意义上来思考这篇小说的主题,就是在这样貌似一个草长莺飞的春天里,人们却体验到了荒芜,始终存在着寂寞感,甚至是荒凉感、无意义感。小说由此也处理了关于"人"的具有形而上色彩的话题("人在某时是聪明的,在又一个时候又愚蠢的和野鸡差不多了"),这都跟40年代对人的话题的关注有关联。例如钱锺书《围城》的序言中,也说"写这类人,我没忘记他们是人类,只是人类,具有无毛两足动物的基本根性",把人还原到动物的层面去。《北望园的春天》也是在处理寂寞和意义之间的关联性。但是具体如何把这个话题在文本中展开,尧天的分析落实到了每个人物的身上,骆宾基确实在人物身上思考生存的意义,每个人面临这个最基本的问题。但具体到小说中"我"强调林美娜的生活如喂鸡雏、挖蚯蚓也都是有意义的这类细节,可能尧天对其中内涵的反讽性调子有所忽略。叙事者对小说人物对意义的寻找、对寂寞感的体验,一方面感同身受,但另一方面也有一种微讽,至少在情感判断上有些消解性的因素在里面。这种反讽性是小说中重要的审美情调。

仲跻强:对于国华师兄所说的"生活的空白",我想谈一下看法。国华谈到"生活的空白"时是这样阐释的:"生活的空白,又是知识的空白,是叙事的空白,又是知识者理解生活的盲点。"这很有启发性。小说写的一些人物都在寻找生活的支点:赵人杰的支点是没画出来的腹稿,林美娜的支点是家庭,而住在洋房子里的杨村农,他的支点是短暂逃出北望园之后的一些小欲望。但是这些支点都是很空的,我认为可以从这一点上来理解国华师兄所说的"生活的空白"。

另外"北望园"的"望"字也值得分析,"望"字自然有其在传统文学里等待光复,等待"王师北定中原日"的感觉。在传统文学里,诸如此类的句子很多,如"只今抱膝缘何事,北望中原有所思"(姜特立),再如"北望中原泪满巾,黄旗空想渡河津"(陆游),等等。而这一谱系随着1931年侵华日军的到来,尤其是知识者大批南渡之后,又得以延续下来。也就是说,"北望"的情绪再度故鬼重来。以诗人为例,以"北望"为题的诗人创作所在多有,马君玠甚至还出了一本题为《北望集》的诗集。因历史积淀,意义得以层层淤积,"北望"这一独特主题便具有了很深的象征性。但其实北望不只是一种情绪,也是一种姿态,是一种等待的姿态。这种等待的姿态可以说反映在小说的每个人物身上。而正是这种漫无目的的等待,为小说的整个叙事空间带来了"封闭感",也才有国华所说的"空白感"。当然不可否认,这种等待是有美学意义的,甚至有诗意,但可能无法构成骆宾基所追求的生活意义之所在,所以最后"我"还是离开了北望园。

赵雅娇:我观察到骆宾基这一时期的作品中存在两种模式。一种如《北望园的春天》,小说中充满了百无聊赖的寂寞气氛,人物也始终是在这样的一种感觉之中。极端的例子是《贺大杰的家宅》。另一种是突变的结构。《乡亲——康天刚》《由于爱》《坦白人的自述》《红玻璃的故事》《老女仆的故事》都属于这种突变结构。在同一时期的文本中,一成不变和突变结构同时存在,或许有点一体两面的意味,为我阅读《北望园的春天》提供了参照。在没有读这篇小说之前,我望文生义,觉得"北望园"这个名字很好听,"春天"又是一种应当充满生气的意象。我因此期待这篇小说给我的可能会是在一种忧伤里面蕴含积极向上的东西。但是读完之后完全没有春天的感觉。小说中不是没有诗意的部分,但似乎从水底冒出来透一下气便又沉入了水底。又或者这种诗意只是来自主人公自己作为一个房客的感受,"我"在这里住一段时间就要走了,因而可以在这个环境中发现和灌注一些个人的情调。我就在想,这种没有行动没有变化和那种突变模式之间是不是可以进行一种对照性的阅读?《北望园的春天》展现的庸常生活的表象中被压抑了的春天的感觉和突变的可能性,或许是可以进一步进行思考的地方。

徐淑贤：我联想到新近看过的一部台湾电影《天马茶房》，主要呈现的是 1940 年代光复前后台湾民众的生存和精神状态。同样表现 1940 年代民众（主要是知识群）生活状态的大陆作品，尽管与台湾有不同的背景，但两者低沉悲凉的情感基调却惊人地相似。电影中男主角有句台词："再灰暗的地方也有春天。"我想这句台词恰好可以概述北望园内这群房客呈现的生活状态。小说里的北望园是个狭小、封闭、潮湿、灰暗的环境空间，所有出场的人物都有生存意义上的艰难，而且人的精神状态大都呈现出有序的庸常化。但是这样的一个空间，照样若隐若现地呈现出暖色：一是人情的温暖。"我"的到来，得到大家的关照，林美娜给"我"礼貌倒茶，胡玲君总笑脸相对，还有杨村农的友情互动。而"我"也友好地与人相处，如对赵人杰的尊重和帮助，对杨村农尊严的维护。即使看上去孱弱无比的赵人杰也在尽力关照别人：为了人们进出方便，夜里总是开门睡觉。这一群房客，一群无根的漂泊者，在艰难时代与生活困境中互相温暖着对方，彼此照顾和谐相处，人情之暖令人感动。二是人在精神维度上还保有某种追求。赵人杰生活极度困窘，还保持着对绘画梦想的追求；"我"一直在等，等过了这几天就"走"出去；林美娜有对美的追求（衣服三两天一换）；人们饲养小鸡为日常生活添加趣味；等等。这都给北望园的生活添加了亮色，让我们看到灰暗的地方也有春天。可以说，"暖色"不仅在主题向度上增加了张力，在作品的审美层面也是有意义的。

吴晓东：徐老师看到了小说中的人们相濡以沫的状态。小说的确表现了战争年代中人们生活的寂寞、荒凉、无意义感，以及人性的微薄和微薄中不经意的暖意。总的来说，我们阐释 40 年代的小说文本会有各种各样的角度，路杨主要是从互文性的角度来处理的：文本与文本的关系，即强调《北望园的春天》与骆宾基其他小说的互文性；文本与作家的关系，即勾连骆宾基的这段创作史；文本与历史的关系，即引入战时语境和知识者共同体的层面，从几个角度来"围剿"这部作品。但还有一种方式是直接从文本进入，如从开头、结尾、细节、人称或修辞进入，但最后还是要回到历史语境之中。

《北望园的春天》作为"这一个"的特殊性还有待展开,其自身的叙事特点、美学特点、风格还有待于进入更细致的文本分析。

二 "大后方经验"与战时日常生活

刘奎:路杨引入的"大后方经验"这个概念,其重要性还没有被完全凸现出来。我认为,大后方经验可能生成为一个描述大后方写作的一个较具创造性的概念,它不仅是作为人物的生活背景,也意味着一种独特的战时经验,一种独特的感受、想象和写作经验,而这是有助于我们理解大后方文学的独特性的。

吴晓东:对。"大后方经验"的提法很有意思,但目前还稍显笼统,与文本的结合度不太紧密。

刘奎:我想借助茅盾的案例来谈一下"大后方经验"的可能性和阐释的空间。重庆有可能是战时知识分子的一个目的地;但我看茅盾叙述却并非如此,他逃离新疆之后曾再度回到重庆,但皖南事变之后,左翼知识分子纷纷逃离,被中共转移到了香港,后又辗转来到桂林。桂林地区是桂系军阀的地盘,这是它的特殊之处,而国民政府中央与地方的矛盾很突出,地方军阀也要笼络一部分知识分子,所以桂林地区的言论空间相比重庆来说要自由一些,因此也形成了另外一个文化中心。但到1943年之后,也就是小说中所写到的知识分子纷纷去重庆的时候,其背景是国民政府承诺放宽政策,并派文化官员去请文化人回重庆,前去"请"茅盾的人是刘百闵,在茅盾一再拒绝之后,他说你不去重庆我也不走,真的在那里住了两三个月,其实也是监视,茅盾正是迫于压力才前往重庆,可见当时有些知识分子可能并非自愿前往重庆,因此,我并不太认同重庆构成了当时的远景。

吴晓东:骆宾基是不是被请去的?

路杨:不是,是战争的原因,他是1944年集体大撤退才去重庆的。

黄锐杰:这个大后方经验似乎有不同的层次,其中包括重庆的、桂林的经验，而且重庆经验似乎对桂林经验构成了一定程度上的否定。回到重庆，桂林沉闷的生活似乎就被消解掉了，于是我们读到了尾声中诗意的一段。还有就是小说一开始就说"我"要到重庆去，重庆在小说中始终与出走的意象联系在一起。

吴晓东： 确实是，这里就涉及国华说的"重庆是否构成了国统区叙事的远景"问题。什么叫"远景"呢？这部小说写起来就像抗战时期一群知识分子相互鼓劲说"到延安去、到延安去"，读起来就是这种感觉。重庆是什么地方？重庆是战时的中华民国的首都，是一种政权和主权的象征。重庆好像确实构成了国统区叙事的某种远景。要是变成了远景，这里面就有历史目的性在，所以这里面国华追问的问题是一个有效的问题。

张玉瑶： 我的感觉是，小说中"我"的念想和"支点"是离开北望园，回归原本工作环境和伙伴中去，也鼓励身边的人到重庆去。但从小说中看，林美娜似乎是愿意维持现状，过着较为稳定的生活，即使有"我"怂恿，她也没有流露出流动的愿望。赵人杰想走，但也是想到乡下亲戚那里去做些事。他们似乎都是倾向于远离政治、战争、前线的，每个人仍然倚仗自己所倚仗的"支点"去生活，没有人直接把战争胜利当作一种支撑力和盼头，战争对于他们来说是苦闷灰色的，而战争的胜利似乎也是未知甚至迷茫的。所以我不知道所谓"重庆作为国统区文学远景"是否是我们后设的一种情感倾向和文学类型？因为从具体文本来看，在场的小说人物似乎并非如此。

吴晓东： 我个人觉得国华的这一阐释稍有些过度。对《北望园的春天》来说，客观上骆宾基的确要去重庆，重庆作为一个战时首都，这个符码确实有其意义，但是否能作为一个意识形态的远景，恐怕未必能阐释出来。但刚才的话题触及的是，无论人物选择去重庆、留在后方还是回乡下或北方故乡，在某种意义上都意味着战争年代的后方经验的丰富与驳杂，即便如成都、昆明、西安甚至香港，也是很多作家都曾逗留过，并写到过的地方。因此处理后方经验的话题其实相当复杂，可以将问题落实在骆宾基身上具体展开。

李松睿：借这次讨论的机会，我把骆宾基从 40 年代直到新中国成立后的作品都读了一遍，对这位作家的创作历程有了大致的了解。总体来说，我对骆宾基的这篇小说不是很满意。当然，《北望园的春天》有很多闪光的地方，比如对 40 年代整体社会气氛的把握。我们知道，这一时期很多作家都对战时知识分子的生活进行过描绘，表现那些知识分子对大后方政治、经济状况的不满，以及内心生活的苦闷抑郁。不过与大多数左翼作家不同，在骆宾基的描绘中，这些小知识分子的生活没有任何前景和未来。而在诸如沙汀这样的作家那里，小知识分子同样很穷，很苦闷，但小说中会设置一个光明的前景，一个远方的目的地，使得这些小知识分子有所向往；这就使得骆宾基的小说在左翼作家那里比较特别。这部小说另一个有意思的地方，是它创造了一种所谓"房东－房客"叙述模式。借助这样一种叙述模式，作家可以非常方便地呈现社会地方、经济状况大致相同的某一类群体的生活。而且这个叙述模式非常灵活，很容易往里面填充或剔除东西。比如小说中会提到北望园里有多少个房间。而在小说创作中，作家其实可以随时根据自己的需要，增加或减少房间的数目与房客的数量，伸缩性非常大。这一方面对作家来说非常便利，另一方面又特别容易写出一个阶层在其所身处的社会中的状态。第三，通过这部作品我们可以看出骆宾基是一个很有情调的作家，小说的描写蕴含了很多幽默的地方。比如赵人杰一定要和叙述者"我"客气，晚上睡觉时坚决不关门，结果反而让"我"感冒了。在写作过程中，骆宾基个人气质中的那种小情调、小幽默会不自觉流露出来，加强了作品的趣味性。

下面再说说这篇小说让我感到不满意的地方。这也和刚才我说的"房东－房客"模式有关，即骆宾基的创作受到俄国作家的影响过大。这一模式反复出现在 19 世纪俄国作家的笔下，比如陀思妥耶夫斯基的《穷人》、契诃夫的《第六病室》等。这类作品的故事情节大多发生在某个房子内，里面住着若干房客或病人，通过对这些人物的描绘展开小说叙述。而小说的叙述者要么以第一人称"我"的形式出现，要么化身为某本日记的书写者，抑或是以第三人称的形式显身。而且《北望园的春天》不仅在叙述模式方面大量借鉴了19世纪俄国作家的成功经验，同时这篇小说的主题——描绘知识分子精神状态——也和作家的俄国前辈颇为相似，他们都在书写知识分子在毫无出路的社会中无所作为。所以我在看到国华对《北望园的春天》的评论时，那句"生活的空白"让我特别亲切。因为这篇小说给我的感觉是没有行动的小说。里面的每个人都有自己的生活，但这些生活是没有目标的，也缺乏变化和波折，甚至没有什么事件。小说只是创造了某种气氛，一种无所作为、空洞压抑的气氛。这样一种写法其实也让我们联想起19世纪俄国小说。因为那些小说大多把故事背景安置在某个外省小城中，使得生活于其中的知识分子总是感到非常无聊、寂寞。例如契诃夫的《第六病室》中有一段描写让人感到有些震惊。当小城中两个知识分子在聊天时，他们感慨我们今后肯定会死在这个城市，而这里没有一个人能听懂我们在说些什么。所以我觉得骆宾基的写作受到俄国作家过于深刻的影响，创造了与俄国小说类似的叙述模式，描绘了一个与俄国小说类似的气氛。因此看《北望园的春天》总给人一种读俄国小说的感觉，其中的模仿痕迹过重。当然，如果我们从正面来理解这一特点的话，可能抗战时期大后方那种压抑、黑暗的社会氛围，和19世纪俄国社会非常接近，使得不同国籍、不同时代的作家选择了类似的方式进行创作。

而如果再继续看骆宾基后来的创作的话，我们会发现他的小说在新中国成立后发生了很大的变化，变得特别的"50—70年代"。当然我并不是在否定的意义上来谈这一变化的。因为在新中国成立后的创作中，骆宾基恰恰找到了生活。而在新中国成立以前的作品中，生活是消失了的。或者说骆宾基没有办法去把握生活，因此他更擅长在作品中创造气氛。这可能是因为生活在大后方的作家无法像延安作家那样知道中国将向何处发展，因此对未来感到茫然不知所措。而新中国成立以后，骆宾基显然获得了把握生活的方式，因此这些小说可能会让今天的读者觉得无聊，但你能够在其中感到生活的流动，人们精神风貌的变化等。

吴晓东： 松睿对这篇小说的俄国背景的把握可谓一语中的。小说中其实是有提示的:"我的朋友杨村农夫妇也就在这个时候出现。他是国内有名的政论家,担任着某大报的星期论文的撰述,人却又不象你所想象的政论家,倒象一个俄国风的好心肠的地主,在杜斯退以夫斯基笔下所写的……"松睿的目光是很敏锐的。而且松睿的发言涉及美学评价问题,即他不喜欢《北望园的春天》。而且松睿的具体论述值得我们进一步思考,一个是小说中是否有历史远景的问题,松睿认为骆宾基40年代的作品没有生活,而到了50年代以后其作品就有了生活。另一个是这篇小说的叙述模式。"房东－房客"模式在中国现代小说中也有,但他又找到了19世纪的俄罗斯文学源头。不过这可能也和40年代租房子的经验特别普遍有关,那么基于租房经验,骆宾基对"房东－房客"模式有没有新的创造呢?这也是可以展开的。

另外松睿提到小说中的幽默问题,或者用赵园老师的提法,是轻喜剧风格。这种美学风格是否会影响到我们对这篇小说的价值判断呢?这涉及《北望园的春天》是不是好小说,以及它在文学史中的定位等问题。此外松睿提到《北望园的春天》没有事件,只有气氛。其实40年代很多作品都有类似的特点。比如萧红的《呼兰河传》。当时茅盾就从这个角度对《呼兰河传》进行过评论。40年代翻译过来的卢卡奇《叙述与描写》一文中,就批评了"描写",因为描写中没有事件、行动;而叙述则生机勃勃,有历史的推动力。所以《北望园的春天》在卢卡奇眼中可能就是描写的小说,是应该受到批评的对象。这又涉及如何评价这类小说的问题。

刘奎:我觉得大家对日常生活大多是从否定的角度着眼的,但我认为,无论是从小说文体形式判断,如以西方小说的情节中心为标准,还是以西方马克思主义关于叙事与描写的理论为标准,即认为有效的叙述应纳入一个整体性的视野中去,如果以这些先在的概念来判断这个小说的话,可能很难真正进入这个小说的独特性。我想从"日常生活的文学政治"的角度切入,在我看来,日常生活不仅是小说的题材,它本身也可以看作一种有意味的形式。

从小说文本来看,整个故事是由一些日常琐事拼接起来的,如养鸡、掘蚯蚓、吃早餐、晒衣服、喝茶、聊天等，这都是一些创作素材，一般的小说要么作为背景，要么是要编织进一个叙事进程中去的。但这个小说并没有这么做，而是将这些素材串联起来，以白描的方式展示出来，这就导致叙事进程非常慢，这本身就造成了一种沉闷的阅读效果。如他叙述下雨时，雨水如何从屋檐流到地面的过程："若是落雨天呢，红瓦洋房的走廊的檐底下，水滴就淋漓作响，汇合着流入接雨槽里去，再顺着接雨槽的斜度，流入输雨筒。从那里流到地下，流到水沟里；再在茅草房子门口洋溢开来。那时候，茅草房子的门口前的几块石头，就显出它们的存在价值了。到茅草房子的人，都得踏着那些石块，一步一步的，最后跳进门里去。"这种细节的处理在小说中很常见，叙事者往往赋予每件事同样的力度，玉瑶刚才也提到了这一点，这种叙事其实是骆宾基这一时期的主要方式，像童年的视角就是如此，没有一个中心视点，是一种散点透视。当然，骆宾基的童年视角有点复杂，因为有个追忆的模式因而不纯粹。从叙事的角度，可以发现日常生活就是小说的形式，如日常时间的缓慢、结构的散漫等。作为小说形式的日常生活，又具有一个整体性，这既是小说本身不断强调的"寂寞"的氛围，这种形式还具有文学史意义，同时也与社会结构有关，其关联的形式中介可能是种寓言的方式。

　　从文学史的角度看，对日常生活本身的凸显在40年代具有一定的普遍意义，除骆宾基的创作外，这时兴起的大批童年视角的小说大多如此，如萧红的《呼兰河传》、骆宾基的《幼年》等，即使巴金、茅盾这样擅长宏大叙事的作家，也有《憩园》《霜叶红似二月花》这样的小说，沦陷区也是如此，如上海的张爱玲与师陀。无论是以启蒙还是革命为使命的作家，很大程度上都是将生活作为宏大叙事的题材或背景，如赋予家庭父子不同代际以象征意义。但此时却并非如此，而是转变为日常的亲情关系。这种从宏大叙事到微观叙事变化，也是知识分子思考问题的视角、方法，还有他们如何把自己重新纳入这个社会整体中去的方法上的转变，而这种转变可以从社会结构上找到部分原因。

在战争的非常状态下，日常生活本身就成为一个问题，尤其1941年之后，随着后方通货膨胀的压力，生活的问题更是转变为生存问题。这是骆宾基小说经常触及的问题，如《老爷们的故事》《一九四四年的事件》《一个坦白人的自述》等，这些都收入《北望园的春天》这个小说集中，这些小说都从不同视角处理了后方因通货膨胀所带来的生活问题。《北望园的春天》也是如此，尤其是赵人杰，作为美术学院的教师，居然买不起柴薪。北望园虽然看似五方杂处，但其实都是知识分子，但能否构成一个知识共同体则是疑问，小说集中处理的其实是知识分子的日常生活。生活之成为问题很大程度上也来自战争的破坏，战争导致正常的晋升途径丧失，人们脱离了自己的生活轨道，尤其是北方人，更是被迫迁徙，不仅是赵人杰，小说中其他的人物也都是租客，这种状况在《贺大杰的家宅》中表现得更为明显，迁居者不仅背井离乡，而且还要面对与当地人的隔膜和矛盾。这就导致他们无法真正参与社会事务，这是小说回到日常生活的原因之一，也是小说寂寞氛围的由来。生活之成为问题的另一个原因，则是制度层面，政府战时应急机制的缺乏，行政人员的腐败，甚至通货膨胀都是政府职能失效所造成的问题。以至于知识分子的生存都受到威胁，从同时期西南联大师生的相关记述可看出知识分子的窘境。这些原因，使知识分子关注问题的视角和方式发生了改变，如从宣扬理想到关注具体问题，这种从宏观到微观层面的改变，也是小说日常生活形式的症候之一。正是日常生活形式与社会结构的这种关系，我觉得使路杨抓住了日常生活这个关键词。

小说的日常生活形式，并非意味着对时代问题的回避，从我刚才的分析来看，日常生活这种形式恰恰是一种综合的形式，它虽不同于战争革命的宏大叙事，但日常生活的琐碎又恰恰可以涵盖这些因素。更为重要的是，这种综合形式的意义不在于它能同时关注各个层面的社会问题，不在于它的广度，而在于它将社会问题和历史语境纳入小说的形式之内；也就是说，这种综合是一种文学形式的综合，而不是社会问题的整合。

吴晓东：刘奎是从日常生活与政治、社会结构来理解这个小说，他的思路扩展为对整个40年代日常生活图景的分析,在某种意义上,的确跟松睿构成了某种对话,松睿更想强调战争年代的一种可以有行动的,可以有远景的,比如政治远景,重庆是不是一个政治远景呢?国华追问的是这个问题,延安是不是一个呢?延安肯定是一个,松睿指出的也是这个问题。从这个角度看,刘奎和松睿是形成了对话性的。两个人对日常生活经验的解读都有道理,他们也都有自己的历史判断和价值判断,问题是你们有点针锋相对的价值判断有没有解决这篇小说是不是好小说这一问题。刘奎强调日常经验的正当性合理性,松睿更强调现实中有更大的生活,更大的推动力,两种判断如何聚焦、凝聚在这篇小说的艺术上和美学上?让刘奎判断这篇小说写得好的依据是,小说写了日常生活,构成了40年代的一种表现;相反,松睿说这个小说他不太喜欢,也是因为骆宾基写了烦琐平庸的日常生活,导致了他对小说有些消沉的负面判断。看上去两个人的差异很大,但实际上解读逻辑或者说解读模式、解读视野仍是比较相似的。这两种视野都有合理性,都能落实到整个40年代大的历史语境和时代背景中。但另一方面,我们也可以说,这个时代背景对解读某一单篇文本不一定起的是直接的美学作用,或者说不一定直接有助于我们达成关于文本的艺术判断的共识。松睿和刘奎的发言都有助于我们理解40年代,理解骆宾基,理解这篇小说,但是否有助于我们理解这篇小说的审美问题,我觉得还要落实到小说形式层面。实际上松睿已经触及审美问题了,他提到了小说中的叙事模式,提到了幽默风格、幽默美学等。

王飞:我接着松睿和刘奎师兄说一点。我也注意到赵人杰点评画坛这一个细节,他不仅是批评画坛,还包括文坛。批评内容都是一样的,批评形式主义、浪漫主义,不关注内容,只注意形式。其实40年代有一个很重要的"民族形式"论争。1940年6月,《新华日报》召开民族形式座谈会,在如何创造新的"民族形式"问题上,郭沫若、胡风、茅盾都谈到了民族形式的基础和内容是现实生活。胡风1944年4月为全国文协起草的《文艺工作底发展及其努力方向》,也提到内容的问题,涵盖比较广。我的理解是,他们当时直面的一个基本前提是"战时生活"。到了40年代中后期,注意力也涉及了日常生活。但关于什么是生活,延安、昆明、桂林处理的内容都不一样。昆明出现了一批现代性作品,桂林出现许多书写个人生活的作品,写小人物小事情。这是不是与他们对生活的理解有关?废名在黄梅老家写《莫须有先生坐飞机以后》也说,"老百姓始终是忠于生活,内乱与老百姓不相干,外患与老百姓不相干","中国老百姓的求生的精神是中国民族所以悠长之故"。废名也好,骆宾基也好,他们写的故事背后其实蕴含着对于整个生活,对于战时中国,对于他们所处现实语境的理解,想要展现的也正是他们理解的生活。历史的平滑的空泛的时间概念,在骆宾基这里成为一种记忆的空间。从小说的结构上看,他是从现在的时间点回望过去,回溯在桂林的日子;但是从小说的内部来看,也可以理解为一个将现在的叙述/生活投射到未来的一个时间基点上。记忆的不同空间,在不同的叙述中,最终呈现在一个平面上,故事被锁定起来,成为一个历史的寓言。

关于小说的美学定位问题,我认为《北望园的春天》对人情世故的刻画与描写,突破新文学建立以来树立的规范。40年代,路翎、萧红、端木、骆宾基、巴金这一群人,对于现实主义、日常生活的重新理解和重新定义,都有与以前不同的地方。安敏成在《现实主义的限制》中分析说,在20年代的作品中,群众的形象是处于主人公孤立的视野之中,构成"衡量个体内心的社会背景";30年代,大众往往是匿名、无差别的存在,人物身份只有在群众情境中才能得到确认,而读者必须与这个情境认同,才能够产生一种力量。30年代小说中,个体的缺席令大众难以把握,因为缺少一个决定性的视角,把握起来就有困难。结果就是大量隐喻的出现,如水、火、风的意象,给人以一种运动的感觉,安敏成解读为大众的意识觉醒,及其对常态社会的颠覆。这一发展趋势最终造成一种"成规":"充满丰富隐喻和戏剧性转折(叙述者站在一旁,让人物自己说话),在主题意图传达上十分直露。"不论作家如何探索现实主义的书写模式,在30年代他们都会为这种冲动说话,按这种路径展开文学叙述。安敏成认为,40年代开始比较确定地出现一种

"大众感受",类似于夏志清所说的"感时忧国",更多的作家关心文学的社会效果,减弱了文学创作的丰富性,放弃了批判现实主义对于词语和现实之间的裂隙的关注,汲汲于营造群体性的"我们",并对读者、作者和人物之间的关系有意识进行了整合。

安敏成还特别提及沙汀、艾芜和鲁迅关于写作的通信,提及他们的地方色彩和"印象式"书写,并惋惜于其难以抹除的"大众"阴影。陈方竞在《鲁迅、胡风与茅盾1930年代左翼文学批评之比较》一文中曾经特别提出,1933年出现了沙汀、艾芜等一批"左翼新人",他们在地缘色彩小说和现实主义书写上对既成范式有所突破,但后来又转向茅盾所倡导的书写范式。陈方竞认为这是比较可惜的。在安敏成和陈方竞观点的基础上,我们不妨考察骆宾基、端木蕻林时期写作对于当时文学范式的意义:小说不是感时忧国的,不是特别追求文学的社会效果,而是追求小说的丰富性和多样性。形式上,内容上,都能给人一种特别的新颖的感觉。

吴晓东:王飞的发言很雄辩,准备得很充分。他的发言能引发出一些重要的话题,比如40年代文学范式的问题,这也是我想总结的一个问题。40年代真是出现了很多奇怪的小说,花样翻新,风格独特,小说规范有了全新的可能性,在很多作家那里都出现了不同的面向,之前的小说阅读范式,既成的评价标准,就不适用了。所以,处理40年代的小说和小说家,就需要调整美学态度和价值判断体系。

王东东:听了刚才松睿师兄的发言,我也想为骆宾基辩护一下。"找不到生活"其实也正是一种"生活"。所谓"大后方"也不是只有在战争的背景下才能理解,还是可能包含着政治。当然这种"生活"和左翼强调的阶级斗争有距离,也构成了另外一种视野,但如何评价它们确实是一个问题。是否一定要按毛泽东在1942年的《讲话》来评价?我觉得不一定。现在笼统地再将这些作家作为"小资产阶级知识分子"来处理,只会影响我们对这一文学现象的进一步认知。这既牵涉到左翼内部的争论,如胡风和冯雪峰,也牵涉到左翼和外部的争论。

胡风曾经提到鲁迅对俄国作家的一个评价:"几乎无事的悲剧。"40年代的胡风本人借用"几乎无事的悲剧"的评价来概括契诃夫,在自己的文论里也提到别林斯基对果戈理的评价,即所谓"构思的质朴",也即从琐碎平凡的生活的散文当中发现生活的诗。这可能也构成了这些小说的一个共同倾向。中国的类似作品虽然不入左翼主流的法眼,也就是"战斗"的气息不强,但却明显保留着传统人道主义的特色。这就牵涉到了左翼革命文艺和人道主义的关系问题,左翼的革命文艺可能觉得自己"超越"了传统的人道主义,但现在看来可能并非如此。对于这些"成问题"的作品,如果定位为传统人道主义的现实主义在40年代的延伸,不一定就没有意义。胡风和冯雪峰在左翼内部也更多保留了人道主义的因素。对于这一批作品的命名可能要讲究策略,毕竟一个文学史现象的推出并不容易,但命名值得尝试。

吴晓东:"几乎无事的悲剧"是鲁迅用来评价果戈理的。东东刚才的发言可以概括出两个警句:一句是"找不到生活也是一种生活",另一句是"大后方不只有战争,还有政治"。两句话都有助于我们进一步思考如何处理战争年代的日常生活、日常经验问题。这对路杨讨论问题的视野是一种弥补。战争这个话题对于讨论40年代小说不是永远都有效,也不是对每一篇小说都有效。当然"战争"作为大的时代背景肯定可以纳入小说解读视野,但具体到《北望园的春天》,战争背景多多少少还是有点笼统。东东的观点对于纠正这种笼统性很有意义。大后方多多少少还是无法抽离政治性的问题,知识分子每天要面对的问题,如经济问题,经济问题即贫困问题,背后都与政治性相关,更不用说刘奎所讨论的政治职能的失效问题了。

黄锐杰:我想引进日本学者的评价。非常有意思的是,日本学者特别喜欢《北望园的春天》,包括著名的小野忍和西野广祥,都做过相关研究。改革开放之后,西野广祥还特地来拜访过骆宾基。在小野忍看来,骆宾基的创作可以分四期,包括早年习作期、之后的报告文学期、以《北望园的春天》为代表的成熟期和解放后的第四期。在他看来,《北望园的春天》无疑是骆宾基最出色的作品。他们主要是喜欢《北望园的春天》的抒情性,这种抒情性指的还不是直白的抒情，而是《北望园的春天》的无事件性、无喜剧性背后的诗意，是日常生活背后的抒情。按西野广祥的说法，这是一种"印象画式的手法"，虽然视点掌握在"我"身上，但是笔墨基本平均分配在了六个人物的日常生活上，同时在平淡如水甚至不无可笑的日常生活中透出了一股耐人寻味的抒情性。其中，日本学者喜欢的抒情性大部分由"北望"这一意象承载。在改革开放之后与骆宾基的会面中，在座的中国学者曾经提到骆宾基因政治色彩不够鲜明受到了批判，西野广祥马上辩解道——按骆宾基自己的转述："他的作品政治性是大大的（众笑）。在里边呀，《北望园的春天》那些知识分子，生活那么苦都怀念着失去的家乡土地……"更有意思的是，"北望"的意象，还带来了有趣的误读。当年许多日本大学生受过这部小说影响，他们还办过一套"北望丛书"。不过他们望的不是中国东北，而是失去的库页岛。

吴晓东：侵占骆宾基小说里的东北的可正是日本。

黄锐杰：是啊，这就很有意思。这些日本学者大多反战，对中国一直持同情态度，因此也才会翻译骆宾基的小说。不过这种对故土的怀念与日本近代政治可能还有更深的瓜葛。我再谈谈日本学者喜欢的这种抒情性。可笑的日常生活背后的抒情性在哪里？首先值得注意的是骆宾基对浪漫主义的不满。骆宾基同一时期写的散文《三月书简》中提到，写《北望园的春天》的时候，他正在读勃兰兑斯的《十九世纪文学主流》，而《北望园的春天》里也借赵人杰之口抨击了浪漫主义。赵人杰引用《十九世纪文学主流》针砭中国画家、诗人和小说家："现在中国的小说家呢？不注意人物的思想，人物的灵魂，而注意语句的简练，有的注意语句的俏皮，故事的曲折。"简单来说就是只注重形式的打磨，忽略了对思想深度的追求。可以看出，用这种"印象画"式的手法写小说在骆宾基这里是自觉的。他追求的抒情性和浪漫主义"直白的抒情"不大一样，其中可能受到了契诃夫的影响。在小说中，赵人杰抨击完浪漫主义之后就开始谈论他要画的老妇的画。西野广祥考证出老妇的形象来自契诃夫的《三姊妹》。1954年骆宾基写的唯一一篇谈论外国作家的文章，名字就叫《略谈契诃夫》："十九年前，我在北京图书馆初次阅读他的作品……当时忍不住笑，只好走到肃静的阅览室外笑去。但几年以后，不知道是由于自己经过了一些生活的磨炼，对人的精神认识了一点，还是由于对契诃夫的作品读得多了一些，在重读《坏孩子》的时候，感到笑的成分减少了，而在笑的背后实在是隐藏着一些可怜和可痛的东西。同时在读契诃夫的另外一些短篇小说的时候，分明在怜悯、叹息之外，我还感到一种深沉的庄严的脚步声。这又是几年以后的事了。……契诃夫后期的作品里越来越明显地表现出他对于人类生活有充分的信心。"一开始是荒唐可笑，接着过渡到可怜可痛，最后是"庄严的脚步声"，我们不难在《北望园的春天》里读出这三重意蕴来。第一层类似赵园老师在《论小说十家》中讲的"轻喜剧的色彩"，杨村农"妻管严"、赵人杰"谦虚"到卑微，同时又死要面子，读起来都不免觉得可笑。进而则在可笑这一层生出"可怜可痛"。如"我"对赵人杰的态度，就是既觉得可笑，又觉得可怜。最重要的是第三层。骆宾基所谓的"庄严的脚步声"究竟是什么意思？我觉得这就与日本学者说的抒情性、"北望"的主题联系在一起。日常生活之下究竟有没有庄严的东西？我们能不能在赵人杰描述的没有表情的老妇背后找到"思想的深度"？骆宾基要写的"生活的意义"究竟是什么？我觉得最关键的就是"北望"的意象和尾声的抒情。小说中，支撑卑微的赵人杰在桂林的拮据生活的有两点：一是精神追求，集中体现在他想画的老妇的画像上，当然这里面有反讽；二是对东北故乡的追念，这点倒是与叙事者"我"相契合。更有意思的是，这一"北望"的主题通过尾声"我"在重庆对桂林的怀念给贯通了起来，"故乡"好像移置了，桂林沉闷可笑的日常生活好像也因这种抒情获得了某种意义。这可以说是"庄严的脚步声"的一个注脚，虽然这一注脚确实不是松睿师兄讲的骆宾基晚期小说中追求的"历史性"，而是一种"去历史"的精神的"解脱"。

吴晓东：锐杰找到的日本学者的评价太有意思了，尤其是对"北望"的阐释（众笑）。骆宾基1954年对契诃夫的三重评价，锐杰展开得也很好。但我觉得锐杰对其中第三重评价的解读稍微有些过度。锐杰认为小说中的沉闷主题因为这种"庄严的脚步声"而被部分消解了，尾声两段可能确实有这个意思，但是如果把前面的部分当成主体的话，这一沉闷的主题在什么程度上被消解了，消解了多少，可能还值得进一步讨论。

三 叙事者与反讽修辞

王飞：我关注的另一个问题是：叙述者"我"和人物的关系是怎样的？在这篇小说里，叙述者是一个旁观者、评价者和观察者的角色，与其他人物是有疏离感的，但是又不断地介入，比如与赵人杰的夜谈。小说的态度，不是20年代那种完全的怜悯之心，也不是30年代到40年代初小说谋求与人物融为一体、分享共同情感。叙事者和小说人物保持了一种暧昧的关系，既是远距离的观照，又是内外面的一体化。从小说结构上来看，回溯性地讲述几个故人的故事，将动荡不安的生活情境与意味着相对安定的重庆、意味着生活有望的北方对照，形成不同的价值评判体系。作者的写作空间与生活过的桂林空间恐怕也存在着不同的价值评判体系，这些因素也就难免会催生某种缝隙。借助对往昔风景的回顾，叙述者完成了对战时生活的重新书写，他不是感时忧国，也不是反面，而是现实主义地书写了风景本身，完成了对历史的切入。

论及30年代形成的现实主义文学范式，安敏成的一个观点是：由于大众步调一致、目标明确，净化体验变得无关紧要。但在《北望园的春天》里，我们能重新感受到这种体验。本雅明说："小说富于意义，并不是因为它时常稍带教诲，向我们描绘了某人的命运，而是因为此人的命运借助烈焰而燃尽，给予我们从自身命运中无法获得的温暖。吸引读者去读小说的是这么一个愿望：以读到的某人的死来暖和自己寒颤的生命。"《北望园的春天》抓取茅草房子里、红瓦洋房里住客的生活，让读者从人物的命运——从赵人杰的猥琐困顿，从林美娜的日常起居，从杨村农的可悲可笑中，暖和自己在战时动乱颠簸、起伏不定的脆弱的生命。骆宾基不是沿着感时忧国的路径激发读者心中的爱国热情，而是用一种悲天悯人的态度，来与读者共同分享某种情感。小说因此成为一种不同于主流政治实践的存在，或者说是另外一种文学书写与政治实践、历史实践的互动，产生了某种净化效果。它不是在处理"大众问题"，但也是一种政治经验。

吴晓东：王飞触及了叙述者和人物的关系问题，但触及得还不够。叙述者和作者、叙述者和人物的关系也应引入进来。这个话题相当重要，待会儿我会专门谈及。王飞讨论的小说的净化效果和悲悯情怀也是一个重要话题。这就涉及这篇小说尾声的重要性。小说的尾声充分表现出对小说中所有人物的悲悯情怀，如果没有尾声，小说对人物的基本态度就是一种嘲讽的态度，而且有时讽刺得非常厉害。也正是在这个意义上，我把《北望园的春天》看作一种反讽式写作。刚才大家认为小说有幽默和轻喜剧风格，但我觉得这种风格判断不是最准确的。我认为有一种反讽的特质渗透到小说的各个方面。而王飞关于小说尾声的净化作用的讨论，则使小说的反讽特征更趋复杂化。我最后会集中讨论这个问题。

桂春雷：我第一次看完这篇小说，感觉是骆宾基对"阶层"的概念是很明确的，包括他一开始写建筑的分布，写建筑里面的人物。但回过头再看一遍的时候我就发现很奇怪，叙事者一方面批判了杨村农，但同时又抱有一定的理解和同情。同时他对赵人杰似乎也抱有同情，但在不断强调赵人杰的客气的时候，叙事者也流露了非常强的优越感。关注到这一点后，再来看这个同名的集子，我就发现了其中能产生互文意义的文本，特别是《红玻璃的故事》，这是萧红口述给骆宾基的故事。其中引起我特别关注的是王大妈看到红玻璃玩具之后，引起了她一系列的遐想，她觉得生命不过如此，就突然忧郁起来了，之后居然就因此而死掉了。这个情节给我特别突兀的感觉。引申到《北望园的春天》中，骆宾基在刻画赵人杰所构思的画面中那个摆糖果的老妇时，最有笔力的一点在于，他并没有尝试去"理解"那个妇女，也没有尝试进入她的内心世界，而只是陈述她的外在状况，而且带有一种很远的距离感，他不相信也不自信他能进入这个妇女的精神世界。因此我觉得骆宾基在处理《北望园的春天》时，回避了一种完整性的深入的探讨。骆宾基的小说集中并不乏那种完整的故事，但这些完整性的故事所呈现出来的面貌带有一种很强的主观判断，而《红玻璃的故事》和《北望园的春天》则带有别一种气质，即路杨所谓的"呈现与寻找"。作者并没有去做一个判断，而只是呈现矛盾性。从这个角度出发，我们再重新回到《北望园的春天》，就会发现小说结尾部分构成了回忆式的结构的完整性，从而成为小说的有机组成部分。它呈现出一种距离感，既是时间上的，也是叙事口吻上的距离，也为《北望园的春天》提供了一个审美观照的前提：叙事者在一种轻快的温存的批判之后，还能去怀念这样一个本来是他所批判的北望园，我觉得这是一种带有距离的观照。相比之下，在《红玻璃的故事》里，王大妈的死恐怕就不是一个"突变"，而是一个突兀的情节。因为骆宾基给王大妈设计一个如同顿悟一样走向死亡的"突变"，不符合骆宾基一贯的做法和气质，在整部集子里显得特别刺眼，其特殊性就很明显。《北望园的春天》虽然看起来比较散漫，和其他作品气质有别，但它对生活仍然是一种虽然带有判断却保留判断的无差别的呈现，《北望园的春天》内涵呈现大时代中人物命运的冲动和欲望。所以现在我觉得《北望园的春天》其实是一部很有野心的作品。一方面在结构上运用时间和观照的距离来获得审美观照，决定了它的一种"氛围式的叙述"，同时又带有很强的还原历史细节以求接近历史真实的冲动，所以这部集子用《北望园的春天》来命名，或许也是带着作家自己的野心在里面的。

吴晓东：我看你也挺有野心的（众笑）！你说《北望园的春天》是一部有野心的作品，我想，这个判断应该是准确的。当然这种野心首先在萧红那里，萧红早期写作《生死场》就野心极大，更不用说《呼兰河传》了。这种野心自然会影响到骆宾基。我比较赞同你提出的"有距离的观照"和"回避完整性"的判断。我们刚才一直指涉国华的"生活的空白"的说法，"生活的空白"可能就是刻意回避呈现完整意义上的生活图景的结果。小说中的完整性,意味着一个人从始到终的生命意义上的完整,背后也需要提供一种价值的完整,甚至提供一种历史观的完整,以及时间的完整等一系列的完整性。但是这些完整性,可能就是小说家人为赋予的。在传统的讲故事的方式中,如果你的讲故事的时间足够长,是一定会把故事中的人物讲死的。以死亡为终结,这就是所谓的完整性,是死亡这一结果标注了终极的完整。但这种完整性只有上帝和命运才能赋予。而骆宾基在小说中可能的确是在故意回避一种完整,这和叙事者观照人物的方式也是有关的,即春雷所谓的"有距离的观照"。但正是这样自反式的观照距离,最后也转化为对叙事者自身的一种反讽,这可能也是骆宾基的有意为之。

秦雅萌:与小说叙事"完整性"相关的是一个叙事"连续性",或者说是"延续性"的话题。如果说这是一篇回忆性的小说,那么小说的回溯性叙事视角其实是建立在"过去"与"现在"时空断裂的基础上的,但在小说的尾声部分,叙事者更试图做的是把"过去"与"现在"连续在一起。在叙事者眼中,无论是战争状态下的动荡,还是与此相关的"逃离"的心态或行为,其实都没有影响北望园这样的园子里人们一成不变的生活。在《北望园的春天》的结尾中,作者用了很多"还"字来叙述小说中各种人物生活的延续,而叙事者又是以一种自外于北望园的视角来观看这种延续性的,所以就显得更有意味。另外,这种延续性又是与作者对诸如"寂寞""空虚""空白""生活的意义"这类问题的思索相并行的,我觉得这是这篇小说很有意思的地方。

吴晓东:雅萌提到的"连续性"也是别有想象力的一种概括,这涉及尾声的作用。它的确意味着过去没有真正过去,还在对现在起作用,另外也意味着生活还在继续,那么困惑和寂寞也都在继续,或者追求也在继续。这种"连续性"的感觉是相当好的,尤其在解读尾声对整个小说与日常生活的提升作用时,更显得有效。在这个意义上,"连续性"也是一种新的建构文本整体感的方式。

赵楠:我对《北望园的春天》有印象,是因为钱理群老师在他的《关于二十世纪四十年代文学史研究的断想》里提过。文章里说40年代文学的一大变化是"文学风格与时代氛围的关系的变化",抗战初期"急就章"式的粗犷,到40年代则变成"典雅与细腻",他列举的例子就是从骆宾基的报告文学《东战场别动队》到小说《北望园的春天》。所以一开始我对《北望园的春天》的想象是像费穆的电影《小城之春》那样的,算上院子里的鸡一共五个角色、在平静的生活中体现内心强烈的情感波澜。但第一遍读下来觉得这部小说非常无聊,而且我按照赵园老师的评论的指导去寻找小说的"轻喜剧效果",但我真的笑不出来……刚才听了大家的分析,我觉得这部小说可能还是有它一定的范式意义的。而松睿和刘奎的论断,是可以统一到一起的。我的想法也和路杨的思路有契合,我认为对小说的分析可以落实到作者的某种局限性。《北望园的春天》与其说是体现了一种"野心",不如说是一种局限。包括小说的犹疑、反讽,都是作者自己没有办法实现超越的表征。再有,我认为当时的一些评论还是值得注意的,比如萧白,就有过度阐释或美化骆宾基的嫌疑。

温凤霞：这篇小说一方面写出了战时知识分子的生存困境,另一方面也许还有对人性的思考,人生的思考。战争生活大大强化了人的生命意识与生命体验,文本中用了很多对比性的场景,来展示不同的生命状态。茅草屋和红瓦洋房是作为承载这种对比的不同空间呈现的,小说从人们对它们不同的态度、墙壁的颜色、墙壁的质地,以及走道的打扫等展示出来。更重要的是生活其间的人物的不同生存状态也形成着对比：生活在茅草屋的人,如林美娜、赵人杰等,都为生活而辛劳；而生活在红瓦屋的住客过得却是优裕的生活,如杨村农和胡玲君一家。小说中写出了林美娜和杨村农两个家庭间的对比,林美娜亲切柔和与胡玲君傲慢虚伪使两个家庭呈现出不一样的氛围,也许暗含了作家对家庭问题的思考。赵人杰与杨村农的对比是比较明显的,也是作者着力较多的地方。赵人杰物质上是窘困的,精神上却是富足的,他心中一直有着对艺术的理想与追求,但当他面对杨村农的傲慢时,却是那样的萎缩、拘束、压抑,自卑后面隐藏着深深的自尊；而作为政论家的杨村农却更有注意妇女穿戴、举止的兴趣,面对赵人杰时则摆出一副居高临下的姿态,却又极为惧怕自己的妻子。所以,小说中对人物的刻画是立体的,人物性格具有丰富性和复杂性。

文中叙述者"我"的身份具有双重性,既参与到部分故事的发展进程中,但更多是作为一个旁观者似的"他者"而存在,是战时"北望园"不同人生状态的见证者。"我"的叙述中有"我"对人物不同的情感态度:有赞美,有怜悯,有嘲讽,嘲讽中也含着同情。尤其是小说的结尾,起到一种间离效果,具有美学上的净化和升华意义。作为一个远离了北望园的人,"我"对那段时光有着无限深情的怀念,无论是赵人杰还是杨村农,"我"都有了悲悯的情怀。

阮芸妍:我阅读时很多觉得"不是问题"的话题,在刚才的讨论中都成了重要问题,比如"生活""空白",已经延伸到了很宽广的领域中去。但我想回过头来看我最初阅读的体验,一开始读《北望园的春天》时,感觉很无聊,情节一直重复,比如喂鸡、描写微笑、画一幅画……,所以一下子就被小说集里其他"变态"的故事、人物吸引过去了。可是最后发现小说以《北望园的春天》作为这个集子的书名,其实还是有其意涵的,重读一次便会发现《北望园的春天》很有味道。本篇刻画人物时,大量地描述外在的行为、衣着,甚至胃口好不好、脸色红不红润、所持有的东西、习惯,每天在哪里等丈夫回来、每天露出什么样的微笑等等,甚至不避重复。这些重复的描写在第一次阅读印象中会觉得厌烦,可是后来我发现这样的重复描写,好像是让我们一点一滴地通过重复的方式去把握一个人物的性格,更重要的是去描绘出人物与其他周边的人之间的关系,以及人物在这个封闭的北望园里面的位置。我会觉得哪怕在这么封闭的情况里面,这个"生活"也存在,存在于人与人之间的相对位置,以及与其他人的连带关系。

赵园老师《论小说十家》里讨论《红玻璃的故事》等篇时认为,那种突然的变异或者偶然性事件的诱发,让小说中的主人公一下子就病倒了,一下子生命就枯竭了,或是眼神就变化了——这些偶然性如果用于设置一些巧合、误会,那是浅化了生活。我发现,偶然性事件跟一个必然性的或者是有关于历史斗争的、生活本质的问题之间的矛盾,也许是我们用来理解骆宾基40年代的小说,以及大后方的生活情境的可以追寻的线索。

吴晓东: 你提到小说里人与人之间的相对位置以及连带关系,的确是这篇小说中一个非常重要的图景。用西方的术语就是所谓的一种"主体间性",或者翻译成"相互主体性"。另外你提到赵园老师的观点,说偶然性浅化了生活,你认为可以在偶然性与必然性相互参照的图景中理解骆宾基,我认为你这个观点可能比赵园老师的理解更出色。因为赵园老师的判断中有80年代的痕迹,有强调"人生必然性"或者"历史目的论"的倾向,但实际上40年代那种战争环境,可能带来了更多的偶然性,所以"偶然性"必然会成为生活中的一个面向。

姜亚筑: 我想谈谈我在阅读中的一些困惑。比方说叙事者在小说中觉得谁很无聊的时候,真的是很无聊的吗?他在说什么很有意义的时候是真的有意义的吗?读小说时我觉得叙事者一直在这样的一个心理状态里面,也是这一心理状态让我好奇和困惑,我个人觉得这篇小说对赵人杰的描绘非常细致,叙事者自己对赵人杰有很多的好奇,有很多的追寻,好像想从他身上得到叙事者自己可以认可的某种东西,但同时又有许多让叙事者踌躇不前的地方,似乎有很多东西想和赵人杰交流,但在交流到某种程度的时候,又会突然地中断,而这样的中断通常都是因为赵人杰关于金钱的问题,以及叙事者所说赵人杰"异样的过度的自尊"。而这个自尊对叙事者是一个什么样的问题?

叙事者在描述杨村农的时候,说到他有一些做派,说他是"高贵又尊严的",用杨村农反衬赵人杰,会发现赵人杰很寒酸、有很多不体面的地方,但叙事者会去说赵人杰是意义不充实的吗?会说他是无聊的吗?叙事者似乎并不是这样呈现赵人杰的,他其实在心灵上和赵人杰有某种扣合的地方,但在态度上会一直摆荡不前,好像走在钢索上,好像会摆荡在一个不是很确定的状态。这可能就和同学们说的"大后方经验"相关,文人们的"大后方经验"似乎是在桂林、重庆这些地方,对未来的前途担忧的、好像没有出路的一个精神状态,假使他们都有个盼头,都可以知道接下来怎么做,就不会是北望园里那种极度沉滞、没有出路、一种说不出的很紧绷的状态。我觉得这样的感觉是需要进一步分析的,这样的经验是不是40年代小说中的一个典型的主题?而骆宾基基于自身特殊的经验,对这样的典型有一个什么样的特殊呈现?

另外,叙事者等同骆宾基吗?你会发现作者对每个人物的处理是高度有意识的,他似乎很想设立一个标准,但那个标准一直不停地游移,他想成为这个人但好像又不想成为这个人,这样的状态一直存在于作者的心理状态当中。我对于国统区的状况不太清楚,但当时的社会气氛似乎没有办法支撑作者对这样的心理状态有所追寻,假使在延安,可能就会有一个像整风运动那样的社会运动在推进骆宾基的思想,或催促着他产生更充实的意义。但是在国统区的人们是怎么样的呢?一个人可以以自身的身份去生发充实的、关于国家未来或社会未来的意义吗?一个作者自身能完成吗?骆宾基在写这些人物角色的时候,和他自身重叠的部分有多少?赵人杰在某种程度上呈现了骆宾基觉得挺宝贵的一些特质,但同时又有一些骆宾基觉得不那么好的、想破除的,因此将赵人杰这个人物写出来,再将其破除,有点像鲁迅写魏连殳,将自己意识到自己身上不好的部分写出来,并对其有意识地克服和破除。此外,叙事者在这一群人物关系中做了一个什么样的平衡?我在看这篇小说的时候,心里就会出现非常多的类似的疑问。

吴晓东:亚筑同学提供的对小说的第一感觉和她的分析非常有独特性。我特别欣赏她那个"走钢丝"的说法,她说"钢索",我们大陆说"钢丝",走钢丝是需要平衡的,在这篇小说中,这个平衡会涉及叙事的平衡,涉及作者对人物的态度的平衡。而骆宾基确实是像在走钢丝一样在把握叙事态度、情感判断、价值取向的平衡感。而你刚才认为叙事者对其他人物有一种游移感,这种游移也是情感判断的游移,或者是在反讽和同情之间的游移,叙事者有时候觉得这些人物需要嘲讽,但同时他又觉得这些人很可怜值得同情,叙事者的态度就在这种游移之间走钢丝,所以你相当漂亮的判断是,叙事者呈现的是一个不稳定的状态。我觉得这个"不稳定"可以用来概括这篇小说的诸多层面,如审美判断的层面,人物判断的层面,或情感判断的层面。换句话说,骆宾基真的是在高空中惊险地走钢丝,我们可以看到他在很吃力地维持这个平衡,最后他是不是很惊险地掉下来了呢?这是需要我们去判断的。但不管怎样,亚筑的观点启发我感觉到骆宾基在《北望园的春天》中的确可能在呈现一种所谓的非稳定状态的叙事,也贡献了一种非稳定状态的美学,这种美学完全可以落实到人物塑造、叙事结构,以及情感印象中,所以它是一种游移的美学,我觉得这一点你进一步发展下去,会呈现出一个非常完整的总体解读,很精彩,也谢谢你给我们提供这么漂亮的一个解读视野。

我强调文本细读,正是希望大家从文本的细节、话题或主题词入手,总体分析出这个文本所应阐释出的图景,再超越文本,慢慢地进入更宏阔的历史视野。例如在路杨的报告中,每一个话题都可以落实到文本中展开,比如"北望与故园"中的"故园",正落实在小说中的乡土回忆,而中篇小说中的乡土回忆又是如何内化到文本中去的呢?我们这里没有时间去细读了,但我们确实可以在文本中感受到:关于故乡的回忆带来的是战争年代中真正的诗性。因此"诗性"不意味着只是几句华丽的辞藻,回忆故乡或北望的姿态本身就是具有诗性的。

但此外还有一个叙事层面的分析值得注意,即后来大家的讨论逐渐触及的反讽叙事,包括人物的反讽与叙事者的反讽。小说的叙事者是一个反讽的叙事者,这就意味着这个叙事者不能信任。那么小说最后的同情感与徐淑贤老师体会到的温暖感是哪里来的呢?其实是我们读者最后意识到这其实是值得同情的一群人,小说的暖意最终来自读者的自觉。所谓的隐含读者最终意识到,我们可能需要超越叙事者"我"那种反讽的、游移的甚至是有一些优越感的叙述。只有超越了这些叙述之后,我们才能抵达一种悲悯、同情与净化。

关注叙事者的反讽问题的深意也恰在这里。小说的反讽格局是骆宾基自觉营造的。有很多细节可以证明，如叙事者"我"请赵人杰吃饭时，虽未直接写"我"请了什么，却从"我"的话语中显示出这顿饭请得很奢侈："赵先生。有肝尖，有肥肠，有鱼片，你是吃嘛！"另外"我"让赵人杰不必急着还钱时是这样说的："我不会等着这五块法币买烟抽的。"可见叙事者的经济情况还可以负担得起多少显得奢侈的消费。诸如此类的地方，都将一种反讽的眼光，反向地指向了叙事者。而这种选择肯定是骆宾基所自觉的，现在时由此与作家自身也有所区隔。作者塑造一个反讽的叙事者的深意在于，营造出了叙事者与被叙述的人物之间的"无差异性"。也就是说，小说叙事者貌似优越于人物如赵人杰，但实际上他并没有真正超越人物。因此我们才会超越叙事者的叙事，直接抵达并重新审视小说中的其他被叙述的人物，读者的同情与悲悯才会体现出来。而徐淑贤老师谈到的阅读感觉正是在这里体现出来的。在我看来，小说中的很多人物都很善良，如林美娜是一个多么善良而本分的模范太太形象，但是叙事者不满意的是林美娜这种温婉的态度只留给她的丈夫，可谓渗透了叙事者的某种"非分之想"，这是相当反讽的。因此我们不能完全相信叙事者对人物的判断，这种反讽性使我们可以再度审视小说与人物，从而生成同情与悲悯的效果。但这种反讽也只是微讽而非完全否定，叙事者和小说其他人物一样，无非众生中的一员而已，因此我们同情的眼光也同样会投射到叙事者的身上。

　　这就是反讽的意义所在。但更重要的是我们进入小说的细部就可以看出，反讽已经变成了一种总体性的调子。其中语词的反讽也非常重要，如写赵人杰："他是常常这样掩护他的餐具的"，"他那挪移我注意的匠心，是多么可怜呀！"这里的"掩护""匠心"都有些大词小用的意味；又如"他依然是夹着白菜叶，或是小块的笋片，他尽力避讳着鱼肉，只一片小块笋，他就满足了"中的"避讳"，这类语词在小说中大量应用，构成了某种对人性的反讽或微讽。而且这种对叙事者的微讽越来越明显，越来越直截了当，开始时我们还很信任叙事者这个人，但到最后这种反讽却变成了十分鲜明的叙事风格与文学修辞，甚至落实到了语言的层面。为什么我们重视反讽，因为它不仅是结构性的、叙事者的叙事反讽,而且还与审美风格的反讽、语词的反讽有关。而作者游移不定的态度可能都与这种反讽姿态相关联。因此反讽就不仅是姿态、调子,而且是美学。

在这个意义上,我们或许应当承认骆宾基的确是有"野心"的。但这仍然无法解决我们的美学判断问题:这是不是一部好小说?这个美学判断的游移现在或许可以找到一个很好的解释,即作者就在"走钢丝",他没有给我们提供一个确定性的图景,我们又怎么去判断呢?当然我这样说也有点取消问题的意味,但无论怎样,我们最终讨论出了一个非确定性的审美图景,也算是成功地告一段落。

对于《北望园的春天》这样的文本,精心准备与讨论,确实可以收获很多,包括怎么进入文本、体悟文本、分析文本,同时大家的发言又能体现出每一个研究者自身的主体态度与情感认同,甚至透露出一颗颗同情与理解的心灵。研究者与对象之间的理想关系就是这样一种彼此互动、相互建构的关系。最后感谢诸位的认真参与。

"雅""俗"之间的战时文学

——关于张恨水小说《八十一梦》的讨论

吴晓东、秦雅萌等

时　　间：2016 年 5 月 13 日
地　　点：北京大学人文学苑 6 号楼
主 持 人：吴晓东
参 与 者：唐伟、黄锐杰、张平、孙尧天、赵雅娇、罗雅琳、秦雅萌、李琬、崔源俊、唐小林、邓洁舲、谢雨欣、李超宇（北京大学中文系在读硕士生、博士生、博士后）

吴晓东：我们今天讨论的是所谓的"通俗小说"——张恨水战时写于重庆的小说《八十一梦》。文学史通常把张恨水看作通俗文学大家，但我们通过对《八十一梦》的讨论可能恰恰要超越已有的"雅俗分野"的界限。即使从"俗文学"的角度来看张恨水，也需要改换问题视野和研究空间。而打破"雅""俗"的既有研究范式，可能才有真正意义上的突破，这种突破不仅是对张恨水研究的突破，也是对通俗文学研究的突破。

这些年来，通俗文学在现代文学界越来越受到重视。有研究者建构了一个"两翼齐飞"的文学史观来统摄整个现代文学，认为现代文学有两个翅膀，一翼是"新文学"，另外一翼则是"通俗文学"。不过双翼展开后的幅度应该差不太多，不然的话，现代文学这只大鹏飞翔的姿态可能不会特别优美。通俗文学研究者们试图建构的就是与新文学同样有分量的翅膀。在这个意义上，张恨水相当重要，通过张恨水，我们可能会触及很多关键性问题。当然，我们未必是从通俗文学的角度进入这些问题的，但也许恰恰因此可能会在既有的张恨水研究的基础上，尤其在通俗文学研究的视野之下，提供某些具有新意的问题意识与讨论空间，也希望大家的讨论有所拓进。下面由雅萌主讲。

一 《八十一梦》的"文法组织"

秦雅萌：在讨论《八十一梦》的小说文本之前，我们有必要关注一下张恨水在抗日战争全面爆发后的文学足迹和小说的版本问题。1938年1月10日，张恨水到达重庆，经友人张友鸾介绍，结识了当时即将复刊的重庆《新民报》总经理陈铭德，并被聘任为该报主笔兼副刊主编。3月27日，张恨水当选重庆中国文艺界抗敌协会理事。1939年12月1日至1941年4月25日，长篇小说《八十一梦》开始在重庆《新民报》副刊《最后关头》栏目连载。由于其中的暴露性与讽喻性，小说受到审查，连载不得不以《回到了南京》一章收尾。1942年3月，南京新民报重庆社出版了《八十一梦》的单行本，并在40年代多次重印。新民报版的《八十一梦》，也加入了《新民报》总经理陈铭德的序言以及张恨水的自序。同时，小说文本也有些许改动。对比连载的小说，单行本首先做了字句的增减，语言表述趋于规范、明确和完整。除此之外，张恨水还根据战时经济情况的变化，对连载本中的大量数字如物价、薪水等做出"涨幅"性的调整，而在小说的具体情节上并没有明显的变化。

50年代，通俗文艺出版社和四川人民出版社分别出版过《八十一梦》的删节本，小说主体部分的十四个梦被删节到九个梦，保留下来的九个梦也各有缩减。张恨水在1954年的版本中加入了一篇类似"检讨书"的《前记》，以《天堂之游》一梦为例，否定了自己以往"让墨翟回避正面斗争"的写法；又以《一场未完的戏》一梦为例，检讨了自己由于当时"思想上的糊涂"，而认国民党政权为"正统"的错误。总之，《前记》对自己40年代写作《八十一梦》时隐约表现出来的不够明确的政治立场，以及小说中仅仅满足于"暴露"问题,而未力图"消灭"或"摧毁恶势力"的写法进行了自我反省和批判。

黄锐杰:按照张伍在《我的父亲张恨水:雪泥印痕》中的说法,1954年通俗文艺出版社版《八十一梦》中的《前记》是由张友鸾代写的。

吴晓东:张恨水子女的回忆录的确可以与《八十一梦》参照着看,《八十一梦》中的许多人物都可以在回忆录中找到原型。

秦雅萌:《八十一梦》作为一部畅销书,它的读者群兼有普通民众和左翼人士。与小说接受问题有相关性的是40年代的两份报纸——《新民报》与《新华日报》。《新民报》是1929年9月由陈铭德、邓季惺夫妇在南京创办的,抗战全面爆发后迁往重庆,1938年1月15日,重庆版正式发刊。《新民报》初到重庆时,定位是一份民间的私营报纸,吸引了一些文化界的进步人士加盟。而《新华日报》是在武汉失守后迁往重庆的共产党机关报。这两份报纸在当时受到了国民党严格的新闻检查,有很多消息和文章都被删减和扣押。1944年5月16日,是张恨水50岁生日,抗敌文协、新闻学会、《新民报》等为张恨水祝寿。当天的《新华日报》在醒目的位置刊载了《小说家张恨水先生创作30年纪念》的消息,并附有潘梓年的短评《精进不已》,称张恨水是一位"坚主抗战,坚主团结,坚主民主"的有明确的政治立场的进步作家,认为张恨水的作品逐渐走上了现实主义的道路,与旧型的章回小说具有明显不同的品格,即"在主题上尽管迂回而曲折,而题材确实最接近于现实的;由于恨水先生的正义感与丰富的热情,他的作品也无不以同情弱小、反抗强暴为主要的'母题',正由于此,得到广大的读者的欢迎;也正由于此,恨水先生的正义道路更把他引向现实主义"。据统计,重庆各报刊借祝寿的机缘登出的专文达几十篇之多,老舍、罗承烈、邓季惺都发表了相关文章。随后,张恨水在《新民报》发表《总答谢》,同时评述了自己的创作历程,阐明自己的创作与"鸳鸯蝴蝶派"和"礼拜六派"的差别。他认为"章回小说"的形式,不应被完全遗弃,而应通过改良章回小说的旧有模式,满足那些看不懂或不愿看新文学的普通民众读者的阅读需要。

值得一提的是,《八十一梦》与延安的关系也很密切。1942年秋,周恩来在与《新民报》采编人员的一次交谈中指出,与国民党新闻检查制度做斗争时,"可以从正面斗,也可以从侧面斗",周恩来特别称赞了张恨水"用小说体裁揭露黑暗势力"的方式——既可以发声,又可以避免"开天窗"。1945年8月"重庆谈判"期间,毛泽东也会见过张恨水并进行深入交流,据说,张恨水还收到了毛泽东赠予的延安的毛呢、红枣和小米。这一经历他后来常与晚辈谈起,颇引以为荣。

罗雅琳:张恨水在延安的传播应该是和"民族形式讨论"中的"旧形式"问题有关的。茅盾在谈《吕梁英雄传》时说,这部英雄传是用章回体写的,但是"近三十年来运用章回体而能为扬弃,使章回体延续了新生命的,应该首推张恨水先生"。在对章回体的吸收以及对于旧形式的转换上,张恨水还是略胜一筹。

黄锐杰:关于版本还有个有意思的话题。新中国成立后,许多研究者相信了《八十一梦》"楔子"中的说法,真的以为书成之后原稿因为鼠患而失掉了一部分。加上张恨水自己有受国民党人士威胁,《八十一梦》被迫结束的说法,这些研究者就想当然地以为存在一部完整版的《八十一梦》。事实上,"楔子"一开始是先于正文刊载在报纸上的,可以说张恨水一开始就没想把"八十一梦"写全。

吴晓东:或者说小说成为"残梦"的集合体的构思是作者一开始就有的,不然"八十一梦"一一写下去小说未免过长。"楔子"中所谓的"鼠齿"损毁了原稿的说法,可以用来讽喻当时的审查制度。

罗雅琳:当时重庆的鼠患的确特别严重,重庆卫生部门甚至展开抓老鼠运动,每只老鼠悬赏两分钱,但悬赏很快就停止了,因为有人借此养老鼠发财(众笑)。

秦雅萌:关于小说的篇目结构,我们所见的"全本"《八十一梦》由序言、自序、楔子、十四个随意编号的"梦境"故事,以及尾声组成。张恨水这样解释《八十一梦》的"来由":"做一个梦,写一个梦,各梦自成一段落，互不相涉，免了做社会小说那种硬性熔许多故事于一炉的办法。这很偷巧，而看的人也很干脆的得一个印象。"在小说结构上，《八十一梦》既像一部散体的长篇小说，也像一部有着一定关联性的短篇小说的汇编（这两种说法都曾有研究者提及），它同时也代表了张恨水自己倡导的"改良"章回小说的尝试。

张恨水在1944年的祝寿答谢中提及，"在近十年来，我简直不用旧章回小说的套路了"。从《八十一梦》来看，小说放弃了用段落整齐（每回篇幅大体一致）的对偶语言分回标目的做法，也很少在小说每"章"的开头引开场诗，结尾引散场诗，正文中"话说""却说"一类的套语也极少出现。同时，在情节设置上，《八十一梦》不在情节紧张的时刻收束，也由于各个梦之间的不连贯性，小说不设立"欲知后事如何，且听下回分解"的故事悬念。但在"文法的组织"上（张恨水语，既包括了小说叙事的谋篇布局等宏观层面，也包含了具体修辞意义上的微观层面），仍然保留了章回小说的某些痕迹，比如分章叙事，每回故事相对独立而又前后勾连，偶尔在正文中间穿插诗词歌赋，进行场景或人物心理的描写，特别是表现"张先生"内心活动的心理描写等。

从《八十一梦》的文体形式来看，《楔子·鼠齿下的剩余》也沿承了古代一部分长篇小说的体制特点，比如揭示题旨和隐括全书的功能。作为小说叙事的一部分，楔子中提到的"推醒姬人代记诗"具有情节化的意义；而"老鼠啃噬书稿"不仅解释了梦与梦之间的裂缝和跳跃，也颇含讽刺意味。在楔子中，叙事者"我"说明了《八十一梦》的故事是怎么成型的，奠定了全书"虚拟化、梦境化世界"展开的基础。而小说中同样属于"叙作者之意"的《自序》则代表着作家张恨水自己的真实声音，他首先回顾了自己治小说、当记者的半生历程，随后表示，在战时的重庆发表文学作品，不得不"略转笔锋"，"取材于《儒林外史》与《西游》《封神》之间"。《自序》以半文言写就，显得颇义正词严，同时，它在功能上与《楔子》有重合之处，都具有总览全局、揭示写作原因和意图的功能，但《楔子》展开在一个叙事者所在的虚拟世界，而序言则立足于作家张恨水所处的现实世界，既指向外部现实，也指向小说本身，《自序》与《楔子》的张力，也促使人们思考40年代的社会现实与《八十一梦》小说虚构之间的关系。

吴晓东：从传统章回小说中寻求结构资源，这一点很重要。虽然张恨水避免了章回体套语，但是在每章的开头结尾还是留下了一些痕迹，和《西游记》的首尾模式有一点像。雅萌也很重视小说中张恨水的自述，"于是吾乃有以取材于《儒林外史》与《西游》《封神》之间矣。此《八十一梦》所由作也"，这句话值得重视。张恨水提到的三部古典小说文本，《西游》与《封神》属于玄幻小说，或幻想小说；但《儒林外史》并非幻设题材，《儒林外史》之于《八十一梦》的意义，可能就与小说的结构有很大的关系。《儒林外史》也是以串联式的方式写作，在结构上更能与《八十一梦》进行比附。作为写作资源的《儒林外史》所描写的人物以士林阶层为主，也与《八十一梦》中的若干梦境的题材与内容有关联性，由此我们或许可以将《八十一梦》命名为"新儒林外史"。

黄锐杰：与结构有关的还有叙事者的问题。《八十一梦》由十四个梦组成，每个梦都由叙事者"我"讲述，然而这个"我"并不是一成不变的。细细辨析每个故事中的"我"，会发现这些"我"之间有着细微的差别。比如在《星期日》这个梦里面，对于国难期间百无聊赖的小市民，"我"基本只观察，不评论，而在《在钟馗帐下》中，"我"则是钟馗捉妖行程中的马前卒，在推动情节发展的同时常常发出道德议论。由这个角度切入，可以看出"长篇小说"这一整体形式下各个梦的独立性。

罗雅琳：《八十一梦》中每一个梦的"入梦"和"出梦"，似乎也是章回体形式的遗留。因为其中很多梦的结尾都是"我"看到一个东西被吓了一跳，或者外面有人大喝一声，然后就醒来了。

秦雅萌：对，《八十一梦》中的"出梦"大多突然，作者往往设计一种声音，借助外界的突发力量打断小说叙事。

吴晓东：张恨水模拟了梦的突兀性等固有模式，许多描写梦境的段落，有匆忙结束的痕迹。

孙尧天：我觉得从小说前面的《自序》来看，也可以理解小说中的梦具有一种形式上或者结构性的作用。张恨水在《自序》中交代他是作为一个记者把在大后方看到的一些乱象表现出来，试图排解大后方人们的苦闷。在战时的背景下作为一个新闻记者，张恨水这部小说的现实性和功利性是非常之强的。在写作《八十一梦》之前，张恨水还有一批直接描写战争的小说，比如说《冲锋》《红光潍》《潜山斑》《前线的安徽》《大江东去》等，我觉得《八十一梦》也在某种意义上延续了战争文学的脉络。所以从这个角度来讲，《八十一梦》中的"梦"没有现代主义和现实分裂、对抗性的一面。"梦"之所以存在一些悖论之处，就在于它是一种现实性的虚构。总之，从他的身份、写作意图以及此前的写作脉络而言，"梦"都是张恨水为了描写现实而有意为之的一个结构。

吴晓东：对，就是因为张恨水的现实性诉求太强，在某种程度上也导致了他在艺术追求上精致性不足。或者说，精致的小说艺术也可能不是他特别在意的，也没有时间进行精心打磨。比如在《我是孙悟空》一章中，与《西游记》中的孙悟空相比，张恨水笔下的孙悟空似乎也没有什么突破，遇到妖魔鬼怪该打不过的还是打不过。当然，针砭现实是张恨水的核心诉求，但写法上，这一章还是太受制于《西游记》，自己的创意不多。

李超宇：回忆起这部小说时，张恨水是比较谦虚的，他说："这书我不敢说是什么好作品，但在'痛快'两字上，当时是大家承认的……事过境迁，《八十一梦》，无可足称。倒是我写的那种手法，自信是另创一格。"张恨水区分了当时和事后，他认为当时起轰动效应的原因在于小说的内容，而真的能使小说具有永久价值的，则在于小说的结构方式。在我看来，张恨水的自我评价可能受到了读者接受反映的影响，比如刚才雅萌提及周恩来的称赞："同反动派做斗争，可以从正面斗，也可以从侧面斗。我觉得用小说体裁揭露黑暗势力，就是一个好办法，也不会弄到'开天窗'，恨水先生写的《八十一梦》，不是就起了一定作用吗？"这是政治家从斗争效用的角度看小说,是强调即时性的;而普通读者则从是否"痛快"的角度评价小说,将大官富商对号入座,对他们而言是一件可以大呼过瘾的快事,同样反映出一种阅读效果的即时性和当下性。这两个方面的评价或许也影响了张恨水自己的思维,因此他把小说内容的成功性只放在了当时,时过境迁,内容作废,留下的只有形式的创新。但孔庆东老师尖锐地指出:"许多论著过分称赞《八十一梦》对讽刺小说体式的创新,其实创新并不等于好。《八十一梦》的总体结构是散乱乏序的,每一个梦也并非都'自然而紧凑',完全可以构思和创作得更完美、更精练。"我同意这个看法,因为《儒林外史》式的"边走边看,边看边讽",在我看来,是一种比较简单的结构方式。鲁迅对《儒林外史》的评价"虽云长篇,颇同短制"完全可以移用到《八十一梦》上,但鲁迅对《儒林外史》还说了这样一句话:"但如集诸碎锦,合为帖子,虽非巨幅,而时见珍异,因亦娱心,使人刮目矣。"也就是说《儒林外史》还是可以"合"的,是具备自身的一种整体性的。而张恨水的作品如单从形式上讲,确实有一点"散乱乏序"之感。

但如果要我概括它的整体性,我倒认为是在内容方面,也就是张恨水自己认为过时的那部分。诸如商人囤积、发国难财等现象在大多数梦中反复出现,正如宇文宙的评论所言:"其表现的方法是把一种'典型'分散在各式各样的肖像中。比如本书在攻击最烈的贪官污吏时,说它们好似齐天大圣的毫毛,化为各种面目出现。"他还说:"贪私和金钱仍然是全书的主人翁,作为正义和气节的孤军,终于只是书中的副角,而时时为主人翁的巨掌所击倒。"有论者评价张恨水抗战时期的小说"只留下了篇名,却没有留下人名"。但我觉得宇文宙把"贪私和金钱"看成小说主人公的说法是一个很好的回应,也就是说张恨水原本并没有在人物塑造上下太大的功夫,这从他对人物的选择和命名上也可以看出——《八十一梦》中有很多有姓无名的人物,即使在开始提了一下名字的,也往往只称呼"老陈""老王",这样的名字本身就不易成为经典形象。其次是《八十一梦》中写到了古人或旧小说中的人物,读者就很容易拿这类人物与史书或原著中的进行对比,从而把写得

"好不好"的问题转化成了"像不像"的问题,而张恨水笔下的潘金莲和西门庆之所以被许多前研究称道,也是因为其锋芒直指孔祥熙家族。还有一类如"万士通""吴士干""冒出来"等滑稽名字,太过直接,再加上每一梦中所讽都不只一人一事,因而读者难免对人物印象不深。

  所以我觉得,张恨水并不是要塑造"典型环境中的典型人物",而只是要呈现一种"典型现象",方法就是将其"分散在各式各样的肖像中"。这种写法对于人物塑造来说是很忌讳的,但如果把"现象"作为主人翁的话,这种重复的写法恰恰证明了丑恶现象的普遍。总的来说,我认为《八十一梦》在内容上的成就大于形式上的创新,另外在内容方面,着力点不在人物,而在社会现象,这些现象可以构成小说的整体脉络。

  吴晓东:沿着超宇这个思路,我觉得"金钱"的范畴差不多就贯穿了《八十一梦》的每一章,很少有例外,可以说也构成了整个小说的关键词之一,从小说内容上看,张恨水呈现了很多战时经济学的现象观察。另外,超宇的发言也触及对小说艺术的整体评价问题。我们的小说研讨,讨论到最后总要上升到艺术判断的层面。而关于一部小说艺术的整体性判断,到底要依据怎样的一些标准得出,或者说是基于怎样的一些文本细部分析而得出,这其实是每次小说研讨都难以回避的一个组成部分。但在以往的讨论中,实际上有很多文本都很难生成艺术性判断,或者说审美判断。当然,我们以往讨论过的一些40年代的文本,往往在文体和形式追求方面具有超前性,使我们很难得出确定性的审美价值判断。比如废名的《莫须有先生坐飞机以后》、萧红的《马伯乐》、茅盾的《霜叶红似二月花》这样一些未完成的文本,其未完成性本身就拒斥某种整体性的艺术判断。而对一部小说进行艺术性判断又需要眼光,需要某种决断。在这个意义上,刚才超宇的发言就显示出某种决断的勇气。他的判断揭示出《八十一梦》所内含的某种抽象化的艺术特征,这种把某类"现象"作为小说真正的主人公的想法,使《八十一梦》呈现出寓言式写作的特点。寓言式写作往往给我们留下一些非经典意义上的抽象化的人物形象,会流于类型化、模式化。这也会影响到我们对《八十一梦》艺术特色的总体判断。

二 梦与现实:《八十一梦》的讽喻美学

唐小林:关于"梦"的形式问题,我的阅读感受与同样是1942年重庆《新华日报》上宇文宙的《梦与现实——读张恨水先生著〈八十一梦〉》一文中的观点有些相像。张恨水自己说采用"梦"的形式来写小说是一种比较讨巧的方式,可以相对自由地表达自己的想法,在写作上也获得了某种便利性。而宇文宙的这篇文章,在最后的部分提到了《八十一梦》的一些局限,这些局限恰好是与"梦"的形式有关。宇文宙提到"由于身处于梦的世界中,为'梦'的境界事实所困恼,虽有一个筋斗翻十万八千里的本领,也仍然脱不出这牛鬼蛇神的'梦'境。作者之所以止于反映这些'事物',而找不到更高的境界,其故在此",可谓比较敏锐地把握到这部小说由形式而带来的境界上的局限。《八十一梦》给我的整体感受与此类似,张恨水所写之梦虽然在"形似"上符合了梦的一般特征,但却没有达到梦的"神似",在梦中过于贴近现实,使得梦与现实之间的距离变得很近,这反而使得这梦中的现实失去了应有的质感;换句话说,就是梦本身应该有的向度空间和梦本身的自由度还没有被完全释放出来。

吴晓东:宇文宙所触及的一些话题值得重视,尤其小林刚才强调的梦和现实的距离问题。我们今天讨论的很多具体议题,其实说到底都会触及梦和现实的关联性这个问题,以及张恨水到底如何认知和处理梦和现实之关系。这个问题甚至可以说涉及了文学以及想象力的本质。就宇文宙的感受而言,张恨水小说中梦和现实的距离太过切近,这跟大家的阅读感受很近似。我们需要进一步追问:梦和现实的距离过于切近,这究竟是张恨水的自觉追求呢?还是张恨水难以驾驭更奇幻的梦境,导致了梦中幻境缺乏超越性?换句话说,是张恨水刻意在梦中直接影射现实,强调的是梦与现实一一对应的历史真实感呢?还是他难以在小说中生成更具前瞻性的未来指向?"梦与现实"

因此可以生发出一些很值得探讨的问题。如果张恨水写这部小说时更看重前者,想写一部社会讽喻小说或寓言式的批判小说,那么在凸显社会现实性和历史真实感的同时,必然会以牺牲"梦"所特有的奇幻性为文学代价的。张恨水即使写的是上天入地的、天马行空的幻想性题材,或者直接借用《西游记》的情境进行构思,也都可以看出它想象力的不足,进而导致小说总体意义上的超越性意蕴的不足。

黄锐杰:张恨水以梦结构小说,他对梦的借用似乎仅仅停留在表面。梦只是他串联各章的一种手段,他似乎对探索梦的机制本身没有兴趣。这里看不到弗洛伊德意义上的"梦的解析"。虽然不乏《在钟馗帐下》这种情节离奇的梦,但在小说形式上,这些梦基本都是"现实主义"的。现实的逻辑并未如电影《穆赫兰道》般通过浓缩、移置、再度修订等叙事手法被整合进梦境中。可以说正是这种形式上的"现实主义"造就了《八十一梦》针砭时弊的讽刺性。

吴晓东:对,这些梦其实相当写实,情节逻辑很现实化。张恨水没有用上"现代主义"描写梦境的各种技法,虽然写梦,但梦特别实在。

唐小林:对话是这部小说非常重要的组成要素。每个梦境之所以故事感并不是很强,一个重要原因是充斥了大量的人物对话。主人公张先生不断在各个梦境中与不同的人物对话,对话也由此构成了小说叙述的重要动力之一。之所以有大量的对话,一方面与主人公新闻记者的职业身份设定有关;另一方面对话的大量运用也使小说体现出了某种通俗性,小说中的谈话有时候更像是在与设定的隐含读者进行交流,为读者揭示战时社会表象的背后景观,而这种背后的景观以一个新闻记者的身份来披露展示,读者就容易产生真实感,也借此获得了一种洞穿看黑幕真相的阅读快感。

吴晓东:小林关注到小说中存在大量的对话,对话确实构成这部小说非常核心的元素,这和主人公的漫游方式有关。漫游接触大千世界和各色人等,会把观察和对话结合在一起,一方面是看,一方面就是聊,所以对话性是《八十一梦》中比较鲜明的特征。在小说具体的写作过程中,主人公对话的对象的改变，在某种意义上就构成了叙事的动力，这也跟传统小说中旅行者的叙事形式有某种相似之处，旅行者也在不断地接触不同的人物，靠人物的变换来串联故事情节。

秦雅萌：《八十一梦》中，各色人物的慷慨陈词，还带有一些演说的风格。

吴晓东：这种风格应该是与战时的演讲风尚和演说气氛有关。

黄锐杰：1941 年到 1945 年，张恨水在重庆《新民报》专栏《上下古今谈》发表杂感随笔，采取的也是"观今宜鉴古"的方式，主题上与《八十一梦》有相似之处。

罗雅琳：我觉得这里可能涉及鸳蝴派作家以及张恨水这样的通俗作家和抗战书写之间的关系。在 30 年代，钱杏邨有一篇文章《上海事变与"鸳鸯蝴蝶派"文艺》，批评了上海事变期间张恨水一类作家用鸳蝴派的方式写"国难小说"。他们胡编乱造一些小说情节，来反映抗战、解决抗战问题。钱杏邨举了一个例子，张恨水有篇小说叫作《仇敌夫妻》，写一位中国男性娶了一个日本妻子，日本妻子趁着丈夫熟睡窃取中国情报，丈夫本来和妻子感情很好，但为了国家利益把妻子毒死了，被左翼作家认为是猎奇的、低俗的。但到了《八十一梦》，张恨水不再正面书写战争题材，而找到了世情讽喻的方式，就得到了茅盾等人的肯定。是不是可以说，张恨水在《八十一梦》中找到鸳蝴派的写作传统和抗战题材之间的一个结合点？

孙尧天：鸳蝴派书写战争在晚清诞生之际其实就已经形成了一个传统。当初"礼拜六派"就曾推出过一个栏目，叫作《国耻录》，登载了一些反映德国、日本争夺山东半岛的一些黑幕作品。20 年代则问世了一批反映亡国奴的小说，到了 30 年代就出现了一些"国难小说"，可以说鸳蝴派从诞生之际起就没有舍弃过战争的话题。而之所以如此关注战争问题，我觉得可能与传统文人对个人与国家关系的理解有关。

吴晓东：的确，晚期的黑幕小说、讽刺小说、谴责小说，都是现实感非常强的。但是雅琳刚才触及的问题在于，相对于之前的通俗流派的章回小说，张恨水是否找到了小说艺术与社会现实更好的结合点？就艺术与现实二者的均衡性来说，《八十一梦》表现出的现实感过于强烈，导致了小说重现实而轻形式，或者说张恨水来不及在形式上下更大的功夫。这是张恨水因应时代的新变。而张恨水抗战前更有代表性的小说中所形成的相对更为成熟的章回体创作传统，在《八十一梦》中延续得怎样？

黄锐杰：在《八十一梦》中的确可以看出张恨水写作的延续性。比如《一场未完的戏》这一回写的便是作者熟悉的家庭内部矛盾的问题，《在钟馗帐下》则源自他之前的长篇《新斩鬼传》。不过抗战对于张恨水的影响也不可忽视。正如他自己在《自序》中说的，他这一时期也开始写"抵抗横强不甘屈服的人物"。《八十一梦》据他自己所说则是为了"排解后方人士之苦闷"而写。

吴晓东：我最初看的是《八十一梦》删节本，觉得这里面言情因素少了许多。但看全本，比如在《"追"》里面，发现张恨水又把饮食男女的话题加了进来。《八十一梦》像是张恨水之前写作题材的一次大杂糅，是集大成式的作品。他试图通过梦的形式杂糅出新《儒林外史》、新《官场现形记》、新《二十年目睹之怪现状》以及新《鸳鸯蝴蝶梦》等。其中还有对北平往事的回溯，也触及了五四话题。

秦雅萌：张恨水最早创作的是言情小说，从20年代起，他还模仿清末谴责小说，创作社会讽刺小说。然而他发现，谴责小说的弊病在于结构的松散，很难找到一条贯穿的线索将全篇有机地统一起来。他在《我的创作生涯》中说："社会小说犯了个共同的毛病，说完一事，又递入一事，缺乏骨干的组织。"所以张恨水的解决办法就是将社会和言情相互结合，兼顾故事情节和小说结构。这也就是张恨水在社会言情小说领域摸索出的"以言情为经，以社会为纬"的写作模式。

在张恨水看来，除了"社会"与"言情"两大要素，小说还担负着"叙述人生"与"幻想人生"两种功能，二者均不可超离现实架空存在，社会小说中的幻想应当是"有事实铺叙的幻想"。因此，对于社会讽刺小说的写作，张恨水主张采用间接揭露的"讽喻性"写法,他自信《八十一梦》的写作手法"另创一格"。在题材上,《八十一梦》力图表达的是战时社会中的一些"人民的生活问题",特别是其中"间接有助于抗战的问题"和"直接间接有害于抗战的表现"。而在当时的重庆,用"平常的"或者说是"直白的"写法,而又要替民众呼吁,暴露问题,是难以两全的事情。因此,张恨水说自己使用了中国文人的老套——"寓言十九,托之于梦"的手法,"故意去渲染描写的幻想,七情变幻的另一个世界",用以讽喻重庆的现实。"讽喻"类的小说强调读者的参与性,是一种把阐释权力交给大众的小说类型。尤其在《八十一梦》这类"借古喻今"以及"故事新编"的小说中,作者与读者之间需要达成某种默契。读者不仅要熟悉历史掌故,还要在阅读过程中不断调动文化记忆,与现实语境相互勾连,才能真正领会其中的意义,进而才能达成所谓的"阅读共同体"与"话语共同体"。

《八十一梦》所调动的资源十分驳杂,涉及的人物众多。既有历史人物(孔子、孟子、伯夷、叔齐、秦淮八艳),又有小说人物(孙悟空、猪八戒、潘金莲、西门庆),还涉及民间传说中的各种形象(钟馗、观音、妖魔鬼怪等),他们身上负载着鲜明的社会政治意味。即便是看似最不具有"意识形态色彩"的神与鬼,也已经越出周作人《谈鬼论》中所说"文艺的"与"历史的"范畴,在《八十一梦》中,有关神鬼的谐谑的故事成了时事的政治寓言和道德寓言。《八十一梦》中钟馗捉鬼的故事就是一个具有道德感的故事,通过在钟馗帐下做事的"我"的眼睛,将钟馗捉妖荡怪的见闻呈献给读者,这里的"妖魔鬼怪"变成了"空谈误国""议而不决"的人物的代称,指涉道德的缺失和政治的反动。这类写法消融了幻想与现实的边界,在幻想的世界(如狗头国、天堂、与古人随时相遇的某个时空)与现实的世界(如纸醉金迷的重庆)之间来去无碍,依靠了"梦"的跳跃性,非逻辑性与去时空性,凭借上下古今、牛鬼蛇神所负载的相同或相似的主题,造成现实与梦幻的张力,古与今、人与兽、神与鬼的混杂,在造成一种陌生化效果的同时,也促使读者思考故事中的神仙鬼怪与现实社会中的事件人物之间的对应关系，从中读出影射、讽喻、暗示和引申。

相比于30年代相似题材的《新斩鬼传》，《八十一梦》中的滑稽色彩和趣味主义明显减少，小说往往借人物的口吻表明叙事者所倡导的一种严肃的道德"正义感"。不同于晚清谴责小说对政治黑暗与风俗弊端进行揭露抨击时所表现出的"辞气浮躁，笔无藏锋，过甚其辞，以合时人嗜好"（鲁迅：《中国小说史略》）的弊病，以及黑幕小说以猎奇探险的态度尽写社会丑恶而并无批判的消极态度，《八十一梦》中对社会世态的戏拟，虽然也有一定的趣味主义倾向，但已不同于张恨水早期的社会谴责小说将社会素材化为话柄与笑料的写法。在《八十一梦》的《前言》和《楔子》部分，作者都强调了"趣味"的现实意义，期待小说可以"排解后方人士之苦"。宇文宙的文章《梦与现实——读张恨水先生著〈八十一梦〉》即认为《八十一梦》虽然只是一部"残溃的历史的插曲"，但读者往往被其中的"历史的现实感"紧紧缠住，宇文宙指出，这是一本近于《西游记》《镜花缘》风格的小说。梦与幻想都为一种沉重的现实所压迫，并不能叫人"露齿一哂"。

吴晓东：战时文艺中的故事新编和借古喻今，这一传统就是所谓"故事新编体"的写作，鲁迅的《故事新编》提供了极好的对读样本。关于《八十一梦》的审美判断和价值判断也可以在文本对读的过程中生成，与鲁迅的《故事新编》比较，可以看出二者小说技巧意义上的异与同，以及思想性意义上的异与同。《八十一梦》的确是一部兼顾到读者指向的小说，它把解释权力交给大众，也意味着张恨水的读者诉求更是都市中的普通读者。

秦雅萌：《八十一梦》的现实性还表现在战时的文化地理学视野之中。从主人公"张先生"的视角出发，小说表现出一个对南京和北平有着很深的眷恋情感的、流亡到重庆的知识分子的文化心理。因此，小说中的张先生往往习惯于借助以往自己在南京和北平的城市体验来理解和评判重庆，将重庆的现实场景与南京、北平的记忆场景之间相联结，将三个城市的想象和记忆互相穿插。《八十一梦》中对重庆城市空间的书写更多批判性，如《星期日》一章就集中写了战时重庆有钱人无所事事的消遣性的都市心理。在这一时期张恨水的散文作品中，也有很多品评褒贬北平、上海、南京和重庆等城市的文字，比如散文《重庆旅感录》中提到，"游川者有言，成都如小北平，重庆如小上海。以人情风俗言，大抵近是"。张恨水将战时重庆看作一个表面繁华但文化血液已经变质的城市，一个"需要被摇醒的城市"。

抗战期间，重庆接受了不少内迁的流亡移民，即所谓的"下江人"——三峡以下的长江中下游地区的客籍者。正如《重庆旅感录》中所记，"小步五支衢头，南北方言，溢洋盈耳"，而《八十一梦》中张先生的南京记忆也多与南北方言相关。对于战时流亡者张先生而言，在异地听到熟悉的乡音，是一种难得的内心抚慰。南京在小说中的意义还在于表现兴亡诗意。《上下古今》一章将各类人物拼接在同一舞台，共同发声。通过史可法与"我"关于"秦淮歌舞"今昔对比的问答，以及"我"与柳如是、陈圆圆讨论"气节"与"声色"的话题，表现对六朝粉黛和亡国之恨的警醒与反思。

而处于北方的古都北平，则在《八十一梦》中若隐若现地形成了一幅悠然和谐、诗情画意的图景，张先生甚至不吝惜用"无一不好"来概括北平，似乎一想到北平，就有着无尽的怀念。与北平作为新文化运动的中心相关联，五四与新文学也成为小说的言说对象，在《北平之冬》一章中，作者通过戏仿新文学的"腔调"，讽刺学生们汲汲于参与政界而仅将新文化运动作为通向仕途的敲门砖的现象，表现了怀旧风景之外北平复杂的政治社会语境。

吴晓东：都市空间书写问题是研究《八十一梦》的一个很好的切入点，南京、北平、重庆三个城市可以说构成了战时的"三城记"。我们通常会关注如"沪–港""京–沪"这类城市格局，而《八十一梦》则为我们展示了战时的另一种多城市的文化对比格局。小说中就写道，人们以往谈论京派海派，如今则关心"渝派"，把重庆归来的人士看成留洋镀金一般的"海归"，从中可以看出重庆在战时中国的地位和重要性。

秦雅萌：在关注《八十一梦》作为一部讽喻性作品的同时，还需要分析作为报人的张恨水与小说叙事的关系。如果要找寻《八十一梦》内部的统一性和整体性的话，可以说，小说是以张先生作为"贯穿性"的人物，以张先生的"梦/游"为踪贯通全书，展示了张先生在现实世界中与在充满奇异色彩的"幻境"中的游历，比如直接写幻境的《狗头国一瞥》《天堂之游》《在钟馗帐下》《我是孙悟空》《上下古今》几章。因此，有学者将小说命名为"奇遇小说"，将张恨水的《八十一梦》置于诸如沈从文的《阿丽思中国游记》、张天翼的《鬼土日记》、老舍的《猫城记》的小说序列中，认为它们共享了一个基本的图式，即游历者通过亲历种种令人称奇的事件，洞察社会现实与人性，在寓言的意义上呈现时代和社会图景［马兵：《论新文学史上的四部奇遇小说》，《山东大学学报（哲学社会科学版）》2004年第3期］。

《八十一梦》中的小说人物，取材于普通民众所熟悉的民间故事、历史传说、文化名人等，这些角色基本都是在"梦"的语境中匆匆而过，只有叙事者张先生成为小说中内心世界表露最多的人物。张先生的身份首先是一个清贫的新闻记者，他报人的身份意识在小说中也颇为明显。新闻因素对小说的影响较大，甚至在小说叙事中时常展露出"新闻叙事"的特点。张恨水在二三十年代的北平、上海、天津、南京等均做过报刊的编辑，写作通讯。在1940年代的重庆，作为《新民报》的副刊编辑，张恨水还经常到《新华日报》搜集抗战素材，《新华日报》给了他到资料室查阅、索取文件和资料的"特殊待遇"。《八十一梦》受惠于这些新闻性的素材，使得小说在对现实社会的描摹和讽喻方面表现出较为开阔的视野。

与张恨水的其他小说相同的是，《八十一梦》中频繁出现的"号外"、消息、新闻、标语、报界人物、刊物名等，不仅成为提示小说"报人叙事"和"新闻叙事"的线索，还具有小说叙事的结构性意义，在小说情节的推进中，往往直接运用"新闻"或"消息"等较为直白的方式引出故事。《忠实分子》一章直接通过报纸广告的想象，展开对"忠与邪"的对立性批判。《我是孙悟空》中的标语则直接促成叙事话题向"革命"转折，成为联系古与今的中介。

曾有研究者考察张恨水早期小说中具体新闻所涉的人物事件，发现大多是真实可考的。但与张恨水的其他小说不同的是，《八十一梦》中的新闻叙事常常是"假新闻"，是作者有意虚构和假想的。陈平原老师曾经论述晚清"新小说"家的创作，谈到他们"或者以史诗为本构思小说，或者插入社会流行的名人逸事，或者引进报纸刊载的新闻、报告，或者用购买书籍、拾到笔记等引出故事，以增加小说的权威性"。而在《八十一梦》这里，新闻的意义不在于"叙事的权威"，而在于"想象的拟真"，特别是与战时经验和日常生活经验相关的拟真性，将小说叙事直接带入了战时的语境，甚至早在1939年，张恨水就借由《八十一梦》的开篇《号外号外》中"日本军队总崩溃，我军收复南京"的虚拟性的胜利新闻，带领读者一起展开对战后喧闹的街景和物价飞涨的想象。

张恨水也曾明确表示，书中的主人翁，就是他自己。而从小说中张先生的形象来看，作者张恨水与叙事者张先生的距离也是比较小的。在小说中，作为一位清贫的知识分子，"张先生"一方面表现出疾恶如仇的正义感，常常自嘲与自省。另一方面，"张先生"的文人审美意识也颇为明显，多表现在"张先生"对风景的"赏鉴"上，如《生财有道》开头部分对"月"的描写，语言极尽诗意化；对北平之冬的古都记忆也有怀旧和抒情的色彩，这使得作品风格呈现出一定程度的雅俗杂糅。

吴晓东： 在《八十一梦》中，叙事者是一个干预性比较强的叙事者，对各色人等，对时事政治，对社会历史，叙事者几乎处处要评论。这与《老残游记》的叙事者有相似之处，旧式文人的色彩很重，价值观也是传统守旧的。另外一个值得关注的问题则是叙事者的功能，《八十一梦》中叙事者的声音值得分析，张先生的一些议论中颇有旧文人式的迂腐，比如《追》一章就体现出传统守旧的价值观色彩。

黄锐杰： 关于张恨水的道德观，我觉得要考虑两个层次。一是像吴老师刚才讲的，要将读者考虑进去。《八十一梦》虽然抨击了大量社会现象，但最集中的笔墨还在"发国难财"，这一现象应该是当时民众体会得最切身的地方。其次是叙事者的问题，即张恨水是如何通过叙事者来呈现他的道德立场的。吴老师认为《八十一梦》中的叙事者是一个干预性的叙事者，他好发道德议论。但我觉得很多时候，这位叙事者是一位观察者，他努力保持着中立立场，并不直接出面臧否笔下的人物，这种姿态基本上贯穿了各梦始终。不过我们却很容易得出这位叙事者道德保守的印象，这与隐含作者有关。举个例子，在《退回去了廿年》末尾，"我"性格大变，从一个有骨气的小公务变成了奉承拍马的投机分子。这时候，为了保持叙事者的稳定，隐含作者甚至抬出了死去的祖父等来谴责"我"。除此之外，隐含作者还经常通过诸如"万事通""马有耻"之类人物的命名来直白地表达立场。换言之，叙事层次上的道德观其实更多体现在隐含作者身上，这是一个道德感更强的叙事者。

吴晓东：小说中肯定有叙事者和隐含作者的区分，但两者区隔可能并不是那么大。张恨水的叙事学意识可能还需要强化，比如《生财有道》一章中就有穿帮的地方。试看这一句："她听到药价高涨这句话，心窝里一阵奇痒，也嘻嘻地笑了起来。""嘻嘻地笑了起来"是叙事者"我"能够看到的，但是"心窝里一阵奇痒"恐怕就不是"我"能看到的了（众笑）。张恨水的写作话本小说的痕迹还是很重，用叙事者和隐含作者的范畴来严格地审视这部小说可能会有问题。

三 《八十一梦》与雅俗之争

黄锐杰：雅俗之争在抗战时期呈现出了一些新的形态。如果将雅俗之争追溯到五四时期，这一对抗主要体现在白话文运动上。五四试图借白话文运动达到启蒙的目的，但不久就分化为鲁迅等的"欧式"白话文和张恨水式的文白杂糅的"旧式"白话文，雅俗之争便体现在这种新旧对立上。在"欧式"白话文主张者看来，张恨水式的"旧式"白话文充斥着腐朽气息和小市民趣味，正是启蒙要革除的对象，但恰恰是这种"旧式"白话文为张恨水赢得了大量读者。到了1930年代的"大众语运动",形势变成了大众语与白话文之间的对立,连"欧式"白话文也在革除之列。大众语的激进构想最终没有实现,但其将白话文进一步引向底层民众的做法则生了根。抗战时期解放区的语言实践便沿着这一大众化的方向向前推进。在抗战时期,张恨水显然受到了这一转向的影响。在"俗"的层面上,"旧式"白话文与大众化之间有着一定的亲缘性,二者都没有上对下的启蒙姿态,都有向大众靠拢的意图——当然,两者"大众"的意涵是需要具体辨析的。在《北平之冬》一梦中可以看到张恨水对五四启蒙思潮的反思,启蒙的高蹈理想在现实的土壤中难以维系。此外可以看出,这一时期张恨水明显受到了1930年代以来日趋流行的左翼思潮影响,比如《八十一梦》中就不断出现"阶级"字眼,在《天堂之游》一梦中,还出现了革命者的形象。

孙尧天:《八十一梦》据说也是唯一一部得到左翼认可的作品。

吴晓东: 张恨水的左翼思想在《八十一梦》中确实比较明显,但是其背后的审美趣味恐怕还是如雅萌所言,是一种文人审美,一种从旧文人那里生成的审美趣味。这种"旧"与章回体小说形式,与张恨水对传统文学的继承有关。我个人觉得张恨水的风景描写特别像《儒林外史》《老残游记》里的白描。我读一段《北平之冬》的风景描写:"这时胡同里积有尺多厚的雪,两旁人家都掩上了大门,静悄悄的,不见什么行人。雪盖住人家的房屋与墙头上的树枝,越发现着这雪胡同空荡荡的,雪地中间,一行人脚迹和几道车辙,破坏了这玉版式的地面,车辙尽头,歇了一辆卖煮白薯的平头车子。一个老贩子,身穿蓝布老羊皮袄,将宽带子束了腰,站在雪花飞舞之下,扶了车把吆喝着'煮白薯,热啦'。他说的是热,平头车上铁锅里,由盖缝里向外面冒着热气,可是他周身是碎雪,尤其是他那长眉毛上,也积着几片飞雪,越形容出他老态龙钟。"这里面传统章回体小说的白描手法特别鲜明,同时从这种"文白杂糅"中也可以看出张恨水对传统章回体小说语言的通俗化改造,这是张恨水一直坚持的写作风格。与老舍的《骆驼祥子》一比,可以看出张恨水《八十一梦》的旧式白话文韵味完全不一样。老舍的《骆驼祥子》"雅化"特征特别鲜明,按照刘禾的研究,其语言大量运用自由间接引语,而自由间接引语可以说是"欧式"白话文的典型特征。

孙尧天:我有一些零碎的想法。我们之前谈到的现代文学史上既有的"幻设性小说"或者"奇遇性小说",面对的文本是沈从文的《阿丽思中国游记》、张天翼的《鬼土日记》、老舍的《猫城记》,还有张恨水的《八十一梦》,从时间性来讲,张恨水的特别之处在于他所描写的是战时语境,小说结成集是在1943年,而《阿丽思中国游记》是1928年,《鬼土日记》是1930年,《猫城记》是1932年,我觉得如果要体现出张恨水在这一序列中的独特性来的话,应该强调这样一个战时的语境。这也许还要回到我们之前讨论的关于小说的形式问题,张恨水在雅和俗之间实现了一种有着内在张力的合流。所以我觉得可以把《八十一梦》视作雅俗文学合流的具体呈现。张恨水在抗战全面爆发之后加入了"文协",和新文学也有着组织上的合拢,《八十一梦》中也可以读到不同于传统谴责小说的一些地方,可以解读成新文学的国民性批判,一些概念是传统章回小说不曾有过的,比如民主、自由、平等等,反复出现。最后一篇里的娼妓口中居然也说出了"民主"的字眼儿,我觉得挺意外。张恨水的确体现了新文学家的文学意识,但是鉴于他所描写的群体仍然是市民阶层,所以采用了他此前比较习惯的方式。这种诉诸市民化的政治意识和雅俗合流的特点是与此前《阿丽思中国游记》等三部小说的不同之处。

吴晓东:尧天提醒我们的是,即使我们有可能在超越雅俗分野的意义上来讨论《八十一梦》,但最终仍然会回到一个文学史困境,即依旧舍弃不掉雅俗的范畴来评价这部小说。当把《八十一梦》看成可以和新文学、雅文学、严肃文学相提并论的作品时,我们是抬高了《八十一梦》的地位还是如一些通俗文学研究者认为的那样,反而降低了《八十一梦》的高度呢?其实有些通俗文学研究者不愿意把张恨水拉入雅文学的阵营;换句话说,他们认为用雅文学来看待张恨水是没有搔到痒处,他们不想让张恨水丧失俗的格调,俗并不意味着低俗和庸俗,俗也是一种难以达到的境界。北大中文系博士生考试曾经有一道题目,出的就是"论老舍之俗",我们都把老舍看作新文学的作家，但是老舍作品中有"俗"的因素，话剧演员于是之对老舍的经典评价就是"大俗近雅"，还是摆脱不了雅俗的分野。那么在什么意义上我们可以超越雅俗之辩，为《八十一梦》建立一个新的研究视野呢？可能还是需要在一个总体的背景下凸显雅俗交汇的特点。

张平：在讨论《八十一梦》的"雅"与"俗"的问题上，我们可能需要关注以下几个问题：第一，通俗作家写的是否一定是通俗作品？张恨水一般都被当作一个通俗作家，或者是写过一些比较"雅化"的通俗小说的作家。不少学者对《八十一梦》评价比较高，比如杨义，不仅把《八十一梦》和《金粉世家》《啼笑姻缘》列为张恨水的"三大奇书"，还说"在现代文学众多作品中，《八十一梦》是可以归入少数几部奇书之列的"。虽然有的研究者认为《八十一梦》"在根本上还是章回小说的家数"，但我觉得可以算新文学作品，就我个人阅读感受来说，这部小说其实比相当一部分新文学小说要好。首先，小说结构相对比较"现代"，也比较精巧。前有《楔子》、后有《尾声》，交代小说的由来。中间是十四个梦，被老鼠糟蹋后"我"的"妻子""整理剪贴"出来的八十一个梦的记录的残稿。有学者曾把《阿丽思中国游记》《鬼土日记》《猫城记》《八十一梦》放在一起比较，这四部小说的确有相似之处。《阿丽思中国游记》讲英国小女孩阿丽思和兔子绅士傩喜先生离家，到中国游历，最后回家；《鬼土日记》讲的是一个叫"韩士谦"的人去"鬼土/鬼国"的见闻，最后因"鬼土"政局变动，逃回人间；《猫城记》写的是坠机火星上的幸存者"我"的遭遇，后来"我"搭了一架法国探险飞机回国。单就小说结构而言，相比这三部小说，《八十一梦》并不逊色，或者还稍胜一筹。其次，从小说"立意"和具体的"梦境"来看，通俗文学通常具有的"消遣""娱乐""游戏"的意味在《八十一梦》相对较少，商业气息也不太浓，这都跟新文学接近，如孔庆东老师在《超越雅俗》中所说："总起来看，张恨水抗战时期小说的雅化核心在于创作宗旨和思想主题。"此外，《八十一梦》里的一些行文、用词似乎也不是特别"通俗"，比如半文半白的《自序》，"曷克臻此"的用语等。

当然，小说十四个梦，也有拖沓的毛病，章回体的痕迹太过明显，有的章节有"硬凑"的感觉，比如第七十二梦《我是孙悟空》，虽然有较强的讽刺，但也似乎是一种"游戏笔墨"。

孔庆东老师曾认为《八十一梦》"总体结构是散乱乏序的，每一个梦也并非都'自然而紧凑'，完全可以构思和创作得更完美、更精练"，这类小说"给人以丑闻罗列、人像展览式的印象，这种手法是《春明外史》《新斩鬼传》时代的路子"，《八十一梦》的结构"只能说有独到之处，并不值得立为典范"。其实，《八十一梦》激发我们思考了很多问题。比如，是不是通俗小说家写的小说都属于通俗小说？反过来说，是不是新文学作家或严肃作家写的就都是严肃文学或纯文学？

第二个需要关注的问题则是："什么是通俗小说？"《八十一梦》似乎不能完全看作通俗小说，而一些新文学作家，像老舍的某些作品，实际上可以算作通俗文学，比如《断魂枪》就可以看作武侠小说，从某种角度看，鲁迅的《铸剑》也是。严家炎老师就持这种观点，当年引来袁良俊的"非难"，两位先生有过一番"交锋"。

但由于相对于雅文学，俗文学历来地位低下，新文学家即使偶尔写了一些通俗作品，可能也不愿意承认，也仍被看作严肃文学，而通俗文学作家，即使写出一些类似新文学小说的作品，恐怕仍会被当作通俗小说。

这里又有个问题，什么样的小说才是通俗小说？范伯群在"中国近现代通俗作家评传丛书"总序中对"通俗文学"有一个定义：中国近现代通俗文学是指以清末民初大都市工商经济发展为基础得以滋长繁荣的，在内容上以传统心理机制为核心的，在形式上继承中国古代小说传统模式的文人创作或经文人加工再创造的作品，在功能上侧重于趣味性、娱乐性、知识性和可读性，但也顾及"寓教于乐"的惩恶劝善效应；基于符合民族欣赏习惯的优势，形成了以广大市民层为主的读者群，是一种被他们视为精神消费品的，也必然会反映他们的社会价值观的商品性文学。而按孔老师的看法，"通俗小说这一概念从来没有一个固定的含义"，"人们对它的认识和研究是依凭其实际存在而不是'定义'",把握通俗小说的本质,"必须从'与世俗沟通'和'浅显易懂'两方面来理解","与世俗沟通"强调创作精神,"浅显易懂"强调审美品位。两方面既有联系又有区别,而"'与世俗沟通'、'浅显易懂'、娱乐消遣功能,是判断和界定通俗小说的三大试金石"。不过实际上,通俗小说的区分还是有一定难度,有时甚至比较复杂。

一个有意思的现象是,在范伯群先生的《中国现代通俗文学史》(插图本)里,被认为现代通俗小说开山之作的是《海上花列传》,"晚清四大谴责小说"、苏曼殊的《断鸿零雁记》,而讨论"40年代新市民小说的通俗性"时则是以张爱玲、徐訏、无名氏为中心。这些作家作品,几乎都是与严肃文学史或现代文学史共享的。当然,晚清小说在清末,的确也可说是"俗文学"。在这本文学史里,对解放区文学未涉及。不过,虽然与商业的联系并不密切,解放区小说的"浅""俗",及以政治为导向的极端功利化追求,与通俗小说实有不少相通的地方,称为通俗小说似也有合理性,在孔老师的《超越雅俗》中,解放区小说就被作为通俗文学来论述。

第三,文学是否一定要区分雅、俗?范伯群先生虽然强调雅、俗文学之间的相互纠缠、相互影响,但仍认为通俗文学在"时序、源流、对象、功能上均与知识精英文学有所差异",这"当然有建立独立的研究体系的必要"。雅、俗的分类虽然有一定的合理性,但似乎也很难完全把两者分开。通俗小说"独立"写史,尽管有助于形成自身的体系,然而仍然是把通俗小说和雅文学割裂开来,并没有放在同一个平面上考察。事实上,新文学家写的小说,未必每部都比通俗文学作家写的作品好,通俗小说也可能成就经典。

吴晓东:张平的这番话启示我们:如果继续沿用雅俗这个范畴来解读像《八十一梦》这样的小说,我们就越来越捉襟见肘。在某种意义上,超越雅俗范畴和判断反而可能为这类创作打开新的空间。张平所介绍的范伯群先生的通俗文学史在建立通俗文学视野和独立的研究体系的同时,也应该内含着对通俗文学范畴的有效性或者生产性本身的怀疑。当他把张爱玲、无名氏和徐訏一并放到通俗文学里面,同时又把延安文学排斥在通俗文学之外,本身就蕴含了问题性。像张爱玲这样的作家，恐怕不能仅仅用所谓的雅俗范畴来界定、判断和评论。而无名氏和徐訏则被严家炎老师指认为"后期浪漫派"，而且是在新文学的阵营中来讨论的。把无名氏和徐訏视为通俗作家，肯定要捉襟见肘。所以，如何超越雅俗，也许需要的是更具体的分析，比如我们需要具体讨论的是：《八十一梦》中运用的各种文学资源到底是从哪里出来的？张恨水具体受到哪些影响？刚才我们着重讨论过《八十一梦》与《西游记》《儒林外史》《封神演义》的关联性，这些资源是怎样内化到《八十一梦》的写作中的？通俗文学和新文学范畴不是说完全失效了，但我们可能需要引入反思性的视野来应对这类范畴。比如，孔老师的《超越雅俗》这本书的写作，其基本宗旨就是想超越雅俗的分野，提供新的观照方式。因此，类似老舍《断魂枪》这样的小说，我觉得无论是从新文学角度来看，还是从俗文学角度来看，都不能给它一个很好的界定。把它看作武侠小说似乎没错，但从反武侠的角度去阐释似乎更好，而老舍的这篇小说的立意其实是聚焦在断魂枪法最后的"不传"上，这就与经典的武侠小说有别。

黄锐杰： 如果将通俗小说拉到一个更大的脉络中，其实自明代四大奇书开始，传统文人已经不断参与到对之前不登大雅之堂的小说的创造之中。换言之，明以后，传统文人就已经有将大道藏于小说的企图，同时这也是一个不断拔高小说社会功能的持续性的过程。以《西游记》为例，其成书过程便非常复杂，由元至明，不断有文人参与对话本《西游记》的改写，百回本《西游记》直到明代才初现雏形。到了清代，这一过程还在持续，如黄周星等文人便不断通过编辑、点评的方式改写《西游记》。在这个意义上，五四不过是这一过程中的一个新的环节。这必然是雅俗彼此反复互动的过程，呈现在白话文运动中，便是之前说的"欧式"白话文与"旧式"白话文的对峙。

吴晓东：《八十一梦》是一部在定位上有难度的小说，同时也是一部在价值判断上有偏差与争议的小说，即便在既有的研究线索中也包含了对小说的意见分歧。这样的小说十分适合读书会的讨论，有些话题空间会隐含一些歧义与张力。在我看来，经过我们的讨论，这部小说的内在张力得到了进一步的凸显。不仅是文学史意义上的雅俗之间的张力，还包括写作风格的张力、梦与现实的张力、"陌生化"与"真实感"的张力，这些张力在这部小说中处处存在。可以说《八十一梦》也是张恨水的一部实验性作品，只不过他借助的是中国读者并不陌生的具有大众化特点的"梦"的模式，处理的却是一些十分有现实感的内容，这两者的结合保证了它是一部雅俗共赏的作品。但小说的问题也存在其中，内容与技巧方面还有进一步打磨的可能性，尽管小说在结构上的松散性可能是张恨水的有意为之。我个人将这部小说看作张恨水在抗战时期的一部具有杂糅性的作品，既挑战了很多界限，也杂糅了这些界限，其中最重大的界限就是我们讨论到的梦和现实的界限、真与幻的界限、文体形式的界限，最终则是雅与俗的界限。

异乡如梦：张爱玲《异乡记》中的多重"风景"

吴晓东、李想等

时　　间：2015 年 11 月 6 日
地　　点：北京大学人文学苑 6 号楼
主持人：吴晓东
参与者：黄锐杰、路杨、桂春雷、赵雅娇、孙尧天、张平、李想、丁程辉、秦雅萌、李琬、罗雅琳、崔源俊、唐小林、谢雨新、李超宇（北京大学中文系博士、硕士、本科生），唐伟（博士后）

一　从文体说起：小说还是散文？

吴晓东： 张爱玲这本首度公开的《异乡记》，我读罢多少有些惊艳之感，觉得这是我们既熟悉又陌生的张爱玲，而《异乡记》也有着可以期待的新的阐释空间，所以我对于今天这次讨论也是有所期待的。下面首先请李想导读。

李想：《异乡记》是在 2010 年重新挖掘出的一部残稿。阅读这个作品，我认为有几个问题值得关注。第一个是《异乡记》的文体问题。《异乡记》是散文还是小说？宋以朗给《异乡记》写的介绍里说："这是第一人称叙事的游记体散文，讲述一位'沈太太'（即叙事者）由上海到温州途中的见闻。"《异乡记》的内容为 1946 年张爱玲由上海到温州寻找胡兰成的过程中对旅途的记录，它区别于张爱玲大部分的小说，"我"字在《异乡记》中频频出现。从这个角度上来说，《异乡记》的确不同于张爱玲早期的大部分作品，有着明显的自传性。然而，是否可以认为这部残稿就是一部自传体的散文呢？

第二个问题是如何理解《异乡记》是张爱玲所谓"非写不可"的作品，又如何理解它的未完成的特征。张爱玲曾经在50年代对宋以朗的母亲邝文美说："除了少数作品，我自己觉得非写不可（如旅行时写的《异乡记》），其余都是没法才写的。而我真正要写的，总是大多数人不看的。"这里，张爱玲评价《异乡记》是"非写不可"的，是"真正要写的"。可是"《异乡记》现存十三章，约三万多字，到第八十页便突然中断，其余部分始终也找不着"。是稿件丢失了，还是张爱玲自己就没有写完呢？如果是没写完，又是什么原因使得张爱玲自认为"非写不可"的作品没有完成呢？

第三个问题是《异乡记》与张爱玲后期作品的重复和互文的关系。张爱玲后期作品中重复的章节、场景、字句有很多。比如《异乡记》中谭大娘买芝麻糖饼、杀猪、做年糕等情景都可以在《秧歌》里找到对应。《小团圆》中九莉寄宿的县党部也在《异乡记》中出现。宋以朗认为，"《异乡记》是张爱玲下半生创作过程中一个重要的灵感来源"。那么，《异乡记》真的是作为张爱玲写作的一个素材库或者说作家手记而存在的吗？

吴晓东：这些问题都是很重要的。前几天在同济大学任教的李国华打电话和我讨论《异乡记》的问题。他对宋以朗提供文稿的方式产生了怀疑，认为宋以朗在那么晚近的时候才提供了这个《小团圆》残片，可能是有一点故弄玄虚。首先的问题是如何确定文本的写作时间。是张爱玲在旅行中写的，还是温州之行以后回上海写的？还是后来比如是40年代后期写的？甚至有没有可能是赴港赴美之后写的？另外的可能是张爱玲在自己的40年代日记基础上，后来又进行了誊写和修改。这些可能性都存在，那么能不能从考据的意义上把它落实？我很想知道，大家是怎么看待这个手稿的创作年代的可信度的。因为这是我们讨论《异乡记》的前提。

路杨：关于《异乡记》的写作时间，我认为虽然现在无法在材料上进一步证实，但是从文本呈现的面貌与阅读感受上来看，《异乡记》还是比较像一个"边走边写"的产物。它的文本形态让我联想起沈从文的《湘行书简》，都有一种随时记录见闻的色彩。在接踵而至的旅途景象与异地风物面前，张爱玲常常表现出强烈的惊异之感，诸如"可惊""离奇""诧异"之类的表述层出不穷，并总是在场景或人事的描述后马上记录下自己的感受，诸如"难过""可怜""刺心"等，这些感受又往往是强烈而带有即时性的。正如张爱玲对邝文美所说，《异乡记》里充满这样的"大惊小怪"。相比于之后更为成型的自传性写作，《异乡记》显示出一种直录式的、未及剪裁的面貌。我们可以对比此后的一系列互文本：比如写于1947年的《华丽缘》，是距离本次温州之行最近的一次写作，以及张爱玲到香港，以及美国之后写作的《怨女》《秧歌》《小团圆》。在《华丽缘》和《小团圆》中，《异乡记》中"社戏"的段落也都再次出现，但与《异乡记》相比，不仅涉及的戏目不同，描写社戏的繁简程度也有很大的差异。其中铺陈最为详尽的是《华丽缘》，而在《小团圆》里则做了提炼，整个温州之行经过极大的压缩，所占也不过两章。更重要的是对于戏目的选取。《异乡记》中的社戏是由"我"于枕上听到的"古来争战"的故事，记录的也是一种"苍凉而从容"战争时感；但到了《华丽缘》与《小团圆》中，却都选择了一出赶考秀才"三美团圆"的才子佳人戏，显然是有意与邵之雍在三个女人之间的情感纠葛形成某种戏剧性与反讽性的照应。换言之，可能正是由于写作《异乡记》时，张爱玲还并未抵达温州并亲眼证实胡兰成的背叛，因此才不可能像在《华丽缘》或《小团圆》中那样精心选择这样一出充满象征性与预言性的戏目。因而在这种写作状态下，《异乡记》虽然充满了细致的场景与琐碎的细节，但在总体上却更近于一个来不及填充的轮廓。故事时间上的混乱也可能与此有关，作家在旅途中缺乏随时随地写作的条件，才会产生误记、补记或来不及修改的现象。但在文体上，比之于所谓"游记体散文"，我认为《异乡记》还是作为一部小说来经营的。

崔源俊：我也觉得这本《异乡记》和沈从文早期小说之间有相似的地方。我读沈从文早期小说的时候感觉到散文的味道，而读张爱玲的这本散文倒是感觉像在读小说。在韩国，人们把事实和虚拟交织的小说叫作"faction"（fact+fiction）。我觉得因为沈从文早期的小说和张爱玲的《异乡记》都含有事实和虚构,所以一方面具有散文的感觉,另一方面又像小说。

黄锐杰: 路杨由好几个角度谈到了《异乡记》的"不成熟",我自己读的时候亦有同感。许多时候,这一文本更像是为写小说准备的以游记形式写就的"素材"。举个例子,叙事者"我"住进了闵先生家里,开始观察对门的匠人夫妻。在对两人的打量过程中,视点始终集中在叙事者身上,这时候的匠人及其妻子是没有名字的,可是几段之后,非常突兀地,文本的视点转移到了一个全知全能的叙事者身上,从此开始出现了匠人及其妻子的名字:"女人月香觉得腰里痒起来""金根先吃完"。一下子我们就由游记的"纪实"进入了小说的虚构。这种游记到小说的"重构"在文本中不断发生。再如描写公车上的女子一段,一开始纯是游记的打量眼光,突然间叙事者来了一句:"隔了许多日子之后,有一天闵太太和我又提起这公共汽车上的情女……"一下子打破了游记"即时性"的错觉,这也是典型的小说笔法——当然,跟前面的例子相比,这里的转换更为圆润。在这个意义上,我个人更倾向于将《异乡记》视作张爱玲温州途中的速记,其主体部分完成于旅行途中,之后可能有补记和修改,用的就是这种"小说笔法"。

谢雨新: 我认为解决了叙事者的问题,就能解决《异乡记》文体的问题。张爱玲其他小说中的第三人称叙述最终催生了她小说中独特的距离感和苍凉感,这是理解张爱玲的一个非常强大的前见。但是阅读《异乡记》时,这个前见被挑战了。《异乡记》文本中的"我"是令人困惑的。"我"时而处在叙述者的地位叙述所见所闻,时而带有极其明显而强大的个人感受发表评论,时而从叙事中抽离出来隐匿不见。这就造成了一种错综的阅读感受:有些章节(段落)像小说,"我"被写丢了(比如第八章);有些章节像游记(第九章);有些章节则特别像日记(第十章)。但就整个文本而言还是呈现出浓重的笔记感:无论是细节的细腻程度(比如对人物衣着、头型的细致描写),移步换景的视点结构方式,还是形式上直接呈现出的笔记特征,比如以数字符号三个点来代替"所以"。所以我觉得,《异乡记》应该只是一个笔记。但是由于张爱玲是一个非常优秀的小说家,所以她的笔记自带小说的特质。

我本人在写依据我个人体验架构的小说的时候往往就会有这种真伪不分虚实莫辨的感觉。或许一开始我只想把一件事情记录下来，但是到写作完成我发现，我的故事不像我记忆中的那个故事了。因为我会夸大某一个细节，甚至更改故事本身发生的时间、地点、情节，使这个故事完成我的想法。可能到了最后，张爱玲也不知道她写的东西是真是假了。《异乡记》不是有意而为的小说、游记、日记，它只是有意而为的文字。套用鲁迅谈《野草》的一句话，"《野草》不是属于青年人的，它只属于我自己"。《异乡记》表现出的也是这样一个张爱玲：当我是一个人的时候，我将是全部的我自己。事实上，《异乡记》也不是属于我们的，它只属于张爱玲自己。

李超宇：我同意雨新的判断。张爱玲在《论写作》一文中谈道："我们的学校教育却极力的警告我们，作文的时候最忌自说自话，时时刻刻都得顾及读者的反应。……要迎合读者的心理，办法不外这两条，一说人家所要说的，二说人家所要听的……将自己归入读者群中去，自然知道他们所要的是什么。要什么，就给他们什么，此外再多给他们一点别的——作者有什么可给的，就拿出来，用不着扭捏地说：'恐怕这不是一般人所能接受的罢？'那不过是推诿。作者可以尽量给他所能给的，读者尽量拿他所能拿的。"这个态度就与她对《异乡记》的态度——"大多数人不要看"——形成了矛盾。在我看来，这个矛盾只能通过文体的鉴别来解决。我个人以为张爱玲有较明确的文体意识，她的小说构成应如她所言是"迎合读者"加"一点别的"的。那么，对《异乡记》的判断，就应该看它有没有"迎合读者"的部分，如果没有的话，那么它确实应当属于张爱玲的另一种文体。非写不可，而又不迎合别人，就应当是她的独语，而且是表达欲十分强烈时的独语，即使文本中评论性的文字，也有可能是她在当时不想也不愿公开的，只供她自己欣赏和玩味。

张平：《异乡记》有一种很灰色的感觉，灰色的眼睛看"灰色的异乡"。在这一种灰色背景下，张爱玲突出的是一种惊慌感。文中经常出现这类字句："不由得倒抽一口凉气""看了吓人一跳""听得人毛骨悚然"等。对人，也是提心吊胆,如写小饭店老板娘,"这一带差不多每一个店里都有一个强盗婆似的老板娘坐镇着","杀气腾腾",形容茶馆老板是"长脸大嘴,相貌狰狞",在店里吃饭的商人则是"脸上有一种异常险恶的表情,很可能是一个红衣大主教在那里布置他的阴谋"。略显过度的灰色和惊慌几乎贯穿全文。"我"更像一个小说的叙述者,而不是一个真实的自我,这使得《异乡记》带有一种"历险记"的味道,类似一个小说的总体框架。

其实在《异乡记》中,张爱玲是有意识地虚实结合,这更像是小说的手法。首先是人物,主人公或叙述者沈太太,陪伴同行的闵先生夫妇,没出场的拉尼,还有闵家村编篾箩的男人金根,其妻子月香,名字大都是虚构的;其次,地名也有虚构。比如像"嘉浔""永浬"(大概取自永嘉和浬浦),还有"一条宛若游龙的河流"——"丽水"(估计可能是"瓯江",永嘉位于瓯江下游北岸)。而在细节方面,《异乡记》的记叙又相对真实。例如,从上海到杭州途中,说到"有一处停得最久","许多村姑拿了粽子来卖",虽然没有写出站台名,但很容易看出是嘉兴站,因为嘉兴五芳斋粽子很出名。又如,坐公共汽车到××的半路上,吃到的"著名的饼",有人考证说是"永康肉麦饼"(永康属金华)。文中几人结伴经过的上海—杭州—诸暨—东阳(金华)—永康—丽水—温州,也比较符合张爱玲去温州实际走的路线。从这个角度看,说《异乡记》是 1946 年张爱玲"由上海往温州找胡兰成途中所写的札记",是比较可疑的,至少它有一些后来"加工""创造"的成分。

李想:《异乡记》的文体问题的确还是有值得商榷和讨论的空间的。即使我们不能称它是一个完整的或是完全意义上的小说,我们似乎也不应仅仅把它看作记录事实的旅行札记。

新近出版的《少帅》封面上印了一句张爱玲说的话,颇有可诠释的空间,她说:"历史如果过于注重艺术上的完整性,便成了小说了。"费孝通曾经说过:"在一个每代的生活等于开映同一部影片的社会中,历史也是多余的,有的只是'传奇'。一说到来历就得从'开天辟地'说起;不从这开始,下文不是只有'寻常'的当前了么?"《异乡记》里面的人畜无分的世界是不需要历史的,但是需要有"开天辟地"的"传奇"。这里的"传奇"可以看成是单调枯燥的乡土中国对于遥远事物的杜撰。因为遥远,所以查无实据,因为杜撰,所以妙趣横生。张爱玲也写"传奇"。张爱玲的"传奇"却并不讲"开天辟地",而是讲平淡无奇、讲"寻常",讲中国进入现代历史以后发生的人、事、物。所以,张爱玲的"传奇"是现代的"传奇"。当所发生的人、事、物进入现代社会,也即脱离了史前状态,进入了历史。一切历史都是被叙述的或者说可能被叙述的,从而就与小说没有本质意义上的差别。至于艺术上的完整性只是从历史到小说的一个桥梁。我的一个社会学老师问我们:年龄的平方是什么,年龄的立方是什么?答案还是年龄(众笑)。或许艺术就是那个平方或者立方(可以是千变万化的数学运算),而历史和小说是数学运算以前的年龄和数学运算以后的年龄。《异乡记》中不断叠影了王小逸的香艳传奇小说、五四新文学、丁玲的童年、托尔斯泰的《战争与和平》,就好像这些文学不断地渗入生活里来,成为这次旅途的一部分,而这次路途又将变成新的叙事。

吴晓东:文体问题的确是讨论《异乡记》的关键问题之一,在某种意义上,我们读这个文本最大的挑战就是如何看待这个文本的文体,因为文体意识背后是观照世界的态度和方式。《异乡记》既有大家感受到的小说性,但同时也可以看成是一次纪实之旅。而张爱玲在《异乡记》中前所未有地表现出一种文体的犹疑性和不定性,也意味着这是一部未完成的作品,包括文体的未完成性。但也恰恰如此,《异乡记》反而涵容了值得讨论的称得上足够丰富的不确定空间。

二 "风景的发现":谁在看?看什么?透过什么看?

李想:《异乡记》中频频出现"我看了非常诧异""火车里望出去,一路的景致永远是那一个样子""看到这熟悉的东西""可是从窗户里就近看山""我们伏在窗台上,看得非常清楚""从那平台上望下去,是那灰色的异乡"一类的字句,标示着这一双"异乡之眼"进入了不同于自己所习惯的环境,"我"的感官也变得非常敏感。平日之不见、平日之可见都会以一种奇特的方式铺排开来。《异乡记》也正是由这一双来自异乡的眼睛所结构而成的。

在这一部分我首先要讨论的问题是"异乡风物"。"我"一路上之所见,构成的是抗战后的乡村速写。第一章里写到一个北方大兵在身着"制服"、代表"抗建时期的新中国"的"公事公办"的乘务员的督促下,补买了车票。这个兵的行为和语言都非常像鲁迅笔下的阿Q。比如,那兵士兀自有板有眼地喃喃念着:"妈的——到杭州!"又道:"他妈的都是这样!兄弟们上大世界看戏——不叫看。不叫看哪:搬人,一架机关枪,嘹尔库嗤一扫!妈的叫看不叫看?——叫看!"大兵的这番话恐怕只有上海来的沈太太信以为真。

类似于鲁迅的还有对于"看客"的描写。"汽车行驶不久又抛锚了,许多小孩都围上来看……嘻嘻哈哈对着汽车照镜子,仿佛他们每个人自己都是世界上最滑稽的东西。""在美国新闻记者拍的照片里也看见过这样的圆脸细眼的小孩——是我们的同胞。现在给我亲眼看见了,不由得使我感觉到:真的是我们的同胞么?"拥有城市经验的"我"对于异乡人的认知首先经由报刊新闻等媒体,但是二手经验永远没有亲眼见到触目惊心,以至于亲眼见到反而不敢相信。描写完看汽车的小孩,作者又写到一个母亲抱着小孩子来看汽车:"她抱着孩子,站在那里,痴痴地看着汽车,歪着头……她那小孩打扮得非常华丽……他们这些人只有给小孩子打扮是舍得花钱的,给孩子们装扮得美丽而不合实际,如同人间一切希望一样地奢侈而美丽。"这里非常仔细地描写了小孩子的打扮,是因为在张爱玲的感受中,母亲是把孩子等同于希望的。然而,希望真的有吗?接下来作者又写到一个老汉:"他在那蜿蜒的小路上摇摇摆摆走着,仿佛应当有小缕的音乐像蝴蝶似地在他的裙幅间缭绕不绝。走着走着,他忽然转过整个的上身,再向汽车看了一眼,他的面部表情原来一点也没有改变,仍旧是惊异的微笑。然后又走了。走走,又回身看了看汽车——仍旧张着嘴,张大了眼睛微笑着。"读到这里,我的感觉是:希望没有了。那些嘻嘻哈哈、圆脸细眼的小孩以及母亲精心打扮的小孩子都会变成这个老汉,生老病死在这里。

《异乡记》里还写到了很多动物。如杀猪的细节:"猪的喉咙里汩汩地出血,接了一桶之后还有些流到地上,立刻有只小黄狗来叭哒叭哒吃掉了……屠夫把它一脚踢开了,不久它又出现在屠夫的胯下。"再如"我"看见羊吃饭店的青菜的心理活动:"我恨不得告诉饭店里的伙计:'一篮子菜都要给那个羊吃光了!'同时又恨不得催那羊快点吃,等会有人来了。""我"不知是该同情羊还是该同情人。似乎在这个"每天都就忙一个吃"的地方,人和动物也分别不大。吴福辉老师认为:"这个人生最低生活限度的揭示与萧红在《生死场》所写的北方乡民动物般的状态相比,虽没有那样惨烈,但精神是一致的。"

除了人和动物,《异乡记》中还写了很多自然风景。这些自然风景,也大致都是单调的、荒芜的。比如:"黄的坟山,黄绿的田野,望不见天,只看见那遥远的明亮的地面,矗立着。它也嫌自己太大太单调;随着火车的进行,它剧烈地抽搐着,收缩,收缩,收缩,但还是绵延不绝。"再比如:"下面是冷艳的翠蓝的溪水,银光点点,在太阳底下流着。那种蓝真蓝得异样,只有在风景画片上看得到……撑篙的船夫的形体嵌在碧蓝的水面上清晰异常。然而木排过去了以后,那无情的流水,它的回忆里又没有人了。"这里,把风景和人的情感、回忆做了断然的分离,但事实上这单调和无情的背后或许正折射了写作者的某些情感因素。

孙尧天:读张爱玲描写的乡村,我也常常想起鲁迅笔下的未庄,未庄也代表了五四时期作家对于乡土的审视,这和张爱玲在面对乡村时形成了很强的对比。张爱玲将在乡土审视中所遇到的"震惊"归纳到个人的经验中,所以没有发现新的素质。我觉得,如果把她的这种对于乡土的认识和五四时期的作家进行对比,是可以形成对于乡土的不同的新的观感的。所以我不是很赞同李想引用到的吴福辉老师的观点,即张爱玲通过对乡土的描写表达一种批判的态度，我认为这是吴福辉老师用了自己的"认识装置"进行观照的结果。虽然《异乡记》文本里屡屡出现"中国""历史"这样的字眼，但如果就此将张爱玲归结到五四对于乡土"启蒙"的观点，我觉得这个文本是承担不起来的。但是话说回来，虽然五四时期作家写作的乡土小说，也是内含着城市的眼光（因为这些乡土小说的作家虽然在乡土长大，由于求学的关系都获得了相当的城市生活经验），但是和张爱玲这样有着深厚城市经验的作家看待乡土的态度是非常不同的。张爱玲的上海生活经验以及对于西方艺术史的谙熟可以为她观照乡土时的"震惊"感提供解释，但是她不可能以此构建起像五四时期那些乡土作家所具备的批判眼光。我觉得从这个角度可以说张爱玲发现了乡土的新的"风景"，而这种风景样态是与启蒙无关的。

与此相联系，文本中对于战争的回忆与观感，在张爱玲这里也是自然地或者自觉地脱离了五四以来形成的观照乡土时所惯常采用的意识形态，张爱玲采用的是非启蒙的视角，也与抗战动员之类的政治逻辑无涉，她好像获得的只是一种底层的认识经验，给我一种很强的"去政治化"的感觉，而张爱玲笔下的乡村、底层都是没有政治色彩的，没有历史记忆的，她很认同于那个分不清中国兵和日本兵的孙八哥。当时抗战刚刚结束半年不到，战争的记忆就在张爱玲的文本里消失得如此之迅速，我觉得她完全站到了与"启蒙""革命"、现代性的叙述逻辑相背反的一面。在这个意义上，也可以说她对于中国乡土风景是一个"再发现"。

吴晓东：尧天认为张爱玲在《异乡记》中表现出来的观照乡土的态度与五四启蒙主义关系并不是特别大，他用的概念叫"去政治化"，我再给你加上三个字，应是一种"去政治化的政治"（众笑）。虽然张爱玲表面上表现出"去政治化"的姿态，但是背后还是有"政治化"的诉求的，张爱玲建构的乡土形态和启蒙视野下的图景遵循的不是同一套逻辑，但同样呈现了特定年代的乡土境遇。

丁程辉：我也想从《异乡记》的风景描写方面回应一下刚才我们讨论的问题。毋庸置疑，《异乡记》的写实性很鲜明，例如这段"杀猪"的场景：

"猪的喉咙里汩汩地出血,接了一桶之后还有些流到地下。"我小时候是见过杀猪的,这段场景的描摹是很真实的。但是,接下来的叙述则带有了很明显的虚构色彩。张爱玲观察的视点落在了"狗"的身上:"立刻有只小黄狗来叭哒叭哒吃掉了。然后它四面嗅过去,以为还有。一抬头,却触到那只猪跷得远远的脚。它嗅嗅死了的猪的脚,不知道它下了怎样的一个结论,总之它很为满意,从此对于那只猪也就失去了好奇心,尽管在它腿底下钻来钻去,只是含着笑,眼睛亮晶晶的。"从我自己的看"杀猪"的经验来说,张爱玲对这段"过程"的叙述并不完整,"狗"的出现也似乎有些奇异。在这一段中张爱玲对"风景"的发现已经不是通过自己的眼睛去展现,而是试图去通过某种"中介"去观察,从而并非面对"陌生的风景"去如实记录。最后,我觉得所谓"风景的发现"不管是借助于"狗"的中介,还是张爱玲自己的眼睛去发现,实际上风景的呈现都是由张爱玲自己来统摄的。

吴晓东:程辉意识到张爱玲是借助于某种"中介"来呈现她所看到的场景,比如通过"狗""各种各样的人"的视线,客观效果是避免了作者自己的"焦点透视",对风景世情的观察因此似乎有个散点化的过程。当然,最终还是有一个"观看的人",是作者张爱玲在统摄一切,所以,风景的呈现整体上说并不是散点透视,仍是有焦点的,最后都是张爱玲在看。

李想:的确,"风景"是经由"人"来发现的。一切被记录的事物都在一定程度上反映着记录者的身份。而《异乡记》中的记录者——"我"的身份是独特的,因此才有如此独特的异乡速写。因此,接下来我想讨论的话题是:"内面风景:谁在看。"

《异乡记》中的"我"来自城市——上海,"我"的第一个身份是上海人。上海或者说城市意象也常常被直接植入文本。比如:"卖票处的小窗户上面镶着个圆形挂钟。很容易地买了票回来,也同买电影票差不多。"再比如:"在这地方看见周曼华李丽华的倩笑,分外觉得荒凉。""圆形挂钟""买电影票""周曼华李丽华的倩笑"都是在生疏环境里寻找到的都市日常经验。《异乡记》中因此也贯穿了一种特殊的修辞方式,即以城市风貌比喻自然景观。比如:"冬季水浅,小河的中央杂乱地露出一大堆一大堆的灰色小石块。这不过使我想起上海修马路的情形。"当然,随着异乡旅途的时间的推移,"我"的地理位置距离上海越来越远,这自然也会引起"我"心态的变化,从旅途开始"我需要特别提醒我自己我是在杭州了"到后来"看到这熟悉的东西,我不禁对上海有咫尺天涯之感了","我"已经完全走进了陌生的异乡。

"我"的第二个身份是:女性。《异乡记》里面屡次提到小解:"人来人往,我也不确定是不是应当对他们点头微笑。""还有一个尿桶,就是普通的水桶,没有盖的,上面连着固定的粗木柄,恰巧压在人的背脊上,人坐在上面是坐不直的。也不知为什么,在那里面撒尿有那样清亮的响得吓人的回声。""亭子前面挂着半截草帘子。中国人的心理,仿佛有这么一个帘子,总算是有防嫌的意思;有这一点心,也就是了"。吴福辉老师认为:"这么一个天才的、自尊的、骄傲的女性,到农村以后突然感觉大小便的时候周围都是敞开的,简直从里到外都赤裸着,旁边的人走来走去,她蹲在那里无从设防。这是一种怎样的生命状况?这写的不光是穷而已。当时女性的反感、无奈都表现得毫发毕现。我们不能埋怨张爱玲,怎么能把解手写得那么仔细、不堪?她不得不这么写,因为她要把女性在中国的耻辱都倾诉出来。"

"我"的最后一个身份可能有点暧昧不明,它牵扯到"我"的某种政治意识。《异乡记》中对于"我"寄宿的县党部的一段描写值得留意:"墙壁上交叉地挂着党国旗,正中挂着总理遗像。那国旗是用大幅的手工纸糊的。将将就就,'青天白日满地红'的青色用紫来代替,大红也改用玫瑰红。灯光之下,娇艳异常,可是就像有一种善打小算盘的主妇的省钱的办法,有时候想入非非,使男人哭笑不得。""青天白日满地红"无疑是一种政治符号。《异乡记》由于记述的是1946年抗战胜利之后的事情,汪伪政府已经解散,这里的"青天白日旗"是国民党的党旗,县党部是国民党党部。手工糊纸的党旗颜色不正,灯光之下"娇艳异常",有一种穷途陌路的迹象。然而,张爱玲用了善于精打细算的主妇的省钱办法做比喻,将这个政治符号凝固在了一种日常生活的场景中。类似的场景也出现在《小团圆》里:"乘了一截子航船,路过一个小城,在县党部借宿。她不懂,难道党部也像寺院一样,招待过往行人?去探望被通缉的人,住在国民党党部也有点滑稽。想必郁先生自有道理,她也不去问他。堂屋上首墙上交叉着纸糊的小国旗,'青天白日满地红'用玫瑰红,娇艳异常。因为当地只有这种包年赏的红纸?"事实上,早在1944年写作《桂花蒸 阿小悲秋》的时候,张爱玲就已经动用过这一符号了:"窗台上,酱油瓶底下压着他做过的一个小国旗,细竹签上挑出了青天白日满地红。阿小侧着头看了一眼,心中只是凄凄惨惨不舒服。"1944年的"青天白日旗"还没有变得"娇艳异常",却也被个酱油瓶子压在窗台上,让阿小"凄凄惨惨不舒服"。吴晓东老师在《阳台:张爱玲小说的空间意义生产》一文中说:"这一细节仿佛一道微光在沦陷上海的暗夜里闪了一下,使我们意识到原来张爱玲生存在一个沦陷的具体时空中,促使我们去留意张爱玲的沦陷体验和国族意识,从而或许能够纠正张爱玲研究中的去历史化倾向所带来的问题。"从《阿小悲秋》到《异乡记》再到《小团圆》,历史时间发生了变化,写作者的地理位置和身份地位也发生了改变,但是这种战争下的个人体验以及由个人经验形成的国族记忆却在不断衍生。

李琬:我们这里讨论的问题是"内面风景",我想问的是对这个"内面风景"应该如何理解呢?因为我觉得,张爱玲看待风景的方式,和柄谷行人所说的"内面"不太一样。我一开始看的时候,没有很仔细地考辨写作时间,所以我以为她是边走边写的。但我感觉她这个作品和一般的游记散文不太一样,她采取的不是回溯性的视角,很多地方是现在进行时的报道,这一点上是很像小说的。张爱玲在写她的所见时,经常用到的一个"舞台"的比喻。比如"俄国现代舞台上的象征派的伟大布景","连台本戏里常常有这样的一幕布景,这岩石非常像旧式舞台上的'硬片',不知道为什么有那样一种不真实的感觉",等等。张爱玲非常喜欢把她见到的乡土风景赋予一个"舞台"的形式。这是以小说家的眼光和视角来看待她所见的风景,而不完全是一个游记作家的角度。她似乎更希望发现的是人事,而不是冷漠的自然和山水——正像她自己说过,她其实并不怎么出远门,也没有欣赏山水的兴致。她更感兴趣的还是一个类似于舞台的空间里所发生的各种各样的事情。

李想刚刚说到杭州和上海的关系,但我看来这只是一方面。"我需要特别提醒我自己我是在杭州了",这句让我想到她写自己在杭州看橱窗里的绣花鞋,"不过是上海最通行的几个样子",以及她写店铺里小伙计"略带扬州口音,但已经有了标准上海人的修养",张爱玲其实是从一路经过的地方不断地看到上海的影子,这些地方好像都要以上海为摹本。她在写这些地方的时候,虽然很注重细节,但是我觉得她并没有很突出地方性,并没有描写一地风土人情,这和胡兰成在《今生今世》里的笔法完全不同。胡兰成非常强调乡土特色,并带着一种欣赏的心态渲染当地的风俗和美景,然而张爱玲没有这种意识。她可能是以更加笼统的眼光看待"乡村",以一个城里人,特别是上海人的眼光看待乡村,并往往将之投射到一个更大的指涉即"中国"上,似乎她觉得这些地方所见的人,代表了中国人的传统、中国人的习性。

李想所提到的政治意识问题也可以进一步分析。我注意到张爱玲描写"孙八哥"这个人物的短短一小段文字里面就含有自己的态度和褒贬。"我自己在旁边倒很想称赞他几句",因为孙八哥说无论日本兵还是中国兵,能让百姓太平过日子就好,这背后恐怕有张爱玲自己的立场。但张爱玲又转而说并不是很喜欢这个人,因为这个人在招呼女人吃饭的时候眼睛是不看人的,这个时候张爱玲的女性身份就被凸显出来了。

吴晓东:李琬试图结合乡土经验来观照张爱玲的战后体验,并对文本的政治意识做了更为具体的分析。尽管张爱玲在写作中没有特别鲜明的政治判断,但文本中内含的政治指涉的意向还是相当自觉的,尽管未必充分表达出来。但恰恰如此,隐含的就是张爱玲的某些"政治无意识",值得我们透过文学表象来挖掘修辞背后的隐微的政治含义,最终会关涉到张爱玲战后对整个时局的看法,从而触及我们这些年讨论的40年代的小说中都不断涉及的一个大的时代性问题,即中国的出路在哪里。这个问题我们一会儿再继续讨论。刚才集中讨论的是风景问题。"内面风景"以及"认识装置"的分析视野具体指向的是叙事者透过什么在看,以及怎样观看的姿态问题,刚才触及的上海人的身份、女性立场、政治意识等话题用"内面风景"的分析思路来讨论应该是一个比较有效的视野。但还可以进一步展开。

黄锐杰:我个人认为用柄谷行人"风景的发现"理论来处理《异乡记》中的风景问题不是特别合适。柄谷行人"风景的发现"更多指涉的是主体的转变,风景的"发现"是因为观看的人在向"内在的人"转变的过程中开始重新理解自然物意义上的风景,进而将这一风景指认为"客体",用于建构孤独的"主体"。这一转变是一种认识论的颠倒,在此之前是不存在我们现在理解的风景的,像山水画中的风景便只是主体先验概念的投射。但在《异乡记》中,风景的"发现"是因为叙事者来到乡村,既有的经验结构土崩瓦解,因此开始在新的眼光下打量之前没有亲见过的事物。同时,叙事者开始试着将这些陌生的事物纳入既有的经验结构中。如第七章里写到看山,叙事者"我"直陈这与之前在画中看到的山不大一样,真实的山有"小鸡毛帚似的一棵棵的树",既有经验结构由此崩溃。接着写到麦田,叙事者承认自己没认出来,但马上调动起小时候画图的经验来,这是一次重新整合陌生经验的努力。这跟整个文本的主题是一致的,《异乡记》写的正是一个被抛入"异乡"的人如何重新整合陌生经验的故事。这种意义上的"风景的发现"并不存在认识论的颠倒,叙事者在都市中看风景与在乡村看风景调用的是同一认识装置,风景在这里还未真正被"发现",起码是未完成柄谷行人说的"客体化"的过程,这一认识装置尚未完全"内在化"。叙事者在这里用的还是《传奇》中"参差的对照"的手法,一种新的稳定的经验"形式"尚未出现。

路杨:《异乡记》中"风景"与其说是柄谷行人的"内面的风景",倒不如说与郁达夫的写作相类,存在一个"拟像的风景"的问题(参见吴晓东:《拟像的风景》)。张爱玲看待风景的方式也是通过一系列的"拟像"。从这些"拟像"中可以看到张爱玲自身风景意识的丰富来源:既有中国画与中国艺术,也有以印象派油画为代表的西方艺术。在具体的风景书写中,张爱玲的笔触也非常像在做油画，强调线条、色块，颜色描写尤其细致。但对于自然风景本身，张爱玲则非常坦率地表示："我对风景本来就没有多大胃口。"如果对比一下《异乡记》和《倾城之恋》或《沉香屑第一炉香》这些作品中的风景描写，就会发现虽然油画式的笔触未变，但这类都市中的写作往往直接书写风景而很少需要中介。然而当作家涉足"异乡"，面对真正的自然风物或异地风景时，则产生了一种反向的感知方式，即通过某种装置性的拟像（并且往往是现代都市的意象）来感知自然实景。在面对这些自然风景时，如锐杰师兄所说，张爱玲的很多经验资源都是失效的。比如第十三章中，面对丽水河那"冷艳的翠蓝""蓝得异样"的颜色，张爱玲想到的是风景画片和瑞士雪山下蓝色的湖，"那蓝色，中国人的磁器里没有这颜色，中国画里的'青绿山水'的青色比较深，《桃花源记》里的'青溪'又好像比较淡。"甚至得出了"在中国人的梦里它都不曾入梦来。它便这样冷冷地在中国之外流着"的结论。然而这种在中国艺术里找不到的蓝色，"只有在风景画片上看得到"。我查找了一些民国时期的风景画片和香烟画片，它们的画法很独特，在笔法上近于中国画中的工笔，但透视法又是西方的，可见这一拟像本身就混杂着多种艺术资源。与此同时，风景画片又是一种机械复制的产物。在《异乡记》的风景书写中夹杂着大量人工制品的意象：水上的白鹅像"杂志上习见的题花或是书签上的装潢"，屋顶的芦苇像"美国香烟广告里巨大的金黄色烟叶"。又如李琬观察到的那样，张爱玲眼中的很多乡村风物如岩石、旅馆的楼梯、火车站都很像舞台上的"布景"，而它们与上述这些"拟像"一同带来的核心感受是一种"不真实的感觉"，进而带来的是一种惊异感。这种惊异感有时会变成一种戏剧化的感受，从风景弥漫到对人事的观察和体验上。换言之，张爱玲同时也是透过戏剧、电影、小说这样的中介来观看异乡人事的：卖粽子的村姑"竟活像银幕上假天真的村姑"，小商人像是"历史宫闱巨片中的大坏人"，车上的女郎则成了"社会奇情香艳长篇"里的主角。在"游记"的外壳之下，这场旅行变成了"拟像的风景"如何不断与真实的风景相遇的历程，而震惊之感正是在这种接踵而至的遭遇与冲突中产生的。在这个过程中,看风景的人的视点是一个我们很熟悉的"孤独的人"的视点。1944 年,张爱玲写过一篇题为《忘不了的画》的散文,结尾提到一幅风景画《南京山里的秋》,张爱玲通过描述这幅画来想象一个什么样的人能才看到这样的风景,她得出的结论是:"看风景的人像是远道而来,喘息未定,蓝糊的远山也波动不定。因为那攸忽之感,又像是鸡初叫,席子嫌冷了的时候迢遥的梦。"虽然这篇散文写于 1944 年,但是这种观看拟像并透过拟像来看风景的视点其实是一贯的。

罗雅琳:刚才大家说到,张爱玲在《异乡记》里需要通过一个中介来描写杀猪之类的场景,我在想这里似乎隐含了一个过程:习惯于都市生活的作家,逐渐寻找和探索一种描写乡村的恰当语言的过程。张爱玲在《异乡记》中写道:"这可真算是'深入内地'了。"我认为"深入内地"在言辞上指涉和关联着当时的时代背景。三四十年代的中国广泛经历着一个作家从沿海向内地、从城市向乡村转移的过程。女作家陈学昭 1938—1939 年写了《延安访问记》,她是一位留学法国的文学博士,在 30 年代因为阅读了《西行漫记》投身革命,来到延安。从都市来到乡村之后,她和张爱玲的反应有两个共同点。首先,她们都对厕所表示了很大的不满。陈学昭到了延安之后,写的第一件事是说那儿的厕所太差劲了,说她上厕所的时候,有很多男性在那里走来走去。她为此去找李富春,说不能习惯这种厕所,必须换一个。陈学昭去找丁玲,问的第一件事也是将要搬去的地方厕所怎么样。第二个共同点是,陈学昭和张爱玲一样,在此之前并没有对于乡村的实际概念。而在她到了延安之后的日记中,我看到了一个搜寻词语去描述乡村的努力过程。在中国的文学传统里,文人对于什么能入诗是有洁癖的,陈学昭在乡村看到的很多东西,无法用原来的一套文化修养体系中的语言直接表达出来。因此,陈学昭选择的描写方法就是把延安的乡村描述成欧洲的农村,她会说延安窑洞前的空地像是法国公园里的场景。我在陈学昭和张爱玲的相似经历中看到了共同的问题,这就是那些生活在都市的文化精英,在抗战的特殊时期,由于战乱迁移,突然进入到此前在他们经验范围之外的农村,一下子找不到恰当的表述语言，只能通过他们平时熟悉的一些东西作为中介进行描述，由此形成了一种特殊的美学。

吴晓东：雅琳的话题和刚才路杨的讨论有连续性。通常我们遭遇陌生的经验的时候，往往要动用自己熟悉的视野、熟悉的经验加以比附。有时候这种比附可以把眼前看到的经验涵盖进来，但更多的时候则无法涵盖。如果遭遇陌生经验的震惊感强大到既有经验完全失效的时候，既有的经验结构就会崩溃。雅琳刚才谈到的陈学昭，就动用了自己20年代中后期在法国留学的经验来描写延安乡村。张爱玲的异乡行也遭遇了既有经验的危机。正如路杨所说，张爱玲大量动用她以往关于风景画的艺术史经验，大家看过张爱玲谈画的文章就会知道，她对绘画的感觉是非常专业的，这种专业素养在她很多散文和小说关于风景的描绘中都有体现，比如她擅长于使用焦点透视的叙事形态，就与对绘画技艺的熟稔有直接的关联。而且她的艺术史资源是中西兼有的。张爱玲只有通过对艺术史经验的挪用，才可能获得描写乡土风景的语言，这也就是雅琳说的寻找合适语言的问题。

唐小林：还可以继续思考的是，作为"看风景的人"的张爱玲究竟是带着一种怎样的心情或情绪去看风景的。《异乡记》记叙的是张爱玲从上海途径杭州去温州的见闻，这是一段"寻夫"的旅程。当时张爱玲去温州见落难的胡兰成，希望自己能带给他帮助和温情，所以这段旅程是带有作为妻子的女人特有的复杂心态的。我阅读《异乡记》总能隐约感受到主人公自身的压抑和敏感，包括隐藏其后的某种脆弱。第七章里描写农家夫妇金根和月香，张爱玲最后一句结语是："始终不说话。看着他们，真也叫人无话可说。"尽管"无话可说"，但作者对这对夫妇日常琐屑的描写却洋洋洒洒地用了两页多篇幅。可见在这个旅途中，除了农村的异质风景对来自摩登大都市的张爱玲有吸引力之外，看风景的人自身内在的情绪也决定了其对风景的选择和风景再现的面貌。作为旅途中的个人随手速记，当然不拘形式，但有些细节显得过分琐屑。比如第八章对农家婚庆仪式的秩序单的直接摘录，对结婚场景不厌其烦地铺陈罗列等，在我看来并非十分必要。《异乡记》中呈现的这些风景描写细密而不加节制，但行文的内里又有一种情绪的张力。所以联系到前面讨论的关于《异乡记》写作时间的问题，我认为鉴于文本中透露出的看风景的人的情绪，《异乡记》整体来说应该是旅途后加工的，但其中许多细节描写可能是在旅途中随手记录的。这个旅途的终点有着未知的希望，旅途中作者时隐时现的情绪流露也能帮助我们更好地把握这些风景的呈现特质。所以把"看风景的人"纳入风景话题的讨论范围，从情绪的感悟中去寻找线索，可能会对我们讨论《异乡记》中的风景有所帮助。

吴晓东：小林观照的是"看风景的人"内含"主观体验"或者说"主观情绪"。我由此得出的进一步判断是，《异乡记》中几乎所有的风景描写，无论是关于人事、动物还是自然风光，都附加有大量主观判断的话语，这在她其他小说和散文中不是特别常见的。不妨看最后一页："缺乏了解真是可怕的事，可以使最普通的人变成恶魔。"《异乡记》中诸如此类的评价比比皆是，如此多的主观判断型文字都是张爱玲旅途中所即时产生的吗？尤其最后一页中"是那灰色的异乡"一句，可以看成张爱玲对自己这次异乡行的整体判断，而她给"异乡"加上的"灰色"的形容词，是当时即兴生成的吗？还是后来的整理过程中经过了情感的积淀之后再附加上的判断？如果是后来的附加物，其中就与当初隔了时间和心理的距离。当然我自己也无法确定。但不管怎样，小林提出的"看风景的人"作为一个观照的主体，的确在《异乡记》中流露了太多的主观痕迹。

刚才大家的讨论还涉及柄谷行人的"内面风景"理论的有效性问题。柄谷行人的理论的确给我们带来了一种理论视野，但是我们借助这个视野恰恰看到的是张爱玲在书写风景的过程中所体现出的与柄谷行人视野的差异性。一方面，柄谷行人建构的风景理论的确在张爱玲这里有鲜明的体现，比如张爱玲所拥有的艺术史经验难道不是一种观照风景的"认识装置"吗？但另一方面，就像路杨所说，这里可能存在一个反向的过程，即柄谷行人的风景观是向内的，是借助于外在的风景建构了一个内在的人的主体。孤独的人才能发现风景，但实际上，是孤独的风景塑造了一个内面的人。张爱玲则恰恰相反,她凭借既有的都市经验、文学经验以及艺术史观本来就建构了一个强大的装置性的内心风景。在旅途中,张爱玲把自己既有的内在风景投射到异乡,继而建构了外在的风景。从这个意义上说,发现异乡风景的过程也是她自己建构风景的过程。所以,文本中的风景就不能看作张爱玲真实遭遇的旅途风景,而是经过选择性的过滤了的、被重新建构了的风景,而这背后的确就涉及她的既有经验的崩溃的过程。但是张爱玲的异乡行是不是也塑造关于异乡风景的新的完整经验呢?她有没有找到新的恰当的表述语言呢?还很值得我们再讨论。

从这个意义上说,《异乡记》是讨论风景话题的范本。因为《异乡记》毕竟可以看作是纪行体,张爱玲看到的人、事、物在某种意义上都会转喻为风景,所以风景描写的确是《异乡记》的重要组成部分。风景话语甚至在文本中构成了元语言。比如:"外面是绝对没有什么十景八景,永远是那一堂布景……它也嫌自己太大太单调;随着火车的进行,它剧烈地抽搐着,收缩,收缩,收缩,但还是绵延不绝。"这就是没有风景的风景,是关于风景标准本身的言说。在某种意义上,可以视为风景的元话语。

三 梦的结构:记忆与主体

李想:根据手稿的第一页我们看到《异乡记》的名字是被改动过的,原来的名字是"异乡如梦"。事实上,文本里几次都有对于如梦之感的暗示。比如,第二章写到两个衣着破烂的老夫妇:"不知为什么使我想起'黄粱初熟'。这两个同梦的人,一觉醒来,早已忘了梦的内容,只是静静地吃着饭,吃得非常香甜。"张爱玲即使是写真实所见的景物——无尽的黑瓦白屋子、灼热的铜盆大小的太阳以及舞台布景一样的岩石——也都带有一种不真实的感觉。特别是这一段:"下起了毛毛雨,有一下没一下地舐着这世界。我有一种奇异的感觉,好像是《红楼梦》那样一部大书就要完了的时候,重到'太虚幻境'。"给人特别强烈的虚空的感觉。有趣的是,这类感觉多集中于这部残稿的开头和结尾的部分。这就像我们刚刚进入梦乡的时候,可以意识到自己在做梦。到睡熟了,做梦的"我"和梦中的"我"往往合为一体,彼此不分。等到清晨快醒了的时候,我们又可以渐渐意识到那个做梦的主体"我"和梦中之"我"的区别了。《异乡记》就正像是一个由入睡到熟睡到渐醒的过程。

我想分析一下文本中的几处"观看"。"楼上除了住房之外还有许多奇异的平台,高高下下有好些个,灰绿色水门汀砌的方方的一块,洋台与洋台之间搭着虚活活的踏板。从那平台上望下去,是那灰色的异乡;浑厚的地面,寒烟中还没有几点灯火。"这里形成了一个"我"看"异乡"的"凝望"模式。还有另外两处描写是关于观看的。"下午,我倚在窗台上,望见邻家的天井,也是和这边一样的,高墙四面围定的一小块地方。有两个圆头圆脑的小女孩坐在大门口青石门槛上顽耍。冬天,都穿得袍儿套儿的,两扇黑漆板门开着,珊瑚红的旧春联上映着一角斜阳。那情形使人想起丁玲描写的她自己的童年。写过这一类的回忆的大概也不止丁玲一个,这样的情景仿佛生成就是回忆的资料。我呆呆的看着,觉得这真是'即是当时已惘然'了。"还有一处:"明天就是元宵节。今天晚上街上有舞狮子的,恰巧就在我们楼窗底下,我们伏在窗台上,看得非常清楚。……那球一弹弹了开去,狮子便也蹦回来了。再接再厉,但一次次总是扑了个空,好似水中捉月一样地无望。大锣大鼓敲着:'斤——公——斤——公——'那流丽的舞,看着使人觉得连自己也七窍玲珑起来,连耳朵都会动了。……是中国人全民族的梦。唐宋的时候,外番进贡狮子,装在槛车里送到京城里来,一路上先让百姓们瞻仰到了。于是百姓们给自己制造了更可喜的狮子,更合理想的,每年新春在民间玩球跳舞给他们看,一直到如今。仍旧是五彩辉煌的梦,旧梦重温,往事如潮;街上也围上了一圈人,默默地看着。在那凄清的寒夜里,偶而有欢呼的声音,也像是从远处飘来的。"这里两处里"我"看到的一个是"作为回忆材料"的"丁玲童年",一个是作为"遥远的中国的一个梦"的狮子,它们都是虚化的内容,是"我"所见的非现实的部分。如果我们把整个《异乡记》看作一个"梦乡结构",那么这个观看舞狮子的"我"也是在梦中的,是个"梦中之我",那么就一定还存在另一个"我",一个"梦乡之外的我"。或许我们可以认为,"梦乡之外的我"就是写作者。《异乡记》的文本堪称一次让"梦中之我"和"梦外之我"相沟通的尝试。

为什么张爱玲要创造出这样一个文本空间让两个"我"来沟通呢?这里,我愿意给出一个关于张爱玲为何要把"异乡如梦"改成"异乡记"的猜测。所谓"记",既是一种文体,又是一种记忆。或者说,将发生的事情记录成文字本身就是一种选择性记忆的行为。费孝通在《乡土中国》里说:"我们并不记取一切的过去,只记取一切过去中极小的一部分。我说记取,其实不如说过后回忆为妥当。'记'带有在当前为了将来有用而加以认取的意思,'忆'是为了当前有关而会想到过去经验。事实上,在当前很难预测将来之用,大多是出于当前的需要而追忆过去……可是无论如何记忆并非无所为的,而是实用的,是为了生活。"倘若《异乡记》真如张爱玲告诉邝文美,是创作于1946年2月的旅途中的,也就是说这里"梦中之我"和梦的记录者并没有拉开一定的时间距离,我也并不认为《异乡记》的用途就是为了日后创作记取素材。如费孝通所言"当前很难预测将来之用",旅途中的张爱玲未必会想到日后要写《秧歌》或是《小团圆》;而倘若《异乡记》是日后所写,即"梦中之我"和梦的记录者拉开了一定的时间距离,这样"梦外的我"就成为一个后设的"我",而写作《异乡记》就不单单是记取的过程而是回忆的过程了。无论是哪一种情况,《异乡记》对于张爱玲来说都是有特殊意义的。如果说记忆是实用的,或者说《异乡记》是张爱玲"非写不可"的,那么我们有必要了解一下张爱玲在1946年前后的生活。

陈子善认为:"抗战胜利,意味着张爱玲的传奇人生必然发生重大转折,无论是她的情感史还是创作史,都走到了一个十字路口。"据符立中《张爱玲大事记》,1944年张爱玲与胡兰成开始交往。1944年8月,胡兰成与两位前妻离婚后与张爱玲在上海结婚。不久,胡兰成前往武汉在医院结识护士周训德。1945年8月15日日本投降,胡兰成逃亡温州;流亡期间与范秀美同居。1946年2月张爱玲前往温州探视胡兰成。1946年7月,饱受左、右派攻击的张爱玲接获胡桑和柯灵邀请,同意在电影圈另辟出路,创作《不了情》。1946年11月《传奇》(增订本)出版,前言《有几句话同读者说》澄清自己与政治的关系,并认为无须向公众交代自己的私生活。仅仅凭借年谱我们并没有什么触目的感受。我从陈子善老师的研究中看到几则材料:"张爱玲的文字以'啰唆'著称,看得人'飘飘然'为她的目的。她之被捧为'和平阵营'中的红作家,便因她的文字绝无骨肉,仅仅是个无灵魂者的呻吟而已。"这段材料来自一篇叫作《"传奇"人物张爱玲原为"胡逆"第三妾》的文章。"前些时日,有人看见张爱玲浓妆艳抹,坐在吉普车上。也有人看见她挽住一个美国军官,在大光明看电影,不知真相的人,一定以为她也做吉普女郎了。其实,像她那么英文流利的人有一二个美国军官做朋友有什么稀奇呢。"这段材料来源于一篇名为《张爱玲做吉普女郎》的文章(1946年3月30日上海《海派》周刊,署名"爱读")。

　　文学本身是更能够充分表现写作者的心境的。《小团圆》写到一个叫荀桦的文人曾经在汪伪期间受过邵之雍(即胡兰成)的救济。抗战胜利以后,之雍在逃。九莉一次坐电车碰到了荀桦:"真挤……荀桦趁着拥挤,忽然用膝盖夹紧了她两只腿。她向来反对女人打人嘴巴子,因为引人注意,迹近招摇,尤其像这样的熟人,总要稍微隔一会才侧身坐着挪开,就像是不觉得。但是就在这一刹那间,她震了一震,从他膝盖上尝到坐老虎凳的滋味。她担忧到了站他会一同下车,摆脱不了他。她自己也不大认识路,不要被他发现了那住址。幸而他只笑着点点头,没跟着下车。刚才没什么,甚至不过是再点醒她一下:汉奸妻,人人可戏。"这里,让九莉震一震的如坐老虎凳的瞬间成了这段生命里的一个常态。

　　《异乡记》反映了这段艰难岁月里张爱玲的心境。《异乡记》中的"我"从上海出发是为了寻找"拉尼"(即胡兰成),然而,就算"我"找到了"拉尼"又能怎么样呢?是询问要"我"还是要"周训德"还是"范秀美"?《小团圆》里也用过"异乡"这两个字:"他乡,他的乡土,也是异乡。""他是胡兰成,"他的乡土"是温州。所以,即使"我"到了温州,找到"拉尼",我也还是身在异乡的。

如用"梦中的我"和"梦外的我"两个范畴观照,这个"梦外的我"是一定很想去安慰那个"梦中的我"的。也只有安慰了"梦中的我","梦外的我"才能够得到安慰。如果《异乡记》是写在其后的一段日子里的,那么这个后设的"我"明明知道这一切都会到达现在这一个时间点上,然而这个"后设的我"并没有方法去告诉"梦中的我"一切都会过去,"梦中的我"是听不到的。那么,就只有让这个"梦中的我"走动起来,因为只有走动起来,噩梦才会醒来;而如果《异乡记》是写在1946年的旅途中的,那么一定是1946年的张爱玲太需要安慰自己了。她把她自己记在梦里,和那些大兵、乡下人、牲畜一样去悲悯,然后告诉自己这只是黄粱一梦。而无论是哪一种情况,《异乡记》都不仅仅是一个记录农村下层生活的游记散文,也不是日后创作种种的素材库,而是张爱玲写给自己的"非写不可"的异乡"记"。也正是在这个意义上,《异乡记》写没写完可能没有那么要紧。张爱玲需要通过叙事安慰自己,来度过这一段灰色的异乡。

丁程辉:李想刚才提到了"梦"和"记忆"的问题。我觉得"异乡如梦"的"梦"除了可以反映张爱玲某种"情感的失落",还可以看作《异乡记》的叙述方式。记得吴晓东老师写过谈"记忆"的文章,阐述"以过去之我确证现在之我"。《异乡记》的"梦"我觉得倒是提供了另外一种方式,即"以现在之我去确证过去之我"以期达到"自我安慰"的目的。相对于"记忆"作为一种时间性的形式,"梦"则具有一种"空间"的意味。在"梦"里,"过去的你"和"现在的你"可以同时存在,"现在的你"甚至可以向"过去的你"言说。在"梦"的"空间"中,"时间"的意义弱化了。我疑惑的是,"异乡如梦"除了表达"梦"之难以成真的失落之外,作为叙述方式的"梦"是否实现了张爱玲的原初意图。

吴晓东:程辉谈及了故事的时间性的话题。大家应该看过何其芳的散文《画梦录》,他援用过古典文学中的"黄粱梦""南柯梦"一类求仙学道式的小说性的场景，看重的是"梦中无日月"的文学主题。"梦中无日月"即是取消掉了梦里的时间性，时间意识变得不那么重要了。也正如程辉所讨论的那样，"时间性"往往更与记忆有关，"记忆"最终关涉的是主体的塑造问题，所谓"以过去之我确证现在之我"，正是依赖于关于过去的记忆。但是，程辉给出了一个相反的理解和逻辑。按照程辉的理解，"现在的我"能够给予"成长过程中的我"，也就是"过去的我"以精神慰藉，使"过去的我"更为丰盈。无时间性的"梦"也具有类似的抚慰功能。

桂春雷：李想最后所讨论的问题对于一众"文学研究爱好者"来说很有启发（众笑）。张爱玲在文本中处理风景时，是可以看出将之处理为素材的作为小说家的自觉的，比如她一面称"灰色的异乡"，一面却饶有趣味地专门写杀猪的场景。这里面带有张爱玲情绪上自我排遣的意味，是在无聊中寻找有趣的细节。这些细节中所包含的不自觉的情绪，而不是自觉的小说意识，我认为才是这个文本中最动人的地方。比如她写到油腻的枕头，说自己如果有一天毫不介意地枕上去，那就是真正的堕落了。比如她看见乡下孩子的饭碗中有粗粝的沙石，由此对这个孩子产生了一种敬佩。我觉得这些不自觉的情绪主导下的判断背后，其实暴露了张爱玲某种游移的状态。再比如张爱玲写军官和他的妻子在火车上悠闲的状态，我认为构成了对尧天所说的"战争的记忆在张爱玲的文本里消失得如此之迅速"这个判断的反证：军官引起的是周边人的好奇，而不是带有批判意味的关注，其实证明了战争经验在延续。在这些内含情绪性的细节中，张爱玲恰恰没有刻意地使用以往的经验，去陌生化地织造新奇和震惊的感觉，而恰恰是带着坦诚，将自己的心情融于眼前的风景。又比如她写到打开窗户，偶然听到社戏的声音，怔了一会儿，将窗户关上，诸如此类的细节，都说明张爱玲在风景中融入了即时的心境。因此我认为，《异乡记》有明确的小说意识却最终未完成，与文本的格局、主题甚至是情绪始终没有确立，有着密不可分的关系。贯穿其中的，其实是片段背后的情绪，而不是文本结构性的主题。所以从文本呈现的状态来看，它最多是素材库，但从它背后的情绪来看，张爱玲或许的确如李想所说,写这个文本只是为了给自己看。这也给我造成了一点困惑,似乎我作为一个文学研究爱好者,给自己预设了一个问题,最终却发现这是个伪问题(笑)。

黄锐杰:《异乡记》中"我"的整个旅程充满了各种动荡不安,叙事者"我"大部分时间都在"大惊小怪",但是很多时候我还是吃惊于叙事者的冷静观察。就像吴老师指出的,细节的描写在这一文本中达到了一个新的高度。这种冷静观察与情绪的波动之间总让我觉得有些落差。我在想这里面是否存在作者和叙事者之间的区分。换言之,在情绪波动的叙事者之后始终站着一个更为冷静的作者。书中有些经验其实是属于作者的,而非属于作者塑造的叙事者的。两者的缝隙可能跟这一文本的素材性质有关,有时候张爱玲在用叙事者的声音说话,有时候又在用自己的声音说话。春雷提到的那些震惊之外的经验或许可以由这个角度予以理解。

吴晓东:《异乡记》确实存在写作中的张爱玲和被塑造的叙事者之间的分裂。即使是人们写日记,这种分裂也是存在的。张爱玲是否在旅行之后进行了补写或是改写并不重要,即使是即兴及时的写作,也同样会存在作者与叙事者的分裂这一带有本体性的问题。作者,或者说隐含作者偶尔会分身出来观看叙事者,是叙事作品的常态。

李超宇:在我看来,张爱玲在《异乡记》中的表现出的精神和心理状态,应如她在《烬余录》中所说的"无牵无挂的虚空与绝望",由此张爱玲"急于攀住一点踏实的东西"。她希望过一种踏实而切实的生活,落实到文本中,就是对风景、对日常琐事的极为细致的描写。以迎神赛会为例,鲁迅的作品带给我很多对浙江迎神赛会的"前理解",不知不觉地就认为鲁迅的描写是"正统"的,因此对张爱玲的描写就感到有点怪异。比如鲁迅对无常、女吊的刻绘,同样写他们的外貌、衣着,然而是抓了特点来写,读后可以给人以深刻的印象,尤其在色彩上给人以强烈的视觉冲击。相比而言,张爱玲对衣着色彩的描写更加细致,但感觉写得越细,给读者留下的印象也越少,回忆起来有些茫然,觉得只剩下了《异乡记》结尾处提到的"灰色"。张爱玲受《红楼梦》影响很大,而且向来对衣着十分关注,《异乡记》的细描很可能是她的写作惯性使然。比照鲁迅,感觉张爱玲与这类民俗有些"隔",因为她并没有抓住直击人心的部分。不过也可以理解,因为张爱玲毕竟是"异乡人","异乡人"的身份使她无法融入看客们的热闹之中,反倒使她保持了高度的冷静和客观。她能够从热闹中跳出来,不再看赛会的"主人公",而看的是看客,进而看人生,看中国。可以看出,她的视野是不断扩大的,我对《异乡记》整体的观感也是如此,似乎任何一点小事,都能使张爱玲得出对于"中国"的感慨,而最终的结论往往是无边无际的荒凉、茫然、无意义——一种近乎虚无的体验。但从这"异乡人"无法融入的陌生感出发,得出结论——"苍凉",反倒又可以整合进张爱玲自己的思想体系或者是个人经验的整体性之中。身在异乡,与既有经验无法对接的部分,就以下结论的方式进入了或者是被纳入了抽象的个人判断之中,这个转化过程是值得我们回味的。

吴晓东:超宇的阅读感觉相当不错,他发现作为"异乡人"的张爱玲既投入,又保持着高度的冷静和客观,可以随时跳出来进行观察与判断。张爱玲肯定是以"看客",或者是"看客的看客"的眼光来看待异乡所见的一切的,所以她其实是一个特别犀利的观察者和评判者。对世态的洞见力、冷峻的判断力在这个文本中得到了前所未有的体现。因此,张爱玲式的议论在《异乡记》中也同样占有重要的地位,背后当然就体现了她的价值和眼光。

四 "中国"和"中国之外"

黄锐杰:对"梦"的话题的讨论其实跟"中国"的主题有密切关联。李想提到的舞狮细节,其中写到的梦是"中国人全民族的梦"。这个梦是跟一个辉煌的古中国联系在一起的,是一个"五彩辉煌的梦"。这是《异乡记》"中国"范畴涉及的第一层含义,即张爱玲在《中国的日夜》中提到的那个"谯楼初鼓定天下"的"巍峨"的中国。这个"中国"在《异乡记》中通过舞狮民俗、山水画、古典文学等符码延续下来。然而，这始终只是一个"旧梦"，一个回不去的梦。叙事者"我"在乡村中遭遇的并不是这个辉煌的中国，而是一个荒凉的中国，用她的话说，"大约自古以来这中国也就是这样的荒凉"，这是"中国"的第二层含义。在这个荒凉的"中国"中，叙事者引入了国民性批判。旅行初始，她即批判"中国人的旅行永远属于野餐性质"；在茅厕问题上批判"中国人的心理，仿佛有这么一个帘子，总算是有防嫌的意思"；遇到祭祀，则要批判"中国的神道"。这一批判在某种程度上似乎延续了五四以来乡土小说的启蒙立场。在这个荒凉的中国的延伸线上，叙事者看不到未来。在路上遇到三个只会玩牌的年轻人时，她为中国担忧："他们将来的出路是在中国的地面上么？简直叫人担忧。"

这两层含义之外，值得关注的是，叙事者还讲到了一个"中国之外"的中国。这是她走在山间，看到"冷艳的翠蓝的溪水"时写到的："那蓝色，中国人的磁器里没有这颜色，中国画里的'青绿山水'的青色比较深，《桃花源记》里的'青溪'又好像比较淡。在中国人的梦里它都不曾入梦来。它便这样冷冷地在中国之外流着。"这里的"中国"是不入史、不被人注意的，但同时又始终流淌不息。这种蓝色在张爱玲这里究竟意味着什么呢？

孙尧天：我觉得这个中国和经过启蒙、抗战之后的中国是两种形象，这是一种以日常消解政治的、不见于历史叙述的形象，这可能是关于"中国之外"的一个可能的解释。这让我想起了杜赞奇的《从民族国家拯救历史》，杜赞奇在这本书里提出了复线历史的观点，认为过去的民族国家的历史作为话语权力掩盖了许多其他声音。李猛的书评《拯救谁的历史》或许更有启发，他讲到历史的分层，一个是民族解放的历史，另一个是村庄去政治或者无历史记忆的历史。张爱玲描写的"异乡"就像是后者，你很难用我们一般使用的概念或者表述去界定。此外，虽然我们谈到张爱玲对于乡土的批判，但我觉得张爱玲和五四依然是有所剥离的，比如第一章结尾写到"我想起五四以来文章里一直常有的：市镇上的男孩子在外埠读书，放假回来，以及难得回乡下一次看看老婆孩子的中年人……经过那么许多感情的渲染，仿佛到处都应当留着一些'梦痕'。然而什么都没有。"省略号之后的这句话,我觉得更为关键。在随后的第二章,张爱玲从小女孩坐在青石门槛上玩耍的景象,想到了丁玲描写的自己的童年,这个段落是很有象征意味的,因为丁玲从五四到抗战的个人历史,和整个中国历史的脉动是相一致的。但张爱玲接下来却说"即是当时已惘然",所以,虽然她对乡土有所批判,但并不在从五四到抗战的脉络里,因此可以看成在"中国之外"的一个描述。

吴晓东:尧天又重新发现了现代文学史的一个言说脉络,我们作为现代文学研究爱好者听起来就特别亲切了(众笑)。的确,五四以来的新文学建构的历史记忆与张爱玲的历史感受之间总有一种错位,这是我们之前的讨论忽略的一个脉络。

赵雅娇:我也想谈论《异乡记》中的"中国"意识。我们能感受到这场异乡之旅形于笔下时张爱玲内在的孤独感受,但是她经常性的直接介入的评论又显示出她非常强调一种"自我的在场"。这些评论借助的是个人经验,其中包括很多外国事物。比如她用"美国香烟广告里巨大的金黄色烟叶"比喻芦席,以"白俄妇女在中国小菜场上买菜"去形容伸出头的羊,从砍下的猪头嘴里衔着自己的尾巴联想到"英国人宴席上的烧猪躺在盘子里的时候,总是口衔一只蒸苹果",等等。我在想,对《异乡记》中的这些外国经验的理解应该放在李想刚才提到的"上海经验"的视野中,还是置于乡土中国传统和都市西方现代对立的经验脉络中?我更倾向于后者。就是因为张爱玲在这部作品中会经常性地指涉"中国",或以指涉"中国"的视角去观察她所看到的事物。她的上海意识可能是无意识的,或者说她并不以之为问题,而她的中国意识是非常鲜明的。在她的意识中,她所熟悉的上海经验可能未必是最"中国"的,而她现在看到的这些才是"中国"的。

《异乡记》第十二章写了这样一句话:"那些小生意人,学到城里人几分'司麦脱'的派头,穿着灰暗的条子充呢长衫,在香烟的雾里微笑着。他们尽管是本地人,却不是'属于土地'而是属于风尘的。"这可能反映了张爱玲写作《异乡记》时的某种关注中心:对眼前事物是否是"属于土地"的斟酌。对于乡土中的负面事物,张爱玲的笔触也许未必达到"批判"的程度,但至少反映出她是有态度的,体现在她认为,这些是值得反思或者说"观看"的,所以她用类似于流水账的方式记录下来。而我们对于这些事物的所谓"无聊"的判断已经带上了我们自身的都市眼光,但是乡村,或者张爱玲在路途中所意识到的"中国的乡村"就是那个样子,而这本身就是生活的某种原初样态。

  回到李想刚才提到的张爱玲为什么要写作这篇作品的问题上。"非写不可"是作者自身的叙述,但是文本怎么与作者个人自述建立关联性,这是需要甄别的。事实上在更多作家的写作实践中可以看到,即使有着明确的写作目的也未必能与最终的作品完全贴合。所以,如果我们凭借张爱玲的"完全写给自己"这样一句话去看《异乡记》,可能把她看小了。她笔下的"中国"书写恰恰是她在最初有意识的写作目标之外带给我们的东西。

  吴晓东:雅娇认为如果只将这一文本看作写给自己的东西,格局会有点小。换句话说,我们从这个文本分析出来这么多内容,这是否意味着《异乡记》还是蕴含着较为丰富的话语空间的。这一话语空间或许不是张爱玲自觉打造的,但是我们可以分析出来。至少从锐杰到雅娇所处理的"中国"范畴,言说的都是大问题。"中国"问题在这个文本中是重要的,而张爱玲之前直接言说中国的文本不多。但是在抗战之后张爱玲非常关注"中国"话题,甚至"中国"字眼儿直接出现在标题上,像刚才锐杰提及的《中国的日夜》。从时间上看,《异乡记》写于1946年二三月,《中国的日夜》则写于1946年11月,是《传奇》增补版中加进去的。因此,《中国的日夜》中的"中国"意象跟《异乡记》在一定程度上构成了互文关系。上海华东师范大学的倪文尖教授曾经对《中国的日夜》做了"重读",这个"重"读"严重"的"zhòng",不是"重新"的"chóng"。他由《中国的日夜》结尾一诗的四个字"中国,到底"中,"重(zhòng)读"出了中国已经走到底的意思。这种感受我在《异乡记》中得到了印证。《异乡记》中有一种鲜明的末世感。锐杰刚才总结了"中国"在文本中的多重意涵,其中一重是由传统而来的辉煌巍峨的民族记忆,但即使是这样的记忆也仍然有一种苍凉感。《异乡记》第十一章结尾写道:"好像是《红楼梦》那样一部大书就要完了的时候,重到'太虚幻境'。"也反映了张爱玲自己的"就要完了的"的终结体验。对张爱玲而言,这一时期即使不是她最惨淡也是最窘迫的时期,在这一时期,她被指为"汉奸"。在这里,张爱玲的个人体悟中难免纠结着家国感受。

李国华认为《异乡记》中叙事者对中国的理解是一种先在的理解,先有的是文字和影音,包括传统理念。之后叙事者"我"用这种理解来印证现实,结果落了空,因此才有震惊体验。震惊感差不多贯穿异乡之行的始终,这是一个乡土中国观念轰毁的过程。对比40年代费孝通的《乡土中国》,我们可以看出社会学家眼中的乡土中国和小说家眼中的乡土中国是有很大差异性的。但是《异乡记》中的中国体验为什么这么突出呢?我有一个假设,如果张爱玲是在美国对这一文本加以誊写——这一誊写不必要改动太多,因为细节基本上是不会变的——那么已经身在美国的张爱玲也许会体验到更为强烈的"中国"感受。

秦雅萌: 我也比较关心张爱玲《异乡记》中所体现的"中国意识"。总的来说,"中国意识"在时间感上基本都是后撤的。除了对"老中国"或"传统中国"的体认,甚至还包括了对"原始中国"的书写,如第四章"做年糕"一段,将长工"艰苦卓绝"的劳动比作"女娲炼石,或是原始民族的雕刻";又如这一章中对"磨米粉"所发出的声音的描写——"'咕呀,咕呀',缓慢重拙的,地球的轴心转动的声音……岁月的推移……",呈现出一种荒凉的亘古之感。此外,文本中的"中国"可能还带有民族化或风格化的意味,比如叙事者观看"文明结婚"的场面,其中对庙宇厅堂的风格感受,以及对相关陈设布景的体察,都带有"中国式"的风格化特征。

李想找到的"异乡如梦"的原题十分有意思。"梦"除了代表对时间性的取消之外,还包含了非现实感和奇幻色彩,这就体现在叙事者对"震惊体验"的反复申说。诸如"异常""异样""奇异"等类似的形容词在《异乡记》中出现的频率过高。在张爱玲对乡村人事的观察描写中,有时还会用

"童话"作为修辞喻体,可能体现出张爱玲对乡村观察的独特视角与感受方式——富于幻想与灵性。在叙事方式上,文本中常常出现的评论式与介绍性话语可能要求我们在阅读《异乡记》的时候,不能单纯地将其看作张爱玲"写给自己"的作品,否则会限制我们对这部作品的理解。因此在我看来,《异乡记》是一部期待着更多元、更丰富的阅读视角,期待着被重新发现的作品。

吴晓东:雅萌的发言印证了我的一些观感。她谈到张爱玲写乡土时表现出民族化与风格化的倾向,尤其是用"奇异""异常""异样"来形容中国乡村,使我联想到有学者运用后殖民的理论视野解读《倾城之恋》,这背后会不会有某种"自我东方主义"的思维倾向呢?在《异乡记》中,张爱玲借用美国记者的眼光,利用瑞士的风景片作为知识背景,来扫描她所看到的乡土图景的时候,这里面就可能会出现关于"异"的言说,中国乡村因此被建构为一种"异"的存在。"异"就是不同于"我",这里面多少可能会有些非我族类的意味。

唐伟:对锐杰提到的张爱玲的"中国观",我有一点质疑,就是张爱玲这里提到的"中国"究竟是一种有意味的思考意识,还是说作为"游记",行旅者本人在跨省界言说过程中所展开的一种地理边界的自然延伸?就是说,她出上海,来到浙江,必然会以"中国"作为她的言说界域。另外,就我个人的阅读经验而言,我赞同路杨的形容——"大惊小怪"。《异乡记》中写到的行旅见闻,其实对从小生活在农村的人来说,并不值得小题大做。原本都是些司空见惯的常态风景,但经过张爱玲的视镜,却取得了某种"陌生化"的效果,更进一步说,是一种戏剧般的舞台效果,具体说来,就是作者能在情感调配、画面映现、色彩搭配上迅速完成一种切换,并能做到了无声息,不着痕迹。

黄锐杰:为什么在《异乡记》中张爱玲会频繁谈到"中国",我觉得其中迁徙经验起了重要作用。我读这本书就在想,为什么由上海到温州要走这么久?这当然跟当时的交通状况有关,比如战乱对交通的影响、交通设施的落后等。不过无可否认的是，即使交通如此不便，相对于明清时期，民国的知识人已经可以算得上是迁徙频繁的一代。和现代媒体对民族国家想象的塑造类似，这一迁徙经验对想象一个整全的中国起到了重要作用。迁徙带来的是不同地区的勾连感，让人意识到"异乡"亦是"我"属于的那个共同体的一部分。在1944年的《阿小悲秋》中，乡村只是一条隐线，在1946年的《异乡记》中，乡村已经是张爱玲必须直面的现实经验。这种新的经验让张爱玲此前理解的纸面上"中国"落到了实处，也就在这个意义上才有之后的《秧歌》等作品。

路杨：我认为"中国"的概念在张爱玲自身的写作脉络中，并不是从这个时期才开始突然出现的。无论是在小说还是散文中，张爱玲笔下其实一直都有针对"中国"或"中国人"而发的某种国民性批判式的议论。例如在《必也正名乎》中批评"中国是文字国"，"中国的一切都是太好听，太顺口了"。在《谈跳舞》中说"中国是没有跳舞的国家"。甚至在小说中借人物之口发议论，如《十八春》里的叔惠说："我们中国人真是财迷心窍，眼睛里看出来，什么东西都像元宝。"尤其是张爱玲1943至1944年间为《二十世纪》写的一系列英文散文以及自己译出的《更衣记》《洋人看京戏及其他》《中国人的宗教》等散文，写作初衷即面对"洋人"讲述中国的服饰、戏曲、鬼神、传说等，"中国"或"中国人"的概念尤其突出。那时张爱玲的中国意识或许与迁徙经验带来的中国经验有所不同，但我认为《异乡记》中的"中国"表述与此前的"中国"表述还是存在着密切的关联。在总体上，《异乡记》还是延续了此前站在中国历史之外的那种超越性、整体性的视角来对中国文化进行反思，比如由西湖引出对士大夫文化的批评，由迎神赛会想到"中国的神道"以及由伟人与看客组成的历史。张爱玲会由乡下做年糕的粗粝辛劳联想到"女娲炼石"，然而在《中国的日夜》中，张爱玲则说："我们中国本来是补丁的国家，连天都是女娲补过的。"从原始时代到文明时代，从士大夫文化到乡间底层，张爱玲对于"中国"的文化观察与批判是具有某种贯穿性的。

吴晓东： 路杨修正了我刚才的说法，即张爱玲只在1945年、1946年这个时期集中言说了"中国"。现在我更认同路杨，张爱玲的中国范畴是一以贯之的，因而《异乡记》肯定可以纳入其中。这也说明，即使张爱玲是在处理异乡、描绘浙江乡土一隅时，背后还是有总体的中国意识，所以"中国""中国人"的全称才会一直出现。可以说，张爱玲的中国意识是相当自觉的。

但是我真正想强调的，是张爱玲抗战后对中国的判断是进一步"向下走"的，或者如雅萌所说，是"后撤的"。这与她个人的遭际有直接关系。相比于张爱玲创作生涯最高光的沦陷时期，抗战后她被污名为"汉奸"，至少是被看作汉奸的家属，又被胡兰成背叛，都影响了她这一时期的心灵状态，也会进而影响她对时局甚至中国出路与前景的观感，并为最终的去国埋下了伏笔。我赞同路杨所说的《异乡记》中的"中国"表述与此前的"中国"表述存在密切的关联的说法。《异乡记》时期关于中国判断"向下走"的倾向，与张爱玲的沦陷时期要建立一个整体性的观照视野。有一段时间，张爱玲研究中有一种试图把她从沦陷区的暗夜中打捞出来的迹象，至少致力于撇清她与日伪以及胡兰成的关系，以至于走到极端，会出现类似于张爱玲在与沦陷政治进行对峙和抗争的研究论调，借用倪文尖的调侃，这类研究是把张爱玲形塑为"战斗在敌人的心脏里"的反抗者形象。这其实是一种非历史化的研究态度。而还原张爱玲的心理脉络，还原作家的历史真相，背后体现的是文学研究者应有的职业伦理。而在这个意义上，分析《异乡记》中的中国感受，有助于我们厘清张爱玲中国体验的嬗变历程。

最后简单总结两句。我们今天的讨论触及了不少有趣的话题，还是比较深入的。我个人不太满足的地方在于，《异乡记》中的叙事者的"怎样看"应该如何与"怎样说"联系在一起，这个话题还有待进一步探讨。在李想讨论的"谁在说"之外，其实还可以讨论"怎样说"，即如何与文本叙事的问题相结合，进而与文本的技术层面、修辞层面、语言层面整合在一起。"看"与"说"的背后，都与叙事、修辞、语言的问题有相关性。《异乡记》中的修辞问题尤其值得讨论。张爱玲是公认的修辞大家,然而比起她以往的小说,《异乡记》中的修辞艺术与语言艺术仍有她的自我超越之处,令人惊喜不断,为我们提供了新鲜的阅读经验。张爱玲也是运用比喻的高手,《异乡记》修辞的精髓我认为正在比喻,而且有更炉火纯青之感。例如第二章有个核心的比喻:"生命是像我从前的老女佣。"接下来的情境都从这个比喻展开,想象"生命的老女佣"如何收拾一个个小手巾包以及白竹布包,进而称"蔡家也就是这样的一个小布包",很长一段文字都是围绕着这个比喻延展出来的,从而呈现出一种比喻化的情境,或曰情境化的比喻的修辞技艺。从老女佣的比喻一气呵成地延宕到关于蔡家的叙述,用我以前分析废名小说的说法,这里其实发生的是一个喻体的延宕的过程——喻体似乎在自我生成。虽然张爱玲以往写作中也有类似的修辞,但如此有趣的、情境化的、总体性的比喻则并不多见,而且在叙事上也非常圆转:"蔡家也就是这样的一个小布包,即使只包着一些破布条子,也显然很为生命所重视,收得齐齐整整的。"这里的叙事和比喻是融为一体的。从修辞的意义上讲,比喻一般被看作一种形容,但在这里它却融入了叙事,并非孤立地玩弄语言技巧,而是参与到了对于"生命"情境的整体性建构之中。因此张爱玲的比喻在《异乡记》中生成为一种结构性的隐喻,不仅与整个异乡见闻的呈现密不可分,也是可以从结构上进行诗学分析的——隐喻其实是张爱玲书写风景的一种方式。在这个意义上,我们是可以将语言的问题纳入叙事图景,去进行整体性的分析的。这是今天的讨论还不够充分的地方。

"未完成"中的丰富可能性

——关于老舍《正红旗下》的讨论

吴晓东、肖钰可等

时　　间：2021 年 6 月 11 日
地　　点：北京大学静园二院 201 会议室
主 持 人：吴晓东
参 与 者：李国华（北京大学中文系副教授），罗雅琳（《文学评论》编辑部），秦雅萌（北京大学中文系博雅博士后），唐小林（上海大学中文系讲师），刘祎家（同济大学人文学院中文系助理教授），李超宇（中共山西省委党校文史教研部讲师），张平、崔源俊、刘东、顾甦泳、孙慈姗、曲清华、钟灵瑶、肖钰可、胡诗杨（北京大学中文系在读博士、硕士、本科生）

吴晓东：《正红旗下》被文学史家们公认为老舍创作生涯晚期一部"炉火纯青"的小说，但它的"未完成性"也给我们后来的读者以"天鹅之声"的感觉。这部小说差不多是老舍留给自己以及家族的最重要的一个纪念，他也因此在小说中尝试处理了诸多主题，既有个人的生命记忆，也在书写家族的历史，其间自然折射着清末的整个社会格局，背后也隐含着大历史的总体性构架。相信在大家接下来的讨论中，这些议题都会次第展开。我们先请钰可主讲，然后大家畅所欲言。

一 作为问题的"旗人"及小说的未完成性

肖钰可：《正红旗下》是老舍在1961—1962年创作的一部自传体小说，也是他唯一一部在小说标题处就明确标示人物旗人身份的小说。可惜的是，这部长篇巨著并没有写完，只留给我们一个精彩的开头。其实老舍在1930年代就曾写过一篇自传小说《小人物自述》（1937），但并未引起重视。《小人物自述》同样没有写完，急剧变化的抗战局势让老舍迅速投入以"抗战第一"为基本宗旨的写作中，这部残篇也就被永久搁置了。虽然都是未竟之作，二者在规模和笔法上有差别。《小人物自述》紧密围绕"自述"二字展开，对"我"所居住的小羊圈胡同进行了比较详细的描写，人物的个性和性格在目前所见的篇幅中还算不上特别鲜明。更重要的是，老舍在自传书写中有意隐去了人物的旗人身份，给主人公"我"设置了一个汉人名字"王一成"，还把父亲的职业从旗兵改成了"在外做生意"的商人。

老舍为何有意避讳小说人物的旗人身份？这与清末民初以来的社会文化语境密切关联。辛亥革命在笼统的意义上是"排满"的，旗人受到歧视，有的甚至被迫改报旗籍。这也是老舍对自己的出身含糊其词、迟迟未能完成自传书写之夙愿的重要原因，旗人处境的尴尬给老舍的身份定位制造了极大障碍，正如研究者关纪新所说："作者如对思想分寸把握不当，要么有贬低辛亥革命之过，要么会有歪曲满族形象之嫌。"（关纪新：《当代满族文学的瑰丽珍宝——试探老舍〈正红旗下〉的创作》）再加上主持抗战文艺的工作占据了老舍的大部分精力，写作自传小说的计划也就一拖再拖。这种情况在建国后自然发生了变化。老舍持续积极参与文艺界各类社会事务，1954年主持少数民族文学座谈会。1957年，发表三幕话剧《茶馆》，其中首次出现了被明确标示的旗人角色，也就是常四爷与松二爷。1960年，老舍在《文艺报》上发表《关于少数民族文学的报告》。同年，老舍作为北京市人大代表出席会议，大会间隙毛泽东主席特意与他谈论起满族问题，公开称赞满人皇帝康熙所建立的功绩并表示:"满族是个了不起的民族,对中华民族大家庭作出过伟大的贡献。"(舒乙:《毛主席对老舍谈康熙》)这次会议对老舍产生了巨大影响,舒乙甚至认为《正红旗下》是毛主席那次谈话的直接产物。几个月后,老舍陪同周恩来接见嵯峨浩、溥仪、溥杰等人,并受到周总理的隆重介绍,周总理在会上同时强调:"现在的问题,是要恢复满族应有的地位。辛亥革命以后,北洋军阀和国民党反动政府歧视满族,满人不敢承认自己是满族,几乎完全和汉人同化了,分不清了。民族将来是要互相同化的,这是自然发展的结果,但不能歧视,不能强制。"(周恩来:《接见嵯峨浩、溥杰、溥仪等人的谈话》)

一方面是民族政策的松动,另一方面则是整体文艺气氛的缓和,1962年的广州话剧会议是一个典型标志,允许作家写自己熟悉的东西,拥有选题的自由。老舍得以在作品中直接处理自己的旗人身份,这与大环境的变化是分不开的。他甚至曾在1964年的夏天在密云县坛营大队深入生活约三个月,考察公社制度下当代旗人的现实处境,并得出"社会主义才是真的铁杆庄稼"的结论(老舍:《下乡简记》)。但老舍随即迅速被卷入"文革"的政治风暴中,失去了潜心写作的客观条件,《正红旗下》也未能写完。小说为什么没有写完也似乎成了一个关键问题。我目前还是认为老舍为《正红旗下》已做好充足的材料及技术准备,政治文化环境的限制是导致小说未完的主要原因。理由除了老舍家属的解释及上述政治文件所反映的文艺政策外,从文本情况看,小说也终止得非常突然,情节、事件像是被硬生生截断了。

李超宇:对《正红旗下》的创作背景和创作过程可能还需要做一点补充。胡絜青在《正红旗下》的代序中认为"大写十三年"这类"文艺政策上的不正常现象,构成了《正红旗下》既没写完,又没发表的原因"。但需要说明的是,"大写十三年"在老舍写作《正红旗下》的时候并不具备勒令一个作家停笔的约束力。与此同时,毛泽东还在大力提倡"四史"(工厂史、公社史、村史、家史)的写作,当时公开出版的这类"四史"大多都是从晚清开始讲起的,所以老舍写《正红旗下》其实在有意无意间呼应了"家史"

的写作，并不像很多论者说得那么不合时宜。

回到老舍自己的表述，他在《毛主席给了我新的文艺生命》一文中说过："我现在的写作方法是：一动手写就准备着修改，决不幻想一挥而就。……初稿写完，就朗读给文艺团体或临时约集的朋友们听。大家以为有可取之处，我就去从新另写；大家以为一无可取，就扔掉。假若是前者，我就那么再写一遍、两遍、到七八遍。……改了七遍八遍之后，假若思想性还不很强，我还是扔掉它。我不怕白受累，而且也不会白受累——写七八遍就得到写七八遍的好处，不必非发表了才算得到好处。……我终年是在拼命地写，发表也好，不发表也好，我要天天摸一摸笔。"这段话可以给我们两个关键信息，一是老舍不会因为感觉到作品不容易发表就立刻停笔，第二是他很在乎作品的思想性，如果思想高度不够他同样会扔掉。胡絜青在代序中提到老舍给朋友们朗诵《正红旗下》，请朋友们提意见的情景和老舍这段话的表述是吻合的，但老舍希望听到的意见不会仅仅是金受申讲的老北京风土人情，而更多的可能是如何让这部作品具备更高的思想性。同样在《毛主席给了我新的文艺生命》一文中，老舍说："时常，我的客人，共产党员或是有新思想的人，就变成我的批评者，我要求他们多坐一会儿，听我朗读文稿；一篇稿子不知要朗读多少回；读一回，修改一回。我自己的思想不够用，大家的思想会教我充实起来；当他们给我提出意见的时候，他们往往不但指出作品上的错处，而且也讲到我的思想上的毛病，使我明白为什么写错了的病根。"他对自己在新中国的创作有一个期许："我要把我所能了解的政治思想放进文字里去，希望别人也明白起来；而且要把我的这点思想放到通俗的语言、形式中，扩大影响。"（老舍：《感谢共产党和毛主席》）这些表述都说明老舍高度重视作品的思想内容和为思想赋形的效果，如果他自己觉得思想表达不到位，他会毫不吝惜地停止写作。所以我觉得《正红旗下》的停笔，还有一部分原因要从老舍自己身上寻找。

至于这部作品与政策的关联，我觉得应该关注一下周恩来在1961年会见溥仪、溥杰等人时的谈话，这次会见老舍是在场的。周恩来说旧中国的衰败"应由清朝的皇帝和少数贵族负责,满族人民是不用负责的,他们也同样受到灾难"。可以说,这个带有阶级分野的判断给老舍的创作定下了一个基调,我们看到《正红旗下》把穷旗兵和汉人、回民放在"我们"的阵营,而把"某些有钱有势的满人"视为另一个阵营:"他们是他们,我们是我们,谁也挡不住人民互相友好。"这就不仅体现了周恩来提供的阶级视野,还把当时的民族团结政策纳入了作品之中。

肖钰可: 简单说一下作品的版本问题,或许也与小说为何没有写完这一问题相关。《正红旗下》初刊于《人民文学》1979 年第 3、4、5 期,据胡絜青说,老舍早在动笔时就已预定计划将这篇小说交由《人民文学》发表,后由人民文学出版社于 1980 年推出单行本。手稿则在老舍与老舍家人手中辗转尘封数十年后才与读者见面,原稿由家属捐赠给了中国现代文学馆,2015 年由北京出版社影印出版。《正红旗下》的手稿合计 164 页,共十一章,共八万字,也没有写完。正文部分由老舍本人手书并标有页码,偶有铅笔或红笔的修改痕迹,猜测老舍应该采用了随写随改的方式,每写完一部分就会返回去重读重改,这才保证了已有章节高度的完成性。经校对,《正红旗下》的手稿与《人民文学》的初刊本差别不大,主要是字词上的调整。有一处值得关注,手稿正文 164 页之后有几段修改文字,初刊本页码分别是 151、152、153、152。据手稿本的出版说明交代,正文部分书写在先,这几页修改文字书写在后,应该是老舍对十一章已完成的部分不满意,打算重新写一稿。但无论是正文部分,还是修改部分,这一章都没写完。从未完的修改稿可以看出,老舍进行了写作思路的调整。在第一版中,老舍对宴会前双方的准备工作以及定宅的布局样貌等进行了全面细致的铺陈,占用了较大篇幅,用墨堪称奢华,有一点像《红楼梦》里黛玉初进贾府一节的笔法,因此直到结尾酒席还未正式开始。在修改文字中,老舍对前面的铺陈做了精简,省略了牛牧师拿到请帖后复杂的心理活动、两人就出行方式进行的争论等。情节上其实没有太大变动,这样处理有可能是在为后面详写宴会场面节约篇幅,但修改文字到"牛牧师准备好去赴宴"这里又戛然而止,牛牧师与定大爷等人在酒席上的往来交锋，已成永远的空白。

李国华：我们目前看到的手稿本有没有可能是老舍的誊抄本？如果是誊抄本，老舍很有可能在原稿基础上又有很多改动。

肖钰可：我是觉得手稿本上虽然有很多涂改，但是这些修改也不是随便涂改的，老舍连改都改得很工整。国华师兄说的这种情况很有可能，但因为缺乏更多的材料或证据，目前好像也无法确定这个手稿本到底是原始本还是誊抄本。

李国华：可能还需要考虑他到底改了哪些内容，如果改动的篇幅非常大，那原始本的可能性更大。

肖钰可：我感觉这里面还是有很多微调的，比如老舍经常会把两个写颠倒的字改正回来。

李国华：单从这一现象出发的话，比较像誊抄本，原始本一般不会这么频繁把一个词中的两个字写反。

吴晓东：关于原始本、誊抄本的问题，我们目前可能无法得出特别确凿的结论。整体而言《正红旗下》的版本问题还是比较简单的，毕竟老舍后面也没有机会做什么修改了。

刘东：钰可有意没有提及小说写旗人风俗的话题，而是从小说未完成性的角度开启了我们的讨论。我觉得是另起炉灶，打开了阐释的新局面。前研究似乎大都是沿着风俗这个角度展开的，他们大都认为这部小说是老舍旗人身份意识的觉醒，旗人风俗的深描是这种身份意识的确认，有循环论证的意思。也有人说这部小说开了1980年代京味小说的先河。我觉得这和钰可刚刚介绍的小说发表于1979年有关，也和这篇小说只存残稿有关。如果老舍再写多一些，把故事伸展下去，那种认为小说全写风俗的看法就可以不攻自破了。

老舍写旗人风俗的话题其实可以放在旗人京话小说这个传统上来考虑。旗人写白话小说其实是相当早的一件事，这与到了晚清"铁杆庄稼"渐渐停发，旗人生计困难有直接关系，大量旗人就转向报纸上的通俗小说创作。比如说非常有名的松友梅、王冷佛,到后来有穆儒丐等等。近些年有一套《清末民初旗人京话小说集萃》,大量收录了这些作品。北大中文系语言学专业的王洪君、郭锐老师研究近代汉语,也编了一套《早期北京话珍惜文献集成》。这些作品选用说书人口吻,注重口语性,大量应用北京土语,如果没有注释的话,我是没法完全读懂的。《正红旗下》选用拟说书人口吻,也有意运用诸如"书归正传"这样的说书套语,显然就与这批小说有很强的互文性。可是另一方面,《正红旗下》的白话就是很容易懂的,这说明老舍考虑到了自己的新文学读者。这批小说都有描摹北平风俗,尤其是旗人生活的特点。说书要讲到细腻处,讲到人情来,旗人白话小说把说书转到纸面上,考虑到北京市民或旗人读者,自然沿用了这一特征,对人情世故多多着墨。但这并不意味着风俗在小说中是"主人公",反而应该说,不同小说对于"风俗"的应用是有不同目的的。晚清旗人也在"欧风美雨"中震荡,形成诸多不同的意识形态。穆儒丐作为日本留学归来的"新党",他在《北京》中也写了不少风俗和社会现状,显然就有自己的关怀。1940年代旗人罗信耀在《北平时事日报》用英语向外国人介绍北京文化,他拟设了一个人物小吴,从他生下来一直写到娶妻生子,完成一个生命的循环为止,每一步婚丧嫁娶的习俗也因此被他囊括了进来,其实跟《正红旗下》有相似之处,书名就叫 The Adventure of Wu(中译本叫《旗人风华》),这真的是一个以风俗为主角的作品。与这本书相对比,老舍的《正红旗下》是有意对旗人及其文化进行了总体意义上的反思,也有他自己的时代关怀在。

吴晓东: 刘东启发我们进一步思考两个议题,一个是《正红旗下》在语言风格上可能沿袭了旗人京话小说传统,这是以前研究关注不够的地方;另一个议题是风俗问题,这部小说中的确有一定的篇幅在展示旗人的风俗习惯,风俗因素也肯定是小说整体性构思的一部分。但我更想强调的是《正红旗下》中的风俗其实是"小说化"了的风俗,也就是说,老舍小说中的风俗描写通常是被叙事者和小说叙事统摄了的,是纳入到一个更大的叙述视野中的。《正红旗下》的风俗叙事也相当独特,至少与1949年之前老舍的小说不太一样。《四世同堂》也写北京风俗，但与《正红旗下》就呈现出两种面貌，这可能就跟小说对拟说书人的叙事口吻的选择有关。

李国华：我也认同《正红旗下》不是要写一部怎么来确认旗人地位、文化、风俗的小说，它里面的很多意见明显是1960年前后的意见，时代痕迹非常清晰。1960年前后老舍还不是被迫害或者被控制的，如果说他在这个时候开始有意识地写一个反"文革"的作品，这是价值判断，不是历史判断。不过，《正红旗下》的发表是在"文革"后，被当成反思"文革"的文本也有其历史原因。正是在这个意义上，老舍家属的一些判断可能呈现出更为鲜明的"反思"特征，我们要辨析家属的意见给整个文学的生产、发表和评论带来的影响。《正红旗下》的版本很简单，不像其他现代作家的作品在当代的修改，老舍当时没有再改，但也还是要考虑历史语境的差异。

老舍写这部小说的时候对于民族的理解，从小说来看，我觉得有两个方面：第一个方面是他写"有钱的真讲究，没钱的穷讲究"，看上去是写旗人文化的独特性，背后其实有阶级的分析，而这一层逻辑可能更重要，在这个意义上老舍才能写出"人民"这个概念。"人民"概念在1980年代有大变化，1949年前的话，老舍不大会用，但在1960年前后就一定会用，写完《龙须沟》后的老舍更不可能不用，在这个意义上，老舍才去写满族的问题，所以旗人是一个被批判性叙述的对象，而不是一个文化分析的展示。也因此，这个小说才会涉及老舍要请共产党员来听，做政治的校正。

如果把1950年代到1960年代民族识别正在进行、"民族"慢慢落地的语境放进来，《正红旗下》可能会获得更为准确的讨论。老舍当时对于满族、满人、旗人、回族、汉人这些概念是怎么理解的？小说里面写到，山东的汉人愿意把房子租给那满人，但回族表现又不一样，这种满回汉之间的复杂关系，是不是和辛亥革命排满的问题相关联？因为满族，尤其是旗人，在不同的地域，在辛亥革命以后遇到的情况不是特别一样，这个历史过程可能要做一个更细的描述。而五六十年代的民族政策是怎么起来的，为什么要强调不同的民族要被识别出来，这些可能是要在当时的政策的意义上来讨论，背后大的政治构想也要分析,在此基础上,小说中的民族问题可能被真正讨论出来。

罗雅琳:我在阅读李广益老师讨论《国家至上》的论文《国家认同的积极构建及其限度——论抗战话剧〈国家至上〉的成就与问题》时,看到过一组非常有意思的材料。据吴组缃回忆,老舍抗战时期曾私下表示自己曾经因清朝统治者的腐败无能和丧权辱国而羞于承认旗人身份。因此,当时老舍的旗人身份并不像现在那么著名。在老舍创作的话剧《国家至上》演出时,聂绀弩甚至写评论表示,这部戏剧之所以将回汉分歧的主要原因归结为回人而非汉人,是因为"作者是汉人,而又没有完全摆脱无形中的汉人的成见",可见聂绀弩根本不知道老舍是旗人。

我在研究抗战时期的历史剧时也注意到,整个三四十年代出现了很多痛骂慈禧、批判清朝统治者的历史剧。在这种环境下,1949 年以前的老舍可能确实没有那么多机会可以堂堂正正地言说自己的旗人记忆。而到了 60 年代,当国华师兄说到的大规模的民族识别逐渐展开,旗人就不再作为一个过去的统治阶级,而是作为一个少数民族存在,也就拥有了一个比较中性的身份。此外,末代皇帝溥仪在 1959 年底经过改造后得到特赦,1960 年开始参加工作,先是在中科院植物研究所植物园,1961 年又去全国政协文史资料研究委员会任职。当过去的清朝统治者被改造为一个普通公民,那么,曾经被视为充满罪恶的统治阶级的旗人也就有了合法书写民族记忆的空间。在 1960 年代的氛围里,民族矛盾不再是首要的矛盾,那么,满族的故事、文化、记忆都可以渐渐浮出水面。老舍的《正红旗下》就是在这样的背景下诞生的。

刘东:关于旗人问题在近代的历史复杂性,我想推荐邵丹老师的一本书,英文名叫 Remote Homeland, Recovered Borderland,大概可以翻译成《故土新疆》?讲述的刚好是中国近代"旗人"如何一步步转化为"满族"的问题。我这里分享书中的一个洞见。如果从本尼迪克特·安德森的理论出发,旗人其实是最应该被"民族化"的族群,有土,有人,有历史传统、文化习俗,还有现实矛盾。但正是这样一个最有民族化潜质的族群,却在民国时期长期处于"准"族群的状态，这恰恰说明了民族问题在根本上是一个政治问题，邵丹由是详细介绍了旗人的民族化潜力如何被日本、中华民国以及共和国征用的复杂过程。旗人形象的变化，正是多重角力的历史结果。我想这本书最为清楚地告诉了我们，旗人问题作为一个历史问题的多重缠绕。我认可钰可所说，对旗人问题的理解显然是这部小说的关键。小说就起名为《正红旗下》，就佐证了这一点。但同样重要的是这个"下"字，旗子下的是"旗人"，是"我"，就是老舍这部小说不仅要写旗人如何，也要在一个确定了的旗人的描述中确定自己的位置。老舍写作《正红旗下》显然是有宣传意义的，但也有个人意义。我们确实需要在"旗人史"的意义上理解老舍小说叙述的独创与裂隙。而如果带着这样的理解，民族就不能被理解为某种本质化的东西，而首先要当成一个问题存在，是一个进程性的产物。无论是国家领袖的发言还是老舍的文学表达，都是多重角力关系中的一员，老舍的叙述困境也正是建立在这种仍在变化的、并未确定化的共和国对于满族的态度之中。

李国华：小说有一些地方老舍其实处理得非常微妙，如写姑父可能是个汉人，怎么也是旗人？一个回民，怎么也是可以领铁杆庄稼？而且很认同旗人文化，见了大姐婆婆，他不说佐领，他要说牛禄。这些微妙的细节是老舍的旗人意识或者满族意识的表现，小说要表达的还是一个政治问题。老舍肯定是愿意去讲自己的旗人故事的，因为早在1920年代末那些小说里，我们现在回过头就能看出来，尤其是《我这一辈子》，非常明显是写旗人下层的穷人。但到了1960年前后，老舍写《正红旗下》已经不完全是他自己的身份认同或是某种感情的归乡。我觉得如果能把层次区分得比较清晰的话，讨论《正红旗下》的效果就会更好一些。另外，小说对义和团、对王十成的评价方式其实也很微妙。一方面是跟共和国对于农民起义的阶级叙述有关，另一方面可能跟义和团与慈禧的关系也有关。这里面会不会有老舍作为一个旗兵后代的幽思？当然，这是猜测，没有证据，但是从小说上来说，对于王十成的写法挺有意思，而牧师则完全被漫画化。

孙慈姗：关于民族问题，我个人感觉《正红旗下》有"旗人"和"满人"两种说法，两种身份在小说中都会被强调，但是侧重点不太一样。简单来说，"旗人"身份的背后可能更多地涉及文化反思维度，就是他们为什么会形成这样一种"讲究"的文化，相应的还会涉及"我"的个人史、家族史问题。"满人"身份涉及的就是刚才提到的民族识别问题。汉满回等民族人口的区隔和融合与有清一代以来的政治制度、社会空间格局密切相关，而由此延续下来的民族问题的确也是老舍一直关注的领域。

在我看来，老舍对民族的书写始终包含在一些更大的框架视野之下，比如从抗日战争时期到写作《正红旗下》的1960年代，统摄着老舍作品中民族问题的话语或视野可能存在从"国家"向"人民"的演变。在抗战时期的舞剧《大地龙蛇》就有民族的线索，虽然这里没有明确提到旗人，但出现了"回教兵"和"朝鲜义勇兵"等，老舍在这里用来观照民族的核心框架就是"国家"，甚至是世界反法西斯统一战线。到了《正红旗下》，"人民"的话语就有比较鲜明地体现了。具体而言就是刚才大家提到的，虽然皇族强调汉满回的严格区分，但"我们这些穷旗兵们"与汉人、回人谁也离不开谁，穷骑兵与皇族虽然同为旗人但存在阶级差异，"他们是他们，我们是我们，谁也挡不住人民互相友好"。实际上，这种友好是建立在日常居处空间的共享之上的，这是北京城内市民一种比较典型的生存状态。在小说中，正是这样一种建立在空间共享、人情往来、节庆礼俗乃至更为重要的"工作"与"劳动"（这一点在学手艺的福海二哥这里体现得最为明显）基础上的交往互动帮助人民突破了统治权威的束缚与文化的隔阂，最终有可能达到一种"我们"同金四叔、王掌柜那样"求同存异"的状态。应该说，这样一种"人民"观念既契合当时的政治文化语境，也与老舍一贯的生活状态和文学思路一脉相承。进一步讲，在文本中出现过的建立一种"人与人的新关系"很可能是整个《正红旗下》的潜在叙述线索与问题关怀。

崔源俊：我觉得这部小说中涉及民族国家观念问题的一些议题诸如旗汉问题等，在小说的前半部分主要是在传统的天下观的框架里被讨论的。在人物的意识里，旗人的没落被理解为朝代的变更。后来叙事者引入了外国人牛牧师的视角，民族国家框架也自然变成了现代民族国家意义上的范畴。小说后面好像还出现一些阶级视角。所以虽然老舍没有完成整篇小说，但在我看来，也许他想刻画近现代中国历史进程中，人民对于民族与国家的认识经过——从天下观到现代民族观，最后抵达马克思主义阶级观的演变过程。

张平：有关《正红旗下》的未完成性，我稍微补充一点。小说的中断可能不一定是外部原因，从小说本身来看，它内部蕴含了一些矛盾。《正红旗下》和《小人物自述》相比，一个最大的不同在于突出旗人身份、旗人社会、旗人文化。如樊骏指出，老舍的满族意识经历了从回避和掩饰到"竭力渲染"的过程（樊骏:《认识老舍》）。小说表现"正红旗"这一群体的消亡，却也不无眷恋。如果要真正检讨"正红旗"或清朝满族的衰亡，文化、道德的败落可能不是其最终退出历史舞台的主要原因。

当然从革命史观来看，人民才是推动历史前进的动力，义和团当时被推到很高的位置。大家也都谈到，小说已经开始容纳这部分内容，出现了王十成这样的新人角色，传教士牛牧师成为帝国主义侵略中国的一个代表。也就是说，老舍在书写旗人历史、反思旗人文化的过程中，接受了一些新材料、新看法，他在话剧《神拳·后记》里写道："一九六〇年是义和团起义的六十周年……我看到了一些有关的史料与传说，和一些用新的眼光评论义和团起义的文章。"然而，这种小说试图表现的内容和老舍本人的认知、阅历可能会有所矛盾。《神拳·后记》还提及："我所看到的有关义和团的记载（都是当时知识分子的手笔），十之八九是责难团民的。对于联军的烧杀抢掠，记载的反倒较少。"老舍抗战中写的《我的母亲》，记忆里"父亲死在庚子闹'拳'的那一年"。以前义和团的负面形象在建国后的反转，是否对老舍真正形成一种冲击？表面上好像老舍在努力接受新的叙事话语，还创作了话剧《神拳》，但这种接受到底达到了怎样的程度？王十成与义和团固然属于阶级话语、革命话语，但即使进入革命的阐释系统，这种民粹式的存在与民族–国家结构是不是也存在某种矛盾？老舍有没有意识到这种矛盾或许难以弥合？如果说《正红旗下》属于老舍主动放弃，是不是意味着老舍对义和团的接受仍然保持了一定距离？1949年后老舍跟着形势创作了很多作品，但在最熟悉、最看重的有关旗人的小说中，有没有隐含着不愿发展像王十成一样的新人的意思？如果掺入太多这种新的东西，旗人和旗人文化的书写将被完全改写，像国华师兄提到，后面可能出现一个新的满族形象。而1937年发表的《小人物自述》里完全没有这些内容，所以我觉得《正红旗下》的重心有点游移，一方面想集中在旗人和旗人文化，另一方面尽可能引入新的时代话语、新的阐释系统，两者之间有时会叠合，有时会互斥。小说远景似乎不太明确，他想写的是旗人趋于消亡的历史远景，还是想写新人的出现与成长，进而形成新的族群？或者说，老舍意识到，无论如何，旗人和旗人社会终将消亡，他的书写是以文学的方式及时记录一种被忽视的历史，而对于新人、新的族群的出现，老舍是不是缺乏真正探讨的兴趣？

吴晓东：《正红旗下》的未完成性看来是关键问题，刚刚大家发表的意见角度各异，都非常好，带入了很多核心问题。张平提供了一些新的想法和空间，老舍写《正红旗下》时刚好是义和团60周年，小说对王十成的书写完全带有所谓正面的历史判断和阶级判断，以及从共和国的意识形态和历史观的角度重新对义和团张目的意图。或者说，老舍是把要王十成塑造成革命史中反抗帝国主义侵略的正面形象，这跟老舍以往的创作的确有差别，也显示出老舍在建国后配合革命进程和时代主潮的既鲜明又自觉的意识。在写《茶馆》之前老舍曾经想写一个更能配合时代宏大主题的作品，周恩来就对老舍说你还是写你熟悉的题材，老舍就有些失落地回答："那就配合不上了。"《茶馆》其实正是一部"配合不上"的作品，但因为老舍恰是回归了自己最熟悉的题材，反而写出了代表作。《正红旗下》关于义和团、王十成正面形象的描写，预示了老舍如果继续写下去，可能真的要从革命史和共和国史观的角度写出抗击外来侵略的历史，王十成肯定是新人形象。所以在这个意义上，也许张平刚才的判断很委婉，他的意思是老舍对新的族群的出现可能不大有兴趣，但即使在老舍的潜意识中没有兴趣，显意识上还得自觉地去塑造新形象。

我读罢《正红旗下》的一个基本判断是，从第八、九章开始，小说就逐渐跃出前八章的框架，因为随着王十成的出场，他所关联的义和团问题也被带入了小说中，新的历史视野出现了，这个视野与革命史观、共和国史观都有相关性。我觉得张平的判断更符合老舍创作的写作时代，老舍从革命史观、阶级史观出发把小说中的传教士看成帝国主义殖民侵略形态的一种表现，这一判断基于的是1960年代的意识形态语境，而这个语境很容易为当今研究者所忽略。另外，张平提出"这里面是否能出现新的满族形象"的问题，认为从小说现有的样貌判断，老舍书写的重心有一定的游移性，还没有完全聚焦，这个观察也很关键。《正红旗下》前八章写满族、旗人的市井生活、风俗习俗，但接下来老舍可能有新的构想。因为小说未完，到第十一章就中断了，目前很难从有限的篇幅里判断这一新构想的具体形态。但张平由此启发我们，小说的未完成性可能要从新的角度来理解，也许未完成的原因正可以从老舍的游移之中略见端倪。

所以大家刚才发言中体现出的文本内外的综合视野如何在小说中整合，这个难度很大。老舍在小说中设置了叙事者，带有预设性，这一点也需要引起足够的重视。一个值得讨论的议题是，《正红旗下》的叙事者能否真正统摄起小说试图展现的丰富的历史图景？

二 "讲究"的情感表征：溢出的喜剧感

肖钰可：《正红旗下》以姑母和大姐婆婆的纷争开篇，在叙述中都采用了一定的讽刺语气，但这讽刺并非冷嘲热讽，而是讽中有爱，因而叙事者着墨愈多，愈是让读者感到其形象的鲜活可爱。满人有重小姑的习俗，姑母因而可以在家里"称王称霸"，白住"我们"家的房子，能一人拿好几份钱粮，母亲去参加满月宴一类的活动还得向姑母借首饰。"我"对姑母的态度似乎是敬中带着一点儿怕的，小说写道："说真的，姑母对于我的存在与否，并不十分关心;要不然,到后来,她的烟袋锅子为什么常常敲在我的头上,便有些费解了。"这一细节也是满人风俗的一处生动体现:"那时多用长烟袋,烟袋除用以吸烟外也当作打人的武器。"然而面对这样一个姑母,小说中亦不乏皮里阳秋的袒护之语:"想想看,在那年月,一位大姑子而不欺负兄弟媳妇,还怎么算作大姑子呢。"姑母的形象并不讨喜,但小说中的"我"却不讨厌她,在对姑母的态度方面,老舍其实是把他自己的生命与情感经验投注在了叙事者身上:"我们同住了三十年的样子。她有时候很厉害,但大体上说,她很爱我。"正因有这一层情愫在,叙事者和小说中的人物构成了一种有距离的亲近感。

吴晓东: 烟袋也兼作打人的武器这个场景确实非常生动,我小的时候也在东北农村亲历过。

肖钰可: 我读的时候也对此印象深刻。但到大姐婆婆这里,叙事者的距离感相比姑母无疑更拉远了一些。大姐婆婆身上最突出的特征就是她对身份的重视,即作为子爵女儿、佐领太太、骁骑校母亲的那种印入骨髓的荣誉感和优越感。叙事者对此进行了一种并不刻薄的批驳:"在这个日落西山的残景里,尽管大姐婆婆仍然常常吹她是子爵的女儿、佐领的太太,可是谁也明白她是虚张声势,威风只在嘴皮子上了……至于我们穷旗兵们,虽然好歹还有点铁杆庄稼,可是已经觉得脖子上仿佛有根绳子,越勒越紧!"正因为同属旗人群体,一同承受旗人没落的历史负担,"我"在描绘家族成员时就不能不多了一份感同身受的悲悯,做不到居高临下的揶揄,也无法进行刻薄辛辣的讽刺。正因为这样一种复杂、含混的情感体认,"我"才会用"讲究"这样一个非褒非贬却又可褒可贬的中性词语来概括末世旗人的生活特征,既贴切又准确,几乎找不到另一个词语去替换它:"二百多年积下的历史尘垢,使一般的旗人既忘了自谴,也忘了自励。我们创造了一种独具风格的生活方式:有钱的真讲究,没钱的穷讲究。生命就这么沉浮在有讲究的一汪死水里。"老舍炉火纯青的语言能力以及他对旗人深刻的历史洞察,撑开了"讲究"这一词语所蕴含的丰富空间。

有别于传统的家族叙事,《正红旗下》呈现出了一种溢出的喜剧感。首先是老舍的用词。《正红旗下》中有多处大词小用、庄词谐用的语言现象,比如"实事求是""分庭抗礼""大仁大义"等。这些看似格格不入的"大词"暴露了叙事者所刻意营造的郑重其事的叙述姿态,使得笔下的人物都认真得让人感到可爱。用词很重,情感反而被晕染得淡了,削弱了原本的批判力度,所以小说从题材上来看是严肃的,但情绪上并不沉痛。除了用词外,《正红旗下》在刻画旗人群体的生活作风时也时有幽默之笔,很好地中和了讽刺笔调。比如小说中有一处"鸡爪子"情节,是"八旗生计"问题的生动体现。小说当然是在讽刺这种寅吃卯粮的做法,但却写出了一种滑稽感。

如果说小说前两章的喜剧特征还停留在比较隐晦、细微的层面,那么当大姐公公和大舅联袂出场后,这种喜剧性开始洋溢于作者的笔端。小说写到两人分别时的一处细节极具喜感:"吃完,谁也没带着钱,于是都争取记在自己的账上,让了有半个多钟头。"这就是老舍所说的非常典型的"没钱的穷讲究",两人都没带钱,但是都很真诚地要付钱,这不只是一顿饭钱而已,更重要的是,日常生活的规矩和礼节不能怠慢。尽管这种对传统秩序近乎死板的遵守是一种负担,但是他们乐在其中,也构成安顿现实的一种方式。小说中花费了相当的笔墨写旗人的艺术情趣,比如听戏、唱曲、养鸟、下馆子吃饭等等,叙事者对此的态度也是两面的。一方面,这是末世旗人疏于骑射、耽于享乐的一种体现,清朝的败落与此直接相关;但另一方面,这种艺术情趣又没有被完全作为玩物丧志的表现而受到彻底的批驳,"艺术的熏陶使他在痛苦中还能够找出自慰的办法"。小说写到大姐婆婆一家的家庭纠纷,"我"的亲家爹艺术兴趣广泛,满人爱玩的那些技艺他都能玩上几手。但大姐婆婆却"把日子不好过,债务越来越多,统统归罪于他爱玩票,不务正业,闹得没结没完"。而"我"对此的态度则是:"他们夫妇谁对谁不对,我自幼而今一直还没有弄清楚。"表面上看,这只是大姐婆婆家的家庭纠纷,但从本质而言,这场纠纷的症结还是落在了"八旗生计"上。大姐公公的做法是"特权对于人的腐蚀"这一主题的典型体现,小说也借大姐婆婆之口指出了这一点,把债务问题等都归因于此。但"我"对此的态度却颇暧昧，看似是"清官难断家务事"的为难，实则是拒绝对这一现象进行价值判断。从理智上"我"认为应该警惕这种不务正业、游手好闲的生活方式，但从情感上，"我"又觉得这种苦中作乐、自我安顿的行为并没有什么好批驳的。"八旗生计"作为问题的复杂性与矛盾性借助这种含混的表述和判断得以凸显出来，这恰恰就是老舍所诉诸的"直觉"。但他把这种直觉藏得很深，以一种举重若轻的方式把它们"化入"了行文的蛛丝马迹中。相比早年在《老张的哲学》《二马》甚至《骆驼祥子》等作品中所使用的相对显豁的意义表诉，《正红旗下》为我们呈现了老舍相对收敛、深沉、婉转的写作姿态，很见作家功力。

李国华：喜剧感到底怎么理解？有多少是国民性批判带来的喜剧感？在注重人民性和阶级性的时代背景里，老舍必然会意识到人物原型变成小说人物，其中不仅有作者个人的情感牵绊，与此同时是不是也产生了一层喜剧感？是不是还有第三个层面？是不是因为老舍跟这些人物的原型牵绊太深，写"腐朽落后"才写出了喜剧感？

吴晓东：老舍对旗人文化有价值判断，但他不乏"喜剧感"的情感处理方式可以说中和了他价值判断中那些鲜明的部分，这就体现了小说风格的重要性。另外，钰可对"喜剧感"的分析可以更细致一些，其实老舍一直是写"喜剧感"的高手，从《二马》等早期创作就开始了，那么到了《正红旗下》这里，喜剧感有没有变化？有哪些变化？这些都是可以深入展开的角度。

刘东：我个人很喜欢钰可拟的这个小标题，这里面有三个关键词："讲究""情感表征"和"喜剧感"，三者是有关联的。"讲究"是老舍对旗人文化的一种看法，但看法同时还附着了情感，即"喜剧感"，而钰可想要探讨的是"情感表征"，就是说要思考这种情感流露代表着什么，象征了什么，换言之，老舍为什么要用一种充满喜剧感的方式来叙述他对旗人文化的思考，这其实就落实到了风格的层面，考虑的是"写法"的问题。这意味着我们并不把老舍的看法当成事实来接受，而看成一种话语，一种叙事策略来理解。"讲究"其实也是老舍早年评价中国市民文化的常用语。《结婚》《牛天赐传》里也有对礼俗的描写，但"讲究"的指向是市民，是市民文化的问题。但相似的风俗描写到了《正红旗下》里就变成了对旗人的，是民族文化的问题。"讲究"话语可以转到北京人身上，也可以转到中国人身上，恰恰证明这种评价方式是可以挪动的，是一种"话语"。而一旦我们将之视为"话语"，视为一种"策略"，钰可看到的喜剧感就是相当耐人寻味的问题。比如，幽默是否在完成对旗人文化的反思的同时，也是一种"保护色"呢？因此这种"讲究"的说法背后，既包含了老舍对于人民性、阶级性的民族论述的吸收，也综合了他自己旗人身份的情感认同，"喜剧"的风格选择恰恰是一种"情感表征"。

在我看来，钰可的这部分分析，刚好与她对老舍如何在小说中理解旗人与旗人文化的部分构成了表里关系。《正红旗下》当然包含了老舍对于旗人文化的总体认识，"讲究"就是他对旗人衰落原因的一种理解。但可以和这种内容层面论述相补充的，则是形式层面对于"喜剧感"的发掘。这有助于我们把老舍的认识"话语化"，从而看到老舍是如何在多重历史资源与话语资源中形成了自身的认识，而这种理性认识又如何包含了个人情感，上述讨论才有助于我们打开老舍1960年代创作小说时的复杂语境。

唐小林：在老舍的小说中，有时候我们看到的是幽默里带着滑稽，而有时候看到的则是幽默里含着泪，这是因为幽默的底色不同所致。我认为对"喜剧感"的判断必须要结合叙事者声音来分析。《正红旗下》中的叙事视角不是单一的，即使是在孩童视角中，也常常伴随着叙事者的评论。叙事者声音的干预或者说掌控，是造成"喜剧感"的重要原因之一。《正红旗下》中所营造的"喜剧感"中也时常混杂着某种"悲剧感"。尤其在叙述"我"的家庭生活时，那种幽默笔调背后隐含着非常严酷的基本生存问题。在这些方面，老舍没有单纯地对"旗人生计"进行苦难式书写，而是用这种"喜剧感"将相关问题复杂化了，并且带来了某种具有反差性的阅读冲击感。

第二个问题是有关旗人的"讲究"。如果非常简单地进行概括，《正红旗下》写的其实是一件事，就是"有钱的真讲究，没钱的穷讲究"。《正红旗下》不仅写了旗人的"讲究",更写出了这些"讲究"的难以为继。这些"讲究"不仅与经济基础和文化风俗有关,也与不同人的现实处境和心理状况有关。在谈论这个问题的时候,首先要对《正红旗下》中不同的旗人及其"讲究"做出区分。一方面,老舍表现了旗人和旗人问题的整体性,这点刚才大家讨论得很充分了,但是另一方面,他也通过"真讲究""穷讲究"等不同的"讲究"将旗人内部的差异性呈现了出来。

秦雅萌:《正红旗下》的喜剧感还来自小说有意使用的"调查-推论"的叙述模式,用一种"小题大做"或"故弄玄虚"的方式,"煞有介事"地说起家族邻里的故事,听上去即将发生重大事件,却最终道出一个很不重要的结论,形成了幽默而略带反讽的叙事风格。小说中还有一些词语,如"开除旗籍""外交礼节"等,可能有意借用了五六十年代流行的政治语汇,但老舍也仅是点到为止,分寸感拿捏得很恰当。

李国华:这涉及小说的语词面貌的问题,"煞有介事"的概括十分准确。

吴晓东:雅萌试图进一步从中钩沉语词在语境中是如何生成的,以及反讽是如何生成的,可以进一步讨论时代语境是如何渗透进文学语言的话题,继续把文章做细。

胡诗杨:延续刚才谈到的喜剧感的话题,我觉得小说的喜剧感可能来自于叙事者"我"的"点评"。比如"她的笑,说实话,并不比哭更体面一些。她的刚柔相济,令人啼笑皆非""我首先记住了他的咳嗽,一种清亮而有腔有调的咳嗽,叫人一听便能猜到他至小是四品官儿"。小说里"我"是一个观察者和点评者,而几乎不具备行动性。而"我"所具备的功能在小说后半段基本可以被人物的心理取代,以人物的言行不一,或者人物的自我夸耀来实现反讽效果,比如"明知自己没有学问的牛牧师,忽然变成有学问的人了",而不再是小说前半段的"我"去点评另外一个人。表面上作为形式的"我"消失了,但观察和评论的功能似乎还延续了下去。

刘祎家:一开始读《正红旗下》,我是蛮困惑的,因为并不知道咱们这次读老舍这本只写了个开头的小说,是要解决什么问题,或是要从中提炼出什么样的问题线索。但刚才听了大家的讨论，特别是国华老师和刘东的发言，把之前钰可讲到的老舍小说形式层面上溢出的喜剧感、情感表达等问题讨论得更加深入之后，我突然有一种茅塞顿开的感觉。那么这个茅塞顿开的感觉具体是什么？钰可一开始提出来的一个问题，也是大家比较关注的问题，就是这个小说为什么没有写下去，它为什么只写了个开头。我自己的判断也倾向于认为这可能是一个内部的问题，并不完全为外力所致，外在的制度性环境对小说创作的影响并不是根本性的。我对1960年代初期国家的文艺政策并不是太了解，但刚才听超宇提供的材料，感觉在60年代初，文艺界其实处于一个调整和提高的时期，作家是有一定的余力和自由度，可以去书写自己相对熟悉的题材，涉足自己相对亲近的领域的。刚才钰可提到了小说内部的形式特征，我觉得提供了一个很好的抓手帮助我们分析问题。在小说前八章里，老舍对于旗人的市民社会风俗有一种非常细腻的、举重若轻的展示和征用，这意味着老舍是在自信轻松的状态下讲一个自传性故事，他有相对宽适的余裕去再现自己的生活。小说风格上的轻松状态意味着作家对自己的写作对象和文体处于一种有充分把握的安全状态里。所以我们才会看到纵使老舍对"八旗生计"不无自嘲和反讽，但又带着友爱亲近的探视和抚爱的眼光，像对待自己身边的邻人一样。包括对于像定大爷这样自身带有一定历史局限性的人物，老舍在情感的逻辑上其实也是体认他的，所以如钰可所提到的老舍修辞上的大词小用、庄词谐用、滑稽戏仿等现象形成了小说叙事艺术上的喜剧感，都表明老舍在写作《正红旗下》的时候，至少是前八章，作家的整个状态是比较松弛舒张和有自信力的。

但是当"新人"王十成、福海二哥要出现的时候，要讲他们带来的新的政治可能性的时候，小说引入了一种阶级论视野。而到牛牧师和那种功利化地对西方诌媚的旗人出现的时候，老舍的写法就变得愈发戏拟和漫画化起来。从叙事的进程来看，老舍试图在小说的后半部分把一种更大的、中美和国际之间的国族视野引入进来，小说前半部分聚焦的回、汉、旗乃至旗人内部的民族问题，就转向了冷战背景下中美、社会主义和资本主义世界之间的折冲与冲撞。这个小说政治视野上的提升是老舍自觉的尝试，他开始把民族的问题国族化甚至国际政治化，以呼应当时的国家政治处境，体现出老舍在文学上紧跟政策的倾向。但当老舍要把这个更大的视野展示出来的时候，你就会发现这个东西压倒了之前对满、汉、回人市民生活相对自然化的叙事和展示，而当老舍仍旧试图以一贯熟稔的方式来消化乃至内化这个国际政治的国族视野时，你就会发现他愈发找不到融合的契机，他处在一种不知道接下来的路该怎么走的状态：自己既有的写法难以为继了，又难于突破自己既成风格的惯性，那个新的政治性的东西在逐渐纳入叙事内部的过程中开始呈现与既有写法不能调适的苗头，小说写作因而中止。所以我觉得《正红旗下》写不下去其实是更内部的原因，就是老舍没有找到一个更好的方法能够把更大的国族问题给引入小说当中，由此体现出一种写作上的困境，所以就停在了我们现在看到的这个地方。

肖钰可：感谢大家的讨论，我突然想到其实《正红旗下》的所谓喜剧感并不是均衡分布在小说整体中的，它好像分散在很多情节或细节上，比如刚刚讨论到的"鸡爪子"、吃完饭争着付账等，喜剧感就落定在这些片段以及截面上，不过我目前也没有想得很清楚，似乎需要进一步把"喜剧感"理论化一些。

李国华：我觉得可以分两个层面来说。第一个层面是事情本身具有喜剧感，第二个层面是事情本身不具有喜剧感，但是老舍的叙述带来了喜剧感，就是写法带来的喜剧感。那可能是溢出的，是大词小用、庄词谐用的写法带来的，不是事情本身就有的。我觉得可能有一点非常重要，就是叙述者"我"经常表示自幼至今一直没有弄清楚什么，这个写法本身也产生了喜剧感。

肖钰可：国华师兄区分的两个层次好像把我说不清楚的东西说清楚了，但这两个层次在实际论述中似乎也不是界限分明的。比如我刚才提到的用词问题，包括师妹提到的叙述视角，这些很明显属于写法的层次，因为他本可以不这么写，故意使用一些"大词"或控制叙述视角，能看出作者的写作姿态。但是像"事情本身具有喜剧感"，这个就不太好判断，一个事情是否

"好笑"也可能受到作者写法的影响，比如像付账这样的情节，我读的时候觉得很好笑，但我不太好把握这种"好笑"是语境的结果还是事件本身的效果。上述问题集中在如何识别并演绎《正红旗下》中的"喜剧感"现象。

第二个层面是如何解释这种"喜剧感"，它是如何生成的，反映出什么问题。像袆家师兄提到的松弛或紧张的写作姿态，就是基于"喜剧感"这一现象所做的进一步解释。《正红旗下》的"喜剧感"显然不只是形式层面的问题，比如我提到的"他们夫妇谁对谁不对，我自幼而今一直还没有弄清楚"，作者故意说"我"弄不清楚这件事。它绝不是简单的家务事，而牵涉到八旗生计背后很沉重复杂的历史归因。这样一个模棱两可的"喜剧感"表述其实也影射了价值判断的困难性。

吴晓东："喜剧感"的问题谈开去，就关涉到作者的写作姿态了。虽然区分层次不容易，但是建议写论文的时候还是分层次地写比较好。

三 小说内部的叙事裂隙

顾甦泳：我想沿着吴老师提到的作者写作姿态话题来谈谈小说具体的叙事。阅读前几章，一个直观的感受是，叙述者不断在文本中提示自己的存在，如开头的"似乎有声明一下的必要""还要声明一下""说到这里""你看，我只顾了交待……可忘了说……"，此后，文本中两次直接出现"书归正传"的标记，所谓"正传"，是指"我"的出生，而这一事件被成年后的"我"以说书的方式讲述出来。值得注意的是，叙述者不仅反复提示自己的存在，而且故意暴露"说书"这一全知叙事的建构性，前几章中有这样的表述："据我后来调查""我也调查清楚""我至今还没探听清楚""经过客观的分析""直到如今，我还弄不清楚这段历史""小六儿是谁，我至今还没弄清楚""我至今还弄不清小六儿是谁"。可以看出，成年之"我"的讲述是在"我"的"调查""探听"和"分析"中逐渐成形的，也就是说，探究"我"是谁、"我"从哪里来构成了叙述展开的内在动力。这里的"我"并非一个抽象和封闭的"个我"，而是处于各类社会关系中的"我",比如"我"与家族、"我"与满族、"我"与国族,因此,虽然"我"的生命史构成了主干性的叙事线索,但叙述者不断把"我"(包括围绕着"我"的一系列人物)和更大的历史事件进行勾连,把"我"放置在更宏阔的视野中进行观照,而这种勾连又依托于"说书"所内含的即兴评点的叙述方式。在这个意义上,小说把"我"的出生作为原点性的事件,以此为中心不断向外辐射和向内收束,不仅很自然地符合自传从出生讲起的惯例,也隐喻着一种自我生命和家族、民族/族群、王朝、国族之间互相阐释的结构:要想完整地讲出"我"的故事,就必须完整地讲出家族的故事、旗人的故事、清王朝的故事等,建构叙述也成了对"我"何以成为"我"的回答。同时,叙述者的声音在小说中似乎存在着由显到隐的变化,小说开头几章,"我"同时作为经验主体和叙述主体,在讲述身边人的故事时,直接呈现自己的好恶感,而从义和团的故事开始,"我"的讲述似乎溢出了"我"所具备的经验视野,呈现出一种从"说书"到稳定全知叙事下的写实主义小说的过渡,当然,如前面所说,对义和团这一系列事件的讲述同样是关于"我"的讲述,但和前几章不断收束回个体生命史的叙述方式不同,后半部分没有再把故事拉回"我"的成长史这一主干线索,这是不是在一定程度上意味着这种勾连个体生命史和大历史的叙述方式在写作上存在的困境,但由于小说没有写完,可能也无法做出更确凿的判断。

孙慈姗: 我在阅读《正红旗下》的同时也关注了和它的内容有很大相关性的《小人物自述》,我发现二者的叙述方式的确不太一样。在《小人物自述》中,作者对一些感觉性的东西有特别的关注,核心线索是个人的成长经验,里面有一些类似抒情散文的写法。比如在小说第二章,成年的"我"回忆刚出生时的情景,评论道:"是的,我的过去——记得的,听说的,似记得又似忘掉的——是那么黑的一片,我不知是怎样摸索着走出来的,走出来,并无可欣喜,想起来,却在悲苦中稍微有一点爱恋,把这点爱恋设若也减除了去,那简直的连现在的生活也是多余,没有一点意义了。"在成年叙事者看来,"我"的过去是一片黑暗,它甚至无法自觉存在于"我"的记忆中，然而这里隐藏着决定"我"全部生命轨迹、人格性情的因素。它们之所以值得被展开、被审视，是因为它们是个体存在的确证，这样一种想象性的回忆满足的是个人的情感需求。到了《正红旗下》，这样的情感状态也依然存在。不过这里出现的那个"年过花甲"的叙事者的口吻显然是更加幽默老练的。值得注意的是小说里面也出现了一些"婴儿视角"，比如在第四章"我"洗三这天，描写完外面的场景后，文本转而聚焦于"我"所在的空间，写道"只有我静静地躺在炕中间，垫着一些破棉花，不知道想些什么……从窗上射进的阳光里面浮动着多少极小的，发亮的游尘，像千千万万无法捉住的小行星，在我的头上飞来飞去……我在一小片阳光里，等待着洗三，接受几位穷苦旗人们的祝福"。作者对婴儿极狭小的感知范围与细腻的感官形态做出了模拟，进而婴儿所在空间的家庭状况、生活日常、节庆礼俗、城市样貌乃至社会经济结构等，就都有可能被融汇进"我"生命的原初境遇中，与"我"的成长经验发生千丝万缕的联系。正是这些东西塑造了"我"，而"我"也在长大的过程中逐渐见证了它们的存在演变。我觉得通过这样的视角，文本提供了这样一种统合个人史与家族史、社会史的方式。而从时间形态来看，小说时而以"我"的出生为时间标尺，时而会有更为明确的纪年交代，比如戊戌年等，这就突出了外部的政治格局。可以看出，比起时间线索模糊的《小人物自述》，《正红旗下》一直企图将"我"的生命轨迹与这个大时代之间建立关联，比如将"我"出生后的啼哭与当时灾民们的哀号做类比。但是随着情节的推进，当老舍想要更多地切入对时代政治文化境况的关注，从而引入了多氏兄弟、王掌柜、十成父子等人物后，叙事的焦点似乎就转移了，"我"的个人史和家族史这一部分好像有淡化的趋势，导致小说写到后面越来越有《四世同堂》那种结构感觉，就是写同一空间中形形色色的人，各自有一定的线索，代表着时代的某一面向。但是老舍之所以在《正红旗下》一开始就突出个人经验的维度，集中笔墨去写小婴儿"我"和"我"的家人，或许就是想尝试一种不同于《四世同堂》的写法，给我的感觉是这种写法面临困境，没有延续下去，这也导致了小说前后风格的变化，也可能潜在导致了小说写作的无法延续。

吴晓东：慈姗和甦泳谈到的小说内部的叙事问题确实很重要，小说开头这个叙事者的出现，的确让这部小说呈现出和之前小说不一样的风格。这部小说的说书传统我是关注到了的，而且是拟说书人视角。小说借助了一个不可能的婴儿视角，这个视角相当独特，因为不是任何一个孩子在出生后一两天就能说出我不知道我现在想什么。其实老舍是借助于这个"历史性的伟大的诞生时刻"，把周边的人事聚焦在一起。这个开头很抓人，至少统摄了小说前三分之二的篇幅，不知道老舍找这个叙述调子找了多久。

我的感觉是，如果按篇幅划分，至少小说前三分之二的部分还是可以由这个叙事者、由"我"的视角来统摄。但是自从十成这个人物出现，引出了义和团的历史，尤其是后来牛牧师出现后的情节，就完全逸出了"我"的视角，这导致了小说目前留下的八万字中前三分之二和后三分之一的内容存在分裂的感觉。换句话说，老舍可能真的是个人、家族都想写，也想写大历史，写清末的整个社会格局，但是"我"的看叙事视角能否统合这些，的确是个问题。包括我们应该怎么对待这种分裂性，都是可以再讨论的。我个人特别喜欢前三分之二的部分。后面的一些笔墨，比如对牛牧师这个形象的描写的确和《四世同堂》的写法有相似之处。

刘祎家：我认为这部小说在叙事上其实是回溯性的，虽然使用了婴儿视角，并且嵌套进一个拟态的说书人的结构之中，但它实质上是叙事者"我"年老以后对自己童年经验的一个回溯，在回溯里过往的生活都是加了滤镜的，带有老舍对旗人这个亲密的生活和情感共同体的深度体认，老舍对旗人自身的许多批评和嘲讽，其实都在这个回溯性的目光里变得不那么尖锐了，反而成为追忆和惦念的内在之物。借由回溯性的视角，老舍其实想要呈现的是旗人生活生龙活虎的那一面，那是具有强烈生命力的东西，是内在于小说笔法而老舍又割舍不掉的根基性的叙事地层。

李国华：从写法的意义上，我想回到小说的开头来讨论。法国的一个学者保尔·巴迪认为，《正红旗下》的叙述者"我"是一个小普鲁斯特。这个判断有一定的道理，因为小说确实是一个预设性的回溯叙述，从一开头就讲，假如我怎么样，而不是说就是怎么样，所以它是一个预设性的回溯的叙述，叙述里面的喜剧感、分寸感或者情感表征的方式，都来自这预设性。这个小说的叙述还是特别现代的，或者说特别有现代感，和老舍的其他作品的典型现实主义的写法不大一样。当然它的质地仍然是现实主义的质地，这是另外一个层次。从预设性的回溯叙述的意义上来说，我觉得叙事者到底站在哪个时间点上做出预设，然后动用不同类型的话语来判断它所回溯叙述出来的故事和人物，是应该特别关注的。如果这个预设性的回溯叙述足够强大，会不会像普鲁斯特讲左拉为德雷福斯辩护的故事一样，就是也讲一个巨大的政治事件，而不存在缝隙或分岔。假如它的预设性回溯叙述建构的功能足够强大，后面那些跟家庭有关的国族叙述、革命叙述、阶级叙述，都还是能够建构进它的整体叙述架构里。只是这个调子，老舍他没有找得特别准。

另外，我再把保尔·巴迪的一个观点稍微介绍一下。他说《正红旗下》由三个同心圆构成，最里层是这个躺在摇篮中的小普鲁斯特渐渐成长，长出了他的触角，构成了一个真正的人物，围绕着他形成了第一个同心圆。第二个是最接近人物，最接近他的人物圈子是他的家庭，大姐在其中具有主导地位，然后再从大姐夫引出大姐婆婆，这是第二个同心圆。第三个同心圆是稍稍脱离了前两个圈子自在的发展，比如福海二哥、王十成的故事，以及相关联的周边人物。

唐小林：老舍从"我"的出生开始写起，然后围绕着"我"向外延展开去，依靠人物之间的关系来形成一个个叙事圈子，由家里的事一直写到外面的事、社会上的事，非常有层次感。因此，我认同保尔·巴迪所说的，《正红旗下》围绕着"我"这个小普鲁斯特，逐渐形成了"一个一个的同心圆"。在这些"同心圆"里面，包含着老舍不同的价值立场和情感姿态。老舍借助"我"这样的视角，在有意地做一些区分和识别，并通过小说人物常挂在嘴边的"我们""他们"这类不同的人称关系来表现出来，最终呈现出有关情感、道德和文化等方面的具有差异性的认同标准。但值得注意的是，老舍不仅写了旗人相对稳定的生活方式,更着意展现其中的变动。比如,"我"的母亲不顾旗人的身份,想通过给别人洗衣服来赚钱;而福海学手艺,逐渐"变成另一个人,一个汉人,一个工人,一个顺治与康熙所想象不到的旗人"。原来的社会身份和文化结构在历史发展中发生着变化,并生成着与以往所不一样的群体认同,最终带来了新的"识别"效果。所以《正红旗下》虽然是回溯性的叙事,但其中很多有关个人史、家庭史和社会史的细节,读起来不像是回忆出来的,而更像是重新生成出来的,具有建构性。结合前面的分析来看,或许可以认为,《正红旗下》不是单纯地要呈现一个过去的社会,而是要建构出一个变动的时代图景,其中包含着老舍对旗人历史及其走向的独特理解。

四 在观念与尊严之间:被"撕裂"的人物形象

肖钰可:感谢大家围绕《正红旗下》的内部叙事展开的讨论,背后仍然关涉了小说的未完成性问题。我下面想跟大家一起讨论一些小说的人物形象问题。《正红旗下》是一部人物众多的群像式小说,里面的一众旗人不仅有阶级之分,对"八旗生计"乃至八旗制度本身的体认与感知也有差异,老舍在他们身上所灌注的能量是不同的。小说中提及父亲时,总是不免带有一种骄傲中混杂着不平的复杂情绪,这些底层旗兵恪守着传统旗人那一套忠诚、责任、踏实的价值观念,却连基本的温饱都不能满足。一方面他们已经意识到旧制度的积弊,另一方面却又对旧制度的现实管束和价值观念保持着一种根深蒂固、难以撼动的认同,体现了"中间物"之所以是"中间物"的矛盾性。比"我"的父亲更能体现这种"中间状态"的其实是福海二哥,用叙事者的话说,这是一个"熟透了的旗人,既没忘记二百多年来的骑马射箭的锻炼,又吸收了汉族、蒙族和回族的文化"。可以感到小说叙事者对福海二哥充满了偏爱,但就是这样一个能"多看出一两步棋"的新人,仍旧无法摆脱"中间物"的历史宿命。他们的日常行为习惯与忠诚驯顺的传统观念都受到旗人文化的深刻影响，同时又形成了根深蒂固的束缚。可以说，《正红旗下》中出现的一众旗人都或多或少带有"中间物"的特征，老舍从不对他们进行果决的价值判断，就连定大爷这样的上层旗人，老舍都能为他的历史局限性找到解释："他的元宝与房产又遮住他的眼睛，使他没法子真能明白点什么。"只有在多老大和牛牧师身上，我们才看到了老舍毫不客气、毫无保留的冷嘲热讽，甚至不惜使用"一条丑陋而颇通人性的狗"这样刻薄的表述。因为这两个人物的出现，小说主题在旗人家族史以外增加了一条宗教与帝国主义侵略的明晰线索，不过由于小说没有写完，这条线索无奈只开了个头。老舍本人曾于1922年受洗成为基督徒，但我认为他的这一经历并没有很大影响他写作《正红旗下》第十一章时的所谓立场。宗教问题在老舍早年的小说中就曾出现，他也并不回避自己的宗教身份。我认为老舍加入基督教的原因和《老张的哲学》中李应的情况是比较接近的："我想只要有个团体，大家齐心作好事，我就愿意入，管他洋教不洋教。"小说第十一章写到出发前他和牛牧师围绕坐不坐大轿的争论没有一点亲切感和喜剧性，只是一种谄媚的丑态毕现而已。他对亲人的冷漠、赊账而不记账的种种无赖作风并不在旗人"讲究"一词的内涵里。因此，在《正红旗下》里老舍不仅写了旗人中的富人和穷人，同样也写了其中极端和不极端的人，老舍在他们身上灌注的历史能量是不同的，其中也暗含老舍自己的判断。

吴晓东：钰可试图用"中间物"来统摄小说中的旗人形象，这个概念显然借鉴了鲁迅研究。不过太沉重了，二哥可能担不起这个概念。

刘东：我觉得钰可这部分的人物分析，与其说是"中间物"，不如说她更强调老舍写作过程中的"撕裂感"。这里涉及的可能还是表现旗人的难题性问题。我个人很赞同这种思考方向，但觉得"难题性"不仅体现在小说塑造出的多老大人物形象是真还是假这个层面上，也不体现在小说给二哥设置的情节意义上两难性上。《正红旗下》里的人物很多都有原型，但也并不就意味着"真实"，文学作品中的人物首先是一个符号形态，应该看成一种思想构型。所以真正的问题在于：为什么二哥作为一个正面的旗人，最早觉醒的"生产者"（摆脱了"消费者"的陷阱），老舍对他的正面表述却是如此曲折？而反过来，为什么老舍要如此"非真实"地创作出多老大这样一个无恶不作的形象，让他身上承载了旗人全部的落后特征？依我看，福海二哥和王十成的形象设置是具有隐喻性的。福海作为旗人中的"先醒者"，却只能扮演一个遥远的同情汉人革命者的旁观者，事实上，大量旗人在晚清开始就参与中国革命事业，就是中共革命队伍中也有不少旗人。但进入小说"符号"层面的人物却只能如此，这恰恰最为深刻地呈现出老舍心中旗人在中国革命当中的位置，也呈现出在中国革命进程中安置旗人身份的难题性。而老舍一定要把多老大的形象漫画化，让他承载旗人身上全部的落后特征，也是与他"拯救"旗人身上的积极面向有关。如果仔细考究多老大的种种表现，不仅仅是崇洋媚外，做"汉奸"的问题，他本身是旗人，多老大的情绪在某种程度上也是对中国内部旗汉问题的应激反应。但恰恰是在这个人物身上，所有内部的民族矛盾被转化成了中外对立的问题，老舍牺牲了这个人物的"真实性"，是为了完成叙事上的任务。所以人物塑造归根到底来说是一个写法问题，并不一定真有其人，而是一种"装置"。装置呈现出老舍对于旗人文化的一种表达策略，这种策略中包含了"难题性"。

肖钰可：你刚刚提到写法的问题，让我想到小说在写多老大时有一句话，作者认为"多老大身上基本没有旗人的尊严"。

刘东：这恰恰是对"旗人"的"纯洁化"，用多老大来"拯救"旗人。

肖钰可：所以，小说对多老大的写法和对福海二哥等人的写法有所不同。在后者身上，我们还是能看到人的尊严，人物身上的拉扯感体现得很明显，但在多老大的形象塑造上不存在这样的内容。

李国华：说一点可能跟钰可"中间物"的表述有点距离，但也可能有关系的一种理解方式。《正红旗下》在处理人物的时候，有很大的内容或者笔触是在观念和尊严的层面上去建立关系的，因为有这样的观念，所以会有这样的尊严的理解或者尊严感。如果没有这样的观念，比如多老大，他没有这样的观念，那么因此他就会没有叙事者所强调的那种尊严感，然后就会被认为没有旗人的尊严。那么在这个意义上来说，我就会觉得1900年前后，他正好处在一个从天下到国家的转换过程中，清政府会说宁赠友邦不予家奴，就是因为他没有我们现在想象的那个国族意识，相关联的一个隐喻性的观点就是，多老大的理解就是我想和什么人产生关联，不会在国族的意义上展开。这可能是老舍在处理这些人物时所感受到的那个年代的事实，但他站在1960年这样一个点去说这些事情，他肯定没有办法去说这些人物是一个帝国王朝的旗兵，因此在小说中，他会把这些人写成游手好闲、腐朽堕落、腐败，甚至有汉奸问题，等等。我觉得多老大与福海人物形象的对比可以启用老舍1949年前的一个说法，就是"穷人的正义"。福海二哥其实是个穷人，他怎么活下去？他选择的是去学手艺，和王十成发生关联；眼睛多其实也是要活下去，只不过他的活下去的方式是和统治者勾结，和牧师发生关系。老舍自己怎么理解穷人的正义？穷人为什么是正义的？穷人为什么可以是正义的？他可能会将福海二哥的选择视为代表着某种可能性，但同时又还是为从天下到国家的过渡过程当中的历史意识形态所裹挟的感觉。进入这样一个历史意识形态的层面，也许就多多少少可能到"中间物"的论域。我不知道有没有产生对话。

吴晓东：关于基督教的部分大家有什么看法？

曲清华：老舍和基督教的关系和他对于基督教信仰的态度我做过一些调查，这里可以简单和大家介绍一下。1920年老舍被教育部提拔为劝学员，月工资两百元，工作清闲，在当时可以算是一份美差。老舍当劝学员期间，曾经因为婚姻大事与母亲失和，导致他大病一场，到西山京郊卧佛寺去休养了一段时间。回来后，老舍决定重新安排生活，戒掉所有的不良嗜好，也就在这年前后老舍开始接触基督教，开始上由宝广林办的英文夜校。宝广林是缸瓦市基督教堂的牧师。老舍在1922年北京西城的缸瓦市基督教堂接受洗礼，正式成为一名基督教徒。缸瓦市隶属于伦敦会，伦敦会华北区委员会的机关所在地是北京西城，这和老舍的教育活动范围基本重合，为老舍接受基督教提供区域上的便利。伦敦会的主要工作是教育和医疗，还包括赈灾。几乎所有的传教士都是教师或医生。这些教会新办事业对老舍产生了相当的吸引力。据舒乙研究,"'率真会'是个小团体,只有十几人,除了宝广林是个中年的职业宗教家之外,全是青年知识分子,有信教的,也有不信教的,有大学毕业生,也有正在念书的大学生,还有老舍那样已经作了事的中学毕业生"。此外,1922—1924年间,老舍还发表了多篇有关基督教的文章及译作。

刘东: 我觉得基督教问题之所以值得关注,是因为无论是在革命史的意义上还是对于老舍个人,基督教问题都是相当复杂的存在。尤其《正红旗下》作为一部自叙传式的小说,难以回避的问题是老舍自己与基督教的关系相当密切,他自己从中受益良多。《正红旗下》把美国牧师完全漫画化的背后显然是1960年代中美关系的现实政治"突入"文学的结果,但在这样一个写作基调上,如何沿着写自己的成年时代,也或许就变得相当困难。我非常认同甦泳刚刚的一个说法,《正红旗下》是在讲"我"的故事,但要想完整讲出"我"的故事,必须完整地讲出家族的故事、旗人的故事、清王朝的故事,建构种种调和的叙述,构成了"我何以成为我"的回答。在这个意义上,基督教的部分当然也是相当重要的部分。同样的,义和团的部分也是相当重要的部分。这些难以消化的"现实的礁石",就隐含了叙述的危机。

钟灵瑶: 我对钰可开头提到的父亲形象也有一些想法。老舍在《自传》里写:"舒舍予,字老舍,现年四十岁,面黄无须。生于北平,三岁失怙,可谓无父。志学之年,帝王不存,可谓无君。无父无君,特别孝爱老母,布尔乔亚之仁未能一空也。"这段话刚好可以和《正红旗下》里描述父亲的话做比较,"父亲的模样,我说不上来,因为还没到我能记清楚他的模样的时候,他就逝世了。这是后话,不用在此多说。我只能说,他是个'面黄无须'的旗兵,因为在我八九岁时,我偶然发现了他出入皇城的那面腰牌,上面烫着'面黄无须'四个大字。"父亲在小说前半部分几乎处于缺席的状态,在我降生之际都没有出现,人物形象也显得模糊。按规矩来说男不拜月,女不祭灶。此时"全家竟自没有人主持祭灶大典"。联想到小说中男性角色与女性角色的描述(伶人姑父),仿佛呈现出"阴盛阳衰"的类《红楼梦》状态,如果家族状况隐喻着满族文化君父传统的衰亡,老舍为什么要在《自传》中用旗人的腰牌来指涉自己的外貌？腰牌是旗人身份特权的象征，无父无君的叙述中插入，这里面涉及的正是老舍的身份认同问题，是否想努力辨析出一种"父-君"的传统，赋予一个族群的历史正当性？腰牌（旗人）—父亲—老舍这一连串的关系是什么？所以如果要探讨人物的话，可能涉及了满人的历史能量与身份认同的话题。

吴晓东：人物形象分析确实是《正红旗下》一个相对自足的角度。这部小说确实呈现了不同类别的旗人形象，包括福海二哥、多老大，这些人都是类型化的人物系列，大家可以从各个角度来理解。从人物系列来研究，可以做一个整体性的判断和观照，不见得一定要把二哥单独凸显出来。因为二哥也不算全书中最主要的人物。如果能够把这类人物放在老舍整体小说的谱系中，在人物长廊的意义上总体加以考虑，那么人物背后的观念层次就会揭示得更为清晰，整体感也会更加强。

五 小说语言与小说美学

秦雅萌：我比较关注《正红旗下》的语言问题，可以从两个层面来谈：第一，作家自觉追求的小说语言艺术。老舍在1951年获得"人民艺术家"的称号，到50年代中期又与赵树理一同被誉为"语言大师"。他们用普通话写作，却可以很好地表现地方风格。处在上述赞誉中的老舍，尽管曾在作品艺术与思想性方面表达过不自信，但他对自己的文学语言还是颇有把握的。1955年，老舍曾说自己在普通话写作上"占了便宜"，"我的作品曾经先后在不同的地方被利用为官话课本，我很高兴"。五六十年代，老舍写下多篇系统总结文学创作语言的文章，积极参与各类座谈，很多发言都围绕文学的语言问题展开。他指出，文学中的民族风格集中表现在语言上，作家应当锤炼语言，精益求精。老舍50年代的小说语言追求普通话，与此前的作品相比，《正红旗下》放弃了很多儿化词和方言土语的使用，他希望作品的读者是全国性的，不因语言问题而对不同方言区的读者造成理解困难。这是作家在小说创作方面的语言观问题。

第二,小说文本对语言本身有自觉的探讨。在小说第三节中,二哥福海虽说是一名"熟透了"的旗人,但血统已不足以说明民族的属性,他只会一点点满文,他更亲近的是汉语,这里有一个老舍讨论语言的策略问题,汉语与满语的关系,也即语言的民族性问题,实际上较难在小说中继续探讨下去,老舍在这里把民族语言的问题转化为方言(北京话)的问题,指出满族人同样参与了北京话这一"高贵语言"的创造过程,他们不但"把一些满文词收纳在汉语之中",而且"创造了一种清脆快道的腔调",满语的词汇和语音均对北京话的形成有重要影响,1955年进行的推广普通话运动,确定了我们今天所熟知的普通话的定义,这也是老舍在小说中要回应的一个问题,即我们现在使用的普通话,是各民族、各文化背景的同胞所共同创造的。小说第九节又从福海的视角去讨论语言,不仅区分日常用语和交际用语,还指出语言具有社会生命,词汇的使用反映了人所处的阶层。而这些话题只有放在少数民族语言与汉语的关系,以及方言土语与普通话的关系中,才能深入讨论50年代的普通话推广对老舍的文学语言所产生的影响。

李国华:1940年代朱光潜讨论语言时重视"思维就是语言"的层面,这一思路可能会延续到1950年代,因此五六十年代出现了大量从语言角度讨论作家和文学的现象。小说中的民族问题还可以借助斯大林的民族理论进一步讨论,为什么小说强调普通话,这与斯大林民族理论中以共通语识别民族的话题也许相关。

吴晓东:重读《正红旗下》,我感觉也许小说的其他方面赶不上老舍民国时期的某些小说,但在语言方面用得上"炉火纯青"四个字。雅萌和国华的发言提示我们,小说语言与小说美学可能是一体的,对老舍的作品而言,语言问题是核心话题之一,或者只有把语言与小说美学结合在一起,才能更好地认识老舍。

(肖钰可、刘东整理)

时间与记忆的"灰烬"

——关于张爱玲《小团圆》的讨论

吴晓东、李佳等

时　　间：2009年5月5日下午
地　　点：北京大学五院中文系现代文学教研室
主持人：吴晓东
参与者：李佳、费冬梅、艾江涛、李雅娟、燕子、李国华（北京大学中文系在读博士、硕士）

吴晓东：张爱玲的《小团圆》的这次出版发行，某种意义上构成了文学界甚至文化界的事件。我参加大陆首发式的时候，得知《小团圆》首印量就达到了50万册。从发行到造势，继而是媒体上对《小团圆》的各种言说，使得张爱玲的轰动效应又达到了一个高潮。这个现象本身也是值得讨论的。前段时间报纸和传媒上铺天盖地的声音大体上还是文化消费领域对于《小团圆》的反馈，当这个高潮渐渐平歇之后，最需要的还是静下心来，真正从文学批评的意义上对《小团圆》进行客观、公允、深入的讨论。所以我们今天要回到小说文本，从这部小说在张爱玲创作生涯中的位置，以及小说自身的艺术水准等角度切入，看看从文本分析的意义上能够谈出什么话题。这次讨论就以此为中心。

一　"灰烬"与晚期风格问题

李佳："小团圆"这个题目的用意，一方面可能是如《五四遗事——罗文涛三美团圆》中反讽的用意，另一方面是像一些评论中指出的，张爱玲以往小说中的原型在《小团圆》中一齐出场，实现了历史的团圆。我感觉这本小说对作者的回忆和铭记意义大于创作的意义。小说的前半部分读下去太费劲了，各种纷乱的人物关系，来回穿插又常常跳开去另起一段，而且小说中的大部分段落也比较短。

在邵之雍出现之后，也许是因为有了一个张爱玲所称的"万转千回"的爱情故事，张爱玲式的句子出现的频率也更高。不过这些张爱玲式的句子和早期的感觉也不一样，不是那种灵光乍现让人眼前一亮的惊艳句子，而是经过了反复的提炼和锻压，得多看几次才能感觉出它释放的味道。

读《小团圆》的时候，我有这是另一种意义上的《烬余录》的感觉——记忆和情感上的灰烬，甚至觉得有些文字压缩烧制过度，也有了灰烬的感觉。止庵认为张爱玲的写作方法从结构上由简单到复杂，语言上也由繁复发展到质朴。我却觉得小说中有些情节和对话压缩和跳跃过度，写的是她太熟悉太切近自身的材料，感觉字句段落的组织并没有太多考虑迎合或者取悦读者，更像是作者自己反复梳理的情绪。李欧梵在《张爱玲笔下的日常生活和"现时感"》一文中引用了美国学者哈路图尼安关于"灰烬"的提法。灰烬（cinders）是一种极度创伤的遗迹。这类创伤的"回忆"往往是用一种"不集中"——也就是张爱玲所谓的"不相干"——的方式表现出来，它不可能集中，因为人的"现时"意识组织无法将创伤组合成一个整体贮存在记忆里。就像她在小说头尾都提到的大考的早晨，完全是等待的心情。很多人都喜欢这个开头和结尾。张爱玲创伤记忆的来源是复杂和多面的。父母、家族、感情经历、去国离乡的创伤经历，可一直到晚年反复梦到的是关于考试的噩梦。这可能也就是所谓的"灰烬"和"遗迹"，一种不相干的潜意识的出口。

开头和结尾两个看似一模一样的段落有着不同的意蕴。特别是结尾那部分，写梦到"青山上红棕色的小木屋，映着碧蓝的天，阳光下满地树影摇晃着，有好几个小孩在松林中出没，都是她的。之雍出现了，微笑着把她往木屋里拉。非常可笑,她忽然羞涩起来,两人的手臂拉成一条直线,就在这时候醒了。二十年前的影片,十年前的人。她醒来快乐了很久"。我觉得这一段是全书中唯一有着世俗温情的段落,但是接着,张爱玲写道:"这样的梦只做过一次,考试的梦倒是常做,总是噩梦。"如果开头的段落还是个跟故事有关的引子,到了结尾,更像是让人感觉不胜凄凉的一堆灰烬。

第二个我想讨论的是晚期风格的问题。止庵先生提出"晚期张爱玲"的概念,认为晚期成就不亚于早期。陈建华的论文《张爱玲"晚期风格"初探》中提到:萨义德把大师式的晚期风格分为两类,一类如伦勃朗、巴赫、瓦格纳等,晚期作品去芜存精、炉火纯青而臻至明澈如洗、人天浑一的境界。另一类如阿多诺所关注的贝多芬,晚年不仅衰听失聪,且遗世独立,与周围失去沟通,所产生的作品如《第九交响曲》等,与中期的《第五交响曲》相比,显然不按理出牌,未能使形式更臻至纯粹与完美,却显出松弛、随意、破碎的症状。据阿多诺的分析,贝多芬深感死亡的压迫,以致不惜践踏成规而渗入其个人传记的因素,使艺术朝"现实"滑坡。

在我看来张爱玲的晚期风格更类似于后一种,有一种破碎和随意的感觉。在不连贯的叙述的缝隙中,记忆和情感的片段随意浮现。小说基本上是以九莉的心理视角来写,她看到什么、听说什么的感受。就算作者是当成自传来写,时隔三十年之后,回忆的重构甚至是虚构性的力量到底怎样涂抹了本事,谁也不能廓清。

张爱玲晚年的自传冲动,据称还有《易经》和《坠塔》作为《小团圆》的前传。这两部英文小说依然是张爱玲的自传式小说,写到张爱玲的少女时期,几乎可以构成《小团圆》的上集。

"英文小说不是很好读,很多对白、描写非常细致,交代很长很复杂的故事。与《小团圆》也有一些重复的情节",沈双说,但真正让人疑惑的是,"为什么她要把同样的故事写来写去,写来写去,几乎是沉湎进那个回忆,是病态的自恋了。晚年她一人在美国,那个心理状态究竟是怎样的?"

李欧梵也有同样的疑问:"晚期她在美国,是什么样的环境,使得她不停地在回忆过去？前后六七十万字的回忆，那段经历仿佛真让她魂牵梦萦。好像普鲁斯特的《追忆似水年华》。"

朱天文的《花忆前身》中引用葛林（Graham Greene）的说法："作家的前二十年涵盖了他全部经验，其余的岁月则是在观察。"这个说法用在张爱玲身上似乎特别合适。

选择九莉的三十岁作为整个回忆的终点，三十岁的时候是1949年，时代的巨变和转折，50年代初创作的不成功，去国离乡，所有的繁华和刻骨铭心的恋情离她远去，时间对她来说终止了。李欧梵在《张爱玲笔下的日常生活和"现时感"》中引用佩索亚的句子"我活于现在，我不知道将来，也没有过去"，称张爱玲"离开上海后，生活反而更像佩索亚笔下的人物，默默地在自我的孤独中度过，因为她早已没有'过去'，也不知道'将来'"。

张爱玲这种"只有现在"的时间感在早期作品中就有表现，《烬余录》里所呈现出的那种末世感，此时此刻才有永恒的意义。想做什么，立刻去做，也许来不及了。"人"是最拿不准的东西。《小团圆》里写到"二战"结束的时候，似乎解释了她这种末世的无谓感的来源，九莉说希望"二战"永远打下去，不过是因为想要跟之雍在一起。"她不觉得良心上过不去，她整个的成年生活都在二次大战内，大战像是个固定的东西，顽山恶水，也仍旧构成了她的地平线。人都怕有巨变，怎么会不想它继续存在？她的愿望又有什么相干？"可是她又并不是没有过去或者可以不受过去影响的人。自身、亲人、家族的历史被她敏感又苛刻地翻来覆去地思量和重写。过去又是无比悠久和深远。《小团圆》开头提到的："过三十岁生日那天，夜里在床上看见阳台上的月光，水泥阑干像倒塌了的石碑横卧在那里，浴在晚唐的蓝色的月光中。一千多年前的月色，但是在她三十年已经太多了，墓碑一样沉重的压在心上。"小说中还写道："回忆不管是愉快还是不愉快的，都有一种悲哀，虽然淡，她怕那滋味。她从来不自找伤感，实生活里有的是，不可避免的。但是光就这么想了想，就像站在个古建筑物门口往里张了张，在月光与黑影中断瓦颓垣千门万户，一瞥间已经知道都在那里。""晚唐的月色""古代的太阳""不知道什么朝代的船""不知道是什么年代的孩子""死的时候已经是两千年前了",时间对于张爱玲来说,似乎又不仅是悠久深远的过去,而且发生了奇异的变形。这一点在后期的作品中似乎更明显。

她在什么都把握不住的年代里,有一种奇异的时空错乱感,张爱玲在《自己的文章》中谈到,"人们只是感觉日常的一切都有点儿不对,不对到恐怖的程度。人是生活于一个时代里的,可是这时代却在影子似地沉没下去,人觉得自己是被抛弃了。为要证实自己的存在,抓住一点真实的,最基本的东西,不能不求助于古老的记忆,人类在一切时代之中生活过的记忆,这比瞭望将来要更明晰、亲切。于是他对于周围的现实发生了一种奇异的感觉,疑心这是个荒唐的,古代的世界,阴暗而明亮的"。

早期的散文中还有抓住古老记忆的念头,后期作品中这种时空错乱的感觉,层叠了更多的个人经历,又沉重又游离,她似乎背负了所有的时空,但是对于任何一个都出不得,入不得,"多年后她在华盛顿一条僻静的街上看见一个淡棕色童化头发的小女孩一个人攀着小铁门爬上爬下,两手扳着一根横栏,不过跨那么一步,一上一下,永远不厌烦似的。她突然憬然,觉得就是她自己。老是以为她是外国人——在中国的外国人——因为隔离"。

《小团圆》里表达出诡异时间感的句子还有很多。"在小城里就像住在时钟里,滴答声特别响,觉得时间在过去,而不知道是什么时候。""那痛苦像火车一样轰隆轰隆一天到晚开着,日夜之间没有一点空隙。一醒过来它就在枕边,是只手表,走了一夜。"那是一种像时间一样无法摆脱也无法超越的痛苦,它又是和无穷无尽的等待联系在一起。

"时间一分一秒在过去。从前的事凝成了化石,把她们冻结在里面。九莉可以觉得那灰白色大石头的筋脉,闻得见它粉笔灰的气息。"写还钱给母亲的时候,望着镜子,想:"时间是站在她这边的。胜之不武。"

张爱玲在《对照记》的最后写道:"悠长得像永生的童年,相当愉快地度日如年,我想许多人都有同感。然后崎岖的成长期,也漫漫长途,看不见尽头。……然后时间加速,越来越快,越来越快,繁弦急管转入急管哀弦,急景凋年倒已经遥遥在望。一连串的蒙太奇，下接淡出。"结尾的一首小诗里写道："人老了大都／是时间的俘虏，被圈禁禁足。"

张爱玲对于时间是悲观的，可对于相伴于时间的记忆却太过于苛刻和有执念。张爱玲在1952年去国之后就开始了自我放逐，绝大多数时候避世独居，不与人交往，纵然她逃开了故土亲族、熟悉的人事，可是绝对逃离不开时间的掌控。就像吴老师分析《追忆似水年华》时提到的，卧病在床的普鲁斯特，疾病缠身的萧红，都是一种回忆为主体的生命形态。张爱玲晚年的生活也类似于这种形态，在这种回忆为主的生活形态里，作者对时间的感觉越来越敏锐。连通过去和未来的时间之流被一次次地回忆重构、改写，变得错综复杂，这可能也是面对那种如影随形、无所不在的时间之流的最好方式吧。

费冬梅：对刚才李佳说的张爱玲在小说中把感受定位在三十岁，我有点不同意见。从小说里看，九莉的情感基调远远超过了三十岁。单看打胎那节，从文中推测，已经超过三十岁了。三十岁的时候九莉刚和燕山认识，后来才写到在海外为汝狄打胎这一情节。另外小说末尾写到九莉不想要小孩，也可解释之前她为什么打胎——我觉得这种很沧桑很怆然的感觉，是三十岁时的感受不能定义的，何况燕山并不是小说的关键人物。作者在书里写燕山给了九莉初恋般的感觉——这让我们难以信服，因为大家都知道九莉的初恋是邵之雍，且刻骨铭心。

吴晓东：李佳谈的第一个关键词是灰烬，第二个是等待。我当初在发布式的时候谈过小说的开头和结尾，当时提炼出来的关键词也是"等待"，"等待"所处理的感觉，应该是三十岁的感觉，三十岁奠定的一种心态，也是文本首尾核心的心态。小说首尾的重要性就在于设定了整个文本的核心感觉。李佳的第三个关键词是时间，这一点她也捕捉得比较准，谈得也比较深入，对小说中的时空错乱感的概括也准确。但是《小团圆》中的时间感和张爱玲40年代创作中的时间感，差异到底在哪里，这是值得继续辨析的。张爱玲早期小说中的时间感也是非常鲜明的，当然40年代小说中的时间感可能相对简单一些,在文本中主要表现为一种循环性的、永恒和回环相交替的时间意识,与张爱玲所谓的生命大记忆和她个体在战时的独特体验相关。但是到了晚期,张爱玲的时间意识就复杂了。这就涉及刚才说的晚期风格。晚期风格确实是《小团圆》出版之后评论界想深入探讨的一个话题,包括李欧梵在香港的新闻发布会上也提到这个概念。它背后的含义很丰富,不只是写作风格或者文本风格,可能还包括书写的策略,更重要的可能包括了晚期生命意识、晚期的美学体验等,用"灰烬"这个范畴来形容也许能够在晚期风格之下发掘一些更根本的东西。包括张爱玲的自传冲动,只有到了晚年才会有,通常一个作家在生命晚期觉得该给自己的人生做一个交代和总结的时候,才会出现自传冲动。《小团圆》在某种意义上说正是张爱玲三十岁前的自传书写,三十岁之前也是张爱玲一生中可能最具有华彩的部分,《小团圆》也因此而结束在三十岁,而"等待"背后的时间体验,生命体验甚至是美学体验,都可能跟这个时间性相关,这个话题的确是可以深入讨论的。

二 小说·历史·自传

艾江涛:看了这个小说以后,我基本的感觉好像和李佳差不多,小说前半部分读了确实有点乱,就如序言里宋淇说的,"人物特别多,像点名簿一样",后来真正进入到九莉和邵之雍的爱情故事后,整个的叙述线索就清晰起来,读起来也感觉好一些。我想回应李佳一点,就是关于"自传体小说"怎么看?李佳还是倾向于把它看作一部小说,我个人觉得这本小说自传的意义还是很大。事实上在它的序言部分,宋以朗引的张爱玲的一些日记也说到这个情况。比如:"我在《小团圆》里讲到自己也很不客气,这些地方总是自己来揭发了好,当然也不是否定自己。"还有一段"好在现在小说和传记不明分",宋以朗在序言最后也谈道:"在她已发表的作品当中,《私语》《烬余录》及《对照记》可谓最具自传价值,也深为读者看重。但在'最深知'上相比,它们都很难跟《小团圆》同日而语。"那么如何理解这个"最深知"

呢？我个人也觉得这部采用第三人称叙述视角的小说在某种意义上比第一人称的自传文体可能更可信一些，第一人称写作的时候会有些顾忌，第三人称可能顾忌少一些。这里面有一种"戏剧化隐藏"的心理机制。张爱玲在创作这部小说时是把自己烧进去了，我下面想谈的便是将《小团圆》作为一种自传性的小说材料，和她其他一些回忆性散文放在一起来讨论另外一个问题：张爱玲本人的生活观，即她如何看待艺术与生活关系的问题，和《小团圆》本身扣的不是特别紧，要谈可以放在后面展开。

费冬梅：艾江涛刚才说的我挺赞同的，其实张爱玲在《惘然记》序里，对小说与散文的真实度做过一个评价："在文字的沟通上，小说是两点之间最短的距离。就连最亲切的身边散文，是对熟朋友的态度，也总还要保持一点距离。只有小说可以不尊重隐私权，但是并不是窥视别人，而是暂时或多或少的认同。像演员沉浸在一个角色里，也成为自身的一个经验"。我觉得像张爱玲这样的人是绝不可能写自传的，因为她对自己的生活是抱着一种非常艺术的态度，她不可能像胡兰成那样写一本《今生今世》，有点让人觉得有一种自我夸耀的性质。张之所以没有选择写散文体自传，而以小说，以自己以往的经历为原型来写这样一部小说，可以说，不是为了遮蔽和虚构，而是更多地接近真实，在虚构的外衣掩盖下更逼向本质的真实。

我比较了一下，《小团圆》里提到的一些细节绝大多数和她以前的散文是非常吻合的，跟《今生今世》里写她的章节也很相像，就比如说《小团圆》写九莉第一次去邵之雍家里过夜，《今生今世》也提到了，还有许多相似，不一一列举了。但也有些细节有出入，和散文记载不同。举一个例子。在《私语》里，张爱玲写母亲回来，自己穿了件显小的上衣，而在《小团圆》里，这个上衣被置换为很厚的袜子——这当然是非常细微的差别，可能是作者在创作时对自身经历的遗忘或者是虚构，虽然这种虚构显得并不那么"重要"，也并不影响小说的自传性。

其实我觉得判断《小团圆》是自传还是小说，可以用第九章和张爱玲以前的散文做一个对比。大家都可以发现，第九章和散文《华丽缘》非常像，我先读的《华丽缘》，然后看到这个，觉得它就像《华丽缘》的提纲，但若把《华丽缘》的描写放在这里，又和小说全书风格不同。我觉得这个对比既可以反映出小说和散文的差异，也反映出作者前后风格的一个变化。

这里我们还有必要考察下张爱玲的文学观，张在《自己的文章》等几篇创作谈里说过，最好的写作材料是自己熟悉的材料，是带着真实感情的材料。所以我觉得张爱玲写作《小团圆》可能是为自己一生所经历的华丽的沧桑所蛊惑，所以心甘情愿地像描红一样一笔一笔地对自己的生命进行了临摹，在粗浅的轮廓之后一次又一次地着色，在临摹的过程里，逝去的生命点点滴滴返回到身边，青春得以再现，而伤痛也不可避免。可以说，《小团圆》是张爱玲自编自演的戏，因为是演自己，那体验便愈加深切。而在找寻逝去的似水流年的一幕幕时，那甜蜜那创痛无不带上悠悠年月造成的惘然，书里的人物，张爱玲亦如写与自己不相干的人一样，努力给予充分的谅解，但因九莉与她血脉相连，这番与笔下人物的灵魂相遇便显得复杂而纠结。

王国维曾说，一个杰出的诗人该做到"对宇宙人生，须入乎其内，又须出乎其外，入乎其内，故能写之，出乎其外，故能观之。入乎其内，故有生气，出乎其外，故有高致"。这里不妨借来形容张爱玲，作为一个优秀的小说家，张爱玲在创作小说时，一向追求既"入乎其内"，又"出乎其外"，所以她的小说才让人觉得既真实又深刻。到了《小团圆》文本中，因了这一次小说家入乎其内的是她的"过往"，出乎其外的是她的"现在"，便有了两个"张爱玲"的纠缠不休。也正因这纠结，证明了小说的自传性。

在《小团圆》中，张爱玲把笔触指向自身，由早期对身边人身边事带着同情的刻画，指向对自己的残酷的解剖，如她自己说的那样，"小说写到自己时也十分不客气"，但在小说行文之间又并不是那么光滑，明显看得出矛盾和缠绕。九莉有她的美与不美，之雍也有他的好与不好，其他人物也是多面的，作为作者的张爱玲，显然已从意识层面原谅了人物的不完美，原谅了他们为了各自的私利所犯下的过错，这一点，邵之雍等与张爱玲笔下的其他人物——如佟振保，没有什么两样，都是作家笔下的可爱又可恨的"可怜"

人。与以往小说不同的是,《小团圆》里讲述的是作家自身的故事,不仅牵涉到爱情,还有孤寂的童年,落寞的求学时光,亲情友情的各种微小但深切的残忍——母亲、父亲、姑姑、好友于有意无意间给予张爱玲的伤痛在她潜意识层面挥之不去——小说字里行间于悲悯之中暗藏一种浓缩了的刻骨铭心的怆楚。写的是与自己血脉相连的亲人,所以不忍心多做修饰,但亦不似早年散文里那种以轻快的心情给予暗讽或微微的肯定,《小团圆》的含蓄,细读来是力透纸背的。九莉打胎那节,简直叫人不敢看!张爱玲如此狠下心挖心挖肺地剖析自己!她写时是怎样的感情!在《小团圆》里,最让人震撼的不是对"坏"、对"隔膜"的书写,而是对至亲血肉之间的"自私""隔膜"导致的伤痛的书写,这才让人触目惊心,也才让人击节赞叹!

李雅娟:那我接着费冬梅说。我比较认同艾江涛和费冬梅的意见。我看了这本小说,首先想到的是吴老师在北大五四会议上提交的那篇论文,就是讲小说叙事和历史叙事的关系。吴老师在那个提要里面说小说叙事和历史叙事的关系,是互为镜像的,小说的镜像中自然映射出历史,但镜像本身却并非本原的历史,而是历史的形式化,文本中的主体正生成在这一叙事形式之中。我读完这个小说,我的感觉是它并没有发挥出小说叙事的独特功能,但它这种写法倒是有可能对历史叙事有所启示的。

我稍微总结一下这个小说里的,如果用吴老师的说法,就是它映射出来的历史的话,一个方面就是张爱玲自己的家族史,从她祖父开始到她这一代,是一个没落的旧式大家庭,这样一个家族史。第二个方面就是她自己的个人史。从她的童年生活到她的大学生活,她的大学生活期间经历了战乱,最后就是她的恋爱生活,就是这样的她的个人史。这个里面,历史的因素,我们从她的很多散文,像《对照记》《童言无忌》《烬余录》《私语》等散文中都可以辨认出来这些历史的因子。

然后,我想谈一下张爱玲的,我本来用的是"历史观",刚才听了艾江涛的发言后,我觉得用她对生活和艺术的关系的一个看法,会更合适。我摘了她的几段话,可以看出,她对于现实里面发生的事件,和怎样把这个事件处理成艺术,她对这两者的关系有一个怎样的看法。《烬余录》里面有这样的话:"现实这样东西是没有系统的,像七八个话匣子同时开唱,各唱各的,打成一片混沌。在那不可解的喧嚣中偶然也有清澄的,使人心酸眼亮的一刹那,听得出音乐的调子,但立刻又被重重黑暗拥上来,淹没了那点了解。画家、文人、作曲家将零星的、凑巧发现的和谐联系起来,造成艺术上的完整性。"可以看到,她认为现实中发生的事件,已经发生过的事件,是非常复杂的,没有什么系统的,有这样一个看法。还有她在《烬余录》里提到她在港大的一个历史老师,叫佛朗士,她说佛朗士讲历史很有趣,会给人很多启示,不像那种正统的历史观一样,而是从佛朗士那里"得到一点历史的亲切和扼要的世界观",她这里特别强调了"历史的亲切"这个感觉。然后还有另外一篇文章,《对照记》里收的《谈看书》和《谈看书后记》吧,她在这两篇文章里面讲了一个事情,就是在 18 世纪末的时候,英国发生了一件真实的事件,这个事件的背景就是当时西方发现了夏威夷等群岛。因为岛上生活着一些比较原始的部落,这些岛上的生活情调和那种性的解放,给西方人很大的憧憬。这个事件发生后,当时西方有很多,包括影片呀,作家们来重新叙述这个事件,她讲有一个影片《叛舰喋血记》,还有一个诺朵夫、霍尔合著《邦梯号上的叛变》,密契纳散文集《乐园中的坏蛋》,在这个散文集里提到这个事件,还有李察浩《布莱船长与克利斯青先生》。她把各个版本中的事件加以比较,加以分析,然后看这些事件,哪些对史实有改动的地方,哪些改动有不合情理的地方,她都分析得非常仔细。我看了一下她写这篇文章的时间是 1974 年,《小团圆》大概也就是 1975 年左右开始写的,所以我觉得她关注这个事情跟她写《小团圆》之间,应该是有一定的关系的。因为这同样是根据一件真实发生的事件改编的小说。然后她在《谈看书》里面,谈到她对事实的认识,她说事实本身是非常复杂的,无穷尽的因果网,一团乱丝,"牵一发而动全身,可以隐隐听见许多弦外之音齐鸣,觉得里面有深度阔度"。她引了一个西方谚语 the ring of truth,她翻成"事实的金石声"。她认为写小说应该让事实自己把自己呈现出来。它本身里面就是有一种深度的，不需要作者做一些主观的判断。她还谈到她从前爱看社会小说，举了很多清末的社会小说，像《广陵潮》《歇浦潮》等，看社会小说与现在看纪录片其实一样，都是看点真人真事，不是文艺，张爱玲在这里特别强调真人真事，她不是去看文艺。我想这可能是因为她一直比较反感那种新文艺的腔调，包括那种过于传奇性的情节，她说口味简直没有变过，现在也仍旧喜欢看比较可靠的历史小说，里面偶尔有点生活细节是历史传记里没有的，使人神往，触摸到另一个时代的质地。对于已经逝去的时代，已经逝去的历史，怎样看清楚它的真相，不是靠一些宏大的历史叙事，而是靠一些生活细节，能够触摸到，她是这样的看法。从她这些说法里，可以看到，她对事件本身和把事件处理成为艺术，它们之间的关系，有一个怎样的看法。至于她的小说艺术、小说理念，我们都已经很熟悉了，比如她强调要写自己熟悉的题材，要从凡俗人生中发现普遍人性，写法上不要强烈的对照，要参差的对照的写法，不是悲壮，是苍凉；要让事实自己呈现，比如她喜欢古典小说里那种含蓄的写法。所以最后她在《看书记》里面，她把《叛舰喋血记》分析过后，她认为中国古典小说的好处，旧小说的好处也是这样的，铺开来平面发展，人多，分散，只看见表面的言行，没有内心的描写，与西方小说的纵深成对比。她自己对于好的小说是有这样一种想法。

前面是我谈的张爱玲对历史和小说的这样一些看法，以及她的小说《小团圆》里面映射出来的历史事件。那么她对这些历史事件还是做出了一些形式化的表现，形式化的处理。我自己也稍微归纳了一下。第一点，她这种历史不是直线式的叙事，也不是纵深式的，好像历史有一个最终的目的，她不是这样来叙述的，她是把她的家族史与个人史交错穿插起来，相当于铺开来让它们平面发展，比如刚才大家都提到她前面写得比较散乱，后面就比较集中，集中在九莉和邵之雍的恋爱上，但即使集中在这个事件上的时候，她也还是穿插了关于家中女佣的故事、母亲的结局等。还有比如刚才冬梅提到的她在纽约打胎那件事，那个本来应该是在所有这些事件之后的，但这件事是写在九莉和邵之雍在恋爱的时候，他们看到门框上站着一只木雕的鸟，然后就突然插进来这么一段,说"十几年后她在纽约",就讲了她这次打胎的事情。这是她的一个手法。第二点是用了固定视点的方式。小说主要以九莉为视点,很多事情发生当时她也不知道原委,后来通过别人或别的事揭示出来,有点像《海上花》的写法,她一生称赞的《海上花》,穿插藏闪这样一种写法。比如她母亲、三姑和简炜之间的事,刚开始提到时是从她母亲的叙述中,九莉只知道他们相爱,而且没有发生关系,后来三姑告诉她,他们三人之间是三角恋爱的关系,而且她母亲和简炜发生过关系,为简炜堕过胎;还有九莉生病时蕊秋请了德国医生范斯坦给她看病,在这个叙述中她写到蕊秋突然发怒,"反正你活着就是害人",九莉当时也不知道为什么这么说她,后来也是三姑告诉她,蕊秋嫉妒她,因为范斯坦很喜欢九莉。但我觉得她这种固定视点不是贯彻得很彻底,有的地方还是有全知叙事的痕迹,比如发生了一件事情,她会讲到"她不知道……"第三点,从写作技巧和小说技巧上来看,就像《小团圆》前言里说这个小说里还是"含有不少张爱玲笔触的文句",我自己感触最深的还是,就像她在早期小说里面对外境的描写,不是单纯地写景物,而是浸透着非常深厚的人物心理的内涵,具有某种象征意味,我印象比较深的是好几处她对幽暗的老屋子的描写。还有九莉去乡下找邵之雍的时候,对戏台的那一段描写,于她自己整个的恋爱生活,是有象征性的。我觉得这些地方就是能看出前期张爱玲笔触的文句。

尽管存在着很多这样形式化的因素,但我自己还是觉得它更像一个自传性的散文而不像小说。也就是说,如果用吴老师的说法的话,我觉得她在小说里没有通过叙事形式,生成一个完整的小说中的主体,小说中的九莉,就像现实中作者的投影一样,她没有她自己的独立性,没有她自己的完整性。我试着做一些解释。第一个原因,读完感觉人物是定型的,像主要人物九莉,她是把一个已经完成了的人展现出来,我觉得这是只有历史叙述才能做到的,因为历史叙述是后设的,在已经发生了所有的事情之后,在我已经知道了所有的前因后果之后,我再把它重现出来,整个是这样一种后设的位置来讲述这个故事;但作为小说叙述,我觉得它展现的是人物成长起来的过程。关于这点,我想引用傅雷对张爱玲的一个批评,傅雷对《金锁记》的评价非常高,他认为张爱玲写《金锁记》,不管是里面的人物,还是里面的事情、时代,都距张爱玲自己非常远,这样反倒能够拉开距离,张爱玲能够完全跳到人物里面去,顺着人物七巧的情欲发展逻辑,把人物非常完整地描述出来,所以他对《金锁记》的评价很高。但他对《倾城之恋》的评价就不太高,他认为《倾城之恋》是张爱玲自己战乱的经历,这种情感太深入到小说中了,她自己经历战乱的印象太深了,她"自己的感觉不知不觉过量地移注在人物身上,减少了客观探索的机会"。这一批评放到《小团圆》这个小说里的话,我也认为张爱玲和九莉之间的距离太近了,没有拉开足够的距离。第二点解释是关于小说里面的心理描写。张爱玲说过旧小说的好处是用言语、行动、景物等暗示和烘托人物的心理,不像后来的新小说,直接让人物来自白,或者让作者说出人物是怎么想的。她说这种心理描写不太好,稍微肤浅的就流于 sentimental 的表白;而从作者的观点交代动机或思想背景,就已经不是人物内心的本来面目了。针对这些心理描写的弊病,她说意识流本来是一个很好的方式来处理这个问题的,但她觉得意识流要写好了非常难,因为人的思想瞬息万变,写好很难,写坏了就只能套用一些心理分析的皮毛。《小团圆》里面有很多九莉的心理描写,或者直接写九莉怎么想,或者用她以前熟悉的景物烘托的方式,但我觉得比起她以前的小说,直接的心理描写占的分量更大一些,九莉对她周围发生的事件的猜测、分析,她的这些心理活动里面,她所做出的这些分析、判断,其实往往就是作者自己的。比如 56 页讲到战争的时候,她说:"这又不是我们的战争,犯得着为英殖民者送命吗?""国家主义是二十世纪的一个普遍的宗教。她不信教。"就这一段心理描写,如果整体性地把握一下张爱玲对历史、对人生的看法的话,就会知道九莉这样一些猜测、分析,其实往往都是作者自己的,很难在这里把作者自己和九莉分开。第三点,小说里面,九莉是一个非常喜欢读书的这样一个人物,这里九莉的阅读世界与张爱玲的阅读世界,重合很多。她经常会把小说中涉及的很多小说,比如开头的《斯巴达克斯》,她父亲买到的黄色小说，还有张恨水的很多小说，这是九莉的阅读世界；关注一下张爱玲的很多自叙的话，就会看到这和张爱玲自己的阅读世界很重合。她经常会把小说里面呈现的现实、事情，和小说里面的文本进行互喻。比如她在描述到她母亲的时候，事实上她母亲是一个像广东人的杂种人，但她经常把她母亲跟许多小说里的女主人公联系起来，比如像劳伦斯《上流美妇人》，诺峨•考瓦德的剧本《漩涡》里的母亲芾洛润丝，就是她经常会把小说里的文本和小说里的事情互喻。这一点我不太有把握，这是不是也增加了九莉和张爱玲作者自己的接近？所以我觉得《小团圆》虽然是以小说的形式写出来的，但是它更像一个披上小说外衣的散文，一个自传性的散文，而且这个小说并没有达到她所称扬的中国古典小说的好处。她在《忆胡适之》里面谈到，胡适评价《海上花》的好处是"平淡而近自然"，我觉得她是想努力达到这一点，但这一点应该说是有欠缺的。就在于作者主观投入的程度太强，每个人物都罩上了作者自己思想的色彩。所以我觉得这个小说里面好的地方在以前的小说里都体现出来了，比如她对人物各种心理的把握、环境氛围的烘托、象征的意味；以前小说里所没有的坏处是，我觉得比较缺乏艺术的完整性，或者用她自己喜欢的说法，一种启示性吧。可能从小说里面看到很多关于历史事件的一些边边角角，当然不是历史的完整，肯定有一些细节是她虚构过的，像冬梅刚才提到的把上衣变成袜子，但还是能看到很多历史的边边角角的地方。所以，如果说这个小说对小说叙事方面有什么新的贡献，我很存疑，但可以说它对历史叙述有没有什么新的启发？

吴晓东： 费冬梅、艾江涛和李雅娟三个人的视野有一致的地方，都涉及小说与自传、小说与历史的张力问题，到了雅娟这里，谈的就更为充分了，尤其是对历史叙事进行透视的视点，感觉是比较深入的。但到底这个小说是更像自传性的散文，更偏于历史叙事还是纯粹的小说叙事，这个问题可能还值得继续讨论。我觉得对张爱玲有个后设的叙事人的位置的判断是准确的，就是说《小团圆》背后是有着一个隐含的叙事的现在时的，叙事现在时或者是张爱玲写作的 1975 年前后的时间，或者是一个晚年的九莉的视点，从人物视角来说，就是晚年的九莉，而不是三十岁的九莉。在这个意义上，我还是比较认同冬梅的说法，即小说的感受确实超过了三十岁，因为有一些三十岁之后的生命细节。从这个意义上，我可能比较认同有两个九莉的说法，一个是三十岁前的九莉，一个是晚年的叙事现在时的那个九莉，隐含在背后的是晚年的作者作为一个后设的视点。正因为有这样一个晚年的隐含的叙事现在时的叙事人的存在，小说叙述才能够自如地穿越于外部社会历史、个人史、家族史之间，穿插叙写各个阶段的历史情节。当张爱玲觉得需要追溯个人的记忆了，在讲恋爱的主线的同时就穿插了童年的细节；而当张爱玲觉得有必要交代她打胎的细节，赴美后的生活事件也就直接插了近来，打胎的细节在时间上就超过了三十岁时的经历，这还是因为有两个叙事人的存在，即两个九莉形象的存在。这两个九莉构成了叙事的张力。那么张爱玲在这里存在一个到底和哪个九莉更相近的问题。按照雅娟的说法，作者与人物太贴近了，那么是与哪个九莉贴近？应该说，从小说细节的原生性上说，张爱玲贴近的是当年的人物；而张爱玲流露出的判断，则主要是站在晚年的九莉的立场，站在全知的后设视角。小说中经常出现一些类似晚期叙事者的声音。刚才提到的那个国家主义的细节中，"这又不是我们的战争，犯得着为英殖民者送命吗？"这应该是战争时期作为人物的年青九莉的感受。接下来的一句"国家主义是二十世纪的一个普遍的宗教"，则当然是后设的叙述者声音，"国家主义"的概念，是站在晚年的后设的一个高度来思考问题，绝不是当年的青年学生的视角。"她不信教"这一句，也不是当年的视角。

所以，在这个小说中叙事立场显露出了矛盾，这个矛盾是叙事者的声音带来的。雅娟关于拉开距离和贴近距离的区别很有意思，我个人觉得香港沦陷阶段的描写更带有成长史的痕迹，更贴近当年的生活写，晚年的声音没有一下子投入进来，所以这个阶段大家感到比较杂乱。张爱玲贴着当年的生活写，给人感觉就把九莉的成长过程写了出来。写到最后的恋爱故事，则更多地带着回溯的心态，带着晚年九莉的判断来反思和回顾，用李佳的说法是用回忆与铭记的心态来写，回溯性的叙事特征就比较鲜明，让人感觉在讲一个很久以前的故事,因此也就更好读。这和刚才提到的关于《金锁记》与《倾城之恋》的不同是相似的,《金锁记》讲的就是三十年前的故事,它是和人物拉开距离的,但是到《倾城之恋》,则是更贴近人物视角来写。所以不能笼统地说张爱玲在小说中总是贴着人物来写。而雅娟把历史的后设视野作为自己的描述背景还是比较有意思的。至于《小团圆》到底更像自传散文还是虚构的小说叙事,我觉得这个还需要讨论。

三 《小团圆》的叙事手法与张爱玲的艺术观

费冬梅:李雅娟刚才说到《小团圆》受《海上花》的影响,我很赞同。我觉得这影响一方面是风格上的,一方面是结构上的。张晚年文风转变固然是由于年岁渐长,历经沧桑导致情感表达"欲说还休",另一面也是她作为小说家有意的尝试和试验。她说"一个作家应该一直在变,因为一个人不可能是静止的"。在写作《小团圆》前的《惘然记》集里的小说时,这种尝试便已经开始了。在这尝试的过程中,《海上花》对她"平淡而近自然"的风格的形成有着不可磨灭的影响。张爱玲从《海上花》中学得了技巧,远离了传奇,获得了平淡自然,"抛弃"了错彩镂金。

据《忆胡适之先生》一文,张爱玲开始准备翻译《海上花》是在1966年,张对这本旧小说的评价甚高:"《海上花》其实是旧小说发展到极端,最典型的一部。作者最自负的结构,倒是与西方小说共同的,特点是极度经济,读着像剧本,只有对白与少量动作,暗写白描又都轻描淡写不落痕迹,织成一般人的生活的质地,粗疏,灰扑扑的,许多事'当时浑不觉'……最有日常生活的况味。"而在《国语本〈海上花〉译后记》中,张写道"书中写情最不可及的不是陶玉甫李漱芳的生死恋,而是王莲生和沈小红的故事",她认为"沈小红为了姘戏子坏了名声,落到这地步,他对她彻底幻灭后,也还余情未了,写他这样令人不屑的懦夫,能提升到凄清的境界,在爱情故事上是个重大的突破"。在给宋淇的信里,张这样描述《小团圆》:"我想表达出爱情的万转千回,完全幻灭了之后还有点什么东西在。"这是她写作的态度,由此可见在创作理念上对《海上花》的认同。而张在《小团圆》行文之中的"轻描淡写""不着痕迹"而又得"日常生活的况味",则更见出《海上花》具体而深入的影响。

除了"平淡而近自然"的文风,这影响主要是小说结构上的。在《海上花》的例言中,作者韩邦庆对自己的写作手法做了详尽的表述:"全书笔法自谓从《儒林外史》中脱化出来,唯穿插藏闪之法,则为从来说部所未有。一波未平,一波又起,或竟接连起十余波,忽东忽西,忽南忽北,随手叙来并无一事完,全部并无一丝挂漏,阅之觉其背面无文字处尚有许多文字,虽未明明叙出,而可以意会得之。此穿插之法也。劈空而来,使阅者茫然不解其如何缘故,急欲观后文,而后文又舍而叙他事矣;及他事叙毕,再叙明其缘故,而其缘故仍未尽明,直至全体尽露,乃知前文所叙并无半个闲字,此藏闪之法也。"

《小团圆》的叙事结构很大程度上借鉴了《海上花》的"穿插藏闪"之法,"草蛇灰线,伏脉千里",一些人事在出场之后,又按下不表,却另起炉灶,笔触宕了开去,至下文方有交代。初读时可能茫然不知所云,读到后文却又恍然大悟。雅娟师姐刚才提到一些例子,我再补充几个。采用穿插之法比较典型的例子有"蕊秋间谍"一案,一开始没有讲告密的人是谁,事情发生过后到第三章才由姑姑口中得知告发蕊秋的就是她的英国情人;"三姑挨打"也是一开始写姑姑来看九莉,写楼梯上很吵闹,事后许久才由姑姑额头上的疤痕指出当日真相。而在写九莉与之雍的恋爱过程中突然劈空而来一大段九莉与汝狄同居并打胎的记述……接着戛然而止,回头继续写邵之雍,这可以说是藏闪之法的具体运用。所以我觉得《小团圆》的叙述可能不是随意的散漫的,而是一种有意的埋伏,是刻意的寻求技巧。这种创作态度在张爱玲的《太太万岁》题记一文里也有印证,她说要努力把读者重视传奇的心理弄淡些,以技巧冲淡读者对传奇的好奇心。所以说如果以简单的意识流来判断《小团圆》的叙事结构,可能不是很妥当。

吴晓东：雅娟和冬梅谈到了《海上花》，我觉得是找到了小说具体叙事手法上比较核心的内容，《小团圆》的确是有鲜明的《海上花》痕迹，尤其是它处理一个接一个细节之间如何起承转合的时候，的确是有《海上花》的影子。但是它的复杂性在于它不是《海上花》的全知性叙事，而是有一个统摄性的最后的叙事现在时的叙事人的身份，这个叙事现在时把不同时空的故事穿插进来，穿插的不仅是具体生活细节、生活实践，还有不同时空、不同时间性的展示，这是它与《海上花》不同的地方。它还是类似与普鲁斯特的《追忆似水年华》或者类似于《百年孤独》那样的叙事，所以《小团圆》相对来说是复杂的，复杂在叙事上。还有一个复杂性在于她试图把个人史、家族史综合到一块儿，刚才雅娟也提到了这点，就是说她不仅是想为个人立传，还同时想为家族立传，所以她才写她的童年，写她那么多的亲戚，写她的母亲、姑姑，她为什么花那么多的笔墨专门来写，还是想把家族史和文化史综合到一起，所以她这小说为什么整体感觉前后没有一致的核心的线索，除了叙事上的即时空的穿插的因素外，可能还有她自己的目的，即想为家族立传，还有她个人立传，这些创作意图纠缠在了一起。

艾江涛：我不大认同张爱玲在小说叙述中想同时引入一个"家族视野"，这本小说像张爱玲在前言里所说的主要还是一个"热情故事"，爱情故事，而家族故事主要还是起解释铺垫的作用，小说中也有这样的例子：为了说明九莉的"占有欲"强，便插入了一大段回忆。另外从叙述进度看，前半部分的用笔显得特别急迫，可以看出作者真正的叙述热情还是在后面。

另外李雅娟师姐刚才从多个角度谈这本小说的"自传性"时，有一点就是小说中多次提到，九莉的阅读经验和张爱玲本身重合的比较多，以此来论证其自传色彩。这点我在阅读中也有注意到，但我觉得在小说（尤其是一些成长小说）中谈到主人公的一些阅读经验还是比较正常，似乎在这个问题上不太有说明性。但从这点出发，恰好可以看出张爱玲对艺术与生活关系的看法。

张爱玲往往将小说或艺术所构建起的世界看作"第一义"的，而将现实世界看作"第二义",她在很多时候是将生活艺术化了的,拿艺术世界的观点投射入现实。在这本小说里,便有许多这样的例子,小说中人物在表达一些判断和看法时,往往拿自己的阅读经验来对比。这一点对一些涉世不深而又富有文学气息的人来讲是很正常的,只是在张爱玲这里更为自觉一些。比较引起我注意的一段话是张爱玲在散文《童言无忌》里说的,"生活的戏剧化是不健康的。像我们这样生长在都市文化中的人,总是先看见海的图画,后看见海;先读到爱情小说,后知道爱;我们对于生活的经验往往是第二轮的,借助于人为的戏剧,因此在生活与生活的戏剧化间很难划界"。张爱玲是这样说的,而当她加入写作这种"人为的戏剧"时,二者的关系便逐渐发生变化了,她是逐渐把艺术世界代表的世界看作更具参考的第一义了。而张特别的地方是她对这种倾向的警醒,她没有郁达夫、徐志摩等人沉溺、优游其中的那种士大夫情怀。再结合她如《天才梦》等散文可以更深入了解这点。由此,在天才梦的折磨和现实的咬噬之下,张爱玲所面对的现实一分为二,一部分通过生活的艺术化和创作的游戏化得以消解,一部分则通过紧紧抓住、贴住那些现实的市民生活得以告慰。

另外谈下张爱玲"参差对照的写法",也能看出现实对张所起的作用很多时候是纠偏式的、补偿性的,从《自己的文章》里谈到的写法问题出发,很多人会谈到张小说对现实的深刻洞穿而以此贬低左翼小说里某种黑白分明、斩钉截铁的写法,但如果仔细看的话,便会发现张着重论述的是像悲壮、苍凉、素朴这样的美学范畴,她是将斗争、爱情、人生都做了十分精辟的美学释义,看起来仍然是用她的第一义来观照第二义。而具体到实际的写法上,她主张用"参差对照",因为更富于启发的"苍凉"正是这样的一种对照,而这样也更接近于现实。张爱玲眼中的"现实"是怎样的呢?显然是那种安稳为底色、飞扬为超常的状态。但我们不该忽略,张爱玲将这种现实安稳的一面拔到了永恒、神性的层面,这点上与沈从文是相似的,他们的不同在于,她没有像沈从文那样造个小庙或者书写一些牧歌的东西,她将这种借以对抗现实的神性期待非常悖反地通过对现实的描写补偿过去了。还有一部分对她散文小说中上海书写的讨论，时间关系这里就不谈了。

通过张这些自传性的散文，我们得以讨论她对生活与艺术关系的看法，似乎可以得出这样一个比较草率的结论：无论从张爱玲的生活观还是创作实践看，张的意义都绝非一个忠实于上海市民文化书写，甚至海派的形象所能笼罩，她也不是物质化、小趣味的小资文化的书写者，在她身上有着更为葱茏的诗意和气场，上海和那些周围熟悉的色物，对她而言一面是艺术化生活的道具，一面又是内心的逃遁与隐逸之地。《小团圆》作为她人生最后阶段的一部长篇自传性书写，则可看作残梦将尽的现实回归，过往的爱情、天才梦都云烟一样散去，剩下的就是这样素朴结实然而多少有些絮叨的叙述，至此，张爱玲的传奇故事也总算画上了一个不算怎样落魄的休止符。

李雅娟：我补充一点艾江涛说的，刚才他提到一点，张爱玲从艺术中的经验来认识生活，这个说法更好一些，张爱玲她习惯于从得自艺术中的一些经验来认识生活，这个我在小说里面大致找了一下，大概有23处，就像我刚才说到的，她讲到她母亲的时候就会提到某部小说，讲到剑妮的时候说她完全像张恨水小说里的人，就是类似于这样的对比，我找了23个地方。艾江涛刚才讲，她虽然习惯于用艺术中的经验观照生活，但她是有自觉的，这种把生活戏剧化是不健康的，她有这样的自觉，然后我想是不是因为她这种自觉，造成她小说里有一种反讽的味道？

燕子：说到这儿，有一个问题值得注意。这本小说里散落着一个书目，也散落着一个影视剧的列表。而在邵之雍出场之前，这个"文化资源名录"出现得很密集，数量也多，到了邵之雍出场之后，骤减为零零星星三两个。我觉得吧，在邵之雍出场之前，九莉的情感体验和人生经验，相当一部分来自书籍和影视剧，正如艾江涛所说的，张爱玲似乎把艺术世界看作第一义的，她通过阅读经验来丰富自己的认识。因此在描述九莉的成长经历的时候，也为她的启蒙阶段安排了许许多多文化资源。到了邵出场之后，很多经验，特别是情感体验获得了直接的来源。

吴晓东：这个可能还有另外一个层面，张爱玲写的是一个艺术家的成长历程。她在作品中频繁指涉的都是中外经典文本，也包括她自己的创作。《小团圆》中流露了比较自觉的艺术家或者成名作家意识。这部小说在写30岁之前的故事的同时，也写了一个艺术家的成长史，虽然这是个比较次要的方面。

四 审美价值与读者意识

李国华：听大家讨论那么多以后，其实我有一种水远山遥的感觉，可能是因为我对《小团圆》这个小说不是那么喜欢。我觉得这个小说可以引发的话题确实是非常多，也许远远超过我们今天已经讨论的范围。比如我读它的时候就有一个非常明显的感觉，我想如果是希利斯·米勒（Hillis Miller）读这个小说的话，他一定会对其中的叙事重复感兴趣；各个层面，细节的，结构的，人物的，故事的，重复都是不断的，而这些重复都是张爱玲有意识地进行的。这些重复还包括作家旅居美国多年后的身世感受与早年的家庭生活、青年的恋爱生活之间不断复现的对话关系。可能希利斯·米勒会对张爱玲的这个文本非常有兴趣，并且能做非常好的理论的阐释。但我还是不认为它是一个好的文本，从文学的意义上说，它的审美的价值是不那么值得推敲的。有时候我就想，为什么一个文本，可以那么好地进行专业化的分析，在审美上却那么经不起推敲呢？当然，这也许是我的审美趣味的问题，也许是这个文本本身的问题。

吴晓东：这个话题可以多说两句。为什么你觉得这个文本在审美上是经不起推敲的？

李国华：如果要说的话，首先给我最明显的印象是这个文本镶嵌进了很多诸如《斯巴达克思》《上流美妇人》《清夜录》《金瓶梅》《金粉世家》《夜色朦胧》《战争与和平》等中外文学文化作品，而且大家都关注到的第九章还突然跳出了一个弗洛伊德，用来解释京剧，形成了丰富的次文本。这时我就想，张爱玲在异国他乡写作，她在想象自己作品的读者时，是不是有一种读者意识的错乱？一方面她是用汉语写作，是写给中国人看的，另一方面她是不是又想写给美国人看？再加上她同时期用英文写作的两部小说，the Book of Change（《易经》）和 the Fall of The Pagoda（《雷峰塔》），处理的几乎是自己同一时段的经验，更有理由怀疑她读者意识错乱。这是我认为《小团圆》在审美上斑驳、杂乱的一个理由。第二个呢，就是大家都注意到它与《海上花》在叙事方式上的关系，包括吴老师和李雅娟，都觉得《海上花》的"穿插藏闪"是在《小团圆》各处复现的，这确实存在，但我觉得这个复现差别还是很大的，我想可以在吴老师说的两个九莉的基础上再增加一个九莉，就是有三个九莉，一个旅居美国的叙事者九莉，一个是 30 岁的九莉，一个 30 岁的九莉回忆当中正在从童年成长到 30 岁的九莉。这三重关系张爱玲没有处理好。如果处理好了的话，我觉得很有审美的价值。没有，所以就让我感觉到经不起推敲。当然，还可以再说一些，但我觉得还是不说它。

费冬梅：关于读者意识，我想补充一点。其实张爱玲早期写作十分重视读者，在尽情描写她所能够写的同时，也努力在文章中迎合读者的阅读心理。她说"文章是写给大家看的，单靠一两个知音，你看我的，我看你的，究竟不行"（《论写作》）。在写《倾城之恋》时，除了要表现苍凉的人生的情义，此外她要"人家要什么有什么，华美的罗曼司，对白，颜色，诗意，连'意识'都给预备下了"。"要什么有什么"是一种深为读者阅读心理束缚的写作姿态，张爱玲十分清楚"中国观众难应付的一点并不是低级趣味或是理解力差，而是他们太习惯于传奇"（《〈太太万岁〉题记》）。所以她给了他们所要的"传奇"般的小说。

到了晚年，这种读者意识就非常淡化了。我想一面是因为张已经功成名就了，一面因为心境大变吧，她就逐渐由早年十分关注读者反应转向更多面对自身写作，就是她所说的"还债"创作。1973 年在接受台湾学者水晶采访时，张爱玲对自己当下的创作做过很真切的剖白："我现在写东西，完全是还债——还我欠下自己的债，因为从前自己曾经许下心愿，我这个人是非常 stubborn 的……"（《蝉——夜访张爱玲》）。这本 1976 年完稿的《小团圆》

就是在"对自己还债"的心态下写就的,这种写作观折射到文本中,便有了女主人公盛九莉的两次"还债",一是对母亲蕊秋的,一是对情人之雍的。钱数竟然一样,都是二两金子。这两次还债对九莉来说,无疑是两次极大的情感"震动"——事实上,"还债"一直潜伏在文本之中,联系着爱与不爱。而对作家张爱玲而言,《小团圆》的诞生又是她对自身过往生命的一次总的"还债",在文本内,张爱玲与盛九莉纠缠不休,而在文本外,可以说,张爱玲与昔日之"我"达到了暂时的"团圆"。

五 一个万转千回的爱情故事

燕子:在《小团圆》前言中,宋以朗先生摘引了若干通信。张爱玲在两封书信里一再地说,《小团圆》是一个爱情故事。"《小团圆》情节复杂,很有戏剧性,full of shocks,是个爱情故事,不是打笔墨官司的白皮书,里面对胡兰成的憎笑也没像后来那样。""这是一个爱情故事,我想表达出爱情的万转千回,完全幻灭了之后还有点什么东西在。"在《小团圆》中,我们读到了这"爱情的万转千回"。在我看来呢,作者在文本中描述了这样一种对爱的体认,即爱是一种宗教。小说中有多处写到九莉对之雍的崇拜,他是她书桌上的一个小银神,有着金色的脊背,低垂下来的面颊如一朵赤金莲花——"她崇拜他","她一直什么都不相信,就相信他"。还有很多这方面的细节,如九莉喜欢之雍的侧脸,而不是正面,写到他"总是剪影或侧影"。而她"永远看见的他的半侧面",则是"背着亮坐在斜对面的沙发椅上,瘦削的面颊,眼窝里略有些憔悴的阴影……带着一丝微笑,目光下视,像捧着一满杯的水,小心不泼出来"。这种形象,我主观上的感觉是有点儿像宗教里的神像,有着悲悯的下视的眼光和神圣的半侧面。

九莉跻身于他信徒的行列里,对于这个由各种风情女人组成的队列,她因加入人群而感到"安心"。然而在这样的行列里,她似乎没有地位。这种局促感在"看军官"和"乡下看戏"两个场景中,得到了体现。在二战结束时，九莉走在街上，遇见了声势浩大的游行队伍。庆祝战争胜利的游行队伍中，九莉看见那个美国空军。"九莉在几百万人中只看到这一张脸，他（一个美国空军）却没看见她，几乎是不能想象。"这种崇拜者与被崇拜者的疏离感，以及地位的不对等，与上述的局促感有着呼应。在看戏的人群中，九莉"只有长度阔度厚度，没有地位"。这第九章在全书中十分扎眼。篇幅上，比别的章节短很多；内容上，与前后文的连贯性不足，似乎删去了也无妨。作者为什么要写这一章呢？这一章里，乡下的戏台，古代的太阳，以及"一个个都这么难看的"演员，荒腔走板地唱着二美三美团圆的老套剧目。我读这一章的时候觉得这一章很独特，似乎是一则寓言。九莉没来得及看到二美三美团圆的结局，而这样的团圆场景也没有出现在她的人生里。无论是和之雍，还是和燕山，九莉都没有走到最终的团圆，而是中途退场的那一个，只有长度阔度，没有地位的人。

张爱玲曾说过，"一个男子真正动了感情的时候，他的爱较女人的爱伟大得多"，"爱是热，被爱是光"。在《小团圆》中，张爱玲两次写道九莉沐浴在蓝色的光中被塑在临时的神龛里。这个比喻带一点儿宗教意味。然而神龛中的是九莉，不是之雍。在被爱的光中，信徒本身也得到了爱的洗礼。

> 那天回去，在宿舍门口揿铃。地势高，对海一只探海灯忽然照过来，正对准了门外的乳黄色小亭子，两对瓶式细柱子。她站在那神龛里，从头至脚浴在蓝色的光雾中，别过一张惊笑的脸，向着九龙对岸冻结住了。
>
> 她也只微笑。对海的探海灯搜索到她，蓝色的光把她塑在临时的神龛里。

此外，就是爱的遥远感，爱的辽远与距离感。信徒与所崇拜的偶像似乎也有着这样的心理距离，神在他心中，然而事实上确是一个水远山遥的存在。

在这个意义上似乎可以说，九莉几经周折去乡下看望之雍，是近乎某种朝圣之旅的。

简而言之，我从文本的前半段中读出的是九莉的孤单以及与他人的隔膜感；到了后半段，之雍叩开了她的心门，将她沙漠般的空寂填满，成为她崇拜的对象。爱是一种宗教，她在他信徒的行列里，接受爱的洗礼，自我的生命也有了提升。

在这个爱情故事里，有一些笔触非常奇特，特别是在处理回忆和现实的时候，而这些奇特之笔为篇章制造了一点神秘感。陈建华在《张爱玲"晚期风格"初探》中谈到"张爱玲旅美四十年的写作，从《半生缘》和《怨女》的改写，至《海上花》《红楼梦》的翻译或诠释，一直到最后的《对照记》，似乎展示了一条通向'过去'的心理轨迹。确切地说，她回不到过去，也一再抗拒回到过去。这些作品在过去与过去、过去与现在之间不断构成'诠释循环'及'视境交融'"。事实上，自从1955年到达美国，张爱玲主要的创作皆来源于回忆。去翻了《对照记》，还有《华丽缘》，文字大多融合到了《小团圆》之中。

如果说张爱玲早期的创作是从自身阅历出发织成的一幅幅断片，那么到了晚年，她似乎试图全盘地去书写回忆。在这段层层叠叠人物众多的家族史当中，张爱玲的一些笔触非常诡异，常常是悠忽间跳宕开去，一笔写到若干年后或者若干年前，或者别的什么不相干的人和事。对回忆的处理，让我想起影片《蝴蝶效应》。例如门框上站着的木雕的鸟。本来在写九莉和之雍的感情，忽然宕开一笔写到十几年后九莉在纽约打胎，最惊悚的是借助长相如木雕的鸟一样的男婴作为完成这个跳转的媒介；更为奇特的是，这个东西第三次出现，是在九莉和之雍感情走到尾声的时候，唐突地冒了出来。九莉的感情生活似乎总有一双眼睛在偷窥，缺乏安全感。这里有一点魔幻现实主义的色彩。

又如想象自己的童年。在第188页一处，有一系列段落十分有趣。先是"最初只有他们（指九林九莉——引者注）两个人"，继而"也许更早，还没有他（指九林）的时候",再就是想象自己还是小婴儿的时候,"婴儿的眼光还没有焦点",接着又"她站在蕊秋梳妆台旁边,有梳妆台高了",这一系列想象的情境中,她写了蕊秋和韩妈的一些点滴。"有时候她想,会不会这都是个梦,会忽然醒过来,发现自己是另一个人,也许是公园里池边放小帆船的外国小孩","多年后她在华盛顿一条僻静的街上看见一个淡棕色童化头发的小女孩一个人攀着小铁门爬上爬下","她突然憬然,觉得就是她自己。老是以为她是外国人——在中国的外国人——因为隔离"。这种回退到童年,甚至把自己想象成另一个人的想法,除了李佳说的时空错乱折叠的因素之外,我觉得还有一点轻微的晚年心态在里面。人到晚年,记忆、真实以及幻想会搅和在一起,难舍难分。

李国华：我也觉得《小团圆》可能主要还是一个爱情故事。虽然这里面有家族史的内容,可以进行这方面的阐释,但是我觉得说它是一个爱情故事,可能更好。我这里试图借一点希利斯·米勒的观念来做一点解释。在142页里有几句话,我觉得非常关键。就是邵之雍和九莉的第一次见面,"楚娣第一次见面便笑道：'太太一块来了没有？'"这是第一句话,我觉得非常关键：为什么要问太太一块来了没有？"九莉立刻笑了。中国人过了一个年纪全都有太太,还用得着三姑提醒她？也提得太明显了点。"这里面楚娣代表着过去的经验世界,九莉是这个经验世界的继承者。之后邵之雍对九莉是这样评价的："你跟你三姑在一起的时候像很小,不跟她在一起的时候又很老练。"这里就意味着九莉跟三姑楚娣及父母等前一辈人在一起的时候,对于一个旧有的经验世界而言,九莉"很小"；但是面对与旧有的经验世界没有关系的邵之雍,她显得很老练,她习得了三姑她们的经验。从这样的细节出发,我就觉得142页前面是与九莉有关系的、但又不为其所亲身经历的各种各样的情感世界,主要是夹杂着很多男男女女在一块的男女纠葛,而142页之后呢,是她自己与之雍一起体验的非常的男男女女的情感关系；前面讲的都不是一男一女之间的爱情关系,后面讲的也不是九莉和之雍之间一男一女的爱情,所以才会有楚娣问之雍："太太一块来了没有？"然后才会有九莉的反应，我对这件事情很了解，只是我没有经历过罢了。然后呢，之雍才会说，你看起来很老练。从这样一个角度切入，我就觉得142页前面是盛九莉知道的但还没有体验的情感世界，142页之后是她自己亲身经历的情感的过程。二者是互相的参差对照的。因此，在这个意义上，我是同意艾江涛所说的，前面是铺垫，是为了九莉有经验在后面面对她自己的情感世界。从这样的一个意义上来说，我觉得这个小说还是有一种整体性的。

费冬梅：我觉得张爱玲的梳理不仅是爱情，所以对刚才各位说的《小团圆》是一个爱情小说，我觉得这样的定位似乎还不够。它要表达的不只是爱情，它涉及的更多，我认为最重心的是人性——尤其是人的孤独。《小团圆》中，一以贯之的是主人公九莉强烈的"孤独感"。我看这篇小说最大的直觉是它让我感受到一种非常强烈的孤独意识。

我认为孤独是这部小说的情感内核。人心之隔是张爱玲在书中反复点染的，很多细节都表现了这一点。从蕊秋担心九莉日后与舅舅争家产引起九莉诧异起，到送别蕊秋时九莉的孤立和黯然——小说中写"水花溅到身上来"，是非常凄清的感觉。等到空袭逃难时九莉"差点炸死了，都没人可告诉"的彻骨的悲哀。这里有一段心理描写："'我差点炸死了，一个炸弹落在对街'。她脑子里听见自己的声音在告诉人。告诉谁？难道还是韩妈？楚娣向来淡淡的，也不会当桩事。蕊秋她根本没想起。比比反正永远是快乐的，她死了也是一样。"等到写到与之雍恋爱，之雍告诉九莉他第一个妻子因为想念他，被一个狐狸精迷上了，自以为天天梦见他所以得了痨病死了，九莉的感受是："他真相信有狐狸精！九莉突然觉得整个的中原隔在他们之间。远的使她心悸。"后来又写到燕山。"九莉笑道'预备什么时候结婚？'燕山笑了起来道：'已经结了婚了。'立刻像是有条河隔在他们中间汤汤流着。"最让我印象深刻的是写汝狄在九莉打胎肚子痛的翻江倒海时还津津有味地吃烤鸡，还让她吃！当时的感受应当是非常绝望的。最惨烈的要数对抽水马桶里男胎的描写——曾经美好的短暂的过往没有来得及走到现在，本可能新生的生命转瞬将消失不见，在九莉扳动机钮的那一瞬间，世界上只剩下了她自己……

疼痛灼人。

张爱玲尽力用平淡而自然的"不隔"的语言来写这一个个人心之隔的故事，想想真是讽刺。张爱玲在一篇文章中提到，多年后读《红楼梦》，所得尽是人与人之间感应的烦恼。这感应的烦恼在她自己用情最深的《小团圆》里得到了淋漓尽致的呈现。有些似乎是无心的误会，有些却是有意的忽视，一样的是伤害。与之雍、与蕊秋、与三姑、与南山、与汝狄琐琐碎碎的隔膜摧毁了九莉的爱，因而有了小说末尾那个憧憬温暖的家、安稳的爱的美好的梦——这是主人公九莉一生缺乏，也是一生渴求而终不得的，所以，在醒来快乐许久许久之后，仍不免怅然，这个梦只能是个焦灼的"等待"。

总的来说，《小团圆》的确是写了爱情，但仅用爱情来概括它的内涵是不够的，它是用爱情来写人的孤独。我用一句比较俗气的话来概括，就是一个"中国女人的百年孤独"。

李国华：总体上说这个故事是一个爱情故事是没有问题的，但是还有很多别的内涵，而且也是个不简单的爱情故事。76页瑞秋回国后游西湖，在照片背后题的那首诗，和整个小说的时间感和时间意识是很契合的，这也是他的祖辈父辈的血在她的血脉里涌动的一种表现。如果希利斯·米勒看到这个文本会很高兴，重复的东西不停出现。

艾江涛：九莉给她母亲还钱的细节我很感动，她母亲哭了。

李佳：她还母亲钱的那段写得那么让人感动，可是后来又写到时间是站在她这边的，胜之不武，很冷血。

李国华：说灰烬挺好的，张爱玲试图从灰烬中找出一种百转千回之后还存留的什么，但我觉得还钱之后，什么都没剩下。

李佳：我觉得冬梅说的一个女人的百年孤独很好。李欧梵的一篇文章中提到《对照记》中选的照片，没有和父亲的合影，也没有和母亲的，没有和爱人的。和弟弟的也像是两个孤儿。确实是什么都没有留下。

吴晓东：今天大家的讨论比较充分，既形成了有价值的话题，又有相互之间的论辩，基本实现了预期设计。大家抓的几个问题也都比较有意思，比如张爱玲小说的晚期风格问题，时间意识上的"灰烬"和"等待"问题，小说与自传、历史之间的关系问题，审美价值问题，等等，尤其是对存在于《小团圆》这个文本中的小说与自传、小说与历史之间的关系问题的讨论更为深入。

当然，关于《小团圆》也还有一些可生发的有价值的话题。《小团圆》作为小说的虚构性问题，审美价值问题和读者意识问题，都值得更进一步的探讨。在某种意义上，说《小团圆》审美价值不足，存在斑驳之处，应该是成立的。我个人还觉得《小团圆》标志着张爱玲的小说语言在晚年已经炉火纯青，但与她 40 年代的小说语言的差异性在哪里？这一点也是可以探讨的。张爱玲应该说是短篇小说大家，长篇小说的结构意识在她那里一直有所欠缺。《小团圆》作为一部长篇小说，其小说结构艺术的得与失也有待探讨。

莫言小说的形式与政治

——关于《蛙》的讨论

吴晓东、李松睿等

时　间：2012年11月8日
地　点：北京大学五院中文系现代文学教研室
主持人：吴晓东
参与者：李雅娟、李松睿、王东东、刘奎、黄锐杰、刘潇雨、李妍、路杨、王飞、赵楠、张玉瑶（北京大学中文系在读博士、硕士），陈巧英（德宏师范高等专科学校），曾谦和（Eric Hodges，纽约大学）

吴晓东：对于莫言获得诺贝尔文学奖这一事件的最好的言说方式，莫过于坐下来认认真真地阅读和讨论他的获奖作品。虽然我们这次讨论莫言初版于2009年的长篇小说《蛙》可能恰好赶了一个诺贝尔奖的"时髦"，但我希望每位同学应从各自的阅读体验出发，立足于文学性的视野，严守学术立场和批评眼光，在此基础上对小说进行文本形式解读和政治文化解读。如果每位同学都忠实于自己的阅读感受，从不同的面向进入文本，才有望阐释出小说中繁复的甚至是悖论性的值得深入阐发的语意空间。

除此之外，关于《蛙》的讨论我们肯定不可避免地会涉及莫言得奖的话题，而莫言的获奖也会给我们的讨论带来某种新的视野。当然就作品本身而言，即使莫言没有得奖，我们对《蛙》的判断也不会有什么大的不同；但既然莫言已经得奖，我们的讨论自然难免要触及莫言获奖的现实情境。我们虽然并不想直接讨论莫言得奖的事件以及他应不应该得奖、凭什么得奖，但我们通过《蛙》的讨论最终有可能回答诺贝尔奖这一高度在《蛙》中是怎样体现的。诺贝尔奖由此会成为我们讨论中作为背景性存在的话题，我们的讨论也最终会与莫言得奖构成一个潜在的参照和对话的关系。

一 问题与方法：从政治身份到小说文本

李松睿：正像吴老师所说的，我们之所以讨论莫言的作品，一个很重要的原因就是莫言获得诺贝尔文学奖。在某种意义上，我们可以把莫言获奖当成一个事件，当代中国社会的很多问题都在这个事件中得到反映。莫言得奖后，我本以为这会是让人兴奋的时刻，但却惊讶地发现网络上盛行的是对这位作家的攻击和嘲讽。如果我们对这些意见稍做归纳，会发现这些批评大多集中在莫言是中国共产党党员、中国作协副主席以及他曾经参与抄写毛泽东的《在延安文艺座谈会上的讲话》等。这一现象表明，人们对莫言的批评与讥讽，大多是从政治立场出发的，而没有对莫言自己的作品进行充分的阅读。与其说他们在讨论莫言，不如说他们借莫言获奖的由头来谈论他们自己。这样的文学批评方式，显然是有问题的。在这样的语境下，我们今天聚在一起从文学角度对莫言的小说进行讨论和解读，就显得很有必要，也很有意义。我当然承认文学与政治是紧密地联系在一起的，而且政治其实是文学的内在组成部分。但我们却不应该在阅读文学时，先抱有一种政治态度，再根据这种态度来拆解文学；而是应该在具体分析文学文本的前提下，看政治如何在文本中得到体现，它如何成为我们阅读文学作品时的审美体验的一部分。

我今天想从三个方面来谈莫言的《蛙》。阅读这部小说的最直观的印象，就是其文体实验色彩。小说由三部分构成，作为小说主体的四份创作素材、五封短笺以及一部话剧。首先我要谈的是四份创作素材，它们在某种程度上也可以看作书信。我认为在这里莫言充分把握和展示了中国历史的复杂性。在前三份素材中，作家向读者充分展示了国家在推行计划生育过程中的种种问题。诸如对蝌蚪的妻子王仁美进行强制引产、逼得陈鼻的妻子王胆东躲西藏以及姑姑领人强行推倒王仁美邻居家的大树等。但在这样的描写中,作家并没有像某些头脑简单的人那样,把计划生育政策的推行单纯理解为政府对人性的戕害。他通过蝌蚪的叙述,向读者说明了计划生育政策在中国这样的国家推行的必要性。而更为难能可贵的是,莫言在展现了计划生育政策在实行过程中对很多农村妇女造成伤害的同时,还进一步写出了在当代社会某些地方的计划生育政策名存实亡后,生育并没有因此而摆脱控制,相反却落入另外的力量——追求利润最大化的资本主义的魔爪。在莫言的叙述中,我们看到的是有钱人为非作歹,而贫贱者寸步难行的景象,其状况的恐怖与野蛮,有过之而无不及。面对这种复杂性,作家没能给我们一个解决办法,但却通过他的叙述将这种复杂性成功地揭示出来。我觉得这本身就是文学的可贵之处。

第二点我想谈的是这部小说中的赎罪主题。在我看来,这一主题正集中体现在小说中的五封书信中。在第一封信中,蝌蚪非常卑微地向日本作家杉谷义人请教文学问题,两人的关系高下立见。在第二封信中,读者得知杉谷义人其实是当年侵华日军的后代,而蝌蚪则是抗日英雄的后人。在这封信里,杉谷义人陷入想要忏悔、赎罪而不能的痛苦,而蝌蚪却表现出很有道德优越感,他还安慰杉谷义人,表示后者也是战争受害者。两人的关系出现了反转。在第三封信中,蝌蚪集中为计划生育政策进行辩护。虽然他向杉谷义人表示最难得的就是赎罪,但他本人似乎没有任何忏悔、赎罪的表示。两个人形成某种反差。而到了第四封信中,蝌蚪却开始向杉谷义人表示自己忏悔当年逼迫王仁美流产犯下的罪,并希望进行赎罪。两个人的关系开始越来越接近。在最后一封信中,蝌蚪则意识到赎罪是不可能的,并询问杉谷义人:"被罪感纠缠的灵魂,是不是永远也得不到解脱呢?"显然,把五封信顺着看下来,我们会发现蝌蚪和杉谷义人是一种镜像关系,前者处在不断向后者靠近的过程中。到最后,两个人都处在欲赎罪而不能的位置上。

最后一点,我想谈一下小说第五部分的话剧,并就此谈一下如何书写历史的问题。读者在看到这里的时候应该会有种错愕的感觉。一方面在文体上，在小说中突然读到一部话剧是非常特殊的阅读经验。另一方面，小说前面一直在铺垫这部话剧是以姑姑一生为题材的历史剧。但当真的读到这部话剧时读者却发现历史是缺席的。剧中没有任何暗示时间的东西。其中讲述的故事成了漂浮在时间之外的一个断片。为什么立志要写历史剧的蝌蚪只能写出这样的东西呢？在我看来需要对这个剧本本身进行分析。从第一幕读到最后一幕，我们会发现这部剧讲述的是一个赎罪的故事。一开始蝌蚪为手上沾着王仁美和其腹中胎儿的血后悔不已。而到最后一幕时，他和小狮子、姑姑认为新生儿的降临使他们成功赎罪。不过需要注意的是，这样的赎罪其实带有极大的自欺欺人成分。姑姑询问小狮子的奶水多不多时，蝌蚪的回答是多得"犹如喷泉"。但读者知道，小狮子并没有真的生孩子，他们养育的其实是陈眉的骨肉。但他们却忘记了这一事实，自欺欺人地相信他们已然成功赎罪。我认为这一描写非常精彩，也让人感到恐怖。使我想起了奥威尔的《1984》。那部小说让人战栗的地方不在于人们反抗强权的失败，而在于当审判者奥勃良举着自己的四根手指问主人公温斯顿是否看到五根手指时，温斯顿表示承认，并真诚地相信自己看到的就是五根手指。强权成功地让反抗者接受了自己的逻辑。在我看来，莫言的描写与《1984》有异曲同工之处。这部话剧让人不安的不是蝌蚪他们犯下的一系列罪行，而是他们真诚地相信通过这种罪行可以获得赎罪！而这一过程中被侮辱与被损害的则是陈眉。在剧中，陈眉的形象很值得玩味。她身上带有苏联血统，曾经是高密乡最美丽的女人。但是当她到了资本主义最发达的广东后，却被血汗工厂摧残成一个只能用面纱遮住全身的重度烧伤患者。剧中多次称陈眉是一个"鬼"。在我看来，陈眉的确是一个不可见人的"鬼"，每当她揭开自己的面纱，那些压迫、欺凌她的人就会仓皇逃开。陈眉的形象无疑是一个隐喻，她表征着曾经是社会主人翁的劳动者，在资本主义的压迫下重新坠入不可见的底层。在剧中，陈眉正是以其不可见性，对资本主义金钱逻辑进行着严厉的控诉。而蝌蚪、姑姑以及小狮子等人的赎罪，却正加入到使陈眉不可见的行列中，"真诚"地遗忘事实的真相,却还自欺欺人地认为新生儿的诞生洗去了自己的罪恶。在我看来,蝌蚪之所以无法完成历史剧的写作,其原因正在于此。一切历史都是当代史,只有对当代社会有清醒的认识,才能成功书写历史。蝌蚪昧于身边的现实,自然也就无法书写历史,最终只能交给读者一个漂浮在历史之外的断片。

在发言的最后,我想引用一段我在一篇谈《蛙》的文中的话作为总结:"莫言的这部出版于建国六十周年的小说无疑具有重大的现实意义,他既对当代社会对'生命'的压迫提出质询,也开始反思我们应该如何书写我们的历史经验并将这一经验赋予文学形式。就这个问题来说,我们显然不能像蝌蚪那样因为对'过去'的赎罪而在'当下'再次犯罪,以历史反思的名义拒绝反思。然而当下中国社会一个严重的问题就在于人们往往像蝌蚪一样沉浸对在 50—70 年代拒绝和忏悔中,无力对当下社会的真正变化做出正确的回应。而我们时代的文学也正是因为沉浸在这样的气氛中,既无力表达我们的时代,也无力对历史进行书写,最终往往和蝌蚪的那部名为《蛙》的九幕话剧一样游离在历史之外。或许正是在这个层面上,莫言的写作呈现出其批判性和意义所在,而文学的价值也正在这样的写作中得到展现。"

吴晓东:我比较赞赏松睿把小说《蛙》所展现出的历史性和莫言思考的政治性落实到文学的形式上进行探讨的研究方式。这保证了我们有可能得出的一些历史判断、政治判断以及美学判断都是从文本中出发的。这个调子定得很好。而他提出的三个解读角度我也很欣赏。他首先谈小说的结构问题,把结构问题放到对作品的整体性理解与阐释中。这其实也是莫言本人的初衷。我读的《蛙》是 2012 年上海文艺出版社的新版,比初版本增加了"代序言"——《捍卫长篇小说的尊严》:"结构从来就不是单纯的形式,它有时候就是内容。长篇小说的结构是长篇小说艺术的重要组成部分,是作家丰沛想象力的表现。好的结构,能够凸现故事的意义,也能够改变故事的单一意义。好的结构,可以超越故事,也可以解构故事。前几年我还说过,'结构就是政治'。"按照松睿的理解,《蛙》的结构就是试图改变故事的单一意义而生成的。而且莫言还把结构和政治直接建立了关联,这就涉及我们如何看待《蛙》的结构,即用五封书信来串联四份创作素材和一部话剧。这样的结构是否实现了莫言所说的让结构与内容和政治性结合起来的宏愿呢?或者说我们如何理解这部小说的结构意义?如果我们做美学判断的话,它是否是成功的?或者按照松睿的理解,通过结构来把握历史复杂性,《蛙》有没有做到?我觉得这个话题是值得讨论的。

第二个问题是赎罪问题。我觉得松睿对这个问题的捕捉很准确,而且他认为赎罪在五封信的形式中体现得很明显。但问题是赎罪意识在整部小说中表现得如何?是在什么意义上的赎罪?松睿认为小说中蝌蚪的赎罪变成了自欺欺人,我是很认同这一说法的。但这种自欺欺人是蝌蚪作为叙述者在讲故事过程中表现出来的,还是被我们批评者阐释出来的?换句话说,莫言有没有高于小说中的剧作家蝌蚪的境界和忏悔高度?小说中是否存在一个超越了蝌蚪的隐含作者?莫言自己说蝌蚪有他的影子,因此我在阅读中就很矛盾,有的时候觉得莫言就是蝌蚪的水平,有时又在想难道莫言不能高于蝌蚪的境界吗?我们可以沿着松睿提出的自欺欺人的话题进一步展开讨论。

第三个是《蛙》中的话剧问题。在小说中穿插话剧这样的文体与结构实验怎样进一步来评价?在美学意义上是否成功?在内容和主题层面上,话剧起到的作用又是什么?有人认为话剧并没有让小说获得新的发展,而只是第四章的某种重复,这一说法是否成立?小说中蝌蚪赎罪的自欺性是否在话剧中得到更鲜明的表现?如果是的话,第五部分的话剧就是相当精彩的写作形态。但这一判断似乎难有定论,只是我的一种矛盾复杂的阅读观感。大家可以沿着自己的阅读感受继续展开讨论。

二 隐含叙事者:文学形式与历史意识

张玉瑶:我想说一下赎罪和反思的问题。松睿师兄的观点是蝌蚪是缺乏反思精神的,是希望通过写作来赎罪,但最后没有完成赎罪,只是自欺欺人。他后来所做的一切都是在为计划生育政策辩解,为历史辩护,根本上是拒绝反思的。

然而我想到的问题是,在我们理解和要求中,反思主体要做到什么程度上才可称为反思?达到了什么样的结果和目的我们才能认为它是反思并对其满意?蝌蚪给杉谷义人写的长信中对计划生育所做的判断,到底是主观辩护还是试图对历史做客观评述——当姑姑要流产王仁美的孩子,蝌蚪对此有一个评价,就是"野蛮",但他最终还是承认中国需要计划生育政策。他说,历史是注重结果但不注重过程和手段的,他痛心于过程在正史中被掩埋。而他试图做的正是把这个真实的过程还原出来,回到历史现场。我并不觉得松睿师兄刚才举出蝌蚪说"历史只看到中国的万里长城、埃及的金字塔等伟大的建筑,却看不到建筑底下的累累白骨"这句话的目的只是将其作为一种借口来辩解,他这句话的重点还是落在"累累白骨"上,他要让累累白骨的故事重见天日,因此先后呈现了张拳之妻、王仁美、王胆等妇女在生产同时死亡的场面。虽然蝌蚪采用的是客观的写实主义,但我们仍能从中读出对残酷行为的控诉意味。控诉是体现在其荒诞性甚至喜剧性描写背后的,比如张拳之妻顶着西瓜皮游泳、王胆钻井、肖上唇家的树被拖倒,但这也正极端地显出了在特定环境下人会被逼到什么极端的境地,整体性的反讽气氛形成的是严肃的控诉态度。因此我认为蝌蚪书写并呈现给我们的行为本身构成一种反思,只是或许没达到我们希望的程度。毕竟历史的结果最终还是需要一个决断,蝌蚪希望自己的书写能够尽量真诚,至少呈现出他能达到的反思水平。

松睿师兄认为后来陈眉为蝌蚪代孕一事更显出蝌蚪的自欺欺人,但我认为这进入的是另外一个新的层面,首先从时间上来说已不属于历史的场域。他在对计划生育政策做出自己历史性的判断后,在这样一个来自商业社会的巨大麻烦中不知该怎样扮演角色。他的失去判断力是源于后计划生育时代的新伦理问题。他也并不指望这个孩子的出生能赎清罪过,即使他一开始有这种念头,但到后来他也意识到"每个孩子都是唯一的,是不可替代的",对姑姑和郝大手捏泥娃娃赎罪的行为存疑。他的反思仍然是存在的,这可以从第五封信中看出。他说剧本里的故事"有的没有在现实中发生过，但在我的心里发生了，因此我认为它是真实的"，他没有具体说哪些是真实的，哪些是作为剧作家虚构的，但我们知道了这个剧本中的陈眉故事有一部分是蝌蚪对其自觉的补足和对陈眉心理的揣摩，他感觉自己被罪感纠缠，补足和揣摩正来自罪感，本身也成为反思。老师刚才说到在文本背后有没有一个更超越于蝌蚪之上的叙事者的问题，我认为是有的，叙事者蝌蚪和那个超越性叙事者之间有裂隙，但那个隐含作者对蝌蚪或许并不是一个完全否定的态度，他对其有同情和肯定的层面。

黄锐杰： 在这部小说中，关于蝌蚪这一叙述者，我觉得有两个关键问题。一是玉瑶提到的，蝌蚪对他的叙述究竟持什么态度？无疑，他和主人公姑姑之间有一段不短的距离。这就是刚才玉瑶提到的，在看似"客观"的叙述中，隐含着反思的维度。蝌蚪始终是一个"立场"没姑姑坚定的人，在一开始的第二胎事件的处理中就可以看出来。但反过来说，我们确实也可以看到，对蝌蚪而言，姑姑可以说是影响了他一生的一个人物，对这一人物他并没有完全否定，甚至在许多年后和日本友人的通信中还会为姑姑辩解。当然，这种态度最终还是通向了"赎罪"。但"赎罪"的自欺欺人也提醒我们，要理解过去的这段历史，单纯的肯定或者否定都是有问题的。

第二个问题更为重要，即刚才吴老师提到的，有没有一个超越于蝌蚪之上的隐含作者？这点我觉得可以从吴老师提到的第一个问题，即"结构即政治"入手。就像松睿师兄梳理的那样，小说将三种文体并置在了一起，包括书信、小说素材和话剧。其中最暧昧的其实是小说素材。这里面的小说素材是由书信带出的，好像只是书信的一部分，常常我们会在小说素材中读到"先生，我跟你说"这样的书信体句子。但是这些素材明显又不同于书信，显然已经具有了小说的特征。当然这种小说更像是说书人在讲故事。这里面一个更为关键的问题在于，这些小说素材是随着时间变化的。因为每封信都是在不同时间写下的。信代表的时间会规定不同时期小说素材的叙述原则和叙述者的态度。换言之，叙述者自己就在成长之中。最简单的例子是，在信的交流中得来的赎罪意识最终规定了最后几部分文学素材的写法，即赎罪的出现。而话剧正是这一叙述者成长过程的一个"总结"，一个成品。这样子的结构，我觉得可以说匠心独运。但换言之，虚构和真实之间的罅隙也会出现在这里。如果说要找隐含作者，我觉得就出现在这一叙述者的成长过程中。至于这隐含作者的态度是什么，取决于我们对这结构编排的理解。我倾向于认为在大多时候这一隐含作者趋同于蝌蚪，特别是在讲述新中国前三十年故事的时候，但在后三十年的故事中，隐含作者会站得更高一点，在这里我们会更多读出赎罪的自欺欺人来。

吴晓东：锐杰这个思路启发了我，整个小说可能是由一个匿名的编辑人员编辑出来的。这个编辑先将蝌蚪的信编进来，再将蝌蚪的素材编进来，以此类推，最后将话剧编进来。这样的文本，我们也许可以先不称之为小说。但实际上，这就是一个悖论。莫言，或者编辑者在其编辑的过程中已经将素材呈现或者说型构为一本小说。当然，这是叙述学的讲法。如果不玩叙述学的术语的话，我们其实可以说，莫言用写素材的方式写了一本小说。

但是，《蛙》中的话剧作为一种"收束"有没有起到收束的作用，是不是重新呈现了一种高度，这一话剧对前面的素材是起了增订、补充的作用还是起了解构和减损的作用？这些问题还可以进一步讨论。是不是通过话剧我们就能看出蝌蚪在前面素材中的自欺欺人？这一话剧是不是蝌蚪技穷的表现？就像松睿提到的，话剧其实并没有写姑姑的故事，而是以陈眉事件为核心线索，这与蝌蚪立志要写一本以姑姑为主角的话剧这一初衷其实是相悖的。这些写法上的关节如何理解，还可以进一步展开。

刘奎：我也想就文本中是否存在隐含叙事者，或者说是否存在一个超出蝌蚪的历史或认识的高度这一问题稍做辨析。在我看来这是存在的，这可以从小说本身的形式实验和历史意识看出来。在阅读的过程中，感觉到《蛙》这部小说，跟西方的新历史主义学者的著作有相似之处，即从正史的宏大叙事之外，通过历史的插曲、细节、奇闻异事、偶然事件等叙述，达到与官方历史对话，甚至是消解主流历史叙述的目的。《蛙》也是如此，莫言勾勒的正是计划生育的历史，为此，他不仅调动了小说、话剧、书信等文体资源，还模拟了各种文类的特征，如政治口号、传单、演讲等，他一个人身兼数职，既提供历史研究对象，又提供了丰富的证据材料，而他的目的，正是以求通过叙述的真实，达到历史真实的效果，从而颠覆单一的宏观的正史叙事。从文本的形式实验和历史意识的角度，可以从文本本身看到一个高于蝌蚪的叙事者，蝌蚪作为书信的写作者，同时也是小说中的人物。同时，从这个角度来看，我也认同松睿对《蛙》的意识形态解读。而"新历史主义"的理论视野，从某种意义上也是莫言的自觉，早在1998年10月18日台北图书馆的演讲中，他就作了主题演讲"我与新历史主义文学思潮"，演讲中他大量引述张清华之前写的一篇题为《十年新历史主义文学思潮回顾》的文章。

吴晓东：这个文章不是专门研究莫言的吧？

刘奎：不是专门研究莫言的，张清华是将新历史主义放在八九十年代以来的文学思潮和思想史的背景上来处理的，莫言只是其中的论据之一，但他认为莫言的《红高粱家族》从"家族史"和民间的"稗官野史"的角度观照历史，是新历史主义小说的滥觞，而90年代的《丰乳肥臀》则是长篇小说中新历史主义的代表作，除历史观念外，其写作方式也具有"交叉文化蒙太奇"式的方法。而莫言虽然很反感批评家的理论"袋子"，但还是对此颇为认同，觉得"张清华的这篇文章简直就是为我写的"。

李松睿：你说的当代文学中的新历史主义与理论层面的新历史主义是同一个东西吗？

刘奎：你是指海登·怀特等人所说的新历史主义吗？虽然他们在思路和策略上存在一致处，但还是不太一样。

吴晓东：中国的"新历史主义"有自己的批评语境。

李松睿：那你说的以奇闻异事消解官方言论的说法，是哪个语境中的新历史主义？

刘奎：这是新潮小说的语境下，其实我觉得这是理解新潮小说一种方式,当然,与纯粹在美学层面的探讨不同,我们更强调新历史主义的意识形态,因为对新潮小说的批评,有些学者要么是苛责他们远离现实,缺少对现实的关注;要么是褒扬他们构筑了非现实的美学空间,其实这两种批评话语,都低估了新潮小说的政治属性,尤其是他们的现实和历史的批判力度,其实先锋小说的文学形式实验与现实是存在关联性的。新潮作家最大的贡献,或许就在于他们把早期的形式实验与历史意识和现实关怀进行了自觉的勾连,莫言获得诺贝尔文学奖,也可从这个角度来理解。

吴晓东:我觉得刘奎的这个说法比较合理地解决了我刚才的一个困惑,这个小说可能的确存在一个超越蝌蚪之上的更高的历史叙事者——我们不妨把他说是"历史叙事者"吧,即我刚才所说的匿名的编辑者,他把这些信与素材以及话剧编辑在一起。既如此,蝌蚪的素材、信和话剧,就被置于一个更高观照者的观照之下。这个观照者可能是一个"编者",也可能是蝌蚪自己,当蝌蚪将素材、信和话剧缝合到一处,也就从形式上催生出超越的历史观照,所以刘奎说,将文学的形式实验与历史意识予以综合的过程,也就是把对小说的意识形态解读落实到文本的形式上的过程。这个思路大体上还是能解决我刚才的困惑。换句话说,从锐杰那里引发出来的问题,在刘奎这里可以得到一个最起码是让我觉得信服的解释。

陈巧英:说到小说的结构,我认为叙述姑姑故事和戏剧部分并不存在断裂。在信件部分,蝌蚪对文学的真实性进行了思考。他思考了真实、现实与虚构之间的关系。他说:"现实生活中许多事情,与我剧本中的故事纠缠在一起,使我写作时,有时候是分不清自己在如实地记录生活还是在虚构创新……这个剧本,应该是我姑姑故事中的一个有机构成部分。剧本中的故事有的尽管没有在现实生活中发生过,但在我的内心里发生了。因此,我认为它是真实的。"蝌蚪的这段表白揭示了一个作家对真实的看法。真实,不仅仅是追求外在的故事的真实、情节的真实,而且更要追求人物内心感受的真实。这种由外到内的转向,是对"人"的认识的进一步深化。《蛙》的结构组成分为三部分,蝌蚪的信件、蝌蚪叙述姑姑的故事和剧本。前两种文体,表现手法基本是传统的现实主义手法，中国读者已经有接受的心理基础和审美基础。戏剧部分中很多情节和气氛都显得神秘，不可思议，怪诞，采用的是西方的魔幻现实主义手法。但是，从反映生活的真实上看，则体现出对生活更加深刻的反思。荒诞情节令人费解，而这正是复杂多样急剧变化的生活带给人的内心感受和情绪体验。蝌蚪对真实性的解说，不仅仅是标明了蝌蚪的创作主张和创新意识，而且，也为读者，那些习惯传统表现手法、对魔幻现实主义手法陌生的接受者理解小说含义打通了一条理解通道，是作者的读者意识在文本中的体现。从这个角度来看，这两部分不是割裂的，而是一个整体。

三　历史、生命和政治："姑姑"的罪与赎

李雅娟：我想从松睿的论文说起。他在论文中借用福柯的"生命政治"理论，分析主人公在两种不同的政治形态下，同样参与了对生命的戕害，这使得他的忏悔无法完成。我同意论文对小说中生命受到戕害的分析，但一使用"生命政治"这种理论，生命被戕害的现象就只能跟所谓的"政治形态"关联起来，就只能接着谈现代性呀之类被框定的话题。我觉得小说文本展示的现象要更为复杂一些。

在这里首先介绍一下《蛙》日译本的书影封底上的两段话，第一段是："打胎则生命与希望消失；出生则世界必陷入饥饿。"如果说中国的计划生育政策不是像西方评论家所认为的那样，是对"人性""人权"的迫害，那么从这个两难处境的角度来理解会更好一些。我们注意到，小说开头首先描写的是"饥饿"，饿到连煤块都成了美味佳肴，这是1960年秋季的事情，小说后面交代了1953—1957年是国家经济发展的好时期，衣食丰足，出生率也高了。然后是1960年、1961年的饥饿时期，"公社四十多个村庄，没有一个婴儿出生"，1962年秋高密地区地瓜丰收，诞生了一批"地瓜小孩"，1963年初冬，"高密东北乡迎来了建国之后的第一个生育高潮"，到1965年

底，人口的急剧增长，让社会感到压力，提出了计划生育政策。这个历史过程中，肯定有政治决策的失误，但是也可以看到，国家政治，首先是和人的生存和发展紧密相关的，并不是简单地说，生命是自然的、本真的，而政治是掌控的、压抑的。我觉得可以追问的倒是政治怎么会从为了保障人的生存和发展，而走到了它的反面，变成去压抑人的生存和发展？就像小说中展示的姑姑作为妇科医生的形象，在执行计划生育政策的阶段，总是救人和打胎并存着一样，在对王仁美、张拳的老婆、王胆强制打胎的事件里都是这样的。姑姑自己还给孕妇输血，但她们确实也都死了。这也是我对小说感到不能满足的地方，因为小说其实正面没有处理这个问题，而是直接跳到了下一步"赎罪"这个问题上面。

另外还有一点，也是小说中表现的，就是在生孩子这个问题上，不论哪个时代、哪种政治形势，不论男女老少，都把生儿子传宗接代视为天经地义，只有姑姑稍微超脱一点，给蝌蚪家的牛接生的时候，牛生了小母牛大家很高兴，但人生了女儿就不高兴，姑姑说"有什么不一样！"四十年后，蝌蚪侄儿招飞的贺宴上，姑姑讲述了给当官的二奶开所谓"转换性别"的药方的事情，她骂那个当官的"重男轻女，封建意识严重，按说当了那么大的官觉悟能高点，啊呸！"王胆生下女儿死去，陈鼻说他家五世单传，"天绝我也"，姑姑骂道："你这个畜生！"也许因为她没生过孩子吧。不过我觉得这种思想上的问题，其实跟我刚才说的那个政治问题是有关联的，但小说中同样没有正面处理，而是直接跳到"赎罪"这个问题上。

我大概统计了一下，小说中大约 13 处提到罪和赎罪。姑姑晚年一直认为自己有罪，蝌蚪则认为这是时代的错误，不能怨哪个个人，"进入晚年后，姑姑一直认为自己有罪，不但有罪，而且罪大恶极，不可救赎。我以为姑姑责己太过，那个时代，换上任何一个人，也未必能比她做得更好。姑姑哀伤地说，你不懂……"我想这是因为姑姑认识到了没有哪一个个人能够外在于政治，没有像姑姑那样深地介入政治的蝌蚪，也就没有像姑姑那样深地体会到政治的错就是每一个个人的错，直到蝌蚪自己也犯了一个大错，就是陈眉代孕,他才可能稍微理解姑姑为什么一直那么自责,而且要通过与郝大手的结合来进行赎罪。但蝌蚪和姑姑对"罪"的认识还是不同,蝌蚪的时代,像李手说的,"组织没那么多闲心管你这事",只要不违法,爱干什么干什么,个人与政治是分离的,或者借用汪晖的书名,是一种"去政治化的政治"。这样,通过自己个人的受难,通过个人的写作,蝌蚪就感到罪感可以救赎了,尽管他后来感到写作不能赎罪,"被罪感纠缠的灵魂,是不是永远也得不到解脱呢?"但他还是选择高兴地迎接新生命的诞生,等于是把罪与生命分开对待了,各行其是。但对姑姑来说,罪不是这样的,她接生的成绩无论怎么辉煌,无论她以前拯救过多少婴儿,也无法替代、弥补她操作引产带给她的罪恶感,只有让这些被引产的婴儿重新诞生,她才能得到安慰,这种幻想式的安慰并不比蝌蚪那种受难式的解脱更空虚,可能还更实在一点。

最后,在剧本里,姑姑说:"一个有罪的人不能也没有权力去死,她必须活着,经受折磨,煎熬,像煎鱼一样翻来覆去地煎,像熬药一样咕嘟咕嘟地熬,用这样的方式来赎自己的罪,罪赎完了,才能一身轻松地去死。"所以她虽然后来帮同蝌蚪欺骗陈眉,谎称那个孩子是小狮子生的,而且煞有其事地给她接生,但可以说这是她在罪感和生命之间无法割弃任何一方的一个选择,也是她亲身经历了那个像"一场噩梦"的年代之后,依然有所坚持的一种选择。跟蝌蚪那么轻易地就感到赎了罪是很不同的。

上述日译本封底的第二段话是莫言自己的一段话,他说:写作本书时,有八个字重重地压在我的心头,这就是"他人有罪,我亦有罪"。作者是想这样来处理历史吧,或者也可以说没怎么处理,因为像我刚才说的,中间那个关键的环节漏了。罪平等了,赎罪的方式也平等了,罪—赎罪—罪—赎罪的循环也就不会结束了。在这个意义上,我觉得赎罪没有完成,也是无法完成的。但或许真实的情形就是这样的。

松睿提到的另一个问题是小说如何将历史经验转化为文学方式,他通过分析最后的话剧剧本,认为蝌蚪无法叙述历史。这个叙事层面的分析很好,解答了我的很多疑惑,但还有一个疑惑就是,从审美上来说,《蛙》是一部好小说吗?

吴晓东:雅娟说得很好。我觉得她对姑姑这个形象的看重是非常有道理的,因为《蛙》的贯穿性主人公毕竟是姑姑,只不过蝌蚪有时候是喧宾夺主了,就搞得我们有时会感到困扰。姑姑是一个历史的实践者,也是忏悔意识和赎罪意识的一个忠实的承担者。姑姑的这种历史忏悔和赎罪意识在小说中可能更有实体感或者说更切实。雅娟的这番话让我感觉到,小说中这个历史意识和历史忏悔的精神可能在姑姑那里体现得更为直截了当,让我们感觉到更有价值。

另外我也注意到松睿在他这次发言中,把他在以前写的一篇讨论《蛙》的论文中的"生命政治"这个话题淡化了不少,我觉得"生命政治"的选择也是一个解读《蛙》的很好的角度。雅娟的分析视野,就让我们意识到,"生命政治"作为福柯式的命题,对《蛙》的解读是一个重要的维度,尤其是在后来陈眉的故事的段落,表现得更为集中。但是雅娟的发言试图把"生命政治"离析成"生命"和"政治"两个维度,同时还有第三个,就是"历史"维度。从这三个维度建立对这部小说的总体阐释视野,可能涵盖面会更为宽广一些:历史、生命和政治。这个政治,不仅仅是生命政治,而且它和整个国家政治、时代的政治走向,包括个体和政治的关联性……都紧密结合在一起。

在这个视野中来解读《蛙》,我们会看到,政治、历史和生命这三者经常处于矛盾的、纠缠的和一种悖论式的关系中。就像雅娟刚才说,政治的出发点,是为了人的生存,人的合理的发展,人的健全的生长,但是,政治在它的实践过程中经常会走到它的反面。另外,关于政治和生命、历史的这种纠缠的关系,如果让我们做理性判断的话,我觉得就更为矛盾和复杂。我觉得想做一个真正有超越感的历史叙事者,可能最后只能感到头疼。在《蛙》这部小说中,我们最终得不到一个方向感特别明确的判断,我们获得的恰恰可能是矛盾性,这个矛盾性是整个共和国60年的历史本身固有的矛盾。譬如计划生育政策,其实莫言已经清楚地意识到,它一方面是对生命的扼杀,是生命政治的管理；但另一方面，计划生育政策，不能不说在中国历史的特定阶段是必须执行的，否则中国的人口后果就不堪设想。这就是发展和政治、和个体的矛盾，也是无法解决的矛盾，必须二者择一。

我前两天刚看到一个消息，说中国已经成功地控制了人口，在2050年，中国人口可能就会降到6亿—9亿。因为中国人一代一代地离去，从八个到四个，从四个到两个，从两个到一个，那么最后的人口总数真可能控制在6亿—9亿之间，中国人的幸福生活就来到了。这不能不说是计划生育政策带来的历史前景，当然也带来一系列的大问题已经在显现。从这样的历史判断和政治判断相结合的角度来看《蛙》，我们的判断就更为复杂，或者说更多一些理解和同情。

刘奎：我还想分析一下赎罪主题的来源，它在历史情境中是如何产生和展开的。我觉得雅娟将"赎罪"主题历史化是比较可取的。小说中的"姑姑"，还有蝌蚪，他们都承载着历史的重负和矛盾。这一矛盾主要是民间伦理和国家政治之间的矛盾，但却从"姑姑"的接生者和扼杀者的双重身份表现出来。民间伦理主要是传宗接代的思想，重男轻女是其表征之一；而国家政治则是在不同时段根据国家的利益诉求而适时做出调整，如三年困难时期之后，国家鼓励生育，这时的"姑姑"无疑具有双重优越感，一则，她是具有现代知识、掌握了现代接生方法的"新人"，所以她能理直气壮地责骂"老娘婆"的接生方法是"杀人"；二则她此时从事的工作是接生，无论在她自己，还是在村民看来，都是神圣的工作，她是"送子娘娘"。在这段既符合政策要求，又顺乎民间伦理的时期，"姑姑"的从医生涯无疑是最为光辉的："姑姑到了晚年，经常怀念那段日子。那是中国的黄金时代，也是姑姑的黄金时代。"

而到了60年代中后期，政府面对人口压力，开始加大计划生育的实行力度。姑姑因此成为公社"计划生育工作的领导者、组织者，同时也是实施者"。但问题在于，作为一个忠诚的共产党员，姑姑选择了参与国家的政治政策，但却遇到民间自然生育观的压力，如叙事者的母亲——姑姑的嫂子所说:"自古到今,生孩子都是天经地义的事。"姑姑拿出毛主席的话,说人口非控制不可,但母亲也拿出毛主席之前的话,说人多力量大。面对群众的阻挠,党委书记秦山将自然生育观上升到政治高度:"破坏计划生育就是反革命。"在政治不正确的判断下,姑姑第一次动用了武力。

如果说"姑姑"早期面对的主要还是乡土的自然生育观与政治的矛盾,60年代之后政治运动不断,计划生育政策与民间伦理的冲突也不是特别尖锐,但到了"文革"之后,随着中央加大计划生育政策的执行力度,尤其是一夫一妻只准生一个小孩,这碰触到的就不再是自然生育的观念,而是以传宗接代为代表的乡村伦理。"姑姑"这个"忠诚的共产党员"还是选择了执行政策,为此,她如同指挥军队一样,在乡村展开了计划生育的战斗。而叙事者更是模拟了"侦探小说""战争小说"等不同的文类形式,再现姑姑的"业绩"。如果说此时民间伦理与政治政策是二元对立的话,那么,姑姑其实并不是站在中间,而是选择了政治的一面,在"政治正确"的前提下,她的双手虽然沾满了鲜血,但并没有罪恶感,也没有赎罪的问题,因为她从政治的层面找到了行为的合法性。

姑姑精神的崩溃是从她退休的那天晚上开始的。如果稍作引申,我们可以认为,当姑姑身为一个政府工作人员的时候,她的个人属性是依存于集体属性的,她的所作所为可凭借自己的身份属性做出解释,她抱怨的只能是工作的难处,甚至叙事者也为她开脱:即使她不从事这个工作也需要别人来做;而当姑姑退休之后,她便在国家政治与乡村伦理之间悬空了,既失去了自己的政治身份,同时又要面对乡村伦理道德的压力,所以,她最终精神显得不正常。赎罪的主题正是在这个时候产生的,但值得考问的是,姑姑的赎罪是为了寻求个人精神的安宁,还是代国家赎罪?或者可以换一种方式,即姑姑作为个人到底有没有罪?计划生育政策到底该不该实行?

使问题进一步复杂化的是,进入21世纪以来,随着资本和权力的运作,无论是说全球化也好,还是后社会主义也好,总之姑姑为之奉献了一生的计划生育政策几乎成了一纸空文,最起码小说的叙述给了我们这样的印象,如叙事者所说的"有钱的罚着生""没钱的偷着生""当官的让'二奶'生",袁腮和小表弟的"代孕公司"也因此应运而生。与姑姑的忠诚与赎罪相对照的,是新的官员的腐化,计划生育政策几乎成了一场儿戏,这让曾经为之付出巨大代价的姑姑以及叙事者如何面对?也就是说在资本和全球化时代,之前民间伦理与政治政策的二分被打破了,姑姑的赎罪被迫走向了个体的承担,因为此时她再也代表不了集体,更代表不了乡村伦理,她只能代表她个人。正因为如此,小说的第五部分值得重视,在国家与民间、历史与现实的矛盾中,叙事者的态度显得游移不定,在致杉谷义人的五封信中,蝌蚪时而为计划生育辩解,时而为姑姑辩解,但他最终又否定了姑姑赎罪的必要,但这时的"罪"是以"生命"为标准的,即在政治与民间伦理之外,叙事者提出了一个更具普泛意义的价值准则:"每个孩子都是唯一的,都是不可替代的。粘到手上的血,是不是永远也洗不净呢?被罪感纠缠的灵魂,是不是永远也得不到解脱呢?"我觉得松睿所提出的"生命政治"应该落实到这个具有历史语境中,"生命"这个具有普世价值的标准,不仅打破了之前国家政治与乡土伦理之间的对立,而且将它们都送上了审判台。但叙事者最终是以设问的方式提出的,也就是说他将问题抛给了杉谷义人:"先生,我期待着您的回答。"同时,也抛给了读者,给了我们。但值得注意的是,在赎罪的环节,集体话语缺席了,当然,这并不是叙事者或者说是莫言所能决定的。

黄锐杰:我非常赞同这一说法。在小说中,确实存在这么三重生命伦理。赎罪的不可能性是和这三重伦理之间的纠缠联系在一起的。我觉得莫言这部小说最精彩的地方就是没有简单地用赎罪带来的新的生命伦理否定之前的两种伦理,而是致力于揭示赎罪自身的局限性。似乎每一次赎罪总会带来新的罪恶。总有一些被压抑的不可削减的不断重返的鬼魂一样的存在出现在赎罪的生命伦理背后。这种存在典型地呈现为陈眉鬼魂一般的形象中。我们可以问的是,三重伦理的纠缠由何而来?我们如何褒贬计划生育这一新中国的实践?我非常欣赏松睿师兄引入"生命政治"这一维度的做法。可能因为当时福柯的《安全、领土与人口》和《生命政治的诞生》这些书还没有出来，松睿师兄在引入"生命政治"维度的时候基本采用的是福柯在《必须保卫社会》最后一章中的说法。这时候福柯并没有开始着手探究生命政治的起源问题。大概在《主体解释学》阶段，他会将"生命政治"推至希腊"关心你自己"的思想脉络中。这里我想引入的不是福柯，而是阿甘本的一个在我看来更有说服力的解释。理解"生命政治"的时候，其实最关键的是理解为什么西方的政治，尤其是现代政治会是一种"生命政治"。在阿甘本看来，这源于西方不断将自然意义上的"生命"引入"政治"的政治实践。举个例子，在古希腊的亚里士多德看来，人只能是政治的动物，城邦之外，非神即兽。而到了古罗马，通过城邦法到万民法到自然法的一系列政治实践，人的外延不断扩张，最终我们对人的理解建立在了一种普世的价值上。这就是我们今天熟悉的人道主义的理解。在这个过程中，这种意义上的生命的价值甚至成了我们建立政治共同体的一个基本的出发点。这种生命政治带来了不可克服的矛盾。对生命的"珍视"往往只是暴力的合理化手段。这点，我们可以从现代国家的变体纳粹德国中看到。阿甘本对此有过精到的分析。在这个意义上我们可以更好地理解福柯在《生命政治的诞生》中描述的"生命政治"在由绝对主义国家（福柯称之为管制时期）向自由主义国家过渡的过程中诞生的故事。16世纪的管制时期可以说是"生命政治"的前阶段，这一阶段主要通过国家的强制性手段进行治理。到了18世纪末，问题进一步转变为如何有节制地治理问题。这是我们非常熟悉的资本主义国家阶段，即通过各种隐性的资本的手段治理。

可以看出来，新中国的两个三十年与西方的这两个阶段之间确实存在一定的相似性。这也是许多汉学家研究新中国的逻辑，即将前三十年的中国说成是一个专制国家，而将近三十年的中国说成是一个逐渐自由主义化的国家。回到《蛙》，这种解释模式是可行的。在两个三十年交替的过程中，前三十年政治运动式的计划生育模式确实非常像福柯描述的管制时期，而近三十年的计划生育模式则往往与潜在的资本的逻辑吻合。不过不管怎么样，我们可以说，其核心矛盾都来源于现代政治的生命原则。

不过，必须澄清的是，对我们而言，这种生命政治并不是原生的。已经有许多美国的社会经济史研究者在探求传统中国为什么没有进入资本主义时期的时候将原因锁定在中国的巨大人口数目上。人多地少确实是传统中国的基本国情。但其实更重要的是，我们可以想一想为什么传统中国可以在这一基本国情中绵延千年而不思变革。答案并不复杂，因为传统中国已经形成了一整套与这一国情相适应的基层社会模式。最核心的是一系列与西方产权概念迥异的"产权缺失"或者说"复合产权"形态。这种基层社会构造限制了传统中国土地大规模兼并情况的发生，基本上保证了人民的温饱。新中国的核心矛盾其实源自建设现代国家的矛盾。也就是说，新中国必须打破原来的基层结构，完成资本的原始积累。生命政治的原则在这时候才渗透进来。也就在这个时候，人口成了一个问题。如何通过政治手段控制人口成了政治的重中之重。对应到《蛙》中，我们看到的是传统和现代两种生命伦理之间的尖锐对立。这集中体现在蝌蚪妈与姑姑的那场辩论中。新的生命伦理带来了对传统乡村伦理的各种可见的与不可见的迫害。一个又一个死在姑姑的"计划生育政治"下的生命与在资本的潜在逻辑下借着陈眉肚子诞生的生命（我们完全可以反问，难道这个婴儿不是诞生在之前的累累白骨带来的资本主义的高速发展上？）之间分享着同一种现代意识形态。赎罪是不可能的。

赵楠： 关于松睿师兄说第五部的话剧展现了"赎罪"主题的"自欺欺人"，我觉得不是这样。在《蛙》第五部开头，还是有蝌蚪写给杉谷的信："先生，我原本以为，写作可以成为一种赎罪的方式，但剧本完成后，心中的罪感非但没有减弱，反而变得更加沉重。"可见这种"自欺欺人"的赎罪，蝌蚪明了于心并刻意设计，他知道一种变相的杀人既成事实，赎罪也无济于事，展现在话剧中也充满了荒唐的情节和灰暗的色调。而赎罪不仅无济于事，又可能本就无罪可赎——蝌蚪或者莫言对于"计划生育"和计划生育政策支配下的个人行为的态度一再摇摆，一方面它戕害了生命，另一方面它也使得中国少生了三亿人，带来各方面的实惠。这种赎罪意识的根源，按照莫言自己的说法，有"冠冕堂皇的个人私欲"，而它的内里则依托于人们必须服从的顾全大局的"国家政策""长期基本国策"。那么这种赎罪、这种深知在自欺欺人的自欺欺人,又是从怎样一种层面展开的呢?

第五部的话剧与前四部基本脱节,也并非小说内容的复述。蝌蚪在前四部铺垫了很久的要"讲述姑姑一生"的这部话剧中,主角并不是姑姑——一个基层计生工作者,而是陈眉——一个失去了孩子的母亲。也许莫言正想通过在结尾的话剧中表现陈眉,来表达失去孩子才是"计划生育"落实给包括莫言在内的中国人的最直接结果和最深刻的个体痛苦。而他(只能?)选择从一个基层计生工作者一生的角度去展现和诠释共和国的生育史。另外,莫言的《蛙》其实从2002年就开始动笔,称因找不到好的结构方式(后来采用了书信体)而一度作罢。实际上,《蛙》问世后荣获《南方周末》评选的2009年"年度图书",莫言在接受记者采访时表示近些年学界关于计划生育政策的讨论与反思逐渐增多,才感到"终于可以写姑姑的故事了"。而他对学术界从社会学、人口学意义上介入计划生育感到不满,认为学者不了解真实的情况:一是在计生监管最严的时候,农村也没有"一刀切",没有儿子的家庭还是放宽口径的;二是"不公平",有大款超生罚80万元,第二天送来100万元给计生委;等等。但在《蛙》中,莫言深知的、我们也期望他能够反映的更深层次的心理与现实问题,他并未给予足够的展现。

四 乡土伦理的复归与破灭

王飞:孟繁华今年发表了一篇文章,题目是《乡村文明的变异与"50后"的境遇——当下中国文学状况的一个方面》,他的主要观点是:"当下中国文学状况正在发生结构性的变化。这个变化是乡村文明的崩溃和新文明的崛起导致的必然结果。乡村中国的'空心化'和文明的全面沦陷已成为不争的事实。在这样的现实面前,'50后'作家依然书写着他们昨天的记忆和故事,他们三十年的文坛经历,已经构建了一种隐性或未做宣告的文学意识形态,他们是当下文学秩序的维护者。"我认为他是陈说了一种生活方式的变化,这对写作产生了影响。

就《蛙》来说,姑姑在被尊奉为"送子娘娘"的年代和后来被指称为"活阎王"的时代,以及大家争先恐后拜祭娘娘庙的改革开放年代,似乎都暗示,生活中暗涌着一种对于乡村经验的信仰。"送子娘娘"与其说是一种信仰,倒不如说是一种图腾。不是说当代文明或者现代都市就没有图腾,但两种图腾显然具有不一样的意义。具体到这部小说,姑姑和送子娘娘似乎更应该被视为一种乡土文明的遗留物。问题是,不管之前还是后来,姑姑的命运其实都是一种现代政治建构或者现代国家命运下的产物,鼓励人口增长和限制人口增长都是一种国家宏观调控行为,是一种国家话语。蝌蚪母亲说,"自古到今,生孩子都是天经地义的事"。这正是一种乡村伦理观念的显现,是一种乡村文明的力量。在蝌蚪母亲的眼中,计划生育是一种非正常的状态。这种现代文明是一种掺杂到乡村文明里的东西。

包产到户之后,大家该发财的发财,该堕落的堕落,该不幸的不幸,该苟且的苟且,这都是一个以往所无法预料的状态。正是这种鱼龙混杂的状态,标志着两种文明的混合性、掺杂性,而叙述者不断强化这种掺杂性,又不断地追忆那种乡土性,这可以看作一种寻求稳定秩序的倾向。或者说,面对后来的挑战,叙述者在企图维持秩序。但在这种秩序之下,伦理崩溃似乎已经不可阻遏。比如,知识分子在这里几乎完全没有地位,剧作家被小流氓追得满街跑;大学生也没有出路,只有在和国务院挂靠在一起时的权力想象中才能赢得人们的尊重。这个世界只有两种力量能够得到普通人的仰慕:权力、金钱,而理想只能到娘娘庙里寻找。

在这种对立下,小说中出现很多悖论性的内容。第一个是军营。军营在小说里是一个乌托邦式的存在,是人们向往之地。然而,这个乌托邦总是出现问题,姑姑的男朋友叛逃台湾,蝌蚪自己也因为妻子的怀孕而无法安定地留在里面。军营总是无法脱离与现实的关联,不能成为一个自足性的世外桃源,然而它始终是一个补足现实缺失的理想处所。当蝌蚪希望转业到地方的时候,大家都认为那样并不恰当,原因则是军营背后所代表的各种现实资源。这种对现实的参与能力，令军营成为一个矛盾的乌托邦。第二个是意识形态，在不同阶段的存在状态也很奇怪。改革开放之后，大多数人的变化是如此明显，但姑姑依然毛主席长毛主席短，而所有听众也都习以为常。小说里，袁腮劝说蝌蚪用激光除痣，那个时候怎么会有激光除痣呢？

这种缝隙性的存在，让小说具有一种反讽的力量，在小说的真实和历史的真实之间形成一种有趣的存在，而这也构成小说形式的一部分。我们应当记住，这部小说在一定程度上，尤其是前三章，是一部传记文学的材料。也就是说，读者看到的是蝌蚪重述出来的历史。回到小说，郝大手因其泥娃娃手艺的神秘性被视为送子大仙一样的人物，他非但在社会主义建构合法性的初期阶段没有因此受到意识形态的谴责，反而在改革开放之后迅速确立名声，在不同的时代境遇下，这一持续性的名声具有一种微妙的反讽效果。到底是意识形态的建构没有产生效果，还是过去的东西始终停留在人们心中？姑姑在计划生育施行之前是送子娘娘，在改革开放之后这种形象于娘娘庙的塑像上重新浮现——蝌蚪正是在娘娘庙塑像的面孔上看出那张脸和姑姑如此神似。这种循环性应当归结为某种伦理的复归。

在现当代文学中，始终不缺乏对乡村伦理社会功能的想象。从鲁迅到沈从文，乃至当代"寻根文学"，都暗藏着这种希望。日本学者伊藤虎丸在考察鲁迅的《破恶声论》时，将其"伪士当去，迷信可存"解读为一种寻求统一性力量的努力，即借助民间信仰、民间伦理来重塑国民性。沈从文则通过对湘西苗民原始强力的发掘，希望找到一座"希腊小庙"来安放当代中国人的心灵。上世纪三四十年代，在抗日战争的大背景下，对于偏远地区中国人原始力量的重新发现和重新估量，更是蔚为大观。在"寻根文学"中，借助传统伦理重新发现中国的努力，就更加明显。

当然，说《蛙》企图寻找一种"统一性"的努力，显然是过于夸张。但我们也看到，作者在不同场合都自称写这部作品是要赎罪。这种表态的背后，显然有一种反思性的力量在推动莫言表达一种东西。且不论这种言说的目的为何，其行为本身就是一个"事件"性的存在。孟繁华在其文章中认为,"在这样的现实面前,'50后'作家依然书写着他们昨天的记忆和故事,他们三十年的文坛经历,已经构建了一种隐性或未做宣告的文学意识形态,他们是当下文学秩序的维护者"。但就小说文本而言,《蛙》并不能简单地归入这一类写作倾向之中。我们更多地看到的是乡村经验和都市经验的含混性存在,虽然暗涌着乡村伦理的复归,但这种复归显得如此令人不安,如此令人难以接受,如此令人惊诧。所以,我们不妨将此视为一种反讽。这种反讽的指向,在于对乡村伦理和都市伦理的征候性观察,在于对两种不同认知装置发生碰撞时产生的悖论性存在和其掺杂性、含混性的表达。

娘娘庙的复兴,与其说是民间力量和乡村伦理的复兴,倒不如说是一种怪异的重造:当年的香火和如今的香火,显然已经变味。姑姑并没有什么神仙法力,也不会制造万能的生男秘药,但她在当年作为送子娘娘的象征在乡亲中口耳相传,与今天的人们争相跪拜娘娘庙相比,人们的心态有什么区别?以前的"老妖婆"被批评,和以后的姑姑被批评,从根底上说,都是因为对人的生命延续起了副作用,婴儿诞生的仪式被打断。在这个维度上说,对姑姑的崇拜和对送子娘娘的崇拜,既是人类生命延续的需要,也是人类文化延续的需要,因此,莫言讨论的也不仅仅是计划生育这个具体问题,也是一个文化问题。

吴晓东:王飞比较关心"送子娘娘"(众笑)。王飞从传统文化和乡村伦理的角度进行的意识形态解读,还是比较吻合文本的,我觉得有说服力。王飞也提供了一个新视野,就是在当下文化杂陈、文明混合的历史境遇中,可能真有一个乡村伦理复归的情形。各地都是如此,娘娘庙、观音庙、妈祖庙都很兴盛,更不要说儒释道在宗教层面上的勃兴。《蛙》中蝌蚪最后返乡,也有回归乡村伦理的倾向。当然,这可能跟蝌蚪在城市里的创伤经验有关。蝌蚪在北京护国寺大街人民剧场对面,碰到"小脸紧巴巴,薄唇如刀刃"的女孩,"她手舞足蹈地骂我们,用那种北京胡同里流行的下流语言。她说老娘从小在这条街上长大,什么人没见过?你们这些外地土鳖,不在土窝里趴着,跑到首都来干什么?"我觉得这可能是莫言自己的遭遇,所以读到这里有点泄愤的感觉。而且蝌蚪还在小说中重复了这个境遇,就是刚才王飞也提到的小流氓,回到故乡也还有小流氓。但把这两个京城和故乡的情形一并写进小说,莫言出问题了。因为前一个是城乡创伤体验,后一个其实小流氓在乡土境遇中是弱者。你一个剧作家,显然是社会上流人士,是强者。现在被颠倒过来了,好像作家是弱者,小流氓是强者。这里面体现了一个颠倒了的逻辑。但不管怎样,莫言在小说中,可能确实表现出来一种回归乡村叙事、乡村伦理、民间伦理的倾向。

路杨:就王飞刚刚谈到的乡土伦理复归的话题,我有一点不同的意见。虽然这一代作家的写作可能确实存在某种乡土伦理复归的倾向,但对于这种复归是否能够真正实现、是否真的能被作为一种救赎的资源这一问题,我以为作者在小说中表现出的态度是有所保留的。对此,我想从小说结构的变化、故事中心的转移以及历史时间线索中"姑姑"形象的变化来谈论这一问题。叙事者蝌蚪最初表示,他想写的是一部以姑姑"波澜壮阔"的"一生"为素材的话剧,小说"第一部"所展开的也确实是对姑姑的一种近于"神话"式的书写;但是从"第二部"开始,剧作家蝌蚪的个人经历逐渐加入,故事的中心也在逐渐发生转移,到"第四部"时蝌蚪自身已成为故事的中心;而蝌蚪最终写成的话剧在"第五部"中则完全变成了一个以陈眉为中心的支离破碎的文本——至此我们看到的其实是一个关于姑姑的"神话"最终破灭的故事。

如果我们套用诺贝尔文学奖的颁奖词来评价莫言的小说,并考察其中这种"魔幻"感的来源,我想这在很大程度上源于其中诸多"神话"的成分。姑姑在金娃的满月酒上面对女记者的恭维时说:"人民群众是需要一点神话的。"我们也的确能够从小说的前四部中看到一个不断被"神化"的姑姑和日常生活中那些不断显现的"神迹":从"送子观音"到"活阎王",郝大手和乡民们之间神秘的约定,蛙图腾的丰富意味以及"群蛙复仇"的奇观化场景等等,其中的"魔幻"感根本上来自一种对于"生命"的原始崇拜,而"接生"和"杀生"都是由此产生了神秘的圣洁感或邪恶感。但在我的阅读体验中，这种"魔幻"感，或者说这种"神话"的效应在小说致力于呈现的一条历史时间的脉络中是存在变化的，并且集中体现在姑姑"神话"形象的变动中。事实上，姑姑的"神话"形象其实一直处在一个由国家意志／现代秩序与乡土／民间伦理构成的张力结构之中，并随着这一结构关系的变动而变动。

姑姑最初的形象是一个近于"民间英雄"的形象，在真正展开姑姑的故事之前，叙事者对于大爷爷和姑姑儿时故事的讲述，成为姑姑形象的起点：这一英雄形象一方面具有一种世俗的传奇性，另一方面则来自"革命中国"的合法性，既叱咤风云又根正苗红，即小说中所谓的集"传奇经历和光荣出身"于一身的双料"英雄"形象。到了50年代，姑姑演变为一个凭借"新法接生"声名大噪的妇产科医生，从而既在价值立场上代表着科学、卫生、唯物主义等现代的价值理念，并同时在民间伦理中被视为一种守护生命的"送子观音"和"圣母"的形象。而到了1965年底掀起计划生育高潮之后，姑姑则开始作为计生部门执行者与负责人，既是国家意志的形象体现，以现代秩序的建设者和维护者的身份参与到现代性的组织方式中去，但同时又在民间伦理中因对生命的剥夺而降格至一种反向的极端即所谓的"活阎王"形象。——在对这些历史时段的叙述中我们会发现，上述这个二元结构内部的关系越密切或越紧张，姑姑"神话"形象的效果也越强烈。但情况在90年代中后期发生了变化，随着姑姑的退休，嫁给泥塑艺人郝大手，姑姑一方面通过塑泥娃娃寻求精神上的解脱，同时也帮高官的情妇配药、接生，帮着蝌蚪一起完成"代孕"生子——姑姑的形象开始变得暧昧起来。经济的繁荣和民间财富的积累从内部掏空了这一张力结构，使得国家秩序和民间伦理之间一度紧张的关系变得松散、暧昧乃至和平，也正是在这一时期，姑姑的"神话"地位开始丧失，而转为一种自我"神化"的过程，通过塑泥娃娃这样一种隐喻性的、诗意化的方式，努力维系着一种"神话"形象（如"女娲造人"）的象征性，并以期借此完成一种自我救赎。

当那些"神话"的时代已成为过去，如果说姑姑在这一时期还有可能被作为"神话",也已经是被作为一个"消费"的对象了,这与县长安排录制的"高密东北乡奇人"系列节目、女记者对于姑姑的采访和宣传,高官及其情妇对于姑姑"送子""换子""回春"能力的迷信,从郝大手曾经"派娃娃"的那种神秘的约定到王肝任人挑选的推销,以及现在娘娘庙里由供奉的多少决定的木鱼声的大小一样,这已经是一个在资本逻辑之下自觉生产"神话"的时代。而姑姑的一句"人民群众是需要一点神话的",正是对于过去那些时代的缅怀。这种缅怀也不断出现在叙事者的声音中,从小说一开头就格外为叙事者所珍视的那种"古旧的乐趣",到面对一个被资本改造得面目全非、风景不再的高密乡时的震惊与遗憾,小说的确显示出某种"挽歌"的情调和"寻根"的倾向。然而从那个母亲所教导的面对"神迹"只能相信且不可打扰的时代,到"第五部"中一个靠自我催眠和自欺欺人来制造"神迹"("奶水旺盛犹如喷泉")的时代,如果说写作/文学最终无法达成一种救赎,那么郝大手的泥娃娃也同样被作为一种救赎的假象加以质疑。虚构的话剧中对于现实中沉默的秦河与郝大手做出了颠覆性的想象,恰恰显示出蝌蚪以及作者对于这种自我"神化"式的救赎在根本上的不信任。这或许也是那个从一开始本来要被作为一个"神话"来书写的姑姑的"历史"终于被一出破碎的话剧所取代的原因。

吴晓东:路杨所描述的"神话"如何建构、制造并最终破灭的线索,是比较清晰有效的。

赵楠:我不认同莫言有寻找和回归乡土文明的视景,在《蛙》中第四部分蝌蚪和小狮子从大城市回到家乡,看到的却是迥异于少时记忆的景象,老家的伦理秩序几近消失,甚至也笼罩在赤裸裸的资本运作当中;送子娘娘、泥娃娃等具有浓郁乡村色彩的表征一再出现,但小狮子的一直渴慕新生命、蝌蚪的再次成为父亲,还是通过所谓现代文明成果与资本运作结合的"人工代孕"最终得以实现。从这个意义上说,想"往回找"、回归乡土文明已不可能,作家更多还是在面对、感叹乡土文明与都市一并的陷落与崩溃。作为剧作家的蝌蚪在北京、在老家两次"被打",虽然实在夸张,但也充满了作家的彷徨与无奈。或许也可以从这个意义上来理解《蛙》第四部写到"现在"时与前三部写"过去"文风笔法的迥异,这可能也是许多当代文学作家面临的问题:一写到混乱的"当下",竟充满了无力感。

张玉瑶:关于传统文化的复归问题,我想追问的是,若要扭转"生命政治"的极端轨道的话,回归的是否就是民间传统?小说中的"生命政治"延展的同时,还伴随与衍生了生命伦理和生命本身的概念。就姑姑本身来说,她是有着很强的生命意识的,所以在国家和她自己共同的黄金时代里成为"送子娘娘"。而且这种生命意识又有超越传统民间性的一面,毕竟她是有着丰富的妇产经验的现代知识分子,所以她会痛恨乡下给妇女接生的"老娘婆"。而且面对重男轻女的传统生育观,她秉持了强烈的男女平等观点,而这恰恰成为按照民间传统希望生儿子传宗接代的陈鼻等男人们痛恨她的原因。她生命意识的超越性还体现在超越阶级性上,比如"地主阶级小崽子"陈鼻的出生刹那让姑姑体会到了纯粹生命的喜悦与纯洁。姑姑在严酷的计划生育执行时期成为帮凶、杀手、恶魔,因为生命本身和生命政治产生冲突后牵扯到了生育合法性问题,显得很复杂,但姑姑仍给落地的每一个"不合法"的生命赋予尊严,比如抚养陈眉。

进入后计划生育时代,变成了"有钱的罚着生,没钱的偷着生",严苛的政策近于瓦解,用政治控制生育的"生命政治"的强制性逐渐失去效力,代之以约束力较弱的伦理,而生命伦理也在一套新的资本主义逻辑前崩溃,比如李手对于代孕合理性的阐述。姑姑开始尊重送子娘娘、信奉捏泥娃娃能赎罪,但我以为她内心的最终目的不是重新去信服民间传统,负罪感还是来自她本身的生命意识。所以当被黄瓜玩弄的王小梅来求姑姑流产时,生命本身和生命本身产生了矛盾,姑姑是犹豫的。后计划生育时代人的生育观变了,也产生了失独者的后遗症,这都成为我们时代棘手的新问题。

黄锐杰:我补充一点,姑姑对生命的这种尊敬和我们讨论的乡村伦理非常不一样。乡村伦理其实就像蝌蚪妈妈和姑姑辩论时强调的,生育就是要传宗接代。由生命的自足性出发,发现生命的可贵这点其实是一种启蒙知识分子的立场，一种非常现代的立场。按这种立场，自然是众生平等，生男生女都一样。但在乡村伦理这里，每个人生来就活在乡村共同体中，这一共同体的身份是先在的，第一位的，在这个身份下，第一考虑的自然是传宗接代，自然是重男轻女。没有人会突发奇想要跳出这一身份，由人，甚至由生命的观点来思考生活。这么做虽然非常"伟大"，但是更不现实。事实上，现代的种种问题都由此而来。我觉得这是非常重要的一个区分。还有一点就是在这点上蝌蚪甚至莫言自己（如在和严锋的对谈中）在态度上都趋同于姑姑。

五　陌生化效果与诗学正义

赵楠：孟繁华的《乡村文明的变异与"50后"的境遇》，我认为更多的是在表述深负乡村经验的"50后"作家已经难以把握现而今一日千里的中国社会，而更多地在"维护当下的文学秩序和观念"。无论这样的评价是否准确，都让我从对《蛙》的解读来思考中国"当代文学"在现今所应承载的功能和使命。对于一直关注中国社会发展并致力于反映现实问题的作家，我们应当充满敬意。而人们现在的生活节奏和心态、文学写作和传播的途径、表达方式和情感结构各个方面都发生了深刻的变化。最近《南都周刊》报道并命名了一个新的群体："失独者"，指响应国家号召只生一个孩子、年过半百却因孩子死亡而无所依靠的父母。到莫言获得诺奖之前，许多年轻的读者甚至并不知道他是谁，更不消说读过《蛙》，但往往看过、至少更有途径知悉在网络上转载的这些报道（他们也许会焦虑、羞愧于没读过冯唐或者郭敬明，却对不知道作家莫言感到"毫无压力"）。与《蛙》为我们描述的计划生育史相比，新闻报道与事实图片仿佛更加富于震撼力，也更启发我们去回望和展望"计划生育"这项长期以来的"基本国策"。

另外，莫言说《蛙》采用书信体，使他感到能够穿越在历史与现实之中，比较好地解决了小说的结构问题。不管是不是仅仅因为莫言曾经带领大江健三郎拜会姑姑的事实巧合，我更感兴趣的是莫言（蝌蚪）在书信中与一个外国人，还是一个日本人进行沟通和倾诉。小说中的杉谷先生愿意就历史问题忏悔和赎罪、而杉谷先生的父亲虽是一名侵华日军，但却与小说出版差不多同时问世的电影《南京！南京！》中的角川十分相似：有文化、有教养，彬彬有礼，富于爱心，还热爱中国文化。小说中的蝌蚪一直通过书信与一位外国人分享他的记忆和思考，言语间充满了对于姑姑、对于发生在中国农村的计划生育事件的巨大的表达欲。莫言为何要设置这样一个对象，他又是以怎样的情感和心态，向一个异国人讲述我们都熟悉得不能再熟悉的"中国故事"？在莫言获得诺贝尔文学奖之后，外媒也有很多报道。瑞典评委会很感兴趣于《蛙》这部涉及中国计划生育题材的作品，美国CNN在报道中则尤其关注《蛙》，称莫言在作品中"深刻剖析了中国重男轻女的思想根源"。而我们在阅读作品的过程中，仅仅在刚才雅娟师姐提到的母牛生小牛、姑姑训斥王鼻等几处发现了与"重男轻女"有关的情节，恐怕对于自己国家的国情太过于不言自明，我们也并不认为它"深刻剖析了中国重男轻女的思想根源"。拓宽了海外文学市场又获得了诺贝尔奖的莫言，其"高密东北乡"和《蛙》，又使我们处在怎样的"世界图景"之中呢？

张玉瑶：关于赵楠师姐所说的"日本人"问题，我当时看书时也想到了，就是蝌蚪为什么要找这样一个日本人作为倾诉对象。他告诉了我们被倾诉者杉谷义人的身份，即一个侵华日军的后代，而杉谷义人自己也有过向中国人民检讨、谢罪的行为。这样，蝌蚪和杉谷义人都作为负罪者的形象出现，没有一方对另一方的道德优势和道德高尚感，二者在反思层面上可能能达成更深层的相互理解。

陈巧英：对于为什么要选用日本作家作为倾诉对象，我是这样思考的。因为日本作家父亲的故事，表现了个体生命在历史进程中的无奈无助。姑姑的故事也同样表现了这一点。我认为蝌蚪的叙述试图跳出狭隘的民族立场，以一种世界的眼光和胸襟来看待历史，拨开纷繁复杂的历史迷雾，反思历史和人生，还原生命的尊严和意义。当蝌蚪在家乡与妻子散步时，走进以塞万提斯作品命名的堂吉诃德小饭馆时，女儿也在西班牙塞万提斯的故居旅行，蝌蚪感慨道"世界很大,文化却很小"。也许,叙事者或许是在用这个细节向我们暗示:时空有差异,但是文化却可以是相通的,对于人类重大问题的思考,伟大的作家应该是相同的。

吴晓东:关于以一个日本人为写信或倾诉对象的问题,无论是从跳出民族视野,从世界的眼光来看,还是从赎罪意识的意识形态角度来看,可能都是莫言的本意。我是觉得他找到这个日本人作为倾诉对象,其实是"他者化"了自己的故事,他找到一个他者来观照自己的故事,而这个他者是一个外族人,是日本人,更容易使他的故事变得陌生化、奇观化和传奇化。这个日本人在某种程度上也可以转化为一个诺贝尔奖评委会的成员,他读的时候就会感到:莫言是在向我倾诉,我要给予他积极的回应。当然这有点过度阐释,但不管怎样,当你讲故事的对象是外国人的时候,你自己本族的故事就会成为传奇,成为所谓的奇观,具有他者观照下的历史图景,这样,莫言讲这段故事就顺理成章了,如果他把故事讲给我们这些熟悉这段历史的人来听,就丧失了故事的传奇化和神话化,这可能用得上什克洛夫斯基的陌生化理论。如小说一开始所写的那个吃煤的场景,我就感觉特别像《百年孤独》中触摸冰块的场景;姑姑的失眠症,也类似于《百年孤独》中马孔多人失眠的场景,而且莫言小说中也的确提到了"马孔多",这可以看出他是特别注重将《百年孤独》的经验引进自己的小说中来。在我看来,诺贝尔奖的评委们熟悉了《百年孤独》,对莫言就不觉得陌生了,有《百年孤独》在那儿"垫底"呢。所以我觉得这是作者一种自觉的尝试:把一个外国人作为倾诉对象具有陌生化的企图和效果。

王东东:我比较感兴趣的是《蛙》中的叙述伦理问题。在《蛙》中经常看到叙述的对称和置换,也就是情节的对称和置换,比如用泥娃娃、人偶来对称和置换打掉的、"未成形的胎儿",用新时代的代孕来代替计划生育,蝌蚪终于得到了一个孩子作为报偿,进而用幻觉来代替现实,即诺奖委员会所谓 hallucinatory realism(幻想现实主义)。这样一系列的对称和置换,意味着一个有关"诗性正义"(poetic justice)的问题,如何通过叙述来达到对历史幽灵的记忆、调整甚至救赎，通过情节设置达到正义的实现。按照德国哲学家赫尔德的意见，诗性正义一直存在于民间文学里。莫言的这部作品也表现出一种朴素的善恶观念，可以看出莫言深受民间文学的影响，例如姑姑"后悔"从事计生工作，最终选择嫁给捏造泥娃娃的手艺人。计划生育是一个重大的题材，可以看出莫言的雄心，也让人满怀期待，他也许想要做"一个民族和国家的平衡器"（惠特曼语），但结果可能还是有一些落差。原因在于在布局谋篇上，莫言更像传统章回小说，而在心智上他偏向于民间说书艺人。通过一系列的情节对称和置换来达到正义，这样一种叙述伦理，让我想到古代的色情小说……

吴晓东：哪一部？

王东东：很多，但很多都一样，为了戒除"淫"，小说作者就惩罚主人公，让他的妻子被卖到妓院。当然莫言的小说还是写出了一些被遮蔽的历史经验，只是他提供的解决途径，也就是小说结尾，也许并不能让人信服。叙述本身就是一个有争执的领域。可以说，一切叙述都是灰阑中的叙述。要超越这个难题，需要作家的思想力。可是莫言可能还是太爱好讲故事。另一个有意思的话题就是"作家知识分子"蝌蚪，他有普通人的人性的软弱，但也担负着对这个故事的理解，他是我们时代和历史的一个解释性人物，我本来对他抱有很大期待，但看完《蛙》后有点失望。我们的解释性人物，像当代小说里描绘的，总是"幼稚的知识分子"的形象，甚至自现代文学以来就是如此，什么时候我们能给出有着成熟思想风貌的知识分子形象，也许才能够确认中国小说的思想力。

吴晓东：你这就有些题材决定论了。

刘潇雨：我关注到的是就文本读出来的一点感受。其实一开始读莫言这个小说，和我的期待视野有些出入，坦率地说，没有我期待的那么精彩，以前看莫言的《透明的红萝卜》《红高粱》等作品，我是惊艳于他的灵气和那种磅礴的想象力，而在《蛙》中，我觉得莫言落到了实处，可以说他是在做减法，把他之前的一些特质，像是那些天马行空的想象和恣肆铺展的表现方式给摒除了，比如小说开头讲到了吃煤这个有些奇异的情节，他的处理方式反而也是写实的。之前吴老师已经提醒我们注意小说中的叙事者，我的阅读感受是，除了主要的叙事者蝌蚪之外，其实还有一个比较隐藏的、不太出现的叙事者，就是"姑姑"。蝌蚪所叙述的内容对我们中国人来说，即使荒诞，即使残忍，但还都是基于本土经验的，是写实的，但是当叙事者转到姑姑的时候，我们会发现，叙述就变得漂浮了，掺杂有夸张有想象的成分，也就是说，姑姑是一个不可靠的叙事者，最典型的例子是她在"高密东北乡奇人"系列节目里头讲述自己为何转变，为何要嫁给民间艺人郝大手，从一个不近人情以政策为行事准则的计划生育执行者，转变到用泥娃娃来忏悔的赎罪者的"缘起"，她回忆了自己醉酒后在洼地里的一番奇异经历，无数青蛙出现，在它们身上依附着被扼杀生命的婴儿的灵魂，蛙群组成一支大军来攻击姑姑，这段描写就非常魔幻现实主义，能看出马尔克斯的影子，也呈现了或者说泄露了莫言原来的风格。这份由幻觉构筑的记忆是姑姑自己"独享"的，只能借她之口来讲述，而姑姑的叙述显然有别于小说一贯的调子，塑造了一个极具象征色彩和隐喻意味的情境，彰显出姑姑与郝大手相遇的戏剧性——小说中写到当姑姑逃脱险境时，"身上的裙子已经被青蛙们撕扯干净，姑姑几乎是赤身裸体地跑到了小桥上，与郝大手相逢"，做一点过度阐释的话，可以说姑姑由此真正地"退休"，转而成为生命的缅怀者，亡灵的"超度人"。

另外我觉得小说第五部分的戏剧中有一个很有意思的小问题。首先是第三幕讲到陈眉去公安局要申诉、控告那些欺凌和侮辱她的人，这一幕的戏剧冲突主要是女警官小魏和陈眉，小魏说"来访公民请坐"，陈眉说"大堂前为什么不设上两面大鼓"，还说"我要找包大人"，这后头就出现了作为"民女"的陈眉和作为"女警官"的小魏之间的话语冲突，一个是传统而中国的，一个是现代而世界的。这是陈眉告人的一幕，而到了审问陈眉的第八幕，用的也是陈眉所依赖的那套"衙门"话语，但是作者的处理方式是引入了一个戏中戏的结构，将这一幕放在电视剧《高梦九》拍摄现场，舞台布置成民国时期县衙大堂模样,而陈眉和小狮子等人是在争夺孩子的过程中混进了拍摄片场,与剧中人物"高大人",也就是中华民国时期的高密县长,一同演出了一场变形版的"灰阑记"。我想莫言在此处的文体试验不仅是为了给读者带来陌生化的审美效果,更重要的是,借助陈眉在两幕戏中的申冤失败说出可怕的真相,表达蝌蚪的忏悔,而这真相蝌蚪竟然无法,或者说没有勇气在他自己所写的剧目中直接说出,反而要借助有别于当下的一套话语系统来说,也算是莫言的一种反讽的处理方式。

吴晓东:潇雨说到《蛙》的写实性可能落到实处了,我觉得这个话题一会儿我们还会讨论到,就是对这个小说的审美风格,或者写法、技巧方面的基本判断,这很重要。

曾谦和:中国作家莫言获得诺贝尔文学奖使许多人很兴奋。但在海外仍有人质疑诺贝尔委员会的选择。他们担心莫言跟中国政府的关系;同时也有对莫言相反的评论,说莫言跟政府的关系太近,所以他不能正面批评中国政府,或者说,也正因为和政府关系的缘故,他无法写纯文学,作品中总要带些政治色彩。在海外,西方很多人往往带着两个条件看中国作品:一是作品中是否批判、反对中国政府,二是作品中是否谈及中国的人权状况。如果诺贝尔奖用这两个条件来衡量中国作品是太狭隘,而对其他国家的作品并没有这样的条件,所以他们的衡量标准对中国的作家不公平。其实大部分的西方人对中国作家的作品了解很有限。自1949年以来,虽然中国文学作品受到严格的审查,但一直都存在着批评政府的声音。批评的内容随着时代而变迁。50年代的文学作品批评政府的守旧和个人主义;60—70年代的文学作品批评政府的官僚主义;改革开放以后则批评政府的腐败。莫言的《蛙》中第四部,就讲了一个政府腐败的例子:毫无技术的卫生院院长黄军,就想凭着他的两项特长"一是请客送礼拍马屁,二是诱奸大姑娘",当县卫生局副局长。

中国的计划生育政策是一个敏感话题。作家莫言让小说中的人物通过他们自己的故事来触及这个话题。用小说谈政治是比较安全的方法。在小说《蛙》中,莫言用"蝌蚪"作为第一人称叙事者,由他给一个日本作家写信的方式把整本小说串联起来。在文学作品中，用一个外国人物做参照已有一段较长的历史。在孟德斯鸠的《波斯人信札》中，就通过两个波斯人在法国旅游来叙述对法国社会的观察和批判。早在1760年，奥立弗·高德史密斯（Oliver Goldsmith）就模仿了孟德斯鸠，写了《世界公民》（*The Citizen of the World*），他同样使用了一个在英国旅游的中国人物来批判英国社会。用一个外国人讲述自己国家的风俗或社会问题有几个好处：第一，作品能比较容易通过政府审查；第二，作家可以借用外国人物直接表达思想；第三，除了内容的灵活性外，用一个外国人物可以创造一个疏远效果，以此达到内容客观性的目的，比如布莱希特在他的"史诗戏剧"中使用的"间离效果"。读者虽然对外国人物有陌生感，但他们惊讶这个外国人却那么了解自己的文化和历史。读者可以从这个外来人物的观点视线中看到他们自己的状况。作家使用这个文学方法可以帮助读者比较客观地看待他们自己的文化和社会。莫言使用了类似这样的方法，却有不同之处。莫言用了一个日本人杉谷义人作为写作对象，但读者从未读过杉谷义人的回信。莫言使用的这个方法，在读者和日本人杉谷义人之间产生了双重距离感。这样处理的原因可能是，中国读者无法接受一个日本人对中国侵略战争的解释，而却能接受一个中国人蝌蚪所解释的，是历史造成的，日本人杉谷义人的父亲也是历史的牺牲品之类的话语。莫言使用这种方法想尽可能客观地把中国历史故事呈现在读者面前。也因着这层和日本人杉谷义人的关系，蝌蚪由于国策计划生育而引发的个人罪恶感（姑姑也是如此），和杉谷义人所背负的民族罪恶感，使得他们两个人能相互更深地理解对方。除了日本人杉谷义人在小说中的作用外，作品中出现的泥娃娃也许与日本有些关系。在日本的文化中，女人堕胎后，她们往往会送一个木制或泥制的娃娃到当地的庙里去赎罪。姑姑使用了同样的方法，通过做泥娃娃来赎她的罪。

莫言从再现历史的角度栩栩如生地把历史重现在当代人的面前。我感觉这部小说就像是一部从历史延伸到当今的话剧。剧中人物们是生活中的普普通通的人物。作者通过一系列不同人物的人生故事，相互交织成一个复杂的社会网状画面,来深刻地反映国家政治政策对社会、家庭和个人的全面影响。莫言并没有把自己当作一个审判官或批判家,而是通过历史画面,用正面的态度给后人一个反思和借鉴。我想这也是莫言这部优秀作品能被国家政府和广大民众所接受的原因吧。

王东东:谦和的话也表明莫言的确是在一个安全的范围内写作。莫言获奖的时候,2009年诺奖获得者赫塔·米勒说,感觉自己像被打了一个耳光。其实就创作题材而论两人有相似的地方。米勒写到过,齐奥塞斯库时期罗马尼亚是禁止堕胎的,因为齐奥塞斯库认为他是所有孩子的父亲。罗马尼亚还有一部电影《四月三周两天》,一个女大学生要堕胎只能求助于医生,结果过了四月三周两天才成功。生命政治意味着,生命本身需要上升到国家、权力的层面来讨论,目前它控诉的意义大于对生命权的扩展。未成形的人只不过是人的一个隐喻。但是莫言的表现,如蝌蚪之于计划生育政策,只是对既成事实的接受,它写了蝌蚪的一系列失败的体验,当然在小说美学上还是有很多充满表现力的片段,蝌蚪主观的惊险甚至可以媲美孕妇泅水、王胆在水上生产,后两个故事极具表现力,但是莫言的反思未能延伸到国家和权力层面,他还是作为一个底层的故事来写。民间说书人也好,宫廷占卜师也好——那样可以预知吉凶——都是中国小说家常见的化身。比如我为莫言考虑,为什么不可以写一下马寅初与毛泽东的争论呢?当然这已经越俎代庖。

刘潇雨:我是觉得莫言安排这样平实的写法还是有合理性的,首先这个文本的设定就是蝌蚪受现实生活中姑姑的影响,而且这些大的政策从姑姑的立场来说本来就是一种既定事实,从小人物的角度进入不能处理得太高蹈吧。

吴晓东:对,东东对蝌蚪的要求有点太高(众笑),他出生在高密乡,然后是在军队里当一个文化干事,不能要求他从整个国家的计划生育政策的角度去展开。

刘奎:我也同意这个看法,虽然我们说莫言有历史意识,但需要留意的是:一是小说本身的虚构性,"高密东北乡"这个地理标识就表明其写实的地基是虚空的;二是莫言往往把历史理解为一种传奇,他是把历史作为传奇来写的,如《红高粱》《丰乳肥臀》,他自己也说:"在我的心中,没有什么历史,只有传奇。许多在历史上大名鼎鼎的人物,其实也都是与我们一样的人,他们的英雄事迹,是人们在口头上讲述的过程中不断地添油加醋的结果。"而对于小说的虚构性与历史的真实之间,他也认为:"小说家并不负责再现历史也不可能再现历史,所谓的历史事件只不过是小说家把历史寓言化和预言化的材料。历史学家是根据历史事件来思想,小说家是用思想来选择和改造历史事件,如果没有这样的历史事件,他就会虚构出这样的历史事件。"而就《蛙》来看,他书写历史的方式还是通过具体人物的"肉身"完成的,重点是具体人物形象在历史情境中生活和情感的可能性。这表明,他所追求的还是叙述的真实,而非真正历史学意义上的真实。

吴晓东:没错,历史的真实和叙事的真实之间还是有区别性的。但相对而言,这个小说给人的历史真实感还是很强的,虽然有像刘奎所说的有历史传奇化的倾向,但在小说中,感觉莫言还是在追求社会和历史的真实感。

六 小说的美学判断与政治阅读

吴晓东:其实我们刚才已经触及了小说美学的判断问题,就是说,《蛙》到底是不是一部好小说,这还是需要聊两句的。

刘奎:我想先引入第五章话剧部分"灰阑记"的话题,我觉得黄子平老师的话值得借鉴,即:"在这灰昧昧的年代,何往而非'灰阑'?""实际上,叙述者无法走出灰阑,走出灰阑的是他的叙述。"对于莫言来说,现实也停留在灰阑之内,而他则只能想象性地解决或再现这个问题;而且我觉得,他以小说的方式展现历史的褶皱,呈现了历史本身的复杂性和丰富性,这或许就是叙事者所说的写作的赎罪方式。

吴晓东:你还需要进一步判断《蛙》是不是好小说,莫言展现得够不够?

刘奎：我们刚才强调小说中所呈现出来的丰富的社会历史图景，正是他所展现的一个侧面；而我们所强调的小说的社会的和历史的真实感，这个判断其实还是来自小说的艺术处理，也就是作者叙述的真实，尤其是一些细节的处理；否则，即使有计划生育的历史真实，但如果他艺术细节上处理得不够，整体还是容易坍塌的。所以，无论是从文学性还是能否经得起阐释的角度，我都觉得这还是一部不错的小说。

吴晓东：嗯，但我觉得这部小说的细节，有些地方还是坍塌了，既然这部小说追求写实原则，那我们就来谈小说的真实感。我觉得这部小说最缺乏真实感的部分是第四封信。从第 208 页"王肝让一个小男孩把《高密东北乡奇人系列》DVD 送给了我们"之后，是"姑姑"在 DVD 中的讲述，这可以印证潇雨所说的姑姑作为叙事者的判断，这里是姑姑在叙事，但这个叙事就感觉特别假，尤其是姑姑骂医院的新院长黄军那一段，由姑姑讲述并作为《高密东北乡奇人系列》DVD 发行，这给了我一种不真实感，读到这里我觉得整部小说的真实感被破坏了。这部小说前三部分给我的震撼都非常强，包括艺术细节，感觉是一气呵成，但读到第四部分，感觉分寸感不对了，有点难以为继了，包括写蝌蚪在菜市场被小流氓追赶，这样的细节就让我感觉分寸感没收住。莫言当年说他读马尔克斯的《百年孤独》，读到后半部分，觉得有点难以为继，他觉得《百年孤独》前半部分很好，但后半部分不够厚重，有点虎头蛇尾的感觉。但《蛙》的第四部分给我的也是这种感觉，这是从整个小说的均衡性上来看。

刘奎：我觉得新潮作家有一个普遍的特点，就是在处理当下题材的时候分寸感有点把握不住，给人一种叙述狂欢的感觉。

吴晓东：我比较同意这个说法，余华的《兄弟》尤其如此。

黄锐杰：其实如何把握这三十年，不但文学界，整个思想界都面临着这一难题。现在我好像还没有见到任何一套有解释力的说法，都是一些琐碎的解释。我们这三十年的生活发生了巨大的变化，但是问题在于，我们现在根本找不到日常生活背后的理据是什么。各种西方的、革命的、传统的解释纠缠在一起。小说家的可贵之处就在于他能够用预言的方式感觉、把捉生活，并将其呈现为艺术的形式，开启一种可能。在这个意义上，我觉得《蛙》还是可贵的。起码这部小说呈现了近三十年的复杂性，而不是简单地用赎罪模式将前三十年一刀切，仿佛我们从此走上了新时代。赎罪的不可能，恰恰为我们打开了我们将我们处身其间的历史理解为一个整体的可能性之路。

吴晓东：我觉得至少莫言在处理历史和现实的内在复杂性方面还是不错的。他将原本就复杂的图景用一种斑驳的、芜杂的形式呈现了出来。这里面确实不存在一种终极性的解决。这种无法解决的局面是历史带来的，作家要想解决，只能采用魔幻的方式、神话的方式。莫言的可贵之处在于，他最后并没有引入一种神话化的解决。而莫言在小说中引入赎罪意识，则是想使小说获得一种厚重性。但是不知道为什么，我觉得这一尝试并不成功。我不觉得蝌蚪也好，姑姑也好，他们赎罪的举动有什么历史必然性。在这方面，《蛙》在阅读上总让人觉得似乎隔了一层什么。